dtv

Die junge amerikanische Sängerin Magnolia Brown kommt nach Wien, um für die Rolle der Anna Freud in einem Musical Gesangsunterricht zu nehmen. Eines Tages entdeckt sie in einer alten Truhe den faszinierenden Lebensbericht der Rosa Havelka, die Ende des 19. Jahrhunderts als Dienstmädchen in Wien arbeitete und wegen Mordes zum Tode verurteilt wurde. Es ist die tragische, bewegte Geschichte einer Passion, eine Geschichte von schändlichem Ausgenutztwerden, Dünkel, religiösem Wahn und blanker Brutalität. Beruflich gerät Magnolia an den Gesangslehrer Joseph Horvath, wohnhaft in Schuberts Sterbehaus. Er ist ein Hypochonder par excellence, jedoch auch empfindsam und hochmusikalisch ... »Es gibt aus den vergangenen Jahren eindrucksvolle Zeugnisse für eine triumphale Rückkehr des Erzählens, und ihnen hat sich jetzt – mit dem Roman ›Wiener Passion‹ – ein weiteres glanzvolles Beispiel hinzugesellt. Dieses Buch ist von einer geradezu archaischen Erzählwut beseelt, die den Leser bannt, ihn bis zur buchstäblich letzten Seite nicht wieder auftauchen läßt.« (Markus Schwering im ›Kölner Stadt-Anzeiger‹)

Lilian Faschinger, 1950 in Kärnten geboren, lebt in Wien und Paris. Sie hat außer dem vorliegenden drei Romane veröffentlicht: ›Die neue Scheherazade‹ (1986), ›Lustspiel‹ (1989) und ›Magdalena Sünderin‹ (1995), außerdem den Erzählungsband ›Frau mit drei Flugzeugen‹ (1993).

Lilian Faschinger

Wiener Passion

Roman

Deutscher Taschenbuch Verlag

Von Lilian Faschinger
sind im Deutschen Taschenbuch Verlag erschienen:
Frau mit drei Flugzeugen (12353)
Magdalena Sünderin (12430)

Ungekürzte Ausgabe
November 2001
2. Auflage März 2002
Deutscher Taschenbuch Verlag GmbH & Co. KG,
München
www.dtv.de

Umschlagkonzept: Balk & Brumshagen
Umschlagbild: ›Die Musik‹ (1895) von Gustav Klimt
Satz: Greiner & Reichel, Köln
Druck und Bindung: Druckerei C. H. Beck, Nördlingen
Gedruckt auf säurefreiem, chlorfrei gebleichtem Papier
Printed in Germany · ISBN 3-423-12925-5

Für meine Eltern

»Die Menschen lügen alle«
(Psalm 116, 11)

»In short, I began to think,
and to think is one real Advance
from Hell to Heaven«
(Daniel Defoe, *Moll Flanders*)

I

An dem Tag, als ich Magnolia Brown zum ersten Mal sah, riß mich meine Mutter nachts um drei Uhr dreiunddreißig aus dem Schlaf. Und zum ersten Mal nahm ich ihr das übel.

Ich litt seit vier Tagen an einem sehr belastenden Bronchialkatarrh und verließ das Haus nur, um in der Apotheke *Zur heiligen Magdalena* Ecke Kettenbrückengasse Rechte Wienzeile Medikamente zu besorgen und auf dem Naschmarkt ein Stück Kavalierspitz, einen großen Markknochen, etwas Wurzelwerk und ein paar Zwiebeln zu kaufen, die Zutaten für eine kräftigende Rindsuppe. Eine kräftigende Rindsuppe ist das einzige, was ich zu mir nehmen kann, wenn einer dieser bedrohlichen Infekte mich überfällt, wie sie mich heimsuchen, soweit meine Erinnerung zurückreicht. Seit ich denken kann, ist meine Immunität gegen Viren unzureichend, bin ich während der kalten Jahreszeit nahezu ununterbrochen Opfer verschiedener Abarten von Erkältungskrankheiten. Ist in meinem Kaffeehaus, dem *Café Anzengruber* in der Schleifmühlgasse, nur noch ein Platz in der Nähe der Eingangstür frei, so führt die bei jedem Eintreten eines neuen Gastes entstehende Zugluft mit an Sicherheit grenzender Wahrscheinlichkeit schon nach ein, zwei Tagen zu einer Bronchitis acuta, die mich tagelang ans Bett fesselt. Bin ich gezwungen, bei naßkaltem Wetter in einer überfüllten Straßenbahn zu stehen, kann ich mit einer katarrhtischen Tonsillitis gravierenden Ausmaßes rechnen. Gehe ich Anfang Dezember spätabends nach Hause und nehme geistesabwesend meinen Weg zwischen den verlassenen Ständen des Naschmarktes hindurch, so lösen die durch diesen architektonischen Engpaß verstärkten herbstlichen Wiener Windstöße unweigerlich eine unter Umständen schon länger im Ansatz vorhandene, nur noch auf ihren Ausbruch wartende, mit hohem Fieber und Benommenheit einhergehende Kopfgrippe aus.

Natürlich ist Wien mit seinem gefürchteten Wiener Wind, mit seinen im Winter beängstigend niedrigen Temperaturen für einen anfälligen Typus meiner Art nicht der geeignete Lebensort. Die Pharmazeutin aus der Apotheke *Zur heiligen Magdalena*, eine feinfühlige Frau, die viel Verständnis für ein empfindliches Wesen wie mich aufbringt, rät mir, ich solle doch zu Mariä Geburt in ein südlicheres Land ziehen, so wie die Schwalben, und zu Mariä Verkündigung wiederkommen. Dächte ich nie daran, mich beispielsweise auf Madeira niederzulassen, fragt sie, so wie damals unsere Kaiserin Elisabeth, auf die angegriffene Lunge der Kaiserin Sisi habe das Klima dieser Insel äußerst wohltuend gewirkt, ihrer Ansicht nach liege das Geheimnis im vulkanischen Ursprung Madeiras, sie habe jüngst einen wissenschaftlichen Artikel in der Fachzeitschrift *Die fröhliche Apothekerin* gelesen, in welchem diese These verfochten worden sei, das glückliche Zusammentreffen vulkanischer Phänomene und eines extrem maritimen Klimas sei es, was chronisch Erkälteten Genesung bringe. Falls mir Madeira zu weit entfernt sei, könne ich es doch auch mit den Liparischen Inseln versuchen, vermutlich sei Stromboli gleichfalls ein der Stabilisierung leicht entzündlicher Atemwege äußerst zuträglicher Ort. Die mysteriöse Verbindung des Vulkanischen mit dem Maritimen, des Wassers mit dem Feuer, das unmittelbare Nebeneinander dieser beiden gegensätzlichen Elemente sei offensichtlich von größter Heilkraft. Ich hüte mich, der Pharmazeutin, die gut informiert zu sein scheint und den Schilderungen meines erbarmungswürdigen Gesundheitszustandes stets geduldiges Gehör schenkt, zu widersprechen, und weise lediglich darauf hin, daß mein karges Einkommen mir derartige Fernreisen nicht gestatte, der Kaiserin Sisi seien völlig andere Möglichkeiten zu Gebote gestanden, Königin Viktoria habe ihr höchstpersönlich für die Fahrt nach Madeira ein Schiff zur Verfügung gestellt, eine Hilfsmaßnahme, zu der sich die Wiener Gebietskrankenkasse wohl schwerlich entschlösse, selbst wenn man seinen Mitgliedsbeitrag jahrzehntelang pünktlich entrichtet hätte. An dieser Stelle mischt sich die junge Apothekenaushilfskraft ins Gespräch und meint, ihrem Onkel, der aus heiterem Himmel von einer schweren Lappenpneumonie befallen worden sei, habe die Wiener Gebietskrankenkasse anstandslos eine Mittelmeerkreuzfahrt zweiter Klasse genehmigt, solche Gesundheitskreuzfahrten seien durchaus nichts Ungewöhnliches, und der Onkel sei drei Wochen später mit vollkommen intakten Lungenlappen in Triest von Bord gegangen. Darauf erhebt die Greisin aus dem Haus Kettenbrückengasse vierzehn, die eben mit ihrem Zwergspaniel die Apotheke betreten hat, ihre schwache Stimme und sagt, die Kaiserin Sisi sei eine Simulantin gewesen, nichts als eine Simulantin, dafür gebe es Beweise, wer habe denn die kostspieligen Reisen dieser eingebildeten Kranken bezahlt, wenn nicht die von den Vampiren des Kaiserhauses bis aufs Blut ausgesogenen Bewohner der Monarchie, unter anderem ihr seliger Vater, der bei seinem Ableben die ehrenvolle Position eines Wirklichen Hofrats in Ruhe innegehabt hätte, wo käme man hin, wenn man wegen jeder Kleinigkeit die Krankenkassen in Anspruch nehme, ihr seliger Vater habe sein schmerzhaftes Rheuma ertragen, ohne zu klagen, und sie selbst versuche seit Jahren, ihre alles andere als eingebildete Polyarthritis mit mühevoll im Wienerwald gesammelten Heilkräutern zu lindern, ein wenig Solidarität gegenüber den wirklich schwer Kranken sei doch zu erwarten.

Ich bitte die drei Damen, mich ausreden zu lassen, und erkläre, abgesehen von der finanziellen Unmöglichkeit, mir weite Reisen zu leisten, hielten mich meine Schüler in Wien fest, und außerdem liebte ich Wien.

Selbstverständlich liebe man Wien, rufen die Pharmazeutin, die Greisin und die Apothekenaushilfskraft, selbstverständlich, nicht nur die Wiener liebten Wien, alle Welt liebe Wien, das ließe sich anhand jeder sich mit den Nächtigungsziffern der Wiener Beherbergungsbetriebe beschäftigenden Statistik im Handumdrehen nachweisen. Auch sie als geborene Nichtwienerinnen liebten Wien über die Maßen, man müsse nicht aus Wien sein, so wie ich, um mit jeder Faser seines Herzens an dieser Stadt zu hängen, um die profundeste Zuneigung zu diesem Ort zu empfinden.

Natürlich liebt man Wien. Man liebt es innig, so wie man seine Mutter liebt, auch wenn einem zu Bronchialasthma neigenden Menschen eine solche zärtliche Liebe aufgrund der rauhen klimatischen Verhältnisse im Wiener Herbst und Winter nicht leicht gemacht wird.

Nachdem ich in der Apotheke *Zur heiligen Magdalena* je ein Säckchen Veilchenblätter-, Lindenblüten- und Taubnesseltee sowie zwei kleine Phiolen Atropinum sulfuricum D3 und Arsenicum D6 erstanden hatte, trat ich den Weg zurück ins Sterbehaus an. Ich ging langsam und machte, wie es meine Gewohnheit war, in der Trafik Ecke Kettenbrückengasse Schönbrunnerstraße kurz Rast, denn chronische Erkältungen schwächen den Organismus im Lauf der Zeit ungemein. Üblicherweise setze ich mich auf das Klappstühlchen neben dem kleinen Eisenofen und unterhalte mich mit der Trafikantin ein wenig über allgemein vorbeugende gesundheitliche Maßnahmen, denn auch sie ist keineswegs mit einer robusten körperlichen Konstitution gesegnet. An jenem Tag mußte ich jedoch etwas irritiert feststellen, daß die Trafikantin bereits selbst auf dem Stühlchen Platz genommen hatte, und noch bevor ich Gelegenheit erhielt, ihr meine Symptome zu schildern, begann sie über die unerträglichen Rückenschmerzen zu klagen, die ihr das Stehen hinter dem Ladentisch ganz unmöglich machten. Ich stützte mich auf einen Stapel der Wochenzeitschrift *Profil*, denn infolge der Anstrengung des Gehens hatte ich mit starkem Seitenstechen zu kämpfen, und riet der Trafikantin, unbedingt ärztlichen Rat beizuziehen, worauf sie sagte, sie könne die Trafik doch nicht einfach verlassen, ihre Trafik sei ein Ort der Begegnung, außerdem hätten die Bewohner des Viertels ein Anrecht auf ihre täglichen Zeitungen und Rauchwaren, seit nunmehr zweiundzwanzig Jahren führe sie die Trafik zur Zufriedenheit der Bürger des vierten und fünften Wiener Gemeindebezirks, man könne diese Bürger doch nicht unvorbereitet mit derart einschneidenden Veränderungen wie der, wenn auch nur zeitweiligen, Schließung ihrer Trafik konfrontieren, worauf ich meinte, prinzipiell sei ich in dringenden Fällen gern bereit, sie in der Trafik zu vertreten, allerdings nur, wenn es mein eigener, wie sie wisse, fast ständig beeinträchtigter Gesundheitszustand erlaube. Wo eigentlich ihr Mann sei, fragte ich dann und schaute mich um, normalerweise sei ihr doch ihr Mann beim Verkauf behilflich. Aber ich wisse doch, rief die Trafikantin und sah mich mit großen Augen an, ich müsse doch wissen, daß ihr Mann Invalide sei, einerseits fraglos eine Tragödie, andererseits aber auch wieder ein Glück, denn als Nichtinvalide hätte er wesentlich weniger Chancen gehabt, die Trafik an sich zu bringen, Invaliden, insbesondere Kriegsinvaliden, würden bei der Vergabe von Trafiken, die ja ein Monopol des österreichischen Staates seien, gegenüber Nichtinvaliden stark bevorzugt. Eine naßkalte Spätherbstwetterlage wie die gegenwärtige sei für ihren Mann das Allerungünstigste, ein solches Allerheiligenwetter rufe im bedauerlicherweise nicht mehr vorhandenen linken Unterschenkel ihres Mannes jedesmal Phantomschmerzen hervor, die ihn zur Bettruhe zwängen.

Mittlerweile hatte ich mich ein wenig erholt, und da ich unter den gegebenen Umständen keine Möglichkeit einer ausführlicheren Erörterung meines Bronchialkatarrhs sah und die Trafikantin auch keine Anstalten machte, mir das Klappstühlchen als Sitzgelegenheit anzubieten, verabschiedete ich mich von ihr und verließ etwas überstürzt das Verkaufslokal, eine Hast, die sich bereits nach etwa zehn Metern Ankämpfens gegen den Wind rächte, da ich zu meiner Bestürzung bemerkte, daß ich meinen Schal aus handgesponnener Schafwolle in der Trafik vergessen hatte, eine Fehlhandlung, die bei der herrschenden Witterung ernste Folgen haben konnte. Rasch zog ich mir den Mantelkragen bis ans Kinn und ging zur Trafik zurück, wo mich die Trafikantin bereits mit dem schneeweißen, von mir selbst im Halbpatentmuster gestrickten Schal in den Händen erwartete, und ich wand das Kleidungsstück, das ich sehr schätzte, dreimal um meinen Hals und machte die Trafiktür ein zweites Mal hinter mir zu. Eine Aggravierung meines Zustandes war zu befürchten, da mein Luftröhrenbereich, bedingt durch die mir unterlaufene grobe Fahrlässigkeit, völlig schutzlos Wind und Wetter ausgesetzt gewesen war, und schon spürte ich eine deutliche Verengung dieser Zone und beeilte mich, ins Sterbehaus zurückzukommen, bevor mich Atemnot vollends erschöpfte. Während ich mich am Treppengeländer hochzog, kam mir meine Nachbarin entgegen, eine sympathische ehemalige Pastoralassistentin mit Blutsverwandten in der Buckligen Welt, von wo sie mir freundlicherweise dann und wann ein Glas naturbelassenen Lindenblütenhonigs aus der Imkerei mit Königinnenzucht ihres Schwagers mitbringt, naturbelassener Lindenblütenhonig ohne Hitzeschaden ist eines der besten Mittel gegen gefährdete Bronchien, ein Labsal für zu Hustenanfällen neigende Personen. Fräulein Haslinger blickte mich erschrocken an, fragte mich, ob mir etwas fehle, und bot mir hilfsbereit ihren Arm, den ich erleichtert ergriff, dann führte sie mich zu meiner direkt neben Schuberts Sterbezimmer gelegenen Wohnung und half mir beim Aufsperren der Eingangstür. Ich bedankte mich, schloß die Tür und legte mich mit Mantel und Schal auf mein Bett.

Manchmal frage ich mich, womit ich es verdient habe, so unzulänglich für den Lebenskampf ausgerüstet auf die Welt gekommen zu sein. Ich war immer kränklich. Während andere Kinder sich auf dem Spielplatz mit der Schaukel hoch in die Luft schwangen, kreischend über die Rutschbahn glitten, auf dem Kletterturm eine Sprosse um die andere nahmen und unermüdlich dem Federball nachliefen, saß ich, von meiner Mutter in eine Wolldecke gehüllt, matt auf einer Bank am Rande der Spielwiese, noch nicht völlig genesen von einer schmerzhaften Otitis media. Und während ich die unbekümmerten Rufe der Nachbarskinder hörte, die auf dem Rasen vor dem Haus Volleyball spielten, vernahmen jene höchstens das krampfartige Husten, das aus meinem ebenerdig gelegenen Kinderzimmer drang, wenn ich von den heftigen Anfällen einer schweren Pertussis geschüttelt wurde. Was für eine schwierige Aufgabe es für meine Mutter, eine eher fragile Natur, gewesen sein muß, ein so wenig widerstandsfähiges Geschöpf wie mich in Abwesenheit eines Kindsvaters aufzuziehen, läßt sich denken. Obgleich von melancholischer Wesensart und, wohl aufgrund ihrer ausgeprägten künstlerischen Begabung, häufig schwankenden Stimmungen unterworfen, tat sie, was sie konnte, um mich während meiner oft wochenlang dauernden Krankheitsphasen zu erheitern. Als ausgebildete Pianistin versuchte sie meinen Heilungsprozeß unter Anwendung der Kunst zu beschleunigen, die ihr Lebensinhalt war. Lag ich aufgrund eines abrupten Wettersturzes mit geschwollenen Rachenmandeln und hohem Fieber im Bett, setzte sie sich ans Klavier und spielte mir Lieder ihres Lieblingskomponisten Gustav Mahler vor, vorzugsweise die von ihr so geschätzten *Kindertotenlieder.* Diese Lieder seien das Zarteste, was Mahler komponiert habe, pflegte sie zu sagen, das Allerzarteste, lyrisch und voll tragischer Vorahnungen. Während sie die Einleitung des letzten Liedes spielte, murmelte sie *sempre molto espressivo*, dann sah sie mich kummervoll an und begann mit ihrer dunklen Mezzosopranstimme zu intonieren: »In diesem Wetter, in diesem Braus, /Nie hätt' ich gesendet die Kinder hinaus, /Man hat sie getragen, getragen hinaus.« Und während sie mir heiße Zitronenlimonade ans Bett brachte, sang sie leise: »Ach, zu schnelle, zu schnell erlosch'ner Freudenschein, erlosch'ner Freudenschein.«

Meine Mutter war fest von der heilenden Kraft der Musik überzeugt, so unverrückbar, daß sie herkömmliche Arzneimittel für überflüssig hielt. Wenn dich die schönen Lieder nicht kurieren, dann werden dich auch Antibiotika nicht gesund machen, sagte sie, was Schönberg und Berg nicht glückt, das wird auch Codein und Penicillin nicht gelingen. Kam die über uns wohnende Nachbarin, die sich nicht nur durch das Klavierspiel meiner Mutter, sondern auch durch meinen ununterbrochenen, mühelos durch alle Wände dringenden Reizhusten gestört fühlte, mit Emser Salz an die Tür, lehnte meine Mutter dankend ab, nicht ohne höflich darauf hinzuweisen, daß es für Laien möglicherweise schwer vorstellbar, für eine sensible, lediglich durch Schicksalswidrigkeiten der verhängnisvollsten Art nicht auf das Konzertpodium gelangte Pianistin gleichwohl irritierend sei, durch die von ihr, der Nachbarin, betätigte Türklingel in der Konzentration auf die dicht motivisch gestaltete Klavierbegleitung eines

Liedes von Hugo Wolf gestört zu werden. Und gab die Nachbarin darauf zur Antwort, Hugo Wolf interessiere sie nicht, es ginge ihr einzig und allein darum, daß das arme Kind nicht an seinen Hustenanfällen ersticke, dann sagte meine Mutter spitz, die Heilungsmethode müsse sie schon ihr, der Erziehungsberechtigten, überlassen. Wandte sich die Nachbarin darauf seufzend ab, dann rief ihr meine Mutter noch nach, daß an den handelsüblichen Medikamenten nachgewiesenermaßen ungleich mehr Menschen stürben als gesundeten, sie jedenfalls ziehe es vor, den noch im Aufbau begriffenen und darum äußerst verletzlichen Organismus ihres Kindes nicht dem Einfluß starker Dosen Emser Salzes und anderer medizinischer Drogen auszusetzen, sondern eine behutsamere, dem sanften Naturell ihres Kindes entsprechende Methode anzuwenden. Und was wäre schonender als Musiktherapie. Sie glaube gern, daß eine Frau wie sie, die Nachbarin, die in Ottakring als Tochter eines Bauarbeiters geboren und aufgewachsen und über die achtklassige Volksschule nie hinausgekommen sei, von Musiktherapie, der Kunst der Heilung durch seelische Beeinflussung mit Hilfe der Musik, noch nie etwas gehört habe, doch sei verbürgt, daß bereits David, eine Figur aus dem Alten Testament, Heilung durch sein Saitenspiel bewirkt habe und daß Orpheus, ein Name, der ihr, der Nachbarin, wohl kaum geläufig sei, durch die Macht seines Gesanges sogar seine tote Frau dem Gott der Unterwelt habe entreißen können. An unzähligen Schizophrenen, Stotterern, Schlaflosen und Kriegsgeschädigten sei die wohltätige Kraft der Musik erfolgreich erprobt worden, glaube sie denn, diese größte aller Künste sei mit Emser Salz auf eine Stufe zu stellen? Die Nachbarin, die mittlerweile auf dem Treppenabsatz zwischen den beiden Stockwerken angelangt war, sprach noch ein, zwei Sätze, die für mich bis auf wenige beunruhigende Wörter wie Sorgerecht, Verantwortungslosigkeit und Kindesmißhandlung unverständlich waren, dann schloß meine Mutter die Tür und setzte sich kopfschüttelnd wieder an den Stutzflügel.

Solchen Gedanken an meine traurige, durch Krankheit getrübte und doch wieder glückliche, da von der einzigartigen Persönlichkeit meiner lieben Mutter überstrahlte Kindheit hing ich nach, während ich in Mantel und Schal auf dem von mir während der erzwungenen Untätigkeit einer längeren Rekonvaleszenzperiode aus Wollresten gehäkelten Bettüberwurf lag. Ich hätte mich gern länger diesen Erinnerungen überlassen, doch hatte ich mir vorgenommen, nasse Leintücher im Zimmer aufzuhängen, um damit die Luft durch Wasserverdampfung feucht zu halten und so meinen entzündeten Bronchien Linderung zu verschaffen, und so stand ich auf und legte Schal und Mantel ab, und obwohl ich ein wenig schwindlig war, spannte ich mit Hilfe meiner Standleiter Schweizer Fabrikats eine Wäscheleine quer durch das Wohnzimmer und hängte daran drei weiße Leintücher auf, wonach sich auch wirklich bald eine gewisse Erleichterung einstellte. Ermutigt durch diese Besserung meines Zustandes, ging ich in die Küche und begann mit der Zubereitung der Rindsuppe. Ich röstete die Zutaten, bis auf den Kavalierspitz, in einem großen Topf an, goß mit Wasser auf, salzte, fügte, nachdem die Flüssigkeit zu kochen begonnen hatte, das Fleisch hinzu und ließ alles auf kleinster Flamme weitergaren, so daß sich in der Wohnung bald ein angenehmer Duft ausbreitete, der mich soweit belebte, daß ich mich ans Klavier setzen und den Versuch wagen konnte, das Lied »Der Leiermann« aus Schuberts *Winterreise* zu spielen. Dieses Lied mit seinem zu Herzen gehenden Text liebte ich, seit meine Mutter es mir vorgespielt hatte, während ich an einer Diphtherie erkrankt war. Der Arzt hatte damals behauptet, mein kindlicher Kehlkopf sei bereits in Mitleidenschaft gezogen, und dringend zu einem mehrwöchigen Klinikaufenthalt geraten, worauf meine Mutter völlig zu Recht einwandte, Schubert, der spirituellste aller Wiener Komponisten, werde mit seinen unsichtbaren Tönen zweifellos eher zu einer Genesung meines Rachen- und Luftröhrenraumes beitragen als ein Aufenthalt unter unbekannten Kranken und überlastetem Krankenhauspersonal in musikfeindlicher Umgebung. Diese Entscheidung meiner Mutter ist gleichzusetzen mit dem Beginn meiner Schubertliebe, einer Liebe, die nie nachgelassen hat, sondern in ihrer Intensität von Jahr zu Jahr stärker geworden ist und sich im Hinblick auf ihre Wärme und Zärtlichkeit nur mit dem Gefühl vergleichen läßt, das ich meiner Mutter entgegenbringe. Ich nahm den abgegriffenen Band eins des Schubertalbums für eine Singstimme mit Pianofortebegleitung, von Anton Rückauf herausgegeben, neu revidiert und mit ergänzenden Vortragszeichen versehen, zur Hand, schlug ihn auf und gab mich ganz dem Lied hin: »Drüben hinterm Dorfe steht ein Leiermann, / Und mit starren Fingern dreht er, was er kann. / Barfuß auf dem Eise wankt er hin und her, / Und sein kleiner Teller bleibt ihm immer leer. / Keiner mag ihn hören, keiner sieht ihn an, / Und die Hunde knurren um den alten Mann.« Wie stets empfand ich eine Seelenverwandtschaft mit diesem bemitleidenswerten, an der kalten Jahreszeit ebenso wie ich leidenden Mann, der trotz der Gefahr, sich eine schwere Erkältung, ja den Tod zu holen, die Orgel weiterdreht, den anderen zur Freude. Die zweite Hälfte des Liedes hatte mich während meiner Diphtherie jedesmal in Tränen ausbrechen lassen, was für meine Mutter ein sicherer Hinweis auf die Wirksamkeit von Schuberts Musik und meine nahende Gesundung war: »Und er läßt es gehen alles, wie es will, / Dreht, und seine Leier steht ihm nimmer still. / Wunderlicher Alter, soll ich mit dir gehn? / Willst zu meinen Liedern deine Leier drehn?« In meinen Fieberdelirien folgte ich der schattenhaften Gestalt des alten Mannes, der im Nebel immer weiter auf das Eis hinausging. Ich hätte während des Spielens gern den Text mitgesungen, doch war dies natürlich nicht möglich, da der Bronchialkatarrh sich verheerend auf den Zustand meines Larynx, meiner Glottis und meiner Stimmbänder auswirkte. Um dennoch in den Genuß des Gesanges zu kommen, erhob ich mich von der Klavierbank und legte die Langspielplatte auf, auf welcher Hans Hotter die *Winterreise* singt, eine alte Aufnahme aus dem Jahre neunzehnhundertzweiundvierzig, doch von erstaunlich guter Qualität.

Schubert. Er und meine Mutter machten mir das Leben erträglich. Und hat mich einmal Liebe zu einem menschlichen Wesen erfaßt, bin ich von großer Treue und suche die Gegenwart dieser Person, sooft und soweit mir dies möglich ist. Daß Schubert am neunzehnten November achtzehnhundertachtundzwanzig, also einhundertvierzig Jahre vor meiner Geburt, verschieden ist, hat dieses Streben nicht grundsätzlich erschwert. Sobald ich mir über die Stärke meiner Neigung im klaren war, begann ich die Stätten in Wien aufzusuchen, an denen er sich während seines kurzen Lebens aufgehalten hatte, in dem festen Glauben, daß dort auch sein Geist noch lebendig sein müsse. Zunächst forschte ich nach dem Standort der Gasthäuser, in denen sich Schubert mit seinen Freunden aufgehalten hatte, dem *Café Bogner* in der Singerstraße, dem *Café Hugelmann* am Donauufer, den Gasthäusern *Zur Eiche* und *Zum Stern*, *Zur ungarischen Krone*, *Zum grünen Jäger* und *Zum roten Hahn*, *Zum Wolf, der den Gänsen predigt* in der Wallnergasse, *Zum grünen Anker* in der Grünangergasse, *Zum roten Kreuz* auf dem Himmelpfortgrund. Nur das Restaurant *Zum grünen Anker* existierte noch, und der Wirt, ein angenehmer Mensch, behauptete durchaus glaubhaft, Schubert hätte dort zwei Jahre lang häufig gegessen und getrunken, worauf ich monatelang aus Empathie im *Grünen Anker* zu Mittag aß, eine Gewohnheit, die mit einer Gastritis endete. Noch interessanter als die Cafés und Gaststätten waren die Häuser, in denen er gewohnt hatte, allen voran das Gebäude, in dem er geboren ist, nämlich das Haus *Zum roten Krebs* in der Nußdorferstraße vierundfünfzig, in dem heute ein Museum untergebracht ist, doch suchte ich auch das Gebäude Spiegelgasse neun im Stadtzentrum auf, wo Franz von Schober seinen Freund oft aufgenommen hat, und forschte nach den Wohnungen unter den Tuchlauben und in der Wipplingerstraße, in denen der Tonschöpfer gleichfalls längere Zeit verbrachte, und im Lauf der Jahre wuchs in mir das Bestreben, in eine dieser Wohnungen oder zumindest in eines dieser Häuser einzuziehen. Die Mappe, in der ich die Korrespondenz mit den Besitzern beziehungsweise Vermietern dieser Wohnungen beziehungsweise Häuser sowie mit dem Magistrat Wien abgeheftet habe, zeugt noch heute von den Schwierigkeiten, mit denen ich zu kämpfen hatte. Mein innigster Wunsch wäre es gewesen, im Geburtshaus zu wohnen, doch das stellte sich infolge der Uneinsichtigkeit des Wiener Magistrats bald als unmöglich heraus, und auch das ausdauernde Bemühen, mich im Gebäude Spiegelgasse neun einzumieten, wo Schubert die H-Moll-Symphonie, die sogenannte Unvollendete, geschrieben hat, führte nicht zum gewünschten Erfolg. Ein Einzug im Hause Kettenbrückengasse sechs, dem sogenannten Sterbehaus, erschien mir anfänglich nicht unbedingt wünschenswert, aus dem einfachen Grund, daß diese Stätte mit einem für die Menschheit unersetzlichen Verlust verknüpft ist und ich deshalb Angst hatte, die ständige Anwesenheit an diesem schicksalsträchtigen Ort könnte meine Anlage zur Schwermut, die wohl von meiner Mutter stammt und sich insbesondere während der kälteren Monate in Form depressiver Zustände manifestiert, noch verstärken, eine Befürchtung, die sich gottlob nur zum Teil bestätigt hat.

Nachdem alle meine Versuche, dort zu leben, wo Schubert gelebt hatte, gescheitert waren, beschloß ich, mich doch nach den das Sterbehaus betreffenden Besitzverhältnissen zu erkundigen, und anläßlich eines Besuches im Sterbezimmer im zweiten Stock fragte ich die konzentriert strickende Dame, die dort saß und die Eintrittskarten verkaufte, wem denn das Haus gehöre, worauf sie zur Antwort gab, es handle sich durchweg um Gemeindewohnungen, und die Zunge sofort wieder zwischen die Lippen klemmte, da sie offenbar gerade mit dem etwas heiklen Fersenabschluß einer hellblauen Wollsocke beschäftigt war. Dennoch wagte ich eine weitere Frage, nämlich ob ihres Wissens in nächster Zeit eine dieser Wohnungen frei würde, und sie schaute mich mißbilligend an, zog die Zunge zurück und meinte, soviel sie wisse, werde die siebenköpfige türkische Familie, die in der Dreizimmerwohnung direkt neben dem Sterbezimmer hause, im Laufe des nächsten halben Jahres delogiert, weil der Familienvater, der auf dem Naschmarkt Obst und Gemüse verkaufe, mit der Bezahlung der Miete weit im Rückstand sei und die Mietergemeinschaft sich außerdem geschlossen gegen die Zumutung der ständigen Anwesenheit einer ethnisch fremden Gruppe im Sterbehaus Schuberts ausgesprochen habe, der doch eine zutiefst deutsche Musik komponiert habe, eine zutiefst deutsche Musik. Ich bedankte mich für die Auskunft und bat darum, eine Eintrittskarte erwerben zu dürfen, ein Ansinnen, dem die Dame nach einem weiteren mißbilligenden Blick stattgab. Lange betrachtete ich eine im Sterbezimmer ausgestellte Locke Schuberts in einem Medaillon sowie einen von ihm persönlich benützten silbernen Zahnstocher, dann hörte ich mir über Kopfhörer das »Sanctus« und das »Benedictus« aus der *Es-Dur-Messe* an und versuchte meine innere

Bewegtheit zu verbergen, als ich wieder an der strickenden Dame vorüberging, die die Ferse bereits bewältigt zu haben schien, da sie sehr entspannt dasaß.

An einem der darauffolgenden Tage machte ich mich in der Wohnungsberatungsstelle für den fünften Wiener Gemeindebezirk, Schönbrunnerstraße vierundfünfzig, zweiter Stock, Tür achtzehn vorstellig und teilte dem diensthabenden Beamten mit, ich hätte aus verläßlicher Quelle von der möglichen Freiwerdung durch Delogierung einer sich im zweiten Stock des Schubert-Sterbehauses in der Kettenbrückengasse sechs befindlichen Gemeindewohnung erfahren, da ich Schubert als Komponisten und Menschen zutiefst verehre, sei mir an einem Einzug in dem Haus, in welchem er gestorben sei, sehr viel gelegen. Der Beamte, ein außergewöhnlich dicker junger Mann mit schütterem blondem Haar und einem dünnen rötlichen Schnurrbart, sah mich von oben bis unten an, dann fragte er, ob mich denn meine Verhältnisse berechtigten, auf die Zuerkennung einer Gemeindewohnung zu hoffen, nicht jedem Wiener Bürger stehe eine Gemeindewohnung in Aussicht, wenigen nur sei dieses Privileg beschieden, die Auslesekriterien seien hart. Ich entschuldigte mich für meine Unwissenheit und fragte, welches denn die Auswahlbedingungen seien, worauf der Beamte mich erneut nachdenklich musterte, dabei an seiner linken Schnurrbartspitze drehte und anschließend meinte, ich müsse beweisen können, daß der Zustand der Wohnung, die ich gegenwärtig nützte, bereits zu gesundheitlichen Schäden meiner Person geführt habe. Als ich mich beeilte zu sagen, daß ich seit frühester Kindheit in ungewöhnlichem Maße krankheitsanfällig sei, wurde der Beamte etwas ungeduldig und sagte, die einzige Möglichkeit bestehe im Nachweis einer feuchten Kellerwohnung beziehungsweise einer von der Wohnung getrennten, sich auf dem Gang befindlichen Toilette und eines mit diesen Gegebenheiten in unmittelbarer Beziehung stehenden schweren Gelenksrheumas, worauf ich etwas entmutigt zur Antwort gab, bedauerlicherweise sei ich in der geräumigen, mit allem Komfort ausgestatteten Vierzimmerwohnung meiner Mutter in der Nähe der Kirche Maria am Gestade im ersten Wiener Gemeindebezirk wohnhaft und nicht imstande, auch nur eine dieser beiden Forderungen zu erfüllen. In diesem Falle, sagte der Beamte und lehnte sich zurück, in diesem Falle könne er mir nur raten, mich eine Zeitlang in einer Wohnung wie der von ihm beschriebenen einzumieten und dann mit eindeutigen Symptomen von Gelenksrheuma erneut vorzusprechen, wenn meine Schubertverehrung wirklich so groß sei, wie ich behauptete, dann könne ich doch dieses kleine Opfer bringen.

Auf dem Weg zurück zur Wohnung meiner Mutter in der kleinen Gasse Stoß-im-Himmel nahe Maria am Gestade ging mir der Rat des Beamten der Wohnungsberatungsstelle ununterbrochen durch den Kopf. Was er verlangte, war grausam. Ein ohnehin von Kindesbeinen an hinfälliger Mensch wie ich sollte bewußt eine gesundheitsgefährdende Wohnung beziehen, um in den Genuß der von ihm ersehnten Gemeindewohnung im Sterbehaus Schuberts zu kommen? Das war kein kleines Opfer, wie er gemeint hatte, es war ein übermenschliches. Ein solcher Schritt konnte meinen frühzeitigen Tod zur Folge haben, und in diesem Punkt wollte ich dem Komponisten nicht nacheifern, denn ich hatte Schüler, die mich brauchten. Andererseits war die Aussicht, in seiner Aura zu leben, verlockend. Während ich die Treppe zur Wohnung meiner Mutter hinaufging, beschloß ich, diese Frage mit ihr zu besprechen, die über soviel Lebenserfahrung, Scharfblick und Wirklichkeitssinn verfügte. Und sie enttäuschte mich nicht.

Mein liebes Kind, sagte sie, ich bin stets darauf bedacht gewesen, dir die Liebe zur Musik, die mich, wie du weißt, ganz erfüllt, weiterzugeben, und ich habe allen Grund zu der Annahme, daß ich dieses Erziehungsziel erreicht habe. Natürlich ist die Gesundheit ein kostbarer Besitz, und es steht außer Frage, daß wir alles tun müssen, um uns dieses Gut zu erhalten, und was dich im Speziellen betrifft, ist sogar noch größere Sorgsamkeit geboten als üblich, da du von zarter Konstitution bist. Allerdings kann es geschehen, daß sich durch eine merkwürdige Verkettung von Umständen eine Sachlage ergibt, in welcher die Rücksicht auf körperliche Gesundheit zugunsten eines höheren Bestrebens hintangestellt werden muß. Sind Ideale im Spiel, und in dem von dir geschilderten Fall sind sie es zweifellos, so erfordert die konsequente Verfechtung dieser Ideale den Einsatz unserer ganzen Person, ja unseres Lebens. Glaube nicht, daß es mir leicht fallen wird, ohne deine mir so vertraute Anwesenheit in dieser Wohnung weiterleben zu müssen, doch ich rate, nein, ich befehle dir unter Berufung auf meine mütterliche Autorität, auf die ich, wie du weißt, nur selten poche: Nimm um Franz Peter Schuberts willen das Opfer auf dich, eine Zeitlang in gesundheitswidrigen Verhältnissen zu leben. Das Glück, dich späterhin ständig in seiner spirituellen Gegenwart zu wissen, wird dich für dieses Sakrifizium reich entschädigen.

Ich blickte meine Mutter an, die hoch aufgerichtet, eine Hand auf den schwarz lackierten Deckel des Stutzflügels gelegt, vor mir stand. Was für eine Frau.

So kam es, daß ich die folgenden Monate in einer im Souterrain gelegenen Einzimmerwohnung am Lerchenfelder Gürtel zubrachte, an deren Wänden der Schimmel emporkroch. Die erwünschten Symptome, zunächst Ermüdbarkeit und Appetitlosigkeit und im weiteren Verlaufe Schwellung der Gelenke und Lymphdrüsen, leichte Verziehungen und Versteifungen an Händen und Füßen sowie Entstehung mehrerer rheumatischer Knoten, traten innerhalb erfreulich kurzer Zeit auf, und nachdem ich mir aufgrund der Feuchtigkeit der Souterrainwohnung auch noch eine Schleimbeutelentzündung in der rechten Schulter zugezogen hatte, hielt ich den Zeitpunkt für eine neuerliche Anfrage in der Wohnungsberatungsstelle für gekommen. Ich ließ mir vom Hausarzt meiner Mutter ein Attest ausstellen und suchte den dicken Beamten in Zimmer achtzehn auf, der sich sowohl von meinem kranken Aussehen als auch vom ärztlichen Zeugnis beeindruckt zeigte und versprach, meine Angelegenheit voranzutreiben.

Dergestalt waren mir die strickende Dame, der dicke Beamte und meine Mutter behilflich bei der Verwirklichung meines Lebenstraumes. Seit mehr als drei Jahren wohne ich im Schubert-Sterbehaus, und ich habe diesen Schritt noch nie bereut. Das Viertel ist angenehm, auf dem Naschmarkt bekomme ich alle Lebensmittel, die ich benötige, die Apotheke *Zur heiligen Magdalena* ist in beruhigender Nähe, der Wirt und die Wirtin des *Cafés Anzengruber* und des Restaurants *Zur Goldenen Glocke* unterhalten sich gern mit mir, und die restlichen Hausbewohner sind ruhige, freundliche Menschen, die am Gesang und am Klavierspiel, den Begleiterscheinungen meines Berufes, wohltuend wenig Anstoß nehmen.

Mittlerweile war die Rindsuppe fertig, und ich aß zwei tiefe Teller davon, dann schluckte ich die vorgeschriebene Menge von Atropinum- und Arsenicumkügelchen und bereitete mir eine große Tasse Veilchenblättertee zu, und bevor ich zu Bett ging, nahm ich ein körperwarmes Bad mit einem Zusatz von ein paar Tropfen Thymianöls. Unmittelbar bevor ich mich hinlegte, beschloß ich, mir zur Sicherheit noch einen heißen Brustumschlag zu machen, da meine Körpertemperatur zwar etwas gesunken, aber noch immer erhöht war, und um besser einschlafen zu können, spielte ich mir noch ein Stück des *Deutschen*

Requiems von Brahms vor, ein Chorwerk, das der Komponist als Zeichen der Verehrung für seine verstorbene Mutter geschrieben haben soll. In einer Stimmung heiterer Gelassenheit schlief ich ein, nicht ohne meine Mutter und Schubert vorher liebevoll in meine Gedanken eingeschlossen zu haben.

Doch einmal mehr gönnte mir meine Mutter keine ruhige Nachtruhe. Der schreckliche Alptraum, der mich schon so oft heimgesucht hatte, kehrte wieder. Ich stand auf einem finsteren Friedhof, an ihrer letzten Ruhestätte, und hörte eine hohltönende Stimme rufen: Grab mich aus, grab mich aus! Mit bloßen Händen begann ich in der harten schwarzen Erde zu wühlen, bis meine Fingernägel abbrachen. Schneller, rief die drohende Stimme, schneller, mein Kind! Ich grub und grub, bis zwei Hände zum Vorschein kamen, zwei grauenvolle Hände, deren bloßgelegtes gelbliches Knochengerüst zum Teil von braunschwarzen Haut- und Fleischfetzen bedeckt war. Diese Hände griffen nach meinem schneeweißen Schafwollschal, der dreifach gewunden um meinen Hals lag, und begannen fester und fester an dessen Enden zu ziehen, so lange, bis ich zu ersticken glaubte. Komm, mein Kind, rief die Stimme, hier ist es still, hier ist es schön! Normalerweise wachte ich an diesem Punkt auf, in Schweiß gebadet, und brauchte lange, um mich zu erholen. Nie versuchte ich mich gegen die Hände der Mutter zur Wehr zu setzen. Diesmal jedoch nahm der Traum eine neue Wendung: Bevor sich die Hände auf meinen Schal stürzen konnten, riß ich mir diesen vom Hals und warf ihn in das von mir umgegrabene Erdreich. Laß mich in Frieden, rief ich, such dir jemand anderen, der die ewige Ruhe mit dir teilt! Auf dieses hin erhob sich die Mutter zur Gänze aus ihrer letzten Ruhestätte, halb verwest und furchtbar anzusehen, und wurde immer größer, bis sie turmhoch über mir aufragte. Mit ihrer riesigen Hand aus wurmzerfressenem

Fleisch und porösen Knochen griff sie nach mir und hob mich hoch bis auf die Ebene der schwarzen Höhlen, die einst ihre Augen gewesen waren, dann öffnete sie das gelbe Totengebiß, um mich zu verschlingen. Doch bevor ich von ihren Zähnen zermalmt wurde, wachte ich mit einem Schrei auf. Es war drei Uhr dreiunddreißig. Ich zitterte am ganzen Leib.

Ich verstand das schauerliche Verhalten meiner lieben Mutter nicht. Natürlich war sie tot, seit dem achtundzwanzigsten Dezember vor drei Jahren, dem Tag der Unschuldigen Kinder. Ihre sterblichen Überreste befanden sich in einem Grab auf dem Areal des Wiener Zentralfriedhofs, wohin ich mindestens zweimal pro Woche mit der Straßenbahn der Linie einundsiebzig fuhr, um Zwiesprache mit ihr zu halten. Wie konnte sie mir diese Treue über den Tod hinaus auf so schändliche Art und Weise vergelten? Seit langem nahm ich die Alpträume hin, wehrlos, widerspruchslos wie ein kleines Kind. Mein untypisches Verhalten während des Traumes, aus dem ich eben aufgeschreckt war, der eklatante Mangel an Respekt gegenüber der geliebten Toten überraschten mich selbst, andererseits begann es mir allmählich an Verständnis für das lieblose und selbstsüchtige Verhalten der teuren Verblichenen zu mangeln, und so beschloß ich, sie bei meinem nächsten Besuch auf dem Zentralfriedhof zur Rede zu stellen. Und der nächste Besuch würde schon an dem Tag stattfinden, der vor drei Stunden und dreiunddreißig Minuten angebrochen war, am Allerseelentag, einem für eine derartige Auseinandersetzung durchaus passenden Zeitpunkt. Nach diesen Überlegungen gelang es mir bemerkenswert schnell, wieder einzuschlafen.

2

Der Tag, an dem mir Josef Horvath begegnete, war der zweite November, Allerseelen, Johns Geburtstag. Ich war seit drei Tagen in Wien, und der Flug vom Kennedy Airport nach Wien-Schwechat erschien mir mittlerweile wie eine Art Zeitreise, die mich um hundert Jahre in die Vergangenheit zurückversetzt hatte.

Vor wenigen Tagen noch war ich bei sonnigem Wetter in Manhattan umhergelaufen, um die letzten Besorgungen für meine Reise nach Europa zu erledigen, hatte mich zwischen den im Stau stehenden Fahrzeugen hindurchgezwängt, unter dem Lärm der Hupen, der Alarmanlagen, der Polizeiautos, der Rettungswagen. Ich war die Treppe zur Subway hinuntergehastet und hatte beim Warten auf den Zug die Ratten auf den Geleisen trippeln gesehen, Wasser aus einer schadhaften Leitung war mir auf den Kopf getropft, bevor ich einen der mit Graffiti besprühten Waggons bestiegen hatte, in dem sich der mir gegenübersitzende schöne junge Mann in Jeans, T-Shirt und Turnschuhen während der Fahrt vollkommen umzog. Die neue Kleidung, einschließlich eines blütenweißen Hemdes und eines Paares teuer aussehender, glänzender brauner Schuhe, hatte er einer gelben Plastiktüte entnommen.

Und abends der Blick aus dem Flugzeug auf den violetten Himmel, das glitzernde Atlantis, die Brooklyn Bridge, über dem Hudson River hängend wie Weihnachtsbeleuchtung, das strahlende Oval des Shea Stadium, das Diadem auf dem Dach des Chrysler Building, die silbernen und goldenen Straßenzüge, die roten Blinklichter auf den Hochhäusern.

Neben mir saß ein Antiquitätenhändler mit einem grauen Vollbart aus Wien. In erster Linie sei er nach New York gekommen, um sich eine Ausstellung von Netsuke anzusehen, erklärte er, jener kleinen menschlichen Figuren aus Elfenbein, Jade, Ton oder Holz, die man an den Gürteln japanischer Kimonos befestige, Liebhaber aus aller Welt zahlten sehr hohe Preise für diese kleinen Skulpturen. Das Leben sei merkwürdig, sagte er nach einer längeren Pause, es habe ihm eine Frau über den Weg geführt, eine junge Frau, die seine Hilfe brauche. Er näherte seinen Mund meinem Ohr. Crack, flüsterte er, ich wisse, Kokain, mit Wasser und Backpulver gemischt und aufgekocht. Sie hieße Maria Mercedes und sei erst sechzehn, es wäre Liebe auf den ersten Blick gewesen, er habe schon mit der Mutter gesprochen, die Familie sei vor wenigen Jahren aus der Dominikanischen Republik eingewandert und sehr glücklich über seine Neigung zu ihrem jüngsten Mitglied. Zum Abschied habe er Maria Mercedes sozusagen als Unterpfand sein kostbarstes Netsuke geschenkt, sie werde in wenigen Wochen nachkommen, mit Hilfe der Walzerstadt Wien würde sich ihr Problem binnen kürzester Zeit ganz von selbst lösen, da sei er sich sicher, die Walzerstadt Wien habe eine sehr ausgleichende Wirkung auf die unterschiedlichsten Gemüter. Und dann würde geheiratet, in der Kirche *Zu den neun Chören der Engel.* Ich sagte, er habe völlig Recht, man müsse seinen Impulsen folgen, das sei das einzig Vernünftige, und wünschte ihm viel Glück. Das könne er brauchen, nickte er, das könne er wirklich brauchen. Dann wandte ich meinen Kopf auf die andere Seite und wollte ein wenig schlafen, doch da richtete die dünne Brünette, die links von mir saß, das Wort an mich. New York sei beeindruckend, sagte sie, zweifellos sehr beeindruckend, aber was sie betreffe, sie ziehe Paris vor. Während der gesamten zwei Wochen ihres Besuchs in New York habe sie nichts Außerordentliches erlebt, wogegen es völlig unmöglich sei, sich zwei Wochen in Paris aufzuhalten und nichts Ungewöhnliches zu erleben. Das erste Mal, als sie in Paris gewesen sei, habe ihre Mutter ihr aufgetragen, das Musée de Cluny am linken Seineufer zu besuchen, ihre Mutter, die seit über dreißig Jahren Witwe sei, vertreibe sich die Zeit mit dem Nachsticken berühmter Tapisserien. In Originalgröße, sagte die Brünette und hob den rechten Zeigefinger, verstünde ich, in Originalgröße, ich müsse wissen, in Salzburg gebe es für eine Witwe kaum Möglichkeiten zur Zerstreuung. Zu dem Zeitpunkt, als sie nach Paris gefahren sei, setzte sie fort, habe ihre Mutter gerade eine Kopie eines der sechs sich im Musée de Cluny befindlichen berühmten, die sogenannte Dame mit dem Einhorn darstellenden Wandbehänge fertiggestellt. Fünf Jahre habe sie für die Anfertigung des Gobelins mit der traurig blickenden Dame, dem blauen Zelt, dem Löwen und dem Einhorn benötigt. Sie solle ins Musée de Cluny gehen, habe ihr die Mutter aufgetragen, und sich ansehen, wie die Bordüre gearbeitet sei, sie, die Mutter, habe Schwierigkeiten mit der Bordüre. Die dünne Brünette lehnte sich zurück und machte eine kleine Pause. Sie wäre also in dieses Museum gegangen, sagte sie dann, und da sie etwas kurzsichtig sei, habe sie sich ganz nahe zu den an der Wand hängenden Tapisserien hinbeugen müssen. Dadurch wäre die Alarmanlage ausgelöst worden, und eine Aufsichtsperson sei gekommen und habe sie des Gebäudes verwiesen. Aber, meinte sie lächelnd, sie hätte sich die Machart der Bordüre bereits eingeprägt gehabt, die Aufsichtsperson habe ihr nichts mehr anhaben können. Ich sähe also, das meine sie damit, daß in Paris unweigerlich jedesmal etwas Außergewöhnliches passiere.

Europäer schienen eigenartige Dinge zu erleben, dachte ich noch, dann schlief ich ein und wachte erst auf, als das Flugzeug schon stand und über Lautsprecher ein

Walzer erklang, der Walzer *Wiener Blut* von Johann Strauß, wie mir die Brünette aus Salzburg auf meine diesbezügliche Frage bereitwillig mitteilte. Am Ausgang des Flugzeuges standen die Stewardessen, in lebhaftes Rot gekleidet, nickten mit dem Kopf und sagten unentwegt: Grüß Gott! In den Hallen des Flughafens Wien-Schwechat glitt ich beinahe auf den Marmorfliesen aus, so blank poliert waren sie.

Als ich ins Freie trat, wehte mir ein kalter Wind ins Gesicht. Es war nicht schwierig, zum Haus meiner Verwandten Ecke Blutgasse Domgasse zu gelangen, die mir in einem Brief einigermaßen klare Anweisungen gegeben und bedauert hatte, mich nicht persönlich auf dem Flughafen willkommen heißen zu können, aus verschiedenen schwerwiegenden Gründen verlasse sie nur in den seltensten Fällen das Haus.

Das letzte Stück Weges fuhr ich mit dem Taxi, und ich war beeindruckt von der großzügigen architektonischen Anlage der Stadt, den prächtigen palaisartigen Gebäuden, welche die das Zentrum umschließende breite Straße säumten. Es war mein erster Besuch in Wien, und ich hatte keinerlei konkrete Vorstellung von dieser Stadt, obwohl meine Großmutter mütterlicherseits, soviel ich wußte, hier geboren wurde. Meine Mutter sprach selten von ihrer Familie, so selten, daß ich mich schon gefragt hatte, ob zwischen ihr und den in Europa verbliebenen Familienmitgliedern überhaupt Kontakte bestanden. Klafften etwa unüberbrückbare Gegensätze, herrschte unversöhnliche Feindschaft, waren schwere Zerwürfnisse, irreparable Differenzen der Grund für die Auswanderung meiner Großmutter in die Vereinigten Staaten gewesen? Gab es dunkle Geheimnisse, die mir meine Mutter nicht anvertrauen, schmerzhafte Konflikte, an die sie nicht rühren wollte? Als ich ihr mitteilte, ich hätte die Absicht, einige Wochen in Wien zu verbringen, um intensiven Gesangsunterricht zu nehmen, sah sie mich erstaunt an und meinte, ihres Wissens wohne Tante Pia, die nicht wirklich ihre Tante sei, sondern eine Großkusine ihrer Mutter aus der Pilsener Linie, die sie jedoch, soweit sie zurückdenken könne, Tante genannt hätte, noch immer in der geräumigen Eigentumswohnung Ecke Blutgasse Domgasse, sie werde mir ihre Adresse geben. Es sei nur recht und billig, wenn Tante Pia, diese Egoistin, die nie einen Pfennig für die zweihundert Quadratmeter große Wohnung bezahlt hätte, mich während dieses Zeitraumes bei sich aufnähme, exzentrische Egomanin, die sie sei, habe sie niemals auch nur das Geringste für den Rest der Familie getan, es sei an der Zeit, daß sie dieses Versäumnis nachholte. Nach diesen Worten begann meine Mutter in einem Schuhkarton voller Fotos zu kramen und zog ein altes, handkoloriertes Hochzeitsbild hervor, auf dem eine glücklich aussehende Frau mit grüngelben Haaren und ein ernst blickender, um einiges älterer Mann mit kirschroten Lippen in Uniform zu sehen waren. Der bedauernswerte Major von Hötzendorf, sagte sie und deutete auf den Uniformierten, den Tante Pia nicht ohne Hintergedanken geehelicht hätte, sei längst tot und begraben, sie erinnere sich daran, eine pompöse Todesanzeige erhalten zu haben. Der Major habe zwei Isonzoschlachten heil überstanden und sei ein Vierteljahrhundert später unversehrt aus der Ardennenoffensive heimgekehrt, was er allerdings nicht überlebte, das sei Tante Pia gewesen, sagte meine Mutter, Tante Pia habe es fertiggebracht, den besonnensten, nüchternsten Menschen mit ihren hirnverbrannten Ideen, ihren wahnwitzigen Vorstellungen anzustecken. Aber bei ihrer Tochter werde ihr das nicht gelingen, sagte sie nach einer kleinen Pause mit einem triumphierenden Lächeln wie zu sich selbst, an ihrer Tochter werde Tante Pia scheitern. Ich solle ihr schreiben, meinte sie dann, ich solle ihr unverzüglich schreiben, sie werde meine Bitte nicht ablehnen können.

Nachdem ich aufgrund dieser merkwürdigen Andeutungen eingewandt hatte, vielleicht sei es sinnvoller, in einem Hotel zu wohnen, rief meine Mutter, wie, in einem Hotel, was ich mir vorstellte, ein gutes Wiener Hotel sei unerschwinglich, wer würde das bezahlen, sie jedenfalls nicht, es wundere sie sehr, daß ich, die ich seit Monaten ohne Engagement und infolgedessen ohne Geld sei, eine solche Eventualität überhaupt in Erwägung zöge. Sie habe sich bei der Finanzierung meines Schauspielstudiums ausgeblutet, ja, ausgeblutet, die Ausbildung im Studio von Herbert Bergdorf, die sie mir aus reiner Sentimentalität ermöglicht hätte, aus reiner Sentimentalität, da Bergdorf Altösterreicher wäre und in meinen Adern immerhin fünfundzwanzig Prozent altösterreichisches Blut flössen, habe sie fast in den wirtschaftlichen Ruin gestürzt. Und nun, als diplomierte Schauspielerin, sei ich andauernd arbeitslos, weil ich so halsstarrig wäre, so anspruchsvoll, mir einbildete, gleich Lady Macbeth oder Desdemona spielen zu müssen, anstatt mich mit bescheideneren Rollen zufriedenzugeben, wie es andere Anfänger auch täten. Jetzt wolle ich auch noch in einem Wiener Luxushotel logieren, meine Selbstbezogenheit verblüffe sie, sollte sie das unselige Erbe Tante Pias sein, diese Ichsucht, sollte es an den altösterreichischen Genen liegen, es sei jedenfalls an der Zeit, daß ich die mir offenbar so wesensähnliche Tante Pia kennenlernte, die ja auch immer eine Schauspielerin gewesen sei, eine Komödiantin ersten Ranges, sonst wäre der Major, ein Mann aus erstklassiger Familie, nicht auf sie hereingefallen. Geh und schreib ihr unverzüglich, hatte meine Mutter abschließend wiederholt und das Foto in den Schuhkarton gelegt.

Die nicht völlig widerspruchsfreie Schilderung, die meine Mutter von Tante Pia gegeben hatte, machte mich neugierig auf diese Verwandte. Der Taxichauffeur fuhr gerade an einem Park entlang, und in einiger Entfernung leuchtete kurz ein goldener, auf einem Säulensockel stehender, schwungvoll Violine spielender Mann in einem Frack vor einem hellen Steinbogen auf. Dann bog der Fahrer in eine schmale Straße ein und hielt an. Die letzten paar Schritte müsse ich zu Fuß gehen, sagte er, er dürfe weder in die Blutgasse noch in die Domgasse hineinfahren. Hier wohnte ich also, gleich beim Figarohaus, meinte er dann, Mozart könne er nicht hören, ohne zu weinen, die Spätwerke seien das Ergreifendste.

Ich bezahlte, nahm meinen Koffer und trat auf das Steinpflaster des schmalen Gäßchens. Während ich nach dem Haus Ausschau hielt, in dem Tante Pia wohnte, geriet ich mit den Absätzen zweimal in eine Lücke zwischen den Steinen. Beim zweiten Mal löste sich der schmale hohe Absatz von meinem rechten Schuh. Tante Pia wirkte etwas verwundert, als ich schließlich mit dem indigoblauen Samsonite in der einen Hand und dem burgunderroten Absatz in der anderen vor ihrer Tür angelangt war. Die alte Frau stand in einem hellblauen, wattierten, halb offenen Morgenmantel im Rahmen der braunen Flügeltür. Darunter trug sie ein hochgeschlossenes, langes rosa Flanellnachthemd. Ihre Füße steckten in schmutzigweißen Hausschuhen aus Plüsch. Da sei ich also, sagte sie mit lauter Stimme und kicherte, Floras Fehltritt, worauf ich auf der Schwelle stehenblieb, sprachlos über diese Begrüßung. Ich möge doch hereinkommen, meinte sie dann und krümmte den Zeigefinger der rechten Hand, ich möge doch hereinkommen und den Koffer abstellen. Was ich denn da in der Hand hätte, ich solle mich doch ansehen lassen.

Ich stellte den Koffer auf den Holzfußboden, und sie nahm mir den Schuhabsatz aus der Hand und drehte mich mit einer für eine zerbrechliche alte Frau erstaunlichen Kraft und Behendigkeit ein paar Mal im Kreis herum.

Hübsches Kind, hübsches Kind, kicherte sie, aber schwärzer, als sie sich mich vorgestellt habe. Sie hätte gedacht, ich sei hellbraun, hellbraun wie Milchkaffee, eventuell noch mittelbraun wie eine Haselnuß, aber so dunkel, nein, so dunkel, die arme Flora.

Etwas später saß ich ihr in einem Wohnzimmer voll glänzender schwarzbrauner Möbel und ebenso dunkler, fadenscheiniger Teppiche gegenüber. Die schweren weinroten Vorhänge vor den hohen Fenstern waren zugezogen, und das einzige, was den großen quadratischen Raum mit der stuckverzierten Decke erleuchtete, war der schwache Schein einer hellgrünen Porzellankugel, die über dem runden Tisch in der Zimmermitte hing, an dem wir uns niedergelassen hatten. Sobald ich mich ein wenig an das Halbdunkel gewöhnt hatte, nahm ich wahr, daß das ganze Zimmer voller Puppen war. Sie standen, saßen und lagen auf der Kommode, den Bücherregalen, dem Beistelltischchen, auf dem Sofa, den Polstersesseln, sogar auf dem hohen Schrank und auf dem Fußboden waren sie aufgereiht.

Meine Verwandte bemerkte meinen Blick und sagte, ihre Püppchen, hätte ich ihre Püppchen gesehen, es seien die Püppchen, die sie ans Haus fesselten, die Püppchen und ihre Schwerhörigkeit, ich müsse laut mit ihr sprechen, sonst verstehe sie kein Wort, ihr Mittelohr sei geschädigt, eine irreparable Beeinträchtigung, auf der Straße sei es für sie viel zu gefährlich, das Trommelfell sei durchlöchert, mit einem durchlöcherten Trommelfell, einem defekten Mittelohr sei man als Passant in der Wiener Innenstadt nicht tragbar. Aber ich möge doch essen, eine heiße Kuttelflecksuppe sei genau das Richtige für die Zeit um Allerheiligen.

Vor mir stand ein dicker weißer Teller, bis an den Rand gefüllt mit einer undurchsichtigen graubraunen Flüssigkeit, in der weißliche Streifen schwammen. Ich hätte keinen Hunger, sagte ich, ich hätte im Flugzeug etwas gegessen, und als Tante Pia wiederholte, das Allerbeste bei diesem naßkalten Wetter, ich solle nur zugreifen, rief ich, ich sei nicht hungrig, ich hätte schon gegessen.

Tante Pia blickte mich aus trüben Augen an. Sie mußte um die achtzig Jahre alt sein. Auf ihrem kleinen Kopf züngelten schüttere Haare wie weiße Flämmchen. Wilma habe auch nie essen wollen, sagte sie, diese Kinder äßen einfach nicht. Dann würden wir uns eben die Püppchen ansehen, setzte sie hinzu, griff mit einer welken, gichtknotigen Hand über den Tisch und packte mich mit energischem Griff am Unterarm. Wilma habe nie gern mit ihnen gespielt, meinte sie, als wir vor den in einer Reihe auf dem Sofa angeordneten Puppen standen, sie hätte die bezauberndsten Püppchen für sie gekauft, aber sie habe nie mit ihnen gespielt. Diese zum Beispiel, sagte sie und deutete auf ein besonders schönes Exemplar in einem langen weißen Kleid, das Haar geschmückt mit einem Diadem aus winzigen Perlen, sie hätte Schlafaugen aus Glas, die Bänder und Blumen auf dem Tüllkleid seien handgenäht, die Haare echt, und der Kopf ließe sich drehen. Und da, meinte sie und zeigte auf die kleinen Ohren der Puppe, an denen Perlenohrringe hingen, die Ohrläppchen seien durchstochen. Sie habe die Puppe im Wiener Dorotheum ersteigert, eine Kostbarkeit aus der Werkstatt von *Simon & Halbig*, Wilma hätte sie keines Blickes gewürdigt.

Die Puppe daneben trug einen roten Mantel mit weißem Pelzbesatz. Tante Pia wies auf die kleine Handtasche, die an ihrem Arm hing. Bestickter Damast, erklärte sie, dann nahm sie die Tasche, öffnete sie und zog einen kleinen ovalen Handspiegel und einen Satz winziger Spielkarten hervor. Zweiundfünfzig Karten, meinte sie, keine fehle, ein kompletter Satz, der Spiegel sei aus Horn gearbeitet. Und diese hier, sagte sie dann und zeigte auf eine große Puppe mit einem blumengeschmückten Strohhut in einem gepunkteten Kleid, die Volants seien mit handgeklöppelter Spitze besetzt, eine Porzellanpuppe aus Thüringen, ich möge mir die Augen ansehen, den ausdrucksvollen Blick, die untere Wimpernreihe sei mit einem feinen Pinsel aufgemalt. Sie hob das Kleid. Und die Schuhe, echtes Ziegenleder, eine sehr teure Puppe, doch Wilma habe sie nicht geschätzt.

Meine Mutter hatte etwas von einer Tragödie im Leben Tante Pias angedeutet, einem Unglück, an dem jene allerdings nicht schuldlos gewesen sei. Ich fühlte mich etwas unbehaglich unter den Blicken all dieser aufgemalten Pupillen, dieser schwenkbaren gläsernen Augen und rief, ich sei ein wenig müde und wolle mich gern zurückziehen.

Natürlich, sagte die Tante, natürlich, sie zeige mir augenblicklich mein Zimmer, ich würde in Wilmas altem Zimmer wohnen, Wilmas Zimmer biete sich geradezu an für ein junges Mädchen wie mich.

Sie nahm mich an der Hand und zog mich zielstrebig hinter sich her, durch einen langen Korridor hindurch und in ein Zimmer hinein, bei dessen Anblick ich zusammenfuhr, da es gleichfalls Dutzende von Puppen enthielt, die mich vom Bett und vom Nachttisch, vom Fenstersims, vom Schreibtisch und von einer alten Truhe aus mit großen runden Augen ansahen. Sogar zwischen den Blättern eines Philodendrons spähten sie hervor.

Sie habe den Kachelofen eingeheizt, damit ich es schön warm hätte, sagte Tante Pia, Wilma habe es gern warm gehabt, es hätte ihr nie warm genug sein können. Und jetzt möge ich mich ausruhen, ich Hübsche, kicherte die Tante, ich möge mich erholen von der anstrengenden Reise.

Mit diesen Worten zog sie die Tür hinter sich zu.

Im Zimmer war es sehr heiß. Ich sah mich um. Das Muster der Tapeten, kleine rosa Rosen auf weißem Grund, stand in merkwürdigem Gegensatz zu den schweren dunkelbraunen Möbeln. Ich setzte mich auf das hohe Bett mit dem reich geschnitzten Kopfteil und dem gehäkelten, sich aus scharlachroten Rosen zusammensetzenden Überwurf. Die weiche Matratze hing in der Mitte durch. Auf der Marmorfläche des Nachttisches stand eine Lampe mit einem Messingfuß und einem Schirm aus gerafftem Stoff mit weißen Rosen auf gelbem Grund. Ich ging zum Fenster, nahm die Puppen, die auf dem Sims standen, und setzte sie auf den Fußboden, zog die Vorhänge zurück, deren Muster mit dem der Tapeten übereinstimmte, öffnete einen Flügel des Doppelfensters und blickte in den Hof des Gebäudes hinunter, in dessen Mitte eine kahle Platane mit einem dicken, schräggeneigten Stamm stand.

Ich fragte mich, was um alles in der Welt meine Mutter, eine Frau, die mir im großen und ganzen stets das Gefühl vermittelt hatte, daß mein Wohl ihr am Herzen liege, bewogen haben konnte, mich in dieses düstere Puppenhaus zu schicken, zu dieser alten Hexe, die sich zudem schon im ersten Augenblick als Rassistin herausgestellt hatte. Die in Europa verbliebenen Verwandten meiner Mutter schienen jedenfalls darüber informiert zu sein, daß diese einen Afroamerikaner geehelicht hatte, und dieses Faktum als etwas Beklagenswertes zu betrachten. Daß ich mehrere Wochen lang in derart bizarrer Umgebung in Gesellschaft einer mehr als sonderbaren Verwandten verbrachte, stand außer Frage, ich würde meinen indigoblauen Samsonite nehmen, mich an der schwerhörigen Tante Pia vorüber aus deren unheimlicher Behausung stehlen und im Hotel *Zum König von Ungarn* Quartier beziehen, an welchem ich auf der Suche nach der Wohnung Ecke Blutgasse Domgasse vorbeigekommen war und das einen guten, wenn auch teuren Eindruck machte. John würde für diese unvorhergesehene Änderung meiner Pläne Verständnis aufbringen und die Hotelkosten übernehmen. Er war es schließlich gewesen, der mich zu diesem Aufenthalt in Wien überredet, der gemeint hatte, jemand, der in einem Musical über Sigmund Freud die Rolle von dessen Tochter Anna darstellen wolle, müsse mit der Stadt, in welcher diese außerordentliche Frau einen wichtigen Teil ihres Lebens verbracht hatte, einigermaßen vertraut sein. Er, der nichts, was sich ereigne, auch nicht die kleinste, nichtigste Begebenheit, für einen Zufall halte, betrachte es auch keineswegs als einen solchen, daß meine Familie mütterlicherseits ebenso wie die Familie Freud väterlicherseits aus Wien beziehungsweise aus einer der nordöstlichen Provinzen der österreichisch-ungarischen Monarchie stamme, und was noch wichtiger sei als eine gewisse Kenntnis dieses, wie er höre, immer noch imposanten ehemaligen Mittelpunktes eines riesigen Kaiserreiches, das seien natürlich die Gesangsstunden. Aus verschiedenen Gründen verkörperte ich für ihn die ideale Besetzung der Anna Freud, doch sei meine Stimmlage eine Spur zu tief, ein Mezzosopran als Protagonistin eines Broadwaymusicals sei undenkbar, seit Bestehen dieser unterhaltsamen Kunstgattung sei noch jede Protagonistin ein lyrischer Sopran gewesen, ebenso wie die Protagonisten niemals Tenöre oder Bässe seien, sondern ausnahmslos Baritone, wenn ich die Rolle nicht verlieren wolle, die ich allein aufgrund seiner Initiative erhalten hätte, müsse ich mich mittels tatkräftiger Hilfe eines fähigen Gesangslehrers, einer kompetenten Gesangslehrerin zur Höhe eines lyrischen Soprans emporsingen. Und was liege näher, als einen solchen Gesangslehrer, eine solche Gesangslehrerin in Wien zu suchen, der Stadt der Musik, der einstigen Wirkungsstätte Schuberts und Mozarts? Die Verwandten, die ich in Wien hätte, würden mir sicher gern dabei behilflich sein, eine geeignete Person ausfindig zu machen.

Ich hatte meine Mutter um Rat gefragt, und sie hatte gemeint, Tante Pia würde mir bestimmt jemanden empfehlen können, soviel sie wisse, habe sie ihre unglückselige Tochter Wilma jahrelang gezwungen, Klavier zu spielen und stehe aufgrund dessen Wiens musikalischen Kreisen zweifellos nahe. Auf dieses hin richtete ich brieflich eine dementsprechende Bitte an meine mir unbekannte Verwandte, worauf jene unverzüglich zurückschrieb, es wäre ihr ein Vergnügen, Floras Tochter, die offenbar das Opern- beziehungsweise Operettenfach anstrebe, mit dem ihr, Tante Pia, nicht persönlich, jedoch mittlerweile immerhin von einem Telefongespräch her bekannten Sohn der ehemaligen Klavierlehrerin ihrer vor dreiundzwanzig Jahren aufgrund eines unglücklichen Zufalls verstorbenen Tochter, einem, wie sie höre, jungen, sehr begabten Gesangslehrer und ehemaligen Sängerknaben, bekannt zu machen. John war begeistert, als ich ihm von dem Brief erzählte.

Es war gerade diese Begeisterungsfähigkeit, die mich von Anfang an für ihn eingenommen hatte, sein Überschwang, sein uneindämmbarer Optimismus. Ich hatte ihn vor etwa fünf Monaten kennengelernt, als ich ohne Engagement war und im Café eines Off-Theaters als Kellnerin arbeitete. Ich stand hinter der Theke und bediente gerade die italienische Espressomaschine, als er eintrat, mich sah, mit ausgebreiteten Armen auf mich zukam und Anna! rief, worauf ich zu dem sympathisch wirkenden Mann in dem hellen weiten Leinenanzug und dem sehr kurz geschnittenen Haar sagte, es müsse sich um eine Verwechslung handeln, ich hieße Magnolia, und soweit ich mich entsinnen könne, hätte ich seine Bekanntschaft noch nicht gemacht. Er schien diese Richtigstellung zu überhören, denn er kam weiter auf mich zu, streckte über den Schanktisch hinweg seine rechte Hand nach mir aus, ergriff mein Kinn, schob es ein wenig höher, legte den Kopf schief, drückte das rechte Auge zu und murmelte nach einer kleinen Pause, wunderbar, wunderbar, genau das, was er suche. Dann zog er mich ungeachtet meiner Einwände von der Espressomaschine weg und hinter der Theke hervor und betrachtete mich von oben bis unten. Ein paar Zentimeter zu groß, aber das mache nichts, das mache nichts, meinte er dann und strich geistesabwesend meine weiße Servierschürze glatt. Ich wurde ungeduldig und fragte, ob er nicht sehen könne, daß ich beschäftigt sei, er möge seinen rätselhaften Andeutungen unverzüglich einen etwas klareren Sinn verleihen, ich müsse hinter meine Gaggia zurück und den Cappuccino fertigstellen, den zu bereiten ich im Begriffe gewesen sei. Daraufhin öffnete er die gut gebügelte und gestärkte breite Schleife meiner Servierschürze, warf das Kleidungsstück auf die Theke und sagte, ich würde in meinem Leben keine Gaggia mehr bedienen müssen, dann nahm er mich an der Hand, zog mich hinter sich her ins Freie und ein Stück die Straße entlang und schließlich durch eine Drehtür in die Lounge eines eleganten Hotels, wo er mich in einen Klubsessel drückte. Der Rezeptionist grüßte den ungestümen Unbekannten freundlich und hob die Augenbrauen kaum merklich, als er meine hohen weißen Kellnerinnenschuhe mit der offenen Ferse sah.

Anna, wiederholte der ungestüme Unbekannte und blickte mich liebevoll an, können Sie singen?

Ich entzog dem Mann etwas ungeduldig meine Hand, die er immer noch hielt, und fragte, was er eigentlich glaube, ich sei eine arbeitslose Schauspielerin und auf meinen Kellnerinnenjob angewiesen, sein impulsives Verhalten könne mich diesen Job kosten, mit dem ich mich mühsam über Wasser hielte, ja, höchstwahrscheinlich habe es mich ihn bereits gekostet. Eine Schauspielerin, jubelte der stürmische Unbekannte, er habe es gewußt, jeder zweite Kellner, jede zweite Kellnerin in Manhattan sei ein arbeitsloser Schauspieler, eine arbeitslose Schauspielerin. Dann wiederholte er seine Frage: Können Sie singen, Anna?

Etwas gereizt sagte ich, mein Name sei Magnolia, Magnolia Brown, und er möge so freundlich sein und mir mitteilen, worauf er hinauswolle. Er ging auf diese Bitte in keiner Weise ein, sondern forderte mich auf, ein Lied zu singen, auf der Stelle, in der Lounge des eleganten Hotels. Ich war von dem entschlossenen Auftreten des Mannes so überrumpelt, daß ich unwillkürlich die erste Strophe des Schubertliedes »Die Forelle« anstimmte, das meine Mutter mir beigebracht hatte, ein Umstand, der den Rezeptionisten die Augenbrauen noch eine Spur höher heben, den uniformierten Portier mit offenem Mund durch die Drehtür ins Foyer treten und das ältere Paar, das einige Meter entfernt von uns saß, mit großen Augen in unsere Richtung blicken ließ. Der zielbewußte Unbekannte schien mit meinem Vortrag zufrieden zu sein, unterbrach mich nach der zweiten Strophe und drängte mich, ein zweites Gesangsstück zum besten zu geben, damit er zu einer verläßlicheren Beurteilung meines Organs gelangen könne. Wieder verwirrte mich sein energisches Verhalten derart, daß ich ganz wie von selbst die Melodie »Swing Low, Sweet Chariot« zu intonieren begann, die mein Vater mir vorgesungen hatte, als ich ein Kind war. Die Reaktionen des Rezeptionisten, des Portiers, des älteren Paares und des dynamischen Fremden ließen keinen Zweifel daran, daß das Gebotene sie angerührt hatte. Der Rezeptionist setzte sich hin, legte das Kinn in die Hand, schloß die Augen und bewegte die Brauen auf und ab, der farbige Portier begann zu lächeln und wiegte den Kopf langsam hin und her, das ältere Paar faßte sich an den Händen und summte leise mit, und der dynamische Fremde lehnte sich in den Klubsessel zurück und seufzte mehrmals. Wunderbar, das Timbre, wunderbar, flüsterte er dann, eine Spur zu tief, aber das ließe sich ändern.

In diesem Augenblick kam der Inhaber des Cafés, in dem ich arbeitete, der gleichzeitig der Direktor des Off-

Theaters war, durch die Drehtür gewirbelt, blickte suchend in der Lounge umher, sah mich und trat auf mich zu. Er stellte sich vor mich hin, die Fäuste auf die Hüften gestützt, und rief, ich sei entlassen, was mir einfiele, mich zu der Tageszeit aus dem Café zu entfernen, in der es am stärksten frequentiert wäre, seine Gaggia, die er persönlich aus Florenz nach New York transportiert habe, sei ein hochsensibles Gerät, man könne einen Bedienungsvorgang an einem solchen Gerät nicht so abrupt abbrechen, wie ich es getan hätte, die Gaggia sei kaputt, sie schäume die Milch nicht mehr auf, er werde die Reparaturkosten, falls die Maschine überhaupt reparabel sei, von dem mir noch zustehenden Lohn abziehen, ansonsten würde ich die Anschaffungskosten einer neuen Gaggia zu tragen haben. Dann trat er einen Schritt näher, senkte die Stimme und meinte, die Rolle der Ophelia in der nächsten Theatersaison, die mir so gut wie sicher gewesen sei, bekäme ich unter diesen Umständen selbstverständlich nicht, er werde sich um eine andere Besetzung umsehen. Dann drehte er sich auf dem Absatz um und ging. Ich saß da, blickte auf meine hohen, geschnürten Kellnerinnenschuhe und schwieg.

Ich solle nicht traurig sein, sagte der dynamische Unbekannte und legte die linke Hand auf mein Knie, wer wolle schon die Ophelia spielen, wenn er Anna Freud verkörpern könne, und als ich ihn bat, mir endlich zu erklären, was mir seine Bekanntschaft eingetragen habe und welche Absichten seinem mir schwer erklärbaren Verhalten zugrunde lägen, meinte er, seine Intentionen seien die lautersten, schon in wenigen Minuten werde mir dies begreiflich sein. Damit streckte er mir die rechte Hand entgegen und sagte, er heiße John F. de Luca, John F. de Luca junior, Sohn von John F. de Luca senior, sei Autor und Produzent am Broadway und im Augenblick mit der Vorbereitung eines sensationellen Musicals über das Leben Sigmund Freuds, des Begründers der Psychoanalyse, beschäftigt, für welches er auch das Buch geschrieben habe, alle Rollen seien vergeben, bis auf die Rolle Anna Freuds, der Tochter Sigmund Freuds, einer heiklen Besetzung. Ich sei ihm im Café des Off-Theaters sofort aufgefallen, zweifellos wäre ich die ideale Person für diesen Part, und nach der kleinen musikalischen Darbietung, zu der ich mich freundlicherweise herabgelassen hätte, könne er mir gratulieren, ich bekäme die Rolle. Ich meinte, sein Vertrauen freue und ehre mich, doch interessierten mich die Melodramen, Komödien und Musicals, die am Broadway produziert würden, in künstlerischer Hinsicht so gut wie gar nicht, seit meiner Abschlußprüfung bestehe mein Ehrgeiz darin, ausschließlich Rollen in Shakespearedramen zu spielen, und seien diese Rollen noch so klein. Ich zöge die Verkörperung einer Hofdame, einer Dienerin oder einer kleinen Schäferin in einem Shakespearestück jeder größeren Rolle in einem Musical vor, außerdem seien Sigmund Freud und seine Familie meines Wissens von weißer Hautfarbe gewesen, was, wie er sehen könne, wenn er Augen im Kopf habe, bei mir nicht der Fall sei.

Natürlich habe er Augen im Kopf, rief John F. de Luca junior, natürlich sehe er, daß mein Teint nicht weiß wie Schnee, nicht wie Milch und Blut sei, doch wäre dies in dem speziellen Falle, um den es sich handle, keineswegs von Nachteil. Außerdem könne er sich nicht vorstellen, daß man mir bei meiner Hautfarbe bedenkenlos die Rolle einer Schäferin oder einer Hofdame in einem Stück von Shakespeare anvertraue, er gehe wohl nicht fehl in der Annahme, daß ich mit Angeboten nicht gerade überhäuft würde. Ich meinte, derartige Vorbehalte träfen vielleicht auf Theaterleute konventioneller Prägung zu, doch gäbe es glücklicherweise auch solche, die sich Peter Brook zum Vorbild nähmen, den englischen Regisseur, der, wie er zweifellos wisse, bei seinen Shakespeare-Inszenierungen Schauspieler unterschiedlichster ethnischer Zugehörigkeit einsetze. Allerdings müsse ich zugeben, daß mir meine Hautfarbe bei der Rollensuche bisher nicht eben dienlich gewesen sei.

Peter Brook, rief John F. de Luca, Peter Brook, gerade habe er auf diesen genialen Theatermann hinweisen wollen, dem er seit Jahrzehnten nacheifere. Was spreche dagegen, ein Musical über Sigmund Freud auf die Bühne zu bringen, in dem nur farbige Darsteller aufträten, nichts spreche dagegen, ein solcher Gedanke sei vollkommen einleuchtend, seien nicht die Juden die Schwarzen Europas, die Afroamerikaner der Alten Welt, ließe sich ihre Marginalisierung, ihre Ausgrenzung nicht mittels dieses Kunstgriffs auf das Überzeugendste repräsentieren? Vor einigen Jahren habe er ein Libretto auf der Basis des Romans *Onkel Toms Hütte* verfaßt, in welchem sämtliche Darsteller von gelber Hautfarbe gewesen seien, und diese zugegebenermaßen gewagte Adaptierung als Musical am Broadway zur Aufführung gebracht. Er sei sich über das mit diesem radikalen Experiment verbundene Risiko von allem Anfang an im Klaren gewesen, doch habe er sich von Risiken noch nie abschrecken lassen, im Gegenteil, Risiken hätten stets eine belebende und anspornende Wirkung auf ihn gehabt. Zwar sei das Musical ein eindeutiger Mißerfolg gewesen, zwar habe ihn die aufwendige Produktion in den finanziellen Ruin gestürzt, zwar hätte er sich nur aufgrund der tatkräftigen Unterstützung seines Vaters, des Produzenten John F. de Luca senior, von dem monetären Desaster erholt, doch was wögen diese Schwierigkeiten im Vergleich zu dem Abenteuer, zu dem Wagnis, das ein solcher Versuch darstelle?

John F. de Luca junior nahm die Hand von meinem Knie, sah mich an und meinte, er wisse, wie schwierig es sei, sich in New York als Schauspielerin durchzusetzen, auch mir sehe man die Entbehrungen an, die ich erleiden, die Enttäuschungen, die ich verkraften habe müssen im Zuge des Versuchs, mir in meinem Beruf Geltung zu verschaffen. Mit diesen Entbehrungen, diesen Enttäuschungen werde es in dem Augenblick ein Ende haben, in dem ich sein Angebot angenommen hätte, er flehe mich an, die Chance zu erkennen, die er mir biete, eine solche Gelegenheit präsentiere sich einmal im Leben, nicht öfter, er halte es nicht für ausgeschlossen, daß meine Verkörperung der Anna Freud mir den Tony Award einbringen würde, ein Tony Award liege durchaus im Bereich der Möglichkeiten. Er sei der Letzte, der etwas an Shakespeare auszusetzen habe, das dürfe ich ihm glauben, doch müsse man sich auch gegenüber den neueren Strömungen der Unterhaltungsindustrie aufgeschlossen zeigen, eine Geringschätzung des Genres des Musicals, das doch die zeitgenössische Form des Gesamtkunstwerks schlechthin sei und seinen Darstellern universelle, nämlich sowohl gesangliche und tänzerische als auch schauspielerische Begabung abverlange, könne sich nur rächen. Wolle ich denn weiterhin mit dem Ross Report in der Hand von einer Agentur zur anderen, von einem ergebnislosen Vorsprechtermin zum anderen, von einem mißlungenen Casting zum anderen hasten, wolle ich mein Brot weiterhin als Kellnerin verdienen, jetzt, wo sich mir die Aussicht auf einen Quantensprung biete, einen Quantensprung in meiner Karriere?

Ich sah John F. de Luca junior an. Er hatte sich in Hitze geredet, auf seinen Jochbeinen zeigten sich zwei kleine runde rote Flecken, sein Blick flackerte wie der eines religiösen Fanatikers. Wahrscheinlich war der Mann verrückt. Andererseits hatte ich mehr als genug von dem Leben, das ich führte, den ständigen Geldsorgen, dem kleinen Untermietzimmer im East Village, den tristen Verhältnissen mit Schauspielern und Schauspielschülern, die ebenso arm und erfolglos waren wie ich. Ich hatte nichts zu verlieren.

Ein Klopfen an der Tür riß mich aus meinen Gedanken. Ohne meine Erlaubnis zum Eintreten abzuwarten, betrat Tante Pia das Zimmer. Ein Herr sei am Telefon, kicherte sie, ein Herr mit einer schönen Stimme, sie habe kein Wort von dem verstanden, was er gesagt hätte, aber eine so schöne tiefe Stimme, und ich stürzte aus dem Zimmer, hin zu dem altmodischen schwarzen Apparat mit dem großen Telefonhörer, der Metallgabel und der Fingerlochscheibe, der auf einem Tischchen im Korridor stand.

Wie ginge es seinem köstlichen Kaffeeböhnchen, seinem himmlischen Haselnußtörtchen, seinem berückenden Brownie, fragte John, worauf ich erwiderte, die Kontaktnahme mit der Wiener Blutsverwandten habe sich als folgenschwerer Irrtum herausgestellt, es handle sich um ein Ungeheuer, eine Hexe, die mich in das überheizte Zimmer ihrer verstorbenen Tochter sperren und mich mit verdächtig aussehenden Speisen vergiften wolle. Johns leises Lachen am anderen Ende machte mich wütend. Ich bliebe keine Sekunde länger in diesem Haus, fuhr ich fort, das könne niemand von mir verlangen, gleich in der Nähe sei ein ordentliches Hotel, bei dem bisherigen Kostenaufwand für die Produktion des Musicals fielen die Hotelspesen kaum ins Gewicht. John hörte zu lachen auf. Wie könne ich das behaupten, sagte er, er versuche an allen Ecken und Enden an den Produktionskosten zu sparen, und ich wolle wochenlang in einem Wiener Viersternehotel logieren, ich möge so vernünftig sein und die Unbescheidenheit meines Wunsches einsehen. Ich sei doch gerade erst in Wien angekommen, der ungünstige Eindruck, den ich von meiner Verwandten gewonnen hätte, werde sich sicher binnen kürzester Zeit als völlig ungerechtfertigt herausstellen, alte Damen im allgemeinen und alte Wiener Damen im Besonderen seien vielleicht ein wenig exzentrisch, aber letztlich von großer Liebenswürdigkeit und Herzensgüte, mein Mißtrauen, meine Skepsis seien ihm im Verlauf der vergangenen Monate bereits aufgefallen, ich müsse versuchen, diese negative Denkweise zu korrigieren, sie sei kontraproduktiv. Es sei doch eine wunderbare Gelegenheit, ein Privileg, in einer alten Wiener Wohnung im ersten Bezirk zu logieren, so bliebe meine Sichtweise nicht auf die Perspektive einer Touristin beschränkt, die, wenn vielleicht auch etwas wunderliche, Person meiner Verwandten würde mir das Verständnis für die alte Residenzstadt erschließen, ein Verständnis, das für die Verkörperung meiner Rolle unabdingbar sei, im übrigen erstaune ihn mein Mangel an Familiensinn. Ich enthielt mich der Bemerkung, möglicherweise mangle er mir, ihm jedenfalls fehle es, soviel ich bisher hätte feststellen können, nicht daran, und sagte, ich sei ein wenig befremdet über sein geringes Einfühlungsvermögen in meine Situation. Wie ich ihm das vorwerfen könne, rief John, er besäße Einfühlungsvermögen in ungewöhnlich hohem Maße, hätte er mich denn sonst als Darstellerin der Anna Freud ausgewählt, ich möge ihn nicht dazu zwingen, bestimmter zu werden, schließlich sei ich Teil eines Ganzen, nämlich einer gigantischen Theatermaschinerie, und müsse mein persönliches Wohlergehen hintanstellen, genau wie er selbst, genau wie die anderen Beteiligten. Die Produktion einer Broadwayshow wäre ein Wagnis ohnegleichen, er riskiere Kopf und Kragen, in den letzten Jahren seien die Kosten enorm gestiegen, ja geradezu explodiert, das Publikum verlange Starbesetzung, perfekten technischen Standard und spektakuläre Ausstattung, einen weiteren Flop könne er sich nicht leisten, nicht einmal sein Vater, der berühmte Produzent John F. de Luca senior, würde es sich gestatten können, ihm, seinem zweitgeborenen und Lieblingssohn, nochmals finanziell unter die Arme zu greifen. Er wolle nicht erneut auf die geradezu unvorstellbare Chance hinweisen, die die Verkörperung der Anna Freud für meine Laufbahn bedeute, er verlange keine Dankbarkeit, doch erwarte er ein gewisses Maß an Einordnung in ein Gruppengefüge, wie es das zum ausschließlichen Zweck der Produktion unseres Musicals engagierte Ensemble darstelle. Es handle sich doch nicht um rein individuelle Ziele, hätte ich denn nicht begriffen, daß es hier um viel mehr ginge, um eine uneingeschränkte Parteinahme für die Opfer, die Sündenböcke, die Unterdrückten und Ausgeschlossenen dieser ungerechten Welt, sei ich nicht fähig, meine egoistischen Interessen einem höheren Ziel unterzuordnen?

Ich gab auf. Einmal mehr hatte mich John überredet. Sein Idealismus, seine Überzeugung von der Möglichkeit der Verwirklichung visionärer Bestrebungen, sein Glaube an die Realisierung seiner Utopien hatten den Sieg davongetragen über meine Kleingläubigkeit, meinen Argwohn, meine Selbstsucht.

Also gut, sagte ich, ich bleibe.

3

Allerseelen, Tag der Toten, eingeführt im Jahre neunhundertachtundneunzig von Abt Odilo von Cluny, wie Fräulein Haslinger zu berichten wußte, eine kraft ihrer jahrzehntelangen Tätigkeit als Pastoralassistentin verläßliche Autorität in allen die katholische Kirche und ihre Riten betreffenden Fragen.

Ein unangenehmer Hustenreiz ließ mich früh aufwachen. Schlaftrunken legte ich eine Hand auf meine Stirn und griff mit der anderen sofort nach dem Fieberthermometer, das auf dem Nachttisch lag. Meine Stirn war heiß. Ich schüttelte das Thermometer und steckte es in den Mund, und schon diese an und für sich nicht übermäßige Kraftanstrengung erschöpfte mich augenblicklich. Ich hatte es geahnt: Die Unachtsamkeit, die mir unterlaufen war, indem ich ein Stück Weges ohne meinen weißen Schal aus handgesponnener Schafwolle zurückgelegt hatte, war nicht ohne Konsequenzen geblieben, ich hatte das Empfinden, als wäre der Raum hinter dem Brustbein eine einzige Wunde. Im allgemeinen zog ich es vor, meinen Bronchialkatarrh ohne Konsultation eines Arztes, lediglich mit Hilfe der klugen Ratschläge der Pharmazeutin aus der Apotheke *Zur heiligen Magdalena*, auszuheilen, doch diesmal würde mir der Weg ins Wiener Allgemeine Krankenhaus wohl nicht erspart bleiben, ein Weg, den ich haßte, da meine Mutter am Tag der Unschuldigen Kinder vor drei Jahren in einem der zahllosen, nur von künstlichem Licht erhellten Krankenzimmer dieses häßlichen Baues ihr melancholisches Pianistinnenleben beschlossen hatte. Ich würde die Kapazität Dozent Doktor Leupold-Löwenmaul anrufen und um einen Termin bitten müssen, und der weit über die Grenzen Wiens und Österreichs hinaus bekannte Pneumologe würde aller Wahrscheinlichkeit nach eine Bronchoskopie vornehmen, eine unangenehme Prozedur, der ich mich bereits einmal hatte unterziehen müssen. Ich fragte mich, wie ich es unter den gegebenen Umständen zuwege bringen sollte, mit der Straßenbahnlinie einundsiebzig zum Zentralfriedhof zu fahren, denn daß ich meiner lieben Mutter und Franz Seraphicus Peter Schubert an diesem bedeutsamen Tag meine leibliche Anwesenheit versagte, kam nicht in Frage. Ich nahm das Thermometer aus dem Mund. Siebenunddreißig Komma sieben Grad Celsius, kein Grund, den Kopf zu verlieren, aber dennoch besorgniserregend. Am vernünftigsten würde es sein, den Dampf eines Kräuterabsudes aus gleichen Teilen von Huflattich, Sonnentau und Klatschmohn einzuatmen, eine Inhalation hatte sich noch jedesmal als ausgesprochen lindernd erwiesen. Ich ließ mich auf das Kissen zurücksinken, schloß die Augen und versuchte, mir meine Mutter zu vergegenwärtigen, so, wie sie zu Lebzeiten ausgesehen hatte, um die schreckliche Erscheinung aus meinem nächtlichen Alptraum zu verscheuchen. Sie war eine so schöne Frau gewesen, hochgewachsen, mit ausdrucksvollen dunklen Augen und langem, nußbraunem Haar. Nicht ganz zu Unrecht hatte man ihr eine gewisse Ähnlichkeit mit unserer unter so unglücklichen Umständen ums Leben gekommenen Kaiserin Elisabeth nachgesagt, über welche sich die Greisin aus dem Hause Kettenbrückengasse vierzehn so ungnädig geäußert hatte. Eine Zeitlang überließ ich mich den aufsteigenden Bildern, dann erhob ich mich, schlüpfte unter den mittlerweile fast trockenen Leintüchern hindurch und bereitete den Kräuterabsud zu. Schließlich stellte ich den Topf auf einen Stuhl, setzte mich davor hin, zog mir den gehäkelten Bettüberwurf über den Kopf und atmete die Dämpfe tief ein. Das Brennen hinter meinem Brustbein ließ ein wenig nach. Als ich so dasaß, in der Finsternis, mit gekrümmtem Rücken, fielen mir ein paar Zeilen aus einem der *Kindertotenlieder* ein: »Armes Herz, du willst nicht, daß die Wunden heilen/Etwas hast du noch, solang es schmerzlich brennt,/ Das Verschmerzte nur ist tot und abgetrennt.«

Es läutete an der Tür. Ich stand auf, ging mit der Decke auf dem Kopf zur Tür und öffnete. Durch das Häkelmuster aus großen Sternen hindurch erblickte ich die vertraute Gestalt Fräulein Haslingers.

Ach, hätte ich sie erschreckt, rief sie, trat einen Schritt zurück und fuhr sich, soviel ich ausmachen konnte, mit der Hand an den Kragen ihrer weißen Hemdbluse. Ich möge die Störung entschuldigen, sie habe mir nur eine Bibelstelle ans Herz legen wollen, die sich ausgezeichnet als Meditation zum heutigen Allerseelentag eigne. Sie schlug das, wenn mich meine eingeschränkte Sehfähigkeit nicht trog, dicke rote Taschenbuch, nach meiner Vermutung die Einheitsübersetzung des Alten Testaments, auf, das sie in der linken Hand hielt, und las:

Jesus Sirach, Kapitel einundvierzig, Vers zwei bis fünf: »Tod, wie gut ist es, daß du auferlegt bist, /für den betrübten und kraftlosen Menschen, /für den, der strauchelt und überall anstößt, /der verzweifelt ist und die Hoffnung verloren hat. /Fürchte dich nicht vor dem Tod, /weil er dir auferlegt ist. /Denk daran: /Vorfahren und Nachkommen trifft es wie dich.«

Mir kam ein Gedanke. Ich schlug die Häkeldecke zurück und sagte, sie habe doch sicher auch heuer wieder die Absicht, auf den Zentralfriedhof zu fahren und das Grab ihres vor fünf Jahren an den Folgen einer nicht erkannten Gastroenteritis verstorbenen Beichtvaters und Seelenführers, des Monsignore Gaspero, mit einem Bukett aus Tannenreisig und Chrysanthemen zu schmükken. Könnten wir die Strecke nicht gemeinsam mit der

Straßenbahn Nummer einundsiebzig zurücklegen, ich sei aufgrund der Begleiterscheinungen eines schweren Bronchialkatarrhs äußerst geschwächt und würde ihr unterstützendes Geleit sehr zu schätzen wissen. Sie, deren tiefe Verbundenheit mit Monsignore Gaspero das irdische Dasein ebenso überdauert habe wie meine innige Beziehung zu meiner lieben Mutter, begreife sicher, wie wichtig mir der Besuch ihres Grabes an einem Tag sei, da sich alle Welt dem Gedächtnis der teuren Verblichenen hingebe. Darauf erwiderte Fräulein Haslinger, selbstverständlich könne sie meinen Wunsch verstehen, sie freue sich, diesen kleinen Dienst am Nächsten üben zu dürfen und würde sich überdies erlauben, mir ein Fläschchen Hustensirup zukommen zu lassen, ein hochwirksames Mittel, das sie persönlich mittels eines komplizierten Destillationsprozesses aus frischen Tannentrieben eines Forstes der Buckligen Welt gewonnen hätte, der ihren Blutsverwandten gehöre.

So kam es, daß wir ein paar Stunden später in der übervollen Straßenbahn der Linie einundsiebzig standen, gemeinsam mit vielen anderen Wienern, die wie wir zu dem allen Konfessionen zugänglichen Zentralfriedhof an der Simmeringer Hauptstraße fuhren, um den dort bestatteten Toten die Ehre zu erweisen. Ich hatte den Kragen des dicken dunkelgrünen Lodenmantels aus dem Hause Resi Hammerer, eines Erbstücks meiner Mutter von diskreter Eleganz und unverwüstlicher Qualität, vorsorglich hochgeschlagen und mir den weißen Schafwollschal mehrmals um den Hals gewunden. Fräulein Haslinger war außerdem so freundlich gewesen, mir ihre Haube aus hochwertigem feinhaarigem Zobelpelz zu leihen, die ihr ein russischer Besatzungssoldat während des besonders strengen Nachkriegswinters siebenundvierzig achtundvierzig im Austausch gegen eine kleine Gefälligkeit überlassen hatte, so daß mein empfindlicher Kopfbereich geschützt war. Ob ich gewußt hätte, daß zu Allerheiligen und Allerseelen alljährlich fünfhundertfünfundzwanzig Straßenbahnzüge zum Zentralfriedhof führen, darunter etliche nur an diesen beiden Tagen eingesetzte Friedhofslinien, die insgesamt eine Million Fahrgäste transportierten, fragte Fräulein Haslinger, und daß die trauernden Hinterbliebenen die Gräber ihrer Toten mit fünf Millionen Chrysanthemen und fünfhunderttausend Zyklamen und Stiefmütterchen schmückten? Beim Hauptportal, dem Tor zwei, wo sich das Verwaltungsgebäude und die beiden Aufbahrungshallen befinden, stiegen wir aus und mischten uns unter die Menge der ihrer lieben Dahingegangenen Gedenkenden, die im Schneeregen zwischen den zur Feier des Tages aufgestellten zahllosen Buden der Blumenhändler, Würstelverkäufer und Maronibrater umherschlenderten. Fräulein Haslinger meinte, wenn ich nichts dagegen hätte, würde sie sich nun von mir trennen, sie müsse kurz ins Grabsteinland, den größten der den Friedhof umgebenden Steinmetzbetriebe, um mit dem Steinmetzmeister Kubicek eine eventuelle Änderung des Wortlautes der Inschrift auf dem Grabstein des Monsignore, eines sehr schönen Steines aus graublauem Nagelfluh, gebrochen in einem Steinbruch der Buckligen Welt, zu besprechen. Ich meinte, ich sähe mich durchaus imstande, den Weg zum Grabmal Schuberts und anschließend zur Begräbnisstätte meiner Mutter allein zu bewältigen, die Nähe der sterblichen Überreste dieser beiden geliebten Menschen verleihe mir Kraft, ich könne diesen Kraftzuwachs bereits spüren. Zum Abschluß warf Fräulein Haslinger einen Blick ins Haupttor und sagte kopfschüttelnd, drei Millionen Tote in mehr als dreihunderttausend Gräbern, unglaublich, zweihundertfünfzig Ehrengräber, ein österreichisches Pantheon. Damit drehte sie sich um und ging in Richtung Grabsteinland davon.

Ich schritt im Schneeregen aus, so gut ich konnte. Die Erwähnung der zweihundertfünfzig Ehrengräber hatte unangenehme Erinnerungen in mir geweckt. Nach dem Tod meiner Mutter hatte ich an die Magistratsabteilung sieben ein schriftliches Gesuch mit der Bitte gerichtet, ihrer sterblichen Hülle ein Ehrengrab zuzubilligen, eines der Gräber auf Friedhofsdauer, für welche die Stadt Wien sämtliche Gebühren sowie die Verpflichtung der Grabpflege übernimmt. Ich versuchte, den Beamten auseinanderzusetzen, daß meine Mutter eine Klaviervirtuosin von singulärer Begabung gewesen sei, die lediglich durch Umstände widrigster und unseligster Art nicht zu einer einem breiten Publikum zugänglichen Ausübung dieser Begabung gelangt sei. Insofern fühlte ich mich berechtigt, höflichst um eine Überstellung ihres Leichnams in den vor einigen Jahren innerhalb der Ehrengräber der Gruppe vierzig angelegten Ehrengräberhain für Kulturschaffende zu ersuchen. Das Rückschreiben des zuständigen Beamten war entmutigend: Die Mitglieder des Ehrungsbeirates hätten entschieden, daß die Wertschätzung, die ein hinterbliebener Sohn der musikalischen Begabung seiner verstorbenen Mutter entgegenbringe, zwar verständlich und rührend sei, jedoch für sich allein gesehen keineswegs genug Gewicht besäße, um eine Beisetzung der Heimgegangenen im Ehrengräberhain beziehungsweise in einer der beiden großen Abteilungen der Ehrengräber, nämlich den Gruppen Vierzehn A und Vierzehn C, Zweiunddreißig A und Zweiunddreißig C, zu rechtfertigen, man wolle mich nicht kränken, doch könne man meine verstorbene Mutter bei allem guten Willen nicht in die Reihe der Berühmtheiten einordnen, die dort ruhten. Ich ließ mich nicht entmutigen und unterbreitete der Magistratsabteilung einen weiteren Antrag mit der Aufforderung, meiner Mutter wenigstens ein sogenanntes ehrenhalber gewidmetes Grab zuzugestehen, auch wenn in diesem Falle mir, dem nächsten Familienangehörigen, Grabgestaltung und Grabpflege oblägen. Nachdem auch diese Eingabe abschlägig beurteilt worden war, wagte ich ein letztes Ansuchen um ein sogenanntes gewidmetes Grab, das, wenn nicht auf Friedhofsdauer wie die Ehrengräber und ehrenhalber gewidmeten Gräber, so immerhin auf zehn Jahre vergeben wird. Nach zwei Monaten erhielt ich ein in einem etwas gereizten Ton verfaßtes Antwortschreiben des in letzter Instanz entscheidenden Bürgermeisters von Wien, in dem mir nahegelegt wurde, meine Bemühungen endlich aufzugeben, meine ständig eingereichten Vorlagen führten zu nichts anderem als zu unnötiger Mehrarbeit eines Beamtenapparates, der ohnehin bereits an den Grenzen seiner Belastbarkeit angelangt sei.

Inzwischen hatte ich die Gräber der Komponisten erreicht, einen schönen und üblicherweise stillen Platz, an dem ich jedesmal kurz verweilte, bevor ich meine Mutter besuchte. Die Gewißheit, mich in der geistigen Gegenwart von Brahms, Beethoven, Wolf, Gluck, Schönberg und vor allem Schubert zu befinden, spendete mir Trost. Daß Mahler auf dem Grinzinger Friedhof und Berg auf dem von Hietzing seine letzte Heimstatt gefunden hatte, bedauerte ich bisweilen, doch bot mir dies Gelegenheit zu entspannenden Spaziergängen auf diesen beiden gepflegten Gottesäckern, deren ersterer, ein beschaulicher Ort mit vielen ausdrucksstarken Grabplastiken abseits des Verkehrslärms, in Terrassen auf leicht ansteigendem Gelände angelegt ist, wogegen letzterer mit seinen Hecken und großzügig angelegten Gruftenreihen eher einem englischen Garten gleicht. Ich blieb vor dem Grabmal Schuberts stehen und gab mich eine Weile der Kontemplation hin, in der ich zu meinem Leidwesen durch die unnötig laut geführte Konversation einer alten Frau und ihrer Begleiterin, einer spindeldürren jüngeren Person dunkler

Hautfarbe mit merkwürdiger, aus zahllosen Zöpfchen bestehender Haartracht, empfindlich gestört wurde. Verärgert legte ich das kleine Stechpalmensträußchen mit den kugeligen roten Früchten, das ich bei der liebenswürdigen Floristin in der Kettenbrückengasse erstanden hatte, auf das Grab und ging der Ruhestätte meiner Mutter entgegen, die in einem etwas abgelegenen, von alten Kastanienbäumen überragten Teil des Zentralfriedhofes lag. Als Grabschmuck hatte ich einen schlichten, doch edlen Block zart rötlich gepunkteten Untersberger Marmors ausgewählt, ein Gestein, das hierzulande Forellenstein genannt wird, als Grabspruch die beiden Textzeilen aus der *Winterreise*: »Fremd bin ich eingezogen, /Fremd zieh' ich wieder aus.« Über dem Spruch hatte ich einen kleinen ovalen Glasrahmen anbringen lassen, aus dem mir wie aus einem Medaillon das Bildnis meiner Mutter entgegenblickte.

Der Gang auf dem etwas unwegsamen Friedhofsgelände, das noch dazu von einer dünnen und nassen Schneeschicht bedeckt war, hatte mich derart ermüdet, daß ich mich ungeachtet der Gefahr einer weiteren Verschlimmerung meines Gesundheitszustandes auf der Grabumrandung aus Glimmerschiefer niederließ. Die dunklen Augen meiner Mutter ruhten sanft und mitleidig auf mir. Als mein Blick zufällig auf das Nebengrab fiel, ein protziges, mit geschmacklosen Engelsskulpturen versehenes Gebilde aus einem synthetisch wirkenden schneeweißen Material, mußte ich feststellen, daß die beiden aufreizend laut sprechenden Frauen, die mir vor Schuberts Grabmal so unangenehm aufgefallen waren, sich dort mit einer Gießkanne und einer Harke zu schaffen machten. Ich versuchte sie zu übersehen und zu überhören und begann nach einer kurzen Begrüßung die Aussprache mit meiner Mutter, ein Gedankenaustausch, zu dem mich ihr Blick geradezu einlud. Es fiele mir nicht leicht, das Thema meiner

Alpträume anzusprechen, in denen sie bedauerlicherweise eine so unerfreuliche Rolle spiele, meinte ich einleitend, doch zwinge mich die Sorge um mein psychisches Wohlbefinden dazu. Da sie mir als liebevolle und warmherzige Ernährerin in Erinnerung sei, verstöre es mich im höchsten Grade, sie in besagten Alpträumen als unangemessene Forderungen stellendes Scheusal, als lebensbedrohendes Ungeheuer, als verschlingendes Schreckgespenst vor Augen haben zu müssen. Sei es denn nötig, den positiven Eindruck, den sie zu Lebzeiten auf mich gemacht habe, zu zerstören? Ich wäre gern bereit, ihr auf jede mögliche Weise behilflich zu sein, wenn sie sich im Jenseits nicht so wohl fühle, wie es ihren Erwartungen entsprochen hätte, doch könne sie von mir, einem Menschen, der sein dreißigstes Jahr noch nicht überschritten habe, nicht verlangen, ihr jetzt schon dorthin zu folgen. Sie, der das Wohl ihrer Schüler stets am Herzen gelegen sei, müsse doch verstehen, daß ich, ihr Sohn, den Zweck meines irdischen Daseins noch nicht erfüllt hätte, daß ich meine musikalischen Fähigkeiten, die großteils ihr zu verdanken seien, weitergeben, sie denen vermitteln müsse, welchen die Musik ein ebenso großes Bedürfnis, ein ebenso starkes Anliegen wäre, wie sie es ihr gewesen war, wie sie es mir sei. Ich schwieg und wartete die Reaktion meiner Mutter ab. Die eine der beiden Frauen, die eben mit einer grünen Gießkanne an mir vorüberging, starrte aufdringlich in meine Richtung. Meine Mutter sagte nichts, doch dem gütigen und ernsten Blick ihrer Augen war abzulesen, daß sie mich verstanden hatte. Ein trockener Husten schüttelte mich, und ich stand auf, zog aus einer der geräumigen Taschen des Lodenmantels von Resi Hammerer das Fläschchen mit Hustensirup, das Fräulein Haslinger mir gütigerweise zur Verfügung gestellt hatte, und trank einen Schluck der dunklen Flüssigkeit. Diese Maßnahme brachte mir kurzzeitig Erleichterung, doch bald schon wurde der Hustenreiz erneut so unwiderstehlich, daß ich ihm nachgeben mußte, was die beiden Damen veranlaßte, ihre rechten Zeigefinger in einer Stillschweigen gebietenden Geste an die gespitzten Lippen zu legen, ein Wink, den ich als unverschämt empfand, da sie selbst sich weithin hörbar unterhielten, so vernehmlich, daß ich Teile eines eher uninteressanten Gesprächs mitanhören mußte, welches sich um die Schicksalsverläufe eines Majors und eines offenbar früh verstorbenen Mädchens namens Wilma drehte. Um den beiden keine weitere Gelegenheit zur Klage zu geben, suchte ich nach den beiden Phiolen Atropinum sulfuricum D3 und Arsenicum D6, ließ je zehn der kleinen weißen Kügelchen vorsichtig auf meinen Handteller gleiten und führte sie mir ebenfalls zu. Dabei fielen ein paar Kügelchen zu Boden. Ich bückte mich, um sie aufzuheben, und dabei fiel mir auf, daß die hübsche schmiedeeiserne Grablaterne, die ich vor dem kleinen, von mir selbst gepflanzten Eibenbusch auf dem Grab aufgestellt hatte, verschwunden war. Es war kaum zu glauben, aber offenbar trieben sich auf dem Wiener Zentralfriedhof Grabräuber herum, Menschen übelster Sorte, die nicht davor zurückschreckten, Gegenstände an sich zu nehmen, die aus Anhänglichkeit und Liebe zu den Toten auf die Grabstätten plaziert worden waren. Bei dem herrschenden Schneeregen, dem schneidenden Wind würde sich die rote Kerze, die ich beim Kerzenzieher und Lebzelter in der Margaretenstraße erstanden hatte, zwar unter Umständen anzünden lassen, doch ohne den Schutz der Glasscheiben der Laterne würde die Flamme sofort wieder erlöschen. Ich richtete mich auf und glaubte meinen Augen nicht zu trauen: Die kleine, weißhaarige alte Frau am Nebengrab war gerade dabei, eine weiße Kerze in meine Grablaterne zu stellen. Wütend schritt ich auf sie zu und stellte sie zur Rede, worauf die Alte den Kopf schief und die rechte Hand hinter das rechte Ohr legte und mich bat, lauter zu sprechen, aufgrund einer durch eine schwere Mittelohrentzündung verursachten, nicht rückgängig zu machenden Schädigung des Trommelfells sei sie auf dem rechten Ohr nahezu taub. Ich schrie, sie solle mir auf der Stelle die Laterne aushändigen, die sie vom Grab meiner Mutter gestohlen hätte, ansonsten würde ich mich ohne Zögern an den Friedhofswärter wenden und den frechen Raub melden. Daraufhin erhob die Alte ihre Stimme zu einer angesichts ihrer Gebrechlichkeit erstaunlichen Lautstärke und rief, was mir einfalle, diese Grablaterne gehöre ihr, sie habe sie eine Woche nach dem Tod des Majors zum Preis von zweihundertneunundneunzig Schilling im Baumarkt in Erdberg käuflich erworben, das wisse sie genau, ich solle mich hüten, anständigen Menschen unter Anwendung betrügerischer Methoden ihr Eigentum herauszulocken. Ich war derartig empört von der Lüge, die mir die alte Frau auftischen wollte, daß ich wortlos nach der Grablaterne griff und sie ihr zu entreißen suchte, ein Unterfangen, das sich zunächst als schwierig und schließlich als vergeblich herausstellte, da die Alte ihre Beute mit bemerkenswerter Zähigkeit festhielt. Zu allem Überfluß mischte sich auch noch die junge Farbige mit den Zöpfchen in unseren Disput ein und begann gleichfalls an der Leuchte zu zerren. Mitten in der Auseinandersetzung wurde ich von einem schweren Hustenanfall übermannt, wohl eine unmittelbare Folge der mit dem Zwist einhergehenden körperlichen Überanstrengung und Gefühlserregung. Ich gab auf und verließ fluchtartig den Schauplatz, verfolgt vom Geschrei der beiden Frauen.

4

Nach zwei Tagen Aufenthalts konnte ich nicht behaupten, von Wien sonderlich angetan zu sein. Der Himmel über der Stadt war grau und verhangen, es blies ein frostiger Wind, und nun ging auch noch unablässig ein naßkalter Schneeregen nieder, der die Straßen mit einer dünnen Schicht schmutzigen Schnees überzog, auf der man leicht ausglitt. Während der letzten beiden Nächte hatte ich schlecht geschlafen, im Zimmer war es zu heiß, und die Blicke aus den großen runden Augen der Puppen verfolgten mich bis in den Traum. Während einer der gemeinsamen Mahlzeiten im Wohnzimmer hatte ich meinen ganzen Mut zusammengenommen und Tante Pia gebeten, wenigstens einen Teil der Puppen aus Wilmas Zimmer entfernen zu dürfen, ein meines Erachtens durchaus nachvollziehbarer Wunsch, der bei dieser eine überraschend heftige Reaktion auslöste. Jedes einzelne der Püppchen stehe seit seiner Erwerbung, die in vielen Fällen Jahrzehnte zurückliege, an einer ganz bestimmten Stelle, setzte sie mir auseinander, es sei ausgeschlossen, auch nur ein einziges nach all den Jahren an einen anderen Fleck zu stellen, in der Brust ihrer Püppchen wohnten Seelen, davon sei sie überzeugt, sie entwickelten wie alle Wesen Gewohnheiten, eine solche erzwungene Ortsveränderung müsse für die Püppchen ebenso schmerzhaft sein, wie wenn man sie, Tante Pia, an einen völlig unbekannten Platz versetze, sie sei willens, Floras Tochter in vielerlei Hinsicht gefällig zu sein, doch sehe sie sich außerstande, mir in diesem speziellen Punkt entgegenzukommen. Etwas eingeschüchtert stellte ich eine weitere Frage, nämlich ob es unter Umständen möglich wäre, den

Kachelofen etwas weniger zu beheizen, ich vertrüge eine solche Hitze nicht, eine solche Hitze hindere mich am Einschlafen, wenn nötig, wäre ich durchaus bereit, mich persönlich mit der Feuerung des Ofens zu befassen. Wieder fiel die Antwort Tante Pias überraschend nachdrücklich aus: Ich hätte keinen Begriff von der Schwierigkeit der Beheizung eines Kachelofens aus dem Wiener Biedermeier, Wiener Biedermeieröfen zählten, was die Beheizung betreffe, zum Kompliziertesten überhaupt, sie wolle mir nicht nahetreten, doch vermöge sie sich nicht vorzustellen, daß ich bei meiner zur Hälfte schwarzafrikanischen Herkunft mit europäischen, anfangs in der Schweiz und in Tirol nachweisbaren Kachelöfen auch nur einigermaßen vertraut sei. Wie mir kaum entgangen sein könne, handle es sich bei dem Kachelofen in Wilmas Zimmer um ein besonders schönes, mit Reliefs verziertes und geschmackvoll bemaltes Exemplar, ein solches Stück müsse mit großer Vorsicht behandelt werden, bei unsachgemäßer Handhabung könne es geschehen, daß die Tafelkacheln sprängen, was eine akute Gefährdung durch entweichende Rauchgase für den sich in der Nähe des Ofens Aufhaltenden nach sich ziehen und unter unglücklichen Umständen zu einer Tragödie führen könne. Außerdem koste eine Reparatur gesprungener Tafelkacheln durch einen professionellen Ofensetzer ein Vermögen, ganz abgesehen davon, daß professionelle Ofensetzer heutzutage kaum noch zu finden wären, nicht einmal in Wien, das doch im neunzehnten Jahrhundert geradezu ein Eldorado für Ofensetzer gewesen sei, und im übrigen erstaune es sie, daß ich die wohlige Wärme des Kachelofens bei einer unfreundlichen Spätherbstwitterung wie der gegenwärtigen nicht zu schätzen wisse, nein, eine Beschäftigung mit dem Kachelofen müsse sie mir strikt untersagen, so leid es ihr täte, sie erwarte von mir als jungem, kräftigem Menschen lediglich die Bereitschaft, die zur Beheizung des

Kachelofens nötigen Buchenscheite aus dem Tiefkeller des Hauses heraufzutragen, eine Tätigkeit, die bisher vom Mann der bosnischen Hausmeisterin verrichtet worden sei, allerdings unter Verrechnung eines unverschämt hohen Tarifs, eine für diese ethnische Gruppe nicht untypische Vorgehensweise. Etwas entmutigt blickte ich auf den Teller mit Kuttelflecksuppe, der vor mir stand, und erwiderte, selbstverständlich stünde ich ihr für diese kleine Handreichung zur Verfügung, zudem hätte ich noch eine Bitte, die Ernährungsfrage betreffend: Sie habe doch nichts dagegen, daß ich meine Mahlzeiten in ihrer Küche zubereitete, wie sie sich denken könne, hätte jeder Mensch bestimmte Eßgewohnheiten, von denen er nicht gern abgehe, außerdem verlange meine Vorbereitung auf die Rolle der Anna Freud, die eine zierliche Person gewesen sei, das Einhalten gewisser Diätvorschriften.

Diät, rief Tante Pia, was hieße hier Diät, ich müsse entschuldigen, aber ich bestünde, soweit ihre schwachen Augen sie dies erkennen ließen, nur aus Haut und Knochen, sie sei doch meiner Mutter für mein physisches und psychisches Wohlergehen verantwortlich, das müsse ich begreifen. Die Kuttelflecksuppe, von der sie immer einen Topf auf dem Herd stehen habe, sei eine ausgesprochen gesunde böhmische Speise, genau das Richtige für von Magersucht, dieser neumodischen Krankheit, gezeichnete adoleszente Geschöpfe aus den überzivilisierten westlichen Industriestaaten, sie erlaube sich, mir die Frage zu stellen, was ich, in deren Adern doch gottlob nicht nur afrikanisches, sondern auch ein Gutteil altösterreichisches Blut flösse, gegen ein böhmisches Nationalgericht einzuwenden hätte, welches ausschließlich natürliche und nahrhafte Bestandteile enthalte, nämlich außer der Hauptzutat, dem feingeschnittenen Fettdarm, auch Gekröse, Kaldaunen, Kutteln oder Flecke genannt, eines Rindes, Kalbes oder Schweins, nur noch Mehl, Butter,

Zwiebeln, Suppengrün, Salz, Knoblauch, Paprika und etwas Majoran. Sie tue sich nichts darauf zugute, doch wenn schon von diesem Rezept die Rede sei, erlaube sie sich, darauf hinzuweisen, daß die Zubereitung alles andere als einfach und sehr langwierig sei, müßten doch die Kutteln sorgfältig gewaschen, gut mit Salz abgerieben, mit kochendem Wasser überbrüht, nochmals abgespült und daraufhin mit kaltem Wasser zugestellt und vierzig Minuten gekocht werden, was lediglich der erste Teil des Kochvorganges sei. Dann werde das Wasser abgegossen, und die Kutteln würden in neu zugegebenem Wasser etwa drei Stunden lang gekocht, was den zweiten Teil des Kochvorganges darstelle. Es erübrige sich, darauf hinzuweisen, daß es sich um Kutteln einwandfreier Qualität handeln müsse, die bei der allgemeinen Verwilderung der Eßsitten heutzutage schwer erhältlich seien. Sie riskiere allwöchentlich den aufgrund ihrer Taubheit nicht ungefährlichen Weg zum Fleischer in der Schönlaterngasse, dem ihres Wissens letzten, der Kutteln unverdächtiger Beschaffenheit in Wien verkaufe. Den dritten Teil des Kochvorganges würde sie mir nicht mitteilen, weil man Rezepte dieser Art prinzipiell nur an Landsleute weitergebe, unter welche ich mich bedauerlicherweise nicht uneingeschränkt einreihen ließe, außerdem genüge das bisher Verratene sicherlich, um mir eine Vorstellung von dem Arbeitsaufwand zu geben, den die Zubereitung einer traditionellen böhmischen Kuttelflecksuppe erfordere. Ich wandte ein, es liege mir fern, ein altösterreichisches Gericht zu kritisieren, doch sei ich eine etwas leichtere Küche gewohnt und nähme überhaupt sehr wenig bis gar kein Fleisch zu mir. Kein Fleisch, murmelte Tante Pia und schüttelte den Kopf, das Kind esse kein Fleisch. Dann richtete sie sich auf, erhob die Stimme und rief, ich möge essen, was ich wolle, unter diesen extremen Umständen lehne sie jegliche weitere Haftung für meinen Gesundheitszustand ab, ihren Herd allerdings würde sie mir nicht zur Verfügung stellen, er werde wie die meisten Wiener Herde von Erdgas aus den Erdölraffinerien von Schwechat gespeist, sie könne mir, der Bewohnerin eines anderen Kontinents, der die Wiener Sitten und Gebräuche völlig fremd seien, einen Umgang mit dem hochexplosiven niederösterreichischen Gasgemisch nicht gestatten. Ich sagte so ruhig wie möglich, ich sei Gasherde gewohnt, in New York kochte ich gleichfalls mit diesem Stoff, doch Tante Pia ließ sich nicht umstimmen und meinte, die Petrochemie sei ein gefährliches Gebiet, auf das ich mich in meinem zarten Alter besser nicht vorwagte. Ich verzichtete darauf, ihr mitzuteilen, daß ich am achtundzwanzigsten Februar kommenden Jahres dreiunddreißig Jahre alt würde, und bat, mich vom Eßtisch entfernen zu dürfen.

Derlei fruchtlose Diskussionen waren nicht das einzig Unerfreuliche in jenen ersten Tagen in Wien. Am Allerseelentag, Johns Geburtstag, ersuchte mich meine Verwandte, sie auf den schweren Gang zum Wiener Zentralfriedhof zu begleiten, wo sie das Grab des Majors von Hötzendorf und ihrer Tochter Wilma mit einem schlichten kleinen Kranz aus zartlila Heidekraut, der bevorzugten Pflanze des Majors, und einem Bukett aus Fichtenzweigen und Schneerosen, den Lieblingsblumen Wilmas, schmücken wolle. Auf dem riesigen Friedhofsareal herrschte eine muntere Jahrmarktsatmosphäre, die mir zum Totengedenktag in eigenartigem Gegensatz zu stehen schien, die Wiener aßen und tranken an den zahlreichen Ständen vor dem Haupttor und ihre Kinder liefen mit Luftballons, Zuckerwatte und bunten Papierhüten durch die Gräberreihen.

Wir würden einen kleinen Umweg über die Komponistengräber machen, sagte Tante Pia, ich möge ihr meinen Arm reichen, der Zentralfriedhof sei ein sehr schöner

Friedhof, aber bedauerlicherweise allen Konfessionen zugänglich, man frage sich, was die jüdischen Toten hier verloren hätten, wie ordentlich und gepflegt der christliche Teil wäre und wie vernachlässigt der jüdische, ein unvorstellbares Durcheinander, sie werde mir den Anblick des jüdischen Teils ersparen. Eine Schande für national und katholisch empfindende Österreicher deutscher Muttersprache, habe der Major bei ihren Spaziergängen auf dem Friedhof immer gesagt. Gottlob bildeten die Gräber der Tonschöpfer ein Gegengewicht, die Gräber der Tonschöpfer gehörten zum Schönsten auf den Wiener Friedhöfen, so wie die Wiener Friedhöfe zum Schönsten Wiens gehörten.

Tante Pia stellte sich vor einen Grabstein, auf dem eine steinerne Frauenskulptur in anmutiger Haltung saß. Leider nur ein Kenotaph, sagte sie. Mozarts sterbliche Hülle ruhe auf dem Sankt Marxer Friedhof, ein begnadeter Künstler, eine so deutsche Musik. Sie seufzte und faltete die Hände.

Vor dem Grabmal Schuberts stand geistesabwesend murmelnd ein Mann, der eine monströse schwarze Haube aus dem Fell irgendeines Pelztieres trug und mir aus unerfindlichen Gründen einen wütenden Blick zuwarf.

Später kamen wir an einem wuchtigen Sakralbau vorüber. Die Doktor-Karl-Lueger-Gedächtniskirche, erklärte Tante Pia, ein außerordentliches Bauwerk, benannt nach einem außerordentlichen Bürgermeister, einem aufrechten und patriotischen Wiener Menschen, der den Grundstein dazu gelegt, seine Vollendung aber nicht mehr hätte erleben dürfen. Ach ja, *tempus fugit*, sagte sie dann, *tempus fugit*.

Meine Verwandte schien sehr stolz auf das Grabmal des Majors und ihrer Tochter zu sein. Eine täuschend echte Alabasterimitation aus dem Alpenvorland, sagte sie, leicht zu pflegen und frostbeständig, das Grabsteinland unterhalte beste Beziehungen zu den Erzeugern. Die Putten seien im Ausdruck denen in der Stiftskirche zu Melk nachempfunden. Sie werde das Unkraut austilgen, das Unkraut überwuchere alles, könne ich währenddessen Wasser vom Brunnen holen, bat sie und drückte mir eine große dunkelgrüne Plastikkanne in die Hand.

Auf dem Weg zum Brunnen sah ich den Mann mit der Pelzhaube wieder. Er saß auf dem Grab neben dem des Majors von Hötzendorf und unterhielt sich laut mit einer Fotografie auf dem Grabstein. Als ich zurückkam, saß er immer noch dort und redete. Es handelte sich wohl um einen jener bedauernswerten Verrückten, wie sie in größeren Städten immer häufiger anzutreffen sind, einen jener Unglücklichen, die ihre Einsamkeit nicht ertragen und sich in Selbstgesprächen ergehen. Wieder bedachte er mich mit einem unfreundlichen Blick, dann holte er ein Fläschchen aus der Tasche seines altmodischen Mantels und machte einen tiefen Zug. Wahrscheinlich war der Bemitleidenswerte auch noch Alkoholiker.

Der Major sei ein vornehmer Mensch gewesen, meinte Tante Pia wehmütig und entfernte ein nasses rotbraunes Roßkastanienblatt vom Lockenkopf eines Putto, ein stiller Mensch. Vornehm und still. Er hätte häusliche Differenzen immer gehaßt, vielleicht weil er im Laufe seines Lebens als Offizier in so viele kriegerische Auseinandersetzungen verwickelt gewesen sei. Ein Leben im Dienste des Vaterlandes. Wilma und er seien sehr aneinander gehangen, wohl aufgrund einer fundamentalen Wesensähnlichkeit. Zwei Engel in Menschengestalt. Sie riß heftig an einer hohen Pflanze. Gemeines Hirtentäschel, ein lästiges Unkraut, sagte sie, kaum auszurotten, und jetzt würden wir die Kerze anzünden, die schöne weiße Kerze mit der goldenen Taube aus der Devotionalienhandlung am Domplatz, ich möge ihr doch die Grablaterne reichen.

Der harmlose Verrückte am Nebengrab begann unerträglich laut zu husten, so daß wir ihm mit diskreten Gesten bedeuteten, sich den Verstorbenen gegenüber doch etwas respektvoller zu verhalten. Tante Pia war gerade dabei, die angezündete Kerze in die Grablaterne zu stellen, was wegen des eisigen Windes nicht einfach war, da stürzte der Geistesgestörte mit der monströsen Pelzhaube plötzlich auf sie zu, bezichtigte sie des Grabraubes und versuchte ihr die Laterne unter Anwendung körperlicher Gewalt zu entreißen. Im Zuge eines kurzen Handgemenges gelang es uns mit vereinten Kräften, den unangenehmen Zeitgenossen soweit zu schwächen, daß er hustend das Weite suchte. Als ich außer Atem zu meiner Verwandten sagte, sie solle sich die böswilligen Unterstellungen des Mannes nicht zu Herzen nehmen, es habe sich allem Anschein nach um einen armen Irren gehandelt, kicherte Tante Pia und meinte, um die Wahrheit zu sagen, sie habe die Grablaterne tatsächlich entwendet, die lächerliche Witwenpension, dieses Almosen, das ihr der österreichische Staat zukommen lasse, sei sozusagen zum Leben zu viel, zum Sterben zu wenig und reiche selbstverständlich nicht zur Anschaffung von Luxusgütern wie schmiedeeisernen Grablaternen aus.

Abends rief ich John aus der Telefonzelle hinter dem Stephansdom an, um ihm zum Geburtstag zu gratulieren, eine Absicht, die sich leider nicht verwirklichen ließ, da er nicht in seinem Büro war und eines seiner drei schulpflichtigen Kinder den Hörer abhob, als ich es bei ihm zu Hause versuchte. Auf dem Weg zurück zum Haus meiner Verwandten Ecke Blutgasse Domgasse, den ich im Nieselregen zurücklegte, entsann ich mich einer indianischen Hellseherin, die vor drei Jahren in ihrer kleinen, mit handgeknüpften Navajoteppichen ausgelegten Praxis an der Lower East Side konzentriert in ihre Glaskugel geblickt und mir prophezeit hatte, ein Mann mit Sonne im

Skorpion würde in einem strahlend weißen Gewand auf mich zutreten und mir binnen weniger Monate das Herz brechen.

Am nächsten Tag brachte ich meinen burgunderroten Absatz samt dem Rest des Schuhs zu dem Schuster in der Postgasse, den Tante Pia mir empfohlen hatte. Seine Familie sei aus Eger in Nordböhmen gebürtig und mit der unsrigen, die ja aus der Pilsener Gegend stamme, entfernt verwandt, meinte sie, bevor ich wegging, eine Tatsache, die mich dazu ermächtige, auf einem weit niedrigeren als dem üblichen Preis zu beharren, ich möge ihm Grüße von ihr bestellen und ihn davon unterrichten, wer ich sei. Der Schuster, ein freundlicher Mann mit roten Wangen und abstehenden Ohren, wunderte sich zunächst über mein Wienerisch und danach über meine nordböhmische Abkunft. Eine Nordböhmin mit einer solchen Hautfarbe und einer solchen Haartracht sei ihm noch nie untergekommen, sagte er verblüfft, auch nicht eine mit einem solchen Schuh, worauf ich ihm geduldig auseinandersetzte, daß sowohl meine Mutter als auch mein Vater und ich in den Vereinigten Staaten geboren seien, daß die Vorfahren meines Vaters von Sklavenhändlern aus ihrer afrikanischen Heimat Dahomey in die sogenannte Neue Welt verschleppt worden wären, was mein Aussehen erkläre, daß meine Familie mütterlicherseits aus der Pilsener Gegend komme und daß meine Großmutter, die in Wien das Licht der Welt erblickt und sich viel mit mir beschäftigt habe, als ich ein Kind gewesen sei, großen Wert darauf gelegt hätte, sich in ihrer Muttersprache mit mir zu unterhalten, was der Grund für mein akzentfreies Wienerisch sei. Und was den Schuh betreffe, so hätte ich ihn zusammen mit dem dazugehörigen zweiten Exemplar in einem Secondhandladen im East Village erstanden. Der Schuster beeilte sich, mir zu versichern, es wäre ihm eine Freude, einen so exquisiten Schuh reparieren zu dürfen, wenn eine solche Reparatur auch weit über das Normalmaß hinausgehende handwerkliche Fähigkeiten verlange, die entsprechend honoriert werden müßten, ich könne den Schuh in einer Woche abholen. Und küß die Hand der Frau Tante, rief er mir nach, als ich aus dem kleinen Geschäft ging.

Am Nachmittag desselben Tages hatte ich meine erste Gesangsstunde bei dem Lehrer, den Tante Pia zwar nicht von Angesicht zu Angesicht kannte, jedoch aufgrund ihrer mehrere Jahrzehnte zurückliegenden Bekanntschaft mit seiner verstorbenen Mutter, welche die Klavierlehrerin ihrer verstorbenen Tochter gewesen war, sowie aufgrund mehrerer Befürwortungen von im Wiener Musikleben maßgeblichen Persönlichkeiten mit ruhigem Gewissen empfehlen zu können glaubte. Während ich im strömenden Regen von der Inneren Stadt in Richtung Westen ging, dem vierten Wiener Gemeindebezirk entgegen, in welchem sich die Wohnung des Gesangslehrers befand, versuchte ich ihn mir vorzustellen. Sicherlich handelte es sich um einen feinnervigen Pädagogen und Interpreten, einen eleganten, in geschmackvoller Umgebung lebenden jungen Mann mit ausdrucksvollen Händen, der, wenn er nicht wenigen Privilegierten Stunden gab, von Konzert zu Konzert reiste, sich fließend in mehreren Sprachen unterhielt und in allen europäischen Hauptstädten zu Hause war. Höchstwahrscheinlich würden seine Weltgewandtheit und europäische Kultiviertheit mich hölzern und unbeholfen erscheinen lassen in meinem nord- beziehungsweise afroamerikanischen Mangel an differenziertem ästhetischem Empfinden. Solche Gedanken beschäftigten mich, als ich unter dem Schutze des mir von Tante Pia geborgten großen violetten, mit einem optimistischen sonnengelben Volant umsäumten Regenschirms dahinging, an einem von einer goldenen Kugel gekrönten Tempel vorüber und zwischen den zwei langen Reihen von Ständen eines Lebensmittelmarktes hindurch. Vor einer U-Bahn-Station faltete ich meinen Stadtplan von Wien auseinander, um mich von neuem zu orientieren.

Da kam eine kleine alte Frau, meiner Verwandten nicht unähnlich, in Begleitung eines kläffenden Spaniels auf mich zu. Faß, sagte sie zu dem Hund, faß die Negerin, faß. Wo wir hinkämen, wenn diese Kreaturen auch noch unseren schönen vierten Bezirk überschwemmten, meinte sie dann, ihn bevölkerten mit ihrer abstoßenden schwarzen Brut, sich auf Kosten österreichischer Steuergelder von der Wiener Gebietskrankenkasse einen Kuraufenthalt nach dem anderen in Bad Gastein, in Bad Hall, in Baden bei Wien bezahlen ließen, wogegen sie ihre Polyarthritis mit mühevoll im Lainzer Tiergarten gesammelten Heilkräutern zu lindern gezwungen wäre, ihr Vater, der als Wirklicher Hofrat in den Ruhestand getreten sei, habe immer gesagt, er werde es gottlob nicht mehr erleben, er nicht, aber sie, sie werde es noch erleben, daß unser gesegnetes Land von den Negern aus Afrika erobert würde, Quadratmeter um Quadratmeter. Und wie üblich habe ihr Vater Recht gehabt. Der kleine Hund sprang an mir hoch, und vor Schreck ließ ich meinen Stadtplan fallen und rannte davon. Empört und verwirrt lief ich geradeaus, bis ich mich einigermaßen beruhigt hatte und in Ermangelung des Stadtplans beschloß, eine Blumenhandlung zu betreten und mich nach dem Gesangslehrer zu erkundigen, der in diesem Viertel zweifellos eine bekannte und geschätzte Persönlichkeit war. Die Dame hinter dem Ladentisch, die gerade mit dem Binden eines Straußes hellroter Anemonen beschäftigt war, erkundigte sich freundlich nach meinen Wünschen, und als ich sagte, ich sei auf der Suche nach einem jungen Gesangslehrer ausgezeichneten Rufes namens Josef Horvath, der in dieser Gegend wohne, sei ihr dieser vielleicht bekannt, rief die

Frau, der arme Herr Horvath, natürlich kenne sie den, er wohne im Sterbehaus in der Kettenbrückengasse sechs, auf der anderen Straßenseite, nur ein paar Schritte weiter, vor kurzem erst hätte sie ihm einen sehr aparten Stechpalmenstrauß verkauft. Der arme Herr Horvath, dessen Mutter gestorben sei und deren Ableben vor nunmehr drei Jahren er immer noch nicht verschmerzt habe, soviel sie wisse, hätte er wieder seinen Bronchialkatarrh, der arme Herr Horvath. Leicht verunsichert bedankte ich mich für die Auskunft und verließ das Geschäft, worauf mir die Frau nachrief, zweiter Stock, direkt neben der Sterbewohnung. Gleich darauf stand ich vor dem Tor des Hauses Kettenbrückengasse sechs. Magister Josef Horvath, Gesangspädagoge, zweiter Stock rechts, stand da auf einem Messingschild zu lesen. Ich trat durch das Tor, ging die Treppe hinauf bis in den zweiten Stock und wandte mich nach rechts. Hinter einer offenen Eingangstür saß eine strickende Matrone an einem Tisch, und als sie meine Schritte hörte, hob sie den Kopf und sagte, ich wolle wohl die Sterbewohnung besichtigen. Von welcher Sterbewohnung hier ständig die Rede sei, fragte ich, nein, ich wolle keine Sterbewohnung besichtigen, ich wolle zu Herrn Horvath, dem begabten Gesangspädagogen. Ach, zum armen Herrn Horvath wolle ich, sagte die strickende Matrone und betrachtete mich mißtrauisch, er huste schon wieder derart, daß man es durch die Wand hindurch höre, was sehr störend für die Besucher des Sterbehauses sei, sehr peinlich für die Gemeinde Wien, verständlicherweise wollten sich die Besucher des Sterbehauses ungestört ihren Gedanken an das Genie hingeben, das eine zutiefst deutsche Musik komponiert habe. Hier machte die Matrone eine kleine Pause und ließ das Strickzeug auf ihren Schoß sinken. Eine zutiefst deutsche Musik, wiederholte sie und betrachtete mich von oben bis unten. Ich bat sie höflich, ob sie die Güte haben und mir erklären wolle, welches Genie sie meine, worauf sie sagte, na, Schubert natürlich, und ihre Strickarbeit wieder aufnahm, was ich denn glaubte, hier sei er gestorben, die Wohnung wäre zu feucht gewesen, das hätte den Ausschlag gegeben. Herr Horvath wohne gleich nebenan, und jetzt möge ich sie nicht länger stören, ein norwegisches Zopfmuster verlange äußerste Konzentration.

Ich war vor einer weiteren dieser offenbar für Wien typischen hohen Flügeltüren angelangt, auf welcher ein kleines Namensschild angebracht war. Josef Horvath. Ich drückte auf die Klingel. Langsam näherten sich Schritte, und die Tür ging auf.

Ich glaubte meinen Augen nicht zu trauen. Vor mir stand nicht der einnehmende junge Schöngeist, der weltmännische Virtuose, den ich erwartet hatte, sondern der Verrückte vom Zentralfriedhof. Er trug einen Morgenrock aus zerfranstem lachsrosa Frottee, hatte denselben schmutzigweißen Schal um den Hals gewunden wie auf dem Friedhof und ein Fieberthermometer im Mund. Die Pelzhaube fehlte. Langsam zog er das Thermometer zwischen den Lippen hervor und blickte mich fassungslos an. Ich trat zwei Schritte zurück, unfähig, auch nur ein Wort herauszubringen. Er fand als erster die Sprache wieder.

Ach, ich sei das, sagte er und räusperte sich, ich solle doch eintreten.

Ich zögerte kurz, dann trat ich über die Türschwelle in eine geräumige Diele, auf deren Boden sich Notenmaterial stapelte. Er ging mir voran in einen großen Raum, in dem auf einer Wäscheleine mehrere große weiße Leintücher aufgespannt waren, und nachdem wir die Leintücher umgangen hatten, gelangten wir zu einem Stutzflügel im Zentrum des Zimmers, auf dessen Deckel in einem vergoldeten Rahmen das etwa dreißig mal zwanzig Zentimeter große Porträt einer hageren Frau mit langer Nase, niedriger Stirn und durchbohrendem Blick stand. Herr Horvath wandte sich um.

Wenn ich die Schauspielerin aus New York sei, als die meine Verwandte mich telefonisch bei ihm angekündigt habe, dann müsse es sich bei der rabiaten alten Dame auf dem Friedhof wohl um eben jene gehandelt haben, sagte er, und obgleich ich keine tiefere Zuneigung zu Tante Pia hegte und ihren Diebstahl der Grablaterne mißbilligte, fühlte ich mich als ihre Geschlechtsgenossin genötigt, ein Wort zu ihrer Verteidigung zu sagen, und meinte, wenn jemand im Verlaufe dieser höchst unerquicklichen Szene rabiat gewesen sei, dann er.

Er und rabiat, rief Herr Horvath mit heiserer Stimme und griff sich ans Brustbein, er und rabiat, wie jemand mit einem schweren Bronchialkatarrh sich rabiat verhalten könne, frage er mich, der Streit auf dem Friedhof hätte ihn derart mitgenommen, daß er längere Zeit auf einer der Bänke in der Doktor-Karl-Lueger-Gedächtniskirche nach Atem hätte ringen müssen, bevor er sich zumuten konnte, die Heimfahrt anzutreten.

Wenn schon er als jüngerer Mann sich nach diesem unerfreulichen Zusammenstoß derart erschöpft gefühlt habe, erwiderte ich, dann könne er sich vielleicht vorstellen, wie es der armen achtzigjährigen, fast tauben Frau ergangen sei, die noch dazu ein schwaches Herz habe.

Ein schwaches Herz, daß er nicht lache, rief Herr Horvath, die arme Achtzigjährige sei ihm an Körperkraft weit überlegen gewesen, auch ohne meine Hilfe hätte sie ihn mühelos in die Flucht geschlagen, aber wie dem auch sei, er wolle mich nicht für den Diebstahl meiner Verwandten verantwortlich machen und verzeihe mir auch die Parteinahme für sie. Und was sei geeigneter als die Musik, als der Gesang, um Meinungsverschiedenheiten beizulegen. Allerdings sehe er sich außerstande, die geplante Stunde abzuhalten, seine Körpertemperatur bewege sich um die siebenunddreißigeinhalb Grad Celsius, mit einer solchen Temperatur ließe sich nicht spaßen, wir würden die Stunde auf Donnerstag verschieben.

Mit diesen Worten sank Josef Horvath auf ein zerschlissenes weinrotes Sofa und nahm von einem Beistelltischchen eine kleine Flasche, in der ich den Flachmann wiedererkannte, aus dem er auf dem Friedhof getrunken hatte. Herr Horvath benahm sich zwar immer noch etwas merkwürdig, doch nicht ganz so skurril wie auf dem Zentralfriedhof, und ich beschloß, mich mit seiner Anwesenheit abzufinden, und meinte, wir alle hätten gelegentlich schwächere Momente, das sei kein Grund, sich mit hochprozentigem Alkohol zu betäuben, das einzige, was uns in solchen Augenblicken helfen könne, sei eine disziplinierte Verhaltensweise, ich hätte keinerlei Grund, daran zu zweifeln, daß er sich krank fühle, träte allerdings vehement für die Abhaltung der Stunde ein, mein Aufenthalt in Europa sei knapp bemessen, ich hätte meine Zeit nicht gestohlen, die Premiere des Musicals, für welches ich den lyrischen Sopran entwickeln müsse, der meiner natürlichen Stimmlage entspreche, doch leider durch mangelnde Übung zu einem Mezzosopran geworden sei, finde bereits Anfang nächsten Jahres statt.

Alkohol, wieso Alkohol? fragte Herr Horvath. Dann bat er mich, ihm den kleinen Gefallen zu tun und in seiner Küche einen Topf mit Wasser zum Kochen zu bringen, für seinen Veilchenblättertee.

Die folgende halbe Stunde verbrachte ich damit, in Herrn Horvaths kleiner Küche Tee und anschließend nach seinen Anweisungen eine Tasse heißer Milch mit Honig zuzubereiten, die Leintücher im Wohnzimmer abzunehmen, zusammenzufalten und in den Schrank zu legen, ihm vor dem Inhalieren mit einem unappetitlichen Kräuterabsud eine häßliche Häkeldecke über den Kopf zu breiten und den Topf mit Rindsuppe zu erwärmen, der auf dem Herd stand. Er bedankte sich überschwenglich für jede einzelne dieser Aufmerksamkeiten und sagte, ein Leben ohne die Unterstützung so hilfreicher weiblicher Wesen wie Fräulein Haslingers, der Pharmazeutin aus der Apotheke *Zur heiligen Magdalena*, der freundlichen Floristin oder meiner Person sei für ihn nicht vorstellbar.

Ich sah Herrn Horvath an, der sich auf dem Sofa ausgestreckt hatte und in kleinen Schlucken von dem Veilchenblättertee trank. Er mußte etwa vierzig Jahre alt sein, sein ungepflegtes lockiges Haar war von grauen Strähnen durchzogen, er hatte ständig erstaunt blickende blaue Augen, einen sehr blassen Teint, ein rundes bartloses Gesicht und war von mittelgroßer, etwas dicklicher Statur. Es wäre nicht gerechtfertigt gewesen, ihn als häßlich zu bezeichnen, doch war er alles andere als ein attraktiver Mann, so kraftlos und vernachlässigt, wie er dalag mit seinem schmutzigen Schal, dem abgetragenen Morgenrock in lächerlichem Lachsrosa, den gerippten Wollsocken und den Hausschuhen aus dickem, dunkelgrauem Filz. Meine Enttäuschung war groß. Eine feindselige Stadt, eine groteske Großtante, ein unfähiger Gesangslehrer. Denn daß dieser trübsinnige Hypochonder, der überdies nicht ganz zurechnungsfähig zu sein schien, mich effizient auf die Rolle meines Lebens vorbereiten würde, konnte ich mir beim besten Willen nicht vorstellen. Ich würde zuerst John und dann den Flughafen anrufen und das nächste Flugzeug zurück nach New York nehmen, alles andere war widersinnig.

Sobald er sich einigermaßen erholt habe, würden wir mit den Stimmübungen beginnen und uns dann umgehend mit Mahlers *Kindertotenliedern* und mit der *Winterreise* beschäftigen, sagte Herr Horvath mit müder Stimme in meine Überlegungen hinein, den Rest übersprängen wir, der Rest könne unberücksichtigt gelassen werden. Die von ihm angewandte Methode sei übrigens dieselbe, nach der die Wiener Sängerknaben unterrichtet würden, denen er während mehrerer Jahre hätte angehören dürfen. Ob ich ein Instrument beherrschte?

Ich beschloß, den Mann, der, wie sein Benehmen auf dem Friedhof eindeutig bewiesen hatte, äußerst unberechenbar sein konnte, nicht sofort mit meiner Entscheidung zu konfrontieren, um nicht unter Umständen einen weiteren seiner Zornesausbrüche zu provozieren. Es würde vernünftiger sein, ihn am folgenden Tag anzurufen und vor vollendete Tatsachen zu stellen.

In gewisser Weise ja, antwortete ich wahrheitsgemäß auf seine Frage, ich hätte einen Trommelkursus bei einem in der Bronx wohnhaften, aus Senegal gebürtigen Schamanen absolviert und sei imstande, verschiedene Trommeln aus Holz, Ton und Metall, darunter Bongos, Congas, Tomtoms und Timbales, sowie mehrere Arten afrikanischer Trommeln zu handhaben, außerdem könne ich einigermaßen mit einem konventionellen Schlagzeug und mit Röhrenglocken, Rasseln, Celesta, Vibraphon und Gong umgehen. Herr Horvath überlegte kurz und meinte dann, er sei sich nicht sicher, ob diese Kenntnisse im Laufe meiner sich an der Wiener Klassik orientierenden Gesangsausbildung zu verwerten sein würden, als Basis für eine solide Schulung dieser Art eigneten sich eher Fertigkeiten auf einem Instrument wie Klavier oder Violine, eventuell noch Bratsche und Violoncello, überhaupt hätte meine Verwandte ihn am Telefon nicht darüber informiert, daß ich, wie er nunmehr sehen könne, von meiner ethnischen Zugehörigkeit her nicht unbedingt für eine Gesangsausbildung nach den Regeln der abendländischen Musiktheorie prädestiniert sei, ein Faktum, das seiner Ansicht nach allerdings keine unüberwindliche Hürde darstelle, im Grunde kenne Musik keine Grenzen.

Ich beschloß, auf diese Unverschämtheit nicht einzugehen, mein Entschluß, die Stadt zu verlassen, machte jegliches Risiko einer weiteren Mißhelligkeit überflüssig. Was die von ihm erwähnten Liedersammlungen betraf, so war mir weder die eine noch die andere bekannt, die eher elegischen Titel schienen mir jedoch nicht eben auf Kompositionen hinzudeuten, die der stimmlichen Vorbereitung eines unterhaltsamen Broadwaymusicals üblicher Art besonders dienlich sein konnten. Auch seine Ausbildungsmethode erschien mir etwas suspekt, denn mit den Wiener Sängerknaben verband ich in Matrosenanzüge gekleidete Knaben, die auf ihren Tourneen Massen heimwehkranker, walzerseliger Auslandsösterreicher und anderer sentimental veranlagter Personen in die Konzertsäle lockten.

Als habe er meine Gedanken erraten, wies Herr Horvath mit schlaffer Geste auf die vielen Fotos, die eine Wand des Wohnzimmers bedeckten. Ich trat näher und betrachtete die Bilder, auf denen der Knabenchor abgebildet war, im Konzertsaal, vor dem Hintergrund des Eiffelturms, der Freiheitsstatue, der Akropolis, beim Empfang des japanischen Kaisers, des spanischen Königs, der holländischen Königinmutter, des Prinzen von Wales. Ich suchte den Gesangslehrer auf den Fotos zu entdecken und fragte mich, ob es sich um den hübschen schmalen Jungen mit den schwarzen Locken und dem Mädchengesicht handelte, der auf jeder Aufnahme so traurig aussah.

Seine Jahre bei den Wiener Sängerknaben seien die fröhlichsten seines Lebens gewesen, sagte Herr Horvath leise, auch wenn er sich während dieser Zeit von seiner geliebten Mutter habe trennen müssen. Sobald sein Gesundheitszustand es zulasse, würde er mir eine Eintrittskarte für einen der Sonntagsgottesdienste in der Hofkapelle besorgen, die von jeweils einem der vier Chöre der Sängerknaben musikalisch untermalten Sonntagsgottesdienste in der Hofkapelle stellten musikalische und gesellschaftliche Wiener Ereignisse ersten Ranges dar, Eintrittskarten seien für Ortsfremde so gut wie nicht erhältlich, er würde die Beziehungen spielen lassen, die er immer noch zum ehemaligen Präfekten des Chores unterhalte, aufgrund ihrer einstigen Freundschaft würde der Präfekt ihm die Bitte um eine Eintrittskarte aller Voraussicht nach nicht abschlagen.

Herr Horvath schwieg, entnahm zwei Phiolen, die neben dem Sofa auf dem Beistelltischchen standen, vorsichtig etliche weiße Kügelchen und schluckte sie. Genaugenommen, meinte er dann und lächelte zum ersten Mal, seit ich ihn kennengelernt hatte, genaugenommen sei eine schwere Diphtherie der Grund dafür gewesen, daß er Sängerknabe geworden wäre. Seine Mutter, eine bemerkenswerte Frau und Pianistin, die bedauerlicherweise am achtundzwanzigsten November vor drei Jahren aufgrund eines sogenannten Kunstfehlers einer sogenannten Wiener medizinischen Kapazität ihr Leben habe lassen müssen, hätte ihn von dieser seiner Diphtherie kuriert, indem sie ihm Schubertlieder vorgespielt habe. Merkwürdigerweise hätte insbesondere das im Hinblick auf Melodie und Text eher düster gestimmte Lied »Der Leiermann« den Genesungsprozeß in ungeahnter Weise beschleunigt, und diese wunderbare Heilung habe sowohl die Zuneigung zu seiner Mutter vertieft als auch seine Liebe zu Schubert begründet. Er habe begonnen, sich mit dem Tondichter zu beschäftigen, und in Erfahrung gebracht, daß jener von achtzehnhundertacht bis achtzehnhundertdreizehn Sängerknabe gewesen war, und von da an sei er seiner Mutter unablässig mit dem Wunsch in den Ohren gelegen, ebenfalls Sängerknabe werden zu dürfen, so lange, bis diese seinem Drängen nachgegeben und ihm gestattet habe, im Augartenpalais, der Wohnstätte der Sängerknaben, vorzusingen. Trotz einer im Keim angelegten, die Stimmbänder bereits eine Spur in Mitleidenschaft ziehenden Tonsillitis hätte er die Aufnahmeprüfung bestanden, nicht zuletzt wegen der Gefühlstiefe, die seine innige Neigung zu dem Komponisten ihn in den Vortrag des Liedes »Der Leiermann« habe legen lassen, welches singen zu dürfen ihm gestattet worden war, ein weiterer Beweis für die von ihm und anderen namhaften Gesangspädagogen des In- und Auslandes vertretene These, daß ein aus anatomischer Sicht ideal proportionierter Kehlkopf und ein aus physiologischer Sicht fehlerlos funktionierender Körper ebensowenig eine Garantie für eine überzeugende schöpferische Leistung sind wie eine Stradivari als solche, daß letztlich einzig und allein die Künstlerpersönlichkeit entscheidend ist.

Herr Horvath sah mich an. Zweifellos sei mir das Lied »Der Leiermann« bekannt, meinte er, ob ich es ihm nicht zu Gehör bringen könne, das würde ihm einen Begriff von meiner Stimmlage vermitteln, worauf ich meinte, leider sei ich mit Schubert nicht sehr vertraut, das einzige Lied des Wiener Komponisten, das mir geläufig sei, da meine Mutter es mir als Kind beigebracht hätte, wäre »Die Forelle«.

Ach, »Die Forelle«, wiederholte Herr Horvath, offenbar wenig beeindruckt, ein typisches Frühwerk, recht gefällig, aber natürlich nicht zu vergleichen mit der tragischen Tiefe und Transzendenz der Lieder der *Winterreise*. Doch ich solle nur singen, obwohl es leider *a cappella* werde sein müssen, da ich ja nicht Klavier spielte und er in seiner gegenwärtigen Verfassung nicht imstande sei, sich an den Stutzflügel zu setzen, wie mir sicher begreiflich sein werde, ich möge mich doch an den Flügel stellen und singen.

Ich kam Herrn Horvaths Aufforderung nach, legte meinen Unterarm auf den schwarzlackierten Deckel des Flügels, konzentrierte meinen Blick auf die stechenden Augen der Frau im Goldrahmen und sang alle vier Strophen des Liedes.

Brauchbares Rohmaterial, sagte Herr Horvath, nachdem ich geendet hatte, aber wir würden uns intensiv mit der Atemtechnik befassen müssen. Dann fiel sein Kopf auf die Lehne des Sofas zurück. Ich möge ihn entschuldigen, aber das Zuhören habe ihn angestrengt, wir sähen uns am Donnerstag um drei Uhr nachmittags, vorausgesetzt, sein Allgemeinbefinden lasse es zu.

Als ich aus dem Sterbehaus trat, war es schon dunkel. Der Wind hatte aufgehört, es regnete nicht mehr. Ich ging zwischen den Ständen des Lebensmittelmarktes hindurch, dessen Rolläden nun geschlossen und dessen Verkaufstische hochgeklappt und an die Wände der Buden gelehnt worden waren. Tauben spazierten gurrend durch die Pfützen, in denen sich der Mond spiegelte. Zum ersten Mal gefiel mir Wien.

Von der öffentlichen Telefonzelle auf dem Domplatz aus rief ich John in seinem Büro Ecke Fifth Avenue Einundfünfzigste Straße an. Er war nicht erreichbar, und ich hinterließ eine Bitte um Rückruf auf seinem Telefonbeantworter.

An diesem Abend hatte ich Mühe einzuschlafen, da ich mich von den Puppen beobachtet fühlte, und schließlich stand ich auf und beschloß, trotz meiner Angst vor Tante Pia einen Teil in die große Truhe zu legen, die in einer Ecke des Zimmers stand. Ich öffnete den schweren Holzdeckel. In der Truhe befanden sich alte Gegenstände, nach Mottenkugeln riechende Kleidungsstücke und stockfleckige Bücher. Aus einer unbestimmten Neugierde heraus griff ich nach einem dicken großformatigen Heft, dessen Blätter an der Längsseite gelocht und mit einer Paketschnur zusammengebunden waren. Das Blau der beiden Deckblätter, die aussahen, als hätte jemand sie etwas ungeschickt zurechtgeschnitten, war verblaßt. Ich schlug das Heft auf. Ein einziges Wort stand auf der ersten Seite.

Präambel

Ich schloß den Deckel der Truhe, setzte mich darauf und begann zu lesen.

»Ich, Beata Maria Postl, seit achtzehnhundertsiebenundneunzig Angehörige der Ordensgemeinschaft der *Frauen zum Guten Hirten*, erkläre hiermit, nachstehende Aufzeichnungen aus den Händen ihrer Urheberin, der durch den verderblichen Einfluß des Höllenfürsten und Gottseibeiuns, des Antichristen und Leibhaftigen weit vom rechten Wege abgekommenen Rosa Havelka, geborene Tichy, entgegengenommen zu haben, und zwar am Morgen des neunundzwanzigsten April neunzehnhundert in der sogenannten Mörderzelle des Landesgerichts in der Alserstraße im neunten Wiener Gemeindebezirk, wo die rechtskräftig Verurteilte zu diesem Zeitpunkt auf ihre Hinrichtung wartete und mir die eng beschriebenen Blätter mit den eher unwirsch als liebenswürdig geäußerten Worten: Machen Sie damit, was Sie wollen! überreichte. Ferner versichere ich, an folgender authentischer Lebensdarstellung keinerlei Veränderungen in der Absicht vorgenommen zu haben, den darin in seiner menschlichen Schwäche und Fragwürdigkeit in aller Deutlichkeit zutage tretenden Charakter der Rosa Havelka, geborene Tichy, sowie den sich in dem Dokument in seiner ganzen unentrinnbaren Folgerichtigkeit enthüllenden Verlauf des ihr durch geheimnisvollen und unerforschlichen göttlichen Ratschluß zuteil gewordenen Schicksals in irgendeiner Weise zu verfälschen oder zu entstellen. Ich habe mir lediglich gestattet, die mittlerweile veraltete Orthographie auf den heutigen Stand zu bringen, den stilistischen Ausdruck zu verfeinern und den Erfordernissen einer gebildeten zeitgenössischen Leserschaft christlicher Ausrichtung anzupassen sowie das gelegentlich ins Gotteslästerliche abirrende Vokabular der Unglücklichen einer behutsamen Zensur zu unterwerfen. Bei diesen durchaus mit einem wachen katholischen Gewissen zu vereinbarenden Eingriffen verlor ich niemals Ziel und Zweck meiner Tätigkeit aus den Augen: Mögen die wohl in jeder gottesfürchtigen Seele gleichzeitig Abscheu und Mitleid erregenden Erinnerungen dieser einerseits beklagenswerten, andererseits über die Maßen verstockten Sünderin denjenigen unter den jungen Frauen der Mitte dieses Jahrhunderts, die sich nicht immer stark genug fühlen, die mannigfaltigen Versuchungen unserer Tage energisch von sich zu weisen, in Augenblicken zur Mahnung dienen, da sie geneigt sind, den arglistigen Einflüsterungen Beelzebubs, den hinterhältigen Vorschlägen Luzifers ihr Ohr zu leihen. Gelänge es diesem Bericht einer Fehlgeleiteten, auch nur eine einzige Leserin zu einem gottgefälligeren Leben zu bewegen, es wäre mein schönster Lohn.

Wien, im Jahre des Herrn neunzehnhundertfünfzig, am zweiundzwanzigsten Juli, dem Namenstag der heiligen Maria Magdalena, der Zeugin des Todes und der Auferstehung des Herrn, der bußfertigen Gefallenen und geheilten Besessenen, der durch wahre Liebe zu Jesus Christus Geadelten, Befreierin der Gefangenen und Beschützerin der Seefahrer.«

Ich brauchte lange dazu, die ersten eineinhalb Seiten des Dokuments, auf das ich durch Zufall gestoßen war, zu entziffern, denn es war handgeschrieben, in einer Schreibschrift, die meine Großmutter als Sütterlinschrift bezeichnet hatte. Ich entsann mich, daß sie sich manchmal zur Beschriftung von Einmachgläsern, zur Anfertigung von Einkaufslisten dieser Schreibweise bedient und auch ihre Briefe in dieser Schriftart verfaßt hatte. Ich hatte die Buchstaben interessant gefunden und sie gebeten, mir die Schriftzeichen beizubringen, ein Wunsch, dem sie nachgekommen war, indem sie eine von ihr Redisfeder genannte Metallfeder in einen spitz zulaufenden, bunt bemalten hölzernen Federhalter gesteckt, sie in ein kleines rundes Glasfäßchen mit dunkelblauer Tinte getaucht und mir beim Kopieren der Buchstaben die Hand geführt hatte. Die Blätter des dicken Heftes, das auf meinen Knien lag, waren allerdings von oben bis unten, vom linken bis zum rechten Rand mit schwarzer Tinte vollgeschrieben, in kleinen, engen Schriftzügen. Ich blätterte um.

Vorrede

»Hier sitze ich, mit geschorenem Haar, in Zelle fünfundfünfzig des grauen Hauses in der Alserstraße, und betrachte meinen Namenszug, den ich wie die meisten vor mir in diesem Raum Inhaftierten auf den Steinblock vor dem Fenster gesetzt habe, direkt unter den des Dienstmädchenmörders Hugo Schenk und seines Komplizen Karl Schlossarek. Rosa Havelka, angeklagt und verurteilt des Mordes an ihrem ihr vor Gott und den Menschen angetrauten Mann, dem k.k. Hofkutscher Karel Havelka. Auch wenn der Tag meiner Hinrichtung durch den seit achtzehnhundertdreiundsiebzig allerorts in der österreichisch-ungarischen Monarchie Verwendung findenden Würgegalgen nicht mehr fern ist, auch wenn es nur noch wenige Wochen dauert, bis mir der erst vor wenigen Tagen zum k. k. Scharfrichter ernannte ehemalige Kaffeesieder Josef Lang, dessen Methode, wie gut informierte Häftlinge der Frauenstrafanstalt Wiener Neudorf zu berichten wissen, als besonders human gerühmt wird, von hinten die kurze, weiche, gut eingeseifte, vom Hofseiler stammende Doppelschnur um den Hals legt, kann ich nur bekräftigen, was ich während des Prozesses wiederholt bekannt habe: Ich bereue nichts.

Wenn ich heute damit beginne, das, was mir in meinem dreißigjährigen Leben an Unzumutbarem widerfahren ist, dem zartlinierten hellgrünen, mir aufgrund guter Führung bedenkenlos von der Direktion überlassenen Anstaltspapier anzuvertrauen, so liegt dies nur zum Teil an der unbeschreiblichen Monotonie des Gefängnisalltags, an der unendlichen Ereignislosigkeit dieser Monate. Es gibt noch einen anderen Grund, einen, der weder mit dieser ungeheuren Langeweile noch mit dem Bedürfnis nach Rechtfertigung oder Gewissenserleichterung zu tun hat: Diese Niederschrift soll denen, die durch Zufall darauf stoßen, anhand des verhängnisvollen Fortganges meiner Existenz klar vor Augen führen, daß eine Lebensgestaltung gemäß der den Menschen von Religion und Jurisprudenz vorgeschriebenen Richtlinien für Individuen meines Zuschnitts nichts anderes als die Katastrophe, den Untergang zur Folge haben muß.

Ich habe keine Angst vor dem Tod, ja, ich sehne ihn herbei. Ich nehme die Folgen meiner Tat auf mich und bin bereit, am frühen Morgen den Galgenhof zu betreten, die Hände mit der dünnen schwarzen Seidenschnur gebunden, begleitet von den beiden Henkersknechten, dem Priester und dem Kerkermeister und flankiert von je vier Justizwachebeamten mit aufgepfropftem Bajonett. Allerdings hoffe ich, daß der Scharfrichter Josef Lang schnell und professionell seines Amtes walten und allen Grund haben wird, nach vollzogener Exekution seinen Zyliner erleichtert abzunehmen und die schwarzen Glacéhandschuhe zufrieden unter den Richtpfahl zu werfen, wie es der Brauch ist, und daß mir vergönnt sein wird, meine geliebte Mutter und meine teure Freundin Olga, Frauen, deren Leben wie das meine durch die böswilligen Machenschaften neidischer, machtgieriger, habsüchtiger und liebloser Menschen zerstört wurde, alsbald in einem gerechteren Jenseits wiederzusehen.«

Erstes Kapitel

»Im Anfang war das Paradies. Ein Paradies, in dem unter den vier Elementen eines vorherrschte: das Wasser. Ich erinnere mich an Rinnsale, Quellen, Bäche, Fontänen, Pfützen, Teiche, an ein Murmeln, Glucksen, Tropfen, Rauschen, Tosen, an den Geschmack von Salz in meinem Mund, daran, daß ich in kaltes, in warmes Wasser, in dichten Dampf eingetaucht wurde, daß warmes, kaltes Wasser über meinen Körper rann. Das war in Marienbad, dem jüngsten unter den böhmischen Bädern, zwischen den Städten Eger und Pilsen am Südrand des Kaiserwaldes gelegen.

Und ich erinnere mich an einen Körper, der rund war, rund und weich und warm, einen Körper, der nach frischem Brot, nach Kuchen und nach Kölnischwasser roch, an weiße, mit kurzen goldenen Härchen bewachsene Haut, an glatte blonde Haare, die mein Gesicht streiften, mich bedeckten, an fest zupackende kleine Hände mit kurzen Fingern, an eine breite Stirn über hellbraunen Augenbrauen, an blaßblaue Augen mit dünnen gelblichen Wimpern, an rosa Äderchen auf weißen Wangen, an rötliche Füße und an einen tief in festem Fleisch liegenden Bauchnabel. Auch eine Stimme höre ich, einen sanften Klang, ein Steigen und Fallen der Töne, laute und leise, beruhigende, ermahnende, ärgerliche, lustige Worte. Ein Geschmack von säuerlicher Milch und von Zimt, von salziger Haut und einer bitteren Flüssigkeit ist in meiner Mundhöhle, und meine Finger berühren weiche warme Haut, spüren glatte Nägel, harte Knochen. Das war der Körper meiner schönen jungen Mutter, die Libussa hieß und Köchin war, Tagesköchin im Hause des Stellvertretenden Kurdirektors von Marienbad, welches in einem ausgedehnten, von Wenzel Skalnik, dem Hofgärtner des Fürsten Anton Lobkowitz, nach englischem Vorbild gestalteten Park lag.

Zu meinen frühesten Erinnerungen gehört auch der Anblick vieler eleganter dicker Leute, die mit der Postkutsche in Marienbad ankamen, sich das Gepäck tragen ließen und sich schwerfällig von einem Ende der dreihundert Meter langen Kurpromenade zum anderen, vom Kreuzbrunnen zur Ferdinandsquelle, vom Ambrosius- und vom Karolinenbrunnen zur Rudolfsquelle und wieder zurück bewegten. Sie spazierten die Kolonnaden auf und ab, unterhielten sich mit anderen dicken eleganten Menschen und tranken Unmengen von Salzwasser, das sie mit Bechern aus den Brunnen schöpften. Die Kurgäste von Marienbad waren zum überwiegenden Teil keine ernstlich Kranken, so wie diejenigen, die nach Karlsbad, nach Franzensbad oder nach Teplitz fuhren, sondern Fettleibige, denen ihr Hausarzt eine Abmagerungskur empfohlen hatte, schwermütige, hypochondrische Personen, die an Verstopfung litten und sich vom Wasser der neununddreißig kalten Quellen Marienbads Linderung ihrer Beschwerden erhofften.

Die Familie des Stellvertretenden Kurdirektors entstammte dem Wiener Bürgertum. Als ich geboren wurde, stand meine Mutter, das vorletzte von neun Kindern eines böhmischen Kleinbauern, seit etwa drei Jahren in ihren Diensten. Wir durften uns glücklich schätzen, im herrschaftlichen Heim der Familie Gerstner zu wohnen, auch wenn unsere Behausung in nichts anderem bestand als in einer etwa zwei Meter breiten und vier Meter langen Dienstbotenkammer im Dachgeschoß des Hauses, zu welcher man über die breite Steintreppe mit niedrigen Stufen, anschließend über eine etwas weniger bequeme Holztreppe und zuletzt über eine schmale Wendeltreppe gelangte. Ich erinnere mich an das laute Rauschen des Regens, der auf das Dach niederging, an das Trippeln der Siebenschläfer im Gebälk, an die Kälte, die im Winter, die Hitze, die im Sommer in der kleinen Mansarde herrschte, an den Wipfel der Fichte, der sich vor dem Dachfenster im Wind bog. Anfangs schlief ich mit meiner Mutter in einem Bett und später auf einem Strohsack zu ihren Füßen.

Unter Tags hielt ich mich häufig in der Küche auf. Ich liebte den großen Raum mit dem Steinboden, den zum Teil weiß gekachelten, zum Teil mit Ölfarbe gestrichenen Wänden, an denen glänzende Töpfe und Pfannen aus Messing, Kupfer und Eisen hingen, mit dem emaillierten Kohlenherd, neben dem die Kohlenkiste stand, und dem langen Holztisch. Ich ging meiner Mutter zur Hand, benützte mit Eifer Geräte wie Gurkenhobel, Apfelteiler, Zwiebelschneider, Kirschenentkerner, Butterformer, Kartoffelpresse, Pfeffermühle, Eierschneider, Dotterfänger und Kaffeemühle. Während die Mutter arbeitete, unterhielt sie sich mit mir. Menschen wie sie und ich seien von Gott zum Dienen ausersehen, sagte sie, während sie das Bügeleisen mit einer Mischung aus Essig und Salz reinigte, dazu, vom frühen Morgen bis zum späten Abend zu arbeiten. Es wäre nicht nur unvernünftig, sondern verstieße gegen die göttliche Weltordnung, meinte sie, indem sie heiße Himbeermarmelade vorsichtig in Gläser goß, die sie anschließend mit Pergamentpapier verschloß, sich gegen eine dienende Existenz aufzulehnen. Eine dienende Existenz sei eine gottgefällige Existenz, erklärte sie, schürte die Herdglut und legte ein Holzscheit nach, das Wohlbefinden der Herrschaft sei unser schönster Lohn. Mit einem langen Messer zerteilte sie ein Huhn und gestand, sie könne sich nichts Befriedigenderes vorstellen, als ihre Kraft in den Dienst anderer zu stellen, ihr ganzes Leben als Gabe darzubringen. Der Wunsch, anderen zu helfen, sie zu unterstützen und zu entlasten, entspreche einem natürlichen Bedürfnis der weiblichen Seele, sagte sie, während sie einen Lampenzylinder putzte, und nachdem sie einen Silberlöffel mit Zigarrenasche gereinigt und ihn zur Überprüfung des Glanzes in die Höhe gehalten hatte, stellte sie fest, daß sie froh darüber sei, nicht der Schicht der Herrschenden anzugehören, deren Leben sich an innerem Reichtum in keiner Weise mit dem der Dienenden messen könne. Ich nickte und prägte mir jedes Wort ein, das meine schöne junge Mutter sagte, als sie so in ihrem hochgeschlossenen Kochkleid mit der sauberen Schürze vor mir saß.

Am Sonntag setzte die Mutter ihren Hut mit den Blumen auf, nahm mich an der Hand und ging mit mir in die Kirche Mariä Himmelfahrt. Das, was der Pfarrer von der Kanzel herab predigte, schien mir inhaltlich weitgehend mit dem übereinzustimmen, was die Mutter mir einzuschärfen versuchte. Er meinte, zwar gelte der Dienstbotenstand als ein geringer, doch sei er in Wirklichkeit ein vornehmer, da ein Leben in Armut, Gehorsam und Arbeit dem Leben des Heilandes am nächsten komme, auch der Sohn Gottes sei nicht Mensch geworden, um zu herrschen, sondern um zu dienen, im Jenseits würde das Gesinde für seine Mühsal reich belohnt, denn wer dem Allmächtigen zuliebe Widerwärtigkeiten auf sich nehme, finde Gnade vor Ihm. In der Heiligen Schrift stehe ausdrücklich geschrieben, daß die Bediensteten sich ihrer Herrschaft ehrerbietig unterwerfen sollten, Menschendienst sei Gottesdienst, deshalb müsse das Dienstpersonal seine Arbeit fleißig, willig, ordentlich, verständig und reinlich verrichten, auf daß Gott ein Wohlgefallen an ihnen und ihrer Tätigkeit habe. Auch die Worte des Pfarrers, dieses imposanten Mannes, der sich an dem erhöhten Platz in so schönen Worten erging, versuchte ich mir möglichst gut zu merken.

Die Familie Gerstner bestand aus vier Personen, nämlich aus Herrn und Frau Direktor Gerstner und den beiden Töchtern Helene und Marie, die etwas älter waren als ich. Als erste Sprache lernte ich von meiner Mutter Tschechisch, doch bald schon wurde ich gemeinsam mit Helene und Marie von deren Wiener Erzieherin, Fräulein von Roth-Rothenhorst, in der deutschen Sprache und später auch in der deutschen Literatur und Geschichte sowie in Latein und Französisch unterrichtet. Meine Mutter betonte immer wieder, was für ein ungeheures Vorrecht, was für ein unbeschreibliches Glück eine solche Erziehung für das Kind einer einfachen böhmischen, aus dem niedrigen Bauernstand stammenden Köchin sei, ich schuldete dem Herrn Direktor und seiner Frau tiefste Dankbarkeit, es verstehe sich von selbst, daß es meine Pflicht sei, mich der Familie Gerstner gegenüber durch untadeliges und diskretes Betragen erkenntlich zu zeigen und im übrigen sämtliche Familienmitglieder jeden Abend in mein Gebet einzuschließen. Meine Mutter glaubte fest an die Gnade und Güte Gottes und die wirksame Fürsprache aller Heiligen, insbesondere der heiligen Jungfrau und des böhmischen Nationalheiligen und Märtyrers Johannes von Nepomuk. Sie vertraute mir an, daß es ihr sehnlichster Wunsch sei, einmal in ihrem Leben gemeinsam mit mir eine Pilgerfahrt nach Lourdes zu unternehmen, wo dem Kind Bernadette, einem einfachen Mädchen aus dem Bauernstand wie mir, in einer Grotte insgesamt achtzehnmal, ich möge mir vorstellen, achtzehnmal, die Jungfrau Maria erschienen sei. In unserer Mansarde stand auf dem emaillierten Waschtisch eine kleine Statue der Madonna von Lourdes, die meine Mutter sich von ihrem Lohn abgespart und beim Wiener Kapuzinervikar Pater Method Jelinek bestellt hatte, der seinerseits eintausendeinhundert dieser Statuen aus dem Hause Raffel in Paris importiert hatte. Das mit Glaubersalz versetzte Naß aus den Quellen von Marienbad sei zweifellos der Gesundheit förderlich, meinte meine Mutter, es bewirke gute Eßlust, Heiterkeit und einen erquikkenden Schlaf, doch sei es nicht zu vergleichen mit dem wundertätigen Quellwasser, das am fünfundzwanzigsten Februar achtzehnhundertzweiundsechzig unvermittelt aus dem Stein der Grotte geflossen sei, Blinde und Lahme heile, ja, Tote auferwecke. Sie lege jeden Monat eine kleine Summe zurück, in der unerschütterlichen Hoffnung, eines Tages mit mir auf diese Reise gehen zu können, wenn wir die Jungfrau Maria nur oft genug anriefen, würde sie unsere Bitte schließlich erhören. In meinem Abendgebet ersuchte ich also Gott, die Jungfrau Maria und die Heiligen höflich um Gesundheit und Wohlergehen für die Familie Gerstner, um die Möglichkeit einer Verwirklichung der Pilgerfahrt nach Lourdes sowie um Schutz und Schirm für unseren Kaiser Franz Joseph und unsere wunderschöne Kaiserin Sisi. Letztere Fürbitte wurde Helene, Marie und mir von Fräulein von Roth-Rothenhorst dringend ans Herz gelegt, denn das Leben des Kaiserpaares gehörte zu den Lieblingsthemen der Erzieherin, insbesondere die Zeit der Werbung und die ersten Ehejahre. Immer wieder bestürmten Helene und Marie das arme, aber adelige Fräulein, jedes Stück des Trousseaus, mit dem Sisi in Wien angekommen war, in allen Einzelheiten zu schildern. Es seien fünfundzwanzig Koffer gewesen, sagte Fräulein von Roth-Rothenhorst mit leuchtenden Augen, fünfundzwanzig große Koffer, Dutzende von bayrischen Schneiderinnen, Stickerinnen und Putzmacherinnen hätten monatelang Tag und Nacht an der Aussteuer gearbeitet. Die Putzkleider, die Putzkleider, riefen Helene und Marie. Geduldig beschrieb Fräulein von Roth-Rothenhorst das zartlila, mit silbernen Kleeblättern bestickte Kleid mit dazugehörigem Manteau aus Silberspitze, das Sisi zur Hochzeit ihres

Bruders in Dresden getragen hatte, das Bouquet aus Kamelien, das funkelnde Diadem auf dem kunstvoll geflochtenen kastanienbraunen Haar, bereitwillig entwarf sie einmal mehr das duftige rosafarbene Seidenkleid mit weitausladender Krinoline samt weißer Spitzenmantille und kleinem weißem Hütchen, in dem die zukünftige Kaiserin zu Schiff ihrem Bräutigam entgegengefahren war, den kostbaren blauen Samtmantel mit Zobelbesatz und Zobelmuff, ein Geschenk des Kaisers, das hinreißende Brautkleid mit dem Mantel aus Silbermoiré. Und die Diamantenkrone, verlangten die Mädchen und klatschten in die Hände. Ja, die Diamantenkrone mit passender Diamantenkorsage, sagte Fräulein von Roth-Rothenhorst, und ihr Blick verdüsterte sich ein wenig, eine alte Goldschmiedearbeit, mit Smaragden besetzt, das wertvollste der Hochzeitsgeschenke. Einige Tage vor Sisis Ankunft sei die Krone auf den Boden gefallen und hatte in aller Eile repariert werden müssen, ein böses Omen.

Die Kaiserin Sisi war das Idol der Töchter des Stellvertretenden Kurdirektors, ebenso wie mein Ideal die heilige Madonna von Lourdes war, eine Anhänglichkeit, für die Helene und Marie nichts als Hohn und Spott übrig hatten. Daß die Madonna Tote auferwecke, wie ich behauptete, glaubten sie mir nicht, Frauen könnten keine Toten auferwecken, das ginge über ihre Kräfte, das Auferwekken von Toten sei den Männern vorbehalten, nämlich Gott und Jesus Christus.

Lange bevor ich die deutschen Gedichte in den Reclam-Büchlein auswendig lernen mußte, die Fräulein von Roth-Rothenhorst so schätzte, hatte mir meine Mutter vor dem Einschlafen Geschichten in tschechischer Sprache erzählt, von Libussa, ihrer Namensvetterin, der Gründerin Prags, von der schönen und gehorsamen Griseldis und vom Leben und Sterben des Brückenheiligen Johannes von Nepomuk, der dreizehnhundertdreiundneunzig auf Befehl König Wenzels des Vierten von der Prager Karlsbrücke in die Moldau gestoßen worden war. Sie erklärte mir die Bedeutung der Zeichnungen des religiösen Bilderbogens mit dem Titel *Das Leben der frommen Hausmagd Katharina*, den sie ans Innere der Schranktür geheftet hatte, und lehrte mich Gebete aus ihrem abgegriffenen dunkelroten Gebetbüchlein. Ihre größten Schätze aber waren die vier Kochbücher der Magdalena Dobromila Rettigova, nämlich *Hausköchin*, *Guter Rat für Landwirtinnen und Landmädchen*, *Süße Küche* und das *Kaffeebuch* von achtzehnhundertdreiundvierzig, ferner das *Traumbuch der Pharaonen*, mit Hilfe dessen sie sich ihre Träume zu erklären versuchte, sowie das *Goldene Hausfrauenbuch* von Rosa Lindenmeyer, ein dickes blaues Buch, in Leinen gebunden, auf dessen Umschlag außer dem Titel in Goldlettern ein goldener Schlüsselbund mit acht Schlüsseln abgebildet war. Der Untertitel lautete: Zweitausend Ratschläge für die praktische Hausfrau in Wort und Bild zur besten und billigsten Haushaltsführung in Stadt und Land, für jeden Haushalt und jede Familie, sowie zeitsparende Haushaltspläne für alle Tage und alle Gelegenheiten. Ich liebte diese Bücher und ihre Illustrationen und blätterte und las häufig darin, besonders in den Kochbüchern, denn ich war oft hungrig, da Frau Direktor Gerstner, eine große blasse, hagere Frau mit einem graubraunen Nackenknoten, mir und meiner Mutter ihr Wohlwollen allmählich entzog und immer sparsamer wurde, was die Nahrungszuteilung an ihre Köchin und deren Tochter betraf. Ich konnte mir den Umschwung der Verhältnisse nicht erklären. Während der Herr Direktor mir übers Haar strich, mir die Wange streichelte, mir Süßigkeiten zusteckte, wenn er mich allein antraf, riß mich die Frau Direktor an den Zöpfen, wenn wir unbeobachtet waren, trat mich gegen das Schienbein und zwickte mich in die Arme. Ihre beiden Töchter übernahmen das Verhalten der Frau Gerstner, wenn sie mich in Abwesenheit meiner Mutter, des Herrn Direktors oder Fräulein von Roth-Rothenhorsts antrafen, nur fügten sie den verstohlenen körperlichen Übergriffen noch verbale Kränkungen hinzu und nannten mich böhmischen Bauerntrampel und häßlichen Domestikenbastard. Da meine Mutter nicht müde wurde, die Herzensgüte sämtlicher Mitglieder der Familie Gerstner zu betonen und die Wohltaten zu preisen, mit denen sie uns arme Leute und insbesondere mich überschütteten, da sie mich immer wieder zu Gehorsam und Dankbarkeit ihnen gegenüber anhielt, wagte ich nicht, ihr von diesen sich im Lauf der Zeit häufenden Vorfällen zu berichten und litt still. Wenn Fräulein von Roth-Rothenhorst meine Fortschritte während der Unterrichtsstunden herausstrich, dann erfüllte mich ihr Lob einerseits mit Stolz, andererseits mit Bangen, da ich sicher sein konnte, daß diese Anerkennung die Mißgunst Helenes und Maries hervorrufen und zu weiteren Niederträchtigkeiten ihrerseits führen würde.

Die allmähliche Vertreibung aus dem Paradies hatte begonnen. Ein weiterer Umstand, der mich in Furcht und Schrecken versetzte, waren die nächtlichen Besuche eines Schattens bei meiner Mutter, die zur Folge hatten, daß ich den geliebten Platz im mütterlichen Bett einbüßte und mich mit dem Strohsack als Liegestatt begnügen mußte. Mitten in der Nacht weckte mich nun häufig das Geräusch von Schritten auf der schmalen Wendeltreppe, dann ging die Tür knarrend auf, und der breite Schattenriß einer menschlichen Gestalt bewegte sich auf das Bett meiner Mutter zu. Das anschließende Flüstern, Raunen, Seufzen, Stöhnen und Klagen der Mutter ängstigte mich zutiefst, ich lag in der Finsternis und wagte mich nicht zu rühren. Einmal, als ich bei ihr in der Küche saß, eine Schüssel mit Äpfeln im Schoß, die ich schälte und von ihrem Kerngehäuse befreite, wagte ich es, sie nach der gespenstischen Erscheinung zu fragen, die fast jede Nacht unsere Kammer betrete. Die Mutter sah mich von der Seite an und meinte, sie wisse nicht, wovon ich redete, bei der Erscheinung, von der ich spräche, handle es sich wohl um ein Traumgesicht, ich sei seit frühester Kindheit mit einer lebhaften Phantasie ausgestattet, eine bezeichnende Eigenschaft der Kinder, die an einem neunundzwanzigsten Februar und noch dazu an einem Samstag das Licht der Welt erblickt hätten, diese rege Einbildungskraft in Verbindung mit der nächtlichen Dunkelheit und Stille sei es wohl, die solche Bilder entstehen lasse. Ich meinte, dunkel sei es zwar, aber keineswegs still, sie, die Mutter, stieße bei diesen Anlässen die unterschiedlichsten Laute aus, ein Sachverhalt, der mich mit großer Besorgnis erfüllte. Erneut blickte mich meine Mutter sonderbar an, dann sagte sie, ebenso wie es visuelle Sinnestäuschungen gebe, existierten auch solche akustischen Ursprungs, wiederum insbesondere bei stark phantasiebegabten Menschen, wie ich einer sei, ich solle zur Madonna von Lourdes beten, die Madonna werde mir helfen und mich von den quälenden Alpträumen beziehungsweise Wahngebilden befreien. Dann stand sie auf, entnahm einem kleinen Säckchen ein getrocknetes Lorbeerblatt und gab es mir mit der Aufforderung, es gut zu kauen, so wie die Madonna schütze auch Lorbeer vor Trugbildern aller Art. Ich schwieg, aß das bittere Lorbeerblatt und kniete abends vor dem Emailwaschtisch und der Madonna, doch führten beide Maßnahmen keineswegs zu einem Verschwinden des Phantoms, im Gegenteil, mir schien, daß seine Konturen denen des Herrn Direktors immer ähnlicher wurden.

Um meine Gedanken und Gefühle von den beunruhigenden nächtlichen Ereignissen in der Dienstbotenkammer beziehungsweise von der mich noch tiefer verstörenden Möglichkeit abzulenken, daß es sich bei diesen Vorfällen gar nicht um tatsächliche Begebenheiten, sondern um reine Phantasiegebilde meines kindlichen Gehirns handelte, versuchte ich mich ganz auf den Erwerb der Kenntnisse zu konzentrieren, die Fräulein von Roth-Rothenhorst uns mit Eifer und Sorgfalt zu vermitteln trachtete. Ich war wißbegierig und hatte ein gutes Gedächtnis. Deshalb brachte es mich ein wenig aus der Fassung, wenn Fräulein von Roth-Rothenhorst immer wieder darauf hinwies, daß der begrenzte Erwerb gewisser Sachkenntnisse zwar nötig sei, daß wir als Angehörige des weiblichen Geschlechts allerdings darauf achten müßten, uns mit dieser Beschlagenheit in Gegenwart männlicher Personen auf keinen Fall zu brüsten, männliche Personen könnten sich durch ein so direkt offenbartes historisches, literarisches und sprachliches Wissen leicht verunsichert fühlen. Es gehe darum, dieses Wissen zwar jederzeit zur Verfügung zu haben, es jedoch dermaßen unauffällig in die Konversation mit männlichen Personen einfließen zu lassen, daß solche männliche Personen den Eindruck hätten, nicht wir, sondern sie selbst verfügten darüber. Man nenne diese Vorgangsweise weibliche Diplomatie. Sie gebe zu, daß ein solches kluges und gleichzeitig höchst frauliches, ja letztlich zutiefst menschliches Handeln feinsten Takt und größtes Fingerspitzengefühl erfordere, doch wenn wir uns gemäß dieser Richtlinien verhielten, würden wir nicht die geringste Mühe haben, das Herz beziehungsweise die Liebe mindestens einer dieser männlichen Personen zu gewinnen, und die Gewinnung des Herzens beziehungsweise der Liebe einer männlichen Person zum Zwecke ihrer Einwilligung in die einvernehmliche Schließung einer bürgerlichen Ehe sei für Angehörige des weiblichen Geschlechts unerläßlich. Gelänge es nämlich einer Angehörigen des weiblichen Geschlechts nicht, eine männliche Person durch obig geschildertes diplomatisches Verhalten zu diesem für vollwertige Mitglieder unserer Gesellschaft unumgänglichen Schritt zu bewegen, dann gestalte sich deren Leben äußerst schwierig, wie wir am Beispiel ihres, nämlich Fräulein von Roth-Rothenhorsts, Daseins unschwer feststellen könnten. Frauen, die im Hinblick auf eine konsequente Durchführung dieser elementaren weiblichen Aufgabe versagt, die aufgrund mangelnder pädagogischer Anleitung oder eigener Blindheit nicht früh genug erkannt hätten, daß das einzige Glück ihres Geschlechts in der Rolle einer Ehefrau und Mutter bestehe, stünden kaum und im Vergleich zu dieser Möglichkeit einer erfüllten und angenehmen bürgerlichen Existenz eindeutig dornenreichere andere gangbare Wege zur Verfügung, nämlich entweder ein entbehrungsreiches Dasein als Hausangestellte beziehungsweise Erzieherin, wie sie es führe, oder ein Leben im aufopferungsvollen Dienste eines der christlichen Orden. Es gebe eine weitere, allerdings mehr als fragwürdige Alternative, über die sie uns zu einem späteren Zeitpunkt aufklären würde.

Außer literarischen, historischen und sprachlichen Kenntnissen brachte Fräulein von Roth-Rothenhorst uns auch Fertigkeiten im Sticken und Klavierspielen bei. Wir lernten, mit eckigen und runden Stickrahmen umzugehen und übten uns in Filet-, Schatten-, Tüll-, Hohlnaht-, Weiß- und Gobelinstickerei, und auf dem Klavier brachten wir es bis zu stockend vorgetragenen einfachen Walzern von Chopin, eines Komponisten, der dem Fräulein nahestand, da er ihrer Ansicht nach erstens eine romantische Erscheinung gewesen sei und zweitens Marienbad besucht und das Bad in aufgewühltem Zustande verlassen hätte, was in der schwierigen Beziehung zu einer Frau, nämlich zu der jungen Polin Maria Wodzynska, begründet gewesen wäre. Das Fräulein meinte, sie habe in den gängigen Biographien vergeblich nach einem Hinweis geforscht, doch halte sie es durchaus für möglich, daß Chopin sich in der Postkutsche unverzüglich dem schöpferischen Prozeß überlassen und seiner Trauer über das treulose Verhalten der Polin durch spontanes Notieren eines Musikstückes Ausdruck verliehen hatte.

Die Vertreibung aus dem Paradies ging weiter. Nachdem ich eines Sonntags mit meiner Mutter vom Kirchgang zurückgekehrt war, meinte diese, ich möge mich mit einem der Reclam-Büchlein im Garten beschäftigen, sie fühle sich nicht wohl und würde den Rest des einzigen freien Halbtags ihrer Arbeitswoche dazu nützen, sich ein wenig hinzulegen. Ich tat wie geheißen und setzte mich auf die weißgestrichene schmiedeeiserne Bank unter der Pergola, wurde in meiner Lektüre jedoch bald von Helene und Marie gestört, denen es nicht gefiel, daß ich mich auch sonntags mit dem Unterrichtsstoff beschäftigte. Sie bezichtigten mich des übermäßigen Ehrgeizes, legten mir, die ich nichts als ein Bedienstetenbalg sei, zur Last, mich über meine niedrige Stellung erheben und bei Fräulein von Roth-Rothenhorst einschmeicheln zu wollen, rissen mir das Büchlein aus der Hand und warfen es in hohem Bogen über die Gartenmauer. Nachdem es mir gelungen war, mich von den beiden zu befreien, die mich festzuhalten, an den Haaren zu ziehen, zu kratzen und zu beißen versuchten, lief ich weinend durch das Gartentor, um mein Büchlein zu suchen. Auf dem Kiesweg vor dem Tor stand ein eleganter Mann mit einem dunklen Vollbart in schwarzem Bratenrock und Zylinder, wohl ein Kurgast, der interessiert in dem Bändchen blätterte. Ich sprach ihn an und sagte schüchtern, bei der Lektüre, die er in Händen halte, handle es sich um mein Eigentum, worauf der Mann mich ansah, mich lächelnd in die Wange kniff, mir das Büchlein aushändigte und dabei folgende Zeilen der darin enthaltenen »Marienbader Elegie« deklamierte: »Drum tu wie ich und schaue, froh verständig, /Dem Augenblick ins Auge! Kein Verschieben! /Begegn' ihm schnell, wohlwollend und lebendig.«

Mit dem Reclam-Büchlein in der Hand stieg ich die Steintreppe, die Holztreppe und schließlich die enge Wendeltreppe zur Dienstbotenkammer hinauf, um den Nachstellungen Helenes und Maries zu entgehen. Ich öffnete die Tür und hatte im hellen Licht des Sonntagvormittages, welches durch das Dachfenster einfiel, in aller Deutlichkeit vor Augen, was sich bisher gemäß den Versicherungen meiner Mutter in meinen nächtlichen Phantasien beziehungsweise Alpträumen abgespielt hatte. Der Schatten mit den Umrissen des Herrn Direktors war kein Schatten mehr, es war der Herr Direktor leibhaftig, in Fleisch und Blut, der das schmale Bett meiner Mutter teilte, dessen dunkel behaarter weißer Rücken, dessen breite Schultern, dessen stämmiger Nacken, dessen kugelrunder Kopf mit den wirren schwarzen Haaren sich zwischen mich, die ich auf der Schwelle stand, und meine schöne junge Mutter schoben. Was ich sehen konnte, war ein Ausschnitt ihres Gesichts, ein starr himmelwärts gerichtetes blaues Auge, ein halb offener Mund mit herabhängenden Mundwinkeln, ähnlich dem Blick der Statue der Madonna von Lourdes, die neben dem Bett auf dem Emailwaschtisch stand. Ich drehte mich um und stürzte die Stufen hinunter. Auf dem Treppenabsatz zwischen der engen Wendeltreppe und der etwas breiteren Holztreppe lief ich in die Frau Direktor hinein, die reglos, eine Hand auf das Treppengeländer gelegt, dort stand, den Blick wie meine Mutter, allerdings etwas unsteter, himmelwärts, das heißt in Richtung Dachboden, gewandt.

Der Stellvertretende Herr Direktor und meine Mutter hatten mich nicht wahrgenommen. Wie alt ich zum Zeitpunkt dieses Ereignisses war, weiß ich nicht genau, wohl um die elf, zwölf Jahre. Was ich gesehen hatte, trug merkwürdigerweise nicht dazu bei, die Zweifel bezüglich meiner Sicht der Dinge zu beseitigen, ganz im Gegenteil, es stürzte mich in einen Abgrund der Ungewißheit. Da es außer Frage stand, daß meine schöne junge Mutter, auf die ich angewiesen war und die mich schützte, die ich liebte und der ich vertraute, nicht die Wahrheit sprach, mußte ich notwendigerweise zu dem Schluß gelangen, daß die Halluzinationen, die mich bisher nur nachts, im Schutze der Dunkelheit heimgesucht hatten, mich nun auch am hellichten Tage verfolgten, denn daß es sich bei dem, was mir an jenem Sonntagvormittag so deutlich umrissen vor Augen stand, um einen realen Vorgang gehandelt hatte, war doch nicht möglich, dazu war dieser Vorgang zu absurd. Aus welchem Grunde sollten sich Menschen zu einem so vernunftwidrigen Verhalten zwingen?

Meine tiefe Verunsicherung, meine Selbstzweifel vertieften sich noch durch das gehässige Verhalten der Frau und der beiden Töchter des Kurdirektors, welches mein Selbstvertrauen schwer beeinträchtigte. Was ging mit mir vor, welche bösen Mächte verfälschten mein Wahrnehmungsvermögen, verwirrten meine fünf Sinne, die mir bisher so gut zu Diensten gestanden waren, mich die Welt und ihre Bilder so klar und eindeutig hatten erfassen lassen? Ich suchte nach einer Erklärung und fand sie auch.

Während der Küchenarbeiten, die ich gemeinsam mit meiner Mutter verrichtete, hatte diese immer wieder auf die unerschöpfliche Güte, das grenzenlose Wohlwollen der Madonna von Lourdes und anderer weiblicher Heiliger gegenüber Menschen, die gläubig und guten Willens sind, hingewiesen. Allerdings gebe es, hatte sie gesagt, auch Kräfte, die diesen guten Frauen entgegenarbeiteten, böse, mißgünstige Wesen, die man Hexen nenne, die einen in Versuchung führten und, so man diesen Versuchungen nicht willensstark entgegentrat, zugrunde richten konnten. Man dürfe in seiner Wachsamkeit gegenüber diesen dämonischen Geschöpfen, die mit dem Teufel im Bunde stünden, sich mit ihm zum Zwecke gottloser Vergnügungen an verwünschten Orten träfen, nie nachlassen, sie nützten jede noch so kleine Schwäche der Menschen aus, um sie für sich zu gewinnen, mit ihren Krallenfingern nach ihnen zu greifen und sie dem Bösen, ihrem höchsten Gebieter, als Beute zuzuführen.

Sollte ich unter den Einfluß dieser Wesen geraten sein, sollten sie, die über unheilvolle Fähigkeiten verfügten, mir die Wahnvorstellungen eingegeben haben, die meinen Gesichtssinn, meinen Gehörsinn verzerrten, mich meine liebe Mutter bei unbegreiflichen Handlungen erblicken ließen, die ihrem Wesen nicht entsprechen konnten?

Eines Tages, als meine Mutter in der Küche einen Fasan rupfte, den der Stellvertretende Herr Kurdirektor in Gesellschaft des Herrn Kurdirektors, des Herrn Vorstandes der kaiserlich-königlichen Kurärztekammer und der Herren Geschäftsführer des Kurhotels *Weimar* und des Kurhotels *Stern* auf der Jagd im Kaiserwald geschossen hatte, fragte ich sie, ob und wie man sich gegen das Treiben der Hexen, von denen sie mir erzählt hätte, schützen könne. Meine Mutter hielt im Rupfen inne, sah mich an und meinte, ja, das könne man, zum Beispiel indem man darauf achte, daß man keine schmutzigen Schuhe anziehe, sich morgens immer sorgfältig die Hände wasche und stets ein wenig Salz in den Schuhen oder in einem kleinen Beutelchen um den Hals trage. Falls ich das Gefühl hätte, daß mir diese Kreaturen in irgendeiner Weise zusetzten, würde sie nicht zögern, mir ein solches Beutelchen zu nähen und es mit Salz zu füllen, doch zunächst werde sie mir ein paar Körnchen aus den kaiserlich-königlichen Ischler Salinen in die Schuhe streuen, bei einem für Blendwerk jeglicher Art anfälligen Naturell wie dem meinen könne dies auf keinen Fall schaden. Sie stand auf, öffnete den Holzdeckel eines hübschen, an der Wand befestigten blauweißen Porzellangefäßes mit der Aufschrift *Salz*, entnahm dem Behälter eine Prise, zog mir die Schuhe aus, die Marie zu klein geworden waren, und ließ die Salzkörnchen hineinfallen. Die Geste beruhigte mich, ebenso wie das Säckchen mit Salz, das ich bald um den Hals trug, doch änderte beides nichts daran, daß der nächtliche Schemen weiterhin die Dienstbotenkammer heimsuchte.

Während der folgenden Wochen wurde meine Mutter krank. Zweimal geschah es, daß sie bei ihrer Arbeit in der Küche in Ohnmacht fiel, einmal, während sie einen großen Karpfen entschuppte, den der Stellvertretende Kurdirektor im Beisein des Herrn Kurkapellmeisters, des Abtes des Stiftes von Tepl, des Gutsbesitzers Freiherr von Klingenstein und des Bevollmächtigten des Wiener Börsenvereins anläßlich eines Preisfischens an einem Teich im Kaiserwald gefangen hatte, und das zweite Mal, als sie gerade dabei war, die Läufe eines vom Stellvertretenden Kurdirektor bei einer Treibjagd in Gesellschaft obiger Personen erlegten Feldhasen abzuhäuten, um ihn in der Folge nach dem Rezept *Hasenlauf Iglau* der Magdalena Dobromila Rettigova zuzubereiten. Es fiel ihr sehr schwer, morgens aufzustehen, und sie behielt fast nichts von dem, was sie aß, bei sich. Die Frau Kurdirektor nahm keinerlei Rücksicht auf den geschwächten Gesundheitszustand meiner Mutter, im Gegenteil, seitdem ich sie auf dem Treppenabsatz zwischen der engen Wendeltreppe und der etwas breiteren Holztreppe stehen gesehen hatte, den Blick voller Besorgnis himmelwärts gerichtet, behandelte sie meine Mutter schlechter denn je und trug ihr soviel Arbeit auf, daß diese selten vor Mitternacht ins Bett kam und gegen fünf Uhr morgens aufstehen mußte, um ihre Aufgaben zu bewältigen.

Eines Morgens packte meine Mutter eine Tasche, setzte ihren Hut mit den Blumen auf und meinte, sie fahre mit der Postkutsche nach Eger, um eine dringende Besorgung zu erledigen, und käme am folgenden Tag zurück, ich solle ihr inzwischen keine Schande machen und dürfe in ihrem Bett schlafen, wenn ich wolle. Ich empfand ihre, wenn auch kurzfristige, Abwesenheit als bedrohlich, denn soweit meine Erinnerung zurückreichte, hatte ich nie eine Nacht ohne sie verbracht. Abends kniete ich mich wie immer vor den Emailwaschtisch und die Madonna hin, um mein Gebet zu sprechen, dann zog ich mein weißes Leinenhemd an und legte mich angstvoll und traurig ins Bett meiner Mutter. Mitten in der Nacht riß mich das Geräusch von Schritten auf der Wendeltreppe aus dem Schlaf, und gleich darauf glitt die alptraumhafte Erscheinung, deren Konturen mir so vertraut waren, in die Kammer und bewegte sich auf mich zu. Ich wagte mich nicht zu rühren, auch nicht, als der Alp die Decke zurückschlug, doch als der Alp sich in seiner ganzen dunklen Schwere auf mich legte, als seine Hände sich unter das Leinenhemd schoben, biß ich mit aller Kraft in sein Ohr, das sich unmittelbar vor meinem Gesicht befand, worauf der Alp aufschrie, aus dem Bett sprang und aus der Kammer stürzte. Es war das letzte Mal, daß sich die Erscheinung zeigen sollte. Ich schrieb meine plötzliche Kühnheit dem kleinen Beutelchen mit Ischler Salz zu, das immer, also auch während dieses furchterregenden Vorfalls, an meinem Hals hing.

Als meine Mutter aus Eger zurückkam, erschrak ich, denn sie war leichenblaß und konnte sich kaum auf den Beinen halten. Nachdem sie zwei Tage lang kraftlos in ihrem schmalen Bett gelegen war, stieg die Stellvertretende Frau Kurdirektor zur Dachkammer hinauf und schrie, sie, meine Mutter, möge sich unverzüglich an die Arbeit machen, sie, die Frau Direktor, werfe das sauer verdiente

Geld ihres Gatten nicht zum Fenster hinaus, indem sie eine Köchin bezahle, die nicht daran denke zu kochen, die ein Faulpelz, eine Tagediebin und Heuchlerin und insofern ein typisches Exemplar der Angehörigen der böhmischen Volksgruppe sei, unter denen zu leben sie, die Frau Direktor, sich aufgrund der beruflichen Tätigkeit ihres Gatten, dem überallhin nachzufolgen ihr neutestamentarischerseits vorgeschrieben wäre, gezwungen sehe. Es sei ihr, meiner Mutter, Glück, daß sie die Sympathie ihres, der Frau Direktor, herzensguten, viel zu nachgiebigen Gatten genieße, genösse sie diese nämlich nicht, dann wäre sie, meine Mutter, von ihr, der Frau Direktor, längst entlassen worden und könne sich mit mir, dem betrüblichen Ergebnis ihres liederlichen Lebenswandels, von ihr aus der Bettelei oder der Unzucht ergeben, zu der wir, ich und meine Mutter, uns ohnehin aufgrund einer natürlichen Veranlagung, einer angeborenen Neigung hingezogen fühlten. Sie, meine Mutter, möge sofort aufstehen, in die Küche gehen und die Beize für den gebratenen Rehrücken vorbereiten, der anläßlich des kurz bevorstehenden Besuchs der Stellvertretenden Kurdirektoren von Karlsbad und Franzensbad samt Gattinnen in ihrem Hause aufgetischt werden solle, sie, die Frau Direktor, werde sich doch nicht persönlich mit der komplizierten Zubereitung dieser Beize befassen, wozu habe sie schließlich eine Köchin? Auch ich, Rosa, solle mich gefälligst nützlich machen, sie frage sich, warum sie sich mit der privilegierten Behandlung einverstanden erkläre, die mir, Rosa, einzig und allein aufgrund des unverdienten Wohlwollens ihres viel zu großzügigen und bedauerlicherweise leicht beeinflußbaren Gatten zuteil würde, warum sie mitansehe, wie ich, Rosa, in Schande geborenes unverkennbares Produkt einer minderwertigen böhmischen Kleinhäuslersippe, gemeinsam mit ihren beiden schönen und begabten Töchtern von einer distinguierten Erzieherin aus altem Wiener Briefadel erzogen werde, ja, das frage sie sich.

Meine Mutter war zu hinfällig, um auf die Beleidigungen der Stellvertretenden Frau Direktor in angemessener Weise zu reagieren, und als jene auf sie zutrat und sie aus dem Bett zu zerren versuchte, leistete sie keinen Widerstand. Sie kleidete sich an, schleppte sich in die Küche und ging daran, das für die Beize benötigte Wurzelwerk kleinzuschneiden. Ich half ihr, so gut ich konnte, und am Abend gestand ich ihr, wie sehr mich ihr erbärmlicher Zustand ängstige und bekümmere, und fragte sie, warum wir in einem Haus blieben, in dem man uns hungern ließ und beschimpfte, einem Haus, in dessen Dachboden überdies Geister umgingen. Meine Mutter fuhr zusammen und meinte, wie könne ich so etwas sagen, wie könne ich mich über eine Familie beklagen, die mir eine Ausbildung angedeihen lasse, wie sie üblicherweise lediglich den Angehörigen der oberen Schichten, und auch da nur den Knaben, zuteil werde, wie könne ich mich über eine Verköstigung beschweren, die, sie gebe es zu, karg bemessen, doch stets von hohem Nährwert sei. Und was die gelegentlichen Beschimpfungen betreffe, so müsse ich mir stets das Leben unseres Herrn Jesus vor Augen halten, im Vergleich mit den Kränkungen und Beleidigungen, die unser Herr Jesus habe erdulden müssen, sei das, was uns die Frau Direktor und ihre Töchter dann und wann in Augenblicken der Schwäche antäten, vollkommen zu vernachlässigen. Und das Phantom, rief ich, das schrekkenerregende Phantom, das uns Nacht für Nacht heimsuche, ich verstünde nicht, warum sie nie versucht habe, sich gegen dieses Schreckgespenst zu wehren. Die Mutter strich mir übers Haar und lächelte. Ach Rosa, sagte sie, mein Samstagskind, mein Schaltjahrkind, die Gespenster, die du siehst.

Während der folgenden Monate verfiel meine Mutter

zusehends, ein Umstand, der die Stellvertretende Frau Direktor keineswegs davon abhielt, ihr die gleiche Arbeitsleistung abzuverlangen, die sie vor ihrer Erkrankung erbracht hatte. Als ich eines Tages von einem Botengang zurückkam, auf den mich die Mutter geschickt hatte, mußte ich mitansehen, wie sie vom Dienstmädchen, von der Frau Direktor und dem Waidgenossen des Herrn Direktors, dem Vorstand der kaiserlich-königlichen Kurärztekammer, bewußtlos aus der Küche getragen wurde. Stumm stand ich im Flur und vernahm wie aus weiter Entfernung die Stimmen des Arztes und der Frau Direktor, die mehrmals das Wort Blutsturz artikulierten. Sie trugen meine Mutter hinauf in die Mansarde und legten sie in ihr Bett. Ich rückte den Stuhl neben das Kopfende des Bettes, setzte mich hin und betrachtete stundenlang ihr Gesicht, aus dem alle Farbe gewichen war. Während der folgenden Tage rührte ich mich nicht vom Fleck. Ich erinnere mich, daß das Dienstmädchen einige Male einen Teller mit Kartoffelsuppe brachte und daß meine Mutter diese Suppe aß, ich erinnere mich auch an einen Besuch des Vorstandes der Kurärztekammer und Waidgenossen des Herrn Direktors, der mich aufforderte, die Kammer während der Untersuchung meiner Mutter zu verlassen, und ich entsinne mich, daß kurz nach diesem Besuch die Stellvertretende Frau Direktor erneut die drei Treppen hochstieg und meiner Mutter mitteilte, der Vorstand der Kurärztekammer habe sie, die Mutter, für kerngesund erklärt, sie, die Frau Direktor, könne sich nicht vorstellen, daß es ihr, der Mutter, geschadet habe, das bißchen Blut zu verlieren, das sie verloren hätte, aufgrund der üppigen Verpflegung, der sich die Dienstboten in ihrem Hause erfreuten, sei sie, die Mutter, ohnehin etwas zu vollblütig gewesen, sie möge ihre Arbeit wieder aufnehmen. Die Mutter nickte kraftlos.

Nachdem die Frau Direktor gegangen war, beschwor

ich meine Mutter, mir zu sagen, was ich tun könne, um ihr zu helfen. Sie sagte leise, wir müßten uns in Gottes Willen fügen, und da es offenbar Gottes Wille sei, sie etwas früher als den Durchschnittsgläubigen zu sich zu nehmen, sollten wir nicht durch unruhiges Tun eingreifen und diesen seinen Willen außer Acht lassen. Das einzige, was ihr Trost spenden, sie in ihrem Glauben unterstützen könne, wäre Wasser aus Lourdes, doch sei Lourdeswasser in Marienbad wohl kaum erhältlich. Ich wollte nichts unversucht lassen und lief zu Pater Bohumil, der die beeindruckenden, inhaltlich bis auf geringfügige Abweichungen mit den Ansichten meiner Mutter übereinstimmenden Sonntagspredigten in der Kirche Mariä Himmelfahrt hielt und sich auf der Kanzel so achtunggebietend ausnahm, zweifellos würde ein solcher von Gott und den Heiligen bevorzugter Mann der Mutter binnen kürzester Zeit das Wunderwasser aus Lourdes beschaffen und sie heilen können.

Pater Bohumil war über meinen unangemeldeten Besuch nicht sehr erfreut, da ich ihn beim Verzehr einer gedünsteten Rindszunge störte, doch nachdem ich eine halbe Stunde in der kalten Sakristei gewartet hatte, durfte ich ihm mein Anliegen vortragen. Er schwieg eine Zeitlang, dann meinte er, es stimme, daß er sich im Besitz mehrerer Fläschchen der kostbaren Flüssigkeit befinde, ein glücklicher Umstand, der auf seine freundschaftlichen Beziehungen zu Pater Method Jelinek aus Wien zurückgehe. Dann ließ er seinen Blick längere Zeit auf mir ruhen und fügte hinzu, meine Mutter, zwar eine im Grunde rechtschaffene und fleißige Person, habe sich im Laufe ihres zugegebenermaßen mühseligen Lebens leider eine schwere Verfehlung zuschulden kommen lassen, sie habe einen Fehltritt begangen, der sozusagen am Anfang meiner Existenz stehe, einen gravierenden Verstoß, der es ihm unmöglich mache, ihr eines der besagten Fläschchen zukommen zu lassen. In einem Falle wie dem vorliegenden müsse er jenen Menschen den Vorzug geben, denen solcherlei durchaus verständliche Irrtümer nicht unterlaufen wären, Frauen, die die schwierige Aufgabe, nicht vom Pfad der Tugend abzuweichen, besser bewältigt hätten als meine Mutter. Es tue ihm leid, aber er könne mir keine andere Antwort geben, Gott in seiner unendlichen Liebe und Güte werde meine Mutter schützen, schließlich seien wir Bewohner eines Städtchens, in welchem allerorts heilkräftige Quellen aus dem Erdboden schössen, alles, was existiere, sei Gottes Schöpfung und somit ein Wunderwerk, warum sollte meine Mutter nicht durch das schwefelhaltige Wasser der Marienquelle geheilt werden können, an der sich doch auch ein Muttergottesbild befinde, Madonna sei Madonna, Muttergottes sei Muttergottes, es zeuge von Kleingläubigkeit, das Ausmaß der wundertätigen Hilfe der Jungfrau Maria mit bestimmten geographischen Punkten in Verbindung zu bringen. Im übrigen müsse ich ihn nun entschuldigen, eine Taufe in der Privatkapelle des Freiherrn von Klingenstein erfordere seine Anwesenheit.

Meine Mutter lebte noch drei Tage. Eine Stunde, bevor sie in unserer Mansarde verschied, winkte sie mich mit kraftlosen Fingern zu sich und sagte mit kaum hörbarer Stimme, nun, da der Augenblick, in welchem sie von einem enttäuschenden Diesseits in ein, wie sie glaube, wesentlich befriedigenderes Jenseits hinüberwechsle, unmittelbar bevorstehe, da das himmlische Jerusalem, das Land, wo Milch und Honig fließe, die Gefilde der Seligen, zum Greifen nahe seien, sehe sie sich bewogen, mir, ihrem einzigen Kind, das seinen Lebensweg ohne sie, seine Mutter, werde fortsetzen müssen, einige Hinweise mit auf diesen Weg zu geben. Es verstehe sich von selbst, daß ihre Habe, nämlich die Kleidung einschließlich des Hutes mit den Blumen sowie die Druckwerke, die sie ihr Eigen nenne, als rechtmäßiges Erbe in meinen Besitz überginge. Sie bitte mich, insbesondere die Statue der Madonna von Lourdes, das Gebetbüchlein und das *Goldene Hausfrauenbuch* meiner Namensvetterin Rosa Lindenmeyer in Ehren zu halten. Zudem wolle sie vor ihrem Entschlafen ihr Gewissen erleichtern und mir eine Tatsache enthüllen, die sie mir bisher aufgrund meiner zarten Jugend und meiner kindlichen Sorglosigkeit verschleiert hätte. Sie habe nie den Eindruck gehabt, daß die Abwesenheit eines zweiten Elternteils mich übermäßig bedrückt hätte, ja, es habe ihr geschienen, als hätte ich diese Abwesenheit gar nicht bemerkt, dennoch wolle sie mir nicht vorenthalten, wer mein Vater sei, wenn es auch durchaus möglich wäre, daß ich diese Information heute noch nicht zu schätzen wisse, so glaube sie, daß ich ihr zu einem späteren Zeitpunkt in meinem Leben für diese Eröffnung dankbar sein werde. Daß der Stellvertretende Herr Kurdirektor mich stets mit liebevoller Aufmerksamkeit behandelt und als gebildeter Mann darauf geachtet habe, mir eine gute Erziehung angedeihen zu lassen, hätte seinen Grund nicht in einfacher christlicher Nächstenliebe gehabt, sondern darin, daß er es sei, der mich vor nunmehr dreizehn Jahren gezeugt habe, in eben dieser Mansarde, in der wir uns nun befänden. Sie, die damals keine siebzehn Jahre alt gewesen sei, habe dem stürmischen Drängen des reifen Mannes damals wie auch später nichts entgegenzusetzen gewußt, und das Schicksal hätte seinen Lauf genommen, ein Schicksal, das ihr ungleich gewogener gewesen sei als dem Großteil ihrer Alters-, Geschlechts-, Klassen- und Berufsgenossinnen, die in ähnlichen Fällen unverzüglich entlassen beziehungsweise gezwungen gewesen wären, sich der Frucht ihres Leibes mit Hilfe gottloser Frauenspersonen zu entledigen, eine Praktik, von der ich nichts wisse und auch nichts wissen solle. Aufgrund ihres zarten, ja kindlichen Körperbaues habe niemand etwas von ihrem Zustand bemerkt, ein in ihrer Situation günstiger Umstand, allerdings glaube sie, daß die Frau Direktor kraft ihrer weiblichen Intuition den wahren Sachverhalt immer geahnt hätte, wiewohl sie von ihrem Gatten verständlicherweise nie davon in Kenntnis gesetzt worden sei. Dies erkläre auch die schimpfliche Behandlung, die uns seitens dieser Frau und ihrer durch sie beeinflußten Töchter widerfahren wäre, doch was sie betreffe, so sei sie der Überzeugung, daß man sich gegen das einem bestimmte Los nicht auflehnen dürfe, daß es mithin auch sinnlos wäre, bestimmte Personen, die dieses Los in nachteiliger Weise beeinflußt hätten, mit grenzenlosem Groll, mit unerschöpflichem Haß, mit nicht enden wollender Bitterkeit zu verfolgen, Gott habe uns erschaffen, damit wir uns in Nachsicht und Geduld, in Barmherzigkeit und Vergebung übten, und ich hätte ihr auch nie Grund gegeben, an meiner Bereitschaft zur Befolgung dieser gleichermaßen einfachen wie sinnvollen christlichen Prinzipien zu zweifeln.

Ich saß neben dem mir liebsten Menschen, meiner Mutter, ihre linke Hand in meiner rechten. Das, was sie mir eben mitgeteilt hatte, erschütterte mich, da es sie, von deren Lauterkeit ich immer überzeugt gewesen war, als Schwindlerin entlarvte, als Lügnerin, die mich mit ihrer Verdrehung der Tatsachen, mit ihren unwahren Aussagen in Angst und Zweifel gestürzt, ja davon überzeugt hatte, im Banne von Hexen zu stehen.

Meine Mutter schwieg erschöpft. Ich drückte ihre Hand.

Und das Phantom, fragte ich und spürte, wie mir die Tränen über die Wangen liefen, die nächtliche Spukgestalt, das sei er gewesen?

Mit dem Rest der ihr noch verbliebenen Kraft strich sie mir übers Haar. Der Anflug eines Lächelns erhellte ihr blasses Gesicht.

Ach Rosa, sagte sie, mein Schaltjahrkind, mein Samstagskind, von welchem Spuk sprichst du?

Dann schloß sie die Augen.«

Zweites Kapitel

»Außer dem Stellvertretenden Herrn Kurdirektor, Pater Bohumil und mir fand sich niemand am offenen Grab meiner Mutter ein. Die Frau Direktor hatte sich entschuldigen lassen, da eine Migräneattacke von ungewöhnlicher Heftigkeit, welche sie auf den plötzlichen Wetterumschwung zurückführte und die mit Drehschwindel und Empfindungsstörungen im Gesicht und an den Gliedmaßen einherging, ihr das Verlassen des ehelichen Schlafzimmers unmöglich mache. Helene und Marie waren mit Fräulein von Roth-Rothenhorst zu einer Exkursion nach Gablonz an der oberen Neiße aufgebrochen, wo die sogenannten böhmischen Brillanten erzeugt wurden, Glas- und Schmelzperlen, die als hochwertiges Kunsthandwerk galten. Sie hofften, dort Nachbildungen diverser Schmuckstücke der Kaiserin Elisabeth besichtigen zu können, insbesondere eine Kopie der Blütenranke aus Diamanten und Smaragden, die sie sich bei Festlichkeiten ins wunderbare kastanienbraune Haar flocht, eine Imitation des mit Diamanten und großen Rubinen besetzten breiten schwarzen Samtbandes, das sie aus Anlaß des fünfundzwanzigsten Regierungsjubiläums ihres Gatten, des Kaisers, im Jahre achtzehnhundertdreiundsiebzig um den schlanken Hals getragen hatte, sowie eine Nachahmung der berühmten Diamantensterne des Wiener Hofjuweliers Köchert, die bei ganz besonderen Gelegenheiten in ihrem Haar funkelten.

Die Begräbnisrede Pater Bohumils war eher kurz gewesen, doch ebenso eindrucksvoll wie seine Sonntagspredigten. Er betonte, daß meine Mutter eine fleißige, bescheidene und gottesfürchtige Frau gewesen sei, die ihre

Arbeit als Köchin bei der in Marienbad beliebten und geschätzten Familie Gerstner jahrelang pflichtbewußt versehen und im stillen, in seiner Aufmerksamkeit nie erlahmenden Dienst am Nächsten die Erfüllung ihres leider so kurzen Daseins gefunden habe. Der Glaube an die heilige Madonna von Lourdes hätte ihr in den Tagen ihrer schweren Krankheit Kraft verliehen, ein Glaube, den sie auch mir, ihrem einzigen Kind, stets zu vermitteln getrachtet hätte. An diesem Punkt wandte sich Pater Bohumil an mich und meinte, bei der Hinterlassenschaft meiner Mutter, nämlich der Statue der heiligen Madonna von Lourdes, dem *Goldenen Hausfrauenbuch*, den vier Kochbüchern und dem Gebetbüchlein, handle es sich um Gegenstände von tiefer Symbolik, mittels derer meine Mutter, die nie eine Frau großer Worte gewesen wäre, mir den Weg in eine Zukunft weise, die nach ihrem Vorbild zu gestalten sei, eine Zukunft des frohen Dienstes am Nächsten im maßvollen Bewußtsein, daß es mit einer Auflehnung gegen Gott gleichzusetzen wäre, sich über seinen Stand erheben zu wollen. Lediglich das *Traumbuch der Pharaonen* erlaube er sich zurückzubehalten, da eine solche Lektüre das beeinflußbare Gemüt eines jungen Mädchens unnötig belaste. Vom Hut mit den Blumen war nicht die Rede. Mit diesen Worten trat Pater Bohumil auf mich zu und deutete das Kreuzzeichen auf meiner Stirn an, eine Auszeichnung, die mich derartig beschämte, daß ich, den Blick niederschlagend, einen Schritt zur Seite trat und beinahe ins offene Grab gefallen wäre. Dann blickte Pater Bohumil den Stellvertretenden Herrn Kurdirektor an und meinte, dessen in Marienbad und um Marienbad herum geachtete Familie sei ihrer Bediensteten stets mit menschlichem Wohlwollen, mit wohlwollender Menschlichkeit gegenübergetreten, und er, der Herr Direktor, habe sich zu mir wie ein Vater verhalten, Gott werde es ihm lohnen. Dann ergriff er einen kleinen Eisenspaten, schleuderte mit seinem langen Arm Erde auf den Sarg und drückte mir das Werkzeug in die Hand, doch ich benützte den Spaten nicht, sondern griff mit der Hand ins Erdreich und ließ eine Faustvoll auf den Sarg fallen. Was Pater Bohumil nicht sah, war, daß ich außer der Erde auch eine Prise Ischler Salzes in den Sarg warf, da die Mutter selbst mir gesagt hatte, daß Friedhöfe unheimliche, von unterschiedlichstem Gelichter, unter anderem auch von Hexen, heimgesuchte Orte seien, und ich mir wünschte, daß sie in Frieden ruhte.

Schon sehr bald nach dem Begräbnis wurde offenkundig, daß die Frau Direktor mich nicht mehr im Haus haben und auf die Straße setzen wollte. Ich war schutzlos, und allein der Einflußnahme meines Vaters, der allerdings nicht wußte, daß meine Mutter mich über die Blutsbande aufgeklärt hatte, die uns verknüpften, war es zu verdanken, daß die Dinge eine weniger nachteilige Wendung nahmen. Man schickte mich zu den Nonnen nach Prag, allerdings ohne mir vorher den Hut mit der hübschen Garnitur aus orangen und violetten Stiefmütterchen auszuhändigen, der mein Erbe und rechtmäßiges Eigentum war.«

Ich legte das blaue Heft neben mich auf den Deckel der Truhe. Meine Augen schmerzten, da ich mit dem Entziffern der engen kleinen Sütterlinschrift Mühe hatte und es in meinem beziehungsweise Wilmas Zimmer außer der Lampe mit dem Messingfuß und dem Schirm aus gerafftem Stoff mit weißen Rosen auf gelbem Grund keinen Beleuchtungskörper gab. Tante Pia hatte sich mehrmals über die ununterbrochen steigenden Stromkosten beklagt und die Angestellten der Wiener Stadtwerke als Halsabschneider bezeichnet, die ihr den letzten Groschen aus der Tasche zögen. Sie meinte, die einzige Möglichkeit, sich gegen die rücksichtslosen Methoden dieser Banditen zur Wehr zu setzen, bestehe darin, daß man mit der elektrischen Energie sparsam umginge, nicht nur wegen des horrenden Kilowattpreises, sondern auch, da diese Energieform ebenso wie das Schwechater Erdgas keineswegs ungefährlich sei, zwar bestehe keine Explosionsgefahr wie bei ersterem Stoff, doch seien ihr die elektrischen Ladungen und die damit verbundenen magnetischen Felder höchst unheimlich, sie hielte diese unsichtbare Kraftquelle für äußerst gesundheitsschädigend und habe sich bereits gefragt, ob ihre teilweise Taubheit auf Einflüsse elektromagnetischer Art und nicht, wie ihr langjähriger Hausarzt, ein angenehmer, allerdings nicht sehr luzider Mensch mit geräumiger Praxis in der Wollzeile, behaupte, auf ein durchlöchertes Trommelfell, ein defektes Mittelohr zurückzuführen sei. Jedenfalls wäre sie der Ansicht, und ich sei es doch auch, daß ein mittelgroßer Raum nach Einbruch der Dunkelheit mit einer dreißig bis fünfundvierzig Watt starken Glühbirne hinlänglich ausgeleuchtet wäre. Falls man handarbeiten oder lesen wolle, müsse man sich eben in nächste Nähe der Lichtquelle begeben.

Ich fragte mich, wie die Autobiographie der Rosa Havelka, die wie meine Familie mütterlicherseits aus Nordböhmen stammte, in die Truhe meiner Verwandten gelangt war. Tante Pia würde mir vielleicht Antwort auf diese Frage geben können, doch hatte ich Bedenken, sie ihr zu stellen, da es durchaus möglich war, daß sie auf die Tatsache, daß ich ohne ihre ausdrückliche Erlaubnis in ihren persönlichen Effekten gestöbert hatte, verstimmt reagieren würde.

Gegen elf Uhr abends rief John mich an. Ach mein moroses Mohrenköpfchen, mein süßes Sachertörtchen, mein schmollendes Schokoladeneclair, flüsterte er, nachdem ich unverzüglich mit der Schilderung der Sachlage begonnen und ihn von meinem Entschluß, Wien zu verlassen, in Kenntnis gesetzt hatte. Wie ich mich nach dir sehne, mein böhmisches Mohnschnittchen, mein Wiener Mokkapralinchen. Ich meinte, er möge nicht abschweifen, die Sache sei ernst, der angeblich so begabte Gesangslehrer sei ein sich völlig veralteter musikpädagogischer Methoden bedienender, körperlich, geistig und seelisch angekränkelter Mensch, der seine Termine nicht einhalte und von dem nichts zu erwarten wäre. New York sei doch voll von dynamischen Gesangslehrern aus aller Herren Länder, die mir ungleich mehr beibringen könnten als das traurige Muttersöhnchen ohne Mutter, an das mich meine weltfremde Verwandte verwiesen hätte.

Auf dieses hin meinte John, zwar begreife er nicht ganz, wie ich mit Bezug auf einen Wiener Gesangslehrer von veralteten Methoden sprechen könne, ich müsse mir doch darüber im klaren sein, daß in der Geburtsstätte der unsterblichen Werke der Wiener Klassik von ganz anderen musikalischen Voraussetzungen ausgegangen werde als im übernervösen, jeder exzentrischen künstlerischen Regung, jeder ausgefallenen musikalischen Laune, jeder noch so verstiegenen schöpferischen Anwandlung aufgeschlossenen New York, doch auch wenn ihm im Augenblick ein tieferes Verständnis für meine Argumentation abgehe, wolle und könne er mich von meinem einmal gefaßten Entschluß nicht abbringen, der Mensch sei frei, es liege ihm fern, mich zu einer meinem innersten Wesen fremden Handlungsweise zu nötigen. Er habe sich ohnehin schon gefragt, ob er es vor sich und seinem Gewissen verantworten könne, die offenbar tief verankerte künstlerische Vorliebe einer jungen Schauspielerin für den unzweifelhaft größten aller Dramatiker zu mißachten und ihre Karriere in fraglos vielversprechende und erfolgsträchtige, jedoch ihren ursprünglichen Intentionen zuwiderlaufende Bahnen zu lenken. Und wie es der Zufall wolle, erst gestern habe er das in unmittelbarer Nähe seines Büros gelegene McDonald's-Restaurant betreten und dort insofern eine Entdeckung gemacht, als er von einer aparten jungen Haitianerin bedient worden sei, die zwar über keinerlei Schauspielerfahrung verfüge, ihm aber im Hinblick auf ihre Ausstrahlung für die Rolle der Anna Freud gleichfalls nicht ungeeignet, ja unter Umständen eine Spur passender als ich erscheine, da sie etwas kleiner und außerdem, wie er nebenbei in Erfahrung gebracht hätte, ein unverfälschter lyrischer Sopran sei, so daß die Notwendigkeit, einen der generell sündteuren New Yorker Gesangslehrer aufzusuchen, gar nicht zur Debatte stehe.

Ich hatte damit gerechnet, daß John wie immer alles daransetzen würde, mich umzustimmen, und daß er so ohne weiteres bereit war, zugunsten einer Person auf mich zu verzichten, die vom Bühnenfach keine Ahnung hatte, beunruhigte mich. Etwas kleinlaut meinte ich, er möge mich nicht mißverstehen, mir liege viel an der Rolle, ich hätte nicht die geringste Absicht, ihn im Stich zu lassen, jetzt, wo die Vorbereitungen bereits weit gediehen seien, es ginge mir lediglich darum, die Gesangsausbildung bei einer Lehrperson fortsetzen zu dürfen, die größeres Verständnis für meine individuellen künstlerischen Bedürfnisse aufbrächte als Herr Horvath, und zwar in der Stadt meiner Geburt, in der sich meine Begabung besser entfalten könne als im kalten, alles andere als gastfreundlichen, ja offensichtlich höchst fremdenfeindlichen Wien. Was diesen Wunsch betreffe, meinte John, so sei er bedauerlicherweise unerfüllbar, er habe bereits darauf hingewiesen, daß die New Yorker Gesangslehrer schwindelerregende Stundenhonorare verlangten, die für sein Budget, das ohnehin schon weit überzogen sei, eine zu große Belastung darstellten. Im übrigen hätte sich die kleine Haitianerin, eine, wie es den Anschein habe, nicht nur äußerlich ansprechende, sondern auch liebenswerte und bescheidene Person, bereit erklärt, die Kosten für die wenigen Stunden, die sie zur Stimmauffrischung beziehungsweise zur Anpassung ihres unverbildeten lyrischen Soprans an die für sie ungewohnte öffentliche Sangestätigkeit benötige, selbst zu tragen. Er brauche wohl nicht zu betonen, daß ihm daran gelegen sei, die Zusammenarbeit mit mir, die sich in mehr als einer Hinsicht als harmonisch erwiesen habe, fortzusetzen, doch müsse ich einsehen, daß es nicht in seiner Macht, ja nicht einmal in der seines Vaters, des seriösen und allerorts kreditwürdigen Produzenten John F. de Luca senior, stehe, unbegrenzt Geldquellen zu erschließen. Ich sei Künstlerin, er könne von mir kein Empfinden für Praktikabilität, für Machbarkeit, kein Verständnis für hochkomplizierte finanzielle Transaktionen erwarten, doch appelliere er einmal mehr an mein Gefühl für gemeinschaftliches inspiriertes Gestalten, für opferbereites schöpferisches Handeln, kurzum, für künstlerische Verantwortung.

Ich gab mich geschlagen.

Na gut, sagte ich, ich bleibe.

5

Mit Erleichterung stellte ich fest, daß mein Gesundheitszustand sich langsam besserte. Ich litt kaum noch unter Atemnot, und die Hustenanfälle wurden seltener. Bevor ich das Haus verließ, um mich eines unerquicklichen, doch notwendigen Geschäftsabschlusses wegen ins Wiener Auktionshaus Dorotheum in der Dorotheergasse zu begeben, beschloß ich, an Fräulein Haslingers Wohnungstür zu klopfen, um ihr Gelegenheit zu bieten, sich mit mir über meine Rekonvaleszenz zu freuen. Sie war gerade dabei, die Umrisse der Rosette der Kathedrale von Chartres, die sie aus einem Band über die Architektur der gotischen Kathedralen Frankreichs mit dem Titel *Näher zu Dir, o Herr!* kopiert hatte, mit spontan ausgewählten Farbstiften auszumalen, eine empfehlenswerte Meditationsübung, wie sie meinte. Die Aufwärtsentwicklung meines Allgemeinbefindens stellte sie zufrieden, sie legte mir aber dennoch nahe, nicht leichtsinnig zu werden und weiterhin dreimal täglich einen gestrichenen Teelöffel des Hustensirups aus der Buckligen Welt zu mir zu nehmen. Bevor ich ging, drückte sie mir eine Kopie der Konturen des Labyrinths der Kathedrale von Chartres in die Hand und meinte, ich möge versuchen, ins Innerste zu gelangen, eine originelle Konzentrationsschulung, falls es mir jedoch nicht gelingen sollte, diese Aufgabe zu lösen, so könne sie mir auch noch mit einer Kopie des Labyrinths der Kathedrale von Reims dienen, dessen Gänge nicht ganz so verschlungen seien.

Vor dem Verlassen des Hauses wechselte ich ein paar Worte mit der Rezeptionistin der Sterbewohnung, deren anfänglich eher gespanntes Verhältnis zu mir sich inzwischen zu einem fast freundschaftlichen gewandelt hatte, was ich nicht zuletzt auf unsere gemeinsame Vorliebe für Strick- und Häkelarbeiten zurückführte. Sie war gerade mit dem Daumen eines lila Fingerhandschuhs beschäftigt, und ich blieb kurz stehen und schaute ihr über die Schulter, da ich vorhatte, mir farblich zum Lodenmantel von Resi Hammerer passende Fäustlinge zu stricken. Auf dem Weg zur U-Bahn-Station Kettenbrückengasse kam mir die freundliche Floristin mit einer etwa einen Meter hohen Dattelpalme entgegen und fragte mich, wer denn die aparte dunkelhäutige Dame gewesen sei, die mich kürzlich gesucht hätte, sie nehme an, es habe sich um eine Schülerin gehandelt, mein Ruf scheine über Wien und Österreich, ja über Europa hinaus bis nach Afrika vorzudringen. Ich bestätigte diese Annahme, und da sie vom Tragen der Palme etwas erschöpft schien, beeilte ich mich zu beteuern, daß ich ihr unter normalen Umständen die Palme selbstverständlich gern abgenommen und in die Blumenhandlung getragen hätte, doch müsse ich mich, auch wenn mein Bronchialkatarrh weitgehend abgeklungen sei, noch schonen, mit Rückfällen sei bei der unberechenbaren Wiener Witterung stets zu rechnen.

Gemeinsam mit der Greisin aus dem Hause Kettenbrückengasse vierzehn bestieg ich den U-Bahn-Waggon Richtung Heiligenstadt. Sie müsse zum Tierarzt in der Abraham-a-Sancta-Clara-Gasse, sagte sie, ihr Spaniel litte am grauen Star fortgeschrittenen Stadiums und liefe auf der Straße ständig in Menschen und Gegenstände hinein, was im Grunde kein Wunder sei, denn er vollende am kommenden vierundzwanzigsten Dezember, an dem zufälligerweise auch die Kaiserin Sisi, diese Ungarnaufwieglerin, geboren wäre, sein zwölftes Lebensjahr. Wahrscheinlich sei eine Operation nicht zu vermeiden, sie frage sich, wie sie mit ihrer Mindestpension die Kosten dieser Operation tragen solle, ihr seliger Vater, Wirklicher Hofrat in Ruhe, habe immer gesagt, du wirst sehen, Hildegard, es kommt noch soweit, daß die anständigen Leute in diesem Lande hungern, und wie immer habe ihr Vater recht gehabt.

Ich stieg an der U-Bahn-Station Karlsplatz aus und beschloß, vor dem Gang ins Dorotheum kurz die Kapuzinergruft, letzte Ruhestatt vieler Habsburger, zu besuchen, die neben dem Zentralfriedhof, dem Grinzinger, Hietzinger und Sankt-Marxer Friedhof, dem Friedhof der Namenlosen sowie dem Anstaltsgelände des psychiatrischen Krankenhauses auf der Baumgartner Höhe zu den Örtlichkeiten gehört, die ich in Wien am meisten schätze, eine Oase des Friedens in einer Metropole, in der Hektik und Rücksichtslosigkeit zusehends die Oberhand gewinnen. Während der Woche war ich vormittags häufig der einzige Besucher des ausgedehnten Gewölbes und konnte in aller Ruhe die Särge der Karlsgruft, der Maria Theresia-Gruft, der Franzensgruft, der Ferdinandsgruft, der Toskanagruft, der Franz-Josefs-Gruft und der Leopoldsgruft betrachten, die wie Raubvogelkrallen gestalteten Füße der Särge von Kaiserin Anna und Kaiser Matthias, die an die Sterblichkeit auch der Mächtigen gemahnenden Totenköpfe mit der Reichskrone, mit dem Visier, die geheimnisvoll verschleierten Mädchenhäupter an den vier Ecken des Sarges von Kaiserin Elisabeth Christine und den Doppelsarkophag von Kaiserin Maria Theresia und ihrem Ehemann Kaiser Franz. Als ich vor dem wie immer mit zahlreichen Blumensträußen und Kränzen geschmückten Sarg der Kaiserin Elisabeth stand, fiel mir Fräulein Brown ein, eine merkwürdige gedankliche Verknüpfung zweier Frauen, die doch nicht das geringste miteinander gemein hatten. Ich versuchte auf einen möglichen Zusammenhang zu kommen und fand heraus, daß es mit dem Augenblick zu tun haben mußte, als Fräulein Brown am Stutzflügel stand, in einer Haltung, wie sie typisch für meine Mutter gewesen war, und »Die Forelle« sang, mit einer Mezzosopranstimme, welche in ihrem Kolorit an die meiner Mutter erinnerte. Und nicht Fräulein Brown, sondern meine schöne Mutter war es, die Sisi ähnlich sah. Was Fräulein Brown betraf, so fand ich ihr Äußeres nicht sehr reizvoll, sie war viel zu mager und kleidete sich etwas sonderbar. Soweit ich mich entsinnen konnte, hatte sie sowohl auf dem Friedhof als auch bei ihrem Besuch in meiner Wohnung eine sehr enge schwarze Hose, einen ebenso engen, im Rippenmuster gestrickten Pullover und schwarze Stiefelchen mit dicken hohen Absätzen getragen, ein Stil, der weder fraulich noch elegant ist. Zwar wußte ich ihre Zubereitung meines Tees und die Vorbereitung meiner Inhalation zu schätzen, doch hatte ich ihr Verhalten dennoch als etwas anmaßend empfunden, insbesondere die taktlose Mutmaßung, ich sei Alkoholiker, und daß sie sich mit Schlaginstrumenten beschäftigte, war von ihren ethnischen Ursprüngen her vielleicht gerechtfertigt, entsprach jedoch gleichfalls nicht dem feinen femininen Flair, nach dem meiner Mutter zufolge jeder verständige Mann Ausschau halten sollte. Ich war mit einem solchen Frauentypus nicht vertraut, die weiblichen Personen, die mich üblicherweise umgaben, Fräulein Haslinger, die Pastoralassistentin, die Floristin, die Pharmazeutin, die Trafikantin, die Rezeptionistin, sie alle waren fürsorglich, geduldig und ausgeglichen. Fräulein Browns Wesen war mir fremd, eben deshalb wunderte es mich, daß sie mir in Verbindung mit der Kaiserin Sisi und meiner Mutter so unversehens in den Sinn gekommen war. Ich blieb vor dem weißgoldenen Sarg der auf heimtückische Weise ums Leben gebrachten Kaiserin stehen und sann weiter über dieses Phänomen nach. Als einem Menschen, für den es seiner angeborenen gesundheitlichen Labilität wegen lebensnotwendig ist, jede somatische Regung, jede psychophysische Schwingung, jede organische Vibration, und scheine sie noch so unbedeutend, zu registrieren, war mir aufgefallen, daß mein Befinden seit dem Zeitpunkt einen merkbaren Aufschwung nahm, da sie mir ihre Aufwartung gemacht hatte. Für diesen ebenso seltsamen wie unleugbaren Tatbestand fand ich im Augenblick keine Erklärung.

Ich verließ die Kapuzinergruft, nicht ohne mich mit der liebenswürdigen älteren Dame, die häufig und so auch heute an der Kasse saß und eine Koryphäe auf dem Gebiet der Geschichte der Häuser Habsburg und Habsburg-Lothringen war, ein wenig über das Verwandtschaftsverhältnis unterhalten zu haben, das Leopoldine, die spätere Kaiserin von Brasilien, mit Anna Plochl, der Gattin Erzherzog Johanns, verband, und trat den Weg ins nahegelegene Dorotheum, das traditionsreiche österreichische Pfand- und Auktionshaus, an, einen Weg, der mir nicht leicht fiel. Der Umstand, daß mich meine chronische Bronchitis im Laufe des letzten halben Jahres mehrmals aufs Krankenlager geworfen hatte, war nicht ohne Folgen geblieben. Von den sechs Schülern, die ich unterrichtet hatte, waren drei abgefallen, eine zwar betrübliche, doch begreifliche Tatsache, wenn man das jugendliche Alter dieser Schüler und die mit diesem jugendlichen Alter naturgemäß einhergehende Ungeduld in Betracht zieht. Einschließlich des Neuzuganges Fräulein Brown, über den ich entsprechend erfreut war, hatte ich also derzeit nicht mehr als vier Schüler, deren Honorare nicht ausreichten, um meinen Lebensunterhalt zu bestreiten. Abgesehen von der empfindlichen Dezimierung meiner Schülerzahl waren es auch die Kosten für Medikamente und Arztbesuche, die meine Ersparnisse beängstigend schnell schrumpfen ließen. Da ich das sensible, leicht aus dem Gleichgewicht zu bringende Naturell meiner Mutter geerbt habe, hatten mich während der vergangenen Wochen nicht nur die mit ihrem Ableben in Zusammenhang stehenden Alpträume den Schlaf gekostet, sondern auch meine in der Dunkelheit unaufhörlich um das Thema dieses finanziellen Engpasses kreisenden, nicht zum Stillstand zu bringenden Gedanken, ein Circulus vitiosus, da der Schlafmangel wiederum meine Gesundheit untergrub. Es beunruhigte mich, daß ich dem Wirt und der Wirtin des *Cafés Anzengruber* bereits dreimal eine Kaisermelange und ein Briochegebäck schuldig geblieben war, obgleich die beiden für meine momentane Zahlungsunfähigkeit größtes Verständnis aufbrachten. Auch war ich mit der Bezahlung der Medikamente, die ich im Lauf der letzten Wochen in der Apotheke *Zur heiligen Magdalena* gekauft hatte, im Rückstand, ebenso wie mit jener des Rindfleisches für meine Suppe, die ich bei einem anatolischen Fleischer auf dem Naschmarkt bezog. Dies belastete mich sehr, da meine Mutter mich stets zu Achtbarkeit und Redlichkeit erzogen und mir eingeschärft hatte, niemals, unter keinen Umständen jemandem etwas schuldig zu bleiben. Das sei der Anfang vom Ende, hatte sie festgestellt, Josef, Schulden sind der Anfang vom Ende. Und jetzt sah ich mich genötigt, ein Stück zu verpfänden, das sie mir vererbt hatte, einen Gegenstand von objektivem wie subjektivem Wert, der von ihr zeitlebens in Ehren gehalten worden und auch mir außerordentlich teuer war, nämlich ein Porträt Schuberts, geschaffen von dem mit ihm befreundeten Maler Kriehuber, ein sehr gelungenes, dem Komponisten Franz Liszt gewidmetes Bildnis, auf dem Schubert sich auf die Lehne eines Polstersessels stützt und die linke über die rechte Hand gelegt hat. Unter das Porträt hatte der Meister seinen Namenszug gesetzt, was den Wert des Bildes natürlich beträchtlich erhöhte.

Ich betrat das palaisartige Gebäude und ging durch die hohe Eingangshalle, in welcher in Glasvitrinen Schmuck und andere Wertgegenstände ausgestellt waren, und links die breite Treppe hinauf. Die ganze Zeit über sah ich das ernste Gesicht meiner Mutter vor mir. Was ich zu tun im Begriff war, würde sie als Verrat an der Musik betrachten, doch ich wußte mir keinen anderen Ausweg. In der Abteilung *Gemälde alter Meister* wandte ich mich an einen der über siebzig Schätzmeister und Experten, welcher mich in einen anderen Bereich des Hauses verwies, wo sich eine weitere dieser respekteinflößenden Fachkräfte mit mir befaßte. Ich legte ihm das Kunstwerk mit der Bemerkung vor, es handle sich hier um eine Rarität, meine Mutter, eine geborene Ungarin, habe das Schubertporträt seinerzeit bei einem Antiquitätenhändler in Budapest, genauer gesagt in Ofen, entdeckt und sich die verhältnismäßig weite Entfernung des Fundortes vom Entstehungsort einerseits mit der an den magyarischen Tondichter Franz Liszt gerichteten Widmung, andererseits mit Schuberts Aufenthalten auf den ungarischen Besitztümern des Fürsten Esterhazy erklärt. Der Schätzmeister und Experte betrachtete zunächst mich und prüfte anschließend das Bildnis längere Zeit mit Hilfe einer Lupe. Dann meinte er, die ihm von mir vorgelegte Lithographie wäre zwar recht ansprechend, doch so gut wie nichts wert, in Sammlerkreisen sei bekannt, daß mehrere hundert Exemplare davon im Umlauf wären. Ich entgegnete, das sei doch nicht möglich, er müsse sich irren, der ungarische Antiquitätenhändler habe meiner Mutter eine schriftliche Bestätigung der Einmaligkeit des Kunstgegenstandes ausgestellt, ich sei gern bereit, ihm diese Bestätigung, die sich in der Lade eines Schrankes in meiner Wohnung im vierten Wiener Gemeindebezirk befinde, zu unterbreiten, ich wolle ihm nicht nahetreten, doch vielleicht irre er sich, Irren sei eine zutiefst menschliche Eigenschaft, ich wäre ihm dankbar, wenn er einen zweiten der wegen ihres profunden Kunstverstandes, ihres glasklaren Urteilsvermögens zurecht über die Grenzen unseres Landes hinaus bekannten Schätzmeister des Hauses zu Rate zöge. Daraufhin änderte sich das eher phlegmatische Verhalten des Experten mit einem Male, er fragte aufgebracht, was ich damit sagen wolle, im kommenden Februar jähre sich seine Tätigkeit als Schätzmeister im Dorotheum zum fünfundzwanzigsten Male, ein ehrenvolles Jubiläum, seine Sehkraft sei nach wie vor absolut verläßlich, er habe Fälschungen entdeckt, welche weder von den Schätzmeistern des Hauses Drouot in Paris noch von jenen bei Sotheby's in London als solche erkannt worden seien, es wäre schließlich nicht seine Schuld, wenn naive Frauenzimmer sich auf Reisen von windigen Antiquitätenhändlern magyarischer Herkunft wertloses Zeug aufschwatzen ließen. Diese auf meine liebe Mutter abzielende böswillige Äußerung konnte ich nicht unwidersprochen lassen. Ich rief, er möge diese Bemerkung augenblicklich zurücknehmen, er sei vielleicht ein erfahrener Schätzmeister, ein höflicher Mensch sei er jedenfalls nicht, er solle mir das Meisterstück auf der Stelle aushändigen, in dem kleinen, doch distinguierten privaten Auktionshaus ein paar Schritte weiter in der Bräunerstraße würde man es wohlwollender begutachten, es wäre bezeichnend, daß Schubert auch in der heutigen Zeit, auch im Dorotheum der abwertenden Beurteilung ausgesetzt sei, mit welcher die angeblich kunstfreundliche Bevölkerung Wiens ihm sein Leben lang begegnet war, ich würde derlei Diskreditierungen seitens sogenannter Experten nicht länger dulden, ich würde Schubert, der sich nicht selbst verteidigen könne, vor solchen Diffamierungen seitens eines Hauses in Schutz nehmen, das zwar früher seinem guten Ruf gerecht geworden sei, doch heute offenbar wahllos Werke minderer Qualität erwerbe. Damit zog ich dem Schätzmeister, der mich ansah, ohne etwas zu erwidern, das Blatt unter den Fingern heraus, drehte mich um, ging die

Treppe wieder hinunter, verließ das Haus durch das Tor, das in die Spiegelgasse führte, und schlug den Weg in Richtung Stephansdom ein, wo ich mich mit dem Präfekten treffen wollte, der liebenswürdigerweise seine Beziehungen geltend gemacht und zwei Eintrittskarten für die Messe in der Hofmusikkapelle am kommenden Sonntag besorgt hatte. Es erschien mir wichtig, daß Fräulein Brown diesen geschichtsträchtigen, so eng mit der Entstehung der Wiener Klassik verbundenen Ort im Schweizerhof der Hofburg kennenlernte, nach der für Donnerstag anberaumten Stunde würde ich ihr vorschlagen, sie dorthin zu begleiten.

Ich hatte den Präfekten schon länger nicht mehr gesehen, und da wir uns am Telefon nicht sofort über den Ort unserer Zusammenkunft hatten einigen können, waren wir übereingekommen, uns zunächst vor dem sogenannten Zahnwehherrgott an der Rückseite des Domes zu treffen und sodann ein Kaffeehaus auszuwählen, das beiden angenehm wäre. Ich mußte zugeben, daß ich dem Treffen aufgrund der relativen Enge der ehemaligen freundschaftlichen Beziehung mit einer gewissen emotionalen Erregung entgegensah, auch hatte der Präfekt, der einige Jahre älter war als ich, für mich, der ich als vaterloses Kind aufwuchs, außer der Rolle des vertrauten Freundes auch jene einer Vaterfigur innegehabt, deren Ratschläge ich bereitwillig annahm, deren Anordnungen ich ohne weiteres Folge leistete. Während ich meinen Schal fester um den Hals zusammenzog, da man beim Überqueren des Stephansplatzes, insbesondere des mit roten Pflastersteinen markierten Grundrisses der siebzehnhunderteinundachtzig niedergebrannten Maria-Magdalena-Kapelle, einer sehr exponierten Stelle, immer mit Windböen aus verschiedensten Richtungen zu rechnen hat, entsann ich mich, daß er es gewesen war, der meine Begabung für das Darstellen von Frauenrollen entdeckt und gefördert hatte, ein Talent, das schließlich dazu führte, daß man mir die Rolle der Bastienne in Mozarts Opera buffa *Bastien und Bastienne* anvertraute, mit der ich stets großen Erfolg hatte. Vor dem Teehaus *Haas & Haas* bog ich um die Ecke, und da stand auch schon der Präfekt, ganz in die Betrachtung des sich aus einem Säulenkapitell erhebenden ausgemergelten Oberkörpers Jesu versunken. Jedesmal, wenn ich ihn sah, beeindruckte mich sein Äußeres von neuem. Er war ein großer schlanker, asketisch wirkender Mann, der sich sehr gerade hielt und bei jemandem, der ihn nicht so wie ich kannte, unter Umständen den Eindruck der Strenge, ja Schroffheit erwecken konnte. Heute wurde diese rein oberflächliche Wirkung durch die weiche Jacke aus rotbraunem Fuchspelz, die er trug, etwas gemildert. Er schien sich zu freuen, mich zu sehen, küßte mich auf beide Wangen und regte an, das Kaffeehaus *Frauenhuber* in der Himmelpfortgasse aufzusuchen, ein Vorschlag, auf den ich gern einging. Wir nahmen den Weg durch die Churhausgasse, die Liliengasse und die Rauhensteingasse, wo ich die Gelegenheit wahrnahm, in der Bäckerei *Huschka* zwei Nußmakronen als kleine Aufmerksamkeit für Fräulein Haslinger zu kaufen, und wo der Präfekt kurz vor einem der Schaufenster des exklusiven Herrenausstattungsgeschäftes *Alexander* Ecke Rauhensteingasse Ballgasse stehenblieb, um einen Seidenschal in zart changierendem Hellgrau, Hellorange und Hellrosa zu bewundern. Im *Café Frauenhuber* war es wie immer wohltuend ruhig, die Kellner versahen zuvorkommend und ohne Hast ihren Dienst. Es roch angenehm nach Kaffee, frischem Gebäck, Bodenwachs, Parfum und Plüsch. Der Präfekt entschied sich für einen großen Braunen und einen Mohr im Hemd, wogegen ich mich meiner augenblicklichen Geldverlegenheit wegen mit einem kleinen Mokka begnügte, eine Einschränkung, die den Präfekten, der meine Gewohnheiten kannte und wußte, daß ich um diese Tageszeit üblicherweise eine Kaisermelange und ein Briochegebäck zu mir nahm, zu der Frage veranlaßte, ob ich denn über Schülermangel zu klagen hätte. Ich meinte, er, der das Wiener Musikleben kenne wie kein Zweiter, wisse, wie schwierig das berufliche Überleben in einer Stadt sei, die Gesangslehrer im Überfluß hervorbringe. Wem sagte ich das, gab er zur Antwort, die großteils ungenügend ausgebildeten Musikpädagogen, deren mangelhafte Kenntnisse den Heerscharen hilfloser Japanerinnen, die zu Königinnen der Nacht ausgebildet zu werden wünschten, nicht auffielen, drückten besorgniserregend auf die Preise, auf diese Art und Weise würde Wien seinen Ruf als Weltstadt der Musik, der ohnehin schwer angeschlagen sei, binnen kürzester Zeit verlieren, ehemalige Bastionen des Musiklebens wie der Goldene Saal des Wiener Musikvereins, das Konzerthaus, die Wiener Kammeroper bröckelten bereits. Wenn er daran denke, was für wunderbare Konzerte die Sängerknaben gegeben hätten, als ich noch Mitglied gewesen sei, ob ich mich beispielsweise noch an den Applaus erinnern könne, der nach der denkwürdigen Aufführung der *Sinfonie in Es-Dur* von Gustav Mahler, für die wir so lange geprobt hätten, im Goldenen Saal aufgebrandet wäre, an die ausgelassene Stimmung, die an jenem Abend im Schlafsaal geherrscht habe. Er nahm einen kleinen Löffel von der Schokoladensauce, mit der man seine Mehlspeise übergossen hatte, und lächelte mich an. Und ob, meinte ich und nickte, und ob, ich erinnerte mich an den Abend, als sei es gestern gewesen.

Nicht nur das Wiener Musikleben, auch das Konviktsleben im Augartenpalais, die Atmosphäre in den Schlafsälen habe sich geändert, setzte der Präfekt bedauernd fort, das Knabenmaterial sei jetzt ein völlig anderes, die Vokalsubstanz eine minderwertigere, kaum jemand sei gegenwärtig an einer Mitwirkung bei den Sängerknaben interessiert, eine Partizipation an dieser österreichischen Institution, welche doch immer einer großen Auszeichnung für den Partizipierenden gleichgekommen sei, scheine nicht mehr erstrebenswert. Kaum sei ein Knabe in einen der Chöre eingetreten, verlasse er ihn auch schon wieder, die Knaben mutierten heutzutage so früh, es wäre ein Jammer, diese Frühreife, diese vorzeitige Mutation. Man sei entzückt über die Ankunft eines glockenhellen Soprans, glücklich über den Eintritt eines samtenen Alt, doch man freue sich zu früh, kaum hätte der Aspirant den Mund aufgemacht, setze auch schon die Mutation ein, und der glockenhelle Sopran verwandle sich in ein heiseres Krächzen, der samtene Alt in ein häßliches Gebrumm. Im Augartenpalais übergebe man einem vielversprechenden Aspiranten feierlich die erste Matrosenuniform, und schon säße der Aspirant als Mutant im Josefstöckl. Die Zahl der Aspiranten gehe empfindlich zurück, die der Mutanten steige ständig, im Augartenpalais herrsche nahezu gähnende Leere, während sich im Josefstöckl die Mutanten drängten. Er frage mich, wie man dem Knabenmaterial in so kurzer Zeit den Handkuß, das Tischgebet, all die Umgangsformen beibringen solle, wie sie für einen reibungslosen Ablauf des Konviktslebens, für ein untadeliges Auftreten in der Öffentlichkeit unerläßlich seien. So sehr ihn der unmittelbare Kontakt mit dem Knabenmaterial beglückt hätte, in Anbetracht all dieser unerfreulichen Veränderungen sei er froh, daß er nicht mehr direkt mit den Zöglingen befaßt, sondern seit einiger Zeit in der Verrechnungsabteilung der Gesellschaft tätig sei. Damit er den Bezug zum aktiven Gesang nicht ganz verliere, stelle er seinen Bariton allwöchentlich der Chorvereinigung Sankt Augustin zur Verfügung, er müsse sagen, es bereite ihm viel Freude, Teil dieses weltweit bekannten Kirchenmusikensembles zu sein, ob ich nicht auch schon daran gedacht hätte, diesem Chor beizutreten.

Da mischte sich der Kellner, der an unseren Tisch getreten war, um die leere Kaffeetasse einschließlich Untertasse abzuservieren, ins Gespräch und meinte, wie, er sei Mitglied der Chorvereinigung Sankt Augustin, dazu könne er nur gratulieren, er als Mozartmessenliebhaber bemühe sich, so viele Mozartmessen wie möglich zu Gehör zu bekommen, übrigens eine kostspielige Liebhaberei, wenn man die Wiener Konzertpreise bedenke, die in ständiger Erhöhung begriffen seien. Die Interpretation der *Großen Credomesse* durch die Chorvereinigung Sankt Augustin sei unüberbietbar, nicht einmal der Chor des Wiener Musikvereins empfinde das Werk derart intensiv nach. Es freue ihn, daß er das gemerkt hätte, meinte der Präfekt, er habe nicht die Absicht, den Ruf des Chores des Wiener Musikvereins zu schmälern, doch seiner Meinung nach werde die Qualität dieser Singvereinigung etwas überschätzt. Und die *Spatzenmesse*, sagte der Kellner im Gehen, die musikalische Deutung der *Spatzenmesse* habe ihm die Tränen in die Augen treten lassen, ein Gefühlserlebnis, wie er es seit der Einäscherung seines Vaters nicht mehr gehabt hätte.

Der Präfekt schob mir die beiden Eintrittskarten für die Hofmusikkapelle zu und fragte, mit wem ich mir die *Missa Dolorum* von Haydn anzuhören gedenke, die die Sängerknaben am kommenden Sonntag wiedergeben würden. Ich meinte, ich hätte eine neue Schülerin, eine junge Frau aus New York, die ich auf eine Rolle im dortigen Musiktheater vorbereiten müsse, auf ein offenbar sehr modernes Werk, dessen Schauplatz Wien sei. Darum hielte ich es für meine Pflicht, die Schülerin, die ein andersartiges musikalisches Umfeld gewohnt sei, mit dem kulturellen Erbe dieser Stadt ein wenig vertraut zu machen.

Wir verließen das Kaffeehaus. Bevor wir uns trennten, ergriff der Präfekt meine linke Hand, hielt sie eine Weile und sagte, manchmal vermisse er die langen Gespräche, die wir im Schlafsaal und nach meiner Mutation im Josefstöckl geführt hätten, die Spaziergänge in die Weingärten und auf die Gloriette nach meinem Austritt aus dem Konvikt. Ob mir noch manchmal der Nachmittag im Palmenhaus in Schönbrunn in den Sinn käme, er hätte diesen Nachmittag in lebhaftester Erinnerung, die feuchtwarme Temperatur, die beschlagenen Glasscheiben, das Dickicht der Pflanzen, die leisen Vogelschreie, ja, manchmal träume er sogar davon. Er könne sich kaum etwas Schöneres vorstellen, als wieder einen solchen Nachmittag mit mir zu verbringen. Ich meinte, grundsätzlich sei gegen einen zweiten Besuch im Palmenhaus nichts einzuwenden, allerdings berge das künstlich erzeugte tropische beziehungsweise subtropische Klima für mich insofern seine Gefahren, als es mit der Außentemperatur und Außenluftfeuchtigkeit derart schroff kontrastiere, daß eine daraus resultierende schwere Verkühlung durchaus im Bereich der Möglichkeit liege, er dürfe nicht vergessen, daß meine immer schon zarte körperliche Konstitution im Laufe der letzten Jahre alles andere als kräftiger geworden sei. Der Präfekt wirkte etwas enttäuscht, als wir uns vor dem Donnerbrunnen auf dem Neuen Markt verabschiedeten.

Gegen Abend beschloß ich, mit der Mitteilung, daß ich mich im Besitz zweier Eintrittskarten für die Hofmusikkapelle befände, nicht bis Donnerstag zu warten. Fräulein Brown würde es sicher schätzen, diese Information etwas früher zu erhalten, damit sie sich eingehender auf die Darbietung vorbereiten konnte. Ich rief sie an.

Ihre Reaktion ernüchterte mich ein wenig. Sie habe vorgehabt, am Sonntag vormittag im Prater zu laufen, während der letzten Tage hätte ihre Gastgeberin sie mit Speisen, das heißt, im Grunde mit einer einzigen Speise, verpflegt, von der man offensichtlich rasch zunehme, sie sei das Laufen gewohnt, auch wenn der Stadtpark nicht der Central Park sei, wolle sie diese Gepflogenheit in Wien beibehalten. Außerdem sei sie im Augenblick mit einer Lektüre beschäftigt, die einen weiteren Teil ihrer Zeit beanspruche, doch wenn ich darauf bestünde, könne sie mich ja in diese Kapelle begleiten, von der ich offensichtlich so angetan sei, warum nicht. Und jetzt müsse ich sie entschuldigen, sie erwarte einen wichtigen Anruf aus New York. Bevor sie den Hörer auflegen konnte, stellte ich ihr rasch die Frage, ob ihr die Kaiserin Sisi ein Begriff sei. Die Kaiserin Sisi, meinte sie, nein, den Namen höre sie zum ersten Mal. Und jetzt müsse sie das Gespräch wirklich beenden.

6

Ein lautes Pochen an der Zimmertür riß mich aus einem Traum, in welchem die schöne Puppe mit dem Porzellankopf, den Haaren aus Mohair, dem schwarzen, mit echten Federn geschmückten Samthut und dem gleichfalls schwarzen, langen, hochgeschlossenen Satinkleid, die auf dem Schreibtisch saß, aufstand, sich zum Tischrand hinbewegte, auf den Fußboden sprang und an mein Bett trat, wobei sie immer größer wurde. Sie beugte sich über mich, so daß die schwarzen Hahnenfedern meine Stirn berührten, lächelte und meinte, ihr Name sei Wilma, sie habe mich immer schon kennenlernen wollen, ich interessierte mich doch sicher für die näheren Umstände ihres Todes. Damit neigte sie sich dicht zu meinem linken Ohr, so daß die glänzenden Federn nicht nur meine Stirn, sondern auch meine Augen bedeckten, und flüsterte etwas, das ich nicht hörte, da Tante Pia im selben Augenblick an die Tür klopfte und rief, es seien keine Buchenscheite mehr vorrätig, ich hätte ihr doch versprochen, statt des Mannes der bosnischen Hausmeisterin, der für die geringsten Hilfsdienste ein unverschämt hohes Entgelt verlange, mit dem Holzkorb in den Keller zu gehen und neue Buchenscheite zu holen.

Ich stand auf, ging zwischen den Puppen hindurch und zog den Vorhang mit dem Muster aus kleinen rosa Rosen auf weißem Grund zurück. Es war Sonntag, am Fenster rannen Wassertropfen hinab, so dicht, daß man die Platane im Hof kaum wahrnahm, ein Wetter, das meine Absicht, im Prater zu laufen, zunichte machte. Mißmutig dachte ich, daß es seit meiner Ankunft in Wien nahezu ununterbrochen regnete, und ich bedauerte, die

Einladung meines Gesangslehrers angenommen zu haben, denn die Aussicht, mit dem großen violetten, sonnengelb gesäumten Schirm meiner Verwandten ohne geeignetes Schuhwerk im strömenden Regen und über Pfützen springend durch die Innenstadt zur Hofburgkapelle zu gehen und mir in Gesellschaft dieses verschrobenen Melancholikers eine Messe anzuhören, erschien mir alles andere als verlockend. Josef Horvath, Tante Pia und Wien bedrückten mich, und ich sehnte mich nach meinem Kellnerinnenjob im Off-Theater, meinem kleinen Zimmer in St. Mark's Place und vor allem nach John. Die von Horvaths Hustenanfällen unterbrochene Gesangsstunde am vergangenen Donnerstag war gleichfalls nicht dazu angetan gewesen, zur Hebung meiner niedergeschlagenen Stimmung beizutragen, zumal wir mit einem Lied aus Schuberts *Winterreise* begannen, von dessen traurigem, von der trüben Welt, von verschneiten Wegen, von Dunkelheit und von irren Hunden erzählendem Text, wie mein Gesangslehrer mir anvertraute, zwei Zeilen den Grabstein seiner verstorbenen Mutter zierten. Auf meine Frage, ob es sich bei der Frau auf dem Foto, das auf dem Stutzflügel stehe, um diese handle, antwortete Horvath, jawohl, das sei ein Porträt seiner wunderschönen Mutter, der man zu Lebzeiten nicht ganz zu Unrecht eine gewisse Ähnlichkeit mit der ermordeten Kaiserin Sisi, einer der strahlendsten Erscheinungen ihrer Zeit, nachgesagt hätte, und ich blickte der hageren Frau mit der langen Nase in die stechenden Augen, zog es vor, nichts auf diese Bemerkung zu erwidern und bemühte mich um korrekte Spannung meines Gaumensegels und um gewissenhafte Aufwärtswölbung des Gaumenbogens. Wir befaßten uns etwa zwanzig Minuten lang mit dem Lied »Gute Nacht«, dann griff Herr Horvath sich ans Brustbein und bat mich, freundlicherweise den kurzen Weg in die Apotheke *Zur heiligen Magdalena* auf mich zu nehmen und mir ein Säckchen mit der Hustenteemischung aushändigen zu lassen, welche die ausgesprochen entgegenkommende Pharmazeutin eigens für ihn zusammenstelle und stets vorrätig habe, ich möge einfach seinen Namen nennen, sie wisse Bescheid. Nachdem mir die Pharmazeutin gestanden hatte, sie sei sehr froh, daß sich endlich jemand um den armen Herrn Horvath kümmere, ging ich zurück ins Sterbehaus und traf meinen Lehrer in einen Ohrensessel zurückgelehnt und ein heißes Fußbad in einer etwas angeschlagenen weißen Emailschüssel nehmend an. Er blickte auf und sagte, ich möge ihm doch den Brusttee zubereiten und ihn dann allein lassen, die mehr als unwirtliche Herbstwetterlage mache seinen Bronchien sehr zu schaffen, wir sähen uns am Sonntag, im übrigen solle ich nicht vergessen, mir im Musikhaus *Doblinger* in der Dorotheergasse das Schubertalbum für eine Singstimme mit Pianofortebegleitung zu beschaffen. Auf dem Heimweg beschloß ich, die Musikalienhandlung gleich aufzusuchen, und während der Verkäufer verschwand, um das von mir verlangte Notenmaterial zu suchen, schlug ich mit einem Filzschlegel probeweise auf einen sehr schönen, aus einer runden, leicht gewölbten Bronzescheibe mit schmalem, umgebogenem Rand bestehenden ostasiatischen Gong mit unbestimmter Tonhöhe, der an der Wand des Schauraumes hing, was einen dunklen, lang anhaltenden Ton zur Folge hatte, und ließ den Schlegel anschließend, einem plötzlichen Impuls gehorchend, in meiner Tasche verschwinden.

Erneut klopfte Tante Pia an meine Tür und rief, das Feuer im Kachelofen sei im Begriff auszugehen, ich wolle doch nicht frieren und möge endlich Holz holen, wie ich ihr versprochen hätte, worauf ich mich anzog, die auf dem Nachtkästchen liegende Autobiographie der Rosa Havelka wieder in die Truhe legte, in die Küche ging und eine Tasse Kaffee trank, während meine Verwandte mir den Kellerschlüssel in die Hand drückte, mir den Weg zu ihrem Kellerabteil beschrieb und kichernd meinte, ich würde sehen, der Keller sei uralt, uralt, er habe zu dem Frauenkloster gehört, welches sich früher an der Stelle ihres Wohnhauses befunden hätte, viele der alten Gewölbe im ersten Bezirk seien durch unterirdische Gänge miteinander verbunden, wer wisse, wie viele Morde dort schon geschehen, wie viele Leichen dort schon verrottet seien. Ich nahm den Korb, ging über die Steintreppe und an einer dicken älteren Frau mit pechschwarz gefärbten, ungepflegten langen Haaren vorüber, die Pantoffeln an ihren bloßen Füßen und einen zu engen grellrosa Häkelpullover trug, unter dem sich ihre Fettwülste und ihr großer weißer Büstenhalter deutlich abzeichneten, und dabei war, mit einem nassen Lappen die Treppenstufen zu wischen. Durch eine eiserne Tür im Parterre gelangte ich über eine weitere Steintreppe hinunter in ein schlecht erleuchtetes Gewölbe, dessen Mauern aus alten Ziegeln bestanden und von wo ich in ein noch tieferes und dunkleres Kellergeschoß mit einem kalten gestampften Lehmboden und glitzernden feuchten Wänden hinabstieg, in welchem es nach faulem Obst, alten Kartoffeln und Moder roch. Ich hielt kurz inne, und plötzlich überkam mich das beklemmende Gefühl, daß ich mich nicht zum ersten Mal in diesem Raum befand. Nachdem ich die Angst, die in mir aufgestiegen war, unterdrückt und meinen Weg in die mir von Tante Pia gewiesene Richtung fortgesetzt hatte, betrat ich einen finsteren engen Gang und stieß einen Schrei aus, als ich mich unvermittelt dem Schatten eines Mannes gegenübersah. Gleich darauf ging ein Kellerlicht an, und der gedrungene grauhaarige Mann mit dem verwitterten Gesicht und der schartigen Hacke mit dem Holzstiel in der Hand, der vor mir stand, verzog den Mund zu einem Grinsen, bei dem zwei Goldzähne aufblitzten, und meinte, wer werde sich denn so erschrecken, er sei es doch nur, der Mann der Hausmeisterin. Ich atmete erleichtert aus, streckte dem Mann meine rechte Hand entgegen und antwortete, abgesehen von meiner Tante Pia, für deren Kachelofen ich Buchenscheite zu holen beabsichtigte, seien mir die Hausbewohner nicht vertraut, ich freute mich jedoch, seine Bekanntschaft zu machen, worauf der Mann mit erlöschendem Grinsen sagte, was solle das heißen, die gnädige Frau von Hötzendorf habe doch ihm diese Aufgabe übertragen, als bosnische Flüchtlinge seien er und seine Frau, so traurig dies wäre, auf die paar Groschen angewiesen, die die Gnädige ihm dafür bezahle, von einem österreichischen Hausmeistergehalt könnten doch keine zwei Menschen leben, wie ich vielleicht wisse, übersteige ein österreichisches Hausmeistergehalt kaum das Existenzminimum, es könne sich nur um ein Mißverständnis handeln, gleich nachdem er im Hof Kleinholz für den Ofen gehackt hätte, werde er diese Angelegenheit mit der Gnädigen besprechen. Damit drehte der Mann sich um und ging schweren Schrittes über die Treppe hinauf.

Etwas später wollte ich mich auf den Weg in die Hofburgkapelle machen, doch als ich die Wohnungstür öffnete, trat Tante Pia vor mich hin, musterte mich von oben bis unten und meinte, ich möge ihr ein offenes Wort gestatten, meine Kleidung scheine darauf hinzuweisen, daß ich mir nicht vollkommen im Klaren darüber wäre, was für ein Glück es bedeute, einen der Sonntagsgottesdienste in der Hofburgkapelle besuchen zu dürfen, trüge ich doch dieselben hautengen schwarzen Kleidungsstücke wie jeden Tag, eine Gewandung, die meine erschreckende Magerkeit in unvorteilhafter Weise betone. Mir sei vielleicht nicht bekannt, daß Menschen aus aller Herren Länder anreisten, um eine dieser von den Wiener Sängerknaben auf so unnachahmliche Weise vorgetragenen Messen zu hören, sie selbst habe bedauerlicherweise kein einziges Mal in ihrem Leben, das bereits über achtzig Jahre dauere, das Privileg eines solchen Besuches genossen, doch stelle sie sich vor, daß das Publikum festlich gekleidet erscheine, was müsse sich der junge Herr Horvath denken, ein Mann aus bester Familie, der, wie sie annehme, im Frack kommen werde, wenn sie, Magnolia, sich dem feierlichen Anlaß gegenüber so gleichgültig zeige. Letztlich sei sie es, Pia von Hötzendorf, auf die eine solche Mißachtung der Wiener Sitten zurückfiele, wäre es zuviel verlangt, wenn sie mir nahelege, meine amerikanische Tracht abzulegen und eines der entzückenden Kleider ihrer verstorbenen Tochter anzuziehen, die dank der Mottenkugeln, mit denen sie sie seit nunmehr dreiundvierzig Jahren schütze, wie neu seien. Ich bedankte mich für Tante Pias Angebot, gab jedoch zu bedenken, daß ich meinen eigenen Stil hätte, abgesehen von dem Regenschirm, den sie mir großzügigerweise zur Verfügung stelle, würde ich weder auf ihre Garderobe noch auf die Wilmas zurückgreifen. Darauf sagte meine Verwandte spitz, ich möge tun, was ich nicht lassen könne, und mich nicht wundern, wenn dies die erste und letzte Einladung sei, die Herr Horvath, einer der begehrtesten Junggesellen Wiens, mir gegenüber ausspreche.

Als ich durch das Schweizertor in den Burghof trat, erwartete mein Gesangslehrer mich bereits mit einem großen schwarzen Regenschirm, und wir gingen gemeinsam in die Kapelle. Ich war angenehm überrascht von seinem Äußeren, denn bisher hatte ich ihn lediglich in einem unförmigen Lodenmantel und einer wenig kleidsamen Pelzhaube beziehungsweise in einem schäbigen lachsrosa Morgenrock und grauen Filzhausschuhen zu Gesicht bekommen, und nun trug er einen, wenn auch ein wenig fadenscheinigen, so doch recht eleganten dunklen Anzug, ein, wiewohl nicht sehr sorgfältig gebügeltes, so immerhin sauberes weißes Hemd und eine schwarze Fliege, und sein dichtes lockiges Haar war ordentlich gekämmt. Bevor die Sonntagsmesse begann, begrüßte er einige Bekannte, Männer seines Alters, die er mir als ehemalige Sängerknaben vorstellte und die mich verstohlen musterten, dann nahmen wir unsere Plätze auf einer der barokken Emporen ein. Während der Darbietung der Sängerknaben blickte ich Josef Horvath gelegentlich von der Seite an und fand sein Profil, die gewölbte Stirn, die leicht aufgeworfene Nase und das runde Kinn, zwar ein wenig kindlich, doch durchaus ansprechend, wenn es mich auch etwas irritierte, daß er mehrmals ein Fieberthermometer aus der Rocktasche zog, es kurz schüttelte und dann einige Minuten in den Mund steckte. Nach dem Ende des Gottesdienstes meinte mein Lehrer, jedesmal, wenn er die Sonntagsmesse in der Hofburgkapelle besuche, überkäme ihn Sehnsucht nach der Zeit, da er Sängerknabe gewesen sei, es ginge nichts über die Freundschaft zwischen Knaben, Gefühle von solcher Reinheit seien zwischen den Geschlechtern selten. Dann spannte er seinen großen schwarzen Schirm auf und setzte hinzu, er sei froh, mich mit dieser traditionsreichen Stätte bekannt gemacht zu haben, welche von Kaiser Maximilian gegründet worden sei, wo Joseph und Michael Haydn musiziert hätten und wo Bruckner Organist gewesen sei, eigentlich habe er die Absicht gehabt, mich anschließend zum Mittagessen ins Gasthaus *Zu den drei Hacken* einzuladen, doch merke er, wie anfällig sein Organismus reagiere, wenn er sich länger im Freien aufhalte, er kehre wohl am besten gleich ins Sterbehaus zurück. Ich beeilte mich zu sagen, das sei ganz in meinem Sinne, ich hätte vor, am Nachmittag in meinem Zimmer bei Tante Pia ein wenig zu lesen.

Nachdem ich John von der Telefonzelle am Stephansplatz aus angerufen, doch nicht erreicht hatte, ging ich zurück in die Wohnung Ecke Blutgasse Domgasse, wo

Tante Pia damit beschäftigt war, einen breitkrempigen blauen Hut für ihre neunzehnhundertzwanzig von der Porzellanmanufaktur *Johann Walther & Sohn* in Koburg angefertigte Puppe Serena zu häkeln, begab mich in mein Zimmer, nahm, begierig, mehr über das Leben der wie meine Familie mütterlicherseits aus Böhmen stammenden, mittlerweile mutterlosen Rosa Havelka zu erfahren, das blaue Heft aus der Truhe und las weiter.

Drittes Kapitel

»›Lobpreiset Gott mit hellem Schall‹, sangen wir tagein tagaus im Hof des Internates der Ursulinen, das von einer hohen Ziegelmauer umgeben war. Glockenhell müsse es klingen, glockenhell, sagte Schwester Perpetua, die Chorleiterin, und stach einen Sopran, dem es nicht gelungen war, sich zur geforderten Tonhöhe und Intonationsreinheit aufzuschwingen, mit dem linken Zeigefinger in die rechte Wange, was solle sich unser lieber Herr Jesus von uns denken.

Der Chor der Ursulinen war der Stolz der Schwestern. Sein Ruf war anläßlich der erfolgreichen Teilnahme an mehreren k.k. Chorwettbewerben nicht nur über die hohe Ziegelmauer, sondern auch über die Grenzen Prags und Böhmens hinaus bis in die angrenzenden Kronländer und in die Hauptstadt der Monarchie gedrungen. Auch ich gehörte zu denen, die von Schwester Perpetua häufig an den Haaren oder an den Ohren gezogen und in verschiedene Körperteile gezwickt wurden, denn sie hatte es sich in den Kopf gesetzt, aus mir, die ich von der Natur mit einer Altstimme mittlerer Lage und durchschnittlicher Qualität ausgestattet worden war, zunächst einen Mezzosopran und unter Umständen sogar einen Sopran zu machen. Rosa, du siehst aus wie ein Engel, sagte sie und riß mich kurz am linken Zopf, du wirst auch wie ein Engel singen. ›Lobpreiset seine Ehr und Macht‹, sang ich und drehte die Augäpfel himmelwärts, um mich wenigstens auf diese Weise den erwähnten Lichtwesen und dem verlangten glockenreinen Klang anzunähern. ›Lobpreis ihn, meine Seele‹.

Ich sang nicht gern. Lieber zog ich mich in eine Ecke

der Konventsbibliothek zurück und las in einem der alten Bücher mit ledernem Einband, welche Leben und Sterben der Heiligen der katholischen Kirche auf, wie mir schien, lehrreiche und gleichzeitig unterhaltsame Weise darstellten. Solche Schilderungen erinnerten mich an die Erzählungen meiner lieben Mutter, an das *Leben der frommen Hausmagd Katharina* und somit an das Paradies, aus dem ich so unvermittelt vertrieben worden war. Das Kind wird sich noch die Augen verderben, seufzte Schwester Immaculata, der die Aufsicht über die Bibliothek oblag, wenn ich kam und um den schweren dunkelbraunen Band mit Goldschnitt bat, welcher die beklagenswerte Lebensgeschichte der heiligen Ursula, Namenspatronin unseres Ordens und der Legende nach Tochter eines britischen Königs, enthielt, die im Jahre vierhundertzweiundfünfzig nach Christi Geburt auf der Rückkehr von einer Pilgerfahrt nach Rom gemeinsam mit elftausend Gefährtinnen bei Köln von den Hunnen getötet worden war. Im Grunde aber sahen die Schwestern mein Interesse am segensreichen und gefahrvollen Wirken der Diener und Märtyrer Gottes nicht ungern. Insgeheim hofften sie, ich würde später dem Orden der Ursulinen beitreten und die katholische Erbauungsliteratur um eigene hagiographische Beiträge bereichern. Schwester Immaculata sah in mir bereits die zukünftige Chronistin des Klosters und Verfasserin einer neuen Vita der heiligen Ursula und strich mir übers Haar, wenn sie mich in die *Acta Sanctorum*, in die *Legenda aurea* des Jakobus von Voragine oder in das *Martyrologium Romanum* vertieft dasitzen sah. Ein so wißbegieriges Kind, hörte ich sie leise zu Schwester Perpetua sagen, ein ganz und gar verinnerlichtes Naturell, ein von Grund auf kontemplativer Charakter. Und ihre Handschrift, wie gestochen, eine echte Schreibbegabung. Man dürfe sich einiges von Rosa erwarten. Bezauberndes Stimmaterial, nickte

Schwester Perpetua, eine ungewöhnliche vokale Transparenz, geradezu gläsern. Prädestiniert für Motetten von Palestrina und Orlando di Lasso, sobald Höhe und Kopfklang erst einmal voll entwickelt seien.

›In Gott ist lauter Trost und Licht‹, sangen wir von früh bis spät im Hof des Klosters der Ursulinen in Prag. Ich fühlte mich fremd in meiner neuen Umgebung, ja, ich nahm sie kaum wahr, so sehr hatte der Tod meiner Mutter mich verstört. Die kleine Statue der Madonna von Lourdes, die auf meinem Nachttisch stand, wurde in meiner Phantasie zu deren Ebenbild, und sooft ich Gelegenheit hatte, kniete ich mich vor sie hin und führte stumme Zwiesprache mit ihr, eine Gewohnheit, welche den Mädchen, die den Schlafsaal mit mir teilten, nicht verborgen blieb. Hatte ich zuvor unter den Beschimpfungen und Mißhandlungen Helenes und Maries gelitten, die mich meiner böhmischen Herkunft, meiner kleinbäuerlichen Abstammung wegen verachteten, so nannten mich nun meine Mitschülerinnen, zum Großteil Töchter höherer deutschsprachiger Beamter der österreichisch-ungarischen Monarchie, scheinheilige Ziege, frömmlerische Gans und bigotte Kuh und mieden mich, wo sie konnten, eine Verhaltensweise, die mich nicht sehr kränkte, da ich mich in eine für sie unzugängliche innere Welt zurückgezogen hatte, welche ganz vom Angedenken an meine verstorbene Mutter und der mit diesen Erinnerungen in unmittelbarem Zusammenhang stehenden erbaulichen, sich großteils auf Viten und Heiligenlegenden beschränkenden Lektüre beherrscht wurde. Sooft mich der Schmerz über die Abwesenheit meiner Mutter zu überwältigen drohte, dachte ich rasch an die ungleich größeren Qualen, die der heilige Sebastian erduldet haben mußte, als er mit Pfeilen gemartert und dann mit Keulen erschlagen wurde, an die heilige Katharina und ihr schreckliches Ende auf dem Rad, an die heilige Barbara, die von ihrem eigenen

Vater enthauptet, und an den heiligen Stephanus, der gesteinigt wurde, und schließlich an das Martyrium des heiligen Johannes von Nepomuk in Prag, der Stadt, in der ich lebte.

›Hell das Licht des Himmels scheint‹, sangen wir unentwegt im Hof des Konvents der Ursulinen, und der Wind wehte unsere Stimmen über die Klostermauern hinaus in die Straßen der Stadt. Manchmal trug er andere Töne in das von alten Kastanienbäumen überragte Geviert, Geräusche, die wir Mädchen uns nicht erklären konnten, Geschrei und Gejohle, das uns Angst machte. Fragten wir die Schwestern nach der Ursache dieses Lärms, so erhielten wir keine präzisen Antworten und mußten uns mit geheimnisvollen Andeutungen, mit vagen Hinweisen begnügen. Es handle sich um schändliche Elemente, welche die von Gott und unserem Kaiser Franz Joseph etablierte Ordnung nicht respektieren, sie ins Wanken bringen und schließlich umstürzen wollten, um kriminelle Individuen, denen nichts heilig sei, die sich über feste, in Natur und Religion verankerte Grenzen einfach hinwegzusetzen gedachten und sich Rechte anmaßten, die ihnen keineswegs zustanden, um Subjekte übelster Sorte, die sich Jungtschechen nannten, unsere wohlklingende deutsche Sprache durch eine andere, slawische zu ersetzen und die historisch und juridisch wohlbegründete Einheit unserer Monarchie mittels frecher Vorlage sogenannter Fundamentalartikel zu untergraben beabsichtigten, kurz, um Unruhestifter und Aufwiegler, die das gottlose Chaos in ihren eigenen Köpfen auf die Gesellschaft übertragen, ihre Mitbürger mit einem nebulösen, böhmisches Nationalbewußtsein genannten politischen Gefühl infizieren, ihre eigene Unzufriedenheit Kaiser und Vaterland anlasten und die harmonische soziale Ordnung unseres Reiches zur Zielscheibe ihrer radikalen Zerstörungswut machen wollten. Wenn wir die

Schwestern baten, uns doch ausführlicher über diese gefährlichen Personen zu berichten, dann zupften sie an den blütenweißen Halsschleifen unserer Blusen und meinten, junge Menschenkinder, zarte, mitten in ihrer seelischen, körperlichen und geistigen Entwicklung begriffene weibliche Wesen wie wir dürften keinesfalls mit derart problematischen Angelegenheiten konfrontiert werden, sondern müßten sich mit ihrer, der Schwestern, tatkräftigen Unterstützung voll und ganz der Entfaltung gottgefälliger Wesenszüge wie Sanftmut, Bescheidenheit, Sittsamkeit und Demut zuwenden. Alles, was uns von dieser gemeinsamen Aufgabe ablenke, sei im Augenblick unangebracht. Also enthielten wir uns weiterer Fragen und stimmten die nächste Strophe des Liedes an. ›Dieses Licht läßt uns nicht wanken‹, sangen wir und versuchten, die aus einer uns weitgehend unbekannten Außenwelt zu uns dringenden beunruhigenden Geräusche zu übertönen.

An der Erörterung der Eigenschaften Bescheidenheit, Demut, Sittsamkeit und Sanftmut war den Schwestern offensichtlich sehr gelegen, wobei der Begriff der Sittsamkeit, für den sie wahlweise die Termini Keuschheit, Unschuld, Tugendhaftigkeit und Zucht einsetzten, eine herausragende Rolle zu spielen schien. Wiederum aber drückten sie sich nicht sehr klar aus, was die genauere Definition dieser Bezeichnungen betraf, sondern ergingen sich in rätselhaften Redensarten, in verhüllten Verweisen, in wirren Wendungen, in andeutungsweisen Aussagen und bedienten sich dabei häufig der Bildsprache von Flora und Fauna. Von Knospen, auf die der Frost gefallen wäre, sprachen sie und nestelten an den Falten unserer dunkelblauen Röcke, von Rosen, die vor der Zeit gepflückt worden seien, und von kaum erblühten schneeweißen Lilien, die der Sturm gebrochen hätte. Von zarten Täubchen war die Rede, die eine Beute heimtückischer

Raubvögel geworden, von arglosen Rehlein, die gewissenlosen Wilderern in die Falle gegangen seien. Daß die Jungfräulichkeit der kostbarste Besitz und die Zierde eines jeden weiblichen Geschöpfes sei, wurde mit Nachdruck festgestellt, und daß dieses höchste Gut infolgedessen entschlossen gegen alle ungebührlichen Übergriffe verteidigt werden müsse, zumal es sich um einen Schatz handle, der, einmal verloren, nicht wiederzugewinnen wäre. Ich fragte mich, was derlei Äußerungen zu bedeuten hätten und ob sie sich in irgendeiner Weise mit dem nächtlichen Phantom in Zusammenhang bringen ließen, dessen Auftreten meine Kindheit in so nachteiliger Weise beeinflußt hatte, überließ mich solchen Überlegungen jedoch niemals lange, da sie meine Vergangenheit wiederaufleben ließen, eine Vergangenheit, die mich bekümmerte und ängstigte und an die ich, abgesehen von den teuren Erinnerungen an meine Mutter, nicht rühren wollte.

›Liebe, die mich wird erwecken‹, intonierte der Chor im Hof des Internatsgebäudes der Ursulinen. Vor mir stand Olga Zuckermann, die siebzehnjährige Tochter eines zum Katholizismus konvertierten jüdischen Pelzhändlers aus Krakau. ›Liebe, dir ergeb ich mich‹, sangen wir. Sie trug ihr schwarzes Haar aufgesteckt, und wenn wir im Laufe der Stimmübungen das Appoggio, den lange ausgehaltenen, schwebenden Gesangston, übten, wurden die Härchen an ihrem Haaransatz von meinem Atem bewegt. Olgas Nacken war kurz und schlank und weiß und schön geschwungen, und ich sah ihn gerne an, während Schwester Perpetua sich mühte, uns das italienische Legato mit breitem vokalischem Ausschwingen beizubringen. Für mich war Olga die schönste unter meinen Mitschülerinnen. Sie war klein für ihr Alter, fein gebaut und bewegte sich anmutig. Auf ihren Unterarmen und Schienbeinen und auf ihrer Oberlippe lag dunkler Flaum. Ihre Wimpern waren lang und dicht, die Augen lagen groß und fast schwarz unter breiten geraden Augenbrauen, die Stirn war niedrig, und auf der linken Wange hatte sie ein violettes Flammenmal, das unter dem Jochbein begann und sich bis zur Nasenwurzel zog. Im Turnsaal stellte ich mich unauffällig in ihre Nähe, denn sie roch angenehm. Als ich einmal auf dem Weg ins Refektorium war, trat sie vor mich hin und fragte, weshalb ich sie ständig anstarrte, ob ich noch nie einen Menschen mit einem kavernösen Hämangiom gesehen hätte. Bevor ich antworten konnte, nahm sie geschwind meine rechte Hand, führte sie an das Mal heran und sagte, ich solle ihren Blutschwamm doch berühren, er sei völlig ungefährlich und fühle sich interessant an. Nicht wahr, meinte sie, nachdem ich die schwammige, die Hautebene ein wenig überragende Geschwulst vorsichtig betastet hatte. Sie hätte ein dunkles Kirschrot vorgezogen, aber leider habe sie sich die Farbe nicht aussuchen können, sagte sie dann. Ich fragte Olga, seit wann sie das Muttermal hätte, und sie erwiderte, seit ihrer Geburt, ihre Mutter sei der Überzeugung, es wäre ihr bereits als vier Monate altem Embryo im Mutterleib von einer bulgarischen Zigeunerin angehext worden, weil sie, ihre Mutter, sich geweigert habe, der Bettlerin Geld zu geben. Die Zauberkräfte der Zigeunerin müßten sich anläßlich des magischen Aktes zum Teil auf sie, Olga, übertragen haben, denn wenn sie wolle, könne sie Kühe vorzeitig zum Kalben, Uhren zum Stehenbleiben und Menschen zum Selbstmord bringen. Ich möge mich also in Acht nehmen, sagte sie und zog an dem Lederband an meinem Hals, bis das Säckchen mit Salz zum Vorschein kam, das ich immer auf dem Leibe trug. Salz, sagte sie, woher wisse ich denn das, es schütze gegen Unglück auf Reisen, dunkle Gedanken und den bösen Blick.

Unsere Freundschaft war besiegelt. Ich zeigte ihr die von meiner Mutter geerbten Gegenstände, das *Goldene Hausfrauenbuch*, das Gebetbüchlein und die vier Kochbücher der Dobromila Rettigova, und gestand ihr meine Verehrung der Madonna von Lourdes und die Hochachtung, die ich für das unbeirrbare Verhalten des heiligen Johannes von Nepomuk empfand. Ob ich nicht wisse, daß die älteste Statue, die auf der Karlsbrücke stehe, eben diesen Heiligen darstelle, meinte Olga, und als ich die Frage verneinte, schlug sie vor, mich anläßlich des nächsten der seltenen Ausgänge, die uns gestattet wurden, zu der Skulptur zu führen. Dann sagte sie, zwar verstehe und billige sie die Bewunderung, die ich den Heiligen der katholischen Kirche entgegenbringe, sie könne diese Wertschätzung jedoch nicht mit mir teilen, ja, als geborene chassidische Jüdin hege sie gegenüber der christlichen Kirche, ihrer Hierarchie und ihren Riten tiefe Abneigung, eine Tatsache, die für sie um so bedauerlicher und schwieriger zu handhaben sei, als ihr Vater, ein Patriarch und Despot, nach einem vielsagenden Traum, in welchem ihm die heilige Theresa von Avila nackt und von Stigmata bedeckt vor einem Hintergrund aus mitternachtsblauem, sternenbesticktem Damast erschienen sei, vor nunmehr sieben Jahren beschlossen habe, mit seiner ganzen Familie zum römisch-katholischen Glauben überzutreten und sich und die Seinen nach dem Vorbilde der Taufe Christi im Jordan, das heißt durch Immersion und nicht nur durch Infusion, vom Erzbischof von Krakau im Wasser des Weichselknies taufen zu lassen. Sie, Olga, von Geburt an wasserscheu, sei in jenem März neun Jahre alt gewesen und habe sich dem Eintauchen in die kalten Weichselwellen, einem unabdingbaren Bestandteil des Ritus, energisch durch Kratzen und Beißen der die Kulthandlung vollziehenden wachsbleichen Hände des Erzbischofs widersetzt, weshalb sie sich beim besten Willen nicht vorstellen könne, daß die Zeremonie Gültigkeit besessen und sie zu einem vollwertigen Mitglied der einen heiligen katholischen apostolischen Kirche gemacht habe. Jedenfalls sehe sie sich weiterhin als Angehörige der mystischen Bewegung der Chassidim, und wenn sie, Rosa, glaube, es handle sich bei dem sorgfältig in hellbraunes Packpapier eingeschlagenen Buch, in dem sie, Olga, mindestens ebenso häufig lese wie sie, Rosa, in der *Legenda Aurea* und im *Martyrologium Romanum*, um die Bibel, dann irre sie sich. Nein, es sei nicht das Alte und schon gar nicht das Neue Testament, das sie in Händen halte, es sei vielmehr die Kabbala. Und wenn sie, Rosa, bisher der Ansicht gewesen sei, die Weisen, die sie, Olga, vor dem Schlafengehen unweit von ihr, Rosa, in ihrem harten schmalen Eisenbett im Schlafsaal leise vor sich hin singe, seien Teil christlichen Liedguts, dann täusche sie sich abermals. Die gesummten Gesänge gehörten nämlich dem überlieferten Schatz mystischer Melodien der chassidischen Juden an, die ungleich ergreifender seien als die langweiligen katholischen Kirchenlieder mit den dümmlichen Texten, die Schwester Perpetua ständig mit ihnen einstudiere.

Olgas Eröffnung brachte mich aus der Fassung. Wie sie die Schwestern, diese frommen Frauen, denen nichts als unser Wohlergehen am Herzen liege, derart hinters Licht führen könne, fragte ich, und wie sich ein solches Handeln mit dem Inhalt der zehn christlichen Gebote vereinbaren lasse. Darauf meinte Olga, von wegen fromm, meine Naivität sei rührend, die Schwestern gehörten zu den hinterhältigsten und bösartigsten Geschöpfen, die sich denken ließen, und was hieße hier christliche Gebote. Verstört rief ich, ob sie denn keine Angst hätte, die Schwestern könnten herausfinden, was für Lektüre sich unter dem hellbraunen Umschlag verberge, was für frevelhafte Töne ihr Zögling allabendlich anstimme, müsse sie nicht fürchten, bei Aufdeckung ihres Geheimnisses unverzüglich des Internats verwiesen zu werden? Und wenn schon, meinte Olga, sie fühle sich in der Schule ohnehin wie eine Gefangene, die Lage könne keinesfalls trostloser werden, als sie es schon sei. Außerdem seien die Schwestern zwar gehässig und heimtückisch, jedoch gleichzeitig von beträchtlicher geistiger Beschränktheit, was eine Aufdeckung ihres, Olgas, Geheimnisses mit nahezu hundertprozentiger Sicherheit ausschließe. Und käme es wirklich zum Schlimmsten, dann werde ihr der Golem schon zur Seite stehen. Als ich Olga fragte, wer denn dieser Helfer mit dem merkwürdigen Namen sei, lächelte sie und sagte, das werde sie mir unter Umständen auf dem geplanten Spaziergang zur Karlsbrücke verraten.

›Liebe, die mich ewig liebet‹, sangen wir während der nächsten Tage im Klosterhof, ›Liebe, die das Lösgeld gibet‹. Mein Stimmapparat bewältigte die hohen Lagen müheloser als sonst, was ich auf die gehobene Gemütsverfassung zurückführte, in der ich mich seit Beginn meines freundschaftlichen Verhältnisses zu Olga befand. Diese hielt Wort und führte mich am nächsten freien Nachmittag zur Statue des Johannes von Nepomuk. Wir blickten zu dem steinernen Heiligen empor, und ich sagte zu Olga, es sei schade, daß wir das Internat nach Einbruch der Dunkelheit nicht verlassen dürften, denn am hellichten Tage seien die fünf Sterne, die sein Haupt umgäben und auf denen die Buchstaben t, a, c, u und i stünden, natürlich nicht sichtbar. T, a, c, u und i, wiederholte Olga, tacui, wieso tacui, das hieße doch, ich habe geschwiegen. Ich erzählte ihr, daß er als Priester an der Galluskirche in der Prager Neustadt auch Beichtvater von König Wenzels Frau Johanna gewesen und von jenem gedrängt worden sei, ihm den Inhalt der Beichtgeständnisse seiner Ehefrau mitzuteilen. Er habe sich geweigert und sei daraufhin gefangengenommen, unter persönlicher Teilnahme des Königs grausam mit Pechfackeln gefoltert, durch die Straßen Prags gezerrt und schließlich mit gefesselten Händen und Füßen von der Karlsbrücke in die Moldau geworfen worden. Olga schüttelte sich und meinte, was Männer beträfe, hätte ich offenbar einen sonderbaren Geschmack, sie selber ziehe einen kraftvollen Typus wie den Golem als Objekt der Bewunderung vor. Ich wandte ein, daß es sich bei Johannes von Nepomuk immerhin um einen der meistverehrten Heiligen des deutschen Sprachraums handle, er helfe schuldlos Verdächtigten und solchen, die sich in Wassernot befänden, mit größter Zuverlässigkeit. Außerdem habe man bei der Öffnung seines Grabes Jahrhunderte nach seiner Beisetzung seine Zunge in völlig unverwestem Zustand gefunden. Wieder schauderte es Olga, und sie sagte, unverwest, was für ein Wort. Dann nahm sie mich an der Hand, zog mich von der Statue des Märtyrers weg und über die Brücke zur Altstadt hin und rief, sie ertrage die von Weihrauchgeruch erfüllte Luft des Internates, das eintönige Singen unter Schwester Perpetuas Leitung und die sadomasochistischen katholischen Lügenmärchen nicht länger, es ziehe sie in eine ihrem Wesen gemäßere Umgebung, nämlich in die Judenstadt und zum Judenfriedhof, wenn es sich auch um das Prager Ghetto und nicht um das von Krakau handle, in dem sie aufgewachsen sei. Ich versuchte, ihr meine Hand zu entziehen und rief, sie sei wohl nicht ganz bei Trost, als Zöglinge der Ursulinen könnten wir uns doch nicht auf einem jüdischen Friedhof herumtreiben, wenn das die Schwestern erführen, müßten wir mit augenblicklichem Anstaltsverweis rechnen, das Internat sei vielleicht kein sehr aufregender Ort, aber es ermögliche mir, die ich im Gegensatz zu ihr aus ärmlichen Verhältnissen stamme, eine sowohl tiefgehende als auch umfassende, auf den soliden Fundamenten einer christlich-humanistischen Pädagogik basierende Bildung zu erwerben. Doch Olga ließ meine Hand nicht los und zog mich weiter durch die Karlovastraße und die Husovastraße und quer über den Marienplatz in die Valentinskastraße und in die Sirokastraße und durch das große Tor in den alten Judenfriedhof hinein. Ich hörte auf, mich zu sträuben, und ließ mich von ihr zwischen den schiefstehenden alten Steinen hindurchführen, bis sie vor einem Grabmal stehenblieb. Das sei das Grab des Rabbi Löw, sagte sie, des Gelehrten, der den Golem erschaffen habe. Sie ließ sich auf dem Erdboden vor der Grabstätte nieder und wartete, bis ich mich neben sie gesetzt hatte. Ich blickte mich nach allen Seiten um, aus Sorge, jemand könnte uns in unseren Schuluniformen, den zehn Zentimeter unter dem Knie endenden dunkelblauen Faltenröcken, den ebenfalls dunkelblauen Strickwesten, auf deren Brusttasche das Schulwappen gestickt war, welches die heilige Ursula mit einem Pfeil in der Hand darstellte, den langärmeligen, hochgeschlossenen weißen Blusen, den Kniestrümpfen aus weißem Zwirngarn, den flachen schwarzen Lackschuhen und den aufgekrempten Hüten aus dunkelblauem Stroh, zwischen den jüdischen Grabsteinen sitzen sehen, doch außer einem kleinen alten Mann mit einem hohen schwarzen Hut und einer schraubenförmig gedrehten weißen Locke vor jedem Ohr, der in einiger Entfernung vor einem der Grabsteine stand und, ohne auf seine Umgebung zu achten, etwas auf ein Stück Papier kritzelte, war niemand zu sehen.

Der Rabbi Löw sei ein kluger Mann gewesen, der sich mit Mystik und Alchimie beschäftigt hätte, fuhr Olga fort. Er habe eine menschliche Gestalt aus Lehm geformt, sie mit Hilfe einer Buchstabenkombination, die er einem jüdischen Zauberbuch entnommen hatte, zum Leben erweckt und Golem genannt. Der Golem sei groß wie ein Riese und stumm und sehr häßlich gewesen, und im allgemeinen wäre er gutmütig gewesen und habe dem Rabbi geholfen, wenn dieser es wollte. Und wenn der Rabbi eine andere Buchstabenfolge ausgesprochen habe, dann hätte der Golem sich hingelegt und sei eingeschlafen. Es wäre alles ganz einfach gewesen, nur habe man die Buchstaben nicht vergessen und nicht verwechseln dürfen, denn dann sei der Golem außer Kontrolle geraten und gewalttätig geworden. Olga sah mich an und meinte, sie hätte vor Jahren durch reinen Zufall in der Bibliothek ihres Vaters in Krakau einen unautorisierten Nachdruck des Zauberbuches, des sogenannten *Buches der Schöpfung*, entdeckt und aus Langeweile mit verschiedenen Kombinationen von Schriftzeichen zu experimentieren begonnen, und da sei, ob ich es glaubte oder nicht, der Golem erschienen und habe ihr durch eindeutige Gesten zu verstehen gegeben, daß er ihr zu Diensten stehe. Seitdem fühle sie sich vor jeder Gefahr sicher, selbst vor der Gemeinheit und Tücke der Schwestern. Das glaubst du doch, oder, fragte sie dann und sah mich von der Seite an. Ich überlegte eine Weile und meinte dann, zwar klinge die Geschichte äußerst unglaubwürdig und wäre von meiner verstorbenen Mutter, deren Meinung ich so gut wie nie in Frage gestellt hätte, zweifellos als Ausgeburt der lebhaften Phantasie einer Heranwachsenden abgetan worden, doch hätte ich selbst schon merkwürdige Erfahrungen auf einem ähnlichen Gebiet gemacht, nämlich auf jenem nokturner Phantome, welche sich mir gleichfalls in Menschengestalt, genauer gesagt, in der eines erwachsenen männlichen Menschen, genähert hätten, und hielte derartige Phänomene folglich nicht für vollkommen ausgeschlossen. Olga legte ihren kleinen Kopf an meine linke Schulter, seufzte und sagte, es erleichtere sie sehr, endlich jemanden gefunden zu haben, der sie ernst nehme, schließlich sei es schwierig genug, mit einem kavernösen Hämangiom zu leben. Außerdem sei mir sicher nicht entgangen, daß die anderen Mädchen sie für verrückt hielten, sie Mondsüchtige nennten, und sie könne leider nicht mit Bestimmtheit in Abrede stellen, was jene und die Schwestern einmütig behaupteten, nämlich daß sie bei Vollmond bereits mehrmals mit geschlossenen Augen und ausgestreckten Armen zwischen den zwei langen Reihen von Betten den Schlafsaal entlanggewandelt sei. Falls sie dieses seltsame Verhalten tatsächlich gezeigt habe, was nicht eindeutig erwiesen wäre, dann sei dies ihrer Vermutung nach ebenso wie der Blutschwamm auf die Hexenkünste jener bulgarischen Zigeunerin zurückzuführen, von der sie mir bereits erzählt hätte. Ich erwiderte, das sei ohne weiteres vorstellbar, meine Mutter habe mich vor längerer Zeit schon über die Machenschaften gewisser dämonischer weiblicher Wesen aufgeklärt, die andere, rechtschaffene Geschöpfe irrezumachen, wenn nicht zu verderben trachteten. Ich überließe ihr gern kurzfristig das Säckchen mit Ischler Kochsalz, das ich immer am Hals trüge, es könne in einem solchen Fall nur von Nutzen sein. Olga meinte, sie danke mir für das freundliche Angebot, doch vertraue sie auf den Schutz des Golem, der Golem habe sie bisher noch nie im Stich gelassen. Dann standen wir auf und gingen Arm in Arm zurück ins Internat.

›Liebe, die du mich erkoren‹, sangen wir an sonnigen wie nebelverhangenen Tagen im Hof unserer Anstalt. Ich blies Olga, die vor mir stand, meinen warmen Atem in den Nacken. Ihre Gesellschaft wurde mir von Tag zu Tag lieber, und wir verbrachten viel Zeit miteinander. Unsere Freundschaft war von einer Nähe und Vertrautheit, wie ich sie, abgesehen vom Verhältnis zu meiner seligen Mutter, nie zuvor erfahren hatte, und jeden Abend, wenn ich in meinem schmalen Eisenbett lag, dankte ich Gott und der heiligen Madonna von Lourdes dafür, daß sie mir Olga über den Weg geführt hatten. Eines Nachts aber, nicht allzu lange nach meinem täglichen Dankesgebet, wie mir schien, weckte mich ein Geräusch, und ich öffnete die Augen und nahm einen Schatten wahr, der sich über mich beugte und nach meiner Bettdecke tastete. Augenblicklich kam mir das Phantom aus Marienbad in den Sinn, und ich machte mich zum Zubeißen bereit. Doch sobald der Schatten neben mich in das schmale Eisenbett geglitten war, wurde mir klar, daß es sich nicht um den grobschlächtigen Alp aus der Dachkammer handelte, sondern um meine feingliedrige Seelenfreundin. Bevor ich in angemessener Weise auf diese überraschende Annäherung reagieren konnte, sagte sie mit gedämpfter Stimme, sie sei außer sich vor Angst, aus ihr unerklärlichen Gründen könne sie sich seit kurzem an keinen einzigen der Buchstaben erinnern, die, in die richtige Reihenfolge gebracht, den Golem zum Einschlafen veranlaßten, er habe sie bereits zweimal mitten in der Nacht heimgesucht, sich gewaltiger denn je vor ihr aufgerichtet und sie mit drohenden Gebärden eingeschüchtert. Olga begann leise zu weinen, und ich konnte nicht umhin, sie, die mir binnen kurzer Zeit so teuer geworden war, in meine Arme zu nehmen und zu trösten. Ich spürte ihr offenes Haar an meiner Wange und die Wärme ihres Körpers unter dem anstaltseigenen wadenlangen Nachthemd aus weißem Leinen und fühlte mich plötzlich zurückversetzt in meine frühe Kindheit, in die Zeit vor dem Beginn der nächtlichen Besuche des unheimlichen Schemens bei meiner Mutter, als ich noch nicht auf den Strohsack vor ihrem Bett verbannt war. Überwältigt von dieser unerwarteten Wiederkehr einer Vergangenheit, zu der ich Abstand zu gewinnen suchte, schmiegte ich mich unwillkürlich an Olga, und mir schien, als atme ich wieder den Geruch nach frischem Brot und Kuchen und Kölnischwasser ein, den meine Mutter ausgeströmt hatte. Da zog die Freundin mich an sich und begann mich in einer Weise zu berühren, wie ich noch nie berührt worden war, auf eine Art, die nicht das Geringste mit der beschützenden Zärtlichkeit gemein hatte, in die meine Mutter mich hüllte, und die auch keineswegs das Gefühl wohliger Geborgenheit hervorrief, das ich in ihrer körperlichen Gegenwart empfand, sondern völlig andere Sensationen, deren Neuartigkeit mich erschreckte. Doch als ich mich Olgas Händen, Olgas Mund zu entziehen und sie aus dem schmalen Bett zu drängen suchte, flüsterte sie, ich könne doch nicht einen Menschen von mir weisen, der sich hilfesuchend an mich wende, jemanden, der sich, wie mir doch klar sein müsse, auch wenn man die Hand nicht vor den Augen sehe, in einer akuten psychischen Krisensituation befinde, nicht ein noch aus wisse vor Entsetzen. Sie frage sich, ob auf die unverbrüchliche Freundschaft, die ich ihr versichert, ja, auf die ich alle Eide geschworen hätte, tatsächlich zu bauen sei, ob sie solchen Beteuerungen, solchen Zusicherungen hätte in der naiven Weise Glauben schenken dürfen, wie sie es getan habe. Olgas Flüstern wurde immer lauter, und als meine linke Bettnachbarin hörbar aufseufzte und die rechts neben mir Schlafende sich im Bett umwandte, ließ ich in meiner Gegenwehr ein wenig nach, da ich fürchtete, eine der beiden könnte aufwachen und Zeugin eines Vorfalls werden, der sich vor den Schwestern nur schwer rechtfertigen lassen würde. Auf dieses hin fuhr Olga augenblicklich in den liebevollen manuellen Verrichtungen fort, bei denen ich sie zu unterbrechen versucht hatte, und als ich ihre Hände festhielt, begann sie zu schluchzen, was mich erneut veranlaßte, meinen Widerstand etwas zu verringern, da die Mitschülerin im Bett gegenüber ein langes halblautes Murmeln von sich gab. Und als Olga unter Tränen raunte, ich wolle sie doch nicht durch meine hartherzige Weigerung, auf ihre Bangigkeit und Verwirrung mit entsprechendem Feingefühl einzugehen, zu einem noch kopfloseren Verhalten zwingen, das von den Nonnen unter Umständen mißverständlich gedeutet werden könnte, gab ich auf und überließ mich zunächst widerstrebend und schließlich bereitwillig ihren Liebkosungen, bis sie zunächst zu weinen und schließlich zu raunen aufhörte.

›Heilge Lust und tiefes Bangen‹, sangen wir am nächsten Morgen, und ich schaute betreten links und rechts an Olgas schlankem Nacken vorbei, da sein Anblick mich an die Ereignisse der letzten Nacht erinnerte, die ich lieber aus meinem Gedächtnis getilgt hätte. Nach der Chorprobe trat Olga auf mich zu, als wäre nichts geschehen, legte mir den Arm um die Schultern und meinte, wir könnten den nächsten freien Nachmittag doch wieder gemeinsam in der Prager Altstadt verbringen, die Altneusynagoge, in welcher Jehuda Löw ben Bezalel gewirkt habe, sei ein besonderer Ort, sie hoffe, der Geist des Rabbi, der sicherlich noch in den alten Mauern wohne, werde sich herablassen und ihr die zur Besänftigung des Golem nötige Buchstabenkombination eingeben. Ich schob Olgas Hand weg und antwortete, wenn schon sie selbst es nicht fertiggebracht habe, ihr Leben auf dem festen Glauben an die Dreieinigkeit und an die Heiligen und Seligen der katholischen Kirche fußen zu lassen, so möge sie freundlicherweise davon Abstand nehmen, andere mit den Schwierigkeiten zu behelligen, die sich logischerweise aus diesem fundamentalen Konfessionsirrtum ergeben hätten. Mir fehle die Zeit, auf ihre offensichtlich eingebildeten Probleme einzugehen, ich hätte vor, die nächsten freien Stunden nicht mit ihr in der Judenstadt, sondern mit dem Studium des vorbildlichen Lebens der heiligen Teresa von Avila zu verbringen, die ihrem, Olgas, Vater, wenn auch bedauerlicherweise nicht ihr selbst, auf so wunderbare Weise den Weg zum Christentum gewiesen hätte. Damit wandte ich mich um, ging in die Klosterbibliothek und zog einen Band mit Reproduktionen bildlicher Darstellungen der Heiligen und Märtyrer aus dem Regal, um mich von Olga und den beunruhigenden, ebenso intensiven wie schwer bestimmbaren Gefühlen abzulenken, die ihre nächtliche Gegenwart in mir hervorgerufen hatte. Ich versuchte, mich, so gut es ging, auf Tracht und Attribute der Nothelfer Christi zu konzentrieren, doch gelang mir dies nur unvollkommen, da die Gesichter der weiblichen Wundertäter eigenartigerweise nach kürzester Betrachtung Ähnlichkeit mit den Zügen Olgas aufzuweisen begannen. Kaum hatte ich mich in den Anblick des Antlitzes der heiligen Anna, der gütigen Mutter der gebenedeiten Jungfrau, versenkt, wurden ihre Züge von denen Olgas überlagert, und das Gesicht der heiligen Klara nahm ebenso rasch den Ausdruck meiner Freundin an, wie die physiognomischen Merkmale der heiligen Elisabeth zu den ihren wurden. In der mir unbegreiflichen Unruhe und Gemütserregung, in der ich mich befand, schlug ich das Buch zu und beschloß, mich bei der Abfassung eines kleinen Lobgedichts auf die erstrebenswerten Eigenschaften der Diener Gottes, wie die Schwestern es schätzten, zu entspannen. Ich holte Papier, Feder und Tinte und begann zu schreiben. Zum Thema hatte ich die Standhaftigkeit meines Lieblingsheiligen, des Johannes von Nepomuk, gewählt, doch als ich die ersten zwei Strophen wieder las, mußte ich zu meinem Erstaunen feststellen, daß kein Wort über dessen Charakterfestigkeit, über seine bewundernswerte Verschwiegenheit selbst unter der Folter auf dem Papier stand, sondern Verse über den körperlichen Liebreiz, die Anmut und Anschmiegsamkeit Olgas, die dem *Hohelied Salomonis* entnommen zu sein schienen, das Fräulein von Roth-Rothenhorst im Hause Gerstner mit uns gelesen hatte, denn sie war von romantischer und versteckt leidenschaftlicher Veranlagung und wußte, wie sie sagte, eine religiöse Dichtung zu würdigen, welche sich, so erläuterte sie, einer durch und durch erotischen Metaphorik bediente. Bei meiner regelmäßigen Lektüre der Heiligen Schrift im Internat war mir aufgefallen, daß das

Hohelied in sämtlichen verfügbaren Bibelausgaben fehlte. Wie unschwer zu erkennen war, hatte man die entsprechenden Seiten mit der Schere herausgeschnitten, und ich nahm an, daß dieses Handeln auf die Schwestern und ihre ständige Betonung des Vorranges der Unschuld vor allen anderen christlichen Tugenden zurückgeführt werden konnte. In den Zeilen, die mir nun vor Augen standen und die ganz offensichtlich von mir selbst verfaßt worden waren, wurde Olga mit einer Lilie unter Disteln gleichgesetzt, ihre Augen wurden mit Tauben, ihre Wangen mit Granatäpfeln verglichen. Daß ihre Gewänder süßer dufteten als alle Gewürze des Orients, wurde versichert, daß Honig von ihren Lippen tropfe, daß ihre Liebe köstlicher sei als Wein und daß sie das Herz des lyrischen Ichs, wie Fräulein von Roth-Rothenhorst es genannt hätte, mit einem einzigen Blick aus ihren Augen erobert habe. Zudem war die Rede von einem Kleid, das abgestreift worden, von einer Schwester, einer Braut, die wie ein verschlossener Garten, wie ein versiegelter Quell sei. War es möglich, daß solche Formulierungen von meiner Hand stammten? Daß ich solche Wendungen niedergeschrieben hatte wie in Trance? Mir fiel ein, daß Olga behauptet hatte, aufgrund ihrer Verhexung durch die bulgarische Zigeunerin seit dem Embryonalstadium über magische Fähigkeiten zu verfügen. Sollte sie mir bei dieser Aufzeichnung die Feder geführt haben? Ich ließ mein Schreibwerkzeug fallen, zerknüllte das Blatt, warf es aus dem offenen Fenster und lief aus der Bibliothek und durch die Arkaden des Kreuzganges, vorbei am Refektorium, in den zu dieser Tageszeit leeren Schlafsaal, wo ich mich auf mein schmales Eisenbett warf und den Kopf im Kissen vergrub.

›Mit Lust, mit freiem Freudenmund‹, sangen wir unter Schwester Perpetuas musikalischer Anleitung im Internatshof. Doch die Zufriedenheit, die diese noch vor wenigen Tagen aufgrund der kontinuierlichen Entfaltung und

Erhöhung meiner Stimme bekundet hatte, welche den Schwestern ebenso wie mein Interesse an der Hagiographie zu erheblichen Hoffnungen Anlaß gab, war ärgerlicher Gereiztheit gewichen. Ob ich denn von allen guten Geistern verlassen sei, fragte sie und trat mir mit dem rechten ihrer halbhohen schwarzen Schnürschuhe auf die linke große Zehe, ob ich die Atemtechnik, die sie uns unter Aufbietung all ihrer Geduld und Mühe beigebracht hätte, von einem Tag auf den anderen verlernt hätte, ob ich es nicht mehr fertigbringe, das Zwerchfell locker oszillieren zu lassen, so, wie es sich gehöre? Wie sonst sei es zu erklären, daß meine Stimme mit einem Mal gepreßt, ja heiser klinge, daß ich nicht länger imstande wäre, die hauchzarten Kopftöne zu produzieren, die zu vernehmen ihr und ihren Mitschwestern soviel ästhetisches Vergnügen bereitet habe? Es tue ihr leid, doch sollte mein Organ nicht innerhalb angemessener Frist zu seiner alten Klangqualität zurückfinden, werde sie mir nahelegen müssen, meinen Platz in den Reihen derer, die durch ihren Gesang zum Lobe unseres Schöpfers beitrügen, zumindest zeitweilig einer anderen Schülerin zu überlassen. Ich wußte nichts auf Schwester Perpetuas Beanstandungen zu erwidern und schlug die Augen nieder. ›Die Lust, die uns erhöhet‹, intonierte Olga direkt vor mir mit leicht vibrierender Stimme.

Seit dem Zwischenfall im Schlafsaal ging ich Olga aus dem Weg. Saß ich, ein wenig im Psalter lesend, im Klostergarten und ließ sie sich diskret neben mir auf der Bank nieder, so stand ich, eine Entschuldigung murmelnd, auf, legte ihr das Alte Testament in den Schoß und kehrte ins Haus zurück. Machte sie sich erbötig, mir auf dem Weg vom Refektorium ins Klassenzimmer die Bücher und Hefte zu tragen, lehnte ich dankend ab und wandte mich einer anderen Schülerin zu. Und stand sie mir wie zufällig im Weg, wenn ich durch einen der langen Klosterkorridore schritt, dann vermied ich ihren Blick, wich ihr aus und ging weiter. Um so größer war meine Überraschung, als es nach etwa zwei Wochen zu einer Wiederholung des vergangenen Vorfalls kam und ich gegen Mitternacht aufwachte und feststellen mußte, daß Olga neben mir lag. Ich fuhr auf und zischte ihr zu, mir leuchte ein, daß ihr Verhältnis zum Golem ein schwieriges sei, doch müsse sie ihre Angst vor dem Spuk, um den es sich nach meiner Vermutung handle, überwinden, so wie ich meiner Furcht vor dem Alp im Dachstübchen Herr geworden war, um den Zeitabschnitt der Adoleszenz hinter sich zu lassen und zu größerer menschlicher Reife zu gelangen. Meine Geduld sei erschöpft, und ich forderte sie auf, augenblicklich mein Lager zu verlassen und in ihr eigenes Bett zurückzukehren. Darauf murmelte sie schlaftrunken, wovon eigentlich die Rede sei, ihres Wissens befinde sie sich doch in demselben, und außerdem gehorche ihr der Golem seit ihrem letzten Besuch in der Altneusynagoge, anläßlich dessen Rabbi Löws Stimme ihr die zur Herrschaft über den Riesen unerläßliche Formel mitgeteilt habe, wieder aufs Wort. Nachdem ich Olga so leise wie möglich darauf aufmerksam gemacht hatte, daß sie an meiner, Rosas, Seite ruhe, wurde sie hellwach und wisperte, das sei doch nicht möglich, sie könne sich eine solche Ortsveränderung nicht erklären, es sei denn, der Vollmond, dessen weißes Licht seit dem Vortage durch die dünnen Vorhänge dringe, habe sie zu dieser kleinen Wanderung veranlaßt. Wie ihr Schwester Modestia erklärt habe, zähle sie zur bedauernswerten Gruppe jener, die für das Phänomen des Lunatismus beziehungsweise Somnambulismus anfällig seien und in hellen Mondnächten unter dem Einfluß dieses wandelbaren Gestirns in tiefem Schlafeszustand komplexe Handlungsabläufe mit nachträglicher völliger Erinnerungslosigkeit vollzögen. Ich könne mir sicher vorstellen, daß das Erwachen nach solch unbegreiflichem Handeln stets ein angstvolles sei, und sie bezweifle nicht, daß ich gebührendes Verständnis für den gegenwärtigen heiklen Augenblick und für diese ihre Krankheit, denn um eine solche drehe es sich, aufbringen und sie behutsam und zartfühlend in eine Wirklichkeit zurückführen werde, zu der sie kurzfristig offenbar jeden Kontakt verloren habe. Mit diesen Worten drückte sie sich zitternd an mich, so daß ich ein zweites Mal nicht anders konnte, als sie schwesterlich zu umfangen und durch sanfte Gesten zu beruhigen. Ihre Beklommenheit ließ unverzüglich nach, sie atmete freier und begann, die erwiesene Zuwendung so ungestüm zu erwidern, daß ich mich außerstande sah, ihrer Heftigkeit die gebotenen Grenzen zu setzen und mir die leidenschaftlichen Beteuerungen ihrer Dankbarkeit zunächst zögernd und schließlich widerstandslos gefallen ließ.

Es blieb nicht bei den ersten beiden Visiten. In jeder der folgenden mondhellen Nächte fand Olga sich in meiner schmalen eisernen Bettstatt ein und betonte beharrlich, sie habe keine Ahnung, wie sie in diese gelangt sei, der Vollmond bringe sie völlig aus dem Gleichgewicht. Als ich nach einer Woche, während derer ich nicht gewagt hatte, sie aus dem Bett zu weisen, einwandte, sie möge sich doch durch einen kurzen Blick auf das Firmament der unbestreitbaren Tatsache vergewissern, daß Frau Luna deutlich im Abnehmen begriffen sei, wurde ihr Wispern bedrohlich laut. Was ich damit sagen wolle, flüsterte sie irritiert, soviel sie wisse, werde in wenigen Tagen eine totale Mondfinsternis eintreten, und als ungewöhnlich sensibles Geschöpf spüre sie das Herannahen dieses seit dem Altertum mit Spannung und Schaudern erwarteten und mit größtem Interesse beobachteten Phänomens bereits jetzt, eine völlige Verfinsterung des Trabanten durch Eintritt in den Erdkernschatten, wie uns Schwester Modestia so anschaulich erläutert hätte, sei schließlich keine

Bagatelle, oder sei ich anderer Meinung? Um die rings um uns her schlafenden Mitschülerinnen nicht um ihre Nachtruhe zu bringen, lenkte ich ein und gestattete Olgas Fingern und Lippen zunächst unwillig, doch schließlich widerspruchslos, sich weiter mit meinem Körper zu beschäftigen.

›Von den Lüsten dieser Erde‹, sangen wir an einem der folgenden Vormittage im Schulhof, und ich blickte über Olgas kleinen runden Kopf hinweg in die Kronen der Kastanienbäume. ›Ewge Lust und Seligkeit‹, hörte ich sie einstimmen. Nach der Chorprobe rief Schwester Perpetua uns beide zu sich und ersuchte uns, sie ins Zimmer von Schwester Konstantia, der Oberin und Internatsleiterin, zu begleiten, ohne uns Näheres über den Grund dieser Anordnung mitzuteilen. Auf dem Weg dorthin richtete sie kein einziges Mal das Wort an uns, sondern sang leise eine Melodie vor sich hin, aus der ich die Zeile ›Vom Fleisch wollt' nicht hinaus der Geist‹ sowie die Worte ›Des Fleisches Lüste dämpfe‹ heraushörte. Wir betraten Schwester Konstantias Zimmer, und ich bemerkte überrascht, daß sämtliche mit unserer Erziehung betraute Ordensfrauen anwesend waren und uns über den langen Tisch hinweg ernst musterten. Man forderte Olga und mich auf, ihnen gegenüber Platz zu nehmen. Schwester Konstantia erhob sich, rief zunächst die heilige Ursula sowie die Ordensstifterin, die heilige Angela Merici, an und bat sie, die Versammlung zu einem gerechten Urteil gelangen zu lassen. Ich warf Olga, die neben mir saß, einen kurzen Blick zu, doch ihr Gesichtsausdruck ließ darauf schließen, daß ihr der Anlaß unserer Vorladung ebensowenig bekannt war wie mir.

Dann ging die Mutter Oberin dazu über, die Verdienste des Ordens der Ursulinen auf dem Gebiet der Erziehung der weiblichen Jugend zu rühmen, und betonte, wie entscheidend es sei, das Gedeihen der zarten jungen Pflänzlein zu fördern, sie in den fruchtbaren Nährboden von Gottes Wort zu setzen und das Licht des Heiligen Geistes über sie auszugießen, auf daß sie zu kräftigen immergrünen Gewächsen und lebendigen Zeugen der Schönheit und Vielfalt der Werke Gottes heranreiften. Der bedauerliche Fall, zu dem hier würde Stellung genommen werden müsse, zeige in aller Deutlichkeit, daß man diesen Wachstumsprozeß nicht sorgfältig genug überwachen könne. Zwei Zöglinge, von denen der eine wohl gewisse Schwierigkeiten bei seiner Entfaltung habe erkennen lassen, Probleme, die allerdings nicht unlösbar schienen, in deren zweiten man jedoch aufgrund seiner Musikalität und seiner Liebe zum katholischen Schrifttum die schönsten Hoffnungen gesetzt hätte, so daß sein Betragen als um so ungeheuerlicher empfunden würde, seien beim Vollzug äußerst bedenklicher Handlungen beobachtet worden, bei Tätigkeiten, denen man sofort und in entschiedener Weise Einhalt gebieten müsse, da sie nicht nur zu den Prinzipien des Internats, sondern zu den allgemein verbindlichen Maßstäben moralischen Verhaltens in krassem Widerspruch stünden. Damit hob sie das Blatt Papier in die Höhe, das ich zerknüllt und aus dem Fenster der Bibliothek geworfen hatte und das mittlerweile, wie ich sehen konnte, geglättet worden war. Ob ich leugnen könne, das, was auf diesem Blatt stehe, geschrieben zu haben, fragte sie dann und schaute mich streng an. Ich räusperte mich und sagte, nein, das könne ich nicht, und man möge so freundlich sein und mir auseinandersetzen, warum ich es leugnen solle, da es sich bei dem schriftlich Niedergelegten um eine bescheidene poetische Übung handle, die sich das Hohelied Salomonis zum Vorbild genommen und somit das Lob der Schöpfung und folglich auch des Schöpfers im Sinn hätte. Schwester Konstantias Einwand war schneidend. Wie ich mir erklären könne, daß das Machwerk weder an Gott, Jesus Christus, den Heiligen

Geist, die Jungfrau Maria noch an irgendeinen anderen der Heiligen gerichtet sei, sondern den Titel *Ode an Olga* trage. Darauf antwortete ich, das Faktum, daß jemand außerstande sei, gewisse Dinge zu erklären, dürfe nicht von vornherein als ein diese Person belastendes angesehen werden, auch Gottes Wirken sei unerklärlich, so wäre es uns von ihnen, den Schwestern, beigebracht worden. Ich hätte das Gedicht in unbewußtem beziehungsweise halbbewußtem Zustand verfaßt und fände es ungerecht, für einen solchen unbewußten beziehungsweise halbbewußten Akt zur Verantwortung gezogen zu werden, zumal ich mich an kein einziges Wort erinnern könne, das mein kleiner dichterischer Versuch enthalte. Auf dieses hin stand Schwester Immaculata auf und schrie, ich solle solche Haarspaltereien gefälligst lassen, die *Ode an Olga* sei nicht das einzige Indiz für unser schändliches Verhalten, das Beweismaterial sei erdrückend, es wäre ihr ein leichtes, mindestens vier Schülerinnen herbeizurufen, die Olga und mich bei der Ausübung widernatürlicher nächtlicher Handlungen sowohl beobachtet als auch vernommen hätten, doch wolle sie uns ein derart beschämendes Verhör ersparen. Sie frage mich nur, wie ich, die sie vor allen anderen in ihr Herz geschlossen habe, hätte imstande sein können, die Erwartungen, die sie sowohl an meine ethische Entfaltungsfähigkeit als auch an meine hagiographische Begabung geknüpft habe, in derart verräterischer Weise zu vereiteln. Nicht nur das, nicht nur das, fiel Schwester Prudentia, die die Aufsicht über das Refektorium hatte, an dieser Stelle ein, nicht nur, daß wir uns über sämtliche Grundregeln von Anstand und Sitte hinweggesetzt und uns bedenkenlos die schwere Sünde der Unkeuschheit aufgeladen hätten, eine von uns beiden sei noch dazu ein Wolf im Schafspelz, jemand, der vorgegeben habe, zum rechten Glauben gefunden zu haben, in Wirklichkeit jedoch noch dem ketzerischen Bekenntnis derer verbunden gewesen wäre, die Jesus Christus, unseren Herrn, ans Kreuz geschlagen hätten, der gewissenlos genug gewesen sei, die Lektüre der Bibel vorzutäuschen, sich in Wahrheit jedoch mit den Schriften der Erzfeinde eines jeden aufrechten Katholiken zu beschäftigen. Mit diesen Worten schwenkte sie das Indiz, die unterdessen ihrer Packpapierhülle beraubte Kabbala, triumphierend über unseren Köpfen. Unter den Schwestern erhob sich empörtes Gemurmel, das immer lauter wurde. Man vernahm die Wörter unentschuldbar, gotteslästerlich, abartig, und schließlich rief Schwester Modestia, sie verstehe nicht, worüber hier noch zu beraten wäre, die Sachlage sei klar, der Tatbestand himmelschreiend, und es solle unverzüglich zur Abstimmung geschritten werden, sie verlange nicht nur den unwiderruflichen Ausschluß der Missetäterinnen aus dem ehrenwerten und traditionsreichen Internat der Ursulinen, sondern auch die Verhängung des kategorischen Verbots über beide, jemals eine andere geistliche Bildungsanstalt in den Ländern der österreichisch-ungarischen Monarchie zu besuchen. Da warf Schwester Perpetua mit leiser Stimme ein, selbstverständlich seien unsere Verfehlungen kaum zu entschuldigen, doch müsse man sich hüten, zu hart zu urteilen, sie erinnere an die verzeihende Güte unseres Herrn Jesus, wer würfe den ersten Stein, schließlich befänden sich die Beschuldigten in einem Alter, in dem man leicht vom rechten Wege abkomme, es wäre unrichtig, uns die Möglichkeit zu verwehren, auf jenen zurückzufinden, so manche unter den Anwesenden entsännen sich sicherlich noch der Irrungen und Wirrungen ihrer frühen Jahre, richtet nicht, auf daß ihr nicht gerichtet werdet, das seien die Worte unseres Herrn Jesus. Sie gebe auch zu bedenken, daß wir bei allem sündigen Gebaren stets die Chorproben besucht und unsere hellen Mädchenstimmen zwar nicht immer virtuos, doch stets gutwillig zum Lobe Gottes eingesetzt hätten. Mit einem Wort, sie plädiere für unseren fortgesetzten Aufenthalt in der Anstalt. Während sich erneut Stimmengewirr erhob, wurden wir gebeten, den Raum zu verlassen, man würde uns sogleich über das Ergebnis des Votums informieren. Olga hatte zu allen Anschuldigungen trotzig geschwiegen, sie schwieg auch, während wir vor der Flügeltür standen und auf den Richtspruch warteten.

Die Schwestern entschieden, Olga aus der Anstalt zu entfernen, da sie nicht nur eine Gefahr für die Tugend der Schülerinnen, sondern auch für die Lauterkeit des christlichen Glaubens darstelle, und mir, in der man offensichtlich keine ganz und gar unrettbare Seele sah, eine Frist zu gewähren, während derer ich Gelegenheit haben würde, mich des weiteren Verbleibs im Konvent würdig zu erweisen. Olga ließ keinerlei Gemütsregung erkennen, als Schwester Konstantia uns den Entschluß des Tribunals mitteilte.

›Dein Sünd, o Menschenkind, erkenne‹, sangen wir am nächsten Tag unter den Kastanienbäumen, und es blieb mir erspart, Olgas Anblick vermeiden zu müssen, denn Olga stand nicht mehr vor mir, sie war damit beschäftigt, ihre Koffer zu packen und sich auf ihre Abreise vorzubereiten. ›Laßt uns sein der Sünde Feind‹, sang ich mit belegter Stimme. Es wurde Olga auch nicht erlaubt, an jenem Abend gemeinsam mit den übrigen Schülerinnen auf den Laurenziberg zu wandern und die totale Mondfinsternis zu beobachten. Nach unserer Rückkehr in der Dunkelheit fiel uns nicht gleich auf, daß Olga nirgends zu sehen war. Erst als das Licht im Schlafsaal gelöscht wurde und sie noch immer nicht in ihrem Bett lag, erfaßte mich Unruhe, und ich lief in meinem Leinenhemd durch das Gebäude und suchte sie, da ich befürchtete, sie könnte, beeinflußt durch die Mondfinsternis, im Schlaf durch die langen Gänge irren. Ich fand sie nicht und ging in den Schlafsaal zurück. Einem Impuls folgend, trat ich an das Fenster, das ihrem Bett am nächsten war, und blickte hinunter in den Hof. Im Licht der Laterne neben dem Eingangstor zum Klostergarten waren auf dem Kopfsteinpflaster die dunklen Umrisse einer menschlichen Gestalt zu erkennen. Ich riß das Fenster auf und rief Olgas Namen, und mehrere meiner Mitschülerinnen liefen die Treppe hinunter und aus dem Haus, um herauszufinden, was vorgefallen war. Ich blieb am Fenster stehen, bis sie zurückkamen.

Am nächsten Morgen wurde den Schülerinnen offiziell mitgeteilt, Olga sei aus dem Fenster des zweiten Stockwerks gestürzt und habe sich bei dem Unglücksfall, der aller Wahrscheinlichkeit nach mit ihrer Tendenz zum Somnambulismus in Zusammenhang gestanden wäre, das Genick gebrochen. Die sterblichen Überreste der Dahingegangenen würden in ihre Heimatstadt Krakau überführt, die Begräbnismesse in der dortigen Marienkirche abgehalten. Menschliches Verschulden liege nicht vor.

Die folgende Zeitspanne ist mir als eine lange Reihe gleichförmig verlaufender Tage im Gedächtnis geblieben. Ich sprach fast nichts und aß wenig, was die Schwestern zufrieden als eindeutige Anzeichen reuevollen Verhaltens deuteten. Schwester Immaculata strich mir wieder liebevoll übers Haar, wenn sie, einen flüchtigen Blick in die *Vita* der heiligen Birgitta von Schweden werfend, in der ich gerade las, an mir vorüberging, und murmelte etwas von Zerknirschung und Einkehr, von Besinnung und Läuterung und aufrichtiger Bußfertigkeit, und Schwester Perpetua zog mich nach der Chorprobe beiseite, streichelte meine Wange und sagte, ich könne mir gar nicht vorstellen, wie froh sie sei, daß mein Lebensschifflein mit Hilfe des himmlischen Steuermannes, unseres Herrn Jesus Christus, nicht an der gefährlichen Klippe geschlechtlicher Verstrickung zerschellt sei, daß ich einer Versuchung, der auf Dauer zu erliegen sich auf mein Leben im allgemeinen und auf meine in so hohem Maße entwicklungsfähige Stimme im besonderen verheerend ausgewirkt hätte, gerade noch rechtzeitig Einhalt geboten habe. Sacht legte sie mir den Arm um die Taille und meinte, ach Rosa, wie schön, daß du aus dem finsteren Dikkicht fleischlichen Begehrens hinausgetreten bist auf die sonnige Lichtung reiner und inniger Gottesliebe. Dann zog sie mich behutsam an sich, küßte mich rasch auf den Mund und flüsterte, Rosa, ach Rosa, wie gut ich dich verstehe, wir alle kennen Augenblicke der Schwäche in unserem Leben. Ich war froh, als Schwester Prudentia ins Zimmer trat.

In Wahrheit hatte mein Appetitmangel nicht das geringste mit Fastenbereitschaft zu tun, und meiner Redeunwilligkeit lag keineswegs ein selbstauferlegtes Schweigegebot zugrunde. Es war vielmehr so, daß mir Olgas Annäherungen, die abzuwehren ich versucht hatte, so gut ich konnte, als sie am Leben war, nun sonderbarerweise fehlten. Und wenn wir am Vormittag unter den Kastanienbäumen die Worte ›Selig, dem die Sünd' ist leid‹ erschallen ließen, dann fragte ich mich, ob ich wirklich so glücklich darüber war, nicht mehr in meinem Schlaf gestört zu werden und mich nicht länger den komplizierten, gleichwohl interessanten Sinnesempfindungen aussetzen zu müssen, die Olgas nächtliche Besuche mit sich gebracht hatten. Denn auch wenn Olga tot und begraben war, die Erinnerung an unsere Begegnungen schien von Tag zu Tag lebendiger zu werden und manifestierte sich in Form innerer Bilder, die mich ununterbrochen und überall bedrängten, so daß es mich große Anstrengung kostete, sie in Schach zu halten, was zur Folge hatte, daß ich meine Umgebung nur noch beschränkt wahrnahm und begreiflicherweise in Schweigsamkeit verfiel. Auch die Abnahme meiner Eßlust war mit diesen kaum einzudämmenden Phantasien verknüpft, die so aufdringlich sein konnten, daß sie mir die Teilnahme an den gemeinsamen Mahlzeiten erschwerten und ich diese abkürzte, soweit es mir möglich war. Allmählich entwickelte ich eine Abneigung gegen das Internat, wo mich die Gedanken an Olga auf Schritt und Tritt verfolgten, doch sah ich keine Möglichkeit, mich von dem Ort zu entfernen, an dem ich mich befand, denn ich war noch keine sechzehn Jahre alt, ohne finanzielle Mittel und ohne Lebenserfahrung.

Eines Tages, als die mit meiner auf so eigenartige Weise verunglückten Freundin zusammenhängenden Vorstellungen übermächtig zu werden drohten, beschloß ich, mich an den steinernen Heiligen auf der Karlsbrücke zu wenden und ihn zu bitten, einen Bruchteil der Festigkeit, die er bewiesen hatte, auf mich zu übertragen. Es stellte sich heraus, daß ich nicht die einzige war, die sich Hilfe vom Ebenbild des frommen Mannes erhoffte, denn sobald ich in meiner Schuluniform mit gefalteten Händen vor jenem stand, trat ein junger Mann neben mich hin, nahm seinen Hut ab, verschränkte die Finger darüber und begann halblaut in tschechischer Sprache vor sich hinzubeten. Ich ersuchte den ländlich gekleideten Bittsteller, sein Anliegen doch in etwas gedämpfterem Ton vorzutragen, da ich mich sonst nicht konzentrieren könne, worauf er mich von oben bis unten ansah und fragte, was ich Internatsgans überhaupt wolle, ich solle mich doch in die Schule für höhere Töchter zurückscheren, aus der ich offenbar entlaufen sei, und es gefälligst unterlassen, den tschechischen Nationalheiligen mit meinen deutschböhmischen Bedürfnissen zu behelligen. Ich ließ meine zum Gebet erhobenen Hände sinken und erwiderte, was hieße hier deutschböhmisch, meine Mutter sei auf den altehrwürdigen Namen Libussa getauft und entstamme einer tschechischen Kleinbauernfamilie aus der Pilsener Gegend, wie er hören könne, beherrschte ich das

Tschechische so gut wie er, und daß ich mich im Augenblick im Konvent der Ursulinen befände, habe sich ohne mein individuelles Zutun und unabhängig von meinem persönlichen Willen ergeben. Der Bursche betrachtete mich weiterhin mißtrauisch und sagte, wahre Patrioten blieben unter sich und verbrüderten sich nicht mit den monarchistisch gesinnten Deutschböhmen, auch dann nicht, wenn sich Vorteile daraus ziehen ließen. Er zum Beispiel stehe hier, weil er den Segen des Johannes von Nepomuk für eine Reise nach Wien erbitten wolle, die er in wenigen Tagen anzutreten gedenke. Nicht, daß er gern in die Hauptstadt der Monarchie ginge, zu den Österreichern, die die Tschechen unterdrückten, wo sie nur könnten, doch seien die wirtschaftlichen Verhältnisse im Böhmerwald, in dem er geboren und aufgewachsen sei, so schlecht, daß er keinen anderen Ausweg sehe, als Arbeit in der Residenzstadt zu suchen. Er sei nicht der erste aus seinem Dorf, der sich zu diesem Schritt entschließe, der Kaiser habe während der letzten Jahre zahlreiche Arbeitskräfte für die Prunkbauten benötigt, die er auf Kosten der Ärmeren seiner Länder errichte, und werde auch weiterhin nicht ohne sie auskommen. Sein älterer Bruder habe in einer der Ziegelfabriken in der Nähe von Wien Beschäftigung gefunden und würde auch ihm Arbeit verschaffen. Als ich darauf sagte, ich wünschte ihm viel Glück bei diesem Unternehmen, im Gegensatz zu ihm sehnte ich mich danach, meinen gegenwärtigen Aufenthaltsort zu verlassen und beneidete ihn um die aufregende Fahrt mit der Kaiser-Ferdinands-Nordbahn, meinte er, von wegen Nordbahn, wenn ich der Ansicht sei, er könne sich den Fahrpreis leisten, dann irrte ich mich gewaltig. Er habe vor, ein ganz anderes Verkehrsmittel zu benützen. In meinem feinen Internat hätte man mir außer der Verachtung für das tschechische Volk doch auch beibringen können, daß der heilige Johannes von Nepomuk nicht nur gegen Verleumdungen schütze, daß er nicht nur der Patron der Beichtväter und derer in Wassernot sei, sondern auch der Fürsprecher der Reisenden im allgemeinen und der Schiffer und Flößer im besonderen. Und da er nicht annehme, daß ich über die Verhältnisse im Böhmerwald näher Bescheid wisse, müsse er wohl weiter ausholen und mich davon in Kenntnis setzen, daß man einen Kanal zwischen oberer Moldau und Mühl angelegt hätte, auf welchem während der wärmeren Monate Unmengen von Holz bis in die Donau geschwemmt und weiter nach Wien verfrachtet würden. Da er wie sein Vater, seine Großväter und seine restlichen männlichen Anverwandten das Holzfällerhandwerk ausübe, beabsichtige er, gemeinsam mit den von ihnen gefällten Baumstämmen auf diesem Wege nach Wien zu gelangen. Dann hielt er inne und bemerkte, er frage sich, warum er das alles einem verwöhnten Mädchen aus einer sozialen Schicht erzähle, mit der er als Gesinnungsgenosse der Jungtschechen nichts zu tun habe und auch nichts zu tun haben wolle, ich möge so liebenswürdig sein und ihn nicht länger bei seiner Anrufung des Heiligen stören. Damit faltete er erneut die Hände, schaute zur Statue auf und bewegte stumm die Lippen. Auch ich gab vor, mich wieder in mein Bittgebet zu versenken, doch in Wahrheit beschäftigten sich meine Gedanken nicht mehr mit Johannes von Nepomuk sowie seinem Übermaß und meinem Mangel an Unerschütterlichkeit, sondern mit der Person des jungen Mannes, den mir das Schicksal soeben über den Weg geführt hatte und mit dessen Hilfe ich vielleicht meinem bislang eher vagen Bestreben, dem Internatsleben mit den Schwestern, die mich bevormundeten, den Schülerinnen, die mich ausschlossen, und den beharrlich wiederkehrenden Erinnerungen an Olga zu entkommen, eine konkretere Richtung verleihen konnte. Als der Bursche seine Fürbitte beendet hatte und sich zum Gehen wandte, bat ich ihn, mich kurz anzuhören, eine Bitte, auf die er etwas unwillig einging, und schilderte ihm in groben Zügen meine Lage. Ich begann damit, meinem Erstaunen darüber Ausdruck zu verleihen, daß sich unter den Parteigängern der Jungtschechen, welche die Schwestern, die uns in der geistlichen Bildungsanstalt Unterricht erteilten, in der ich mich eher unfreiwillig als freiwillig befand, als äußerst gefährliche, den auf den beiden Säulen der katholischen Religion und des Kaisertums ruhenden Rechtsstaat untergrabende Kräfte schilderten, offenbar so arbeitsame und gottesfürchtige junge Männer befanden wie er. Überhaupt sei ich dieser Ordensfrauen und ihrer ständigen Ermahnungen überdrüssig und suchte nach einer Möglichkeit, das Klosterleben hinter mir zu lassen. Wie er hegte ich den Wunsch, ein freies und selbständiges Leben zu führen und mir meinen Lebensunterhalt mit rechtschaffener Arbeit zu verdienen. Bei diesen Worten schaute ich ihm in die Augen und fragte ihn, ob er das verstehen könne. Er nickte und meinte, natürlich könne er das verstehen, er sehe nun, daß ich ähnlich empfände wie er, ich möge entschuldigen, daß er mich zunächst aufgrund reiner Äußerlichkeiten wie meiner Schuluniform unrichtig beurteilt hätte. Damit streckte er mir seine rechte Hand entgegen und meinte, er hieße Milan, Milan Havelka. Ich nahm seine Hand und sagte, mein Name sei Rosa Tichy, und ich wäre seit dem Tod meiner Mutter vor nunmehr zwei Jahren, an dem das von ihm und den Jungtschechen bekämpfte höhere Bürgertum österreichischer Herkunft übrigens nicht unschuldig sei, Vollwaise. Über diese Bemerkung geriet Milan in Zorn und rief, es verginge kein Tag, an dem er nicht auf ein weiteres Opfer der deutschsprachigen Oberschicht stoße, es sei höchste Zeit, daß ich ein Bewußtsein für meine politische, historische und sprachliche Identität als Tschechin und Unterdrückte entwickelte und anfinge, gegen die herrschenden Zustände aufzubegehren, er werde mich dabei unterstützen. Ich warf rasch ein, wenn er wirklich die Absicht habe, mir zu helfen, dann möge er mir Gelegenheit geben, mit ihm nach Wien zu gehen.

Dieser Wunsch schien Milan vor den Kopf zu stoßen. Nach Wien, rief er, als junge Vollwaise nach Wien, wie ich mir das vorstellte, vermutlich hätte ich einen völlig unzutreffenden Begriff von Wien, ein romantisches Bild, das keineswegs der Wirklichkeit entspreche, Wien sei nicht die Stadt der Musik, der Literatur, der Malerei und der Baukunst, als die sie fälschlicherweise dargestellt werde, hätte ihm sein älterer Bruder geschrieben, Wien sei ein Hexenkessel, eine riesige Arbeiterstadt, in der die Menschen ums Überleben kämpften, in der man schufte, bis man umfiele, und dafür einen Hungerlohn erhalte, wo man zusehen müsse, daß man nicht binnen kürzester Zeit im Obdachlosenasyl endete, Wien sei viel zu gefährlich für mich, eine höhere Tochter, was wolle ich denn dort anfangen, womit würde ich mein Brot verdienen, nein, von Wien rate er mir entschieden ab.

Ich ließ Milan Havelka ausreden, dann sagte ich, beispielsweise könnte ich mich in einem bürgerlichen Haushalt als Dienstmädchen verdingen, möglicherweise sogar als Beiköchin, meine selige Mutter habe als Köchin gearbeitet und mir auf dem Gebiet der Kochkunst und der Haushaltsführung einige Kenntnisse mitgegeben, die sich unter Umständen verwerten ließen. Und wer wisse, vielleicht würde mich jemand sogar als Hauslehrerin anstellen, aufgrund verschiedener, einerseits glücklicher, andererseits weniger glücklicher Zufälle hätte ich das Privileg einer vortrefflichen Privaterziehung genossen, und da mich die Natur zudem mit einem ausgezeichneten Gedächtnis ausgestattet hätte, hoffte ich, das Gelernte auch behalten zu haben und nötigenfalls weitergeben zu können. Milan schien noch immer nicht überzeugt und bewegte langsam den Kopf hin und her. Dann meinte er, aus seinem Dorf im Böhmerwald seien etliche Mädchen nach Wien in Stellung gegangen, und alle seien sie entmutigt und erledigt zurückgekehrt, vollkommen erledigt, außer zweien, von denen eine an der Tuberkulose gestorben und die andere in den Donauauen erstochen aufgefunden worden sei. Wolle ich denn ebenfalls so enden, fragte er mich. Ich antwortete, nein, selbstverständlich nicht, ich sei zuversichtlich, die Madonna von Lourdes und der heilige Johannes von Nepomuk würden mich beschützen. Die Erwähnung des Nationalheiligen stimmte Milan etwas milder, und nach kurzem Nachdenken meinte er, im Grunde könne man niemanden vor seinem Unglück bewahren, auch nicht eine Vollwaise, ich sei von meinem Wunsch offenbar nicht abzubringen, er erkläre sich, wenn auch nicht mit uneingeschränkter Zustimmung, bereit, mich auf dem Wasserwege nach Wien mitzunehmen. Allerdings müsse er mich warnen, der Schwarzenbergkanal sei nicht die Kaiser-Ferdinands-Nordbahn, es handle sich um einen künstlichen Wasserlauf, der keineswegs ohne Risiko zu befahren sei. Jedenfalls beabsichtige er, am folgenden Tag zeitig mit seinem Schwager und dessen Pferdefuhrwerk nach Südböhmen aufzubrechen, ich möge mich um fünf Uhr morgens am Fuße des Vysehrad, der alten Befestigung auf dem rechten Moldauufer im Süden von Prag, einfinden und auf die Ankunft des Gefährtes warten.

Milans Weisung brachte mich etwas aus der Fassung, denn sie bedeutete, daß mir nicht mehr als zwölf Stunden zur Vorbereitung und Durchführung meiner Flucht aus dem Internat blieben. Ich ließ mir nichts anmerken, sagte ruhig, er könne sich auf mich verlassen, ich würde zum angegebenen Zeitpunkt am angegebenen Ort sein, und verabschiedete mich von ihm. Dann ging ich ins Internat zurück, setzte mich in die Bibliothek und schlug einen

Band der *Acta Sanctorum* auf, um mir unter Vortäuschung dieser Lektüre ungestört zu überlegen, wie ich mich davonstehlen könnte. Nachdem an jenem Abend das Licht im Schlafsaal gelöscht worden war, hielt ich mich wach, indem ich mir mein neues Leben in der Großstadt vorstellte, ein tätiges Leben, erfüllt vom frohen Dienst am Nächsten, wie es der letzte Wunsch meiner lieben Mutter gewesen war. Sobald ich den Hahn der alten Frau krähen hörte, die hinter dem Konvent in einem baufälligen alten Haus wohnte, stand ich auf, zog meine Schuluniform an, nahm die kleine Statue der Madonna von Lourdes vom Nachttisch, tastete mich in der Dunkelheit an den Schrank heran, in dem in einem kleinen Pappkoffer meine wenigen Habseligkeiten aufbewahrt waren, öffnete vorsichtig die Tür des Möbels, holte den Koffer heraus und verließ den Raum. Ich ging durch das finstere Treppenhaus bis ins Erdgeschoß hinunter und stieg durch ein Fenster, das die Schwestern in der wärmeren Jahreszeit stets offen ließen, in den Internatshof. Dann lief ich zu einem der Kastanienbäume, der neben der etwa zwei Meter hohen, das Gebäude umgebenden Mauer aus roten Ziegeln stand, legte die kleine Madonnenstatue in den Pappkoffer und kletterte mit dem Koffer auf den Baum. Von einem starken waagrechten Ast ließ ich mich auf die Oberseite der Mauer gleiten, wobei mir mein dunkelblauer Strohhut vom Kopf fiel und im Gras unter dem Kastanienbaum liegenblieb. Ich warf den Koffer in das Gebüsch, das auf der anderen Seite wuchs, und sprang ihm nach, und beim Aufprall auf dem Erdboden verstauchte ich mir den rechten Knöchel. Ich stand auf und hinkte in Richtung Moldau. Man hörte die ersten Singvögel, und im Osten konnte man am Horizont einen breiten hellgrauen und einen schmalen graurosa Streifen sehen. Auf dem schmalen Wegstück zwischen Burg und Fluß stand bereits das Fuhrwerk, ein einfacher Bauernleiterwagen, vor den ein schwarzes und ein braunes Pferd gespannt waren, und nachdem Milans Schwager mir den linken Kniestrumpf ausgezogen und damit meinen rechten Knöchel verbunden hatte, brachen wir in Richtung Süden auf.«

7

Die Gedanken, die mir durch den Kopf gingen, während ich das Areal des psychiatrischen Krankenhauses auf der Baumgartner Höhe durchquerte und zur Kirche hinaufstieg, waren keine angenehmen. Ich zog meinen Schafwollschal fester um den Hals zusammen, denn zwar schien zum ersten Mal seit Tagen die Sonne, was auch der Grund gewesen war, weshalb ich beschlossen hatte, vor dem Volkstheater in die Straßenbahn Nummer achtundvierzigA einzusteigen und nach Steinhof zu fahren, doch wehte ein heimtückischer Wind, und ich wollte keinesfalls riskieren, daß meine Schleimhäute sich von neuem entzündeten. An jenem Morgen hatte mich der Wirt des *Cafés Anzengruber*, als ich mein Frühstück bei ihm bestellte, in aller Liebenswürdigkeit darauf hingewiesen, daß er es sich in Zeiten, da die Geschäfte rückläufig seien, nicht leisten könne, den Stammgästen, von denen ich zweifellos einer der treuesten sei, weiterhin Kredit zu gewähren, er ersuche mich, den kaum nennenswerten Betrag, der sich aus dem Konsum von mehreren Tassen Kaisermelange und einigen Briochekipferln sowie von zwei Paar Frankfurtern mit Senf und Kren und einer Eierspeise zusammensetze, innerhalb der nächsten Tage zu begleichen. Danach war ich in etwas düsterer Stimmung über den Naschmarkt zur Kettenbrückengasse zurückgegangen, und als ich am Stand des anatolischen Fleischers vorüberkam, bei dem ich das Fleisch für meine Suppe kaufte, trat dieser hinter dem Ladentisch hervor, hielt mich am Ärmel meines Lodenmantels zurück und meinte, ich sei ihm noch das Geld für eineinhalb Kilogramm besten Rindfleisches und drei große Markknochen schuldig, er wolle mir nicht nahetreten, doch da er sich gezwungen sehe, seiner am Ufer des Vansees zurückgebliebenen Familie monatlich eine nicht unbeträchtliche Geldsendung zukommen zu lassen, könne er auf die Summe, so geringfügig sie sei, nicht verzichten. Zu allem Überfluß machte mich auch noch die Pharmazeutin aus der Apotheke *Zur heiligen Magdalena,* die ich kurz aufsuchte, um meinen Vorrat an Veilchenblättertee zu erneuern, darauf aufmerksam, daß ich mit der Bezahlung meiner Medikamente etwas im Rückstand sei, sie müsse auf baldige Begleichung dieser, wenn auch nicht erheblichen, Schuld bestehen, die Konkurrenz schlafe nicht, wie ich wisse, befänden sich in unmittelbarem Umkreis ihrer Apotheke mehrere andere pharmazeutische Fachgeschäfte, außerdem verlange die Aushilfskraft seit Monaten eine Lohnerhöhung.

Diese Forderungen hatten mich bewogen, mich kurz darauf erneut mit einem Erbstück meiner Mutter, nämlich mit einer Handschrift Gustav Mahlers, genauer gesagt, mit drei von seiner Hand auf ein liniertes Doppelblatt übertragenen Gedichten Friedrich Rückerts, welche der Komponist im Laufe zweier Sommerwochen im Jahre neunzehnhunderteins in Maiernigg am Wörthersee zu den ersten drei *Kindertotenliedern* vertont hatte, ins Dorotheum zu begeben. Meine Mutter hatte mir das Doppelblatt nicht lange vor ihrem Tod mit den Worten in die Hand gedrückt, ein glücklicher Zufall habe sie dieses einmalige Dokument in einem Antiquariat in Klagenfurt entdecken lassen, ich möge die Handschrift des Tonschöpfers in Ehren halten und unter keinen Umständen jemals veräußern, ein solches Kleinod zu Geld zu machen, könne nur ins Verhängnis führen. Schlechten Gewissens suchte ich die Abteilung *Autographen* auf und legte das Blatt dem zuständigen Experten vor, der es sich ansah, damit den Raum verließ, nach einiger Zeit wiederkam und mit leiser Stimme sagte, daß das alte Auktionshaus, welches einen Ruf zu verteidigen habe, von einer Betrugsklage absehe, hätte ich lediglich der Nachsicht des Abteilungsdirektors zu verdanken, das linierte Doppelblatt entstamme einem im Laufe der Fünfzigerjahre dieses Jahrhunderts in einer Papierfabrik in Frantschach im Lavanttal erzeugten Schulheft und sei von einem etwa siebenjährigen, linkshändigen Kind mit einer den Farbstoff Methylviolett enthaltenden Tinte aus derselben Periode beschrieben worden, in seiner bisherigen Laufbahn als Handschriftensachverständiger sei ich der erste, der es wage, ihm mit einer Unverfrorenheit sondergleichen eine derart plumpe Fälschung zu unterbreiten. Als ich bestürzt einwandte, das sei doch nicht möglich, meine Mutter, eine Pianistin, die am Tag der Unschuldigen Kinder vor drei Jahren im Wiener Allgemeinen Krankenhaus an einem ärztlichen Kunstfehler verstorben sei und zu Lebzeiten in Wien und um Wien herum als Autorität in allen mit dem großen Komponisten zusammenhängenden Fragen gegolten hätte, könne sich doch nicht derartig getäuscht haben, worauf der Sachverständige drohend meinte, es sei unverschämt, ihm, einem anerkannten Fachmann, mit solchen Lügen zu kommen, wenn ich nicht wolle, daß er sich vergesse, möge ich das Gebäude umgehend verlassen und nicht wieder betreten.

Kurz nach meiner Rückkehr von dieser wenig erfolgreichen Transaktion erhielt ich einen Anruf von einem meiner Schüler, der meinte, während des halben Jahres, das er bei mir Unterricht nehme, sei er aufgrund fortgesetzter Erkrankungen meinerseits in den Genuß von de facto nicht mehr als neun Gesangsstunden gekommen, das sei zu wenig, er habe sich entschlossen, seine Gesangsausbildung bei einem anderen Lehrer fortzusetzen.

Inzwischen befand ich mich auf der Treppe der Kirche St. Leopold am Steinhof, die zu den vier von Engeln gekrönten Säulen des Portals hinaufführt, und ich drehte mich um und blickte über die weitläufige Anlage der Nervenheilanstalt, zwischen deren Häusern sich die Kranken bewegten. Schwärme von Krähen überflogen das Gelände und ließen sich unter lautem Gekrächze auf den kahlen Bäumen und den Fernsehantennen der Pavillons nieder. Dann betrat ich das mit weißem Marmor verkleidete und mit großen Glasfenstern ausgestattete Kircheninnere und setzte mich vor dem Hauptaltar mit seinem schönen vergoldeten Baldachin in eine Bank. Der lichtdurchflutete Raum hob meine Laune, und meine Betrachtungen wandten sich dem einzig Erfreulichen zu, mit welchem mir das Leben während der letzten Wochen aufgewartet hatte, nämlich Magnolia Brown und ihrer Stimme.

Im Laufe der ersten Gesangsstunden Fräulein Browns, in denen wir uns mit einigen ausgewählten Liedern aus Schuberts *Winterreise* beschäftigt hatten, war mir rasch klar geworden, daß sie über eine schöne und umfangreiche Naturstimme und hohe Musikalität verfügte und daß es lediglich einer Ruhigstellung des Kehlkopfes und der Entwicklung eines Gefühls für die erstaunlich geringe zum Singen erforderliche Atemmenge bedurfte, um ihr den Weg zur Entfaltung ihres Soprans zu ebnen. Je sicherer Fräulein Brown sich zu den hohen Tönen aufschwang, um so schöner erschien sie mir, und wenn sie so neben dem Porträt meiner Mutter am Stutzflügel stand und ihr auch äußerlich immer mehr zu gleichen begann, überkam mich eine eigenartige Erregung, die noch lange nach ihrem Verlassen der Wohnung nachwirkte und mich nicht nur an meine Ernährerin, sondern auch an die reizvollen, wenn auch widersprüchlichen Empfindungen erinnerte, die den geistigen, seelischen und schließlich auch körperlichen Austausch begleiteten, den ich mit dem Präfekten gepflegt hatte. Nach dem Ende der letzten Gesangsstunde bat ich sie, noch ein wenig zu bleiben und mit mir eine Tasse Veilchenblättertee zu trinken, eine Einladung, die sie nicht ausschlug. Im Laufe der angeregten Unterhaltung, die sich daraufhin entspann, fühlte ich mich bewogen, ihr von meinem ganz zu Anfang meiner Karriere als Sängerknabe angeknüpften leidenschaftlichen Verhältnis zum Präfekten zu erzählen, einer Neigung, über welche ich nie zuvor mit einem Menschen gesprochen habe, da sie, so muß gesagt werden, weit über den Rahmen der üblichen Beziehung zwischen Sangeskollegen hinausgegangen war. Magnolia hörte aufmerksam zu und lächelte fein, als ich ihr die Nachmittage schilderte, an denen der Präfekt mir in seinem Zimmer zusätzlichen Unterricht erteilte, als ich von den Nächten sprach, in denen ich halbwüchsiger Knabe in meinem gestreiften Anstaltspyjama, das Kopfkissen umklammernd, mein Bett im Schlafsaal verließ und, von ebenso unklaren wie unwiderstehlichen Antrieben genötigt, wie ein Schlafwandler die nokturne Gegenwart des Präfekten suchte. Durch ihr Verständnis ermutigt, gestand ich ihr sogar, daß meine Passion, denn um eine solche handelte es sich wohl, bisweilen zu schweren Selbstanklagen führte, ja, mich so verstörte, daß ich mit dem Gedanken spielte, an einem meiner freien Nachmittage in den Prater zu gehen, eine Karte für eine Fahrt mit dem Riesenrad zu erstehen, die Tür des Wagens, in dem ich allein Platz genommen hätte und mit dem ich in die Lüfte gestiegen wäre, am höchsten Punkt der Umdrehung zu öffnen und mich in die Tiefe zu stürzen. Bevor Magnolia sich an jenem Tag von mir verabschiedete, meinte sie, sie habe den Eindruck, ich lebte zu sehr in der Vergangenheit, was hielte ich davon, wenn wir an einem der folgenden Tage im Schönbrunner Schloßpark ein paar Runden liefen, nichts vertreibe schmerzliche Erinnerungen wirksamer, nichts verankere einen stärker in der Gegenwart als ein wenig sportliche Betätigung.

Zwei Tage später trafen wir uns um acht Uhr früh vor dem Neptunbrunnen im Schloßpark, ein Augenblick, auf den ich mich freute, seit meine Schülerin ihren Vorschlag ausgesprochen hatte. Fräulein Brown lächelte mich an und fragte, ob mich meine Kleidung nicht beenge und ob ich sicher wäre, daß meine Schuhe zum Laufen geeignet seien, und ich blickte an meinem hellgrauen Sakko und meiner dunkelgrauen Flanellhose mit den Bügelfalten hinunter auf meine braunen Schnürschuhe und dann auf Magnolias engen schwarzen Sportdreß unter ihrer Jacke, auf ihr breites, ihre Zöpfchen zurückhaltendes Haarband und die modischen schwarzen Turnschuhe mit den weißen Streifen und meinte etwas verlegen, dies sei das erste Mal, daß ich mich zu dieser Art von körperlicher Ertüchtigung entschlösse, ich sei mir etwas unsicher gewesen, was die passende Ausrüstung betreffe. Während wir uns im Laufschritt über die nassen Sandwege bewegten, sprach Magnolia unentwegt von einem Buch, das sie gerade lese, doch ich verstand kaum etwas von dem, was sie sagte, da ich Mühe mit dem Atemholen hatte und immer weiter hinter ihr zurückfiel, worauf sie sich umwandte und mir zurief, wir träfen uns in einer halben Stunde im Kaffeehaus auf der Gloriette, doch als ich vollkommen erschöpft dort eintraf, hielt ich vergeblich Ausschau nach ihr und setzte mich schließlich an einen kleinen runden Tisch, um auf sie zu warten. Nach etwa zehn Minuten kam sie in den hellen hohen Raum gehumpelt, ließ sich vorsichtig neben mir auf einem Stuhl nieder und sagte, sie habe sich den rechten Knöchel verstaucht, was nicht weiter schlimm sei, bis zur Premiere des Musicals wäre die kleine Verletzung sicher längst ausgeheilt. Wir tranken Kaffee, dann gingen wir hinunter zum Neptunbrunnen und fuhren mit der U-Bahn gemeinsam ins Stadtzentrum zurück, und bevor ich an der Station Kettenbrückengasse ausstieg, sagte ich zu Magnolia, zwar habe mich das Laufen anfangs sehr ermüdet, doch empfände ich jetzt, was meine Atemwege angehe, keinerlei Beschwerden, und das mitten im November, dem in dieser Hinsicht gefährlichsten Monat, erstaunlich, worauf diese erwiderte, wenn ich Lust hätte, könnten wir das Laufen wiederaufnehmen, sobald die Schwellung an ihrem rechten Knöchel abgeklungen sei. Vom Bahnsteig aus sah ich Magnolia, die sich mit einer Hand an der Halteschlinge festhielt, im anfahrenden Wagen stehen, und ich fand, daß sie trotz ihrer überschlanken Gestalt in der taillierten schwarzen Jacke mit dem kleinen Pelzkragen und mit ihrem eleganten breiten Stirnband durchaus weiblich aussah.

An diesem Nachmittag fuhr ich mit der Straßenbahnlinie einundsiebzig zum Zentralfriedhof, da es mich drängte, meiner Mutter von meiner neuen Bekanntschaft zu berichten. Ohne den üblichen Umweg über Schuberts Grab begab ich mich zu ihrer Ruhestätte, setzte mich auf die Grabumrandung aus Glimmerschiefer, schaute in die mir aus dem Medaillon entgegenblickenden ernsten dunklen Augen und teilte ihr unverzüglich mit, daß vor etwas mehr als einer Woche ein weibliches Wesen in mein Leben getreten sei, welches ich übrigens auf diesem Friedhof zum ersten Mal gesehen, jedoch damals völlig falsch eingeschätzt hätte, ja, das sogar an dieser ihrer Grabstätte vorübergegangen sei, eine junge Frau, die, wie ich befürchtete, nicht ganz dem Typus entspreche, nach dem mich umzusehen sie mir stets empfohlen habe. Obwohl mir klar sei, daß ein künstlerisches Naturell wie sie, meine Mutter, nicht von Vorurteilen geplagt werde, könne ich mir vorstellen, daß sie an der Hautfarbe Magnolias, denn so laute der wunderschöne Name dieser Frau, einem satten, samtenen, bei günstiger Beleuchtung ins Goldene spielenden Dunkelbraun, sowie an der diese Hautfarbe erklärenden Tatsache, daß ihr Vater Afroamerikaner sei, unter Umständen Anstoß nähme. Ich wolle ihr nicht verschweigen, daß Magnolia, eine gute Musikerin und vor allem eine hervorragende Sängerin, deren Kolorit dem ihren zum Verwechseln ähnlich sei, nicht zuletzt aufgrund dieser stimmlichen Ähnlichkeit seit einigen Tagen Gefühle in mir erwecke, die ich bisher außer für sie für niemanden empfunden hätte, und daß diese Gefühle mich ein wenig aus der Ruhe brächten. Da ich nach diesen Worten erschreckt zu bemerken glaubte, daß die schön geschwungenen Augenbrauen meiner Mutter sich, Unmut widerspiegelnd, zusammenzogen, daß ihr liebevoll auf mich gerichteter Blick sich verdüsterte, beeilte ich mich hinzuzufügen, die Versicherung, daß niemand ihren Platz in meinem Herzen einzunehmen imstande sei, erübrige sich, allerdings wäre ich sehr erleichtert über ein Zeichen, daß dieser Freundschaft, denn um mehr handle es sich nicht, von ihrer Seite aus nichts entgegenstehe. Darauf blickte ich meiner Mutter angestrengt ins Gesicht, doch der Ausdruck des Ärgers, der darauf lag, verschwand nicht, so daß ich mich nach einigen Minuten von ihr verabschiedete und verzagt zurück zur Straßenbahnhaltestelle ging.

Ich war so in diese Gedanken an Magnolia und meine Mutter versunken, daß ich auffuhr, als ein Kirchenbesucher mit hallenden Schritten an mir vorüberging und sich vor dem Altar hinkniete, und ich beschloß, das Gotteshaus zu verlassen und mich auf den Heimweg zu machen. Die Sonne war inzwischen untergegangen, doch noch immer zogen Krähenschwärme herbei und setzten sich auf die Bäume und Dächer, um darauf zu nächtigen.

8

Als ich den Schuster in der Postgasse, bei dem ich meinen burgunderroten Schuh abholte, fragte, wie sich der hohe Preis rechtfertigen lasse, den er für die Reparatur verlange, meinte er, da es sich um einen amerikanischen und keinen europäischen Schuh handle, habe er zum Befestigen des Absatzes spezielle Nägel benötigt, kleine goldene Nägelchen, die nur in einem Fachgeschäft in der Großen Mohrengasse im zweiten Bezirk erhältlich seien, ich müsse verstehen, daß er mir die Fahrt in die Große Mohrengasse und zurück habe verrechnen müssen, seine Schusterei sei einer der letzten Betriebe ihrer Art in Wien, der Konkurs drohe ständig, sofern einem die Qualität der geleisteten Arbeit gleichgültig sei, könne man sich heutzutage in jedem Warenhaus den Absatz an den Rest des Schuhs kleben lassen, er wiederhole, kleben, denn die Mühe, die das sorgfältige Annageln eines Stöckels verlange, würde von diesen Verkäufern, er wiederhole, Verkäufern, selbstverständlich gescheut. Wie es übrigens der gnädigen Frau von Hötzendorf ginge, fragte er dann, die gnädige Frau von Hötzendorf sei ja seit dem Hörsturz infolge des tragischen Todes ihrer Tochter stocktaub und ginge immer weniger aus dem Haus, und als ich darauf erwiderte, meines Wissens handle es sich bei dem Ohrenleiden meiner Tante um ein durchlöchertes Trommelfell, schüttelte der Schuster den Kopf und sagte, davon könne keine Rede sein, es sei ein Hörsturz gewesen, der unmittelbar auf den Erstickungstod Wilmas gefolgt wäre, er erinnere sich, als sei es gestern gewesen, die gnädige Frau habe das Hinscheiden ihres einzigen Kindes nie verwunden, zumal die Rauchgase nicht ohne ihre Schuld aus dem

Biedermeierkachelofen entwichen seien, die Beheizung von Kachelöfen aus dem Wiener Biedermeier gehöre zu den heikelsten Angelegenheiten, die sich denken ließen, Rauchgase träten nicht selten durch gesprungene Tafelkacheln aus, er wisse aus verläßlicher Quelle, daß die fachgerechte Reparatur zweier gesprungener Tafelkacheln der Gnädigen seinerzeit zu teuer gewesen sei, und so habe das Unglück seinen Lauf genommen. Darauf sagte ich, das sei ja entsetzlich, worauf der Schuster mich anlächelte, mir meinen burgunderroten Schuh über den Ladentisch hinweg in die Hand drückte und meinte, natürlich sei das entsetzlich, das Leben insgesamt sei entsetzlich, wisse ich übrigens, daß Wilmas Geist keine Ruhe finde und noch immer im Haus Ecke Blutgasse Domgasse umgehe, die bosnische Hausmeisterin, eine seiner Kundinnen, habe die alte Jungfer, denn als solche sei Wilma aufgrund ihrer besitzergreifenden Mutter, der Gnädigen, gestorben, vor kurzem im Dachboden auf einer alten Truhe sitzend angetroffen. Dann deutete er auf einen kleinen Holzschemel und meinte, ich möge doch Platz nehmen und ihm ein wenig mehr von mir erzählen, sein Leben sei nicht sehr abwechslungsreich, Menschen aus anderen Ländern verirrten sich selten in sein Geschäft.

Ich setzte mich hin, und während der Schuster mit der Revolverlochzange Löcher in einem Kinderschuh anbrachte und diese anschließend mit Hilfe der Ösen-, Haken- und Druckknopf-Einsetzmaschine mit kleinen Ösen versah, stellte er mir Fragen zu meiner Herkunft, die ich bereitwillig beantwortete. Unter anderem wollte er von mir erfahren, wie sich meine Mutter, die, so wisse er bereits, nordböhmische Vorfahren habe, und mein Vater mit seinen schwarzafrikanischen Ahnen kennengelernt hätten, worauf ich ihm erklärte, meine Mutter, die im Staate Minnesota geboren worden sei, habe an der Columbia University in New York Politikwissenschaften studiert und, wie sie mir berichtet hätte, Mitte der Sechzigerjahre an einer die Rechte der schwarzen Amerikaner verfechtenden Demonstration teilgenommen, welche zu einer Straßenschlacht ausgeartet sei, im Laufe derer sie in einen jungen schwarzen Jazzmusiker, genauer gesagt, in einen Saxophonisten, noch genauer gesagt, in einen Altsaxophonisten, nämlich in meinen zukünftigen Vater, der gleichfalls an dieser Massenkundgebung teilgenommen habe, hineingelaufen sei, ein Zusammenstoß, welcher starkes Nasenbluten ihrerseits zur Folge gehabt hätte, weshalb mein zukünftiger Vater den Arm um sie gelegt und sie von der Demonstration weg und in den nahegelegenen Central Park geführt habe, wo er sie bewogen hätte, sich unter einen Magnolienbaum zu setzen, den Rücken an dessen Stamm zu lehnen und den Kopf hochzuhalten. Wie meine Mutter mir weiters mitgeteilt habe, hätte sie diesen Rat befolgt und in die Krone des Magnolienbaums geblickt, der große weiße Blüten getragen habe, denn es sei Mai gewesen, worauf das Nasenbluten sehr bald aufgehört hätte, ein glücklicher Umstand, den der um einige Jahre jüngere Schwarze zum Anlaß genommen habe, sie unter dem Magnolienbaum zu verführen, eine Handlung, die ihren Grund außer in der unwiderstehlichen körperlichen Anziehungskraft, welche meine Mutter trotz des Nasenblutens augenblicklich auf ihn ausgeübt habe, auch in der Tatsache gehabt hätte, daß man sich damals nicht nur in der Periode der amerikanischen Bürgerrechtsbewegung, sondern auch in der Anfangsphase der sogenannten sexuellen Revolution befand, in welcher fortschrittliche junge Menschen jede Gelegenheit benützten, um die Älteren und zugleich meist auch Konservativeren sowohl mit einer möglichst hohen Frequenz von Liebesakten im allgemeinen als auch mit der unerschrockenen Aufnahme von Geschlechtsbeziehungen zu Andersfarbigen im besonderen vor den

Kopf zu stoßen. Auf diese Weise sei ich, Magnolia Brown, an diesem späten Frühlingsnachmittag im New Yorker Central Park, und zwar im Schutze der Baumkronen nahe dem Obelisken zwischen Belvedere Lake und Reservoir, gezeugt worden. Der Schuster, der aufmerksam zugehört hatte, wobei seine roten Wangen noch röter geworden waren, meinte am Ende meiner kleinen Schilderung, das sei ja unglaublich, worauf ich erwiderte, natürlich sei das unglaublich, das ganze Leben sei unglaublich, und die Schusterei in der Postgasse verließ.

Auf dem Weg in den Stephansdom, den zu besichtigen mir Tante Pia ans Herz gelegt hatte, kam mir ein junger Mann mit einem blauroten Flammenmal auf der linken Wange entgegen, das vom Jochbein bis zur Nasenwurzel reichte, und ich dachte daran, daß ich gestern abend in Rosas Lebensgeschichte eine Beschreibung des kavernösen Hämangioms ihrer Freundin gelesen hatte, das genauso ausgesehen haben mußte. Am liebsten hätte ich den Mann gebeten, es berühren zu dürfen. Mein rechter Knöchel schmerzte kaum noch, und ich freute mich darauf, bald wieder mit Josef Horvath im Schloßpark von Schönbrunn zu laufen. Er hatte gemeint, bei nächster Gelegenheit würde er mir das auf dem Gelände des Parks neben dem Palmenhaus gelegene Schmetterlingshaus zeigen, das Schmetterlingshaus sei etwas ganz Besonderes, ich würde sehen, er verspreche mir nicht zuviel, das Schmetterlingshaus habe noch jeden überrascht, seit einer schweren Virusgrippe, einem dieser tückischen, sich in regelmäßigen Abständen seuchenartig über ganz Europa ausbreitenden Infekte, denen so gut wie nicht beizukommen sei, da das Virus sich den gegebenen Bedingungen mit einer Wendigkeit sondergleichen anpasse, Infekte, die unweigerlich mit Abgeschlagenheit, Kopfschmerzen und Gliederreißen einsetzten, interessiere er sich für Schmetterlinge, da diese Grippe, die ihn im Alter von etwa acht

Jahren befallen haben müsse, seine wochenlange Isolierung im Kinderzimmer erforderlich gemacht hätte und seine Mutter ihm zur Vertreibung der Langeweile seinen ersten Schaukasten mit aufgespießten Schmetterlingen geschenkt habe. In seinem Schlafzimmer, das ich naturgemäß nicht betreten hätte, hingen noch immer seine Schaukästen mit den Faltern, dem Roten Pierrot, der Großen Eierfliege, dem Postmann, der Eule, dem Orangenen Emigranten, und ihr Anblick vor dem Einschlafen bereite ihm bis zum heutigen Tag Vergnügen. Ich sagte, ich würde ihn gern ins Schmetterlingshaus begleiten, denn ich hatte gemerkt, daß Josef Horvath mir bei jeder Begegnung besser gefiel, daß sein unbeholfenes Wesen, das mich anfänglich irritiert hatte, mich zu rühren, ja zu belustigen begann, und als er, ermutigt durch meine Einwilligung, einen Spaziergang zum Heurigen nach Nußdorf vorschlug, meinte ich, wir würden sehen.

Während ich, von der Schulerstraße kommend, den Stephansplatz betrat und auf die Telefonzelle zuging, von der aus ich John anrufen wollte, dachte ich an die halbwüchsige Rosa Havelka und an die Kühnheit, die dieses Mädchen bewiesen hatte, indem sie nachts aus dem Kloster in eine völlig ungewisse Zukunft aufgebrochen war, an die Furchtlosigkeit, mit der sie sich einem wildfremden Mann anvertraut hatte, und verglich diese Eigenschaften mit dem Kleinmut, mit welchem ich in einer mich wenig befriedigenden Beziehung zu einem verheirateten Mann mit drei schulpflichtigen Kindern verharrte, und ich wandte mich von der Telefonzelle ab, die zu betreten ich im Begriff war, so daß der ältere Mann, der hinter mir wartete, überrascht einen Schritt zurücktrat, und ging an den Pferdegespannen der Fiaker an der Seite des Domes vorüber und durch das Riesentor in das Gotteshaus.

Sobald ich mich an das Halbdunkel gewöhnt hatte, betrachtete ich ein wenig gelangweilt, da Kirchen mich nicht sonderlich interessieren, die hohen Säulen, das Gewölbe, das die Steinigung eines Heiligen darstellende Altarbild und die in den Nischen stehenden Statuen. In einer Kapelle hing an einem hölzernen Kreuz ein Christus mit einem schwarzen Bart, und eine kleine Nonne in braunweißem Habit mit einem Mondgesicht, die mit einem Rosenkranz in der Hand neben mir stand und mit halblauter Stimme ein Gebet sprach, hörte zu beten auf, erklärte mir, der Bart sei aus echtem Haar, würde alljährlich am Karfreitag gestutzt und wachse immer wieder nach, und fragte, ob ich mir denn schon den Fenstergucker angesehen hätte, am Fenstergucker dürfe kein Dombesucher, keine Dombesucherin vorübergehen, und als ich ihre Frage verneinte, nahm sie mich an der Hand und zog mich hin zur Kanzel, einer filigranen Steinmetzarbeit, an deren Geländer steinerne Salamander und Kröten hinaufkrochen. Sie ging mit mir um die Kanzel herum, deutete auf eine Plastik an deren Fuß, welche einen aus einem Fenster blickenden Mann mit langem Haar und einer Kappe und mit einem Zirkel in der Hand darstellte, und sagte, das sei der sogenannte Fenstergucker, ein Selbstporträt des Schöpfers der Kanzel, Anton Pilgrams, der aus Brünn als Dombaumeister nach Wien gekommen und von der Steinmetzbruderschaft augenblicklich mit der für die Wiener kennzeichnenden Fremdenfeindlichkeit verfolgt worden sei, was ihm, nebenbei gesagt, glücklicherweise nicht geschadet habe. Zu fast allen Statuen im Dom gebe es eine Geschichte zu erzählen, setzte sie dann hinzu und zog mich weiter, zu einer Marienstatue, die mit ihrem Kind auf dem Arm an einer Ecke des Hauptschiffs stand. Das sei die Dienstbotenmuttergottes, sagte die kleine Nonne und schob mich näher auf das Bildwerk zu, und während ich die freundlichen Gesichter von Mutter und Kind betrachtete, hatte ich das ebenso bestimmte wie unsinnige Gefühl, schon vor dieser Statue gestanden zu sein.

Die Madonna habe sich früher in der Hauskapelle einer reichen Gräfin befunden, die eines Tages ihre Dienstmagd verdächtigt hätte, ihr eine Perlenkette gestohlen zu haben, sagte meine Begleiterin, und nachdem das Mädchen, das unschuldig gewesen sei, die Statue um Hilfe angefleht habe, hätte sich die Kette in einem achtlos abgestreiften Handschuh der Herrin gefunden, worauf diese ihre ungerechte Anschuldigung bereut und die Statue der Kirche gestiftet habe. Ich blickte der Dienstbotenmuttergottes weiter in das Gesicht mit dem feinen Lächeln, und mir schien, als gelte dieses nicht ihrem Kind, sondern mir.

Nach meiner Rückkehr in die Wohnung Tante Pias bat mich diese, anstelle des Mannes der Hausmeisterin, der üblicherweise solche Handgriffe verrichte, allerdings, wie sie bereits angedeutet habe, horrende Beträge dafür verlange, die Leiter aus der Abstellkammer zu holen und die Glühbirne in der Deckenlampe im Flur auszuwechseln, die Glühbirne sei zu stark, eine solche Energieverschwendung sei nicht tunlich, und ich holte die Leiter, stieg hinauf und schickte mich an, die runde Lampe aus ihrer Halterung zu schrauben, doch plötzlich sah ich das müde und blasse Gesicht der jungen Rosa Tichy vor mir, die sich an einem ockerfarbenen Samtvorhang zu schaffen machte, worauf mir schwindlig wurde und ich um ein Haar von der Leiter auf das Sternparkett des Vorzimmers gefallen wäre. Tante Pia, die am Fuß der Leiter stand und mein Schwanken bemerkt hatte, meinte, solche Schwächezustände wunderten sie keineswegs, weigerte ich mich doch ständig, die nahrhaften Suppen, die sie eigens für mich zubereite, zu essen. An diesem Abend zog ich mich früh in mein Zimmer zurück, nahm das blaue Heft zur Hand, legte mich auf das Bett mit dem gehäkelten scharlachroten Überwurf und trat wieder in Rosas Leben ein. Tante Pia klopfte an die Tür, gerade als Rosa auf der kleinen Insel in der Donau dem Pikkolo begegnete, und rief, der Mann mit der schönen tiefen Stimme sei am Telefon, und ich antwortete, sie möge ihm bestellen, ich sei nicht zu Hause.

Viertes Kapitel

»Die Reise nach Wien ist mir nur noch undeutlich in Erinnerung, als eine Aufeinanderfolge beschwerlicher, ermüdender Tage. Der Leiterwagen war nicht gefedert, und mein verstauchter Knöchel schmerzte bei jedem Stoß. In der Nähe von Budweis verabschiedeten wir uns von Milans Schwager, wechselten auf ein neues Fuhrwerk über, welches gemeinsam mit anderen den Holztransport begleitete, und später auf eines der großen Flöße, zu denen die Baumstämme, die zunächst einzeln auf der oberen Moldau trieben, nach mehreren Dämmen von den Holzfällern und Flößern, mit denen Milan zusammenarbeitete, vereinigt wurden, welche anschließend von Pferden, die auf sogenannten Treidelpfaden, schmalen Wegen am Ufer des Flusses, entlanggingen und durch Schleppseile mit den Baumstämmen verbunden waren, die Mühl und schließlich die Donau flußabwärts gezogen wurden. Zwischen Klosterneuburg und Wien wurden die Flöße am Ufer verankert, und man traf Vorbereitungen, das Holz auf dem Landweg zu einem nahegelegenen großen Sägewerk zu bringen, eine Tätigkeit, an der Milan sich beteiligen wollte, bevor er seinen Bruder aufsuchte, welcher in einer Ziegelei im Süden Wiens arbeitete. Mir selbst lag daran, schnell in die Stadt zu gelangen, um möglichst bald eine Stellung zu finden, und so nahm ich trotz der Einwände Milans, welcher meinte, ich dürfe mich nicht schutzlos in eine solche Metropole begeben, ganz abgesehen davon, daß ich ihn mit meinem voreiligen Aufbruch um die Möglichkeit bringe, mich von der Sache der Jungtschechen zu überzeugen, meinen Koffer, wünschte ihm viel Glück und machte mich zu Fuß nach Wien auf, obwohl die Schwellung an meinem rechten Knöchel noch immer nicht ganz abgeklungen war.

Ich ging die Donau entlang, und als ich müde wurde, überquerte ich eine schmale Holzbrücke, die auf eine kahle kleine Insel nicht weit vom Ufer führte, um mich kurz auszuruhen, bevor ich meinen Weg fortsetzte. Ich legte meinen Koffer auf den groben Sand am Flußufer, setzte mich darauf und schaute auf das dunkelgraue Wasser des Stromes und auf die Frachtschiffe, die in der Abenddämmerung langsam an mir vorüberfuhren. Nach einiger Zeit fiel mir ein Bursche meines Alters auf, der etwa zehn Meter von mir entfernt stand, ein weißes Hemd und eine lange weiße Schürze über seiner Hose trug und Steine in einem so flachen Bogen ins Wasser warf, daß manche fünf-, sechsmal auf der Oberfläche auftrafen, bevor sie versanken. Als er merkte, daß ich ihm zusah, kam er näher und fragte, warum ich mit meinem Koffer und meinem verbundenen Knöchel so ganz alleine hier säße. Ich antwortete ihm, ich käme aus Prag und sei auf dem Weg nach Wien, um mir dort Arbeit als Hausmädchen zu suchen, und stellte meinerseits die Frage, ob es noch weit wäre bis in die Stadt, ich sei erschöpft und hungrig, mein Knöchel schmerze, und außerdem würde es schon dunkel. Der Halbwüchsige schaute mich eine Weile an und meinte dann, wenn ich wolle, könne ich in der nahegelegenen Gaststätte, in der er als Pikkolo beschäftigt sei, übernachten und am folgenden Morgen mit ihm nach Wien gehen, einmal pro Woche schickten ihn seine Dienstgeber dorthin, damit er auf den verschiedenen Märkten Besorgungen erledige, und bei dieser Gelegenheit könne er mich gleich zur Vermittlungsstelle für Hausangestellte bringen, wenn er mich so ansehe, hätte er das Gefühl, ich wüßte wohl kaum, daß es eine solche gebe, geschweige denn, wo sie sich befinde. Ich sagte, er habe Recht, mir sei eine solche Vermittlungsstelle tatsächlich nicht bekannt, außerdem möge er doch so freundlich sein und mir erklären, was ein Pikkolo sei. Ein Pikkolo, meinte er, ein Pikkolo sei ein Kellnerlehrling, jemand, der von den Wirtsleuten, den anderen Kellnern und den Gästen herumkommandiert, wegen des geringsten Vergehens getadelt, wenn nicht geprügelt, und zu den niedrigsten Diensten herangezogen werde. Die demütigende Behandlung, die er ohne Widerspruch hinnehmen müsse, kränke ihn manchmal dermaßen, daß er jede Lebenslust verliere und mit dem Gedanken spiele, seinem Dasein ein Ende zu bereiten, ja, er gestehe, daß er sich, wenn er an seinem Lieblingsort, nämlich an dem Ort, an dem wir uns im Augenblick aufhielten, seiner Lieblingsbeschäftigung, nämlich dem mehrmaligen geschickten Aufspringenlassen geeigneter flacher Kiesel auf der Oberfläche der Donau, nachgehe, schon öfter des Impulses habe erwehren müssen, als Nichtschwimmer, der er sei, so weit in den Fluß hinauszugehen, bis er keinen Boden mehr unter den Füßen verspüre und im Wasser unterginge. Diese Eröffnung des Burschen erschreckte mich, und ich rief, wie er an etwas derart Frevelhaftes auch nur denken könne, er solle sich nicht versündigen, er müsse doch stolz sein auf seinen Broterwerb, eine dienende Existenz sei eine gottgefällige Existenz, Menschendienst sei Gottesdienst, hätten ihm denn das seine Eltern, hätte ihm denn das der für seinen Wohnort zuständige Pfarrer nicht gesagt, wisse er denn nicht, daß ihm im Jenseits jede einzelne seiner helfenden Handlungen tausendfach vergolten würde? Der Kellnerlehrling sah mich erstaunt an und meinte, erstens frage er sich, wer mir einen solchen Unsinn beigebracht hätte, eine dienende Existenz sei vor allem eine erbärmliche Existenz und Menschendienst sei Sklavendienst, und zweitens, weshalb ich auf der Suche nach einer Stelle als Hausmädchen wäre, wo ich doch so fein angezogen sei. Dabei ließ er den Blick von der Schleife meiner Bluse über die dunkelblaue Weste und den Faltenrock bis zu den Spitzen meiner schwarzen Lackschuhe gleiten. Ich stand auf und sagte, er möge sich darüber nicht den Kopf zerbrechen, der äußere Anschein trüge häufig, jedenfalls nähme ich sein Angebot gern an, und er möge so liebenswürdig sein und meinen Koffer bis zu dem Wirtshaus tragen, in dem er arbeite, er sei nicht schwer, nach den Anstrengungen der vergangenen Tage freute ich mich schon auf das weiche Bett, in dem ich die kommende Nacht zubringen würde. Da wurde der Pikkolo etwas verlegen und wandte ein, so einfach verhielte sich die Sache nicht, ich könne natürlich nicht erwarten, daß mir unentgeltlich ein sauberes Bett zur Verfügung gestellt würde, nicht einmal er schliefe in einem solchen, sondern wie viele Wiener Kellner und vor allem Kellnerlehrlinge in einer sogenannten Schlafbank beziehungsweise Flohtruhe, einem Möbelstück, das bei Tage geschlossen sei und den Gästen als Sitzgelegenheit diene. Er könne mir eine solche Bank als Liegestatt anbieten, da der zweite Pikkolo, der nachts üblicherweise in der Bank neben seiner liege, seit drei Tagen spurlos verschwunden sei, was ihn, ehrlich gesagt, bei der Behandlung, die jener im Gasthaus erfahren hätte, nicht wundere. Zwar sei die Bank alles andere als bequem und für meine Größe wahrscheinlich nicht lang genug, doch wenn ich die Knie anzöge, würde ich schon hineinpassen. Jedenfalls stehe außer Frage, daß ein junges Mädchen wie ich im Freien übernachte, wir befänden uns am Rande der Reichshauptstadt, und wie jeder wisse, triebe sich in solchen Randbezirken viel lichtscheues Gesindel herum, Randbezirke seien gefährliche Bereiche, das sei allgemein bekannt. Der Pikkolo nahm meinen Koffer und forderte mich auf, ihm zu folgen, und wir gingen über die Brücke und dann einen von kleinen Häusern und Nußbäumen gesäumten aufwärtsführenden Weg dahin, bis wir zu einem Gasthaus kamen, über dessen dunkelgrün gestrichenem Eingangstor die Worte *Zur blauen Traube* zu lesen waren. Mein Begleiter bat mich, vor dem Tor zu warten, er müsse zuerst die Wirtin um Erlaubnis fragen, mit der Wirtin ließe sich eher reden als mit dem Wirt, er glaube nicht, daß sie etwas gegen meine Übernachtung in der Schlafbank einzuwenden haben werde.

So kam es, daß ich meine erste Nacht in Wien beziehungsweise am Rande Wiens in einer sargartigen Holzkiste verbrachte, in der ich kein Auge zutat, da das Behältnis nicht nur zu kurz war, sondern auch von Flöhen heimgesucht wurde. Zudem plagte mich der Hunger, denn der gekochte Reis, den mir die dicke Wirtin mit der fleckigen weißen Rüschenschürze, dem Doppelkinn und den zahlreichen roten Äderchen auf den Wangen vorgesetzt hatte, während sie etwas von arbeitsscheuen Herumstreunerinnen murmelte, die nur darauf aus seien, jungen Burschen die Augen zu verdrehen, war fast kalt und überdies mit einer Schicht fast durchsichtigen grünlichen Schimmels bedeckt, so daß ich dankend ablehnte und sagte, ich hätte schon gegessen, worauf die Frau brummte, anspruchsvoll sei dieses Gelichter auch noch, das hätte man von seiner Barmherzigkeit, nichts als Undank ernte man für seine Güte. Auch fror ich, denn man überließ mir als Bettzeug lediglich eine der rotweiß karierten Tischdecken, die über die Wirtshaustische gebreitet waren. Als es hinter den ebenfalls rotweiß karierten, zugezogenen Vorhängen hell zu werden begann, fielen mir endlich die Augen zu, doch da sprang der Pikkolo aus seiner Truhe, rüttelte mich und sagte, ich solle aufstehen, es sei Zeit zum Aufbruch. Nachdem wir aus schlecht abgewaschenen, gesprungenen weißen Porzellanschalen abgestandenen Feigenkaffee getrunken hatten, nahm der Pikkolo einen großen Weidenkorb, und wir machten uns auf den Weg. Wir gingen neben den Nußbäumen her, und der Kellnerlehrling erklärte mir, daß die Ortschaft nach diesen Bäumen Nußdorf genannt und wegen ihrer vielen Gaststätten und der Weingärten, die sich in unmittelbarer Nähe befänden, von den Wienern gern aufgesucht werde. Als ein von Pferden gezogener, auf Schienen gleitender, fast leerer Straßenbahnwagen um die Ecke bog und in die Richtung weiterfuhr, in die wir gingen, fragte ich, weshalb wir denn nicht einstiegen, der Wagen scheine doch in die Stadt zu fahren. Da lächelte der Pikkolo und meinte, die Pferdebahn sei für seinesgleichen unerschwinglich, für den Fahrpreis könne man sich ein ganzes Kilogramm Brot kaufen, und dafür müsse er mehrere Stunden arbeiten. Nach einiger Zeit kamen wir in stärker bebautes Gebiet, die Straßen wurden breiter und belebter, die Häuser höher und schöner. Wir folgten weiterhin den Geleisen der Pferdestraßenbahn, bis wir auf einen von prunkvollen Bauten und von Ahorn- und Lindenbäumen gesäumten Boulevard trafen, auf dem zahlreiche zwei- und vierrädrige, von Pferden gezogene Wagen fuhren. Der Pikkolo meinte, das sei die Ringstraße, an welcher der Kaiser einen Palast nach dem anderen erbauen lasse, Theater, Museen, Konzertsäle, Hotels, Residenzen für die Reichen, dabei sei die Stadt voll von Bettgehern, die nichts besäßen als einen Strohsack oder ein Tafelbett für ein paar Stunden Schlaf, von Obdachlosen, die nicht wüßten wohin, die in den Gängen des unterirdischen Kanalsystems, unter den Brücken und in den Booten und Schuppen an der Donau hausten und nicht einmal das Geld für die Übernachtung in einem der billigen Massenquartiere aufbrächten. Es stimme, er hadere öfter mit dem Schicksal, das ihn als armen Teufel habe auf die Welt kommen lassen, aber im Vergleich zu diesen Elenden ginge es ihm noch gut, immerhin könne er sich von seinem Lohn einmal im Monat einen Ausflug in den Wurstelprater leisten und dort mit der Grottenbahn oder mit dem Schiffskarussell fahren, sich die Riesin Rosita, den Rumpfmenschen Romanoff, Konrad den Kettensprenger oder Miss Lily, die Löwenbändigerin, ansehen und Präuschers Panoptikum oder das Wachsfigurenkabinett besuchen. Ich nahm an, daß es sich bei der von meinem Helfer beschriebenen Örtlichkeit um eine Vergnügungsstätte größeren Ausmaßes handelte, doch bevor ich mich ausführlicher danach erkundigen konnte, deutete er auf eine gewaltige Baugrube zu unserer Rechten und sagte, hier würden die beiden Hofmuseen errichtet, eines für die Ausstellung von Bildern und das andere für die Beherbergung von Wundern der Natur. Er schüttelte den Kopf. Es sei unbegreiflich, sagte er dann, für Bilder und Naturwunder würden Unterkünfte geschaffen, aber für die Menschen nicht, manchmal frage er sich, ob der Kaiser wirklich immer das Wohl seiner Untertanen im Auge habe, wie allgemein behauptet würde. Wir bogen von der Ringstraße ab und gingen durch einige engere Straßen und Gassen, bis der Pikkolo vor einem großen weißen Haus stehenblieb und meinte, die Vermittlungsstelle für Dienstboten befinde sich im Parterre rechts. Dann hielt er kurz inne und fragte, ob ich denn überhaupt Geld hätte, um die Vermittlungsgebühr zu bezahlen, falls man mir eine geeignete Stelle anböte. Ich antwortete, meine Barschaft betrage fünf Gulden, und er lachte und sagte, da möge ich aber zusehen, daß ich bald Arbeit fände, denn davon würde ich nicht lange satt. Nun müsse er sich aber beeilen, die preiswertesten Waren auf dem Lebensmittelmarkt am Tiefen Graben fänden rasch Abnehmer. Ich streckte dem Kellnerlehrling die Hand hin, doch bevor ich ihm für seine Hilfe danken konnte, hatte er mir schon den Rücken zugewandt und ging mit seinem großen Korb davon.

Ich drückte die Klinke nieder und stemmte mich gegen das hohe schwere Eingangstor, bis es aufging. Im Erdgeschoß war es still, obwohl etwa fünfzig zum Großteil ungesund aussehende und ärmlich gekleidete Frauen und

Mädchen gedrängt in den Gängen standen und saßen und darauf warteten, daß sie an die Reihe kämen. Manche lehnten mit geschlossenen Augen an den Wänden, andere standen mitten auf dem Korridor und blickten starr vor sich hin, wieder andere saßen auf dem Steinfußboden, die Beine angezogen und die Stirn auf die Knie gelegt. Ich schaute von einer zur anderen, und mir fiel auf, daß ich nicht die Jüngste war, daß einige der arbeitsuchenden Mädchen aussahen, als wären sie nicht älter als zwölf, dreizehn Jahre. Ich stellte mich als letzte in die Reihe.

Nachdem der magere glatzköpfige Mann mit den schwarzen Knopfaugen, dem Schnurrbärtchen und dem nicht ganz sauberen weißen Stecktuch in der Tasche seiner hellgrauen Weste, vor dessen Schreibtisch ich schließlich mit dem Koffer in der Hand stand, meine Personalien aufgenommen und sich nach meinen Wünschen erkundigt und nachdem ich geantwortet hatte, da mir die Umstände gestattet hätten, eine recht umfassende Bildung zu erwerben, hielte ich mich für nicht ungeeignet, die Tätigkeit einer Hauslehrerin auszuüben, lächelte er sanft und meinte, wie ich mir das vorstelle, eine Anstellung als Hauslehrerin sei mit größter Verantwortung verbunden, eine Hauslehrerin verbürge sich für die gesunde geistige Entwicklung ihrer Zöglinge, für eine solche Beschäftigung sei ich doch, ich möge ihm verzeihen, viel zu jung und unerfahren. Und als ich sagte, ich hätte auch Kenntnisse in der Kochkunst, die sich unter Umständen nutzbringend verwerten ließen, erwiderte er, im Augenblick sei kein Köchinnenposten, ja nicht einmal ein Beiköchinnenposten frei, Beiköchinnenposten und Köchinnenposten seien rar und sehr gefragt, außerdem könne er sich, wenn er mich so vor sich stehen sehe, nicht vorstellen, daß ich imstande sei, eine mehrköpfige, wenn nicht vielköpfige Wiener Bürgersfamilie Tag für Tag in zufriedenstellender Weise zu verköstigen. Als ich verzagt schwieg, stützte er die beringten Hände mit gespreizten Fingern auf die Tischplatte, beugte sich vor und sagte, ich solle nicht so ein Gesicht machen, er hätte genau das Richtige für mich, nämlich eine Stelle als Stubenmädchen bei der Familie des Oberpostrates Lindner, die in der Inneren Stadt, genauer gesagt, auf dem Neuen Markt wohne. Die Familie Lindner nehme prinzipiell nur böhmische Dienstboten, es treffe sich also gut, und wenn ich wolle, könne ich sofort, das hieße, nach Bezahlung einer Einschreibgebühr von lächerlichen zwei Gulden, dort vorsprechen.

Den Weg zum Neuen Markt, welchen mir der Stellenvermittler gewiesen hatte, legte ich leichtfüßig und zuversichtlich zurück, im Vertrauen darauf, daß ich mit Gottes und der heiligen Jungfrau Hilfe an gute Menschen geraten und ihnen nach besten Kräften zu Diensten sein würde. Die Sonne schien, die Straßen waren voll eleganter Fahrzeuge und gut gekleideter Menschen, die Fassaden der Häuser und der vielen Kirchen mit Statuen, goldenen Kugeln, bunten Wandmalereien und Reliefs verziert. Nachdem ich die Ringstraße überquert hatte, kam ich an einem prachtvollen Bau vorüber, der nach der Beschreibung des Vermittlers die Hofoper sein mußte, und danach an einem Gotteshaus, vor dem in einer Nische die eindrucksvolle Statue eines Mönches stand, der ein Kreuz in die Höhe hielt, und schließlich gelangte ich auf den rechteckigen, von vornehmen Gebäuden umgebenen Platz, dessen Mittelpunkt ein großer runder Brunnen bildete. Auf dessen Einfassung saßen dunkle Männerskulpturen, und im Zentrum erhob sich eine Frauenstatue mit vier kleinen Engeln zu ihren Füßen. Ich fand die Hausnummer, die mir angegeben worden war, betrat das gepflegte hellgrüne Haus, ging die breite Steintreppe mit den flachen Stufen und dem schmiedeeisernen Geländer hinauf und betätigte den Türklopfer in Form eines Löwenkopfes an einer hohen Flügeltür im dritten Stock, an der zudem ein Schild mit der Aufschrift Oberpostrat Roman Lindner angebracht war.

Die hübsche rundliche Dame mit den zu einer Krone aufgesteckten haselnußbraunen Haaren in dem hochgeschlossenen weinroten Kleid, die mir öffnete, schlug die Hände zusammen, als ich ihr das kurze Schreiben des Vermittlers überreichte. Eine Erstanstellung, rief sie, wie könne der Prohaska sich erlauben, ihr jemanden zu schicken, der noch nie in einem Haushalt gearbeitet hätte, eine Göre mit Zöpfen, ein halbes Kind, wie sich unschwer erkennen lasse, ein blutleeres Wesen, dem nicht zuzutrauen sei, daß es die schweren Teppiche, die ihre Tante Agneta, die aus der Bukowina stamme, ihr vererbt hätte, zum Ausklopfen in den Hof hinunter und wieder hinauf trage. Sie überflog den Brief. Eine Böhmin, immerhin, immerhin, sagte sie dann etwas leiser, als Böhmin würde ich wenigstens nicht die Stirn haben, die unverschämten Lohnforderungen zu stellen, wie man sie von den österreichischen Hausangestellten gewohnt sei. Sie ließ das Schreiben sinken und sah mich an. Abgesehen von der offensichtlichen Schwächlichkeit gehe der äußere Eindruck ja an, murmelte sie dann, was bliebe einem übrig bei diesem schrecklichen Mangel an geschultem Personal, sie frage sich, wohin es mit der Monarchie noch kommen werde, wenn das so weiterginge. Nach weiterem kurzem Überlegen bat mich die Dame in die Wohnung, und ich trat mit meinem Koffer über die Schwelle in ein kleines dunkles Vorzimmer. Dann ging die Hausherrin, um die es sich wohl handelte, mir voran in die Küche, setzte sich an den großen quadratischen Tisch mit der vom vielen Scheuern hellen und glatten Holzplatte und forderte mich auf, gleichfalls Platz zu nehmen. Sie zog die Tischlade heraus und entnahm ihr eine dünne Broschüre. Das sei ein Auszug aus der Wiener Dienstbotenordnung vom ersten Mai achtzehnhundertzehn, erklärte sie, dessen Inhalt sie mir, soweit er für das Dienstverhältnis, in das ich nunmehr eintrete, von Belang sei, kurz umreißen werde. Sie hielt inne und warf einen Blick auf die Seiten. Zunächst sei ich zur strikten Befolgung alles desjenigen verpflichtet, was das Familienoberhaupt, im vorliegenden Falle also der Herr Oberpostrat, ihr Gatte, beziehungsweise sie selbst, zur Erhaltung der häuslichen Ordnung einzuführen für gut befinde, sagte sie. Ich sei ohne Weigerung alles zu leisten schuldig, was nach der Eigenschaft meines Dienstes als eine mir zukommende Verrichtung verstanden werden könne, und habe mich jederzeit zur Disposition des Arbeitgebers, also zu jener des Herrn Oberpostrates, ihres Gatten, beziehungsweise zu der ihren zu halten. Falls ich den mir erteilten Aufträgen nicht nachkäme oder gar zuwiderhandle, sei die Herrschaft, also der Herr Oberpostrat, ihr Gatte, beziehungsweise sie selbst, befugt, mir gegenüber Züchtigungsmittel anzuwenden, die von einmaliger Ermahnung über die Verhängung eines Ausgehverbotes bis zu körperlicher Bestrafung, welche die Grenze der geziemenden Mäßigung nicht überschreiten würden, reichen könnten. An Sonn- und Feiertagen sei ich zum Besuch des Gottesdienstes berechtigt, überdies stehe mir im Prinzip jeden zweiten Sonntag ein mehrstündiger Ausgang zu. Für die von mir geleisteten Dienste hätte ich Anrecht auf Kost und Logis sowie auf entsprechenden Monatslohn. Frau Oberpostrat Lindner legte die Druckschrift in die Tischlade zurück, stand auf und sah mich an. Ich würde einen monatlichen Geldlohn von sechs Gulden erhalten, sagte sie dann, das sei mehr als ausreichend für ein Mädchen meines Alters. Ein eigenes Zimmer könne sie mir bei den beengten Wohnverhältnissen, wie sie in Wien im Allgemeinen und in der Inneren Stadt im Besonderen herrschten, natürlich nicht zur Verfügung stellen, sie würde sich, wenn auch schweren Herzens, von dem wertvollen, mit einem fein gestickten, eine unwegsame Karpatenlandschaft darstellenden Gobelin überzogenen Diwan, der bislang im Bügelzimmer gestanden hätte, trennen, den ich in die der Küchentür gegenüberliegende Ecke des hellen und geräumigen Vorzimmers schieben solle, welche sich als gemütlicher Schlafplatz geradezu anböte. Im übrigen könne ich meinen Dienst unverzüglich antreten und möge zunächst die kostbaren Sternparketten im Wohnzimmer bürsten, eine Aufgabe, die von meiner Vorgängerin, einer, wie sich nur allzubald herausgestellt hätte, vorlauten und unverschämten Person aus dem Erzgebirge, die sie nach mehreren unangenehmen Vorfällen habe entlassen müssen, niemals zufriedenstellend erfüllt worden sei. Mit diesen Worten verließ die Frau Oberpostrat kurz das Zimmer und kam mit einem abgetragenen Kleid und einer vergilbt aussehenden weißen Schürze zurück. Bevor ich an die Arbeit ginge, meinte sie, übergebe sie mir offiziell meine Hausmädchenuniform, ein neuwertiges schwarzes Kleid aus bestem steirischem Tuch sowie die dazugehörige weiße Schürze aus gesteiftem und gebleichtem, hausgewebtem galizischem Leinen, für deren Instandhaltung ich, wie sich von selbst verstehe, gewissenhaft zu sorgen und für deren Wiederherstellung ich im Schadensfalle aufzukommen hätte. Ich könne mich im Badezimmer umziehen und das Köfferchen mit meinen Habseligkeiten später unter den Diwan schieben, ein junger Mensch benötige gottlob nicht viel Platz. Vorher jedoch möge ich nochmals Herrn Prohaska aufsuchen, die Vermittlungsgebühr bezahlen und mir das Dienstbotenbuch übergeben lassen.

In der Vermittlungsstelle kam Herr Prohaska mit ausgestreckten Armen auf mich zu, schüttelte mir die Hand und sagte, es freue ihn sehr, daß ich so schnell Arbeit gefunden hätte, und ich würde verstehen, daß aufgrund der zügigen Abwicklung meiner Angelegenheit die Vermittlungsgebühr nicht wie üblich drei, sondern vier Gulden betrage. Als ich verlegen flüsterte, daß meine Barschaft die Summe von drei Gulden vierundzwanzig Kreuzern bedauerlicherweise nicht übersteige, änderte sich der Tonfall des Stellenvermittlers, und er meinte barsch, es sei immer dasselbe, dieses junge Weibervolk wisse einfach nicht hauszuhalten, er frage mich, wovon er leben solle, der Beruf eines Stellenvermittlers gehöre zu den risikoreichsten überhaupt, da er ständig stärksten Konjunkturschwankungen unterworfen sei. Er erkläre sich großzügigerweise bereit, die drei Gulden vierundzwanzig Kreuzer anzunehmen, erwarte aber, daß ich den ausständigen Betrag sofort nach Erhalt meines ersten Monatslohnes begleiche. Nachdem ich ihm den Inhalt meiner Brieftasche ausgehändigt hatte, zog er aus einer Lade seines Schreibtisches ein Buch und erklärte, dies sei das sogenannte Dienstbotenbuch, das jeder Bedienstete bei seinem ersten Stellenantritt erhalte, in welches fortan alle ihm von seinen Herrschaften nach bestem Wissen und Gewissen ausgestellten Zeugnisse bezüglich Fleiß, Treue und Sittsamkeit eingetragen würden und das jedem neuen Dienstgeber vorgelegt werden müsse. Ich nahm das Buch, verabschiedete mich und verließ Herrn Prohaska und die Vermittlungsstelle.

Eine halbe Stunde später kniete ich in dem schwarzen Kleid, das mir zu groß war, auf dem Sternparkettboden des riesigen Wohnzimmers und scheuerte ihn mit heißem Seifenwasser, welchem ich nach Anweisung der Frau Oberpostrat etwas Salmiakgeist zugefügt hatte. Ich war solche Arbeiten nicht gewohnt, und schon das Zusammenrollen der dicken Teppiche und das Wegrücken mehrerer Möbelstücke hatten mich erschöpft, doch Frau Lindner meinte, das gebe sich, derlei Tätigkeiten würden mich kräftigen. Abgesehen von einigen Kochkenntnissen, welche ich mir erworben hatte, indem ich meiner

Mutter zur Hand ging, war ich mit der Haushaltsführung nicht vertraut, doch konnte ich zum Glück das *Goldene Hausfrauenbuch* zu Rate ziehen, das in meinem Pappkoffer lag. Nachdem der Fußboden getrocknet war, befahl mir meine Arbeitgeberin, ihn mit Stahlspänen abzureiben, auf diese Weise würde er blitzsauber. War mir vorher der Salmiakgeist unangenehm in die Nase gestiegen, so hustete ich nun ununterbrochen, da bei dieser Arbeit viel Staub aufgewirbelt wurde, den ich notgedrungen einatmete. Außerdem drangen die scharfen Späne durch die dünnen Handschuhe, die die Frau Oberpostrat mir gegeben hatte, und schnitten in meine Haut. Zum Schluß trug ich noch die Bodenwichse aus gelbem Wachs und Terpentin auf, die ich vorher in ein Gefäß mit heißem Wasser gestellt hatte, und nachdem das Wachs getrocknet war, bürstete ich das Parkett so lange mit der Bodenbürste, bis es gleichmäßig glänzte. Mir brannten die Hände, meine Augen tränten, und ich hatte Rückenschmerzen, doch als ich mich endlich erhob und in die Küche gehen wollte, um ein Glas Wasser zu trinken, meinte meine Dienstgeberin, ich möge mir doch Mühe geben und etwas schneller arbeiten, die Parkettböden im Speisezimmer und im Arbeitszimmer ihres Gemahls warteten gleichfalls darauf, endlich wieder gewachst und gebürstet zu werden.

An jenem ersten Arbeitstag als einfaches Hausmädchen bei der Familie des Oberpostrates Lindner sank ich nach einem aus einem Teller Spinat und zwei gekochten Kartoffeln bestehenden Nachtmahl gegen elf Uhr abends auf den schmalen, durchhängenden Diwan, den ich aus dem Bügelzimmer ins Vorzimmer getragen hatte und dessen schadhafte Sprungfedern ich in meinem Rücken spürte. Dennoch ließ mich die Erregung, in die mich der Beginn meines neuen Lebens in Wien versetzt hatte, nicht sofort einschlafen. Zwar hatte ich mir meine Tätigkeit etwas weniger anstrengend vorgestellt, auch entsprach

Frau Lindner nicht ganz dem Bild der freundlichen und verständnisvollen Dienstgeberin, die ich mir insgeheim vorgestellt hatte, doch ich dachte an meine liebe Mutter und an die Richtlinien, nach denen zu handeln sie mir eingeschärft hatte, und beschloß, die kleine Enttäuschung, die ich empfand, zu überwinden und weiterhin mein Bestes zu geben. Für das Privileg, mich in Wien, ja im Zentrum Wiens, der glanzvollen Residenzhauptstadt, aufhalten zu dürfen, lohnte es sich, kleinere Unannehmlichkeiten auf sich zu nehmen. Während solcher und ähnlicher Überlegungen fiel ich schließlich in einen unruhigen Schlummer.

Mir schien, als hätte ich keine zehn Minuten geschlafen, da vernahm ich, wie die Wohnungstür aufgesperrt wurde. Ich öffnete die Augen und sah die undeutlichen Umrisse einer Gestalt im Türrahmen. Die Gestalt kam ins Vorzimmer und stieß im Dunkeln an meinen Diwan, und der Stimme nach zu schließen, die auf dieses hin schrecklich zu fluchen begann, mußte es sich um einen Mann handeln. Gleich kam mir der Spuk in der Dachkammer in den Sinn, und ich griff erschreckt nach dem Salzsäckchen, das an meinem Hals hing, doch als die Gestalt an mein Bett trat, sich zu mir herunterbeugte und mir ihren nach Wacholderschnaps riechenden Atem ins Gesicht blies, beruhigte ich mich, denn es konnte sich nur um den Herrn Oberpostrat persönlich handeln, der sich nach einem aufreibenden Arbeitstag in der k. k. Hauptpost in Gesellschaft einiger Kollegen in einer nahegelegenen Gastwirtschaft ein, zwei Gläschen gegönnt hatte. Erleichtert drehte ich mich zur Wand und hörte, wie die Gestalt eine weitere Tür aufstieß und sich brummend entfernte.

Um fünf Uhr früh riß mich das Geräusch des Weckers, den die Frau Oberpostrat gestellt hatte und der auf dem Fensterbrett stand, aus dem Schlaf. Ich taumelte von meiner Liegestatt, wusch mich im Badezimmer, zog das schwarze Kleid und die weiße Schürze an, nahm das Frühstück zu mir, das Frau Lindner am Vortag für mich vorbereitet hatte, nämlich eine Semmel und eine Schale schwachen Kaffees, und ging auf den Küchenbalkon, wo in einer langen Reihe die Schuhe der Familie standen, die gemäß den Instruktionen der Hausfrau zu reinigen waren. Zunächst rieb ich die Stoffschuhe mit einem in Weingeist getauchten Lappen ab, wischte mit einem trockenen Tuch nach und behandelte sie gewissenhaft mit feingepulvertem Bimsstein. Dann ging ich zu den zahlreichen Paaren brauner und schwarzer Lederschuhe über, die ich zunächst mit einer weichen Bürste bearbeitete, danach mit Eiweiß und schließlich mit einer Mischung aus sechs Eßlöffeln entrahmter Milch und zwei Eßlöffeln Terpentin einrieb. Schließlich befreite ich noch mehrere Paar Lacklederschuhe mit einem wollenen Lappen von Schmutz und Staub, fuhr vorsichtig mit einem Stückchen Hartwachs über die brüchigen Stellen, wusch die Schuhe mit etwas Milch, ließ sie trocknen, wischte mit der Schnittfläche einer Zwiebel den Lack ab und polierte ihn mit einem weichen Tuch. Zufällig fiel mein Blick auf meine eigenen schwarzen Lackschuhe, und da diese unter der beschwerlichen Reise nach Wien zu Wasser und zu Lande sichtlich gelitten hatten, streifte ich sie kurz ab und unterzog sie der gleichen Behandlung. Als ich dabei war, das Lackleder mit der Schnittfläche der Zwiebel abzureiben, trat die Frau Oberpostrat in einem langen seidenen Nachthemd und mit offenem Haar auf den Balkon, und sobald sie sah, was ich gerade tat, rief sie verärgert, was mir einfiele, meine eigene Garderobe während der Arbeitsstunden in Ordnung zu bringen, es stünde mir schließlich reichlich Freizeit zur Verfügung, außerdem käme natürlich nicht in Frage, daß ich zu diesem Zweck Eßwaren der Dienstgeber verschwendete, noch dazu Grundnahrungsmittel wie Milch und Zwiebeln, wie jeder wisse, seien die Zeiten schlecht, noch nie sei die berufliche Position pragmatisierter k.k. Oberposträte derart gefährdet gewesen wie zum gegenwärtigen Zeitpunkt. Und was die Ausbildung ihres für das Kriegshandwerk ausgesprochen begabten Sohnes Georg, eines Sprößlings aus einer voreilig geschlossenen und dementsprechend unglücklichen ersten Ehe mit einem Vetter zweiten Grades aus Tschernowitz, der Metropole der Bukowina, koste, könne ich mir nicht vorstellen. Dann beugte sich Frau Lindner über die Schuhe, betrachtete prüfend ein Paar nach dem anderen und meinte, ich hätte die mir gestellte Aufgabe alles andere als mustergültig erfüllt, doch in Anbetracht meiner Jugend und meines Mangels an Erfahrung würde sie Nachsicht walten lassen. Und nun möge ich mich unverzüglich auf den Weg zum Markt auf dem Judenplatz machen und den Sack mit Kartoffeln, die zwei Truthähne und den Schinken abholen, den sie vor zwei Tagen bei der sympathischen Waldviertler Bauersfrau am zweiten Stand linker Hand, wenn man den Platz von der Jordangasse her betrete, bestellt hätte.

Der Sack mit den Kartoffeln wog etwa zwanzig Kilogramm und die Tasche mit den Truthähnen und dem Schinken wohl weitere zehn, und ich sah mich gezwungen, beides alle paar Meter auf dem Pflaster abzusetzen. Die Wiener Fußgänger lächelten mich freundlich an, insbesondere die Männer, doch machte sich niemand erbötig, mir zu helfen. Als ich mich dem Haus des Oberpostrates näherte, war ich den Tränen nahe. Völlig erschöpft stellte ich den Sack und die Tasche ein weiteres Mal auf den Bürgersteig, und mein Blick fiel auf die Fassade der Kirche, vor der die Mönchsstatue stand. Da kam eine kleine alte, schwarzgekleidete Frau, die sich auf einen Stock stützte und ein schwarzes Tuch um den Kopf geschlungen hatte, auf mich zu, schüttelte den Kopf und fragte, wer mir zartem Wesen eine solche Last auferlege, die Menschen seien grausam, ein so zerbrechliches Wesen sei doch nicht dazu geschaffen, eine derartig schwere Bürde zu tragen, sie werde die lebensgroße Marienstatue aus Lourdes, die in der Kapuzinerkirche in einer Grotte auf dem Hochaltar stehe, um Erleichterung für mich bitten. Ich horchte auf und fragte die alte Frau, ob es tatsächlich der Fall sei, daß in dieser Kirche eine Madonna aus Lourdes stehe, ich sei neu in Wien und aus bestimmten, mit meiner verstorbenen Mutter in Beziehung stehenden Gründen an allem interessiert, was mit der wundertätigen Madonna, die dem Kind Bernadette erschienen sei, zusammenhänge. Natürlich, rief die alte Frau, natürlich sei das der Fall, nicht nur seien in der Krypta der Kapuzinerkirche, die ich vor mir sähe, eine ganze Anzahl von Personen unseres von Gottes Gnaden eingesetzten und mit Gottes Hilfe regierenden Herrscherhauses begraben, sie habe sich auch dank Pater Macarius binnen kürzester Zeit zu einem Mittelpunkt des Lourdes-Kultes entwickelt, ja, vor kurzem sei sogar ein Pilgerzug von Wien aus nach Südfrankreich aufgebrochen. Kurz entschlossen bat ich die Frau, einen Augenblick auf meinen Kartoffelsack und meine Tasche zu achten, ich sei gleich zurück. Ich lief durch das offene Portal in die Kirche und durch den Mittelgang zum Hochaltar, fiel vor der Statue auf die Knie und flehte sie an, mir ein demütiges und gehorsames Gemüt zu schenken, damit ich meinen Verpflichtungen als Dienstmädchen zufriedenstellend und ohne zu murren nachkäme. Ich blickte zu der Statue auf, und es schien mir, als lächle sie mir zu und neige das Haupt, so wie die Madonna dem Kind Bernadette zugelächelt und zugenickt hatte.

Während der nächsten Wochen arbeitete ich täglich von halb sechs Uhr früh bis elf Uhr abends. Ich räumte die Zimmer auf, wusch und bügelte die Wäsche und verrichtete leichtere Näharbeiten, trug Holz und Kohle aus dem Keller in den dritten Stock und erledigte die Einkäufe. Und wenn ich abends entkräftet auf den abgewetzten Diwan gefallen war, mich mit der verfilzten, kratzenden graubraunen Decke zugedeckt hatte, die Frau Lindner mir mit dem Hinweis überreicht hatte, ich möge gut auf das Stück achtgeben und zudem meine Körperpflege nicht vernachlässigen, wozu die meisten Böhminnen eine bedauerliche Neigung zeigten, ein Produkt aus der ungewöhnlich feinen Wolle bukowinischer Schafe verdiene respektvolle Behandlung, und endlich eingeschlafen war, schreckte mich allnächtlich das Poltern des Herrn Oberpostrates auf, der kurz nach der in Wien üblichen Sperrstunde und meist unter unvollkommener Beherrschung seines Bewegungsapparates die Wohnungstür aufstieß, leise fluchend auf mich herabblickte oder sich gar ein wenig an meinem Bettrand niederließ und Unverständliches vor sich hin murmelte, bevor er den mühevollen Weg ins eheliche Schlafzimmer fortsetzte. Dennoch beglückwünschte ich mich dazu, so rasch eine Stellung gefunden zu haben in einer Stadt, in der es von arbeitslosen Menschen wimmelte. Und nachdem ich am Sonntagmorgen in meiner Internatsuniform andächtig dem Gottesdienst in der Kapuzinerkirche beigewohnt hatte, den Pater Macarius ebenso eindrucksvoll zu gestalten wußte wie in Marienbad Pater Bohumil, nachdem ich mit geschlossenen Augen und offenem Mund vor dem Priester gestanden war und Leib und Blut des Herrn empfangen hatte, vergaß ich nie, vor dem Verlassen des Gotteshauses ein kleines Gebet an die lebensgroße Statue der Madonna von Lourdes zu richten, ihr kurz dafür zu danken, daß ich mich zu den Wiener Menschen zählen durfte, denen erlaubt war, ihr Leben ehrlicher Arbeit zu weihen, und unermüdliches Leistungsvermögen von ihr zu erbitten.

Am glücklichsten war ich, wenn ich das Klavier pflegen durfte. Die Familie Lindner besaß einen von der Klavierfirma Blüthner in Leipzig gebauten schwarzen Flügel, der in der Mitte des Wohnzimmers stand und auf dem sich meine Dienstgeberin jeden Nachmittag begleitete, während sie immer in der gleichen Reihenfolge zwei Gesangsstücke vortrug, nämlich zuerst die ›*Forelle*‹ und danach den ›*Lindenbaum*‹. Da das Notenheft, das diese Lieder enthielt, stets an derselben Stelle aufgeschlagen auf dem aufklappbaren Notenständer lag, wußte ich, daß diese Lieder von Schubert komponiert worden waren. Ich liebte die beiden Lieder und sang sie manchmal im Kopf vor mich hin, denn die Frau Oberpostrat legte Wert auf schweigsames Personal. Sie hatte mich angewiesen, die Klaviertasten jedesmal nach beendetem Spiel unverzüglich mit etwas verdünntem Spiritus abzureiben, um sie vor zu raschem Gelbwerden zu bewahren. Jeden Dienstag putzte ich voll Eifer die Tasten mit Knochenpulver und Baumöl, und gelegentlich bleichte ich sie mit einer durch ein sauberes Tuch gegossenen Mischung aus zwei Teilen frischem Chlorkalk und zehn Teilen Wasser. Die lästigen Fliegenschmutzflecken auf den Tasten und dem schwarzen Lack rieb ich mit einer saftigen, halbierten Zwiebel gut ab, dann wusch ich mit lauwarmem Wasser nach und polierte das Klavier unter Benützung einiger Tropfen Lavendelöls blank. Als ich einmal selbstvergessen über die Tasten fuhr und meine Hände wie von selbst eine Nocturne von Chopin zu spielen begannen, stürzte Frau Lindner ins Zimmer und schrie, ob ich übergeschnappt sei, hätte ich denn völlig vergessen, welchem Stande ich angehörte, und als ich schuldbewußt meinte, sie möge mir verzeihen, aber ich hätte mich beim Anblick des Flügels plötzlich in eine recht glückliche Epoche meiner Vergangenheit zurückversetzt gefühlt, in eine Zeit, da mir vergönnt gewesen war, dann und wann auf einem Pianino aus Mahagoni zu spielen, das vor einem Erkerfenster stand, welches auf einen schönen Park hinausging, da sagte sie streng, nicht nur, daß ich bei der Erfüllung meiner Pflichten Anzeichen immer größerer Zerstreutheit erkennen ließe, nicht nur, daß meine Handlungen zusehends unkonzentrierter und geistesabwesender würden, nun finge ich auch noch an, Lügen zu erzählen. Sie habe sich schon gefragt, ob sie gut daran getan hätte, mich in ihr Haus zu nehmen, wenn ich mich nicht bald wieder in die Hand bekäme, wurde sie nicht zögern, mich durch eine andere Böhmin zu ersetzen, junge, arbeitswillige Böhminnen, Böhminnen, die darauf brannten, in einem wohlgeordneten Haushalt wie dem ihren wirken zu dürfen, gebe es in Wien wie Sand am Meer. Auf diese Rüge hin sagte ich leise und stockend, ich bäte um Entschuldigung, aber da meine tägliche Arbeitszeit immerhin durchschnittlich siebzehn Stunden betrage und ich jede Nacht von den Geräuschen aufwachte, die der gnädige Herr bei der Durchquerung des Vorzimmers verursache, worauf ich meist nicht sofort wieder einschlafen könne, werde mir etwas zu wenig Nachtruhe zuteil. Daraufhin rief Frau Lindner, was ich eigentlich wolle, ich sei schließlich nicht zum Schlafen in ihre Dienste getreten, Halbwüchsige wie ich bräuchten nicht viel Schlaf, zuviel Schlaf sei für den jugendlichen Organismus sogar ausgesprochen schädlich, habe sie kürzlich im von ihr und ihrem Gatten seit Jahren abonnierten *Wiener Hausherrenjournal* gelesen. Und ich wolle doch nicht etwa andeuten, daß ihr Gatte, der Herr Oberpostrat, ein auf dem Neuen Markt und um den Neuen Markt herum, ja im gesamten ersten Wiener Gemeindebezirk von jedermann geschätzter pragmatisierter Beamter der k. k. Reichspost, ein Wirtshaussitzer sei, ein Gasthausgeher und Kaffeehaushocker, der nicht wisse, wann es Zeit sei heimzugehen. Ich solle mich auf der Stelle ins Badezimmer scheren und das Mieder aus echter Brüsseler Spitze, das sie dort bereitgelegt hätte, vorsichtig in ungekochter, lauwarmer Milch waschen, es in Zuckerwasser ausspülen und auf einer weichen Unterlage mit einem mäßig heißen Bügeleisen halbfeucht bügeln.

Im Laufe der Zeit dehnten sich die kurzen mitternächtlichen Pausen des Herrn Oberpostrates Lindner an meinem Diwan im Vorzimmer zu längeren aus, und sein undeutliches Murmeln wurde verständlicher. Er ließ sich umständlich und mit gedämpfter Stimme fluchend am unteren Rand des Bettes nieder, hauchte seinen Wacholderatem in Richtung Kopfende und brummte, ihm würde mit jedem Tag klarer, was für einen unverzeihlichen Fehler er damit begangen hätte, in seinem fortgeschrittenen Alter eine um zwanzig Jahre jüngere Frau zu heiraten, noch dazu ein vergnügungssüchtiges Geschöpf, das ständig ins Theater an der Wien wolle, um sich die neuesten Operettenaufführungen anzusehen, den *Verschwender* und den *Bauern als Millionär* von Raimund mit diesem Stutzer von Alexander Girardi in der Hauptrolle, diesem Lackaffen, nach dem alle Wienerinnen verrückt zu sein schienen, obwohl er einen Skandal nach dem anderen produziere. Auch sei seine Frau eine schöne Frau, die diese Schönheit natürlich durch die entsprechende Kleidung zu unterstreichen wünsche, durch kostspielige Korsetts, Hüte, Pelze, Spitzen, Rüschen und Behänge und wer weiß was noch, ihm ständig mit ihren Wünschen nach Perlenohrringen, Granatbroschen und Bernsteinketten in den Ohren liege, wie solle er als einfacher k. k. Postbeamter das bezahlen, sie würde ihn noch soweit bringen, den Weg zur Pfandleihanstalt in der Dorotheergasse anzutreten und wertvolle Familienerbstücke zu versetzen, dazu sei seine Frau fähig. Er hätte auf seine Mutter hören sollen, eine Kriegerwitwe, mit der er jahrzehntelang harmonisch in der Wohnung auf dem Fleischmarkt zusammengelebt hätte, noch dazu in unmittelbarer Nähe seines Arbeitsplatzes, des k.k. Reichshauptpostamtes, und die ihn, nachdem er ihr seine spätere Frau vorgestellt hatte, beiseitegenommen und gewarnt hätte, die gesagt hätte, und er erinnere sich an jedes einzelne Wort, die gesagt hätte, Roman, Frauen aus der Bukowina, aus der bessarabischen Steppe sozusagen, Steppenhexen sozusagen, seien durchtrieben bis in die Haarspitzen und hätten gutmütige Männer wie ihn binnen kürzester Zeit ruiniert, er solle zur Vernunft kommen, bevor es zu spät sei, und nicht so dumm sein und eine Frau mit einem Kind ehelichen, ein Kind bedeute einen Esser mehr, eine Frau und ein Kind, das seien zwei Esser mehr, zwei Esser, die sein Oberpostratssalär im Nu aufgezehrt haben würden, er werde sich noch wundern, er werde noch an seine Mutter denken. Ich fragte mich, ob mein Dienstgeber sich während solcher nächtlicher Reden meiner Anwesenheit bewußt war. Jedenfalls tat ich, als ob ich schliefe, und er beachtete mich nicht weiter.

Eines Sonntags erklärte mir Frau Lindner frühmorgens, ich müsse auf meinen Ausgang verzichten, da sie Gäste eingeladen hätte, einflußreiche Beamte der österreichisch-ungarischen Monarchie, die sich unter Umständen für eine Beförderung ihres Gatten zum k.k. Reichspostinspektor einsetzen würden, die diesem schon lange gebühre, nämlich Sektionsrat Doktor Hübl mit Gattin, Ministerialrat von Kaunitz, Amtsdirektor Magister Hohenberg-Unschlitt sowie den Stellvertretenden Dekan Professor Blittersdorf-Magenschab mit seiner Verlobten. Sie nehme nicht an, daß ich etwas dagegen einzuwenden hätte, ihr scheine, ich wisse mit meiner großzügig bemessenen Freizeit ohnehin wenig anzufangen. Jedenfalls möge ich gegen elf Uhr vormittags die Tischdecke mit der Ajourstickerei auf den Biedermeiertisch im Speisezimmer legen, den Tisch für acht Personen decken und auch das Servieren übernehmen, die Tagesköchin wisse Bescheid und werde mir erklären, was ich zu tun hätte, wie üblich bei solchen Gelegenheiten gebe es Suppe, Wermut, Fisch, dazu Weißwein, Braten mit Beilage, dazu Rotwein, Süßspeise, dazu Sekt, Obst und Kaffee und zuletzt Likör. Ich ging schlaftrunken in die Küche und bemühte mich, alles zu behalten, was die Tagesköchin mir sagte, nämlich daß neben dem flachen Teller für den Fisch links ein kleiner Dessertteller für das Jourgebäck zu stehen habe, daß rechts das Messer mit der Schneide nach innen, daneben das Fischmesser und ganz außen der Löffel hingelegt werde. Etwas undeutlich vernahm ich, daß die linke Seite mit der Fleischgabel besetzt sei und daß man ganz außen die Fischgabel plaziere, und wie aus weiter Ferne hörte ich noch, daß ganz außen das Glas für den Wermut stehe, daneben, oberhalb der Spitze des Fischmessers also, das Weißweinglas und dann der Reihe nach Rotwein-, Sekt- und Wasserglas. Ich hätte die Speisen von rechts anzubieten und von links abzuservieren und die Getränke von rechts einzufüllen.

Vor Übermüdung völlig apathisch deckte ich den Tisch, und als die Gäste sich zum Essen gesetzt hatten und mir die Frau Oberpostrat einen Wink gab, ging ich wie in Trance in die Küche, um den großen Suppentopf mit der Leberknödelsuppe zu holen. Als ich über die Schwelle des Speisezimmers trat, übermannte mich eine Sekunde lang der Schlaf, ich ließ die Terrine sinken und goß einen Teil der heißen Suppe auf meine Füße, worauf ich mit einem Schrei erwachte. Die Frau Oberpostrat sprang auf und schob mich ins Badezimmer, wo sie mir zuzischte, es sei die Höhe, sie und ihren Gatten derart zu kompromittieren, wir würden uns noch sprechen, jetzt müsse sie zu den Gästen zurück. Damit schlug sie die Tür zu, und ich stand neben der großen Zinkbadewanne auf Löwenklauen und schaute auf meine Fußriste hinunter, deren Haut sich rötete und anschwoll und erst jetzt zu schmerzen begann. Ich zog die Schuhe aus, stellte mich in die Badewanne und ließ solange kaltes Wasser auf meine Füße laufen, bis der Schmerz nachgelassen hatte, dann ging ich in die Küche, bestrich meine Riste mit Salatöl, nahm der erstaunten Köchin das Gefäß mit dem jodierten Ischler Kochsalz aus der Hand, mit dem sie gerade den ungarischen Karpfen würzte, und bestreute die verbrühten Stellen ausgiebig damit.

Nachdem die Gäste gegangen waren, stellte mich meine Dienstgeberin zur Rede und sagte, ich sei mir hoffentlich der Tatsache bewußt, daß ich der Karriere ihres Gatten schweren Schaden hätte zufügen können, sie habe all ihre Geistesgegenwart, all ihren Charme aufbieten müssen, um insbesondere die Verlobte von Professor Blittersdorf-Magenschab, eine unangenehme und schreckhafte Person, die dennoch großen Einfluß auf den Dekan hätte, zu beruhigen und vom vorzeitigen Aufbruch abzuhalten. Sie warne mich, ein zweites Mal würde sie eine derartige Entgleisung nicht dulden.

Da der Herr Oberpostrat sich während der folgenden Nächte weiterhin an meinem Bettrand in ebenso ausführlichen wie schwerzüngigen Beschwerden über seine lebenslustige junge Frau erging, blieb mein Schlafbedürfnis ungestillt. Das Malheur, das meine Dienstzeit bei der Familie Lindner unvermittelt beendete, geschah an einem Donnerstag nachmittag. Ich machte mich daran, die okkerfarbenen Samtvorhänge im Wohnzimmer abzunehmen, denn meine Arbeitgeberin hatte mir aufgetragen, sie mit warmer, feiner trockener Kleie abzureiben und anschließend mit der Rückseite nach unten über Wasserdampf aufzuspannen, damit der Dampf aufsteige, die Samthärchen aufrichte und dem Material auf diese Weise neuen Glanz verleihe. Ich holte also eine Leiter aus der Abstellkammer, stellte sie vor einem der hohen Fenster auf und stieg hinauf. Nachdem ich die ersten der ringförmigen Klammern, mit denen die Samtvorhänge an der Vorhangstange befestigt waren, geöffnet hatte, um die schweren Stoffbahnen herunterzunehmen, überwältigte mich von neuem die Müdigkeit, es wurde mir schwarz vor den Augen, und ich fiel von der Leiter auf das von mir so sorgfältig gebürstete und gewachste Sternparkett. Bei dem Aufprall verlor ich endgültig das Bewußtsein.

Unbestimmte Zeit später vernahm ich zunächst von weither und dann aus größerer Nähe eine zeternde Stimme. Ich war benommen, mein Kopf schmerzte und mir war übel. Nachdem ich die Augen halb geöffnet und mühsam um mich geblickt hatte, begriff ich, daß ich auf meinem Diwan lag, daß Frau Lindner und die Tagesköchin neben mir standen und daß die zeternde Stimme jene meiner Dienstgeberin war. Trotz meiner Benommenheit verstand ich im wesentlichen, was sie sagte, nämlich daß das Maß voll und daß ich fristlos entlassen sei. Dann versank ich erneut in Bewußtlosigkeit.

In einem bis auf das letzte Bett besetzten Krankensaal kam ich wieder zu mir. Ich fragte die Krankenschwester, die über mich gebeugt stand, wo ich mich denn befände und was geschehen wäre, und sie erwiderte, ich könne beruhigt sein, ich sei in der Obhut des in Wien und über die Grenzen Wiens hinaus als gewissenhaft bekannten Ärzte- und Schwesternpersonals des k. k. Allgemeinen Krankenhauses im neunten Wiener Gemeindebezirk, meine Dienstgeberin habe mich, versehen mit einem kleinen Pappkoffer, meinem Zeugnis, dem Dienstbotenbuch und dem letzten Monatslohn, von einem Fiaker herbringen lassen, ich hätte bei einem Sturz eine schwere Gehirnerschütterung davongetragen und müsse einige Tage lang strenge Bettruhe wahren.

Nachdem meine Schmerzen nachgelassen und mein Puls sich wieder beschleunigt hatte und ich wieder regelmäßig atmete, fragte ich die diensthabende Schwester, wo man mein Zeugnis verwahrt hätte, und sie zog ein Blatt aus der Lade des blechernen Nachttisches und drückte es mir in die Hand. In dem Dokument stand zu lesen, daß ich ein von Grund auf labiler, schwer lenkbarer Charakter sei und wegen unüberwindlicher Arbeitsscheu hätte entlassen werden müssen.

Als mir mitgeteilt wurde, wieviel der Tagessatz im k. k. Allgemeinen Krankenhaus betrug, erschrak ich, rechnete kurz nach und gelangte zu dem betrüblichen Resultat, daß mir, auch wenn ich die Heilanstalt trotz der Tatsache, daß ich noch nicht gänzlich genesen war, auf der Stelle verließ und auf diese Weise die Kosten für einen Tag und eine Nacht sparte, nicht mehr als dreiundsechzig Kreuzer übrigbleiben würden. Und auch wenn ich unverzüglich zu Herrn Prohaska ging und nochmals das Glück hatte, sofort eine Stelle zu finden, würde ich ihm die Vermittlungsgebühr schuldig bleiben müssen, ganz abgesehen davon, daß er sich unter Umständen kein zweites Mal bereit erklären würde, mich den Betrag später bezahlen zu lassen. Was aber sollte ich in einem solche Falle tun? Ich hatte gehört, daß es Bettfrauen gab, die einem ein Bett für die Nacht vermieteten, doch mit der Summe, die mir zur Verfügung stand, kam diese Möglichkeit nicht länger als ein, zwei Nächte in Betracht, und schließlich mußte ich auch etwas essen. Als die diensthabende Schwester an mein Bett trat, um mir den Blutdruck zu messen, lächelte ich sie strahlend an und sagte, ich hätte wunderbar geschlafen, es ginge mir ausgezeichnet, ich fühlte mich völlig gesund und könne mir nicht vorstellen, daß jemand etwas dagegen hätte, wenn ich unverzüglich aus dem Krankenhaus austräte. Etwas unsicher meinte die Schwester, soviel sie wisse, sei meine Entlassung erst für den nächsten Tag vorgesehen, worauf ich mich beeilte zu sagen, der Assistenzarzt hätte sich bereits bei der Frühvisite über meinen außergewöhnlich guten Gesundheitszustand gewundert und grundsätzlich nichts gegen meinen sofortigen Austritt einzuwenden gehabt.

So kam es, daß ich in der Internatsuniform und mit dem Pappkoffer, in dem sich nun auch mein Zeugnis, das Dienstbotenbuch und mein letzter Monatslohn befanden, sowie mit einem weißen Kopfverband zunächst das Gebäude und dann das Krankenhausareal verließ und etwas geschwächt den Weg zur Vermittlungsstelle einschlug. Nachdem ich etwa zehn Minuten gegangen war, beschloß ich, einen kleinen Umweg zu machen und die lebensgroße Madonna aus Lourdes in der Kapuzinerkirche aufzusuchen. Ich trat vor sie hin, setzte den Koffer ab, schaute ihr in die Augen und erklärte, dies sei aller Voraussicht nach mein letzter Besuch bei ihr, da, wie sich unschwer an meinem Verband erkennen lasse, weder sie noch ihr vom Kapuzinervikar Pater Method Jelinek aus Paris importiertes Miniaturebenbild imstande gewesen wären, mir das Mindestmaß an Unterstützung angedeihen zu lassen, das man von einer Heiligen ihres Formats erwarten dürfe. Damit öffnete ich den Koffer, zog das kleine Gegenstück mit dem himmelwärts gerichteten Blick heraus, stellte es zu ihren Füßen hin, machte den Koffer wieder zu, nahm ihn in die Hand, drehte mich um und ging zum Portal hinaus.

Während ich in der Vermittlungsstelle darauf wartete, daß ich an die Reihe käme, betrachtete ich verstohlen eine Frau nach der anderen, und unter den Mienen, die Hoffnungslosigkeit, Enttäuschung und Verzagtheit widerspiegelten, fiel mir das Gesicht einer jungen Frau auf, die eine Zeitung las, doch ab und zu aufschaute und die Umstehenden kurz musterte, ein Gesicht mit dunklem Flaum auf der Oberlippe, mit schwarzen Augen und einer niedrigen Stirn, aus welchem Trotz und Kampfgeist sprachen. Die junge Frau bemerkte meinen Blick, wies auf meinen

Kopfverband, lächelte und sagte, meine Herrschaft scheine mir ja übel mitgespielt zu haben, worauf ich rasch zur Antwort gab, davon könne keine Rede sein, ich hätte für korrekte, wenn auch ein wenig anspruchsvolle und nicht leicht zufriedenzustellende Dienstgeber arbeiten dürfen. Ich sei von einer Leiter gestürzt, das sei alles, eine reine Unachtsamkeit meinerseits. Ich möge ihr die Frage nicht verargen, sagte das Mädchen darauf, aber in unserem Metier käme so allerhand vor, das von Rechts wegen nicht vorkommen dürfe, es wäre eine Schande, daß das einzige Organ unseres Standes, der *Dienst-Bote*, der mir sicherlich bekannt sei, zwar Stellen vermittle, jedoch mit keinem Wort auf die Unzuträglichkeiten einginge, denen so gut wie jeder Bedienstete ausgesetzt sei, die Verhältnisse seien unzumutbar, unser Stand müsse sich endlich organisieren, müsse Kranken-, Alters-, Invaliditäts- und Unfallversicherung verlangen und auf einem Mindestlohn beharren. Sie hielt die Zeitung in die Höhe, und unter den anwesenden Frauen erhob sich immer lauter werdendes Gemurmel, aus dem Wörter wie Verhetzerin, Unfriedensstifterin, Aufwieglerin und verstiegene Phantastin herauszuhören waren, und eine ältere, abgearbeitete Frau, die neben mir stand, sagte in scharfem Ton, wie könne sie sich solcherlei Unbotmäßigkeiten erlauben, derart unangemessene Ansprüche stellen und zu so radikalen Veränderungen aufrufen, sie müsse sich doch ihrer weiblichen Natur bewußt sein, die Umwälzungen und Umbrüche gewaltsamer Art verabscheue, die bewahre, erhalte, festige, sichere, wolle sie denn die von der Natur gegebene, von Gott gewollte Ordnung umstoßen, sie leichtfertig zerstören? Jawohl, rief eine andere, abgehärmt aussehende Stellungssuchende mit einem mageren Säugling auf dem Arm, wie könne sie es wagen, die gegenseitige Liebe und Wertschätzung zu leugnen, welche bis auf wenige bedauerliche Ausnahmen das Verhältnis zwischen Herrschaft und Dienstpersonal bestimme, es stünde der dienenden Klasse und viel mehr noch dem weiblichen Geschlecht nicht an zu fordern, zu gegebener Zeit würden unsere Arbeitgeber den uns bereits gewährten Vergünstigungen aus freien Stücken weitere hinzufügen. Dienen sei Herrschen, schrie eine dritte, von der Schwindsucht gezeichnete Frau, auf deren bleichen Wangen sich zwei kleine, kreisrunde rote Flecken abzeichneten, habe sie diese tiefe christliche Wahrheit nicht begriffen, die Ersten würden die Letzten, wir Letzten aber die Ersten sein. Dann wurde sie von einem Hustenanfall geschüttelt, und Herr Prohaska öffnete die Tür und bat die junge Frau mit der Wochenschrift *Dienst-Bote* in sein Büro.

Als ich etwa eine halbe Stunde später vor seinem Schreibtisch stand, erwähnte er meinen Kopfverband mit keinem Wort, runzelte die Stirn und meinte, er müsse sich wundern, meine Erstanstellung bei der ehrbaren Bürgersfamilie Lindner sei nicht von sehr langer Dauer gewesen, ich möge doch bitte mein Zeugnis vorweisen. Nachdem ich ihm mit gesenktem Blick das Blatt hingestreckt und er es an sich genommen und überflogen hatte, sah er mich ernst an und sagte, bereits nach Ende des ersten Dienstverhältnisses ein so ungünstiges Zeugnis ausgestellt zu bekommen, schmälere natürlich meine Aussichten, eine zweite Anstellung bei einem Arbeitgeber von vergleichbarer Respektabilität zu erhalten, ungemein, ja, mache dies praktisch unmöglich. Da er auf die Reputation seines Unternehmens, das er seit nunmehr siebenundzwanzig Jahren zum Wohle, wie er zu behaupten wage, einer ganzen Generation von Dienstboten führe, zu achten verpflichtet sei, müsse er mir nahelegen, doch eine andere der in Wien so zahlreichen, wenn auch durchweg weniger effizienten Stellenvermittlungen aufzusuchen. Er werde nur noch meine zweifellos nicht leichtfertig erfolgte Beurteilung seitens der Frau Oberpostrat, einer für ihre Integrität bekannten Wiener Bürgersfrau, ins Dienstbotenbuch eintragen, damit alles seine Ordnung habe und potentielle Dienstgeber sich ein unvoreingenommenes Bild von mir machen könnten.

Gedrückt verließ ich das weiße Haus und wanderte mit dem Pappkoffer ziellos durch Wien. Bald lenkte mich das lebhafte Treiben auf den Straßen ein wenig von den mich belastenden Sorgen ab, meine Stimmung hob sich, und die mir eigene Zuversicht begann zurückzukehren. Es war unbestreitbar, die Madonna von Lourdes, von deren außergewöhnlichen Fähigkeiten meine selige Mutter so überzeugt gewesen war, hatte versagt. Das hieß jedoch nicht, daß es in dieser großen Stadt mit ihren vielen Kirchen, in denen zahllose Heiligenfiguren standen und in denen die Heiligenbilder zu Hunderten über den Altären hingen, nicht einen weiteren Nothelfer, eine weitere Nothelferin gab, die sich meiner erbarmen würde. Ich beschloß also, die Stephanskirche aufzusuchen, den Dom im Mittelpunkt der Stadt, an dem ich bei meinen Botengängen für die Frau Oberpostrat öfter vorbeigekommen war, in der Überzeugung, ein so geräumiges Gotteshaus müsse einige dieser Mittler zwischen Gott und den Menschen beherbergen.

Als ich durch das mit vielen Reliefs und Figuren geschmückte Riesentor in das Kircheninnere trat, brauchten meine Augen längere Zeit, um sich an das Halbdunkel zu gewöhnen. Dann ging ich langsam durch die Seitengänge, vorüber an der Katharinenkapelle, an der Barbarakapelle, am Hochaltar und an der Eligiuskapelle. Auf einem Sockel in der Wand der Eligiuskapelle stand eine lächelnde Muttergottes mit einer Krone auf dem Kopf und einem Szepter in der Hand. Der bucklige alte Kirchendiener, der gerade die Kerzenstümpfe entfernte, erklärte mir, das sei die Himmelspförtnerin, die nach unmißverständlicher Bekundung ihrer mirakulösen Gabe von einem nahegelegenen Kloster in den Dom gebracht worden sei, ebenso wie drei weitere Marien, deren rege Wundertätigkeit gleichfalls unbestritten wäre. Er faßte mich am Ärmel meiner Weste und zog mich weiter, hin zu einem auf Holz gemalten Bild in einem kostbaren Rahmen, welches die Jungfrau mit dem Jesuskind auf dem Arm darstellte. Dies sei die wunderkräftigste von allen, sagte er, sie stamme aus Pötsch in Ungarn und werde deshalb Unsere liebe Frau Maria Pötsch genannt. Wenn ich, wie er annehme, Heilung für meine Kopfverletzung erbitten wolle, dann sei sie die richtige. Und die nächste, sagte der alte Mann und schob mich weiter, die nächste sei die Schutzmantelmadonna, eine äußerst sympathische Heilige. Er zeigte auf eine anmutig geschwungene Marienstatue auf einer Säule, die mit ihrem ausgebreiteten Mantel die Gläubigen umfing, und meinte, ihm persönlich sei sie die liebste, obwohl auch die Dienstbotenmuttergottes sehr viele Verehrer hätte, das Standbild der Dienstbotenmuttergottes erfreue sich größter Beliebtheit unter den Gläubigen. Bei der Erwähnung dieses Namens wurde ich augenblicklich hellhörig und fragte den Alten, wo die Statue sich befinde und was es mit ihr auf sich habe. Er eilte ein paar Schritte voraus, winkte mich zur Kanzel im Hauptschiff hin, in dessen Nähe eine heiter blickende Madonna mit einem ebenso fröhlich wirkenden Kind stand, das seine rechte Hand auf die Brosche gelegt hatte, welche das Gewand seiner Mutter über der Brust zusammenfaßte. Die Statue habe der Gräfin von Ramshorn gehört, erzählte der Kirchendiener, einer reichen Wiener Adeligen, die eines Tages ihr Dienstmädchen des Diebstahls einer Perlenkette bezichtigt hätte. Die Magd habe sich vor der Muttergottes auf die Knie geworfen und sie angefleht, ihre Unschuld zu beweisen. Tatsächlich hätte man das Schmuckstück gleich darauf bei einem Reitknecht gefunden, der den Diebstahl gestanden habe, und aus Reue über die unberechtigte Verdächtigung hätte die Gräfin die Statue dem Domkapitel zum Geschenk gemacht. Ich dankte dem Buckligen herzlich für diese Information und kaufte ihm ohne weiteres Zögern eine lange weiße Wachskerze ab, die ich anzündete und in eine der für Opferkerzen bestimmten Halterungen unter der Heiligen stellte. Endlich hatte ich die ideale Fürsprecherin gefunden, eine Madonna, die auf die Probleme und Leiden der Hausgehilfinnen spezialisiert war. Meine unsichere Zukunft machte mir mit einem Mal keine Angst mehr.«

9

Auf dem Weg zum Sigmund-Freud-Museum im neunten Wiener Gemeindebezirk kam ich in der Alserstraße an einem grauen Gebäude vorüber, auf dem ein Schild mit der Aufschrift *Landesgericht für Strafsachen* angebracht war, und mir wurde klar, daß es sich um das Haus handelte, in welchem Rosa Havelka auf ihre Hinrichtung gewartet und ihre Lebensgeschichte aufgeschrieben hatte. Je mehr ich über sie erfuhr, um so größer wurde mein Mitleid mit diesem liebevollen, gutwilligen, ehrlichen und ausgebeuteten Geschöpf. Ich bog in die Berggasse ein, ging die Straße bis zur Nummer neunzehn hinunter, trat durch das Haustor in das gepflegte Treppenhaus, von dessen Fenstern aus man einen Blick auf den schönen Innenhof des Gebäudes hatte, und öffnete die an ihrer Innenseite mit einem Eisengitter versehene Eingangstür zum Museum, der ehemaligen Ordination Sigmund Freuds, in der er jahrzehntelang gearbeitet und Dora, den Wolfsmann und den Rattenmann behandelt hatte. Ich kaufte mir eine Eintrittskarte, ging durch die Räume und sah mir die Möbel und Bilder des ehemaligen Wartezimmers, den in einer Vitrine ausgestellten Teil der Antikensammlung Freuds und andere Gegenstände aus seinem Besitz an, darunter seine Ärztetasche, einen großen schwarzen Regenschirm, einen Hut und eine alte Truhe. Im Grunde aber war ich nicht seinetwegen gekommen, sondern wegen seiner jüngsten Tochter Anna, die gleichfalls in diesem Haus gelebt und als Kinderanalytikerin praktiziert hatte und vor der Flucht der Familie nach England am zweiundzwanzigsten März neunzehnhundertachtunddreißig von der Gestapo zu einem Verhör abgeholt, am selben Tag jedoch wieder freigelassen worden war, die Frau, die ich in dem von John geplanten Musical über Freud darstellen sollte. Im Verkaufsraum blätterte ich in verschiedenen Büchern, stieß dabei auf mehrere Fotos von Anna Freud als Kind, junge, ältere und sehr alte Frau und betrachtete lange ein Bildnis aus ihrer Jugend, das mir sehr gefiel und auf dem sie lächelnd, doch mit traurigen dunklen Augen abgebildet war, eine dunkle Baskenmütze in die Stirn gezogen hatte und eine Halskette unter einem glänzenden leichten Mantel trug. Bevor ich ging, legte mir der junge Mann an der Kasse nahe, die Sigmund-Freud-Gesellschaft durch eine Summe von fünfhundert Schilling pro Jahr zu unterstützen, da es sich bei ihr um einen privaten wissenschaftlichen Verein handle, bedeute jede Mitgliedschaft eine entscheidende Hilfe, dieser Beitrag berechtige mich dazu, mit meinen Freunden und Bekannten das Museum beliebig oft zu besuchen, außerdem erhielte ich viermal jährlich den Newsletter der Gesellschaft sowie Einladungen und ermäßigten Eintritt zu den Veranstaltungen und dürfe die Bibliothek benützen.

Nach dem Besuch in Freuds Wohnhaus, den auf keinen Fall zu unterlassen John mir eingeschärft hatte, beschloß ich, zu Fuß zu meiner nächsten Gesangsstunde ins Sterbehaus zu gehen, da die Sonne schien und es windstill war und da mein Knöchel nicht mehr schmerzte, was mir erlaubt hatte, endlich wieder meine burgunderroten Schuhe mit den hohen Absätzen anzuziehen. Ich nahm den Weg durch den Volksgarten, und als ich an der Statue einer schönen Frau vorüberkam, bei der es sich, wie ich der Inschrift auf dem Sockel entnahm, um Elisabeth von Österreich handelte, jene Kaiserin Sisi, die bereits zweimal von Josef Horvath und mehrmals in der Geschichte der Rosa Havelka erwähnt worden war, trat ich näher an die Steinskulptur heran, betrachtete ihre Gesichtszüge und konnte nicht die geringste Ähnlichkeit mit dem Porträt der Mutter meines Gesangslehrers feststellen.

Auf der Treppe, die zu Horvaths Wohnung führte, begegnete ich Fräulein Haslinger, dessen Nachbarin, mit der dieser mich inzwischen bekanntgemacht hatte und die stehenblieb und sagte, es freue sie ungemein, daß der arme Herr Horvath jemanden gefunden habe, der sich seiner annehme, ich müsse wissen, seine verstorbene Mutter, von welcher er stets im Ton größter Hochachtung spreche, hätte sich zu Lebzeiten dieser rührenden Ehrerbietung keineswegs würdig erwiesen, sie wäre eine mittelmäßige, eher häßliche Pianistin gewesen, die den armen Herrn Horvath zeit seines Lebens unterdrückt habe, eine ganz gewöhnliche Person, die sich für etwas Besseres gehalten hätte, in Wahrheit aber zu geizig gewesen sei, um dem stets kränkelnden Kind Medikamente zu kaufen, zu selbstbezogen, um ihm die nötige Pflege angedeihen zu lassen. Und was den Vater betreffe, meinte Fräulein Haslinger dann, indem sie die Stimme senkte und ihren kleinen runden Mund meinem Ohr näherte, was den Vater des armen Herrn Horvath betreffe, den dieser in seinem ganzen neunundzwanzigjährigen Leben niemals zu Gesicht bekommen habe, so würde gemunkelt, daß die Pianistin selbst nicht mit Sicherheit gewußt hätte, wer von den Mannspersonen, mit denen sie Umgang gepflogen habe, als solcher zu bezeichnen sei, aufgrund des lustigen Lebens, das sie jahrelang geführt hätte, während sie als Mitglied eines ungarischen Wanderorchesters durch Ostniederösterreich, das Burgenland und Westungarn gezogen sei, wäre der Kindsvater nicht eindeutig festzustellen gewesen, sie selbst, die Pianistin, habe sich um die Verbreitung des Gerüchtes bemüht, es hätte sich bei jenem um einen berühmten, in den bekanntesten Konzertsälen der Vereinigten Staaten diesseits des Mississippi auftretenden Geiger, Sohn einer unehelichen, während seiner

Zeit als Gastdirigent an der New Yorker Metropolitan Opera gezeugten Tochter Gustav Mahlers gehandelt, sie, Fräulein Haslinger, neige jedoch eher zur Ansicht, daß der Vater des armen Herrn Horvath Jongleur in einem kleinen kroatischen Wanderzirkus gewesen sei, auf welchen besagtes Wanderorchester auf seinen Fahrten gestoßen wäre, aber genau werde man es wohl nie wissen. Übrigens, falls ich mich, wie sie vermute, auch um das leibliche Wohl des armen Herrn Horvath kümmere, sei sie gern bereit, mir das *Kochbuch der Pfarrhaushälterinnen*, eine Sammlung von Rezepten aus dem Pfarrhaus, zu borgen und mir dann und wann ein Glas Lindenblütenhonig aus der Imkerei ihres Schwagers zu überlassen, sie empfehle mir, die von mir zubereiteten Speisen mit diesem Naturprodukt zu süßen, es sei das Allerbeste für Herrn Horvaths angegriffene Bronchien.

Während ich weiter die Treppe hinaufging, fragte ich mich, ob Josef Horvath wirklich erst neunundzwanzig Jahre alt war, denn ich hatte sein Alter wesentlich höher eingeschätzt. Als er mir die Tür öffnete, stand er zu meiner Überraschung nicht wie gewöhnlich in seinem lachsrosa Morgenrock vor mir, sondern in Jeans und einem blauen Rollkragenpullover, was ihn tatsächlich um einiges jünger aussehen ließ, und während ich am Stutzflügel stand und sang: »Nun seh' ich wohl, warum so dunkle Flammen/Ihr sprühet mir in manchem Augenblicke./O Augen! O Augen!«, betrachtete ich meinen mich auf dem Klavier begleitenden Lehrer und dachte, daß die Farbe des Pullovers das Graublau seiner Augen gut zur Geltung brachte. Seit kurzem hatte ich das Gefühl, daß ich Fortschritte machte, daß stimmliche Verspannungen sich lösten, ich genoß das Singen, vor allem das Singen zu zweit, und verließ das Sterbehaus mit jedem Mal entspannter und unverkrampfter. Und wenn Horvath behauptete, die Stimme sei ein metaphysisches Instrument, ein Wunder, wenn er sagte, der Gesangston könne als Chiffre kosmischer Ordnung gelten, wenn er von der schwebenden Architektur der oberen Räume sprach, dann fand ich diese Ausdrucksweise nicht mehr so unverständlich und übertrieben wie zu Anfang.

Wir hatten uns angewöhnt, nach dem Ende der Gesangsstunde eine Tasse Kräutertee zu trinken, und bei einer dieser Gelegenheiten erwähnte ich die handgeschriebene Lebensgeschichte, welche ich in der Truhe meiner Verwandten gefunden hatte, und fragte ihn, ob er je von einer Rosa Havelka, geborene Tichy, gehört hätte, die um die Jahrhundertwende von einem Scharfrichter namens Josef Lang wegen Gattenmordes gehenkt worden sei, eine Frage, die er verneinte. Dann setzte er hinzu, er glaube sich zu entsinnen, daß es tatsächlich einen Scharfrichter dieses Namens gegeben habe, seines Wissens sei jedoch keine Frau von ihm hingerichtet worden, worauf ich meinte, vermutlich sei die Geschichte völlig frei erfunden, dennoch rühre mich das Schicksal dieser Halbwaisen, die als Stubenmädchen von ihren Dienstherren, einer auf dem Neuen Markt wohnhaften Familie Lindner, auf das schändlichste ausgenützt worden sei. Da griff Horvath sich an die Stirn und murmelte, Lindner, Lindner, ihm sei eine in einem Haus auf dem Neuen Markt wohnende Familie Lindner bekannt, eine Familie, die er um ihren sich seit vielen Jahrzehnten in ihrem Besitz befindlichen, von der Firma Blüthner in Leipzig angefertigten Flügel glühend beneide, auf welchem er der jüngsten Tochter vor einigen Jahren Unterricht erteilt habe, worauf ich rief, das sei doch nicht möglich, Rosa Havelka beschreibe in ihrer Geschichte ein solches Klavier, was für ein eigenartiger Zufall, und meinem Lehrer eine Tasse Veilchenblättertee nachschenkte.

Als ich am späten Nachmittag in die Wohnung Ecke Blutgasse Domgasse zurückkehrte, saß Tante Pia vor dem

Fernsehapparat und meinte, ihr Fernsehgerät, das sie im Jahre neunzehnhundertvierundsechzig gemeinsam mit dem Major in einem Fachgeschäft in der Mariahilferstraße erstanden habe, sei nach wie vor funktionstüchtig, allerdings wäre das Bild ein wenig verschwommen, könne ich es nicht schärfer einstellen, sie höre ohnehin kaum etwas, nun habe sie auch noch größte Mühe, die blutjunge Romy Schneider in dem wunderbaren Film *Sisi, die junge Kaiserin* in ihrer ganzen Schönheit zu erkennen. Nachdem ich mich vergeblich darum bemüht hatte, eine größere Bildschärfe zu erzielen, setzte ich mich neben meine Verwandte vor das Schwarzweißgerät und begnügte mich damit, die Bewegungen der undeutlichen Umrisse Sisis, ihres kaiserlichen Gemahls und ihrer Schwiegermutter auf dem Bildschirm zu verfolgen und mir die Handlung von Tante Pia erklären zu lassen. Es sei Liebe auf den ersten Blick gewesen, sagte diese, Karlheinz Böhm habe sich beim Tee in Ischl augenblicklich in den Wildfang, der Sisi damals gewesen sei, verliebt, und sie deutete auf den glockenförmigen hellen Fleck auf dem Bildschirm und meinte, das müsse das duftige Seidenkleid mit weitausladender Krinoline samt weißer Spitzenmantille sein, mit dem Romy Schneider, der ein so tragisches Schicksal bestimmt gewesen wäre, zu Schiff ihrem Verlobten entgegengefahren sei, man stelle sich vor, aus dem kleinen Possenhofen in die große Welt, ungeachtet der Tatsache, daß man sie an jeder Schiffsanlegestation zwischen Straubing und Nußdorf begeistert begrüßt hätte, habe das nicht gutgehen können, der Tod Sisis durch Selbstmord in Paris, die Ermordung Romy Schneiders durch einen italienischen Anarchisten im Jahre achtzehnhundertachtundneunzig habe sich von allem Anfang an abgezeichnet, ebenso wie das verhängnisvolle Ende ihrer kleinen Wilma, gegen die Vorsehung sei nichts auszurichten.

Abends rief meine Mutter an und erkundigte sich nach meinem Befinden, und ich sagte, nach einigen Anpassungsschwierigkeiten ginge es mir gut, ich hätte mich an die taube Tante Pia und meinen Gesangslehrer gewöhnt und fände Wien trotz des fast ständigen Schlechtwetters nicht unangenehm, übrigens wäre ich bei Tante Pia auf die Lebensgeschichte eines Dienstmädchens aus der Zeit der Jahrhundertwende gestoßen, sei ihr zufälligerweise der Name Rosa Havelka, geborene Tichy, bekannt? Auf dieses hin schwieg meine Mutter so lange, daß ich schon dachte, die Verbindung sei unterbrochen, dann meinte sie, Rosa Havelka, nicht daß sie wüßte, außerdem möge ich davon Abstand nehmen, die Gastfreundschaft Tante Pias zu mißbrauchen und in ihren Truhen herumzustöbern.

Gleich nachdem ich den Hörer aufgelegt und gedacht hatte, Truhen, weshalb sagte meine Mutter Truhen, ich hatte doch kein Wort von einer Truhe erwähnt, klingelte das Telefon ein zweites Mal, und diesmal war es John, der fragte, wie es seinem zartbitteren Zwitschervögelchen, seiner nußbraunen Nachtigall gehe, wann ich denn zurückflöge, er könne meine Rückkehr kaum erwarten, worauf ich antwortete, ich befände mich im geruhsamen Wien, nicht im rastlosen New York, hier hätten die Dinge ihren eigenen Rhythmus, den zu beschleunigen nicht ratsam sei, mein Lehrer, ein typischer Bewohner dieser Stadt, den ich bezüglich seiner gesangspädagogischen Qualitäten anfänglich etwas unterschätzt und überhaupt in seinem Wesen verkannt hätte, ließe sich nicht drängen, wir, er und ich, seien nur dann imstande, unser Bestes zu geben, wenn uns genügend Zeit zur Verfügung stehe, jede Übereilung sei von Nachteil. John wandte ein, er begreife nicht ganz, ich sei es doch gewesen, die bisher auf Abkürzung des Aufenthalts gedrängt habe, und als ich meinte, ich hätte inzwischen erkannt, daß der Weg zu stimmlicher Höhe ein mühsamer und langwieriger sei, erwiderte er, das möge durchaus der Fall sein, er gebe jedoch zu bedenken, daß die Proben für das Musical bald begännen, der Probenplan stehe bereits fest, wie stellte ich mir das vor, die Rolle der Anna Freud sei eine Starrolle, ich könne doch den Proben nicht einfach fernbleiben, worauf ich gelassen sagte, es würde sich alles weisen, nun aber müsse ich mit einer Lektüre fortfahren, die mich seit Tagen in Anspruch nähme, wir sprächen uns in absehbarer Zeit.

Fünftes Kapitel

»Als ich aus dem Dom ins Freie trat, kam ich an einer Bettlerin vorüber, die im Eingang des Portals saß und die Hand ausstreckte. Ich gab ihr einen Kreuzer und blickte ihr dabei in das zum Teil von einem Tuch verhüllte Gesicht, und zu meinem Erstaunen erkannte ich die junge Frau wieder, die sich vor kurzem in der Vermittlungsstelle so entschieden für die Rechte des Dienstbotenpersonals ausgesprochen hatte. Ich grüßte sie, und sie lächelte mich an und meinte, der Prohaska habe für mich wohl ebensowenig wie für sie eine Stelle gehabt, und ich hätte mich deshalb sicher an die Heiligen um Hilfe gewandt, ein Schritt, der insbesondere vom Dienstbotenvolk in ausweglosen Situationen immer wieder unternommen werde, dessen Wirksamkeit sie allerdings bezweifle. In Zeiten der Arbeitslosigkeit ziehe sie es vor zu betteln, obgleich man auf der Hut vor der Polizei sein müsse, die nur auf einen Vorwand warte, unsereinen ins Arbeitshaus zu stecken. Sie hätte eine recht gute Stelle bei der Familie der Edlen von Schreyvogl im Hause Stubenring achtzehn gehabt, doch habe die Hausfrau sie aus Sparsamkeitsgründen vor dem Aufbruch in die Sommerfrische entlassen. Allerdings wäre es möglich, daß der Ferienaufenthalt derer von Schreyvogl in ihrem Sommerhaus in Altaussee inzwischen beendet und daß die Familie nach Wien zurückgekehrt sei, ich könne es ja bei ihnen versuchen, man wisse nie, vielleicht hätte ich Glück.

Ich bedankte mich bei dem Mädchen für den Hinweis und sagte, ich würde ihn gleich verfolgen und die von ihr empfohlene Familie umgehend aufsuchen. Sie rief mir noch nach, ich solle mir keine allzu großen Erwartungen machen, sie sei vor nunmehr sechs Monaten mit der Südbahn aus Maribor nach Wien gekommen, um Arbeit zu suchen, und seither habe ihr Leben in einer einzigen Reihe von Enttäuschungen bestanden, ich möge mich vor den Wienern in acht nehmen, ihre an der Oberfläche gezeigte Liebenswürdigkeit täusche, es handle sich großteils um geizige und verschlagene Personen, die ihre Dienstboten ausnützten und unterdrückten, wo sie nur könnten, in keiner anderen ihr bekannten Stadt hätten die dienenden Menschen weniger Rechte als hier, übrigens hieße sie Ljuba, Ljuba Zupan, ich würde noch an sie denken.

Das Gebäude Stubenring achtzehn, vor dem ich zehn Minuten später stand, war ein herrschaftliches Palais, und sein prächtiges Äußeres schüchterte mich derartig ein, daß ich nicht sofort wagte, es mit meiner mittlerweile etwas abgetragen wirkenden und nicht mehr ganz sauberen Internatsuniform und meinem schäbigen Pappkoffer zu betreten. Dann aber sagte ich mir, ich müsse diese unvermutete Chance, die Ljuba mir geboten hatte, nützen, trat ein und wurde sofort von einer dicken, schlampig gekleideten Frau mit wirrem grauem Haar, die die Freitreppe kehrte, aufgehalten und gefragt, was ich denn in diesem Haus verloren hätte, Betteln und Hausieren sei hier strengstens untersagt. Ich sagte, beides liege mir fern, vielmehr sei ich auf der Suche nach der Wohnung der Edlen von Schreyvogl, mir sei zu Ohren gekommen, daß die Familie Bedarf an einer Hausangestellten habe. Die dicke Frau hörte zu kehren auf, stützte sich auf ihren Reisigbesen, betrachtete mich eingehend und meinte dann abschätzig, das sei tatsächlich der Fall, sie könne sich allerdings kaum vorstellen, daß der elegante und ungemein einnehmende junge Herr, Sohn und Teilhaber des Seidenfabrikanten Hugo von Schreyvogl, und seine bildhübsche und grundgütige Gemahlin, eine geborene Freifrau von und zu Purgstall-Wohlleben, ihr bezauberndes kleines Zwillingspärchen der Obhut irgendeiner dahergelaufenen Bewerberin anvertrauen würden. Dann setzte sie hinzu, immerhin hätte sich die reizende junge Familie endlich von dieser renitenten Slowenin mit dem hinterhältigen Blick getrennt, die dem jungen Herrn ständig schöne Augen gemacht habe und der sie persönlich nicht über den Weg getraut hätte, bei Slowenen wisse man ja nie, das Renitente sowie das Hinterhältige sei ihnen angeboren, eine rassische Eigenheit. Darauf setzte ich vorsichtig den Fuß auf die erste Stufe der Freitreppe und sagte, ich sei so frei, würde sie vielleicht die Güte haben und mir mitteilen, in welchem Stockwerk die Familie residiere. Widerstrebend zog die dicke Frau, bei der es sich wohl um die Hausbesorgerin handelte, den Besen weg, der mir im Weg stand, und sagte schroff, Mezzanin, Türnummer sechs.

Ich ging die Treppe hinauf, zog an der Messingglocke, die neben der Eingangstür Nummer sechs hing, hörte, wie Schritte sich näherten, und schließlich öffnete sich die Tür, und eine sehr große, sehr magere und sehr blasse schwangere Frau mit einem schwarzen Haarknoten und einer Nickelbrille auf der Nase wiederholte, was die Hausmeisterin bereits betont hatte, nämlich daß Betteln und Hausieren in diesem Gebäude ausnahmslos verboten sei. Bevor sie mir die Tür vor der Nase zuschlagen konnte, sagte ich schnell, ich hätte gehört, daß in ihrem Hause eine Stelle als Hausgehilfin frei sei, und wolle mich um diese Stelle bewerben. Die Frau hielt inne, seufzte tief und meinte, das stimme, sie suche dringend ein Kindermädchen, die Erziehung und Pflege elf Monate alter Zwillinge erfordere eiserne Nerven und sei von ihr allein einfach nicht zu bewältigen, sie koste sie all ihre Kräfte, Kräfte, die sie doch, wie ich unschwer erkennen könne, dem neuen Leben, das in ihr wachse, zuteil werden lassen müsse.

Ihr Sommeraufenthalt in Altaussee, der ihre Energie bisher immer auf das Schönste erneuert habe und den sie bedauerlicherweise vor drei Tagen hätten abbrechen müssen, sei diesmal alles andere als eine Erholung gewesen, sie sei völlig erschöpft, und ich möge doch eintreten und in Gottes Namen mein Dienstbotenbuch vorweisen. Ich übergab ihr das Buch, und die Dame las die Eintragung der Frau Oberpostrat und murmelte, labil, arbeitsscheu, das sei aber keine gute Empfehlung. Dann sah sie mich an und meinte, im Grunde bliebe ihr kaum eine Wahl, sie habe weder Zeit noch Kraft, sich um eine geeignetere Person umzusehen, und werde es mit mir versuchen, allerdings könne sie mir auf keinen Fall mehr als drei Gulden Monatslohn bezahlen, die Einnahmen aus der kleinen Seidenmanufaktur im siebenten Bezirk, die der Familie ihres Mannes gehöre, gingen ständig zurück.

Die nächsten Stunden verbrachte ich im Volksgarten, wohin mich meine neue Dienstgeberin mit den Zwillingen Tassilo und Klaus Maria geschickt hatte. Dort spielten die Kinder der wohlhabenderen Wiener, kleine Mädchen mit weißen Schürzchen und Buben in Matrosenanzügen, überwacht von Kindermädchen und Kinderfräulein, Verstecken, Schnurspringen, Ball und Murmeln. Frau von Schreyvogl hatte mir eingeschärft, jede Annäherung proletarischer Kinder, die sich auf dem Spielplatz unter jene aus der gehobenen Schicht mischten, ohne daß man es gänzlich verhindern konnte, an ihre Zwillinge strikt zu unterbinden, man sei ja heutzutage ohnehin kaum noch unter sich. Ich spielte mit den beiden Kleinen und unterhielt mich ein wenig mit den anderen Kindermädchen, die auf den Stufen des Theseustempels saßen, dann setzte ich sie wieder in den Zwillingswagen und schob ihn zurück in die herrschaftliche Wohnung am Stubenring, wo Frau von Schreyvogl mich beauftragte, ihre Söhne zu füttern, zu baden und ins Bett zu bringen.

Nachdem Tassilo und Klaus Maria in ihren Bettchen lagen, sagte die junge Mutter, inzwischen habe sie mein Zimmer vorbereitet, das hieße, im Grunde sei es eigentlich kein Zimmer, sondern ein sich an den so gut wie nie benützten Rauchsalon anschließender, geräumiger begehbarer Kleiderschrank, ein ausgesprochen hübscher, hoher und luftiger Raum mit kostbarer Seidentapezierung aus der Produktion der Seidenmanufaktur Schreyvogl & Söhne, die, wie ihnen der k. k. Hoflieferant Schimmerling, mit dem sie freundschaftlichen Verkehr pflegten, versichert hätte, in Farbe und Muster jener aus blauer Lyoner Seide, mit welcher die Wände des gemeinsamen Schlafzimmers von Kaiser Franz Joseph und Kaiserin Elisabeth in Schloß Schönbrunn seit ihrer Vermählung im Jahre achtzehnhundertvierundfünfzig bedeckt seien, aufs Haar gliche, sie sei sicher, ich würde mich darin sehr wohl fühlen. Frau von Schreyvogl führte mich durch das schön eingerichtete große Wohnzimmer und durch den mit hohen Bücherregalen, schweren dunkelbraunen Lederfauteuils und einem mit grünem Filz bespannten Spieltisch ausgestatteten Rauchsalon in einen fensterlosen Verschlag von etwa zwei mal zwei Metern Ausmaßes, von dessen Wänden verschossene blaue Stoffbahnen hingen und das an Mobiliar außer einer auf dem Fußboden liegenden Matratze nichts enthielt als einen wackeligen Blechwaschtisch mit einer abgeblätterten weißen Emailschüssel und einem verbeulten weißen Emailkrug, einen Stuhl, dessen Bespannung durchhing, eine ausgediente Kommode mit drei Laden, auf der ein Kerzenhalter mit einer halb niedergebrannten Kerze stand, sowie eine an die Wand gelehnte, fast blinde Spiegelscheibe mit einem diagonalen Sprung darin. Frau von Schreyvogl zog die oberste Lade der Kommode heraus, was nicht sofort gelang, da sie klemmte, entnahm ihr ein schwarzes Kleid, eine zerdrückte weiße Schürze und ein kleines weißes

Häubchen und meinte, dies sei die Garderobe, die Ljuba getragen habe, das sympathische Kindermädchen aus Maribor, welches sie bedauerlicherweise vor eineinhalb Monaten verlassen hätte. Ljuba sei zwar eine Spur kleiner gewesen als ich, aber die adrette Kindermädchentracht werde sicherlich auch mir ausgezeichnet stehen.

Unser Gespräch wurde durch das Eintreten des Hausherrn unterbrochen. Ich drehte mich um und blickte einem gutaussehenden Mann mit lockigem dunklem Haar, einem gepflegten Vollbart, steifem Kragen und Zylinder ins Gesicht, der einen schwarzen Bratenrock trug und mir merkwürdig bekannt vorkam. Nachdem er seine Frau auf beide Wangen geküßt hatte, wandte er sich zu mir, und als ich mich nicht rührte, da ich immer noch am Überlegen war, wo ich ihn schon gesehen haben könnte, stieß Frau von Schreyvogl mich mit dem Ellbogen an und flüsterte, knicksen Sie. Ich machte einen tiefen Knicks, wie Fräulein von Roth-Rothenhorst ihn Helene, Marie und mir mit dem Hinweis beigebracht hatte, das sei der Hofknicks, wie er am Kaiserhofe von den Hofdamen praktiziert würde, und der Edle von Schreyvogl nahm mich lächelnd an der Hand und zog mich zu sich hoch. Da wußte ich plötzlich, wer es war: Aufgrund eines der merkwürdigen Zufälle, wie sie in meinem Leben auch späterhin mit erstaunlicher Häufigkeit auftreten sollten, handelte es sich bei dem Mann, der vor mir stand, um denselben, der auf dem Kiesweg vor dem Haus der Familie Gerstner in Marienbad gestanden und in dem Reclam-Bändchen mit der »Marienbader Elegie« geblättert hatte, das von meinen Halbschwestern über die Gartenmauer geworfen worden war. Seiner Miene war zu entnehmen, daß er sich im Gegensatz zu mir nicht mehr an dieses kurze Zusammentreffen erinnerte.

Als ich an jenem ersten Abend im begehbaren Kleiderschrank der Edlen von Schreyvogl auf meiner Matratze lag, nachdem ich als Abendessen eine nicht allzu großzügig bemessene Portion eingebrannten Kohls zu mir genommen und mich mit dem Wasser gewaschen hatte, das vom Bad der Kleinen übriggeblieben war, ein ausdrücklicher Wunsch der Hausfrau, die meinte, man müsse wirtschaftlich denken, das zugegebenermaßen ausgezeichnete Wasser aus der Wiener Hochquellenleitung werde ständig teurer, ließ ich die aufregenden Ereignisse des vergangenen Tages noch einmal vor meinem inneren Auge abrollen und schätzte mich glücklich, sofort wieder eine Stelle gefunden zu haben, diesmal sogar bei einer adeligen Familie in einem Ringstraßenpalais, einer Familie, die zwar, was ihr Personal betraf, ein wenig sparsam zu sein schien, ansonsten aber einen äußerst liebenswürdigen Eindruck machte. Nach einem kurzen, an meine neue Schutzheilige, die Dienstbotenmuttergottes aus dem Stephansdom, gerichteten Dankgebet blies ich die Kerze aus, die den begehbaren Kleiderschrank mit ihrer flackernden Flamme so recht und schlecht erhellte, drehte mich zur Wand und schlief unverzüglich ein.

Am nächsten Morgen zog ich das von Ljuba hinterlassene Kleid an, das mir zu eng und zu kurz war, und ging, wie Frau von Schreyvogl mir abends zuvor aufgetragen hatte, gegen sechs Uhr zum Bäcker in der Wollzeile, um frische Kaisersemmeln, Briochegebäck, Mohnweckerln und Mürbteigkipferln für das Frühstück der jungen Herrschaften zu holen. Dann kochte ich zwei große Hühnereier, brühte Kaffee auf, ordnete das elfenbeinfarbene Kaffeeservice mit dem zarten hellgrünen Wickenmuster aus Augartenporzellan auf einem großen Silbertablett an, goß den frischen, duftenden Kaffee in die Kanne und stellte diese sowie die Eierbecher mit den weichgekochten Eiern, das Körbchen mit dem knusprigen Gebäck, Bauernbutter, bernsteinfarbenen Honig und Himbeerkonfitüre aus Altaussee dazu, klopfte, wie ich angewiesen worden war, an die Schlafzimmertür, trat ein, nachdem mich die Stimme Frau von Schreyvogls dazu aufgefordert hatte, warf einen verstohlenen Blick auf das junge Paar im breiten Bett mit den bestickten Vorhängen und dem samtenen Baldachin, setzte das Tablett auf dem cremefarbenen Rokoko-Nachttisch ab und verließ das Gemach. Ich war hungrig, doch war mir nicht erlaubt, mein Frühstück, ein Butterbrot und den Rest des Kaffees vom Vortag, vor neun Uhr einzunehmen. Dann nahm ich die schmutzige Wäsche derer von Schreyvogl aus dem großen Wäschekorb, sortierte sie in Bett-, Tisch- und Leibwäsche, trennte sämtliche Knöpfe, Haken und Ösen von den Stücken, damit beim Waschen keine Rostflecken entstünden, verstaute die Wäsche in drei Baumwollsäkken und ging damit in die sich im Keller des Palais befindliche große Waschküche.

Etwas abgespannt und sehr hungrig kam ich etwa drei Stunden später in die Wohnung meiner Dienstgeber zurück, wo Frau von Schreyvogl die Zwillinge bereits in den Kinderwagen gesetzt hatte und meinte, das Wetter sei ungewöhnlich sonnig, Klaus Maria und Tassilo, deren Konstitution nicht die beste sei, was sie auf eine eher ungünstige, durch Verwandtschaftsheiraten bedingte Erbanlage seitens ihrer Familie, der Freiherrn von und zu Purgstall-Wohlleben, zurückführe, hätten frische Luft und Sonne bitter nötig, ich möge mit den Kindern ungesäumt zu einem Spaziergang in den Prater aufbrechen, mein Frühstück könne ein wenig warten, nach meiner Rückkehr hätte ich mehr Muße, mich daran gütlich zu tun.

Ich schob den Kinderwagen also den Stubenring und den Donaukanal entlang, überquerte den Kanal auf der Radetzkybrücke und war bald in der Prater Hauptallee, einer langen und schnurgeraden Straße, auf der sich die Menschen und Wagen drängten und die von Cafés und

Restaurants gesäumt war, vor denen die Gäste an Holztischen im Freien saßen und aßen und tranken. Mein Hunger wurde immer größer, und ich war versucht, mir ein belegtes Brot zu kaufen, doch besaß ich keinen einzigen Kreuzer mehr, und die Münzen, welche Frau von Schreyvogl mir in die hohle Hand gezählt hatte, entsprachen dem exakten Fahrpreis für eine Karussellfahrt mit dem sogenannten Calafati, einem Dampfwagenkarussell, wie sie sagte, in dessen Mitte die überlebensgroße Figur eines Chinesen stünde und in dessen echten Dampf ausstoßenden Lokomotiven sich nicht nur die Wiener im allgemeinen, sondern auch ihre Zwillinge mit Begeisterung im Kreis drehten. Ich bestieg also, einen Zwilling unter dem rechten und den zweiten unter dem linken Arm, mit knurrendem Magen einen der Wagen, setzte den einen Zwilling auf das rechte, den anderen auf das linke Knie und wartete unter dem Gekreische der beiden auf das Ende der Fahrt, denn von der Kreisbewegung wurde mir übel, wohl weil ich schon so lange nichts zu mir genommen hatte. Nachdem ich anschließend den Kinderwagen an mehreren Würstelständen, vor denen Leute heiße Würste mit frischen Semmeln, Senf und Meerrettich verzehrten, und an weiteren Kaffeehäusern und Wirtshäusern, in deren schattigen Gastgärten Damenkapellen spielten und die Menschen Bier tranken und Gulasch, Kalbsbraten und Backhuhn aßen, vorübergeschoben hatte und dabei von mehreren Männern verschiedenen Alters angesprochen worden war, beschloß ich, matt vor Hunger und bewogen durch die Aussicht auf das Butterbrot und den Kaffee, umzukehren.

Auf dem Rückweg wurde das Menschengedränge immer dichter, die Leute standen mit gereckten Hälsen am Straßenrand und schienen auf etwas zu warten. Ich wurde neugierig und blieb trotz meines Heißhungers ebenfalls stehen, und gleich darauf ertönten Vivat-Rufe, und mehrere elegante, von Pferden mit Federbüschen auf dem Kopf gezogene Wagen fuhren schnell an uns vorüber, darunter eine geschlossene schwarze Kutsche, neben der Reiter mit silbernen Helmen herritten. Ich stellte mich auf die Zehenspitzen, um einen Blick vom Inneren der Kutsche zu erhaschen, und gewahrte einen kurzen Augenblick lang die Konturen eines von einem dunklen Schleier verhüllten Profils und davor einen schwarzen Fächer, der von einer Hand in schwarzen Handschuhen bewegt wurde. Dann war die Kutsche aus meinem Gesichtskreis verschwunden. Eine junge Frau in einem hellen Kleid, die ein kleines weißes Schirmchen gegen die Sonne aufgespannt hatte und Bonbons aus einer Tüte aß, wandte sich zu mir und sagte, die Kaiserin werde auf ihre alten Tage immer seltsamer, sie zeige sich bei öffentlichen Anlässen überhaupt nicht mehr, und wenn sie im Wagen durch Wien fahre, sei sie stets tief verschleiert. Als ich fragte, ob denn die dunkle Dame in der Kutsche tatsächlich die Kaiserin Elisabeth gewesen sei, die bildschöne junge Frau, in deren Trousseau sich bei ihrer Ankunft in Wien im Jahre achtzehnhundertvierundfünfzig vier Ballkleider, siebzehn festliche Schleppenkleider, vierzehn Seidenkleider, neunzehn Sommerkleider und sechzehn Hüte befunden hatten, ganz zu schweigen von den drei Dutzend Nachthemden und den zehn Nachtjäckchen aus Batist, den zwölf gestickten Nachthäubchen und vierundzwanzig Nachthalstüchern, den sechs Dutzend Unterröcken aus Piqué und Flanell, den vierundzwanzig Frisiermänteln und drei Badehemden, den einhundertdreizehn Paar Schuhen, den zwei Fächern und den zwei Regenschirmen, den drei großen und drei kleinen Sonnenschirmen sowie den drei Paar Gummigaloschen und dem Karton mit Haarnadeln und Stecknadeln, Bändern und Knöpfen, nahm die Frau das weiche goldbraune Karamelbonbon, das sie eben angebissen hatte, aus dem

Mund, hielt es zwischen Daumen und Zeigefinger, starrte mich einen Augenblick ungläubig an und sagte, natürlich, was glaubte ich denn, die Schönheit sei dahin, da nütze all ihr Hungern nichts, ein Jammer, daß wir mit einer solchen Kaiserin geschlagen seien, einer Frau, die den armen Kaiser ständig allein lasse, anstatt ihm zur Seite zu stehen, wie es dem weiblichen Geschlecht der natürliche Anstand und die Heilige Schrift geböten, einer Person, die auf Kosten ihrer Untertanen in der Welt herumreise und teure Pferde einkaufe und sowohl ihren Gemahl als auch die k.k. österreichisch-ungarische Monarchie und deren Bevölkerung ununterbrochen kompromittiere. Damit steckte die junge Frau das angebissene Bonbon wieder in den Mund, drehte ihr weißes Rüschenschirmchen und entfernte sich.

Als ich zurückkam, saßen die Edlen von Schreyvogl gerade beim Mittagessen im Speisezimmer, und während ich in die Küche eilte, um mein Frühstück einzunehmen, da es mir selbstverständlich nicht erlaubt war, mit der Herrschaft zu essen, konnte ich mich durch einen flüchtigen Blick auf den Tisch davon überzeugen, daß sie beim Nachtisch, einem frischen Apfelstrudel, angelangt waren, und daß es, den Knochenresten auf den noch nicht abservierten Tellern nach zu schließen, als Hauptgang Brathuhn gegeben hatte.

Ich gewöhnte mich rasch an meine neue Tätigkeit und lernte Wien durch die Spaziergänge mit den Zwillingen in die verschiedenen Parkanlagen der Stadt, unter denen mir der Prater mit seinen alten Bäumen und den großen Wiesen und mit seinen zahlreichen Möglichkeiten zur Zerstreuung die liebste war, immer besser kennen. Meine Arbeit war weniger anstrengend als bei der Familie des Oberpostrates, denn die Pflege der Kinder bot zunächst keine größeren Schwierigkeiten, auch gönnte man mir eine etwas längere Nachtruhe, die allerdings häufig dadurch unterbrochen wurde, daß mich das Geräusch meines knurrenden Magens aufweckte. Frau von Schreyvogl wies mir gegenüber ständig auf die prekäre Situation hin, in welcher sich die Seidenmanufaktur befände, und meinte, ein kleiner Betrieb wie die Manufaktur Schreyvogl & Söhne könne einfach nicht mehr mit den immer zahlreicher und größer werdenden, mit modernen Maschinen ausgestatteten Textilfabriken in Wien und um Wien herum konkurrieren, die einzige Möglichkeit, drohender Verarmung vorzugreifen, bestehe darin, sich auf verschiedenen Gebieten einzuschränken. Ich hätte doch sicher Verständnis für ihre Bitte, die Kerze in meinem Zimmer möglichst selten anzuzünden, Paraffin sei unverhältnismäßig teuer, außerdem blieben auf diese Weise die kostbaren Seidentapeten vor den für ein zartes, helles Gewebe so schädlichen Rußspuren verschont. Auch was meine Ernährung betreffe, müsse ich einsehen, daß sie bei den gegenwärtigen Lebensmittelpreisen nicht allzu üppig sein könne, doch sei darauf hinzuweisen, daß zu reichhaltige Gerichte sehr rasch zu Fettleibigkeit und in weiterer Folge zu verschiedenen Erkrankungen des Organismus führten, weshalb eine weniger opulente Verpflegung, die sich auf natürliche und schmackhafte Kost beschränke, vom gesundheitlichen Standpunkt aus ohnehin vorzuziehen sei, ich wolle mir doch meine kräftige Konstitution erhalten, der menschliche Körper, vor allem der jugendliche, komme im allgemeinen mit einer wesentlich begrenzteren Nahrungszufuhr aus, als gemeinhin angenommen werde. In schwierigen Zeiten hieße es zusammenhalten, zweifellos sei mir begreiflich, daß ich meine Bedürfnisse zum Wohle ihrer Familie hintanzustellen hätte.

Zwar leuchtete mir diese Argumentation einer jungen Hausfrau ein, der die ökonomische Führung ihres Haushaltes am Herzen lag, doch sosehr ich mich bemühte, die

Verköstigung, die mir zuteil wurde, als ausreichend zu betrachten, ich wurde von dem dünnen morgendlichen Butterbrot und der Schale schwachen, kaum genießbaren Kaffees, der alle paar Tage für das Personal gekocht wurde, zu dem außer mir eine Köchin und ein Stubenmädchen zählten, die allerdings nicht im Hause wohnten, und der manchmal schon mehrere Tage alt war, wenn ich ihn trank, sowie von den Essensresten, die vom herrschaftlichen Mittagstisch übrigblieben, und von dem meist aus einem kleinen Teller Kohl, Spinat oder Kraut bestehenden Abendessen einfach nicht satt. Mir auf den Spaziergängen mit den Zwillingen etwas zu kaufen, war nicht möglich, da meine Arbeitgeber von meinem ersten Monatslohn mehr als die Hälfte einbehalten hatten, denn es war ihnen laut Dienstbotenordnung gestattet, jeden vom Hausangestellten verursachten Schaden von dessen Gehalt abzuziehen. Und nachdem ich nicht viel Erfahrung in der Haushaltsführung hatte und mich deshalb gelegentlich etwas ungeschickt verhielt, konnte es vorkommen, daß ich etwas zerbrach oder daß beim Bläuen der Wäsche ein Wäschestück einen Fleck bekam. Zudem hatte das schwarze Kleid, das ich trug und das mir viel zu eng war, auf dem Rücken bald einen langen Riß, weil ich mich häufig bücken mußte und das fadenscheinige Gewebe schließlich nachgab, worauf Frau von Schreyvogl meinte, zu den Erwartungen, die man an eine Hausangestellte knüpfen dürfe, gehöre unter anderem eine gewisse Anmut und Geschmeidigkeit der Bewegungen, ein harmonischer Einsatz der Kräfte, welcher derlei Ungeschicklichkeiten von vornherein entgegenwirke, immerhin sei das Kleid aus einwandfreiem, wenn auch nicht rißfestem Kattun, und es verstehe sich von selbst, daß ich das beschädigte Kleidungsstück entweder auf eigene Kosten ausbessern lassen oder mir ein neues kaufen müsse. Die zweite Hälfte meines ersten Monatslohns verwandte ich also auf die Reparatur des Risses in einer kleinen, von einer slowakischen Schneiderin betriebenen Änderungsschneiderei in der Wollzeile Ecke Postgasse.

Während Frau von Schreyvogls anfängliche Liebenswürdigkeit im Lauf der Wochen einem etwas ungeduldigeren Gebaren wich, was in ihrem Zustand nur allzu verständlich war, erwies sich der Hausherr vom ersten Tage an als zuvorkommender, großzügiger und nachsichtiger Dienstherr, der mich mehr als einmal in Schutz nahm und sich des Prädikats eines Edlen in jeder Hinsicht als würdig erwies. Ich bewunderte sein weltmännisches, gleichzeitig zurückhaltendes und bestimmtes Auftreten, sein ansehnliches Äußeres und nicht zuletzt die zarte Rücksicht, mit der er seine junge Frau behandelte, und konnte gut verstehen, daß sie das hübsche Dienstmädchen, das fünfmal pro Woche ins Haus kam, gelegentlich mit einem eifersüchtigen Seitenblick maß, obgleich Herr von Schreyvogl ihr, soviel sich von mir beurteilen ließ, nicht den geringsten Anlaß zu Befürchtungen solcher Art gab, zumal ihn die Seidenmanufaktur stark beanspruchte und er selten vor acht Uhr nach Hause kam.

Eines Abends, es muß gegen Ende August gewesen sein, lag ich auf meiner Matratze im begehbaren Kleiderschrank und konnte nicht schlafen, weil mich nach einem Teller mit Abfällen aus fettem Rindfleisch, das die Köchin zu Mittag vom Tafelspitz weggeschnitten, schnell gebraten und mir vorgesetzt, das ich jedoch aufgrund seines wenig appetitanregenden Aussehens nur zur Hälfte gegessen hatte, und einer Schale wäßriger Kartoffelsuppe am Abend der Hunger plagte. Und da Frau von Schreyvogl am Vortage etwas irritiert festgestellt hatte, daß meine Kerze trotz ihrer Ermahnungen innerhalb weniger Tage um zwei Zentimeter kürzer geworden sei, wagte ich auch nicht, eines meiner Erbauungs- beziehungsweise Kochbücher aus dem Koffer zu nehmen und mich durch

Lesen von diesem quälenden Gefühl abzulenken. Ständig sah ich die Kastanientorte vor mir, die den Herrschaften zu Mittag als Nachtisch serviert worden war und die nun, zu einem Viertel aufgegessen, unter einem Glassturz in der Küche stand. Die Kinder schliefen fest, das Ehepaar Schreyvogl war ebenfalls zu Bett gegangen, und da sowohl das Schlafzimmer als auch das Kinderzimmer vom Rauchzimmer und somit von meiner Unterkunft ziemlich weit entfernt lagen, wäre es ein Leichtes gewesen aufzustehen, unbemerkt das Rauchzimmer und den Korridor zu durchqueren, die Küche zu betreten, ein Messer zu nehmen, den Glassturz aufzuheben, ein kleines Stück von der Kastanientorte abzuschneiden, den Glassturz wieder über die Torte zu stülpen, das Messer abzuwaschen und an seinen Platz zurückzulegen und mit dem Tortenstück in der Hand in den begehbaren Kleiderschrank zurückzukehren. Daß es sich bei einer solchen Tat um Diebstahl handeln würde, um die Wegnahme einer fremden beweglichen Sache in der Absicht, sie sich rechtswidrig anzueignen, wie wir von Fräulein Roth-Rothenhorst gelernt hatten, war mir klar, und das fast greifbare Bild der Kastanientorte wechselte demzufolge auch mit der Erscheinung meiner seligen Mutter ab, die mich traurig und kopfschüttelnd ansah. Und Diebstahl war nicht nur ein weltliches Vergehen, eine vorsätzliche Schädigung meiner Dienstgeber, die mir Obdach, Kost und Lohn boten, sondern auch eine Sünde, wenn auch eine läßliche, die, soweit ich mich an Schwester Immaculatas Unterricht erinnerte, aufgrund sachlicher Geringfügigkeit das Verhältnis zu Gott wohl stören, aber keinen vollen Bruch mit ihm bewirken konnte. Im Griff dieser Versuchung, laut Schwester Immaculata der in der sinnen- und triebhaften Natur des Menschen wurzelnden Verlockung zum Bösen, die von Gott zur sittlichen Erprobung des Menschen zugelassen wird, warf ich mich auf meiner Matratze hin und her, bis meine Widerstandskraft erlahmte, da meine Vorstellung von der Kastanientorte immer plastischer wurde und sich zudem Geruchs-, Geschmacks-, und Tasthalluzinationen einstellten, und ich in meinem aus dem Internat der Ursulinen stammenden wadenlangen Leinenhemd aufsprang und, entschlossen, die widerrechtliche Handlung auszuführen, die Tür zum Rauchsalon aufstieß. Ins sanfte Licht einer Stehlampe mit gerafftem sonnengelbem Stoffschirm getaucht, saß Herr von Schreyvogl in einem dunkelblauen seidenen Hausmantel in einem der schweren braunen Lederfauteuils und rauchte eine Zigarette.

Ich war über diesen gänzlich unvermuteten Anblick so verwirrt, daß ich sofort über die Schwelle in den begehbaren Kleiderschrank zurücktrat und die Tür schließen wollte, doch Herr von Schreyvogl nahm die Zigarettenspitze mit der Zigarette aus dem Mund, lächelte mir zu und sagte leise, ich solle doch nicht so schreckhaft sein und mich ein wenig zu ihm setzen, er könne, ebenso wie anscheinend auch ich, nicht einschlafen, meine Anwesenheit werde ihn ein wenig von den mit der langsam, doch stetig abnehmenden Konkurrenzfähigkeit der Seidenmanufaktur zusammenhängenden Sorgen ablenken. Damit deutete er auf den neben ihm stehenden Fauteuil. Ich blickte an meinem Leinenhemd hinunter und auf meine bloßen Füße und murmelte, ich würde ihm gern Gesellschaft leisten, doch müsse ich mir zuvor etwas anziehen, worauf Herr von Schreyvogl abwinkte und meinte, das sei doch nicht nötig, die Situation, in der wir uns befänden, sei völlig formlos und ungezwungen, außerdem sei es für die letzten Augusttage, eine Zeit, in der sich üblicherweise bereits die ersten Anzeichen des Frühherbstes zeigten, ungewöhnlich warm, er wolle mir nicht zumuten, in meiner hochgeschlossenen dunklen Kindermädchentracht neben ihm zu sitzen, so gut sie mir auch stehe.

Da ich mich der Aufforderung meines Dienstherrn nicht zu widersetzen wagte, ließ ich mich zaghaft auf dem äußersten Rand der Sitzfläche des Fauteuils nieder und schwieg betreten. Herr von Schreyvogl machte einen tiefen Zug aus seiner Zigarette, blies einen Rauchring und sagte, ich müsse entschuldigen, er wisse wohl, daß ich ein Recht auf Ungestörtheit hätte, und normalerweise halte er sich auch nicht im Rauchsalon auf, doch habe er, wohl aufgrund erwähnter Bekümmernisse, zum ersten Mal seit langem Lust zu rauchen verspürt, um sich zu entspannen, und so hätte er sich hierhergesetzt. Seine Frau schlafe schon lange, der Zustand, in dem sie sich befinde, erhöhe offensichtlich ihr Schlafbedürfnis, wie es auch die Tiefe ihres Schlafes intensiviere. Im Übrigen wolle er die Gelegenheit nützen und mir sagen, daß meine Gegenwart in seinem Hause, der Anblick eines so frischen jungen Geschöpfes, ihn bei seiner Rückkunft aus der Manufaktur jedesmal erfreue und ermuntere, ja geradezu aufrichte. Ich flüsterte verlegen, daß auch ich mich glücklich schätzte, ihm und seiner Familie dienen zu dürfen, worauf mir Herr von Schreyvogl mit der freien Hand die Haare, die ich während der Nacht offen trug, aus der Stirn strich und fragte, wie alt ich sei. Ich sagte, ich wäre im vergangenen Februar sechzehn Jahre alt geworden, und Herr von Schreyvogl seufzte und rief leise, sechzehn Jahre, was für ein wunderbares Alter, ein Mädchen von sechzehn Jahren gleiche einer noch geschlossenen Rosenknospe, einer schneeweißen Lilienblüte, einer zarten Taube, einem unschuldigen Reh, er hoffe sehr, daß das Kind, welches seine Frau erwarte, ein Mädchen würde. Ich blickte ihm ins Gesicht, verblüfft darüber, daß er genau die gleichen Begriffe aus Botanik und Zoologie verwendete, welche die Nonnen im Konvent gebraucht hatten, wenn sie uns ihre Auffassung von der Sittsamkeit und die mit ihrer Aufrechterhaltung und Verteidigung verbundenen

Schwierigkeiten näherbringen wollten. Da hob Herr von Schreyvogl die Hand und zog spielerisch an der kleinen weißen Schleife, die mein Leinenhemd am Halse schloß, so daß sie aufging, eine Geste, die mich gleichfalls an die Handbewegungen der Schwestern erinnerte, die sie unwillkürlich vollführten, während sie über die Gefahren sprachen, denen wir heranwachsende Mädchen ausgesetzt seien. Verlegen band ich die Schleife wieder zu, stand auf und gab vor, in der Küche ein Glas Wasser trinken zu wollen, um das Verlassen meiner Liegestatt im Nachhinein zu rechtfertigen. Herr von Schreyvogl, dessen Zigarette mittlerweile verglommen war, erhob sich gleichfalls und meinte, ihm wäre sehr daran gelegen, unser anregendes Gespräch, das ihn die mit der Seidenmanufaktur verbundenen Probleme völlig habe vergessen lassen, bei Gelegenheit fortzusetzen.

Als ich wieder auf meiner Matratze lag, hatten sich sowohl mein Hungergefühl als auch die Vision der Kastanientorte und damit auch mein Vorsatz, den Lebensmitteldiebstahl zu begehen, in nichts aufgelöst. Statt dessen standen mir nun die einnehmenden Gesichtszüge meines Dienstherrn vor Augen, sein verstehender Blick, das gütige Lächeln, der männliche Vollbart, und ich empfand tiefe Dankbarkeit für ihn, da er mich durch seine bloße Anwesenheit davor bewahrt hatte, schweres Unrecht zu begehen. Ich beschloß, ihm als Dank für diese Intervention als aufmerksame Gesprächspartnerin und vor allem Zuhörerin zur Verfügung zu stehen, wann immer er es wollte.

Am nächsten Morgen waren die Zwillinge krank, sie husteten, und ihre Augen waren entzündet. Zwei Tage später breitete sich auf der Haut ihrer kleinen Körper ein Ausschlag aus, sie bekamen Fieber, und der Hausarzt, der herbeigerufen wurde, stellte die Masern fest und ordnete zwei Wochen Bettruhe an. Ich verabreichte den Kleinen Wickel gegen den Hustenreiz, rieb ihnen Brust und Rükken mit Pertussin-Balsam auf Thymianbasis ein und achtete darauf, daß sie sich nicht erkälteten. Frau von Schreyvogl machte mir Vorwürfe und beschuldigte mich, ihre Söhne auf den verschiedenen Spielplätzen, die ich mit ihnen aufsuchte, in Kontakt mit verwahrlosten Proletarierkindern gebracht und auf diese Weise ihrer Ansteckung Vorschub geleistet und sie zudem nicht genügend vor dem Wiener Wind geschützt zu haben. Klaus Maria und Tassilo erholten sich erstaunlich schnell, dafür bekam ich selbst, die ich als Kind nie die Masern gehabt hatte, nach einer Woche diese Krankheit, die mich sehr schwächte, da Frau von Schreyvogl mir unterstellte, ich täuschte die Symptome vor, um mich vor der Arbeit zu drücken, und mir nicht gestattete, mich zu erholen, worauf mich noch ein schmerzhafter Mittelohrkatarrh befiel, den ich gleichfalls nicht behandeln durfte, was zur Folge hatte, daß ich bis heute auf dem linken Ohr schwerhörig bin.

Ich war betrübt über die merkliche Verschlechterung des Verhältnisses zwischen meiner Dienstherrin und mir, an der ich keine mir bewußte Schuld trug und die sich auch insofern ungünstig auswirkte, als Frau von Schreyvogl, welche im Hinblick auf die Verköstigung ihrer Dienstboten ohnehin alles andere als großzügig war, nun die mir zugeteilten Portionen noch knapper bemaß als zuvor, was mein körperliches Befinden weiter beeinträchtigte und dazu führte, daß ich aufgrund mangelnder Abwehrkräfte hohes Fieber bekam, worauf sie ärgerlich meinte, ich möge doch aufhören zu heucheln, sie frage sich, warum ihr beim Anblick des weißen Kopfverbandes, den ich getragen hätte, als ich arbeitsuchend vor ihrer Wohnungstür stand, nicht gleich klar gewesen wäre, daß sie es mit einer schlauen Simulantin zu tun hatte, die ein physisches Leiden vorschützte, um Mitleid zu erregen und sich die Arglosigkeit und Gutgläubigkeit einer jungen Hausfrau zum Zwecke des Erschleichens einer Anstellung als Kindermädchen zunutze zu machen. Und nun solle ich das in der Speisekammer gelagerte Obst aus dem Garten des Sommerhauses in Altaussee einkochen, es sei höchste Zeit dafür, oder wolle ich, daß die schönen Stachelbeeren, Birnen, Quitten, Johannisbeeren und Pflaumen verdürben?

Nachdem ich mich um die Zwillinge gekümmert hatte, ging ich, von Fieberschauern geschüttelt, in den Keller und holte die Einmachgläser. Während des Einkochens der Johannisbeeren wurde mir immer heißer, und da meine Aufmerksamkeit aufgrund dieses Hitzegefühls nachließ, vergaß ich, vor dem Einfüllen des Gelees in die noch leeren Gläser Silberlöffel zu stellen, die die Wärme anziehen und die Gefäße vor dem Springen bewahren sollten. So zerbrachen zwei der vollen Gläser, und als Frau von Schreyvogl in die Küche trat, um meine Arbeit zu begutachten, rann die dicke heiße Flüssigkeit über die Tischkante, tropfte auf den Fußboden und breitete sich dort zu einer roten Pfütze aus. Bei diesem Anblick überkam meine Dienstgeberin der Zorn, sie rang die Hände und rief, welcher Unstern habe mich den Weg zu ihnen einschlagen, welche fatale Fügung sie auf mein Klopfen die Wohnungstür öffnen lassen, ich hätte durch unverantwortlichen Leichtsinn erst ihre Kinder krank gemacht, und jetzt versuchte ich auch noch, sie in den Wahnsinn zu treiben, wie könne ich mich unterstehen, kostbares Glas zu zerbrechen, die Tischplatte aus massiver Walnuß sowie die gleichermaßen unglasierten wie unersetzbaren friaulischen Fliesen mit frischem, noch flüssigem Johannisbeergelee zu besudeln und Obstflecken zu verursachen, die sich, wie ich wissen müßte, wenn ich nur einen Funken Verstand hätte, noch nach Generationen nicht würden beseitigen lassen. Sie sei mit ihrer Geduld am Ende, hätte sie nicht einen wahren Engel zum Gemahl, sie wäre an den Schwierigkeiten, die ihr zwei anstrengende Söhne, eine träge Köchin, ein liederliches Stubenmädchen und seit neuestem nun auch ein ebenso verlogenes wie unbrauchbares Kindermädchen bereiteten, längst verzweifelt. Mit diesen Worten wies sie mich aus der Küche und sagte, ich solle ihr aus den Augen gehen und mich bis auf anderslautende Weisungen ihrerseits in das wohnliche kleine Gemach zurückziehen, in dem ich mich dank ihrer Großzügigkeit aufhalten dürfe, und zwar ohne Verzehr des Abendessens, der Schnitte nahrhaften Schwarzbrotes und des mittelgroßen, gesunden weißen Rettichs, die sie für mich vorgesehen gehabt hätte, ein solches Abendbrot wolle erst verdient sein.

Ich leistete der Anordnung meiner Arbeitgeberin unverzüglich Folge, taumelte, aufgrund der raschen Temperatursteigerung völlig desorientiert, durch den Rauchsalon in den begehbaren Kleiderschrank und fiel auf meine Matratze, wo ich binnen kurzem in einen unruhigen Fieberschlaf sank, durch den lange Reihen von Einmachgläsern, gefüllt mit Erdbeer-, Himbeer-, Pflaumen-, Stachelbeer-, Heidelbeer- und Brombeermarmelade, zogen und aus dem ich nach unbestimmter Zeit hungrig erwachte. Es war still, nichts rührte sich, und ich schloß daraus, daß es wohl schon Nacht und die Familie von Schreyvogl zu Bett gegangen war. Das Fieber, das mich so heftig überfallen hatte, war etwas abgeklungen, doch sah ich die zahlreichen Marmeladengläser, von denen ich geträumt hatte, jetzt, da meine Augen offen waren, noch immer vor mir. Mein Hungergefühl nahm zu, und aufgrund des ungerechten Verhaltens, das Frau von Schreyvogl mir gegenüber an den Tag gelegt hatte, mußte ich diesmal nicht allzu lange mit mir ringen, bevor ich aufstand und auf schwachen Beinen in Richtung Küche schwankte, um nach etwas Eßbarem zu suchen. Die Gläser mit der Johannisbeermarmelade standen noch auf dem Tisch, und schnell entfernte ich das Pergamentpapier von einem der

Glasgefäße, nahm einen Kaffeelöffel, tauchte ihn in das unterdessen fest gewordene Gelee und ließ die süße Köstlichkeit auf meiner Zunge zergehen. Ich hatte vorgehabt, nach zwei oder höchstens drei Löffeln aufzuhören, doch verlor ich aufgrund meines großen Hungers und meiner geschwächten Konstitution die Beherrschung und ließ erst von dem Glas ab, als es völlig leer war. Da ich nicht annahm, daß Frau von Schreyvogl die genaue Anzahl der Gläser bekannt war, warf ich das Gefäß kurz entschlossen in einem hohen Bogen aus dem Küchenfenster und über eine niedrige Mauer in den benachbarten Hof. Dann legte ich mich wieder auf meine Matratze und schlief ein.

Als ich am nächsten Morgen etwas später als sonst, doch in wesentlich besserer gesundheitlicher Verfassung, in die Küche kam, um mein Butterbrot zu essen und den dünnen Kaffee zu trinken, stand Frau von Schreyvogl zu meiner Überraschung neben dem Küchentisch und deutete mit dem ausgestreckten Zeigefinger anklagend auf die Marmeladengläser. Wo, so frage sie mich, sagte sie, sei das dreizehnte Glas Johannisbeergelee, das dreizehnte Glas Johannisbeergelee fehle, da man nie vorsichtig genug sein könne, was das Personal betreffe, habe sie die Gläser natürlich gezählt.

Blitzschnell beschloß ich, mich der Lüge, der bewußt falschen, auf Täuschung berechneten Aussage zu bedienen, in deren Ablehnung, wie uns Fräulein von Roth-Rothenhorst beigebracht hatte, alle Richtungen der Ethik übereinstimmten, da sie sowohl das gegenseitige Vertrauen der Menschen als auch die Selbstachtung des Lügenden untergrabe und die, wie mir aus meiner ehedem regelmäßigen Bibellektüre bekannt war, auch in Epheser vier, Vers fünfundzwanzig und in Matthäus fünf, Vers siebenunddreißig entschieden verworfen wird, sich jedoch unter bestimmten Umständen als sogenannter geheimer Vorbehalt, nämlich als Notlüge, Dienstlüge und konventionelle Lüge, entschuldigen läßt. Ich entschied, daß es sich in vorliegendem Fall um eine Notlüge handle, und meinte gelassen, selbstredend hätte ich meinerseits aus Pflichtbewußtsein die Einmachgläser gezählt, bevor ich sie aus dem Keller trug, es seien, die zerbrochenen ausgenommen, zwölf Gläser gewesen, nicht mehr und nicht weniger. Frau von Schreyvogl holte tief Luft und rief, die Unverschämtheit, mit der ich ihr ins Gesicht löge, verschlüge ihr die Sprache, mein wahres Wesen, das ich bisher gut zu verschleiern gewußt hätte, offenbare sich zusehends, sie sehe immer deutlicher, daß sie sich in verhängnisvoller Weise in mir geirrt habe, ich sei nicht, wie sie anfänglich geglaubt hätte, ein bedauernswertes, im Grunde gutartiges Geschöpf, das Hilfe verdiene, nein, unter dieser an der Oberfläche gezeigten Hilfsbedürftigkeit und Gutwilligkeit verstecke sich ein Ausbund an Hinterhältigkeit und Verlogenheit, ja, ein geradezu gemeingefährlicher Charakter, den länger unter ihrem Dache zu beherbergen sie kaum noch verantworten könne.

Zum ersten Mal empörte sich mein Inneres gegen diese, wie ich fand, etwas einseitige Darstellung meiner Persönlichkeit, und trotzig entschied ich, dem sittlichen Verstoß der Lüge noch die schwere Verfehlung des Meineids, des wissentlich falschen Schwurs, hinzuzufügen. Ich hob die rechte Hand und sagte, so wahr mir Gott helfe, gelobte ich, keines der Gläser entwendet zu haben, die Dienstbotenmuttergottes, die im Stephansdom stehe und sich den Schutz unserer häufig so ungerecht behandelten Klasse angelegen sein ließe, sei mein Zeuge, und wenn die Gnädige darauf bestehe, könnten wir uns unverzüglich auf den kurzen Weg zum Dom machen und sie aufsuchen, ich sei sicher, sie werde uns zum Beweis meiner Unschuld ein kleines Zeichen nicht versagen. Darauf meinte meine Dienstgeberin, was mir einfiele, meinen frechen Diebstahl unter Anrufung der heiligen Jungfrau zu leugnen, sie hätte gute Lust, einen Schutzmann aus der Wachstube Wollzeile Ecke Riemergasse holen zu lassen, Frau Navratil, die Hausbesorgerin, sei sicher bereit, diese kleine Wegstrecke um der Gerechtigkeit willen auf sich zu nehmen. Bei dieser Drohung erschrak ich, und aus Angst vor Stellungsverlust und möglicher polizeilicher Abstrafung griff ich, ich muß es gestehen, zum schändlichen Mittel der Verleumdung beziehungsweise falschen Anschuldigung und sagte leise, doch mit Nachdruck, vielleicht könne ich der gnädigen Frau mit einem Hinweis dienlich sein, zufällig hätte ich das Stubenmädchen am vorhergehenden Abend zu später Stunde über die Gläser gebeugt in der Küche stehen gesehen und mich noch über diesen Anblick gewundert, denn erstens sei es nicht oft in der Küche anzutreffen, und zweitens ginge es üblicherweise schon früher nach Hause, doch dann hätte ich mir seine Anwesenheit mit der Möglichkeit erklärt, daß es von der Gnädigen mit dem Beschriften der Etiketten für die Marmeladengläser betraut worden sei. Auf dieses hin hielt Frau von Schreyvogl in ihrer Beschimpfung inne, sah mich nachdenklich an und meinte, tatsächlich, das Stubenmädchen, dem Stubenmädchen traue sie allerdings auch einiges zu, es würde sofort nach ihrer Ankunft zu dem peinlichen Vorfall Stellung beziehen müssen.

In diesem Augenblick trat der Edle von Schreyvogl in die Küche und verlangte eine Erklärung für das in so erregtem Ton geführte Gespräch. Merkwürdigerweise schien alle Aufgebrachtheit, aller Ingrimm mit einem Schlage aus meiner Dienstherrin gewichen zu sein. Sie schmiegte sich an ihren Ehemann, lächelte zu ihm auf und meinte, er möge sich nicht unnötig ereifern, das unbedeutende Mißverständnis zwischen ihr und dem Kindermädchen, um das es sich gehandelt hätte, sei bereits geklärt. Dann verließ sie, eine kleine Melodie summend, die Küche. Als ich ihr folgen wollte, um die Butter aus der Speisekammer zu holen, füllte die imposante Gestalt meines Dienstherrn den Türrahmen fast zur Gänze aus, so daß es mir unmöglich war, mich an ihm vorbeizudrängen.

Herr von Schreyvogl blickte freundlich und ein wenig mitleidig auf mich herab und meinte, seine Frau habe ihn davon in Kenntnis gesetzt, daß ich nicht ganz gesund sei, was er aufrichtig bedauere. Gleichzeitig hoffe er jedoch, die für ihn ein wenig schmerzliche Tatsache, daß ich mich seit unserem Gespräch, an das er sich mit Vergnügen erinnere, nicht mehr im Rauchsalon habe blicken lassen, wenngleich er dort seitdem öfter eine Zigarette genossen hätte, stehe mit dieser meiner Unpäßlichkeit und nicht mit einer Hemmung, einer Unsicherheit meinerseits oder gar mit einer Abneigung ihm gegenüber in Zusammenhang. Ich beeilte mich, ihm zu versichern, daß ich tatsächlich krank gewesen sei, mich seit diesem Morgen aber bedeutend besser, ja praktisch genesen fühlte. Daraufhin zwickte mein Dienstherr mich zart in die rechte Wange und meinte, das freue ihn, das freue ihn ganz ungemein, unter diesen veränderten Umständen dürfe ich ihm ein neuerliches abendliches Zusammentreffen nicht abschlagen, es sei geradezu meine Pflicht, einen überarbeiteten, in einem Netz von zahlreichen Pflichten gefangenen, melancholischen und im Grunde einsamen Mann wie ihn mit meiner wohltuenden Gesellschaft zu erheitern, warum nicht bald, warum nicht gleich am kommenden Abend, er würde mich im Rauchsalon erwarten. Ich wagte nicht zu widersprechen und nickte zustimmend, worauf er den Weg freigab und mich unter seinen ausgestreckten Armen durchschlüpfen ließ.

Während ich mich im Lauf der nächsten Stunde mit den Zwillingen beschäftigte und danach in die Küche ging, um die Stachelbeeren aus Altaussee sorgfältig zu entstielen und zu entstacheln, jede einzelne mit einer Nadel anzustechen und sie dann in Wasser, dem ich eine kleine

Dosis Alaun beigesetzt hatte, so lange liegen zu lassen, bis sie an die Oberfläche stiegen, ging mir die kleine Konversation auf der Schwelle zwischen Küche und Korridor nicht aus dem Sinn. Und während ich die Stachelbeeren aus dem Wasser nahm, mit einem Tuch trocknete und mir dabei den dunklen Lockenkopf meines Arbeitgebers, seine wohlgeformte Nase und die hohe, breite Stirn vorstellte, überfiel mich zu meiner Verwunderung erneut eine Art Benommenheit, eine Schwäche, die im Kopf ihren Ausgang nahm und sich über meinen ganzen Körper ausbreitete. Als ich mir die Hand auf Stirn und Wangen legte, um meine Körpertemperatur zu prüfen, war meine Haut brennend heiß. Ich konnte mir diese seltsamen Vorgänge nicht erklären, ebensowenig wie die Gänsehaut und das Zittern der Hände, die sich gleich darauf einstellten, doch ahnte ich, daß sie diesmal mit keiner spät auftretenden Kinderkrankheit, sondern mit meinem eleganten und souveränen Dienstherrn verknüpft waren.

Meine bangen diesbezüglichen Überlegungen und Empfindungen wurden unvermittelt durch die lauten, offenbar aus dem Wohnzimmer dringenden und gut verständlichen Stimmen der Frau von Schreyvogl und des Stubenmädchens unterbrochen. Ich hörte, wie die Edle und Freifrau schrie, es genüge ihr, dem Stubenmädchen, einer dahergelaufenen Streunerin, die sie, die Edle und Freifrau, aus dem Elend errettet hätte, wohl nicht, ihren, der Edlen und Freifrau, Gemahl, dem sie seit nunmehr acht Jahren vor Gott und den Menschen durch das heilige Sakrament der Ehe verbunden sei, ununterbrochen mit ihren ebenso geschmacklosen wie vergeblichen Verführungsversuchen zu belästigen, ihm überall aufzulauern, so daß der Bedauernswerte keinen Schritt machen könnte, ohne auf ihre, des Stubenmädchens, vulgäre Anwesenheit zu stoßen, nein, sie, das Stubenmädchen, vergreife sich seit neuestem auch in dreistester Weise am Eigentum der Familie und versuche auf diese Weise, deren Existenz, die ohnehin als gefährdet bezeichnet werden könne, zu untergraben, sie solle sich in Grund und Boden schämen. Darauf vernahm ich, wie das Stubenmädchen zornig erwiderte, bedauernswert, daß sie nicht lache, wenn hier schon von Verführungsversuchen die Rede sei, wolle sie ergebenst darauf hinweisen, daß es mitnichten der gnädige Herr sei, der vor ihr, dem Stubenmädchen, auf der Hut sein müsse, sondern daß es sich umgekehrt verhalte, nämlich daß sie, das Stubenmädchen, nicht mehr wisse, wie sie diesem Weiberhelden ausweichen solle. Wenn sie sich strecke, um einen Krug von einem der oberen Küchenregale herunterzunehmen, umfasse der Schürzenjäger unversehens ihre Taille, wenn sie sich bücke, um die Teppichfransen zu kämmen, stehe er wie aus dem Boden gewachsen hinter ihr und berühre sie ausgiebig an verbotener Stelle, und wenn sie am Boden liege, um besser an die von Spinnweben zu befreiende Unterseite einer Kommode zu gelangen, spüre sie plötzlich die Hände dieses Lüstlings unter ihren Rökken. Und was den Diebstahl des Marmeladenglases betreffe, dessen sie bezichtigt werde, so habe sie es nicht nötig, sich von den eingekochten Früchten ihrer Dienstherren zu ernähren, sie stamme aus der Wachau, welche für ihren Obstreichtum bekannt sei, ihre Mutter lasse ihr alle vierzehn Tage über einen Vetter, der in Wien als Eisengießer arbeite und jede zweite Woche nach Hause fahre, kiloweise frisches wie eingemachtes Obst zukommen. Nach dieser Rechtfertigung hörte ich zunächst nichts, dann ertönte die ruhige und kalte Stimme der Frau von Schreyvogl: Sie habe nicht die Absicht, sich und vor allem ihren Gemahl gegen die ungeheuerlichen Diffamierungen eines gewöhnlichen Stubenmädchens zu verteidigen, es bliebe ihr nur noch zu sagen, daß sie, das Stubenmädchen, auf der Stelle entlassen und damit gezwungen sei, in einer anderen Familie ihr Unwesen zu treiben.

Während ich die Stachelbeeren in Gläser füllte, sie mit Zucker bedeckte und etwa zehn Minuten im Dunst kochte, ließ ich mir, was ich unfreiwillig mitangehört hatte, durch den Kopf gehen. Obwohl Frau von Schreyvogl sich mir gegenüber in letzter Zeit alles andere als liebenswürdig verhalten hatte, stand ich auf ihrer Seite, denn daß ihr Ehemann, dieser feine Mensch und Dienstherr, sich so abscheulich betragen haben sollte, wie das Stubenmädchen es beschrieb, war nicht möglich. Die böswilligen, auf die Ehre meines Arbeitgebers abzielenden Unterstellungen weckten mein Mitgefühl, und ich nahm mir vor, mich bei dem vereinbarten Treffen im Rauchsalon besonders freundlich und einfühlsam zu zeigen.

Am Abend wusch ich mich wie üblich, indem ich das Badewasser der Zwillinge im alten Emailkrug in den begehbaren Kleiderschrank trug und es in die Waschschüssel goß, doch merkte ich ein wenig erstaunt, daß ich etwas mehr Sorgfalt als sonst auf meine Körperpflege verwandte, den Waschlappen öfter über Brust, Bauch und Oberschenkel gleiten ließ, meine Zähne gründlicher mit Schlemmkreide reinigte und meine Haare nicht wie gewöhnlich mit fünfzig, sondern mit hundert Strichen bürstete. Ich zog das Leinenhemd an, legte mich auf die Matratze, deckte mich mit meinem Kindermädchenkleid zu, denn Frau von Schreyvogl hatte gemeint, ich hätte doch nichts dagegen, wenn sie mir die hübsche Steppdecke vorübergehend entwende, das rustikale Rhombenmuster passe so gut zur Schlafzimmereinrichtung des Sommerhauses in Altaussee, und horchte auf Geräusche, die aus dem Rauchsalon kämen. Plötzlich klopfte es an der Tür, und ehe ich antworten konnte, wurde sie auch schon geöffnet, und Herr von Schreyvogl stand lächelnd davor, bückte sich, denn die Tür zum begehbaren Kleiderschrank war niedrig, und trat ein. Beschämt versuchte ich, mich, so gut es ging, mit dem Kindermädchenkleid zu bedecken, und erwiderte höflich den von ihm entbotenen Gruß.

Er habe sich gedacht, begann Herr von Schreyvogl, er habe sich gedacht, er könnte mir den kleinen Weg in den Rauchsalon ersparen, da ich abends sicher müde von der Arbeit im Haushalt und der Beschäftigung mit seinen, wie er wisse, ungewöhnlich lebhaften Söhnen sei, und sich statt dessen zu mir begeben, ich hätte hoffentlich nichts dagegen, er müsse sagen, mein Zimmer gefiele ihm ausnehmend gut, die Möblierung sei gefällig und zweckmäßig zugleich, und die Matratze scheine den richtigen Härtegrad aufzuweisen. Damit trat er näher, beugte sich zu mir herab und prüfte die durchgelegene Seegrasmatratze mittels mehrmaligen Drückens seiner schmalen, doch kräftigen Hand. Dann ließ er sich am unteren Ende meiner Bettstatt nieder und legte eine Hand leicht auf mein linkes Schienbein, das sich unter dem Kindermädchenkleid befand. Ob mir nicht kalt sei, fragte er, die schönen Spätsommertage wären vorüber, es würde kühl, und diejenigen unter uns, die Gelegenheit hätten, einander zu wärmen, könnten sich glücklich schätzen. Da ich bei dieser Berührung meines Schienbeins von einem eigenartigen Schauer durchströmt wurde, antwortete ich wahrheitsgemäß, mich fröstele ein wenig, worauf er seine Hand unter das Kleid gleiten ließ, meine Schienbeine zu massieren begann und meinte, gleich würde mir wärmer werden. Tatsächlich gingen mit einem Mal Hitzewellen über mich hinweg, und ich bekannte verwirrt, er hätte recht, vielleicht sei es die Kerzenflamme, die den kleinen Raum so angenehm erwärme. Da glitt mein Dienstgeber neben mich unter das Kindermädchenkleid, seufzte, Rosa, ach Rosa, dürfe er mein kleiner Ofen sein, nur eine Stunde, nur eine Minute, und umfing mich mit seinen großen schmalen Händen. Bestürzt tastete ich nach dem Salzsäckchen, das ich um den Hals trug, doch fiel meine

Hand auf halbem Wege kraftlos auf Herrn von Schreyvogls Schulter, denn die Schwäche, die mich überkam und die zweifellos auf die eben erst überstandenen Krankheiten und den Mangel an Nahrung zurückzuführen war, unter dem ich in letzter Zeit gelitten hatte, lähmte mich fast völlig. Der Edle von Schreyvogl hatte meine Geste bemerkt, nahm mir lächelnd das Band mit dem Säckchen vom Hals, legte es neben die Kerze und meinte, so werde mich das lästige Angebinde nicht länger stören. Dann blies er die Flamme aus.

Am nächsten Tag war Frau von Schreyvogl besserer Stimmung als sonst und meinte, wenn schon die Tage unerfreulich und aufreibend seien, so wären wenigstens ihre Nächte erholsam, denn sie sei von der Natur mit der Fähigkeit zu tiefem und entspannendem Schlaf gesegnet, ja, sie schlafe wie ein Murmeltier, ein Merkmal, das so gut wie alle Familienmitglieder derer von Purgstall-Wohlleben auszeichne. Ich möge so liebenswürdig sein und nach dem Kehren und Abstauben, das ich selbstverständlich nach dem mehr als unerquicklichen Abgang des Stubenmädchens zu übernehmen hätte, Tassilo und Klaus Maria in den Volksgarten führen, es sei ausnahmsweise völlig windstill, eine Seltenheit in Wien. Sie weise mich allerdings ausdrücklich darauf hin, daß unbekannte Kinder und Erwachsene, denen man ihre Zugehörigkeit zur mittelbürgerlichen und kleinbürgerlichen Schicht, insbesondere jedoch zu der der Arbeiter, ansehe, strikt vom Kinderwagen fernzuhalten seien, vor allem, wenn sie sich freundlich zeigten, gerade das sei verdächtig, man wisse nie, es kämen die unglaublichsten Dinge vor, ganz abgesehen davon, daß solche Leute, zum Großteil aus eigener Schuld, in alles andere als hygienischen Verhältnissen lebten und, wo sie gingen und stünden, Bakterien um sich verbreiteten, die zum Ausbruch gefährlicher und gefährlichster Krankheiten führen könnten. Sie warne mich:

Falls Tassilo und Klaus Maria erneut erkrankten, und sei es an einer harmlosen Erkältung, würde sie mich zur Verantwortung ziehen und nicht zögern, den Dienstvertrag für null und nichtig zu erklären, zumal die gegenseitigen Beziehungen von Anfang an nicht die harmonischsten gewesen seien.

Als ich den Kinderwagen am Zahnwehherrgott an der Rückseite des Doms vorüberschob, kam mir der Gedanke, kurz vor die Dienstbotenmuttergottes hinzutreten und sie wegen der Verfehlungen, die ich mir in der Zwischenzeit hatte zuschulden kommen lassen, um Verzeihung zu bitten. Vor dem Riesentor traf ich auf die bettelnde Ljuba, die rief, ach, ich hätte die Stelle also bekommen, die Zwillinge erfreut aus dem Kinderwagen nahm und sie herzte und küßte, worauf ich die Gelegenheit benützte und meinte, da sie mit Tassilo und Maria vertraut sei, dürfe ich sie doch ersuchen, die beiden kurz zu beaufsichtigen, es dränge mich, eine Kerze für die Seele meiner Mutter anzuzünden, die nach ihrem Tode zweifellos ohne Umweg über das Purgatorium in den Himmel aufgefahren sei. Danach begab ich mich zum Sockel, auf dem meine neue Schutzheilige stand, warf mich vor ihr nieder und gestand ihr, daß ich seit meinem letzten Besuch bei ihr gestohlen, gelogen und überdies Handlungen begangen hätte, bei denen ich aufgrund mangelnder Aufklärung und Erfahrung nicht genau wüßte, wie sie zu beurteilen wären, bei denen jedoch unter Umständen anzunehmen sei, daß es sich um einen schweren Fehltritt handle, der in engstem Zusammenhang mit der Sünde der Unkeuschheit stehe, einer Sünde, die ich bislang kaum mehr als vom Hörensagen gekannt hätte, weshalb mir ihre Identifizierung auch so schwer fiele. Auch sei ich insofern im Zweifel, als ich bislang der Meinung gewesen wäre, daß das Sündigen bereits während seiner Ausübung von unangenehmen Empfindungen begleitet sei, was jedoch nur bei der Lüge eindeutig, beim Diebstahl teilweise und bei dem eben geschilderten dritten Verstoß ganz und gar nicht der Fall gewesen wäre, im Gegenteil, er hätte ausgesprochen genußreiche Gefühle hervorgerufen, die sich etwa mit dem Verzehren köstlicher Speisen oder mit den Zärtlichkeiten vergleichen ließen, mit welchen mich meine Mutter und später eine liebe Freundin überhäuft hätten. Jedenfalls bäte ich sie herzlich, mir zu vergeben und mir nicht ihre Gunst zu entziehen, die sie mir bereits auf das Schönste erwiesen habe, indem sie mich gleich wieder eine Stelle hätte finden lassen. Flehend schaute ich zur Muttergottes auf und vermeinte zu meinem Schrecken sowohl auf ihrem liebreichen Antlitz als auch auf dem ihres sonst so fröhlich blickenden Kindes einen veränderten Ausdruck wahrzunehmen, eine verärgerte, ja verletzte Miene. Während ich eine der schlanken weißen, sich nach oben hin verjüngenden Wachskerzen, die neben dem Sockel zum Kauf auslagen, anzündete, fielen mir die Zwillinge ein, und ich wandte mich um und wollte zum Eingangstor zurückeilen. Mitten in der Drehung hielt ich inne, griff ganz unwillkürlich nach den Kerzen, ließ drei davon in meiner Kindermädchenschürze verschwinden und verließ das Gotteshaus.

Um den Kinderwagen geschart standen Ljuba und mehrere männliche Personen von teilweise zweifelhaftem Äußeren, die die Zwillinge zu deren Vergnügen abwechselnd auf den Arm nahmen und streichelten, und als ich zu ihnen trat, deutete Ljuba mit freier Geste auf sie und meinte, dürfe sie vorstellen, das seien ihre lieben Freunde, zum einen Teil arbeitslos wie sie und gelegentlich mit Pferdewetten im Prater befaßt, zum anderen Teil direkt mit diesen schönen Tieren beschäftigt, nämlich als sogenannte Wasserer, unentbehrliche Gehilfen der Fiaker, die deren Pferde tränkten und striegelten und ihr Zaumzeug auf Hochglanz polierten, in jedem Falle allesamt prächtige und ehrliche Burschen. Ich grüßte die Gesellschaft ein wenig befangen, und als ich in ein Gesicht nach dem anderen blickte, glaubte ich in den Zügen des Mannes, auf dessen Arm Tassilo saß und der eine braune Schirmmütze und ein braunes Halstuch trug, eine auffällige Ähnlichkeit mit Milan Havelka zu entdecken. Rasch nahm ich ihm Tassilo und Ljuba Klaus Maria ab, setzte die beiden in den Kinderwagen und entschuldigte mich, ich sei in Eile, ich müsse weiter, wichtige Besorgungen warteten darauf, erledigt zu werden.

Die folgenden Wochen zählen für mich vom heutigen Standpunkt aus, da das Ende meines irdischen Daseins in so greifbare Nähe gerückt ist, daß sich die Gegebenheiten etwas sachlicher beurteilen lassen, zu den glücklichsten meines Lebens, trotz des Faktums, daß sie, wie ich mittlerweile wohl weiß, erfüllt waren von sittlich fragwürdigen Handlungen und Gefühlen und auch ungeachtet der Tatsache, daß der Preis, den ich für dieses Glück entrichten mußte, unverhältnismäßig hoch war.

Herr von Schreyvogl entwickelte die Gewohnheit, sich jeden Abend zu fortgeschrittener Stunde im begehbaren Kleiderschrank und anschließend auf der Seegrasmatratze einzufinden und mich dort in Sinnesfreuden einzuweihen, die ich mehr oder minder ahnungsloses böhmisches Mädchen nicht für möglich gehalten hatte. Es gelang ihm, den anfänglichen halbherzigen Widerstand, den ich seinen dynamischen und zielgerichteten Aktionen entgegensetzte, binnen kürzester Zeit zu brechen und mich sowohl durch das, was er tat, als auch durch das, was er sagte, davon zu überzeugen, daß es nur zu meinem Besten sein konnte, mich seiner lebensklugen Führung anzuvertrauen und seinen zärtlich geflüsterten Anordnungen fügsam und flink nachzukommen, da sie mich zuverlässig in schwindelerregende Höhen einer Lebensfreude trugen, die mir bislang unbekannt gewesen war. Seine gleichermaßen mit Nachdruck wie mit Bedacht ausgeführten Handlungen unterstrich mein Arbeitgeber mit Worten, die mir schmeichelten und mich noch mehr dazu anspornten, ihm auch auf diesem neuen Gebiet zu Diensten zu sein. Es waren Ausdrücke, die mich in seltsamer Weise an die von mir selbst bei der halbbewußten Abfassung der *Ode an Olga* verwendeten Formulierungen denken ließen, denn er sagte, meine Gestalt gliche einer schlanken Palme, dazu da, von ihm erklettert zu werden, er verglich meine Augen mit tiefen Teichen, die Hüften mit Juwelen, den Hals mit einem Turm aus Elfenbein und den Geruch meines Atems mit dem Duft von Äpfeln. Er legte seinen Mund an mein Ohr und murmelte, es gebe sechzig Königinnen, achtzig Nebenfrauen und Mädchen sonder Zahl, doch ich allein sei sein Täubchen, ich allein vollkommen und ohne Makel, schön wie der Mond und leuchtend wie die Sonne. Verwundert und betört hörte ich ihm zu, wenn er leise sagte, ich möge ihm meinen Garten öffnen, ihn von den wohlschmeckenden Früchten kosten lassen, die dort wüchsen, denn ich hätte sein Herz bezaubert. Als ich ihn ihn einmal fragte, ob ihm das *Hohelied* bekannt sei, meinte er, nein, das kenne er nicht, die Seidenmanufaktur ließe ihm kaum Zeit, sich mit Musik zu beschäftigen.

Nach einiger Zeit jedoch stellte ich beunruhigt fest, daß Herr von Schreyvogl mich nur noch jeden zweiten Abend aufsuchte. Ich gab mir größte Mühe, ihn zufriedenzustellen, ihm jeden Wunsch von den Augen abzulesen und seine geschäftlichen Sorgen zu vertreiben, doch er wurde immer einsilbiger, seine Gesten immer knapper und seine Besuche immer kürzer. Als ich ihn bei mir passend erscheinender Gelegenheit um eine Erklärung für sein verändertes Verhalten bat, meinte er etwas ungehalten, was ich damit sagen wolle, er benehme sich nicht anders als sonst, ich bildete mir etwas ein, eine solche den realen Gegebenheiten in keiner Weise entsprechende ungesunde Phantasie sei typisch für mein Geschlecht. Ich wies zaghaft, doch beharrlich darauf hin, daß er mir seit kurzem nicht mehr täglich seine Aufwartung mache, sondern jedesmal einen Tag überspringe, worauf er ärgerlich erwiderte, eine Beziehung wie die unsere ließe sich doch nicht rein rechnerisch erfassen, eine so kleinlich kalkulierende Denkweise hätte er von mir nicht erwartet, glaubte ich denn, Gefühle könne man wiegen und messen wie Waren auf dem Karmelitermarkt, er müsse zugeben, diese erstmals sichtbar werdende Seite meiner Persönlichkeit, an der ihn doch gerade das Nachgiebige und selbstlos Schenkende angezogen hätte, enttäusche ihn ein wenig, unter diesen Umständen scheine ihm eine weitere Einschränkung seiner Besuche angezeigt. Damit erhob er sich von der Seegrasmatratze, warf seinen Hausmantel über und meinte abschließend, außerdem bedürfe seine Frau, der er von Herzen zugetan und die, wie ich wisse, guter Hoffnung sei, mehr denn je seiner Aufmerksamkeit und Unterstützung, ich könne mir wohl kaum vorstellen, wie beglückend das Heranwachsen neuen Lebens wäre, dieses Glücksgefühl ließe sich mit keinem anderen auch nur annähernd vergleichen. Dann bückte er sich und verließ den begehbaren Kleiderschrank.

Herr von Schreyvogl gab mir Gelegenheit, ihn noch drei-, viermal zu empfangen, dann entzog er mir endgültig sein Interesse. Aufgrund der Tatsache, daß die Anzahl der für mich so erfüllenden Besuche binnen kürzester Zeit drastisch zurückgegangen war, entwickelte ich schwere Entwöhnungserscheinungen, und die sonderbaren körperlichen Zustände, die Hitze- und Kälteschauer, die fieberartigen Anfälle und Ohnmachtsanwandlungen, welche zuerst durch mangelnde Ernährung, dann durch Erkrankung und schließlich durch die leidenschaftlichen Gefühle gegenüber meinem Arbeitgeber hervorgerufen worden waren, setzten mit erneuter Stärke ein. Verbunden mit diesen Anzeichen des Entzugs war eine Steigerung meines Appetits, der sich infolge der Sparsamkeit meiner Hausfrau nicht befriedigen ließ. Mich nachts in die Küche oder in die Speisekammer zu schleichen, wagte ich nicht mehr, weil mir klar geworden war, daß Frau von Schreyvogl über Anzahl und Menge der Lebensmittel in ihrem Haushalt genauestens Bescheid wußte. Davon ausgenommen war allerdings eine Räumlichkeit, nämlich der Keller, denn da sowohl die Köchin als auch sie selbst eine unüberwindliche Furcht davor hatten, die alten, gewölbten, etwas unheimlichen und von Mäusen und Ratten heimgesuchten Räume zu betreten und da mein Dienstherr sich nie mit Haushaltsangelegenheiten abgab, war ich die einzige, die sich in die Tiefen des Hauses wagte, um Holzscheite, Kohlen, Kartoffeln und andere Lebensmittelvorräte, die dort gelagert waren, in die Wohnung zu tragen, denn mir machten keine Keller, sondern, wohl aufgrund meiner zum Teil negativen Erfahrungen in der Dachkammer der Familie Gerstner, höchstens Dachböden Angst. Wenn mein Appetit wegen des Liebesentzugs, den mir Herr von Schreyvogl auferlegt hatte, ins Unermeßliche gewachsen war und die Köchin mir auf Geheiß der Hausfrau zum Abendbrot einen kalten Semmelknödel vorsetzte, der vom Mittagessen der Herrschaften übriggeblieben war, fühlte ich mich berechtigt zu sagen, ich würde den Knödel gleich essen, nur müsse ich vorher noch ein Glas mit eingelegten Znaimer Gurken aus dem Keller holen, sie wisse doch, daß unsere Dienstherrin infolge ihrer Schwangerschaft ganz verrückt auf Znaimer Gurken sei, Znaimer Gurken müßten in ständiger Reichweite sein, man wolle doch keine Frühgeburt und noch viel weniger eine Fehlgeburt riskieren. Dann ging ich hinunter in das alte Gewölbe und aß wahllos alles Eßbare, das dort gelagert war. Ich nahm duftende Äpfel von den Brettern, auf denen sie lagen, und biß mit Genuß ins saftige Fruchtfleisch, knackte schmackhafte Walnüsse und Haselnüsse, die zur längeren Haltbarkeit mit Sand bedeckt in einem Holzfaß aufbewahrt wurden, ungeduldig mit den Zähnen auf, tauchte den Zeigefinger begehrlich in Gläser mit dunklem Waldhonig aus der Imkerei in Altaussee, griff heißhungrig in Blechdosen, die köstliche Lebkuchen und andere Bäckereien enthielten, öffnete eilig mit Metallklammern verschlossene Gläser voll roter, grüner und gelber ungarischer Paprikas, reckte und streckte mich, um die unter dem Gewölbe an Eisenhaken aufgehängten Schinken und Würste mit den Zähnen zu erreichen und naschte ausgiebig von den verschiedenen Marmeladen und Kompotten. Und wenn meine Eßlust besonders groß war, tauchte ich meine Hand noch in das bauchige Gefäß, in dem Eier im Wasserglas schwammen, holte mir ein schönes weißes Ei aus der fast undurchsichtigen Flüssigkeit und trank es aus. Dann nahm ich ein Glas mit Znaimer Gurken, ging langsam und satt über die Treppe hinauf und in die Küche zurück, und wenn die Köchin mich fragte, wo um alles in der Welt ich mich so lange herumgetrieben hätte, der Knödel sei nicht mehr ganz heiß, sagte ich schnell, Frau Navratil, die Hausbesorgerin, habe mich gebeten, ihr einen kurzen Zeitungsartikel über Georg Ritter von Schönerer vorzulesen, ihre Augen würden von Tag zu Tag schlechter, und außerdem sei ich nicht hungrig.

Einige Zeit darauf befiel mich am Morgen immer häufiger eine unangenehme Übelkeit, die ich mir anfangs mit meinen heimlichen Eßgelagen im Keller erklärte und die dazu führte, daß mein Appetit schlagartig abnahm und daß mein Allgemeinbefinden sich verschlechterte. Ich litt unter Brechreiz, empfand eine merkwürdige Schwere in den Beinen und war ständig müde. Bald begann ich mich zu fragen, ob diese Beschwerden eine Strafe waren, welche die Dienstbotenmuttergottes mir wegen meiner in letzter Zeit mehr als anfechtbaren Lebensführung und vor allem wegen des Diebstahls der drei Wachskerzen auferlegte, den ich vor ihren Augen begangen und der mich selbst erstaunt hatte, und beschloß, ihr die zwei Kerzen, die ich noch nicht angezündet hatte, rückzuerstatten. An meinem nächsten Ausgehnachmittag zog ich das neue Kleid an, das mir die slowakische Schneiderin aus der Änderungsschneiderei Wollzeile Ecke Postgasse um ein geringes Entgelt genäht hatte, in welches sie mit der Bemerkung einwilligte, wir in Wien lebenden Slawen, die wir gezwungen seien, unsere ganze Arbeitskraft dem Wiener Bürgertum zur Verfügung zu stellen, das uns zum Dank dafür schlecht behandle, müßten zusammenhalten, und ging damit in den Stephansdom. Es war ein wunderschönes zartlila Kleid mit violettem Spitzeneinsatz an Hals und Schultern, bauschigen langen Ärmeln und einem Rüschenbesatz am Saum, und da mir dank der Solidarität der Schneiderin von meinem ersten Ersparten noch etwas übriggeblieben war, hatte ich mir im Hutwarengeschäft in der Annagasse Ecke Seilerstätte noch eine farblich dazu passende Kopfbedeckung gekauft, die ich zum Angedenken an meine liebe verstorbene Mutter mit einer Seidengarnitur aus orangen und violetten Stiefmütterchen schmücken ließ. Nachdem ich die zwei Kerzen an ihren angestammten Platz gelegt hatte, kniete ich mich vor die Dienstbotenmuttergottes hin, faltete die Hände und sagte leise, ich sähe ein, daß sie über meine Verfehlungen nicht einfach hinwegsehen könne, meine Entwendung der Kerzen, deren einziger Zweck es sei, zu ihrer Verehrung angezündet und brennend vor sie hingestellt zu werden, sei ein Unrecht, das nicht leicht wiedergutzumachen wäre, wenngleich es fast völlig ohne meine bewußte Mitwirkung geschehen sei. Selbstverständlich hätte ich eine Zurechtweisung verdient, und ich wäre auch bereit, eine unbegrenzte, von ihr festzusetzende Anzahl von Vaterunsern und Ave Marias zu beten, nur möge sie der schwer erträglichen Übelkeit, die mich Tag für Tag am frühen Morgen überkäme, ein Ende bereiten. Davon abgesehen, dankte ich ihr herzlich für die mir bis zu diesem Tag erwiesene Unterstützung, kraft derer ich mich vor ihr in einer neuen Garderobe zeigen dürfe. Dann hörte ich auf zu sprechen und blickte der Muttergottes scharf ins Gesicht, um etwaige Auswirkungen des ihr von mir Mitgeteilten daraus abzulesen, doch sie schien mich nicht weiter zu beachten und ihre Aufmerksamkeit stärker denn je auf ihr Kind zu richten, das sie liebevoll anlächelte, was mir in jedem Fall Günstigeres anzudeuten schien als der ärgerliche Blick nach meinem letzten Besuch.

Als ich vom Stephansplatz in den Graben einbog, um mich ein wenig zu zerstreuen und unter die Promenierenden zu mischen, kam Ljuba mit ausgebreiteten Armen auf mich zu und rief, sei es die Möglichkeit, ich sähe ja völlig verändert aus in meiner entzückenden neuen Aufmachung. Ich meinte, es stimme, in dieser Hinsicht hätte ich im Augenblick nicht zu klagen, doch plagten mich gesundheitliche Beschwerden. Als Ljuba sich ungezwungen bei mir einhängte, mich durch das Gedränge schob und meinte, ich solle mich doch ihr anvertrauen, vielleicht könne sie mir helfen, begann ich ihr mein Leiden zu schildern, und nach wenigen Minuten blieb sie stehen, schaute mich ernst an und sagte, meine Unwissenheit sei gleichermaßen unglaublich wie sträflich, die Anzeichen seien mehr als eindeutig, ich bekäme ein Kind.

Auf dieses hin bat ich Ljuba, sich doch mit mir an einem der im Freien aufgestellten Kaffeehaustische niederzulassen, ihre Behauptung hätte mich etwas aus der Fassung gebracht. Nachdem wir Platz genommen hatten, fuhr ich fort, das sei unmöglich, wie hätte das zugehen sollen, worauf Ljuba die Hände über dem Kopf zusammenschlug und fragte, ob mich denn niemand über diese lebenswichtigen Dinge aufgeklärt hätte. Ich meinte, nicht direkt, zwar wäre bei den Nonnen viel von geknickten Blumen und von Früchten des Leibes die Rede gewesen, doch seien sie nie ausführlicher auf dieses Thema eingegangen, und als ich zu bluten begonnen hätte, wären mir von den seufzend zum Himmel aufblickenden Schwestern saubere weiße Tücher in die Hand gedrückt worden, mit dem Hinweis, ein neuer Lebensabschnitt beginne, Schmerzen seien das Los der Frau, und ich möge der Blutwäsche beim Einweichen etwas Salz beigeben. Ljuba sagte, ich solle sofort mit dem Mann sprechen, der für meine Leibesverfassung verantwortlich sei, es verstehe sich von selbst, daß er mich heiraten müsse, und als ich zur Antwort gab, das wäre wohl nicht möglich, da er seit nunmehr acht Jahren verheiratet sei, rief sie aus, der Edle von Schreyvogl, sie habe es geahnt, der feine Herr sei hinter jedem Weiberrock innerhalb und außerhalb von Ring und Linienwällen her, selbstredend hätte er es auch bei ihr versucht, allerdings ohne Erfolg, wogegen ich naives Schaf sicherlich leichte Beute für ihn gewesen wäre. Jedenfalls müsse ich ihn nach ärztlicher Bestätigung des vermuteten Zustandes zur Rede stellen, natürlich habe er für die Kosten der Entbindung und den Unterhalt des Kindes aufzukommen. Etwas zweifelnd warf ich ein, ich fragte mich, ob er sich dazu bereit erklären würde, denn er müsse erst die Kosten für die Entbindung seiner Frau und für den Unterhalt des ehelichen Kindes tragen, das demnächst geboren würde, und Ljuba schüttelte den Kopf und sagte, das auch noch, meine Dummheit kenne keine Grenzen.

Auf dem Weg zum Hause Stubenring achtzehn ging mir ununterbrochen das Schicksal meiner Mutter durch den Kopf, und mit Schrecken erkannte ich, daß ich auf dem besten Wege war, es zu wiederholen. Tatsächlich stellte der wenig vertraueneinflößende Arzt, den Ljuba mir empfohlen hatte und dessen heruntergekommene Ordination sich in einer schmalen dunklen Gasse in der Nähe des Südbahnhofes befand, fest, ich sei im zweiten Monat schwanger. Eine ungestörte Gesprächssituation mit dem Edlen von Schreyvogl herbeizuführen, gestaltete sich schwierig, da er mir aus dem Weg ging, wo er konnte. Doch als mir meine Dienstgeberin einmal eine Mappe in die Hand drückte und sagte, ich möge in die Seidenmanufaktur im siebenten Bezirk laufen, ihr Gemahl hätte die Mappe mit der doppelten Buchführung zu Hause vergessen, kein Wunder, sei er doch am Vorabend stundenlang darüber gesessen und am Morgen dementsprechend müde und zerstreut gewesen, benützte ich die Gelegenheit, ihn in seinem kleinen Büro, wo er vor zahlreichen Rollen mit Seidenstoffen an einem Schreibtisch saß, über den Sachverhalt ins Bild zu setzen.

Herr von Schreyvogl lehnte sich in seinen Sessel zurück, schwieg eine Weile und faltete die Hände über seiner hellgrauen Weste aus Seidenpopeline. Dann sagte er, ich glaubte doch nicht, daß er mir dieses Märchen abnehme, ich sei beileibe nicht die Erste, die sich auf diese Weise an ihm bereichern wolle, man kenne die weiblichen Dienstboten, die sich mit solcherlei Hintergedanken auf ein Verhältnis mit ihrem Herrn einließen, zur Genüge, es seien in der überwiegenden Mehrzahl flatterhafte und raffgierige Mädchen, die sich während ihrer Ausgehnachmittage nach Gutdünken mit Männern ihres Standes herumtrieben und, wenn diese Liebschaften Folgen zeitigten, ihren Dienstgebern die Verantwortung dafür in die Schuhe zu schieben trachteten, um frech Kapital daraus zu schlagen. Bedauerlicherweise habe er auch an mir diese berechnende Ader feststellen müssen, ich sei offenbar keine Ausnahme. Als ich entgegnete, ich wüßte nicht, wovon er spräche, außer einem Pikkolo, der mir bei meiner Ankunft in Wien behilflich gewesen sei, indem er mir freundlicherweise für eine Nacht Quartier verschafft hätte, sei mir keine Mannsperson in dieser Stadt näher bekannt, rief Herr von Schreyvogl, da hätten wir es ja, Pikkolo, Nachtquartier, das sage doch alles, aus meinem reichlich freizügigen Verhalten während unserer kurzen und unbedeutenden kleinen Liaison habe er ohnedies geschlossen, daß es mit meiner Unschuld nicht weit her gewesen sein könne. Ich solle die leidige Angelegenheit doch mit dem Kellner regeln, dem ich mich in erwähntem obskuren Nachtquartier ebenso leichtfertig wie schamlos hingegeben hätte, falls die Geschichte, die ich ihm aufzutischen versuchte, noch dazu an seinem Arbeitsplatz, an dem er sich bei Gott mit Wichtigerem zu beschäftigen hätte, überhaupt der Wahrheit entspreche, was ganz und gar nicht gesagt sei. Sollte es allerdings tatsächlich der Fall sein, daß ich mich in anderen Umständen befände, könne ich natürlich nicht länger in seinem Hause bleiben, eine schwangere Frau genüge, das werde mir einleuchten. Ich bemerkte leise, ich verstünde nicht, warum er plötzlich ganz anders rede, erinnere er sich denn nicht an die Kosenamen, die er mir im begehbaren Kleiderschrank ins Ohr geflüstert habe, worauf Herr von Schreyvogl mich barsch unterbrach und meinte, Kosenamen, welche Kosenamen, mit Kosenamen bedenke er ausschließlich seine Frau, wie käme ich auf eine solche Idee, schließlich sei er ein verheirateter, und zwar ein glücklich verheirateter, Mann und habe es nicht nötig, Kosenamen für dahergelaufenes Dienstpersonal zu erfinden. Und jetzt solle ich mich endlich entfernen, ich stähle ihm kostbare Zeit, möge ich doch baldigst zum Stubenring zurückkehren und seiner Gemahlin die liebevollsten Grüße seinerseits bestellen, er freue sich auf den Rehschlögel natur, den sie abends aufzutischen versprochen habe.

Auf dem Rückweg von der Seidenmanufaktur wäre ich infolge mangelnder Aufmerksamkeit zweimal um ein Haar überfahren worden, zunächst auf der Kreuzung Siebensterngasse Stiftgasse von einem Velocipedfahrer, der in halsbrecherischem Tempo in die Kurve fuhr, und dann an der Ecke Parkring Himmelpfortgasse von einem Einspänner, dessen Lenker, mir ausweichend, mit seinem Wagen unsanft an einen Prellstein stieß und mir nachrief, der Teufel möge mich elendiges Weibsbild holen. Ich ließ die Szene, die sich eben im Büro des Edlen von Schreyvogl abgespielt hatte, möglichst langsam in mein Bewußtsein dringen, damit mich das Geschehene nicht völlig überwältige. Da ich spürte, wie kritisch die Situation war, in der ich mich im Augenblick befand, suchte ich mich dadurch zu beruhigen, daß ich mir das Gesicht meiner Mutter vorstellte und mir ihre letzten, an mich, ihr einziges Kind, gerichteten Worte ins Gedächtnis rief, mit denen sie mir ans Herz gelegt hatte, künftig die christlichen Grundsätze zu befolgen, die sie mir vermittelt hatte. Ich möge mich im Verzeihen und Erbarmen, in Milde und Ergebung üben und mich in den Willen des Allmächtigen fügen, hatte sie gesagt, es habe keinen Sinn, sich in Groll und Haß auf andere zu verzehren. Und nicht nur sie, auch die Schwestern, Pater Bohumil und Pater Macarius hatten betont, daß die Sanftmütigen das Reich Gottes erben würden, daß man nach einem Schlag auf die eine Wange auch die andere hinhalten und seine Feinde lieben solle. Welches Recht hätte ich gehabt, solche Gebote zu hinterfragen, woran hätte ich mich in dieser äußersten Notlage halten sollen, wenn nicht an das, was mich meine Erzieher gelehrt hatten? Ich würde Herrn von Schreyvogl nicht verurteilen, das kam mir nicht zu, mein ist die Rache, spricht der Herr, so hieß es. Ich würde mein Kind zur Welt bringen, Gott würde uns erhalten, so wie er die Lilien auf dem Felde und die Vögel in der Luft, so wie er alles erhielt.

Zurück im Hause Stubenring achtzehn, ging ich sofort auf die Suche nach Frau von Schreyvogl, um ihr die Grüße ihres Ehemannes zu bestellen, und traf sie lesend im Wohnzimmer an. Bevor ich den Mund auftun konnte, schlug sie das Buch zu, auf dessen Einband ich flüchtig den Titel *Das Wunder des neuen Lebens* wahrnahm, richtete sich zu voller Größe auf, rückte ihre Brille zurecht und sagte in eisigem Ton, wie ich die Stirn haben könne, ihren ausdrücklichen Anordnungen mit einer Sorglosigkeit und Verantwortungslosigkeit zuwiderzuhandeln, die ihresgleichen suche. Kaum hätte sie mir aus gutem Grund eingeschärft, Tassilo und Klaus Maria unter keinen Umständen mit Fremden in Kontakt zu bringen, ginge ich hin, mischte mich mit den Zwillingen mitten auf dem Stephansplatz unter eine dort herumlungernde Rotte polizeibekannter Vagabunden, Strolche und Ganoven und ließe zu, daß die wehrlosen Kinder von Arm zu Arm gereicht würden. Als ich einwandte, es hätte sich meines Wissens nicht um Leute genannten Schlages, sondern vielmehr um Bekannte einer Bekannten gehandelt, seriöse Personen, die mit Pferden, genauer, mit Rennpferden zu tun hätten, Jockeys und Züchter und dergleichen, rief meine Dienstherrin, ich löge wie gedruckt, sie ziehe es vor, Frau Navratil Glauben zu schenken, die ihr während all der Jahre noch niemals die Unwahrheit gesagt hätte und die übrigens in nächster Zeit die Spaziergänge mit den Kindern übernehmen werde, ich müsse begreifen, daß ein Kindermädchen, welches eine echte Gefährdung für Leib und Leben des Liebsten darstelle, was sie, Frau von Schreyvogl, abgesehen von ihrem Gemahl, besäße, in ihrem Hause nicht länger tragbar sei. Sie werde mir unverzüglich den Lohn für den kommenden Monat aushändigen, niemand solle von ihr behaupten können, sie behandle ihr Personal nicht gerecht, und dann erwarte sie, daß ich meine persönlichen Habseligkeiten, ausgenommen natürlich das Kindermädchenkleid und die dazugehörige Schürze, aus dem Kabinett entferne und eine Familie verließe, der gegenüber ich mich alles andere als loyal verhalten hätte. Mein Zeugnis habe sie mir bereits ausgestellt, es liege auf der Kommode.«

10

Nachdem mir eine weitere Schülerin, ein begabter Koloratursopran, am Ende einer Gesangsstunde mitgeteilt hatte, sie habe sich entschlossen, ihr Gesangsstudium in Rom fortzusetzen, begann ich mich zu fragen, wovon ich während der nächsten Monate meinen Lebensunterhalt bestreiten sollte, und überlegte, mit welchen meiner Besitztümer ich diesmal den ernüchternden Weg ins Dorotheum antreten könnte. Aus Angst, meine Mutter, die aufgrund meiner Neigung zu Magnolia ohnehin schon etwas verstimmt schien, noch mehr zu verärgern, beschloß ich, keinen der Gegenstände, die in Ehren zu halten ich ihr versprochen hatte, zu veräußern und vielmehr zu versuchen, einige der Fotos aus der Zeit, da ich Sängerknabe gewesen war, abzusetzen, zweifellos würden solche Zeitzeugnisse, Dokumentationen der Aktivitäten eines weltberühmten Knabenchors, ihren Wert haben. Zuversichtlich betrat ich das Auktionshaus, und da ich nicht genau wußte, in welche Abteilung ich mich begeben sollte, legte ich einer Person, die den Eindruck eines Experten machte, an einem Schalter im Parterre vier vom Präfekten mit einer Fotokamera des Typs Olympus aufgenommene, von mir gerahmte Lichtbilder vor und erkundigte mich höflich nach dem zuständigen Fachbereich. Die Person blickte kurz auf die Fotos, dann auf mich und fragte, was ich mit diesen dilettantischen Aufnahmen wolle, auf welchen lauter halbwüchsige Knaben abgebildet seien, ich glaubte doch nicht, daß das renommierte Auktionshaus mit mehreren Filialen in den Bundesländern sowie in Prag und mit Repräsentanzen in Brüssel und Tokio Päderasten zu seinen Kunden zähle, worauf ich etwas gekränkt zur Antwort gab, zu einem derart abschätzigen Ton bestehe kein Anlaß, sehe sie denn nicht, daß es sich bei den darauf abgebildeten jungen Menschen in den gutgeschnittenen Matrosenanzügen um Mitglieder eines der gefeiertsten Chöre der Welt handle, nämlich um die Wiener Sängerknaben, die von Kaisern und Königen eingeladen, von den mächtigsten Staatsoberhäuptern empfangen würden? Als die Person wenig beeindruckt einwandte, Wien sei voll von Fotos der Sängerknaben, vom Umschlag jeder zweiten in Wiens Schallplattengeschäften in der Kärntnerstraße, auf dem Graben und auf dem Kohlmarkt ausgestellten CD, von jeder Plakatwand der Wiener Innenstadt herab grinsten sie einen an, sie könne diese milchhäutigen Engelsvisagen mit den aufgerissenen roten Mündern und den scheinheilig nach oben gedrehten Augäpfeln nicht mehr sehen, sagte ich, sie, die Person, möge sich einer höflicheren Ausdrucksweise befleißigen, schließlich habe sie einen ehemaligen Sängerknaben vor sich, der Chor sei eine österreichische Institution, derlei Schmähungen kämen einer Staatsverunglimpfung gleich. Da winkte die Person müde ab, bewegte langsam den Kopf hin und her und sagte, Staatsverunglimpfung, daß sie nicht lache, sie frage sich, wieviel Geld dieser vorpubertäre Verein das Land Österreich koste, und als ich gereizt erwiderte, die vier aus jeweils vierundzwanzig Knaben bestehenden Chöre, von denen sich mindestens zwei stets auf Reisen befänden, hätten staatliche Unterstützung nicht nötig, sie finanzierten sich zur Gänze aus eigenen Mitteln, meinte sie, sie frage sich, was sie bewogen habe, sich auf diese lästige Diskussion mit mir einzulassen, was wolle ich eigentlich, das Dorotheum habe Aufnahmen weltberühmter Fotografen wie Man Ray, Andy Warhol, Cindy Sherman und Prinz Philip zum Verkauf angeboten, ich könne ja versuchen, meine Fotos auf dem samstags bei jeder Witterung zwischen Rechter und Linker Wienzeile stattfindenden Flohmarkt anzubringen, große Hoffnungen würde sie sich an meiner Stelle allerdings nicht machen. In diesem Augenblick kam der Handschriftensachverständige, der das linierte Doppelblatt mit Mahlers Schriftzügen so ungünstig beurteilt hatte, die Treppe herab und rief, das sei die Höhe, nach meinem frechen Betrugsversuch, der mir Hausverbot eingetragen habe, wagte ich mich erneut in die Hallen des Dorotheums, ich möge zusehen, daß ich weiterkäme, wenn ich nicht festgenommen werden wolle, worauf ich meine Fotos eilig an mich nahm und das Gebäude durch das in die Spiegelgasse führende Tor verließ.

Nach diesem unliebsamen Auftritt beschloß ich, mich durch einen Spaziergang in den Prater etwas aufzuheitern und dort ein leichtes Mittagessen einzunehmen, da der Himmel wolkenlos und die Luft fast mild zu nennen war. Ich liebe den Prater, doch das ausgedehnte Gelände mit seinen vielen Bäumen, Sträuchern und Rasenflächen im Frühling und Frühsommer aufzusuchen, ist mir nicht möglich, da ich in dieser Jahreszeit aufgrund der wärmeren Temperaturen zwar einigermaßen vor Erkältungskrankheiten gefeit bin, doch empfindlich, das heißt, mit heftigem Niesen, erheblicher Schwellung und Sekretabsonderung der Nasenschleimhaut und gleichzeitiger Bindehautentzündung, gelegentlich sogar mit Milzschwellung, Gesichtsödem, Nesselsucht und Hautausschlag auf das Einatmen von Blütenpollen reagiere. Versuche, dieser Allergie mit Ganzwaschungen, Halbbädern, Schenkelgüssen und Barfußgehen Herr zu werden, haben bisher zu keinem Erfolg geführt, ebensowenig wie Spülungen der Nase mit Zinnkrauttee, wogegen die homöopathischen Medikamente Arsenicum D6, Sabadilla D4 und Aralia racemosa D3 meine Beschwerden kurzfristig zu lindern imstande sind. Schon wollte ich ein Wirtshaus an der Prater Hauptallee betreten, um einen Kalbsbraten und einen Kamillentee zu bestellen, da kam mir meine triste finanzielle Lage zu Bewußtsein, und ich beschloß, statt dessen an einem Würstelstand ein Paar Frankfurter mit Senf, Kren und einer knusprigen Semmel zu verzehren, eine Mahlzeit, zu der es bedauerlicherweise nicht kam, da der Verkäufer, der, wie ich im Laufe der sich zwischen ihm und mir entspinnenden Debatte erfuhr, gleichzeitig auch der Würstelstandinhaber war, auf meine in höflichem Ton vorgebrachten Fragen, ob es sich bei dem zu den von ihm gesottenen und servierten Frankfurtern verarbeiteten Fleisch auch um einwandfreies handle, die etwas künstlich wirkende rosa Färbung verunsichere mich ein wenig, ob die mir ausgehändigte Semmel auch von heute sei, sie fühle sich etwas weich an, und ob der Kren tatsächlich innerhalb der letzten zehn Minuten gerieben worden sei, die bei frischgeriebenem Kren üblicherweise weißen Fasern wirkten etwas grau, überraschend aufgebracht antwortete, er betreibe seinen Würstelstand seit nunmehr siebzehn Jahren, sein Würstelstand habe bei einer von der *Kronenzeitung* vorgenommenen kulinarischen Bewertung der Wiener Würstelstände eine ausgezeichnete Plazierung im vorderen Mittelfeld erzielen können, der darüber berichtende, von ihm aus der *Kronenzeitung* herausgerissene Artikel klebe rechts von mir an der Würstelstandwand und stehe mir zur Lektüre zur Verfügung. Dann nahm er mir den rechteckigen Pappteller mit dem Paar Frankfurtern, dem Senf und dem Kren aus der einen und die Semmel aus der anderen Hand und meinte, mein krankhaftes Mißtrauen beleidige ihn, ich möge mich gefälligst bei einem anderen der seines Wissens über zweihundert gesetzlich zugelassenen Wiener Würstelstände verköstigen.

Ich spazierte also weiter, setzte mich nicht weit vom Riesenrad entfernt auf eine Bank und versuchte, mich über den zweiten unangenehmen Zwischenfall an diesem Tag hinwegzutrösten, indem ich an Magnolia dachte. Vor wenigen Tagen waren wir mit der Straßenbahnlinie D vom Schottentor nach Nußdorf gefahren und hatten den Weg durch die regennassen Weingärten in Richtung Heiligenstadt eingeschlagen, denn ich hatte vor, im Heurigenwirtshaus *Mayer am Pfarrhof* einzukehren, doch als wir an dem alten, nicht sehr einladend wirkenden Gasthaus *Zur blauen Traube* vorüberkamen, bestand Magnolia darauf, ein Glas in dieser Gaststätte zu trinken, was sich als keine sehr gute Idee herausstellte, da die dicke Wirtin mit der fleckigen weißen Rüschenschürze, dem Doppelkinn und den zahlreichen roten Äderchen auf den Wangen, die uns bediente, sehr unfreundlich und der Weißwein in dem Glaskrug, den sie auf das rotweiß karierte Tischtuch stellte, sauer war. Dennoch schien Magnolia diese Rast zu genießen, der saure Wein stieg ihr zu Kopf, sie meinte, unglaublich, hier scheine die Zeit stillzustehen, und nachdem wir die Raststätte verlassen hatten und ein Stück weitergegangen waren, nahm sie plötzlich meine Hand, nötigte mich stehenzubleiben und legte ihren Kopf mit den vielen schwarzen Zöpfchen an meine Schulter. Wieder überkam mich die sich aus meinem Gefühl für meine Mutter, den früheren, leidenschaftlichen Emotionen gegenüber dem Präfekten und aus etwas ganz Neuem zusammensetzende Empfindung, die ich verspürte, wenn Magnolia am Stutzflügel stand und sang, und ich legte den Arm um ihre Taille und blickte auf die beiden großen dunklen Würfel des Allgemeinen Krankenhauses hinunter, die aus dem Dunst herausragten, der die Stadt bedeckte.

Als ich nach diesem Ausflug meine Wohnungstür im Sterbehaus aufsperrte, trat Fräulein Haslinger, die mich hatte kommen hören, mit der aufgeschlagenen Bibel ein wenig erhitzt auf mich zu und sagte, sie hätte eben das

Hohelied Salomonis wiedergelesen, das *Hohelied Salomonis* beeindrucke sie sehr, wolle nicht auch ich diesen regnerischen Spätnachmittag dazu nützen, mich ein wenig in diese unvergleichliche religiöse Dichtung, die mir sicher bekannt sei, zu vertiefen, eine Dichtung, in deren moralischer Beurteilung die Wiener katholischen Kreise allerdings keineswegs übereinstimmten, und als ich sagte, sie irre sich, ich hätte noch nie etwas von einem *Hohelied Salomonis* gehört, drückte sie mir das Alte Testament, denn um dieses handelte es sich, mit roten Wangen in die Hand, wobei ihr Kopf kurz an meiner Schulter zu ruhen kam, reckte den Hals, schaute zu mir auf und sagte mit halb geschlossenen Augen, »Mit Küssen seines Mundes bedecke er mich«, wie schön, ich möge ihr die Ausgabe am Abend zurückbringen, es könne auch am späteren Abend sein.

Ich wunderte mich ein wenig über Fräulein Haslingers ungewöhnlich anschmiegsames Verhalten, dann setzte ich mich in meinen Ohrensessel und begann zu lesen, und zu meiner Überraschung wurde mir klar, daß der Verfasser nichts anderes beschrieben hatte als den vergangenen Nachmittag mit Magnolia in den spätherbstlichen Weingärten nördlich von Wien. »Komm, mein Geliebter, wandern wir auf das Land«, stand da zu lesen, »früh wollen wir dann zu den Weinbergen gehen/und sehen, ob der Weinstock schon treibt.« »In das Weinhaus hat er mich geführt«, las ich, »sein Zeichen über mir heißt Liebe.« Und: »Seine Rechte umfängt mich.« Ich blätterte weiter. »Braun bin ich, doch schön,/ihr Töchter Jerusalems,/wie die Zelte von Kedar,/wie Salomos Decken./Schaut mich nicht so an,/weil ich gebräunt bin«, stand da, und: »Alles an dir ist schön, meine Freundin;/kein Makel haftet dir an.«

Als ich das Gedicht zu Ende gelesen hatte, stand ich auf, ging zum Telefon und rief Magnolia an. Ihre Großtante hob den Hörer ab und sagte, ach, der junge Herr Horvath, erst habe sie gedacht, es sei wieder der Herr mit der schönen tiefen Stimme von auswärts, ich wolle sicher das Kind sprechen, das Kind lese schon wieder, es werde sich noch die Augen verderben. Dann rief sie Magnolia. Magnolia, sagte ich, Magnolia, kennen Sie das *Hohelied Salomonis?* Die Stimme, mit der sie antwortete, verriet mir, daß sie lächelte. Ja, Josef, sagte sie, ja, das *Hohelied* ist mir ein Begriff. Und jetzt lassen Sie mich weiterlesen.

Sechstes Kapitel

»So kam es, daß ich eine halbe Stunde später mit meinem Pappkoffer in Richtung Stephansdom ging, in der Hoffnung, auf Ljuba zu treffen, die um soviel erfahrener und gewitzter war als ich und mir vielleicht helfen konnte. Tatsächlich traf ich sie vor dem Hauptportal im Gespräch mit einer stellungslosen Hauslehrerin, die stundenweise Arbeit als Federnsortiererin in einem kleinen Hutstaffierbetrieb in Mariahilf gefunden hatte, und einer sympathischen, wenn auch leicht angetrunkenen entlassenen Kammerjungfer an, die im Augenblick im Prater als dritte Gehilfin des bekannten Zauberkünstlers Anton Kratky-Baschik tätig war, der, wie sie mir verriet, bereits seit achtzehnhundertvierundsechzig ein eigenes Zaubertheater auf der Feuerwerkswiese besäße, das ich unbedingt besuchen müsse. Ljuba deutete auf meinen Koffer und meinte, meine Dienste als Kindermädchen bei der Familie von Schreyvogl seien offensichtlich beendet, und als ich darauf nur nicken konnte, da meine Augen sich mit Tränen füllten, legte sie mir kameradschaftlich den Arm um die Schultern und setzte hinzu, ich solle doch froh sein, daß ich die geizige Bohnenstange von Freifrau und den windigen Verführer von Edlem endlich los sei. Außerdem gäbe es Grund zu feiern, vor wenigen Tagen hätte sie mit den anwesenden und einigen weiteren Standesgenossinnen die radikale Monatszeitschrift für Hausgehilfinnen, das *Dienstmädchenfanal*, gegründet, ein Schritt, der zu großen Hoffnungen berechtige. Durch Zufall habe man eine arbeitslose junge Schriftsetzerin gefunden, die sich bereit erklärt hätte, in einem leider etwas feuchten Kellergewölbe im Bezirk Margareten auf einer ausgedienten, aber noch brauchbaren, von dieser Schriftsetzerin kraft ihrer Beziehungen zum Buchdruckgewerbe aufgetriebenen kleinen Handpresse jeweils achthundert Exemplare monatlich zu drucken, wobei sich die Stückzahl bei entsprechendem Absatz natürlich erhöhen könne und hoffentlich auch würde. Sie fordere mich auf, mich an diesem Ringen um die uns zustehenden Rechte zu beteiligen, jede freiwillige Kraft würde mit Freuden aufgenommen, insbesondere Frauen wie ich, die sich in irgendeiner Form bereits schriftlich ausgedrückt hätten, wenn es sich in meinem Falle auch, wie ihr von mir mitgeteilt worden wäre, um Beiträge zur Geschichte der katholischen Heiligen, also ein dem Befreiungskampf der Dienstbotenklasse eher fremdes, wenn nicht geradezu entgegengesetztes Thema gehandelt habe, man dürfe nicht wählerisch sein, die Bewegung stecke schließlich erst in den Anfängen. Ich wischte mir eine Träne aus dem Augenwinkel, räusperte mich und meinte, ihr Vertrauen ehre mich, doch wie sie sich vorstellen könne, sei ich von den Schwierigkeiten rein persönlicher Art, über die wir uns unlängst unterhalten hätten, im Augenblick noch derartig in Anspruch genommen, daß ich kaum einen klaren Gedanken fassen könne, geschweige denn zum Abfassen revolutionärer Artikel fähig sei, doch verspräche ich, ihre Arbeit zu unterstützen, sobald ich besagte Probleme zumindest zum Teil gelöst hätte. Ljuba dankte mir und schlug vor, dem Wirt der Weinschenke *Zum munteren Winzer* auf dem Brillantengrund einen kleinen Besuch abzustatten und auf eine wohlwollende Aufnahme der ersten Nummer des *Dienstbotenfanals* zu trinken.

Außer meinem kurzen Aufenthalt in der Gaststätte *Zur blauen Traube* in Nußdorf hatte ich noch kein Wirtshaus von innen gesehen, denn meine Mutter pflegte sich, was öffentliche Orte betraf, auf Kirchen zu beschränken, in Prag hatten mir die Schwestern kaum Gelegenheit gegeben, mich frei zu bewegen, und in Wien waren mir aufgrund meiner Tätigkeit außer Spielplätzen und Lebensmittelmärkten keine der Allgemeinheit zugänglichen Orte bekannt. Ich war daher nicht wenig überrascht, als wir über die Schwelle des verrauchten Gastzimmers traten, aus dem uns Gesang und Gelächter entgegenschollen. Im Raum standen zahlreiche männliche und zu meinem Erstaunen auch weibliche Gäste gedrängt am langen Schanktisch, prosteten einander zu und unterhielten sich lautstark, und um die wenigen einfachen Holztische herum saßen Ellbogen an Ellbogen weitere Wirtshausbesucher, die ihre Oberkörper singend hin und her bewegten. Als der Wirt Ljuba erblickte, rief er ihr, offenbar erfreut, sie zu sehen, Worte in einer Sprache zu, die ich nicht verstand, kam hinter dem Schanktisch hervor, umarmte sie, schuf an einem Tisch für uns Platz und stellte vier bauchige, mit goldgelbem Wein gefüllte Gläser mit gerilltem dunkelgrünem Fuß und eingeätztem Rebenmuster vor uns hin. Ljuba sagte, es ginge doch nichts über einen Landsmann, Primož, ein Nachbar aus Maribor, sei um einiges früher als sie aus Slowenien aufgebrochen, um in Wien sein Glück zu versuchen, und habe es, wie man sehe, binnen kürzester Zeit weit gebracht, er sei auch klüger gewesen als die meisten und hätte um die so unangenehme Wiener Oberschicht von Anfang an einen großen Bogen gemacht, eine Möglichkeit, die uns zugewanderten Frauen selten offenstehe, da wir zum Großteil auf den Dienst in einem Bürgerhaushalt angewiesen seien. Dann stießen die drei Frauen mit ihren Gläsern so heftig aneinander, daß der Wein überschwappte, tranken und bestanden darauf, daß ich es ihnen gleichtäte. Ich hatte, abgesehen von dem Meßwein, der beim Abendmahl gespendet wird, noch nie Wein getrunken, und es schüttelte mich, als ich die saure Flüssigkeit hinunterschluckte. Doch Ljuba und ihre Freundinnen hörten nicht auf, mich zum

Trinken zu nötigen, und bald erschien mir die Gaststube als heller und freundlicher Zufluchtsort, und ich fühlte mich unter all den lärmenden und trinkenden Menschen wohl und geborgen.

Plötzlich wurde es stiller im Gastzimmer, ein Getuschel und Geraune erhob sich, und wir schauten uns um, um herauszufinden, was der Grund für diese veränderte Atmosphäre sei. Da deutete die Federnsortiererin aufgeregt auf einen untersetzten Mann mit einem roten Gesicht und einem dicken Schnurrbart, der eine Hose mit Pepitamuster, einen schwarzen Samtrock mit Weste, ein blaues Halstuch mit weißen Punkten und einen Halbzylinder mit schmalem Rand trug und sich in Begleitung einiger weiterer, offensichtlich stark angeheiterter Personen befand, und flüsterte, der Bratfisch, der Bratfisch, eben habe der Fiaker Bratfisch mit seinen Kollegen die Schenke betreten, welche Ehre für den Wirt, immerhin sei der Fiaker Bratfisch der Leibfiaker des Kronprinzen Rudolf, wie alle Welt wisse, sei der Kronprinz ein ausgesprochen leutseliger Mensch und mische sich auf seinen Fahrten mit dem Fiaker, dem er sehr zugetan sei, mit Vorliebe unters Volk, von allen Mitgliedern des Kaiserhauses sei er ihrer Ansicht nach bei weitem der sympathischste, schade, daß er sich mit seinem Vater in Regierungsfragen so gar nicht verstehe. Da stieß die dritte Gehilfin des Zauberkünstlers Kratky-Baschik ihr den Ellbogen in die Seite und sagte, sie solle den Mund halten, sicher werde der Bratfisch ein paar Lieder zum Besten geben, worauf sich Ljuba erklärend an mich wandte und meinte, der Bratfisch sei nicht nur der Leibfiaker des Kronprinzen, sondern auch ein begabter Natursänger und Kunstpfeifer, der uns, wenn wir Glück hätten und er in der richtigen Stimmung wäre, mit den schönsten Volksliedern erfreuen werde, auf seinen nächtlichen Streifzügen durch die Wiener Wirtshäuser pfeife er dem Wirtshauspublikum gerne etwas vor.

Und tatsächlich, wenig später schwang sich der Bratfisch auf ein kleines Podium neben dem Schanktisch, und nachdem er ein paar scherzhafte Bemerkungen an die Gäste gerichtet hatte, deren Sinn ich nicht verstand, die jedoch größte Heiterkeit unter ihnen hervorriefen, spitzte er den Mund und pfiff ein Lied nach dem anderen. Ich hörte entzückt zu, und es schien mir, als hätte ich, abgesehen von den Liedern ›*Die Forelle*‹ und ›*Der Lindenbaum*‹, welche die Frau Oberpostrat nachmittags zu singen pflegte, noch nie etwas so Wunderbares zu hören bekommen. So beleibt und unbeweglich der Mann war, so leicht und schlank schwangen sich die Pfeiftöne empor, die er mit seinen dicken, geschürzten Lippen, mit seiner vor- und zurückschnellenden Zunge erzeugte, er zwitscherte, jubilierte und tirilierte so anmutig, daß ich, die ich in Marienbad morgens gern durch das taufeuchte Gras des Parks spaziert war und den Singvögeln zugehört hatte, mich nicht erinnern konnte, je einen Vogel vernommen zu haben, der auch nur annähernd so schön gesungen hätte. Nach einer Weile fiel mir auf, daß sowohl Ljuba als auch ihre Freundinnen mich anschauten, und mir wurde klar, daß mir, die ich vor einer Stunde aus Gekränktheit und Verzweiflung geweint hatte, nun aus Rührung und unbestimmter Sehnsucht die Tränen über die Wangen liefen.

Da ich nicht wußte, wo ich die Nacht zubringen sollte, schlug Ljuba vor, ich solle mit ihnen zu der Bettfrau mitkommen, bei der die Federnsortiererin, die dritte Gehilfin des Zauberkünstlers und sie seit einer Woche nächtigten, in ihrem Zimmer sei zu Mittag ein Bettsack freigeworden, das Quartier wäre einigermaßen sauber, und die Bettfrau, eine schwerhörige Witwe, kümmere es nicht, wann man komme und gehe. Also legten wir in der Dunkelheit zu Fuß und singend den langen Weg bis in die Leopoldstadt und ans Donauufer zurück, wo die Bettfrau in einer häßlichen Baracke wohnte. Müde, doch alles andere als niedergeschlagen fiel ich auf den mit Maisstroh gefüllten Sack, und nachdem ich mich der Dienstbotenmuttergottes empfohlen und ihr dafür gedankt hatte, daß sie mich in schwieriger Lage nicht im Stich gelassen, sondern mir drei gute Feen, hilfreiche und fröhliche Angehörige unseres Geschlechts, zugeführt hatte, wunderte ich mich noch kurz darüber, daß sich der Strohsack und ich mit ihm im Kreis drehte, und schlief ein.

Am nächsten Morgen nahm ich das Zeugnis, welches ich bei meinem hastigen Aufbruch aus dem Hause derer von Schreyvogl von der Kommode im begehbaren Kleiderschrank genommen hatte, ohne es mir genauer anzusehen, aus dem Koffer. Da stand, ich sei zur Beaufsichtigung von Kindern, insbesondere von Säuglingen und Kleinkindern, vollkommen ungeeignet, da meine sittliche Reife sehr zu wünschen übrig lasse und ich nicht nur eine notorische Lügnerin wäre, sondern auch eine verhängnisvolle Neigung zum Diebstahl zeigte, die sich, so sei zu befürchten, noch vertiefen könnte, und mich außerdem vorsätzlich in schlechte Gesellschaft begäbe, und zwar unter Mitnahme meiner Schutzbefohlenen, wodurch ich auch jene gefährdete. Während ich diese niederschmetternde Beurteilung las, war Ljuba hinter mich getreten, hatte mir über die Schulter geschaut und einen kurzen Pfiff ausgestoßen. Sie sehe mich bereits in einem finsteren Textilbetrieb in einem modrigen Souterrain im sechsten Bezirk Fransen knüpfen oder im Stadtpark als Demimondlerin flanieren und nach Kavalieren Ausschau halten, sagte sie dann, denn mit einem solchen Zeugnis wieder Anstellung in einem Wiener Haushalt zu finden, werde wohl unmöglich sein. Dann neigte sie sich zu mir herab und flüsterte, so wie die Dinge stünden, hätte ich mich hoffentlich schon um eine Engelmacherin umgesehen, ich solle ihr doch verraten, für welche ich mich entschieden hätte, ihr sei eine ganze Reihe dieser Personen bekannt, vielleicht könne sie mir sagen, ob sie ihr Handwerk verstehe oder nicht, man müsse vorsichtig sein bei diesen Frauen, sie hätten nicht wenige Mädchen, die sich voller Vertrauen an sie wendeten, auf dem Gewissen. Ich drehte mich um und meinte, sie möge mir doch erläutern, wovon sie spreche, ich wisse weder, was eine Demimondlerin noch was eine Engelmacherin wäre, sie müsse bedenken, daß ich keine geborene Wienerin und mit den Gebräuchen dieser Stadt bislang nicht mehr als höchst oberflächlich vertraut sei. Ljuba rollte die Augen, murmelte, dem Kind müsse man wirklich alles erklären, und sagte dann, eine Demimondlerin sei eine Art gehobene Prostituierte, die sich in Parks auf der Suche nach Kunden herumtreibe, und als ich sie darauf etwas verlegen mit dem Eingeständnis unterbrach, auch was eine solche sei, wäre mir nicht bekannt, sagte sie seufzend, meine Naivität sei nicht zu überbieten, eine Prostituierte mache das, was ich mit dem Edlen von Schreyvogl gemacht hätte, um Geld, und eine Engelmacherin schaffe einem die Folgen, die sich, wenn man Pech hätte, nach solchem Tun einstellten, vom Hals, mit einem Wort, bringe die Leibesfrucht kurzerhand um. Auf dieses hin erhob ich mich von dem wackeligen, schmutzigen Küchentisch der Bettfrau, an dem ich saß, richtete mich auf und sagte zu Ljuba, was wolle sie mir da einreden, meine selige Mutter hätte mich auf dem Sterbebett vor den verbrecherischen Praktiken solcher nichtswürdiger Weibspersonen gewarnt, wenn auch nicht genauer darüber unterrichtet, sie, der es genau wie mir ergangen wäre, hätte trotz größter Widrigkeiten den Mut besessen, ihre Leibesfrucht, nämlich mich, auszutragen, sie glaube doch nicht, daß ich ihren Grundsätzen zuwiderhandeln werde, wenn ich sie, Ljuba, so ansähe, erschiene sie mir plötzlich wie der leibhaftige Antichrist, sie möge mir aus den Augen gehen und andere mit ihren mehr als zweifelhaften Empfehlungen vom rechten Wege abzubringen versuchen.

Darauf rief Ljuba, da höre sich doch alles auf, ich möge Gott loben und danken, daß er mir eine vernünftige Person wie sie über den Weg geführt hätte, jemanden, der im Gegensatz zu mir in der Wirklichkeit lebe und über ausreichende Lebenserfahrung verfüge, um beurteilen zu können, was in heikler Lage zu tun sei. Es wäre höchste Zeit für mich, der mehr als bedenklichen Situation, in der ich mich infolge einer Leichtgläubigkeit befände, die nur noch als haarsträubend, einer Dummheit, die nur noch als bodenlos zu bezeichnen sei, in die Augen zu schauen, zum ersten Mal in meinem Leben von meinem Spatzenhirn Gebrauch zu machen und zu handeln. Glaubte ich denn, die Welt warte nur auf unsere unehelichen Proletarierkinder, auf meine Dienstmädchenbälger, wolle ich denn das traurige Schicksal meiner Mutter und mein eigenes erbärmliches Los auch irgendeinem armen Wurm aufbürden, das nicht darum gebeten hätte, von einer ohnmächtigen Dienstmagd wie mir in die Welt gesetzt zu werden? Wie solle ich mir denn mit einem solchen Klotz am Bein mein Brot verdienen, wer wolle denn ein Hausmädchen mit einem Säugling in seine Dienste nehmen, ich würde das Kind in Pflege geben müssen, das koste Geld, mehr Geld, als ich verdienen könne, soviel Geld ließe sich nur auftreiben, wenn ich im Prater auf Kundenfang ausginge, sie kenne weibliche Dienstboten zur Genüge, die beschränkt genug gewesen wären, einem verschwommenen Muttergefühl nachzugeben und jetzt entweder als polizeilich Registrierte in Bordellen arbeiteten oder ganz gewöhnliche Straßenhuren geworden seien, von denen ein beträchtlicher Teil im Begriff wäre, elendiglich an der Syphilis zugrunde zu gehen, es sei amtlich bekannt, daß sich die Wiener Prostituierten gut zur Hälfte aus ehemaligen Dienstmädchen zusammensetzten und daß der Prozentsatz von Geheimen, die ursprünglich diesem Stande angehört hätten, zahlenmäßig etwa das Zehnfache betrage. So sei das, so sei die Welt, die Welt sei nicht das Herrenhaus im Park in Marienbad, in dem ich aufgewachsen sei, die Welt sei ein Sündenpfuhl, ein Damenboxring wie im Prater, wo man sich gegenseitig die Visage einschlage, wann würde ich das endlich begreifen? Ich solle mich gefälligst und möglichst, bevor es zu spät sei, zur Schwarzen Sophie in der Lobau begeben, die Schwarze Sophie sei nicht nur in der Hebammenkunst bewandert, sie verstünde sich nicht nur auf Liebes- und Schadenzauber, auf Tinkturen und Tränke aller Art für Mensch und Vieh, sondern sei auch die sachkundigste Engelmacherin von Wien, sie werde mir meine Gesundheit nicht ruinieren, so wie andere, die dieses Metier ausübten. Und nachdem ich mich von der einstweilen noch kleinen Last befreit und nicht darauf gewartet hätte, bis sie mir wie ein Mühlstein um den Hals hänge, solle ich mir wieder rechtschaffene Arbeit suchen oder meine Kraft zur Erleichterung des Jochs der Dienstbotenklasse und damit meines eigenen einsetzen. Damit drehte Ljuba sich um und verließ die Küche und die Wohnung der Bettfrau.

Der Zornesausbruch der einzigen Freundin, die ich in Wien besaß, hatte mich so verunsichert, daß ich beschloß, ein wenig am Donauufer entlangzuspazieren, da ich bemerkt hatte, daß ich in unmittelbarer Nähe großer Wasserflächen für meine Schwierigkeiten schneller und leichter eine Lösung fand als anderenorts. In tiefen Trübsinn versunken, ging ich den Uferweg entlang, denn die gehobene Stimmung, in der ich mich am Vorabend kraft des ungewohnten Weinkonsums befunden hatte, war seit meinem Erwachen am frühen Morgen verflogen, und nichts als ein dumpfer Kopfschmerz war zurückgeblieben. Nach einer Weile gelangte ich zu einer kleinen, von Aubäumen bestandenen, in die Donau vorspringenden

Landzunge, und am äußersten Ende dieser Spitze traf ich auf eine kleine Mulde, in der sich im Schatten von Erlen und Weiden neben einer kleinen Hütte mehrere Reihen niedriger, grasüberwachsener Grabhügel mit hölzernen und schmiedeeisernen Kreuzen befanden. Langsam ging ich die sanfte Böschung hinunter und betrachtete eine der schmucklosen Grabstätten nach der anderen, doch außer einer Tafel mit verblaßten Schriftzeichen, die ich nicht entziffern konnte, fand sich kein Name, keine Jahreszahl, kein Bild und kein Grabspruch, nichts, das Aufschluß gegeben hätte über die Toten, die hier an dieser ungewöhnlichen Stelle lagen. Da der stille Platz meiner eigenen Traurigkeit so schön entsprach, setzte ich mich auf das Gras des Rains, schlang die Arme um meine Knie, legte die Stirn darauf und überließ mich den Gedanken, die in meinem schmerzenden Kopf kreisten und keinen Ausweg fanden.

Auf einmal riß mich eine schwache, heisere Männerstimme aus meinem Grübeln. Endlich wieder einmal eine Besucherin, sagte die Stimme, man fühle sich an diesem friedlichen, aber abgeschiedenen Ort manchmal recht einsam. Ich blickte auf und in das von unzähligen feinen und feinsten Fältchen wie von einem Raster durchzogene, sonnengebräunte Gesicht eines kleinen alten Mannes mit langen, dünnen weißen Haaren, einer Sichel in der einen und einem Rechen in der anderen Hand. Was mich junges Mädchen hierher verschlagen habe, erkundigte er sich dann, hätte ich mich denn verirrt, ich sei doch nicht in einem Alter, in dem es einen zu den Toten zöge, noch dazu zu solchen, deren Namen bis auf wenige Ausnahmen niemand kenne, da sie den Tod im Wasser gesucht und gefunden hätten und, bedingt durch einen Wasserwirbel in der Donau, hier angeschwemmt worden wären. Ich erschrak und fragte den Alten, ob er von Wasserleichen spreche, und er sagte, ja, ja, von Wasserleichen, seit Jahren betreue er ihre Gräber, ohne daß er einen Kreuzer dafür bekäme, ein Steckenpferd sozusagen, eine Liebhaberei, er wohne in einem häßlichen Zinshaus nicht weit von hier und habe sich immer einen Garten gewünscht, nun habe er seinen Garten gefunden, sein Friedhofsgärtlein, sein Totengärtlein, die armen Ertrunkenen würden es ihm sicher nicht verargen, daß er sich um sie kümmere, das Gras mähe, das Unkraut von ihren Grabhügeln entferne, die Kreuze gerade richte, wenn der Wiener Wind sie schiefgestellt habe, und zusehe, daß nicht alles verwachse, ich hätte keine Ahnung, wie schnell sich hier in den Auen alles versäe, im Nu hätten Raden, Brennesseln, Disteln und Winden alles überwuchert. Er schwang die Sichel über seinem Kopf und lachte. Aber solange er lebe, rief er, solange Gustl Papuschek noch nicht bei seinen Toten unter der Erde liege, werde hier alles seine Ordnung haben. Dann schaute er mich an. Ich sähe nicht sehr fröhlich aus, meinte er, dabei sei ich ein blitzsauberes Ding, ich müsse mich doch mit meinesgleichen vergnügen, warum sei ich denn nicht im Prater beim Fünfkreuzertanz, dort gehörte ich hin, auf den Tanzboden, nicht auf den Friedhof, auch wenn einiges für Friedhöfe spreche. Die Jugend sei doch so schnell dahin, die Haut schrumple wie ein Winterapfel, die Haare würden weiß und fielen aus, man verliere die Zähne, es zwicke einen überall, ich solle doch nur ihn ansehen, Gustl Papuschek, der seinerzeit auch ein hübscher Bursche gewesen sei, ja, ja, man würde es gar nicht glauben. Er stützte sich auf den Stiel des Rechens und blickte über die Grabhügel. Dann schaute er wieder zu mir her und sagte, er könne es sich schon vorstellen, junge Mädchen wie ich, die ihren ersten Liebeskummer nicht verwunden hätten, Frauen, die ein uneheliches Kind erwarteten und mit dieser Situation nicht fertig zu werden glaubten, Verzweiflungstaten, begangen aus Armut und Not, einsame Menschen ohne irgend jemanden, an den sie sich um Hilfe hätten wenden können, ja, ja, das habe es natürlich gegeben, das werde es immer geben, aber man könne doch sein Leben nicht so einfach wegwerfen, es finde sich doch jedesmal ein Ausweg, wenn man ein wenig Geduld habe, nicht wahr? Als ich den alten Mann so reden, ihn mein eigenes Schicksal schildern hörte, schlug ich die Hände vors Gesicht und begann zu weinen. Da kam der Alte auf mich zu, setzte sich neben mich, legte den Rechen und die Sichel ins Gras, strich mir über den Kopf und murmelte, na, na, wer werde denn so traurig sein, so ein bildschönes Kind, ein blonder Engel, es sei doch nicht so schlimm, ich würde schon sehen, ich würde schon sehen, bis zum Heiraten sei alles wieder gut. Die Anwesenheit des alten Mannes tat mir wohl, und ich weinte und weinte, bis ich glaubte, keine Tränen mehr zu haben, während der Alte redete und redete. Er habe selbst ein paar der Unglücklichen begraben, sagte er, die Gendarmerie habe sie gebracht, schön hätten die ausgesehen, nachdem sie tagelang, wochenlang oder noch länger im Wasser gelegen seien, das könne man sich vorstellen. Jedenfalls habe er sie auf den Tisch in der Hütte gelegt und gesäubert, vorsichtig, denn bei so einer Wasserleiche löse sich leicht ein Finger, ein Unterarm, es sei ja alles völlig aufgeweicht, das sei ja klar, müsse es ja sein nach dieser langen Wasserlagerung. Es wäre keine angenehme Arbeit, das wirklich nicht, und er gebe zu, an einem Abend habe er es mit der Angst zu tun bekommen, regelrecht mit der Angst, aber das gehöre dazu, letztlich seien ihm alle lieb, alle seine armen Toten, einer wie der andere.

Nachdem ich mich gefaßt hatte, stand ich auf, verabschiedete mich vom Totengräber und stieg die Böschung wieder hinauf. So ruhet nun in Frieden, /Ihr arg gequälten Herzen, /Seid aus der Welt geschieden, /Hier gibt es keine Schmerzen, rief Gustl Papuschek mir mit dünner Stimme winkend nach, dann war er in der Senke verschwunden.

Während ich den Uferweg wieder zurückging, sann ich über die Menschen nach, die sich in der Donau ertränkt und in der kleinen Mulde ihre letzte Ruhestätte gefunden hatten, und ich konnte nicht umhin, ihr unbeirrbares Handeln zu bewundern, denn es gehörte sicher viel Mut dazu, sich für eine solche Todesart zu entscheiden. Andererseits hatten wir bei den Nonnen gelernt, daß die Ehrfurcht vor dem uns von Gott geschenkten Leben den Selbstmord verbiete und daß er, so es sich nicht um einen freiwilligen Opfertod für andere handelte, eine schwere Sünde gegen das fünfte Gebot darstelle. Nachdenklich blieb ich an einem sandigen Uferstück stehen und ertappte mich dabei, wie ich glatte Kieselsteine in einem flachen Bogen über das Wasser zu werfen versuchte. Ich fragte mich, wie es wohl dem Pikkolo ergehen mochte, und hoffte, er habe sich nicht zu diesem schwerwiegenden Schritt entschlossen, obwohl ich ihn nun besser verstehen konnte als an dem Tag, an dem wir uns auf der kleinen Insel im Strom begegnet waren, und den Gedanken, immer weiter ins Wasser hinauszugehen, bis ich darin versank, und mich so mit einem Schlage all meiner Sorgen zu entledigen, verlockend zu finden begann. Unter solchen Überlegungen gelangte ich zurück zur Baracke der Bettfrau, wo die Federnsortiererin mich schon erwartete und meinte, ab nun müßten wir uns zwei Strohsäcke zu viert teilen und sie unserer Arbeitszeit entsprechend abwechselnd benützen, da die Bettfrau den Preis für die Übernachtung erhöht hätte. Sie gehe jetzt in den sechsten Bezirk Federn sortieren und danach zu Ljuba in die provisorische Redaktion des *Dienstmädchenfanals* im Kellergewölbe in Margareten, wenn ich wolle, könne ich mich einstweilen auf ihrem Sack ausruhen. Ich meinte, ich sei nicht müde und wolle noch ein wenig in der Stadt herumspazieren, ich müsse mir einiges durch den Kopf gehen lassen, und im Gehen denke es sich besser.

Ohne klares Ziel, ohne bestimmte Absicht brach ich in Richtung Innere Stadt auf. Die Sonne schien, und ich beschloß, den Weg durch den Prater mit seinen großen Wiesen und schönen alten Bäumen zu nehmen und an der Rotunde vorüberzugehen, dem von unserem Kaiser für die Weltausstellung achtzehnhundertdreiundsiebzig errichteten gewaltigen Bauwerk, dessen Anblick mich jedesmal tief beeindruckte. Ich hoffte, mir irgendwann eine Eintrittskarte leisten zu können, um mit dem hydraulischen Aufzug bis hinauf zum Dach zu fahren, von dort über Treppen und Leitern weiter bis zur oberen Laterne emporzusteigen und die über fünf Meter hohe und vier Tonnen schwere Nachbildung der Kaiserkrone berühren zu dürfen, welche deren Spitze krönte. Traurig dachte ich, daß die Hoffnung auf die Erfüllung dieses Wunsches durch meine Entlassung beinahe in ebenso weite Ferne gerückt war wie jene meiner Mutter auf die ersehnte Pilgerfahrt nach Lourdes, zu der sie nie aufgebrochen war. Auf meinem Weg durchquerte ich ein helles Wäldchen, in dessen Mitte auf einer Lichtung ein einfaches Gasthaus stand, in welchem man auf ein Glas Bier oder Wein einkehren konnte. An einem der roh gezimmerten Holztische vor dem Haus saßen ein Mann und ein Mädchen, und als ich näherkam, sah ich, daß es sich um den Edlen von Schreyvogl handelte, dessen schmale, aber kräftige Hand die auf der Tischplatte liegende, mir wohlbekannte kleine, eher plumpe des entlassenen Stubenmädchens streichelte. Ich ging an ihnen vorüber und tat, als sähe ich sie nicht, doch aus dem Augenwinkel gewahrte ich, wie das Stubenmädchen ihre plumpe kleine Hand unter der des Edlen hervorzog und ihm damit durch das lockige dunkle Haar fuhr, worauf der Edle das Händchen ergriff und den feisten Handrücken mit vielen kleinen Küssen bedeckte. Als ich die Lichtung fast schon hinter mir gelassen hatte, hörte ich noch, wie er deutlich vernehmbar zu ihr sagte, sie allein sei vollkommen und ohne Makel, ihre Haut dufte herrlicher als Zimt und Myrrhe, und ihre Haare seien weicher als das Fell der Zicklein von Gilead, und als ich vor dem Einbiegen in einen kleinen Waldweg noch einen raschen Blick zurückwarf, sah ich, wie er sich hinunterbeugte, den Rocksaum des Stubenmädchens hob und ihr zärtlich das linke Schienbein massierte.

Wie ich zur Rotunde gelangte, weiß ich nicht mehr, ich weiß nur, daß beim Anblick der riesigen Kuppel, der hohen Säulen und der Galerie in dreiundzwanzig Metern Höhe mein Entschluß feststand: Noch am selben Tage würde ich die Schwarze Sophie in der Lobau aufsuchen und mich von dem, was da in mir heranwuchs und, einmal geboren, dem Edlen möglicherweise aufs Haar gleichen, ihm wie aus dem Gesicht geschnitten sein würde, befreien lassen, trotz des Wissens, daß meine Mutter, die Patres und die Schwestern mir diesen Schritt nicht verzeihen würden. Warum diese Entscheidung für mich mit einem Schlage und unverrückbar feststand, weiß ich nicht genau, doch hatte es etwas mit der Geste zu tun, mit welcher sich Herr von Schreyvogl bückte und den Saum des Kleides hochzog, eine Gebärde, die heute noch klar umrissen vor meinem inneren Auge steht, wenn ich sie auch nur flüchtig und von fern wahrgenommen hatte.

Unverzüglich schlug ich den Weg zum Redaktionskeller in Margareten ein, wo Ljuba beim Licht einer Petroleumlampe an einem kleinen Pult saß und schrieb, und bat sie, mir mitzuteilen, wo genau die von ihr erwähnte Engelmacherin wohne, ich hätte vor, mich ehebaldigst zu ihr zu begeben. Ljuba blickte erstaunt auf und sagte, es wundere und freue sie, daß sich meine Ansicht in so kurzer Zeit so gründlich geändert habe, wenn ich wolle, werde sie mich begleiten, sobald sie ihre Arbeit beendet hätte, nämlich die Abfassung des Leitartikels der ersten Ausgabe des *Dienstmädchenfanals*, der die ungewöhnlich hohe Selbstmordanfälligkeit des weiblichen Gesindes zur Sprache bringe, eine Aufklärung, die längst Not tue, die Fälle, in denen Hausmädchen aus dem Fenster sprängen, sich mit Lysol vergifteten, den Gashahn aufdrehten oder ins Wasser gingen, seien in besorgniserregender Weise im Zunehmen begriffen. Da ich aufgrund meiner klösterlichen Erziehung die Rechtschreibung sicher besser beherrsche als sie, solle ich ihr doch kurz über die Schulter schauen und etwaige Fehler berichtigen. Während ich dies tat, kam die dritte Gehilfin des Zauberkünstlers die kleine Treppe des Kellerraums herab, stellte sich gleichfalls hinter Ljuba, überflog das bisher Verfaßte und meinte, der Artikel sei viel zu trocken, Ljuba müsse bedenken, daß Hausbedienstete zum Großteil ungebildet und außerdem abends von ihrer Arbeit vollkommen erschöpft seien, welches Dienstmädchen wolle da noch etwas über Prozentsätze und Statistiken wissen, es müßten leibhaftige Personen vorkommen, lebensechte Charaktere, junge Mädchen wie sie selbst, denen sie sich verwandt fühlen, mit denen sie mitempfinden könnten, verzweifelte, geduckte, geprügelte Geschöpfe, die an nebligen Spätherbstabenden frierend am Ufer der Donau stünden, in deren Innerem sich ein erbarmungsloser Kampf zwischen der Angst vor dem Tod und dem Bewußtsein der Ausweglosigkeit abspiele, ein Ringen, in welchem die Hoffnungslosigkeit die Oberhand gewänne, worauf sie mit hochgehobenen Rocksäumen langsam und aufrecht in den schwarzen Fluß hinausgingen, so daß ihnen das eiskalte Wasser erst bis ans Knie, dann bis an die Hüfte, dann bis zur Brust und schließlich bis an den Hals reiche und zuletzt sanft über ihren Köpfen zusammenschlage und ruhig weiterfließe, durch das Marchfeld und durch Ungarn, bis ans Schwarze Meer. Ljuba wandte sich um, schaute die dritte Gehilfin des Zauberkünstlers mit großen Augen an und sagte, meine sie wirklich, sie müsse zugeben, das klinge nicht schlecht, vielleicht habe sie Recht, warum setze sie sich nicht an ihre Stelle und schreibe das Gesagte gleich nieder, dann könne sie mit mir unverzüglich zu einer unaufschiebbaren Besorgung aufbrechen.

Am späteren Nachmittag gelangten wir nach einem langen, ermüdenden Weg ans jenseitige Donauufer und weiter bis zu dem kleinen, im menschenleeren, von Gestrüpp bewachsenen Gelände zwischen den Gebieten Natterfleck und Zigeunermais gelegenen Häuschen der Schwarzen Sophie. Ljuba klopfte an die schief in den Angeln hängende, vom Wiener Wind und Wiener Wetter, vor welchen diese öde, flache Gegend jenseits des Flusses weniger geschützt ist als das Gebiet am rechten Donauufer, ausgebleichte, verwitterte Haustür, und gleich darauf hörte man eine unangenehm schrille, schneidende Stimme aus dem Hausinneren rufen, wer da sei, sie erwarte niemanden, ihre Sprechstunden fänden ausnahmslos vormittags statt, doch nachdem Ljuba ihren Namen genannt hatte, öffnete sich die Tür, und eine knochige Frau mittleren Alters mit pechschwarzen Haaren, eng beieinander stehenden, tiefliegenden dunklen Augen, einem schmalen, an den Mundwinkeln nach unten verlaufenden Mund und einem vorspringenden Kinn in einem langen schwarzen Gewand stand vor uns. Nachdem die beiden sich kurz in einer Sprache unterhalten hatten, die ich nicht verstand, von der ich aber annahm, daß es Slowenisch sei, schaute mich die Frau scharf an und winkte uns ins Haus. Ljuba blieb in einer Art Wartezimmer mit kahlen, ungeweißten, fleckigen Wänden und einem Lehmboden, das außer ein paar wackeligen Stühlen und einem dunklen Metallkruzifix in einer der vier Ecken nichts enthielt, zurück, und ich ging mit der Engelmacherin weiter in ein kleines, überheiztes Zimmerchen, wo viele Sträuße aus getrockneten Pflanzen von der Decke hingen und wo ein glühender Eisenofen mit einem langen Rohr stand, vor dem eine dicke schwarze Katze mit glänzendem Fell und einem dreieckigen weißen Fleck auf der Stirn eingerollt schlief. Die Frau forderte mich in leicht gebrochenem Deutsch auf, mich zu entkleiden und auf die mit einem zerschlissenen braunen Überwurf bedeckte, in einer Ecke stehende Pritsche zu legen, sie werde mich untersuchen. Nachdem sie, mich ununterbrochen mit ihrem stechenden Blick fixierend, mit spitzen harten Fingern meinen Unterbauch lange von außen wie von innen betastet hatte, während die Katze, die mit einem Satz auf das Fußende der Pritsche gesprungen war, meine Zehen leckte, nickte sie mehrmals rasch mit dem Kopf und meinte, kein Problem, kein Problem, glücklicherweise wäre ich in eher schlechter körperlicher Verfassung, zudem seien meine Fortpflanzungsorgane so unterentwickelt, daß gar kein größerer Eingriff vorgenommen werden müsse, eine Medizin aus verschiedenen tierischen und pflanzlichen Substanzen werde genügen, um das unwillkommene Leben abzutöten. Sie habe die Mischung, deren Zusammensetzung streng geheim und einem alten, handgeschriebenen, von ihrer aus dem Karst stammenden Mutter geerbten und ihres Wissens kein zweites Mal existierenden Buche entnommen sei, die jedoch, soviel verrate sie mir, unter anderem Kresse, Knabenkraut, Hasenkot, Schießpulver und geriebenen Hyazinth enthalte, einen Stein, der bereits im Altertum bei der Abtreibung der Leibesfrucht gute Dienste geleistet hätte, vorrätig und werde sie mir mitgeben, ich möge dreimal täglich einen Eßlöffel davon mit kochend heißem Wasser übergießen, das Ganze zehn Minuten ziehen lassen und den Absud schlückchenweise trinken. Bevor ich die Ware von ihr erhalte, wolle sie drei Gulden bar auf die Hand.

Die Mixtur der Schwarzen Sophie half innerhalb weniger Tage, und ich hätte wohl froh und erleichtert darüber sein müssen, daß mir das Schicksal einer mittellosen alleinstehenden Mutter, welches Ljuba mir so eindringlich geschildert hatte, erspart geblieben war. Merkwürdigerweise aber fühlte ich mich alles andere als erlöst und befreit und saß schwermütig und einsilbig auf dem Maisstrohsack in der Baracke der Bettfrau am Donauufer, während meine drei Freundinnen ihren verschiedenen Beschäftigungen nachgingen. Warum ich sie nicht zum Hutstaffierbetrieb in Mariahilf begleitete, fragte die Federnsortiererin, sie würde mir zuliebe auf ein paar Arbeitsstunden verzichten, das Federnsortieren strenge nicht sehr an, man könne sich währenddessen mit den anderen Mädchen unterhalten, es sei richtiggehend kurzweilig, und so würde ich wenigstens ein paar Kreuzer am Tag verdienen. Warum ich mich nicht dem Zauberkünstler Anton Kratky-Baschik vorstellte, er habe verlauten lassen, daß er eine vierte Gehilfin benötige, ich schiene ihr durchaus dafür geeignet, ihm in einem hübschen Flitterkleid seine Zauberutensilien zu reichen, sagte die dritte Gehilfin des Zauberkünstlers, so bekäme ich einen Geschmack vom Schaustellergewerbe, das sei eine eigene, eine aufregende Welt. Und Ljuba meinte ärgerlich, ich solle mich doch nicht so gehenlassen, schließlich sei ich nicht die einzige, die eine Abtreibung hinter sich hätte, noch dazu eine, die derart unkompliziert verlaufen sei, was wolle ich eigentlich, ich hätte ein Dach über dem Kopf, ein Bett, etwas zu essen und Gesellschaft, sie frage mich, was mich daran hindere, meine im Kloster erworbene Bildung dem Widerstandskampf der Dienstmädchen gegen ihre bürgerlichen Herren zur Verfügung zu stellen und mich an das Schreibpult im Redaktionskeller in Margareten zu setzen. Auf solche Aufforderungen antwortete ich entweder gar nicht und drehte mich auf dem Maisstrohsack zur Wand, an der zahlreiche erschlagene Stechmücken klebten, welche in Donaunähe ideale Daseinsbedingungen fanden, oder ich sagte, meine liebe verstorbene Mutter sei Köchin, also Bedienstete, gewesen und habe mich in diesem Sinne, nämlich zu einem Leben im Dienst einer Herrschaft, erzogen, wie könnten sie, die ich für meine Freundinnen hielte, von mir erwarten, daß ich über meinen Schatten spränge und mich in Arbeitsbereichen umtäte, die mir völlig fremd seien, sie, Ljuba, wolle sogar, daß ich mich gegen meine Herkunft auflehnte, daß ich Wertvorstellungen, die ich immer in Ehren gehalten hätte, einfach den Rücken kehrte, zur Verräterin an meiner Klasse würde, es tue mir leid, aber das sei mir nicht möglich. Da drehten meine drei Freundinnen die Augäpfel himmelwärts und ließen mich seufzend in Frieden.

Meine Niedergeschlagenheit wirkte sich auch auf mein Verhältnis zur Dienstbotenmuttergottes aus, von der ich mich als Angehörige des Standes, dem Hilfe zu leisten sie sich verpflichtet hatte, im Stich gelassen fühlte, was ich ihr eines Tages auch mitteilte. Während ich vor ihr kniete und meinem Unmut über ihre mangelnde Unterstützung halblaut Ausdruck verlieh, was sie mit ungerührter Miene zur Kenntnis nahm, wurde ich mitten im Satz von einer schwarz gekleideten, großen älteren Dame mit einem Spitzentuch auf dem Kopf unterbrochen. Ich müsse entschuldigen, daß sie sich so ohne Umschweife in meine Anrufung der heiligen Jungfrau einmische, sagte die Dame, doch habe sie im Vorübergehen, ohne es zu wollen, Bruchstücke meines Gebets mitangehört. Ich schaute etwas verwundert zu der Dame auf, und sie streckte mir lächelnd ihre beiden von schwarzen Handschuhen in Filethäkelei bedeckten Hände entgegen, die ich unwillkürlich ergriff. Nachdem sie mich hochgezogen hatte, meinte sie, man dürfe die Heiligen nicht überbeanspruchen, vielleicht hätte ich mir von der Dienstbotenmuttergottes zuviel erwartet, ich solle mich doch an eine der zahlreichen anderen Marien in den verschiedenen Wiener

Gotteshäusern wenden, an Unsere liebe Frau vom Siege beispielsweise, deren Gnadenbild auf wunderbare Weise, wenn auch mit ausgestochenen Augen, aus den Trümmern des Schlosses Strankowitz bei Prag geborgen worden wäre, an die Dreimal wunderbare Muttergottes in der Marienkapelle in der Jacquingasse, an das Unbefleckte Herz Mariä, welches großen Zulauf seitens der Wiener Bevölkerung finde, an Unsere liebe Frau mit dem geneigten Haupte bei den Unbeschuhten Karmeliterinnen in der Leopoldstadt, an die Rosenkranzkönigin in der Kirche Maria Rotunda oder an die Schmerzhafte Muttergottes, die wegen der zahlreichen Wunder, die sie gewirkt hätte, verschiedenenorts in Wien sehr verehrt werde. Ich sähe also, sagte die Dame dann, indem sie mich sanft am Ellbogen aus dem Stephansdom hinausschob, die Auswahl sei groß, wer wisse das besser als sie, die der Gewohnheit anhänge, mindestens einen Gottesdienst pro Tag zu besuchen, und die Kirchen Wiens besser kenne als so mancher andere Bewohner dieser bedauerlicherweise nicht sehr gottesfürchtigen Stadt.

So sprach die Dame, die eine fromme Dame zu sein schien, während sie mich durch leichte, doch gezielte Berührungen meines Ellbogens in die von ihr gewünschte Richtung lenkte, und ich überließ mich nachgiebig ihrer Führung und antwortete ihr bereitwillig auf ihre vielen Fragen, so daß sie, nachdem wir den Ring überquert hatten, eine Weile den Wienfluß entlanggegangen und dann links in die Kettenbrückengasse eingebogen waren und schließlich vor dem Haus Nummer sieben in dieser Gasse stehenblieben, bereits wußte, daß ich böhmischer Abstammung und in Marienbad aufgewachsen war, bei den Ursulinen in Prag eine gute Erziehung genossen hatte und mich nun als Dienstmädchen in der Residenzstadt durchzuschlagen suchte. Ganz allein, hatte sie ausgerufen, so ein junges Geschöpf und ganz allein in der großen

Stadt, wolle ich ihr nicht einen kleinen Besuch abstatten und ihr die Freude machen, in ihrer Gesellschaft einen Hagebuttentee zu trinken. Ich bedankte mich bei der gütigen Dame und meinte, die Einladung nähme ich gerne an, ich sei es nicht gewohnt, in Wien auf so liebenswürdige Menschen zu treffen, meine bisherigen Erfahrungen mit der hiesigen Bevölkerung seien eher negativ gewesen und hätten mich ein wenig verzagt, ja, fast menschenscheu gemacht. Wie gut sie das als dreifache Witwe verstehe, rief die Dame aus, insbesondere wir Frauen seien der Schlechtigkeit der Welt schutzlos preisgegeben, doch werde mich ihr Tee aus eigenhändig von wilden Rosensträuchern in unmittelbarer Umgebung des Schlosses Schönbrunn gepflückten Hagebutten, die bekanntermaßen reich an wertvollen Vitaminen seien, die Bösartigkeit der Menschen sicherlich eine Zeitlang vergessen lassen. Bevor wir das Haus betraten, deutete die gastfreundliche Dame auf das gegenüberliegende Gebäude und meinte, dort sei Franz Schubert gestorben, der große Komponist, viel zu früh, viel zu früh, sie frage sich ernsthaft, ob sein Tod nicht wesentlich später eingetreten wäre, wenn er es sich angewöhnt hätte, regelmäßig Hagebuttentee zu trinken, die lebensverlängernde Wirkung dieses Getränkes sei allgemein bekannt. Als ich ausrief, tatsächlich, Schubert, der die beiden wunderschönen Lieder ›*Die Forelle*‹ und ›*Der Lindenbaum*‹ komponiert habe, sah mich die Dame ein wenig streng an und sagte, mit den Liedern sei sie nicht ganz einverstanden, die Lieder seien ihr zu weltlich, diese bedenkliche Diesseitsgewandtheit habe ihrer Vermutung nach nicht wenig zum frühen Tod des Tonschöpfers beigetragen. Hätte er sich von Anfang an auf das Komponieren von Orgelwerken und Messen, jedenfalls von religiösen Tondichtungen beschränkt, er wäre uralt geworden, dessen sei sie gewiß, ebenso wie Hagebuttentee trage auch eine eher jenseitsgerichtete Einstellung zu einer höheren Lebensdauer bei. Indem sie die Tür zu ihrer Wohnung im dritten Stock aufsperrte, fuhr sie fort und meinte, bedauerlicherweise sei die Orgelmusik in der Zeit der Wiener Klassik von untergeordneter Bedeutung gewesen, doch was sie persönlich betreffe, so wären die Jahre, während derer sie in der nahegelegenen Josefskirche die Orgel hätte spielen dürfen, die schönsten ihres Lebens gewesen. Meine unwillkürlich eingeworfene Bemerkung, das könne ich lebhaft nachempfinden, auch für mich sei nichts Befriedigenderes vorstellbar, als auf einem gut gestimmten Klavier eine kleine Mazurka von Chopin zu spielen, hatte erneut einen kühlen Blick der Dame und die Äußerung zur Folge, was hieße hier Klavier, ein Klavier ließe sich doch nicht mit einer Orgel vergleichen, ebenso wie die Lieder Schuberts sich durch problematische Weltlichkeit auszeichneten, sei auch das Klavier ein durch und durch weltliches und somit fragwürdiges Instrument, und was Chopin betreffe, diesen dekadenten frankopolnischen Schwindsüchtigen, so bitte sie mich, den Namen in ihren vier Wänden, welche wir inzwischen betreten hätten, nicht mehr zu erwähnen.

Die Wohnung der frommen Dame, die, wie sie mir mitteilte, mit ihren beiden Vornamen Dora Vittoria hieß und nach dem Tod ihrer drei Ehegatten etwas zögernd wieder ihren Mädchennamen Galli zu benutzen angefangen hatte, denn ihre Eltern waren Italiener gewesen, die als junge Leute ihre Heimatstadt Triest verlassen und in die Hauptstadt der Monarchie gezogen waren, war mit auffallend vielen tickenden Uhren und ebenso zahlreichen Gemälden in schweren vergoldeten Rahmen ausgestattet, auf denen, wie ich zur freudigen Überraschung von Frau Galli aufgrund meiner nicht sehr weit zurückliegenden Vorliebe für die Hagiographie gleich erkannte, ausschließlich die Martyrien von Heiligen der katholischen Kirche dargestellt waren. Auf sämtlichen Oberflächen von Tischen, Kommoden und Regalen, auf den Sitzflächen von Stühlen, Polstersesseln und Sofas lagen Zierdecken und -deckchen, allesamt bestickt mit Kreuzmotiven. Frau Galli, die meine Blicke bemerkte, meinte, das Kreuz, jenes Holz, an das unser lieber Herr Jesus geschlagen worden sei und auf dem er sein Leben für uns Sünder gelassen habe, sei für sie das schönste Ornament, ein Symbol von unendlicher Vielgestaltigkeit. Während meine Gastgeberin den Hagebuttentee zubereitete, setzte ich mich vorsichtig auf ein im Zackenstich verfertigtes Hakenkreuz, Mittelpunkt einer, wie ich sehen konnte, mit altrosa Perlgarn gestickten Filetarbeit auf naturweißem Halbleinen, welche die Sitzfläche des mir angebotenen Thonetstuhls bedeckte. Dann zog meine Gastgeberin ein schlichtes griechisches Kreuz aus Gold aus ihrem Ausschnitt und meinte, ihre Mutter, Renata Maria Galli, geborene Croce, habe dieses Kreuz auf dem Sterbebett von ihrem Hals genommen und ihr, ihrer Tochter, mit letzter Kraft umgehängt, worauf ich mich beeilte, Frau Galli mein Säckchen mit Ischler Salz zu zeigen und darauf hinzuweisen, daß es sich dabei gleichfalls um eine Hinterlassenschaft meiner früh verstorbenen Mutter handelte. Frau Galli streckte ihre Hand über den Tisch, befühlte das Säckchen mißtrauisch und fragte, was ich da hätte, es scheine sich um ein Amulett zu handeln, eines dieser gottlosen Angebinde, derer man sich heutzutage immer häufiger bediene und die ihrer Ansicht nach nichts als Teufelswerk seien, das die Menschen immer weiter von Gott entferne, solche Praktiken dienten zu nichts anderem, als das in der Johannes-Apokalypse verkündigte Weltende zu beschleunigen, ein Weltende, aus dem sie, wie sie hoffe, unversehrt hervorgehen werde, da sie sich im Gegensatz zu den meisten Menschen bemühe, Buße zu tun, Bußübungen seien das einzige, was die Menschen noch retten könne. Ich nickte eifrig und sagte, das hätten die Schwestern in Prag auch immer gesagt, nur durch Buße, durch Gebete, Fasten, Almosen, Wallfahrten, könne die gestörte Beziehung zwischen Mensch und Gott wiederhergestellt werden, worauf Frau Galli nachdenklich meinte, das hoffe sie, das hoffe sie inständig. Nach einer kurzen Pause fragte sie mich, ob ich sticken könne, und als ich antwortete, die Gunst der Verhältnisse habe mir erlaubt, mich bereits als Kind mit den Grundzügen dieser Handarbeitstechnik vertraut zu machen und meine Kenntnisse bei den Prager Ursulinen zu vertiefen, meinte sie, ob ich nicht in ihrem Hause bleiben und im Austausch gegen Verköstigung, Unterkunft und ein aufgrund ihrer kümmerlichen Witwenpension, die von der k.k. Regierung ständig gekürzt würde, natürlich nicht sehr hohes Entgelt zu kleineren Verrichtungen herangezogen werden wolle, beispielsweise dazu, ihr aus der Bibel vorzulesen und leichtere Stickarbeiten anzufertigen, ihre Augen seien nicht mehr die besten, außerdem fühle sie sich, wie sie zugeben müsse, nach dem noch nicht sehr lange zurückliegenden Tod ihres dritten Ehegatten, eines Uhrmachermeisters in Ruhe, ein wenig einsam, obwohl das Ticken der von ihm hinterlassenen Uhren die Stille, in der sie lebe, etwas auflockere. Mit ihren insgesamt einhundertvierundzwanzig Quadratmetern und fünf Zimmern, die sie alle benütze, sei die Wohnung, die sie von ihrem ersten Ehegatten geerbt hätte, nicht sehr geräumig, doch könne sie mir das luftige Badezimmer als Schlafraum anbieten, in der großen, soliden, selten verwendeten Vollbadewanne aus verzinktem Gußeisen würde ich sicher gut schlafen. Nach diesen Worten schaute mich Frau Galli erwartungsvoll an.

Ich dachte an den mit Maisstroh gefüllten Sack, den ich mit der Federnsortiererin teilte und dessen durch unwillkürliche Bewegungen im Schlaf verursachtes Rascheln mich ständig aufweckte, an die paar Kreuzer, die ich noch besaß, an meine spärliche Garderobe, die durch häufiges Tragen bereits unansehnlich gewordene Internatsuniform und das schöne zartlila Kleid, das unter dem Einfluß meiner in letzter Zeit ein wenig unsteten Lebensführung gleichfalls zu leiden begann, und beschloß, das Angebot anzunehmen. Das ernste und würdevolle Betragen meiner neuen Bekanntschaft flößte mir Vertrauen ein, und ich war wieder versöhnt mit der Dienstbotenmuttergottes, die mir nach mehreren unerfreulichen Erfahrungen in der Reichshauptstadt einen so reifen und gesetzten Menschen über den Weg geführt hatte, und sagte: Wenn Sie wollen, gnädige Frau, dann bleibe ich.

So kam es, daß ich wenige Tage später mit meinem Pappkoffer in der Wohnung der Frau Dora Vittoria Galli in der Kettenbrückengasse sieben einzog, wo die Witwe mir alsbald eine zerlesene, ihr von ihrem früh verstorbenen zweiten Ehegatten hinterlassene, das Alte wie das Neue Testament enthaltende Ausgabe der Heiligen Schrift in die Hand drückte und mich bat, Stellen herauszusuchen, die sich mit Bestrafung und Reue befaßten, wie sie sagte, gehörten die Themen Reue und Bestrafung für sie zu den interessantesten und lehrreichsten überhaupt. Während sie in einem bequemen Lehnstuhl saß, die Augen geschlossen, den Kopf mit den schütteren grauen Haaren auf das Herzstück eines Schonbezugs, ein im offenen Hexenstich ausgeführtes Andreaskreuz, gelegt, kauerte ich auf einem Schemel zu ihren Füßen und las: *Jeremia*, Kapitel fünfundzwanzig, Vers neunundzwanzig. »Nein, ihr werdet nicht ungestraft bleiben; denn ich rufe das Schwert gegen alle Bewohner der Erde.« Wenn ich merkte, daß meine neue Dienstgeberin eingeschlafen war, legte ich die Bibel zur Seite, nahm den Stickrahmen zur Hand und arbeitete weiter an dem Malteserkreuz im Perlstich, welches das Zentrum einer Buchhülle bildete, die anzufertigen mir Frau Galli aufgetragen hatte, mit der

Bemerkung, ich möge eine stumpfe Nadel verwenden und mit einem nicht zu langen Faden und von der Mitte aus arbeiten.

Die Tage vergingen, die vielen Uhren, die morgens aufzuziehen zu meinen Aufgaben gehörte, tickten, und ich begann mich an das geruhsame Leben im Hause der Witwe Galli zu gewöhnen und die Vorteile, die damit verbunden waren, zu schätzen. Weder zwang sie mich, bis zum Umfallen zu arbeiten, wie die Frau Oberpostrat, noch ließ sie mich hungern wie die Edle von Schreyvogl, und es erschien mir auch von Tag zu Tag angenehmer, daß kein Mann im Haus war, der mir, auf welche Weise auch immer, den Schlaf rauben konnte. Zwar empfand ich es als ein wenig lästig, daß Frau Galli das Badezimmer, welches mir als Unterkunft diente, ohne anzuklopfen betrat, wann es ihr beliebte, um sich ihrer Toilette zu widmen, auch störte es mich, jeden Tag auf den Zeitpunkt warten zu müssen, da sie ihre abendliche Säuberung beendet hatte, was lange dauern konnte und nicht selten dazu führte, daß ich vor Müdigkeit am Küchentisch einschlief. Und wenn mich meine Dienstherrin dann unsanft geweckt hatte, war ich gezwungen, mich in dem von Wasserdampf erfüllten fensterlosen kleinen Raum zu Bett zu begeben, ohne die Möglichkeit, vor dem Einschlafen ein wenig in den von meiner Mutter geerbten Druckwerken zu lesen, da ich wegen des Dunstes so gut wie nichts sehen konnte. Zudem begannen die Bücher unter der fast ständig herrschenden Feuchtigkeit zu leiden, ihre Seiten wellten sich oder klebten gar zusammen, und auf ihren Einbänden zeigten sich Schimmelspuren. Aber ich sagte mir, erstens sei eine erhöhte Luftfeuchtigkeit der Haut zuträglich, und zweitens würde es von kleinlichem Geist zeugen, derlei Nebensächlichkeiten zu beanstanden, wo ich doch ein neues Heim bei einer rechtgläubigen Dame gefunden hatte, die so großmütig gewesen war, gar nicht nach meinem Dienstbotenbuch zu fragen, der mein Wohlergehen also offensichtlich am Herzen lag. Ich versuchte ihr diese Güte zu vergelten, indem ich mich nicht nur bemühte, die Stickereien, die ich in ihrem Auftrage verfertigte, möglichst untadelig auszuführen, sondern sie mit neuen Motiven zu überraschen, die ich abends in meiner Badewanne ersann, und als ich ihr eines Tages ein Brillenetui aus cremefarbenem Siebleinen präsentierte, das ich mit einer zierlichen Dornenkrone bestickt hatte, zeigte meine Gönnerin sich zu meiner großen Genugtuung erfreut und gerührt. Durch diese Reaktion ermutigt, ging ich weiter in meiner schöpferischen Eigenständigkeit und begann, Kopfkissen und Wandbehänge mit Bibelsprüchen zu schmücken, von denen ich annahm, daß sie meine Dienstherrin ansprechen würden und die ich unter Verwendung von mittelstarkem pastellfarbenem Mattstickgarn in rustikalem Kreuzstich gestaltete. Frau Galli war beeindruckt, als ich ihr eines Tages eine schmale Wäscheschrankborte überreichte, auf die ich Vers sechs aus *Ijob*, Kapitel zweiundvierzig, gestickt hatte: »Darum spreche ich mich schuldig und tue Buße in Staub und Asche«, und zum ersten Mal, seit sie mich im Stephansdom mit ihren schwarz behandschuhten Händen zu sich emporgezogen hatte, sah ich sie lächeln, als ich einen Behang an der Wand über der Kommode im Wohnzimmer befestigte, auf der in hellbraunem Sticktwist das Bibelwort aus den *Offenbarungen des Johannes* stand: »Welche ich liebhabe, die strafe und züchtige ich.«

Die Witwe Galli legte Wert darauf, daß ich sie, wenn auch nicht täglich, so doch häufig auf ihren Kirchgängen begleitete, da sie der Ansicht war, ein sich mitten in seiner Glaubensentwicklung befindliches Mädchen wie ich müsse mit den Kirchen Wiens und ihren Heiligen vertraut sein, wogegen ich es vorzog, meiner neuen Lieblingsbeschäftigung, dem Sticken, nachzugehen. Nachdem sie mir eines Morgens gestattet hatte, zu Hause zu bleiben, und sich sodann auf den Weg zu den Elisabethinen auf der Landstraße machte, um das sich dort befindliche Haupt der heiligen Elisabeth von Thüringen, der Patronin unserer Kaiserin Sisi, anzubeten, fiel mein Blick zufällig auf eines ihrer schmucklosen Unterhemden aus vergilbtem rauhem Leinen, das im Badezimmer lag, und mir kam der Gedanke, das etwas unansehnliche Stück Leibwäsche gleichfalls mit einer Weisheit aus der Bibel zu verzieren. Kühn beschloß ich, diesmal einen Spruch nach meinem eigenen Geschmack auszuwählen, und ich entschied mich für das Pauluswort: »Strebet nach der Liebe!«, das ich auch gleich in hellrosa Kreuzstich auf die den viereckigen Ausschnitt begrenzende Borte stickte. Die Reaktion meiner Dienstgeberin auf diese kleine Aufmerksamkeit meinerseits enttäuschte mich ein wenig, denn sie sagte stirnrunzelnd, zwar schätze sie meine Beschäftigung mit der Heiligen Schrift, doch frage sie sich, warum ich nicht eine Wendung aus dem Alten Testament für meine Arbeit ausgewählt hätte und beim Themenkreis Bestrafung und Buße geblieben sei, der doch von ungleich größerer Bedeutung wäre als die manchmal eine etwas leichtfertige und oberflächliche, ja geradezu weltlich anmutende Auffassung verratenden Bemerkungen der Verfasser des Neuen Testaments über die Empfindung der Liebe, eine Auffassung, mit der sie nicht immer übereinstimme. Außerdem hätte sie, was die Farbe des Stickgarns beträfe, einem dunklen Braun den Vorzug gegeben. Dann forderte sie mich auf, ihr das Badezimmer zu überlassen, das Badezimmer eigne sich wie kein anderes für bestimmte Bußübungen, die zu verrichten ihr von ihrem Beichtvater Pater Peregrin, dem Seelsorger der Peterskirche, auferlegt worden wäre. Während der nächsten halben Stunde glaubte ich, pfeifende Geräusche, Seufzer und unterdrückte Schreie aus dem Badezimmer zu vernehmen, jedoch durch Erfahrung vorsichtig geworden, was die korrekte Deutung meiner Sinneseindrücke betraf, führte ich dies auf eine akustische Täuschung zurück.

Am folgenden Sonntag, einem ungewöhnlich warmen und sonnigen Spätherbsttag, beschloß ich, mein zartlila Kleid anzuziehen, den Hut mit den Stiefmütterchen aufzusetzen und meinen Ausgehnachmittag zu einem Spaziergang im Prater zu nützen. Als Frau Galli mich in dieser Toilette erblickte, schlug sie die Hände über dem Kopf zusammen und meinte, ich könne doch nicht so leicht gekleidet aus dem Haus gehen, das Wetter im Wiener Spätherbst sei völlig unberechenbar, man verlasse das Haus bei herrlichem Sonnenschein, und kaum sei man auf der Straße, beginne es zu regnen und zu stürmen, selbst Schneefall sei nicht ausgeschlossen. Daraufhin eilte sie in ihr Schlafzimmer und kam mit einem langen schwarzen Umhang zurück, den sie mir mit den Worten überreichte, diese Pelerine aus nachtschwarzem Kettsamt mit Schillerwirkung, welche ihr ihr zweiter Mann anläßlich der Beerdigung ihrer Mutter in Triest geschenkt hätte, sei geradezu ideal für die derzeit herrschende Witterung, sie sei bereit, sie mir zu borgen, bitte mich aber, gut darauf achtzugeben. Damit legte sie mir das Kleidungsstück um die Schultern und schob mich zur Tür hinaus.

Auf meinem Weg in die Stadtmitte und weiter in Richtung Prater stolperte ich mehrmals über den sich vor meinen Füßen bauschenden Stoff, denn die Pelerine war auf die stattliche Größe der Witwe Galli zugeschnitten und mir zu lang. Außerdem wurde mir zusehends wärmer, da sich trotz der Bedenken meiner Dienstgeberin keinerlei Anzeichen von Regen oder Sturm zeigten und der schwere schwarze Samt das warme Sonnenlicht verschluckte, doch wagte ich nicht, ihren Anordnungen zuwiderzuhandeln und die Pelerine abzulegen, so daß ich schließlich müde und erhitzt auf eine der vor der Rotunde stehenden Ruhebänke niedersank und nur zustimmend nikken konnte, als sich mir ein junger Mann in einem hellen Anzug und mit einem flachen Strohhut auf dem Kopf näherte und fragte, ob er neben mir Platz nehmen dürfe. Schon wollte ich die Augen schließen, da schaute mir der junge Mann scharf ins Gesicht und rief überrascht aus, so ein Zufall, das sei ja die Pragerin, die er am Donauufer getroffen habe, ob ich mich nicht mehr an ihn erinnerte, er sei der Pikkolo, der mich ins Wirtshaus *Zur blauen Traube* mitgenommen hätte. Mit einem Mal fiel alle Schwäche von mir ab, denn ich erkannte voll Freude den Kellnerlehrling wieder, der mir geholfen hatte, und sagte, natürlich erinnerte ich mich an ihn, ich hätte sogar öfter an ihn gedacht und mich gefragt, wie es ihm in der Zwischenzeit ergangen sei. Da lachte er und meinte, er habe Glück gehabt, durch die Fürsprache eines Mitglieds der Damenkapelle Hornischer, die im *Café Eisvogel* im Prater auftrete, hätte er eine Stelle als Kellner in diesem Etablissement gefunden, wo man ihn weit besser behandle und auch bezahle als an seinem alten Arbeitsplatz in Nußdorf. Er sei in der Absicht hier, mit dem hydraulischen Aufzug, diesem Wunderwerk, auf das Dach der Rotunde zu fahren und sich die Nachbildung der Kaiserkrone anzusehen und hoffe, mich zu dieser kleinen Exkursion einladen zu dürfen. Verblüfft blickte ich ihn an und meinte, diese Krone berühren zu dürfen, sei seit längerem mein sehnlicher Wunsch, doch habe mir meine finanzielle Situation bisher nicht erlaubt, ihn mir zu erfüllen. Wieder lachte der Kellnerlehrling über das ganze Gesicht, rief, das träfe sich ja ausgezeichnet, sprang auf und zog mich von der Bank hoch. Dann hielt er kurz inne, musterte meine Aufmachung und meinte, ich wirkte ja ganz erschöpft, kein Wunder bei dem unförmigen schwarzen Umhang, in den ich mich an einem so schönen Tag hüllte, ich hätte doch sicher nichts dagegen, wenn er mir das lästige Kleidungsstück kurzfristig abnähme. Und bevor ich etwas dagegen einwenden konnte, hatte er mich auch schon von der Pelerine befreit und sie sich über den Arm gehängt und sah mich mit schräggeneigtem Kopf von oben bis unten an. Viel besser, sagte er anerkennend, was für ein reizendes Kleid, was für ein bezaubernder Hut, was für ein hübsches Mädchen, so hübsch habe er mich nicht in Erinnerung, ich sähe ja geradezu aus wie die Kaiserin Sisi auf alten Fotos und Gemälden, abgesehen davon, daß ich blond und blauäugig sei und nicht dunkel wie die Herrscherin.

Wenig später stand ich mit dem ehemaligen Pikkolo, von dem ich bis jetzt nicht gewußt hatte, daß er Hans Holzer hieß, in über hundert Metern Höhe auf dem Dach der Rotunde und durfte meine Hand endlich auf die vergoldete, mit Edelsteinen und Perlen besetzte Kaiserkrone legen. Auch er berührte mit seiner Rechten das Metall, und als sie dabei kurz meine Finger streifte, empfand ich einen jähen Stich, so als dringe mir eine lange dünne Nadel mitten ins Herz.

Der Rest des Nachmittags ist mir als ein Ineinanderfließen von Farben in Erinnerung, als flimmerndes Spiel von Schatten und Licht, als Wechsel von warmer und frischerer Luft, als eine Aufeinanderfolge beschwingter Bewegungen, als Echo heiterer Stimmen. Hans Holzer zog mich an der Hand von der Rutschbahn zum Karussell, von der Grottenbahn zum Wachsfigurenkabinett, er schob mich in den Pavillon mit der Schlangenbändigerin, in die Bude mit der dicken Dame und den dressierten Kakadus, ins Zelt mit dem Wunderelefanten Pepi und den tanzenden Hunden und stellte sich, den Arm um mich gelegt, vor dem mit einem schwarzen Tuch bedeckten Apparat in der Schnellphotographenhütte auf. Als ich schließlich erschrak und sagte, es dämmere ja schon, ich müsse zurück an meinen Arbeitsplatz in der Kettenbrükkengasse sieben, drückte Hans mir mit schüchtern abgewandtem Blick die Fotografie, welche uns vor der unbeholfen gemalten Kulisse einer Hochgebirgslandschaft zeigte, in die Hand, zur Erinnerung, wie er sagte, und leise setzte er hinzu, er hoffe, mich diesmal nicht so lange aus den Augen zu verlieren wie nach unserer ersten Begegnung. Zum zweiten Mal an diesem Tag stach mir die lange dünne Nadel ins Herz, und ich blickte zu Boden und flüsterte, das hoffte ich auch, worauf er vorschlug, wir könnten uns doch am kommenden Sonntag um drei Uhr nachmittags wieder vor der Rotunde treffen, und mir die Pelerine mit den Worten, es sei ein wenig kühl geworden, behutsam um die Schultern legte. Ich hielt den Umhang mit der linken Hand am Hals zusammen und ging, und nach den ersten paar Schritten blickte ich zu Hans zurück, sah, wie er mir mit hängenden Armen und schief sitzendem Strohhut nachschaute und rief, wir würden sehen.

Als ich das Wohnzimmer der Witwe Galli betrat, las diese gerade halblaut in einem großformatigen Buch und bemerkte meine Ankunft nicht. Ich trat näher und vernahm gereimte Worte, die ich zunächst für Bibelsprüche hielt, bis ich deutlich und zu meinem großen Erstaunen die Verse »Gut ist bös und bös ist gut, /Helft mir hexen, Hexenbrut!« heraushörte. Und als ich hinter sie trat und einen flüchtigen Blick in das Buch warf, sah ich, daß es sich nicht um die Bibel handeln konnte, denn der Foliant enthielt seltsame Diagramme und sonderbare Zeichen, die ich nie zuvor gesehen hatte. Bevor ich wenigstens einige Wörter der schwer lesbaren Schrift entziffern konnte, schlug die Witwe den Band mit einem Knall zu, so daß eine Staubwolke daraus hervorstob, stand abrupt auf und ließ den Blick über mich gleiten. Wo ich mich so lange herumgetrieben hätte, fragte sie dann, es sei doch sonst nicht meine Art, erst in der Dunkelheit zurückzukehren, noch dazu mit aufgelösten Haaren und erhitztem Gesicht und mit einem Hut, dessen Blumengarnitur ganz zerknittert sei. Hätte sie Spiegel im Haus, diese Gegenstände, in denen eitle Menschen sich unentwegt zu betrachten pflegten, so könnte ich mich selbst davon überzeugen, in welch derangiertem Zustand ich mich befände. Als ich entschuldigend murmelte, ich hätte mir in der Prater Hauptallee ein wenig die Füße vertreten, erhob sie die Stimme und rief, im Prater, das sei ja noch schöner, alle Welt wisse, was sich im Prater täte, seine verborgenen kleinen Wiesen, seine dunklen Wäldchen seien Orte der Sündhaftigkeit, Schauplätze schändlicher Liederlichkeiten, Stätten abgrundtiefer Verderbtheit, was fiele mir ein, mich dorthin zu begeben, sie habe angenommen, ich hätte bei einem kleinen Streifzug durch die Innenstadt meine Kenntnis der Kultstätten Wiens vertieft, so da seien die Kirche Maria am Gestade, die Kirche der Ursulinen, die Kirche am Hof, die Kapuzinerkirche und andere mehr, aber nein, weit gefehlt, in den Prater zöge es mich, hin zu diesem Lumpenpack, diesem lichtscheuen Gesindel, sie sei sprachlos. Eine solche Entgleisung meinerseits müsse geahndet werden, soviel stehe fest, sie werde mir drei Tage lang den üblichen Hagebuttentee und die Bettwäsche entziehen, drei Tage hartes Lager in der Badewanne, das sei beileibe keine schwere Strafe für meine Verfehlung.

An diesem Abend lag ich, vor Kälte zitternd, in der Wanne aus verzinktem Gußeisen, versuchte mir zu erklären, weshalb meine bisher so gütige Dienstherrin derart heftig auf meinen harmlosen Praterspaziergang reagiert hatte, und fand keine Antwort auf diese Frage. Ich nahm mir vor, mich noch mehr als zuvor um ihr Wohlwollen zu bemühen und mir ihre Gunst erneut zu erkämpfen. Während des Kirchganges der Witwe Galli am folgenden Tag beeilte ich mich, den etwas ausgefransten Saum eines ihrer stockfleckigen Unterröcke mit einem Vers aus dem von mir so geliebten *Hohelied Salomonis* zu besticken, nämlich mit den Worten: »Schön bist du, meine Freundin, ja, du bist schön.« Dieser positive Satz, in zartblauem Glanzstickgarn gearbeitet, würde sie zweifellos milder stimmen, wenn nicht völlig versöhnen. Zuversichtlich erwartete ich ihre Rückkunft, doch nachdem sie den Unterrock mit der Bemerkung, meine Ordnungsliebe ließe seit neuestem zu wünschen übrig, vom Wohnzimmersofa aufgehoben hatte, wo er von mir hingelegt worden war, damit sie ihn gleich erblickte, und den himmelblauen Kreuzstichschriftzug gelesen hatte, fragte sie empört, was das solle, ich wolle mich mit diesem Satz aus dem *Hohelied* wohl über sie lustig machen, von allen Büchern des Alten Testaments sei das *Hohelied* das einzige, das ihr wegen seiner geradezu unerhörten Weltlichkeit mißfiele, ich möge die Stickerei auf der Stelle auftrennen. Verzagt zog ich mich mit dem Unterrock ins Badezimmer zurück und fragte mich, was ich falsch gemacht hätte.

Je näher der Sonntag heranrückte, desto größer wurde meine Unruhe und desto lauter schienen die Uhren zu ticken, deren Geräusch ich zuvor kaum vernommen hatte. Auch das merkwürdige Pfeifen und Knallen, das Stöhnen und Jammern aus dem Badezimmer ließ sich wieder vernehmen, doch abermals schrieb ich es, wie vor Jahren ein ähnliches Seufzen und Klagen in der Dachkammer in Marienbad, meiner Einbildung zu, ebenso wie ich mir den Anblick des sonderbaren Buches, das im Schoß der Witwe gelegen war, und ihr Hersagen des Verses, der sich wie ein Zauberspruch angehört hatte, damit erklärte, daß ich mich verhört und verlesen hätte.

Ein trüber und regnerischer Sonntag brach an, und Frau Galli, die wieder etwas besserer Stimmung war, meinte, sie nehme an, bei diesem Wetter würde ich von meinem Ausgehnachmittag sicher nicht Gebrauch machen wollen, sondern es vorziehen, mit ihr heißen Hagebuttentee zu trinken und ihr aus der Johannes-Apokalypse vorzulesen. Mich nicht zum ersten Mal in meinem Leben vorsätzlich der falschen Aussage bedienend, wandte ich schnell ein, ich hätte Pater Peregrin versprochen, ihn im Pfarrhaus aufzusuchen und ihm bei der Zusammenstellung kleiner Adventgeschenke für die Armen der Pfarre Sankt Peter behilflich zu sein, worauf meine Dienstherrin erwiderte, ein solches Vorhaben sei lobenswert, unter diesen Umständen verzichte sie gern auf meine Gesellschaft, die guten Werke gingen selbstverständlich vor, und sie gestatte mir auch wieder, die Triester Velourspelerine umzulegen. Beschwert vom Gewicht des Samtes sowie von der Last meiner Lüge machte ich mich auf den Weg zur Rotunde, vor der Hans mich mit seinem Strohhut, einem Schirm und einem Sträußchen Herbstzeitlosen erwartete, welche er mir mit den Worten in die Hand drückte, er habe sich gedacht, die Blumen paßten farblich sehr gut zu meinem Kleid. Dann fragte er, ob ich gern tanzte, was ihn betreffe, er sei ein leidenschaftlicher Tänzer, und als ich zur Antwort gab, in Marienbad habe mir ein adeliges Fräulein seinerzeit die Grundschritte des Wiener Walzers beigebracht, und später hätte ich mich mit einer polnischen Freundin ein paarmal zum Takt einer Mazurka gedreht, doch darüber hinaus besäße ich keine Kenntnis dieser Fertigkeit, rief Hans aus, ein paar Schritte Walzer und ein paar Schritte Polka, das reiche doch aus für den Fünfkreuzertanz, wir würden uns augenblicklich ins Pratergasthaus *Zur toten Gelse* begeben und uns unter die Tanzenden mischen.

Eine halbe Stunde später drehte ich mich mit Hans auf dem aus rohen Fichtenbrettern gezimmerten erhöhten Tanzboden des Gasthauses zu den Klängen eines aus vier alten Herren bestehenden Quartetts, und ich kann mich nicht entsinnen, jemals vorher oder nachher in meinem Leben, das ein verfehltes genannt werden kann und mit so gut wie hundertprozentiger Sicherheit sehr bald auch ein kurzes zu nennen sein wird, glücklicher gewesen zu sein. Hans, der seinen Rock ausgezogen hatte und in Hemdsärmeln war, hatte die Arme fest um meine Taille gelegt, und ich, die ich mit meinen Händen seinen Nacken umfaßt hielt, lehnte mich vertrauensvoll zurück und überließ mich der wirbelnden Bewegung. Und mit uns drehten sich Wäschermädchen, Soldaten, Kellner, Putzmacherinnen und Dienstboten, das ganze einfache Volk von Wien. Wenn ein Walzer von Lanner oder Strauß, eine Polka von Ziehrer oder ein Wiener Volkslied zu Ende war, ging man zurück an seinen Tisch oder spazierte eingehängt mit seinem Tänzer, seiner Tänzerin im Kreis, bis Geiger, Gitarrist, Flötist und Klarinettist eine neue Melodie anstimmten. Meine Füße bewegten sich wie von selbst im lebhaften Zweivierteltakt der Polka, im gemächlicheren Dreivierteltakt des Walzers, und während meine rechte Hand in der linken meines Partners und meine linke leicht um seinen Hals lag, sah ich sein lächelndes Gesicht vor mir, seine geröteten Wangen und seine Stirn, auf der kleine Schweißtröpfchen standen. Noch nie in meinem Leben hatte ich mich der Führung eines anderen mit solcher Nachgiebigkeit, mit solchem Vergnügen überlassen, und es war meinem Tänzer anzusehen, daß auch er die harmonische Übereinstimmung unserer Körperbewegungen genoß, während er uns geschickt durch die Menge der anderen Tanzenden steuerte, mich zur Seite und zurück bog, so daß wir nicht mit ihnen zusammenstießen. Ich weiß nicht mehr, wie lange wir uns so im Kreis drehten, ich weiß nur noch, daß wir irgendwann das Gasthaus verließen und im Novembernebel schweigend auf einem schmalen, von Haselnußsträuchern gesäumten Pfad dahingingen, daß Hans, der wegen des leichten Nieselregens den Schirm aufgespannt hatte, plötzlich vor mich hintrat und, mir so den Weg versperrend und mich zum Stehenbleiben zwingend, seine freie Hand unter meine Pelerine gleiten ließ, mich fest an sich zog und einen Kuß auf meine Lippen drückte. Wieder drang mir die Nadel ins Herz, und ich erschrak, entwand mich seiner Umarmung, räusperte mich und sagte, ich müsse augenblicklich zurück zu meiner Dienstgeberin, die mich sicherlich bereits erwarte. Nachdem Hans mir das Versprechen abgenommen hatte, mich am darauffolgenden Sonntag wiederum zur üblichen Zeit und am üblichen Ort einzufinden, lief ich, mit einer Hand die Pelerine hochziehend und mit der anderen gleichzeitig den Hut mit den Stiefmütterchen und das Sträußchen Herbstzeitlose festhaltend, von ihm weg, der Inneren Stadt entgegen.

Nachdem ich die Wohnung der Witwe Galli betreten und, da sie nirgends zu sehen war, angenommen hatte, sie habe sich auf einen ihrer Kirchgänge begeben, öffnete ich die Badezimmertür, um mir das heiße Gesicht zu waschen. Verstört über den Anblick, der sich mir bot, wich ich zurück: Mit dem Rücken zu mir stand leise wimmernd, den mit braunen Leberflecken übersäten ausgedörrten Oberkörper entblößt, meine Gönnerin, im Begriff, sich mit einer Lederpeitsche zu geißeln. Die durchnäßten grauweißen Haarsträhnen fielen ihr bis auf die Schultern, und die gelbliche Haut, die sich über die gut sichtbaren Rippenbögen spannte, war über und über mit teils vernarbten, teils blutigen Striemen bedeckt. Als mir ein leiser Schrei entfuhr, drehte sie sich um und wandte mir ihr zugleich überraschtes und schmerzverzerrtes Gesicht und ihre welken Brüste zu. Ich stand da, die Hände vor den Mund gelegt, mit vor Entsetzen geweiteten Augen, und da verzogen sich ihre in der Qual aufeinandergepreßten Lippen zu einem grotesken Lächeln, und mit flackerndem Blick rief sie, wir seien Sünder, alle, alle seien wir Sünder vor dem Herrn und müßten Buße tun bis ans

Ende unserer Tage, damit wir nicht in ewige Verdammnis gestoßen würden, auch ich, ja, vor allem ich müsse mein begehrliches junges Fleisch züchtigen, um nicht alle Qualen der Hölle erdulden zu müssen, sie befehle es mir. Damit hob sie ein härenes dunkelbraunes Hemd von den schwarzweißen Fliesen auf und streckte es mir zusammen mit dem Peitschenstiel entgegen. Ich schlug die Tür zu, lief in die entlegenste Ecke der Wohnung und kauerte mich mit wild klopfendem Herzen auf den Fußboden. Kurz darauf trat die Witwe Galli im gewohnten schwarzen Kleid mit weißem Spitzenkragen, die Haare wie immer zu einem Knoten hochgesteckt, in aufrechter Haltung aus dem Badezimmer, stellte den Kessel mit dem Wasser für den Hagebuttentee auf den Herd, nahm die Bibel aus dem Regal und bat mich, ihr ab Kapitel dreizehn aus den *Offenbarungen des Johannes* vorzulesen. Ich schlug die heilige Schrift auf und begann: »Und ich sah: Ein Tier stieg aus dem Meer, mit zehn Hörnern und sieben Köpfen.«

Als ich an jenem Abend in der Badewanne lag, blickte ich ununterbrochen zu der Lederpeitsche, die in einer Ecke des Badezimmers stand, und zu dem härenen Hemd hin, das auf dem Wannenrand lag. Mir war nun klar, daß meine Ohren mich nicht getrogen hatten und daß es die Witwe gewesen war, die unter den Peitschenhieben, mit denen sie sich kasteite, geseufzt und gestöhnt hatte. Die beobachtete Szene hatte mich zutiefst beunruhigt. Daß man Buße tun müsse, war auch von meiner Mutter, den Schwestern und den Patres betont worden, doch hatte ich darunter eine Reihe von Vaterunsern und Avemarias verstanden, unter Umständen noch den Verzicht auf mehrere Mahlzeiten, nicht diese schreckliche Selbsterniedrigung, der sich Frau Galli unterwarf. Vielleicht aber waren meine Verstöße gegen das sechste, siebente und achte Gebot tatsächlich so schwerwiegend, daß sie nur durch eine derartige Selbstbestrafung gesühnt werden konnten. Außerdem hatte mir meine Mutter stets eingeschärft, den Befehlen der Herrschaft, auch den befremdlichsten und widersinnigsten, ohne Ausnahme Gehorsam zu leisten. Ich stand auf, zog mein Leinenhemd mit der kleinen Schleife am Hals aus und streifte zögernd das härene Gewand über. Die ganze Nacht warf ich mich hin und her und konnte nicht einschlafen, denn der rauhe Stoff kratzte an meinem Körper und rieb mir die Haut wund, und im Halbschlaf zog der vergangene Nachmittag an mir vorüber, drehte Hans mich mit aufgerissenem Mund immer schneller im Kreis und stieß mir die lange dünne Spitze seines Regenschirms ins Herz, so daß ich tot umfiel.

Auch während der folgenden Nächte schlief ich in jenem Hemd, und sonderbarerweise stellte sich binnen kurzem eine gewisse Befriedigung über diese Art der Selbstverleugnung ein. Als die Witwe Galli eines späten Abends, ohne anzuklopfen, wie es ihre Art war, ins Badezimmer kam und mich in diesem Kleidungsstück in der Wanne liegen sah, lächelte sie und meinte, ich schiene über ihre Worte nachgedacht zu haben, sie schätze meine Einsicht, wenn ich wolle, brächte sie mir eine Tasse heißen, mit echtem Blütenhonig gesüßten Hagebuttentee ans Bett. Und ich, glücklich über jedes freundliche Wort, das eine erwachsene Frau an mich mutterloses Mädchen richtete, nickte zustimmend und errötete vor Freude darüber, daß meine Wohltäterin mir wieder gewogen war. Zum Äußersten entschlossen, um mir ihre Gunst auch weiterhin zu sichern, streifte ich am nächsten Abend das Hemd ab, griff zur Peitsche, die noch immer in der Ecke stand, und ließ die Schnur zunächst sanft auf meinen Rücken fallen. Dann holte ich etwas weiter aus, so daß die Lederschnur, in die spitze Metallteilchen eingeflochten waren, fester auf meiner Haut auftraf und ich einen Stich verspürte, der mich an den süßen Schmerz erinnerte, welchen mein Herz in der Gegenwart Hans Holzers empfunden hatte, so daß ich den Schlag mehrmals wiederholte, jedesmal etwas nachdrücklicher. Je kräftiger ich zuschlug, um so lebhafter stand mir das heitere, offene Gesicht des Kellners vor Augen, und ich fuhr fort, mich zu peitschen, bis ich leise aufschrie und von meinem Tun abließ. Frau Galli, die den Laut vernommen hatte, trat ins Badezimmer, strich mir sanft über den Rücken, wobei ich zusammenzuckte, und sagte, solche Leiden fänden Gefallen vor dem Herrn, ich hätte begriffen und sei auf dem besten Wege, mich von der Sünde abzuwenden. Da lehnte ich meine Stirn an ihre Schulter und weinte, und sie murmelte besänftigende Worte und drückte einen zarten Kuß auf mein wirres Haar.

Wieder schienen die meiner Gönnerin von ihrem dritten Mann, dem Uhrmachermeister, hinterlassenen Zeitmesser immer lauter zu ticken und zu schlagen, je näher der Sonntag kam. Es fiel mir diesmal merkwürdig schwer, das zartlila Kleid anzuziehen, den Hut mit den Stiefmütterchen aufzusetzen und mich auf den Gang in den Prater zu machen, und nur das Versprechen, das ich Hans gegeben hatte, ließ mich rechtzeitig aufbrechen. Bevor ich ging, legte mir die Witwe Galli die Samtpelerine um die Schultern, band mir die schwarze Halsschleife zu, küßte mich sacht auf beide Wangen und meinte, ich solle mir nach meinem Spaziergang den Abendgottesdienst in der Mariahilferkirche nicht entgehen lassen, sie hätte von Pater Peregrin gehört, daß der Singkreis katholischer Jungfrauen eine von einem Jesuitenbruder aus Innsbruck komponierte, außerordentlich interessante Vertonung eines Teils der Psalmen zur Aufführung zu bringen vorhabe.

Der Himmel war blau, doch ein kühler Wind wehte, und die Prater Hauptallee war mit einem Teppich aus raschelnden bunten Blättern bedeckt. Schon von weitem kam Hans mir entgegengelaufen, wobei der kleine Rucksack, den er über dem Mantel trug, auf und ab hüpfte, doch ich wich seiner Umarmung aus und meinte mit gesenktem Kopf, ich hätte nicht sehr viel Zeit, meine Arbeitgeberin habe mir den Auftrag zu einer komplizierten Lochstickerei auf Siebleinen erteilt, mit der ich in Verzug geraten sei, und als Hans mein Kinn mit seinem rechten Zeigefinger in die Höhe schob, mir aufmerksam ins Gesicht schaute und fragte, was ich hätte, ich wäre anders als sonst, erwiderte ich, da täusche er sich, ich fühlte mich lediglich ein wenig überfordert von den Ansprüchen der Witwe Galli, das sei alles. Wer diese Witwe überhaupt sei, fragte mein Freund daraufhin, ich verriete ihm rein gar nichts über die Verhältnisse, in denen ich lebte, wogegen er mir keineswegs verschwiegen hätte, daß er sich, nachdem ihn der Wirt der Gaststätte *Zur blauen Traube* wegen angeblicher frecher Reden hinausgeworfen und bevor er die Kellnerstelle im *Café Eisvogel* gefunden habe, eine Zeitlang damit durchgeschlagen hätte, daß er in Vorstadtwirtshäusern Kegel aufgesetzt, in Kaffeehäusern Zigarren verkauft und Milch und Zeitungen ausgetragen habe, Arbeit sei zweifellos eine Plage, aber keine Schande. Ich meinte, die Witwe Galli sei eine sehr fromme, mir wohlgesonnene, wenn auch ein wenig herbe Frau, welcher ich viel zu verdanken hätte und der ich mich deshalb verpflichtet fühlte, und nun möge er so freundlich sein und aufhören, mich auszuhorchen. Da legte Hans einlenkend den Arm um meine Pelerine und fragte, ob ich Lust zu einer Kahnfahrt auf dem Heustadelwasser hätte, am Ufer des Heustadelwassers könne man um wenig Geld Ruderboote mieten, er stelle es sich schön vor, mit mir auf den kleinen See hinauszufahren, und ich schaute zu ihm auf und sagte ja.

Wenig später saß ich, eine Hand ins Wasser getaucht, am Bug des Bootes und betrachtete Hans, der das Fahrzeug mit kraftvollen Durchzügen der flachen, senkrecht zur Wasseroberfläche eingesetzten Ruderblätter vorwärts bewegte. Während ich meinen Hut unter dem Kinn festband, damit der frische Herbstwind ihn mir nicht vom Kopf wehte, fiel mir ein, daß wir uns am Wasser kennengelernt hatten, und ich fragte ihn, ob er je noch so dunklen Gedanken nachhänge wie damals auf der kleinen Insel in der Donau, worauf er den Kopf mit den dunkelblonden, vom Wiener Wind zerzausten Locken schüttelte und antwortete, keineswegs, solche trübsinnigen Überlegungen gehörten der Vergangenheit an, schließlich habe es das Schicksal inzwischen gut mit ihm gemeint, es hätte ihn nicht nur mit honetten Wirtsleuten zusammengeführt, sondern auch mich ein zweites Mal seinen Weg kreuzen lassen, ein zweites Mal, man stelle sich das vor, welch ein glückliches Zusammentreffen von Umständen, so schnell würde ich ihn diesmal nicht wieder los. Ich lächelte und bespritzte ihn spielerisch mit Wasser, und er ließ die Ruder locker in ihren Gabeln hängen, neigte sich zu mir, hielt meine Hände fest und küßte sie. Dann lenkte er das Boot in Richtung Ufer, zog es an einem einsamen, sandigen, von Trauerweiden und Zitterpappeln umgebenen Platz an Land und reichte mir die Hand, um mir beim Aussteigen behilflich zu sein. Dann nahm er mir meine Pelerine ab, breitete sie auf dem Sand aus und lud mich mit anmutiger, weit ausholender Handbewegung ein, darauf Platz zu nehmen. Nachdem ich mich hingesetzt hatte, holte er kaltes Backhuhn, Kartoffelsalat und eine Flasche Wein aus dem Sack und meinte schmunzelnd, er habe die Speisen mit Billigung der Köchin aus der Küche des *Cafés Eisvogel* entwendet, ich möge es mir doch bequem machen und zugreifen. Ich stützte mich auf den Ellbogen und führte mit spitzen Fingern einen gebackenen Hühnerschlegel zum Mund, denn im Haus der Witwe Galli, die der Meinung war, alles Übel sei mit dem Schlachten von Tieren zum Zwecke menschlichen Verzehrs in die Welt gekommen, wurde niemals Fleisch aufgetragen. Doch schon der erste Bissen erinnerte mich in angenehmer Weise an die herzhaften Gerichte, die meine Mutter in Marienbad zubereitet hatte, und ich beschloß, es mir schmecken zu lassen, auch wenn ich mich in den Augen meiner Wohltäterin durch eine solch irdischen Genüssen zugeneigte Haltung in gefährliche Nähe der Sünder begab, die der Völlerei frönten, und lehnte auch den schweren ungarischen Rotwein nicht ab, den Hans in bauchige Achtelgläser einschenkte.

Bald fühlte ich mich leicht und beschwingt, dachte nicht mehr an die Witwe und an unsere Bußübungen und überließ mich ganz dem gegenwärtigen Augenblick. Wir aßen und tranken und streckten uns danach auf der Pelerine aus, und ich ließ es mir gern gefallen, daß Hans die Konturen meiner Wangen mit einem Halm nachzeichnete, und blieb ruhig liegen, während er sich über mich beugte, mein Gesicht mit zarten Küssen bedeckte und langsam einen nach dem anderen der kleinen violetten Kugelknöpfe öffnete, die sich auf dem Oberteil meines zartlila Kleides eng aneinanderreihten. Ich schloß die Augen und spürte seine Hände auf meinem Mieder, doch als er einen Arm unter meinen Rücken schob, auf diese Weise die Wunden berührend, die ich mir mit der Lederpeitsche zugefügt hatte, befand ich mich mit einem Mal nicht mehr in seiner zärtlichen Gesellschaft in der idyllischen kleinen Bucht, sondern mit Frau Galli im Badezimmer, und ich schrie vor Schmerz auf und stieß seinen Arm beiseite. Auf dieses hin rief Hans, er habe ja gewußt, daß etwas nicht stimme, ich solle ihm augenblicklich meinen Rücken zeigen, es sei bekannt, daß manche Herrschaften es sich anmaßten, ihre Dienstboten zu züchtigen, und versuchte mich festzuhalten und umzudrehen. Ich wehrte mich nach Kräften, kratzte und biß, bis es mir endlich gelang, mich zu befreien, sprang auf, knöpfte mit zitternden Fingern die violetten Kugelknöpfe zu, raffte die Pelerine an mich und lief davon, ohne mich umzusehen.

Als ich die Wohnungstür der Witwe Galli öffnete, stand diese, die rechte Hand hinter dem fülligen Rock ihres glänzenden schwarzen Taftkleides verbergend, hoch aufgerichtet im Korridor und musterte mich streng. Nicht nur, rief sie, nicht nur ließe der Zustand meiner Bekleidung, genauer gesagt, der fehlende Hut, das zerraufte Haar, die mangelhaft geschlossenen Knöpfe meines Kleides und die verschmutzte und verdrückte Triester Pelerine, in aller Deutlichkeit auf die unzüchtigen Handlungen schließen, die von mir in der Zwischenzeit begangen worden sein mußten, durch reinen Zufall sei sie unterdessen auch weiterer Indizien habhaft geworden, die die Verworfenheit meiner schwarzen Seele klar bezeugten. Und damit zog sie ihre Rechte hinter dem Rock hervor und hielt mir triumphierend die sepiabraune, in der Schnellphotographenhütte aufgenommene und entwickelte Ferrotypie vors Gesicht, die Hans und mich vor hochalpinem Hintergrund zeigte. Ich brachte all meinen Mut auf und setzte mit erstickter Stimme zu der Frage an, ob sie es vor ihrem Gewissen verantworten könne, den Pappkoffer, in dem ich die Photographie aufbewahrte, also mein Privateigentum, zu durchsuchen, doch Frau Galli schnitt mir die Rede ab und meinte, Privateigentum, was hieße hier Privateigentum, unser lieber Herr Jesus, der sich stets gegen selbstsüchtige Regungen dieser Art ausgesprochen hätte, würde sich, läge er noch im Grab und sei nicht auferstanden, in demselben umdrehen, wenn er mich so reden hörte, außerdem verbiete sie mir augenblicklich das Wort, ich sei des leichtfertigen Umgangs mit einer Mannsperson überführt, sie ersuche mich, ins Badezimmer zu gehen und meinen Oberkörper zu entblößen, ich müsse verstehen, daß sie mir ein solches Betragen nicht ungestraft durchgehen lassen könne.

Gleich darauf zuckte ich stöhnend unter jedem einzelnen der zehn mir verabreichten, von der Witwe Galli langsam und laut mitgezählten Peitschenhiebe zusammen, während mir die Tränen in die Augen traten und auf den schwarzweißen Fliesenboden tropften. Danach befahl sie mir, mich sowohl bei ihr als auch beim Allmächtigen für diese Zurechtweisung zu bedanken, die mir zu meinem eigenen Nutzen und Frommen zuteil geworden sei, und teilte mir mit, daß ich mich bis zum nächsten Sonntag allabendlich in meinem eigenen Interesse einer Korrektion desselben oder ähnlichen Ausmaßes zu unterziehen haben würde. Es verstehe sich außerdem von selbst, daß mir ein Verlassen der Wohnung bis auf weiteres untersagt sei.

Diese für mich völlig unerwartete Wendung der Dinge brachte mich derart aus dem Gleichgewicht, daß ich kaum einen klaren Gedanken fassen konnte und in tiefe Niedergeschlagenheit verfiel. Ich vermochte nicht zu begreifen, daß dieselbe Frau, die mich vor der Dienstbotenmuttergottes mit ihren schwarzen Spitzenhandschuhen zu sich emporgezogen hatte, die mir als Retterin in schwieriger Lebenssituation erschienen war, eine feine, gebildete Dame, welche das königliche Instrument der Orgel spielte und große Teile der Heiligen Schrift auswendig konnte, dieselbe sein sollte, die mich mit einer Lederpeitsche schlug. Mein Kopf verwirrte sich, und ich begann, während ihrer Abwesenheit von einem Zimmer der Wohnung ins andere zu gehen, hin und wider, ruhelos. Ich vernachlässigte mein Äußeres, nahm die täglichen Mahlzeiten zu mir, ohne zu merken, daß ich aß, und ließ die mir angekündigten Schläge apathisch über mich ergehen, was die Witwe Galli mit Genugtuung erfüllte, da sie dieses Verhalten für Anzeichen der Reue hielt.

Am folgenden Sonntag durfte ich erstmals das Haus verlassen, um die Beichte abzulegen. Mit gesenktem Blick drückte ich mich an den Hausmauern der Schönbrunnerstraße entlang und blickte auch nicht auf, als ein Mann mich überholte. Erst als dieser mir in den Weg trat, hob ich den Kopf und erschrak, denn es war der Kellner Hans. Ich schickte mich an, rasch auf die andere Straßenseite hinüberzugehen, doch er packte mich an den Oberarmen, schüttelte mich und sagte, ich möge ihm um Himmels willen mitteilen, was geschehen sei, er wäre mir am vergangenen Sonntag gefolgt und wisse nun, bei welcher gräßlichen Betschwester ich wohnte, ich sähe vollkommen verstört aus, mein Blick sei ganz erloschen, er beschwöre mich, mit ihm zu kommen, ich dürfe keine Minute länger bei dieser Hexe bleiben. In diesem Augenblick bog der aus Regensburg gebürtige neue Organist der Josefskirche um die Ecke, und ich benutzte die Gelegenheit, um ihm einen Gruß zuzurufen, worauf er auf mich zukam und Hans sich gezwungen sah, mich loszulassen und weiterzugehen. Doch als ich nach der Beichte vor dem Eingangstor des Hauses Kettenbrückengasse sieben eintraf, stand er bereits davor und flehte mich erneut an, nicht zur Witwe Galli zurückzukehren, sondern ihm ins *Café Eisvogel* zu folgen, die Damenkapelle Hornischer habe dringenden Bedarf an einer Zitherspielerin, wie er wisse, hätte ich früher Klavier gespielt und würde seiner Einschätzung nach die Zither binnen kürzester Zeit beherrschen, er verstehe nicht, warum ich noch zögerte. Ohne ihm eine Antwort zu geben, öffnete ich das Tor, und als er mich zurückhalten wollte, riß ich mich los und lief die Treppe hinauf.

An einem der folgenden Tage fiel mein Blick auf einer meiner rastlosen Wanderungen durch die große Wohnung der Witwe Galli in deren Abwesenheit auf das großformatige Buch, in dem ich sie hatte lesen sehen und das auf dem Nachttisch in ihrem Schlafzimmer lag. Ich setzte mich auf den Rand des Bettes, in dessen schweres hölzernes Kopfteil die Worte *Memento mori* geschnitzt waren, und schlug den Band auf einer Seite auf, auf welcher zu meiner Bestürzung das von der Handschrift der Witwe Galli kommentierte und ergänzte Rezept für eine aus den Säften giftiger Nachtschattengewächse wie Tollkirsche, Bilsenkraut und Stechapfel bestehende Salbe abgedruckt war, welche, unter den Achseln aufgetragen, es einem ermögliche, wie die Hexen, jene bösen Wesen, von denen meine Mutter mir erzählt hatte, zu fliegen und sich in Tiere zu verwandeln. Wahllos eine andere Seite aufschlagend, stieß ich auf eine Stelle, in der vom bösen Blick die Rede war, von der magischen Kraft des menschlichen Auges, welche Menschen und Tiere krank machen und sogar töten könne. Daneben stand in der hohen, spitzen, engen Schrift der Witwe der Satz: Zeigt deutliche Wirkung, R. zusehends willenloser. Atemlos und mit zitternden Fingern blätterte ich weiter und fand Passagen über Inkubus und Sukkubus, böse Geister, mit denen die Hexen nächtlichen Verkehr pflegten, und wieder hatte Frau Galli daruntergeschrieben: I. muß auf R. gelenkt werden, siehe *Hexenhammer*, Seite zweiundfünfzig. Ich begriff nicht genau, was unter diesen rätselhaften Anmerkungen zu verstehen war, doch spürte ich, daß es sich um etwas Teuflisches, gegen meine Existenz Gerichtetes handelte, und unwillkürlich sträubten sich mir die Haare auf den Unterarmen. Gleich darauf hörte ich das Geräusch eines Schlüssels, der sich im Schloß der Wohnungstür drehte, schlug das Buch zu und verließ rasch den Raum, und als die Witwe das Wohnzimmer betrat, saß ich mit der aufgeschlagenen Heiligen Schrift auf dem Thonetstuhl mit dem Hakenkreuzüberzug und tat, als wäre ich ganz in die Lektüre vertieft.

In der Folge verschlechterte sich mein Zustand, denn obwohl ich mittlerweile von den bösen Absichten der Witwe Galli überzeugt und mir klar darüber war, daß sich unter dem Anschein ihrer Frömmigkeit eine nicht anders als wahnsinnig zu bezeichnende, unter den Einfluß dämonischer Vorstellungen geratene und auf meine Zerstörung abzielende Geistesverfassung verbarg, gelang es mir nicht, mich ihrer Gewalt zu entziehen und ihr Haus zu verlassen, obwohl sie mich nun nicht mehr in der Wohnung einschloß, ja sogar dazu ermutigte, meine früheren Kirchgänge wieder aufzunehmen, denn sobald ich mich in einer gewissen Entfernung von der Wohnung in der Kettenbrückengasse sieben befand, schien eine rätselhafte Kraft mich dorthin zurückzuziehen. Ich wußte mir nicht anders als durch den Entschluß zu helfen, dem geheimen Wissen der Witwe Galli auf die Spur zu kommen und ihrem verderblichen Einfluß auf meine Seele auf diese Weise entgegenzuwirken. Sobald sie das Haus verließ, lief ich in ihr Schlafzimmer, um in dem großen Buch zu lesen, und so erfuhr ich, daß man zwar dem Zauber von Hexen verfallen, sich aber auch davor schützen könne, zum Beispiel, indem man Hemd und Strümpfe verkehrt anzog, zweierlei Schuhe trug oder sie mit den Spitzen zum Bett stellte, sich Mistelzweige und Lindenbast oder die Samenkörner der Pfingstrose umhängte und mit Wacholder räucherte. Auch der böse Blick könne gebannt werden, unter anderem durch Amulette mit einem aufgemalten Auge, durch den Strick eines Gehenkten, durch bestimmte Edelsteine und vor allem durch das Tragen von Salz am Körper. Nun war mir klar, weshalb sich Frau Galli so abschätzig über mein Säckchen mit Ischler Salz geäußert und mir vor einiger Zeit befohlen hatte, es vom Hals zu nehmen und in meinen Pappkoffer zu legen, mich jedoch, als ich es heimlich wieder hervorholen und mir umhängen wollte, überrascht und es mit den Worten, mein Aberglaube sei offensichtlich hartnäckiger verwurzelt, als sie angenommen habe, ins Herdfeuer geworfen hatte, worauf ich vollends den Mut verlor und in Lethargie verfiel, da ich mich durch diese ihre Handlung des Schutzes meiner lieben verstorbenen Mutter beraubt und mich der Witwe noch hilfloser ausgeliefert sah. Nur einmal noch bäumte ich mich gegen mein mir unabänderlich erscheinendes Los auf, nahm in Frau Gallis Abwesenheit meinen Pappkoffer, legte die Pelerine um und verließ die Wohnung. Auf der Treppe jedoch kam mir die Witwe entgegen, und ich stockte mitten in meinem Schritt, unfähig, weiterhin einen Fuß vor den anderen zu setzen, ließ mir von ihr den Koffer abnehmen und mich ohne den geringsten Widerstand zurück ins Badezimmer führen, wo sie plötzlich die fromme Maske fallen ließ und mit höhnischem Grinsen sagte, nach ihren drei Ehegatten, die allesamt nichtsnutzige Schwächlinge gewesen seien, nicht wert, das Leben mit einer begabten und starken Frau wie ihr zu teilen, würde auch ich, die ich ihnen an Feigheit und Verkommenheit in nichts nachstünde, mich nicht mehr ihrem Einfluß entziehen können und bis ans Ende meiner Tage, das, wie sie vermute, wenn sie sich das Schicksal ihrer Gatten ins Gedächtnis rufe, nicht mehr sehr weit entfernt sei, an sie gebunden bleiben. Daraufhin verlor ich, verzweifelt und zermürbt, wie ich bereits war, die Beherrschung, stürzte kopflos aus dem Badezimmer in den Korridor und in das anschließende Wohnzimmer, lief auf eines der hohen Fenster zu, riß die Flügel auf und schwang mich in der Samtpelerine auf das Fensterbrett, um aus dem dritten Stockwerk auf das Straßenpflaster zu springen und meinem Leben ein Ende zu machen. Doch bevor ich mich fallen ließ, hörte ich, wie jemand meinen Namen rief, und ich hielt inne und blickte nach unten, in die Richtung, aus welcher der Ruf gekommen war. Unter mir auf dem Straßenpflaster stand, das Gesicht zu mir emporgewandt, die Arme erhoben und meinen Hut in der Hand, der Kellner Hans. Durch diesen Anblick aus der Fassung gebracht, zögerte ich, blieb auf dem Fensterbrett stehen und sah, wie immer mehr Leute sich auf der Straße versammelten und zu mir hinaufblickten. Ich weiß nicht, wie lange ich so dastand, ich weiß nur, daß sich in irgendeinem Augenblick kräftige Arme um mich legten, mich vom Fensterbrett hoben und festhielten und daß mir eine lange dünne Nadel in die linke Armbeuge drang, worauf sich eine angenehme Schwäche in meinem Körper ausbreitete und ich erleichtert die Augen schloß. Wie durch einen Nebel hindurch nahm ich wahr, daß man mich auf eine Tragbahre legte, die Treppe hinuntertrug und die Bahre in einen mit zwei schwarzen Pferden bespannten großen Wagen schob.«

11

Ich legte das blaue Heft auf die grauweiß gesprenkelte Marmorplatte des Nachttischchens, dann schaltete ich die Lampe mit dem Messingfuß und dem Schirm aus gerafftem Stoff mit den weißen Rosen auf gelbem Grund aus und schloß die Augen. Es bekümmerte mich, daß Rosas Leidensweg kein Ende zu nehmen, ja immer dorniger zu werden schien, so daß sie keinen anderen Ausweg als den Selbstmord gesehen hatte, und ich hoffte, daß endlich wieder jemand ihren Weg kreuzen würde, der es gut mit ihr meinte. Dann schlief ich ein.

Am nächsten Morgen ging ich zu Fuß bis zur U-Bahnstation Kettenbrückengasse, um mit Josef Horvath zum Laufen in den Schloßpark Schönbrunn zu fahren. Ich wartete vor dem Marktamtsgebäude auf ihn, und es dauerte nicht lange, bis ich ihn aus der Apotheke *Zur heiligen Magdalena* treten und auf mich zukommen sah. Er bitte um Vergebung für sein Zuspätkommen, sagte er, er habe bei der, wie ich wisse, ihm gut bekannten Pharmazeutin ein Fläschchen Eukalyptusöl gekauft und wegen eines hochinteressanten Gesprächs über die Sonderformen der chronischen Bronchitis, das sich ganz zwanglos ergeben hätte, das Zeitgefühl verloren. Ich sah Josef an, dessen lockiges Haar sich über seine Ohren und in die Stirn ringelte, und dachte an den Ausflug nach Nußdorf, den wir vor kurzem unternommen hatten und im Laufe dessen mir klar geworden war, daß ich auf dem besten Wege war, mich in meinen ebenso wirklichkeitsfremden wie hilfsbedürftigen, ebenso verweichlichten wie erfolglosen Gesangslehrer zu verlieben, und ich fragte mich, welch unselige Genkopplung, welche meinen Eltern unbewußt unterlaufene Erziehungssünde die Verantwortung dafür trug, daß ich mich von diesem sonderbaren Menschen angezogen fühlte. Während der vergangenen vierzehn Tage war mir aufgefallen, daß er mehr Wert auf sein Äußeres zu legen begann, sich etwas modischer kleidete und insgesamt einen weniger angekränkelten Eindruck machte, eine positive Entwicklung, die ich unseren Spaziergängen in frischer Luft und vor allem dem gemeinsam betriebenen Laufsport zuschrieb, für dessen Ausübung er sich bei Sport Dusika in der Mariahilferstraße einen hellblauen Trainingsanzug aus Flanell gekauft hatte. Ich stellte zufrieden fest, daß seine Atemschwierigkeiten nachließen, daß er nicht mehr so weit hinter mir zurückblieb wie am Anfang und daß er etwas an Gewicht verloren hatte, und wenn wir mit der U-Bahn ins Zentrum zurückfuhren, lag auf seinen sonst so blassen Wangen ein zarter rötlicher Schimmer, und sein müder Blick wirkte etwas lebhafter, das stumpfe Graublau seiner Augen etwas blauer.

Nachdem wir von der Römischen Ruine zum Neptunbrunnen, von dort aus hinauf zur Gloriette und dann wieder durch den Wald hinunter und am Zoo vorüber bis zum Palmenhaus gelaufen waren, blieb Josef stehen, sagte keuchend, es sei soweit, heute würde er mir das Schmetterlingshaus zeigen, und ging auf ein kleines, an der Grenze des Parks liegendes Glashaus zu. Wir kauften zwei Eintrittskarten und betraten einen hohen, warmen Raum, in welchem verschiedene tropische Bäume, Sträucher und Blumen zu sehen waren, zwischen denen Schmetterlinge in allen Größen und Farben gaukelten und sich gelegentlich auf den Pflanzen und Glaswänden und auf den Besuchern niederließen. Ich möge auf die Zwergwachteln achtgeben, meinte Josef, wenn man den Blick ständig auf die Schmetterlinge, das hieße, in die Höhe, richte, liefe man Gefahr, auf eine der Zwergwachteln zu treten, welche, von den Zweigen der Bäume und

Sträucher verborgen, auf dem Boden herumliefen, er wisse nicht mit Sicherheit, wie die Zwergwachteln ins Schmetterlingshaus gelangt seien, vermutlich sei die Aufzucht von Zwergwachteln neben der von Schmetterlingen ein Steckenpferd der das Schmetterlingshaus betreuenden Dame. Ich schaute zu Boden und sah vor meinen Laufschuhen tatsächlich einen kleinen Vogel mit braunem, an der Oberseite gelblich und schwarz gestreiftem Gefieder und einem gelben Streifen auf dem Scheitel, der sogleich unter einem Kamelienstrauch verschwand. Als ich wieder aufblickte, saß ein schöner blauschwarzer Schmetterling auf Josefs linker Schulter, und als ich ihn darauf aufmerksam machte, wandte er vorsichtig den Kopf, blickte schräg nach unten und meinte, ach, eine Gestreifte blaue Krähe, ein in Malaysien, Südchina und auf den Philippinen verbreiteter Schmetterling, die Schmetterlinge im Schmetterlingshaus seien sehr zutraulich, wenn man nicht wüßte, daß es ihre Flügel zerstöre, käme man in Versuchung, sie zu streicheln. Ich möge meinen Kopf nicht bewegen, flüsterte Josef dann, auf meinem Kopf habe sich ein wunderschöner Monarch niedergelassen, ein hellbrauner, in Nord- und Südamerika und in Australien vorkommender Schmetterling, zudem ein Wanderfalter, ein ausgezeichneter Flieger, der erstaunlich weite Strecken zurücklege. Ich sagte, ich bewunderte sein Wissen, leider seien meine sich auf diese Insekten beziehenden Kenntnisse äußerst beschränkt, in Manhattan stoße man kaum auf sie, es sei eine Seltenheit, wenn im Frühling ein gewöhnlicher Kohlweißling, ein schlichter Zitronenfalter, ein ordinärer Bläuling an einem vorüberflattere. Sehen Sie, sehen Sie, rief Josef, zog mich hinter eine hohe Bananenstaude, so daß der Monarch wegflog, und deutete auf ein Bananenblatt, auf dem ein großer schwarzroter Falter mit drei kleinen weißen Flecken auf jedem Hinterflügel saß, die Rote Helen, die Rote Helen, ein rares Exemplar, und da erhob sich die Rote Helen und setzte sich mir auf meine Zöpfchen, und Josef streckte im Schutz der Bananenstaude und in der Wärme des Glashauses seine linke Hand aus, berührte zart den Falter und dann meine Zöpfchen, näherte den Mund meinen Lippen und küßte mich, worauf er zuerst den Mund und sodann seine Hand erschreckt zurückzog, sich kurz räusperte und meinte, die Verpuppung der Schmetterlinge erfolge in einem gesponnenen Kokon, beim Schlüpfen sprenge die Imago den Kopf- und Brustabschnitt der Puppenhülle, presse in die noch schlaffen Flügel Blutflüssigkeit und Luft ein, so daß sich die Flügel streckten und nach vier bis sieben Stunden erhärteten, womit der Falter flugfähig sei.

Auf dem Rückweg ins Sterbehaus, wo anschließend meine Gesangsstunde stattfinden sollte, war Josef Horvath ungewöhnlich schweigsam, und da ich nicht genau wußte, was der Grund für diese Einsilbigkeit war und meinen Lehrer, der mir von Minute zu Minute einnehmender erschien, keinesfalls verstimmen wollte, bemühte ich mich, besonders viel Gefühl in meinen Vortrag des Schubertliedes *Frühlingstraum* zu legen, und ich schloß die Augen und sang: »Die Augen schließ' ich wieder, / Noch schlägt das Herz so warm. / Wann grünt ihr Blätter am Fenster? / Wann halt' ich dich, Liebchen, im Arm?«, und bevor ich sie wieder öffnete, hatte das Klavierspiel geendet, zwei ein wenig schlaffe Arme umfingen mich, und die weichen Lippen, die ich hinter der Bananenstaude gespürt hatte, legten sich wieder auf meine. Doch als ich begann, auf die mir zuteil gewordenen Liebkosungen in einer Weise zu reagieren, wie sie für eine dreiunddreißigjährige, sich bei bester Gesundheit befindliche Frau im gebärfähigen Alter alles andere als ungewöhnlich ist, als ich meine Augen öffnete, Josef an der Hand nahm, ihn in Richtung Schlafzimmer zog und fragte, ob er mir nicht die Schmetterlingsschaukästen, von denen er mir erzählt habe, zeigen und mir die Umwandlung der Larve in die Puppe etwas ausführlicher erklären wolle, griff er sich an die Kehle und flüsterte, es sei merkwürdig, aber in diesem Augenblick überfiele ihn die durch katarrhalische Reizung und Verkrampfung der Luftröhrenverzweigungen hervorgerufene Atemnot, die so typisch sei für an Asthma bronchiale Leidende, die er allerdings seit Tagen nicht mehr empfunden habe, von neuem, und zwar in ungeahnter Stärke, er müsse sich augenblicklich in seinen Ohrensessel setzen und bitte mich, ihm umgehend den zu gleichen Teilen aus Huflattich, Sonnentau und Klatschmohn bestehenden Kräuterabsud für seine Inhalation vorzubereiten, was ich auch mit aller gebotenen Gewissenhaftigkeit tat, bevor ich das Sterbehaus verließ und mit der U-Bahn auf die Donauinsel fuhr, wo ich am Ufer des Flusses entlangging und mir das eben Vorgefallene durch den Kopf gehen ließ, da mir aufgefallen war, daß ich in unmittelbarer Nähe großer Wasserflächen schneller und leichter Lösungsmöglichkeiten für Probleme fand als anderenorts. Ich war wütend auf Josef, wütend auf mich, und um meine Wut zu dämpfen, hob ich Kieselsteine vom Boden auf und schleuderte sie mit aller Kraft ins Wasser. Sobald sich mein Zorn etwas gelegt hatte, warf ich sie in einem flachen Bogen in die Wellen, im Versuch, ein möglichst oftmaliges Aufspringen dieser Steine auf der Wasseroberfläche zu gewährleisten, und ich wiederholte diese Bewegung immer wieder, so lange, bis ich plötzlich innehielt, da mir mit einem Mal schien, als sei ich schon an diesem Ufer gestanden.

Als ich etwas später die Treppe zur Wohnung Tante Pias hinaufging, war die bosnische Hausmeisterin, denn um diese handelte es sich bei der Frau mit den pechschwarzen langen Haaren und dem zu engen grellrosa Häkelpullover, im Begriff, mit einem langen Besen Spinnweben aus den Ecken des Treppenhauses zu entfernen, und als ich an ihr vorüberging, stellte sie den Besen auf den Boden, musterte mich von oben bis unten und fragte mich, ob ich es schon gehört hätte, ein extremer Rechter habe in der vergangenen Nacht im Stadtpark eine als Krankenpflegerin tätige junge Vietnamesin überfallen und vergewaltigt und sich nicht gescheut, nach vollbrachter Tat auf der Polizeiwachstube Wipplingerstraße anzurufen und sich mit der Begründung zu dieser zu bekennen, langsam, aber sicher übertreffe die Zahl der Elemente minderwertigen Geblüts jene der reinrassigen Österreicher, da die zuständigen Behörden sich nicht zur Ausweisung dieser fremden Subjekte entschließen könnten, müßten Menschen wie er, die ihr Land liebten, zur Selbsthilfe greifen. Dann legte die Hausmeisterin beide hohlen Hände unter ihre schweren Brüste im durch das komplizierte Häkelmuster durchscheinenden weißen Büstenhalter, hob sie an, ließ sie wieder fallen, neigte sich zu mir und flüsterte, sie sei sich der Gefahr bewußt, die ihr und ihrem Ehemann als bosnischen Flüchtlingen von Seiten solcher Rassisten drohe, immerhin aber sehe man ihnen die Zugehörigkeit zu einer nichtösterreichischen Volksgruppe nicht so deutlich an wie mir, an meiner Stelle würde sie nach Sonnenuntergang das Haus nicht mehr verlassen oder, besser noch, umgehend in meine schwarzafrikanische Heimat zurückkehren, wo ich, ich möge ihr diese Bemerkung nicht verargen, letzten Endes auch hingehörte.

Gleich darauf betrat ich Tante Pias Wohnzimmer, wo diese, ein weinrotes Schultertuch für eine Käthe-Kruse-Puppe aus der Rheinischen Gummi- und Celluloid-Fabrik häkelnd, vor ihrem Schwarzweißfernsehgerät saß, und als sie mich wahrnahm, meinte sie, wo um Himmels willen hätte ich mich denn so lange herumgetrieben, ich müsse völlig ausgehungert sein, glücklicherweise stehe ein Topf mit frisch aus Lunge und Herz zubereitetem Salonbeuschel auf dem Herd, ich solle mich doch zu ihr gesellen, sobald ich meinen Hunger gestillt hätte, sie verfolge gerade zum wiederholten Male die Handlung des Films *Der dritte Mann*, dessen auf einem Hackbrett gespielte Titelmelodie weltbekannt sei. Sie sehe sich den Film, der das von ausländischen Mächten, darunter auch von meinem Vaterland, besetzte Wien zum Schauplatz habe, bei jeder möglichen Gelegenheit an, da er sie an die schönsten, mit dem Major und Wilma in tiefer Harmonie verbrachten Jahre ihres Lebens erinnere, jede Einstellung, jeder Schnitt sei ihr vertraut, sie wisse jedes Dialogwort auswendig, weshalb sie auch die Bildschärfe, an der es ihrem Gerät mangle, nicht als ausgesprochen störend empfinde. Der dunkle runde Fleck, der sich gerade in der rechten Bildschirmhälfte bewege, sei natürlich Orson Welles, es sei erstaunlich, wie ein so hervorragender Schauspieler gleichzeitig ein so ausgekochter Schuft sein könne, wir Menschen seien wahrhaft zwiespältige Wesen.

Auch an diesem Abend nahm ich das blaue Heft aus der Truhe, und nachdem ich das Fenster einen Spaltbreit geöffnet hatte, weil es im Zimmer so heiß war, setzte ich mich auf diese und las die erste Seite des siebenten Kapitels, wo Rosa sich nach dem Martyrium, das sie im Haus der Witwe Galli durchlitten hat, an einem ihr zunächst unbekannten Ort wiederfindet.

Siebentes Kapitel

»In einem riesigen Saal mit kahlen, lindgrün gestrichenen Wänden, an denen zahlreiche Eisenbetten standen, wachte ich auf. Mir war übel, und ich sah nicht sehr gut, und als ich mich in dem Bett, in welchem ich lag, aufsetzen wollte, merkte ich, daß meine Arme über dem Oberkörper gekreuzt waren und daß ich sie nicht bewegen konnte. Nachdem ich mich mit meinen Füßen eines Teils der grauen Decke entledigt hatte, die über meinen Körper gebreitet war, sah ich, daß man mich in eine vorn geschlossene Jacke aus weißem Segeltuch mit sehr langen Ärmeln gesteckt hatte, deren Enden offenbar auf meinem Rücken zusammengebunden waren. Erschrocken über diese Bewegungsunfähigkeit, begann ich zu schreien, worauf mich zwei grau gekleidete Frauen aus dem Bett holten, mich aus dem Saal hinaus und durch ein Zimmer hindurch, in welchem viele ebenfalls grau aussehende Frauen auf Stühlen und auf dem Fußboden saßen oder umhergingen, in einen großen Waschraum führten, wo der Putz sich von den Wänden löste, mir die Jacke auszogen, so daß ich nackt war, und mich mit eiskaltem Wasser aus einem ziegelroten Schlauch abspritzten. Dieser Kälteschock hatte zur Folge, daß ich noch lauter schrie und um mich schlug, worauf die beiden Frauen mich mit Gewalt wieder in die Segeltuchjacke steckten, durch einen schmalen Korridor in ein leeres, fensterloses Kämmerchen stießen und die Tür schlossen. Es war kalt in dem kleinen Raum, und ich hockte mich weinend in eine Ecke und fragte mich verzweifelt, wohin mich das Schicksal, welches sich seit einiger Zeit gegen mich verschworen zu haben schien, verschlagen hätte. Nach einer Weile ging die Tür auf, und ein weißgekleideter Mann mit leicht angegrauten, gewellten dunklen Haaren und blauen Augen hinter runden Brillengläsern, der augenblicklich mein Vertrauen erweckte, trat mit meinem Hut in der Hand ein. Ich bat ihn, mir mitzuteilen, was mit mir geschehen sei und wo ich mich befände, und er setzte mir den Hut auf, lächelte und sagte mit ruhiger Stimme, ich bräuchte keine Angst zu haben, ich sei an einem sicheren und friedlichen Ort, nämlich in Wiens größter öffentlicher k.k. Irrenheilanstalt im neunten Gemeindebezirk, dem sogenannten Alsergrund, wo ich binnen kürzester Zeit von meiner Krankheit genesen würde. Als ich mit gebührendem Respekt erwiderte, meines Wissens sei ich nicht krank, lächelte er abermals sanft und sagte, dies zu beurteilen müsse ich berufeneren Menschen überlassen, immerhin hätte ich versucht, mich aus einem Fenster der im dritten Stockwerk gelegenen Wohnung meiner Dienstgeberin, einer in Wien und um Wien herum für ihre Wohltätigkeit und Nächstenliebe bekannten Dame, zu stürzen, eine Handlungsweise, wie sie für geistig stabile Menschen nicht typisch sei. Ich wandte ein, bezüglich der Witwe Galli wäre ich anfänglich derselben Meinung gewesen wie er, doch hätte ich herausfinden müssen, daß die von ihm erwähnte Nächstenliebe und Wohltätigkeit lediglich vorgetäuscht worden seien, was sich eindeutig erwiesen habe, indem sie mich erstens mit einer Rindslederpeitsche geschlagen hätte, eine Bestrafung, von deren Folgen er sich durch Überprüfung der Wundmale auf meinem Rücken persönlich überzeugen könne, und zweitens mit dem bösen Blick zu völliger Willensunfähigkeit habe verdammen wollen, worauf der weißgekleidete Mann das obere und untere Lid meines linken Auges mit Daumen und Zeigefinger der rechten Hand auseinanderzog, mich bat, meinen Augapfel zunächst nach oben und unten und sodann nach links und rechts zu drehen und, während ich seinen Wunsch erfüllte, beiläufig meinte, Frau Galli habe das Personal der k. k. Irrenheilanstalt, darunter auch ihn, davon überzeugen können, daß die im übrigen nicht weiter besorgniserregenden kleinen Kratzer auf meinem Rücken keineswegs von ihrer, sondern von meiner eigenen Hand stammten, da ich offenbar übertrieben strengen Bußpraktiken anhinge, eine Gewohnheit, die gleichfalls nicht für eine robuste geistige Gesundheit spräche und auf die krankhafte Tendenz zur Autopunition schließen lasse, ein Begriff, den genauer zu erläutern er im Augenblick nicht vorhabe. Als ich ihn fragte, wie er zu meinem Hut gekommen sei, sagte der Arzt, denn um einen solchen handelte es sich offensichtlich, ein junger Mann, der sich während meines Selbstmordversuches, denn um einen solchen habe es sich zweifellos gehandelt, unter den Schaulustigen befunden und behauptet hätte, mich zu kennen, habe ihn dem Wärter der k. k. Irrenheilanstalt mit der Bitte in die Hand gedrückt, ihn mir mit herzlichen Grüßen von Hans Holzer zu übermitteln und mich ferner seiner Liebe zu versichern, die, wie der Irrenwärter es ihm, dem Arzt, gegenüber ausgedrückt hätte und der junge Mann es demnach dem Irrenwärter gegenüber ausgedrückt haben müsse, durch die zeitweilige Trennung, als welche er meine Einlieferung in die k. k. Irrenheilanstalt betrachte, selbstverständlich nicht beeinträchtigt werden würde, sondern nur wachsen könne. Anschließend habe der junge Mann, der zunächst, so hätte der Irrenwärter ihm, dem Arzt, berichtet, einen vernünftigen Eindruck gemacht habe, überraschenderweise versucht, beim Anfahren des anstaltseigenen Pferdefuhrwerks, in das ich auf der Tragbahre geschoben worden sei, auf dasjenige aufzuspringen, was von den Schaulustigen zunächst verhindert worden wäre, wobei der junge Mann jedoch derart zu toben und um sich zu schlagen begonnen hätte, daß man beschlossen habe, ihn gleichfalls mitzunehmen und auf die Männerabteilung der Anstalt zu bringen, die, wie mir einleuchten werde, von der Frauenabteilung streng getrennt sei. Ich fragte den Arzt, in welche Zelle man mich gesperrt und weshalb man mich gefesselt hätte, worauf er meinte, weder würde er das Kabinett, in dem ich mich befände, mit dem etwas abwertenden Begriff Zelle noch das zugegebenermaßen nicht sehr bequeme Kleidungsstück, das mir aus gutem Grund übergestreift worden sei, als Fesselung bezeichnen, das sogenannte Einsperren, das sogenannte Fesseln seien zu nichts anderem als zu meiner Beruhigung und Mäßigung getroffene Maßnahmen, im übrigen würde er die Schwestern veranlassen, mich unverzüglich in den Krankensaal zurückzubringen, das Kabinett stünde schließlich nicht mir allein zur Verfügung, die Anstalt sei überbelegt, es gebe viele, die nur darauf warteten, sich ins Kabinett zurückziehen zu dürfen.

Die nächsten Monate sind mir als eintönige Abfolge von Tagen und Nächten in Erinnerung, denn ich verbrachte sie zum Großteil untätig in Gesellschaft von Geisteskranken, Epileptikerinnen, Imbezilen und Alkoholikerinnen in den riesigen Sälen und gefängnisähnlichen Höfen der k.k. Irrenheilanstalt im neunten Wiener Gemeindebezirk. Da die Anstalt überfüllt war, befaßten sich die Ärzte, Schwestern, Pfleger und Wärter üblicherweise nur unmittelbar nach der Ankunft näher mit dem einzelnen Patienten, danach wurden die meisten Insassen mehr oder weniger ihrem Schicksal überlassen, außer sie störten die Routine durch gewalttätiges Verhalten, welches durch noch gewalttätigere Gegenmaßnahmen unterbunden wurde. Vergeblich versuchte ich in Erfahrung zu bringen, ob Hans Holzer sich noch immer auf der Männerabteilung befand. Es wurde mir erlaubt, die Bücher, die sich in meinem Pappkoffer befanden, zu lesen, und nach einiger Zeit konnte ich das *Goldene Hausfrauen-*

buch, das Gebetbüchlein und die vier Kochbücher der Dobromila Rettigova nahezu auswendig und gewöhnte mir an, stundenlang hin und her zu gehen und dabei die Kochrezepte, Gebete und Anweisungen zur Haushaltsführung laut vor mich herzusagen, eine Gepflogenheit, die bei Personal und Mitpatienten nicht immer auf Verständnis stieß, mir jedoch täglich zu einem größeren Bedürfnis wurde, da ich nicht wußte, was ich sonst hätte tun sollen. Den Hut mit den Stiefmütterchen legte ich nie ab. Gegen Ende meines Aufenthalts entschloß sich die Anstaltsleitung, mich in die Schneiderei des Spitals zu stecken, wo ich Knopflöcher nähte, doch auch dort schwieg ich nicht, sondern beschrieb jeden Handgriff während seiner Ausführung. So sagte ich beispielsweise, während ich Weißwäsche mit geschlungenen Knopflöchern versah, ich versähe nun Weißwäsche mit geschlungenen Knopflöchern, und wenn ich ein eingefaßtes oder Paspelknopfloch verfertigte, erklärte ich, ich verfertigte nun ein eingefaßtes oder Paspelknopfloch. Nachdem mich eine Knopflochnäherin, welche, veranlaßt durch mein andauerndes Reden, die Nerven verlor, mit ihrer langen dünnen Nähnadel in die Brust zu stechen versucht hatte, wurde beschlossen, ich solle mich zu den Stopferinnen begeben, wo ich weiterredete und, wenn ich die Stopfnadel durch ein grobfädiges Gewebe zog, sagte, ich zöge nun die Stopfnadel in kleinen Stichen durch das grobfädige Gewebe und nähme dabei nach Möglichkeit jeden Faden einzeln auf. Handelte es sich um einen einfachen Riß, so sagte ich, es handle sich um einen einfachen Riß, und wenn ich einen mehrfarbigen Stoff stopfte, sagte ich, das Stopfen mehrfarbiger Stoffe stelle eine sehr heikle Aufgabe dar. Und wenn ich keine Stoffreste hatte, dann meinte ich, ich hätte leider keine Stoffreste, müsse also das Muster genauestens betrachten und die fehlenden Gewebefäden durch entsprechendes Garn ersetzen.

Nach drei Tagen schlug mir eine Stopferin das Stopfholz an die Schläfe, worauf ich kurz ohnmächtig und danach zu den Flickerinnen versetzt wurde. Binnen kürzester Zeit beschwerte sich die Gruppe der Flickerinnen geschlossen bei Dozent Doktor Doblhoff, dem Leiter der Abteilung, jenem gütig wirkenden Arzt, der mir nach meiner Ankunft den Hut mit den Stiefmütterchen überbracht hatte, über mein ununterbrochenes Kommentieren dessen, was ich tat, worauf dieser mich zu sich rufen ließ.

Ungeachtet der Tatsache, daß mein ständiges Sprechen, eine psychische Störung, die von der Fachwelt als Logorrhöe bezeichnet würde, auf tiefgehende Perturbationen meines innerseelischen Zustandes schließen lasse, welche eine weitere stationäre Behandlung wünschenswert, wenn nicht dringend notwendig erscheinen ließen, ja unter Umständen meine Überstellung in den Pavillon der Unheilbaren rechtfertigen würden, meinte Herr Dozent Doblhoff, indem er die Fingerkuppen der rechten und die Fingerkuppen der linken Hand sacht aneinanderlegte, ungeachtet dessen könne den übrigen Kranken der Frauenabteilung nicht zugemutet werden, sich dauernd in Hörweite meiner sich in fortgesetztem Betrieb befindlichen Sprechwerkzeuge aufzuhalten, weshalb er sich nach reiflicher Überlegung zu dem Schritt entschlossen hätte, einem Schritt, den er, wie er hoffe, vor seinem Gewissen verantworten könne, mich nach mehreren Monaten Aufenthalts in seiner Anstalt, während derer mein Zustand sich keineswegs gebessert, sondern eher verschlechtert hätte, zu entlassen. Er müsse zugeben, daß diese Entscheidung ihm alles andere als leicht gefallen sei, da er keineswegs davon überzeugt wäre, daß ich mit der Freiheit, die ich auf solche Weise wiedergewänne, vernünftig und umsichtig umzugehen imstande sein würde, doch habe das Wohl der Mehrheit, und eine solche stelle das Kontingent der Flickerinnen, welche sich durch meine Idiosynkrasie schwer inkommodiert fühlten, eindeutig dar, nach seiner Ansicht Vorrang vor jenem einer Einzelperson, als welche ich mit Fug und Recht bezeichnet werden könne. Er sei sich darüber im klaren, daß diese Ansicht nicht unanfechtbar sei, ja, sie habe im Laufe einer ebenso kurzen wie unumgänglichen Beratung mit seinem von ihm über alle Maßen geschätzten Freund und Kollegen, dem ebenso begabten wie ehrgeizigen Nervenarzt Doktor Sigmund Freud, bei jenem lebhaften Widerspruch erregt, Freud halte eine Entlassung meiner Person aus der k. k. Irrenheilanstalt für einen Irrtum, der schwerwiegende Folgen zeitigen könnte. Hier legte Dozent Doblhoff eine kleine Pause ein, die ich zu dem schüchternen und stokkenden Einwurf benützte, ich wäre zunächst von meiner Mutter und später von weiteren gottesfürchtigen Personen gemäß den, soviel mir bekannt sei, für einen Großteil der in unserer Monarchie lebenden Menschen maßgeblichen, gleichermaßen einfachen wie einleuchtenden Richtlinien des Alten und Neuen Testaments, das hieße, im Sinne des vorbildlichen Lebens Christi und der Heiligen der katholischen Kirche erzogen worden und könne mir demgemäß keinerlei Kritik an den von ihm soeben dargelegten hochwissenschaftlichen Ausführungen anmaßen, ja, ich müsse gestehen, daß diese mir gänzlich unverständlich seien, doch wolle ich, wenn er es mir gestatte, darauf hinweisen, daß meiner Vermutung nach die erzwungene Untätigkeit in seiner zweifellos die seelische Gesundheit sämtlicher Insassen anstrebenden Anstalt sowie die daraus folgende Langeweile der Grund für mein zugegebenermaßen übertriebenes Sprechbedürfnis gewesen seien. Dozent Doblhoff, der offenbar mit keiner, wie zurückhaltend auch immer vorgebrachten, Anmerkung meinerseits gerechnet hatte, blickte mich überrascht an, nahm ein Heftchen aus der Brusttasche seines Mantels, in welches er eine Notiz eintrug, und sagte, derlei ebenso simplifizierende wie abstruse, die Wahnhaftigkeit des seelischen Erlebens des sich Rechtfertigenden in schönster Weise demonstrierende Erklärungen hochkomplizierter psychischer Vorgänge würden häufig von Zwangskranken versucht und seien für den Fachmann stets aufschlußreich. Dann streckte er mir seine Rechte entgegen und meinte, er wünsche mir alles Gute, ich dürfe, nachdem ich mein Bett geräumt und mich bei der Oberschwester abgemeldet hätte, in die Welt zurückkehren. Ich ergriff zögernd die Hand und sagte, während der vergangenen Monate wäre mir die k. k. Irrenanstalt zur zweiten Heimat geworden, ich hätte nicht damit gerechnet, so bald aus meiner neuen Umgebung herausgerissen zu werden, um ehrlich zu sein, die von ihm soeben erwähnte Welt ängstige und bekümmere mich in hohem Maße, könne ich denn nicht etwas länger an diesem Hort der Geborgenheit verweilen, ich würde mich bemühen, meinen Redefluß einzudämmen und sei bereit, mich für den Verbleib in der Anstalt durch Ausführung jeder, auch der unangenehmsten, Arbeit erkenntlich zu zeigen, ja, auch dazu, eine Einschränkung meiner Mahlzeiten in Kauf zu nehmen und mich bereitwillig körperlichen Züchtigungen zu unterwerfen, an die ich mich während meines Aufenthaltes im Hause der Witwe Galli ohnehin gewöhnt hätte. Wie er wisse, befänden wir uns im Monat Februar, einer in Wien äußerst unerquicklichen Jahreszeit, und ich wäre ihm für die Erlaubnis sehr dankbar, wenigstens meinen Geburtstag, den neunundzwanzigsten Februar, noch in der Anstalt verbringen zu dürfen und ihn nicht, vom Wiener Wind umpfiffen, einsam in einer der öffentlichen Parkanlagen begehen zu müssen. Auf dieses Ersuchen entzog mir Dozent Doblhoff abrupt seine Hand und sagte mit abwehrender Geste, das käme nicht in Frage, wie ich mir das vorstellte, er sei ein korrekter Mann und könne sich nicht gestatten, Privilegien zu verteilen, ich hätte keinen Begriff davon, wie viele Menschen vor den Toren der k. k. Irrenheilanstalt auf Einlaß warteten, wollte jeder seinen Aufenthalt an dieser Stätte nach Belieben verlängern, so wäre das Chaos die unausbleibliche Folge, außerdem befänden wir uns seines Wissens nicht in einem Schaltjahr, weshalb ich genaugenommen keinen Geburtstag hätte, nein, ich müsse gehen, auf der Stelle, meine Zeit sei um. Damit wandte er sich von mir ab und schickte sich an, sich raschen Schrittes zu entfernen, worauf ich, durch diese ungünstige Antwort aus der Fassung gebracht, einen wehenden Zipfel seines weißen Mantels erhaschte und ihn mit der flehenden Bitte zurückzuhalten suchte, er möge Nachsicht üben und mich nicht schutzlos der Außenwelt und ihren unberechenbaren Temperaturschwankungen beziehungsweise den sie bevölkernden, mir aus unerfindlichen Gründen häufig feindselig gesonnenen Personen preisgeben, es könne mein Tod sein, ein Tod, für den er vor Gott und dessen Heiligen einzustehen haben werde. Dozent Doblhoff drehte sich um, zerrte an seinem Mantelzipfel und rief, wie könne ich es wagen, Hand an einen anerkannten Arzt zu legen, der seinen aufstrebenden Kollegen Sigmund Freud unlängst nach Paris begleitet hätte, ich solle ihn gefälligst loslassen, er bleibe bei seiner einmal getroffenen Entscheidung. Als ich daraufhin zu schreien begann, eilten zwei Schwestern herbei, ergriffen mich, brachten mich mit Gewalt in einen der Waschräume, zogen mich aus und stellten mich unter den eiskalten Wasserstrahl der Dusche, so daß ich meinen Aufenthalt in der k. k. Irrenheilanstalt auf die gleiche Weise beschloß, wie ich ihn angetreten hatte.

Eine Stunde später ging ich in einem mir von der Oberschwester überlassenen, von einer ehemaligen Patientin vergessenen, an vielen Stellen geflickten graubraunen Mantel, dessen Kapuze mich gegen den leichten Schneeregen schützte, mit dem Pappkoffer in der Hand in Richtung Innere Stadt und behielt im Gehen die mir lieb gewordene Angewohnheit bei, das zu beschreiben, was ich im Augenblick tat. Als ich, auf das nasse Straßenpflaster blickend, um die Ecke Teinfaltstraße Herrengasse bog und dabei mit halblauter Stimme feststellte, daß ich eben im Begriffe sei, um die Ecke Teinfaltstraße Herrengasse zu biegen, hielt mich plötzlich jemand am Ärmel fest und schaute forschend unter meine Kapuze. Es war Ljuba, die mich fragte, ob ich mir inzwischen angewöhnt hätte, Selbstgespräche zu führen, und die, nachdem sie mich umarmt hatte, wobei die Kapuze mir vom Kopf glitt, erschrocken ausrief, ich sähe ja aus wie ein Gespenst, bleich und hohlwangig, mein Blick flackere wie der einer Geistesgestörten, ich möge ihr doch mitteilen, wo ich mich inzwischen aufgehalten hätte und weshalb ich nie mehr im Redaktionskeller oder in der Baracke der Bettfrau am Donauufer erschienen sei, die Federnsortiererin, die dritte Gehilfin des Zauberkünstlers Anton Kratky-Baschik und sie hätten sich große Sorgen um mich gemacht, und nun sehe sie mit eigenen Augen, daß diese Besorgnis keineswegs unbegründet gewesen sei. Ich sagte, es stimme, ich hätte inzwischen einiges erlebt und käme jetzt beispielsweise aus der k. k. Irrenheilanstalt im neunten Wiener Gemeindebezirk, was ihren Eindruck von meinem Äußeren in gewisser Weise bestätige, worauf Ljuba händeringend meinte, man dürfe mich keine Minute mir selbst überlassen, sonst stolperte ich von einem Unglück ins andere, gottlob habe sie mich gefunden, von nun an würde sie sich wieder um mich kümmern. Während wir die Herrengasse entlang in Richtung Michaelerplatz gingen, mußte ich mir Mühe geben, nicht zu Ljuba zu sagen, daß wir jetzt die Herrengasse entlang in Richtung Michaelerplatz gingen, sondern ihr dabei zuzuhören, wie sie davon berichtete, welch trauriges Ende es mit der so sorgfältig geplanten ersten Ausgabe des *Dienstbotenfanals* genommen hatte.

Man stelle sich vor, sagte sie, man stelle sich vor, am Abend vor der Veröffentlichung sei völlig unerwartet ein Beamter der k.k. Zensurbehörde im Redaktionskeller aufgetaucht, habe Einsicht in die Zeitschrift verlangt, ein Ansinnen, dem sie und die ebenfalls anwesende Federnsortiererin hätten stattgeben müssen, wäre während des Lesens immer röter im Gesicht geworden, habe die Zeitschrift schließlich auf das Pult geknallt und gerufen, im Namen Seiner Majestät des Kaisers von Österreich und Königs von Ungarn beschlagnahme er auf der Stelle alle verfügbaren Exemplare, mit einem Wort, die gesamte Auflage des Blattes, es handle sich dabei ganz offensichtlich um staatsfeindliches Schriftgut, das sich die Verhetzung und Radikalisierung einer ganzen sozialen Schicht zum Ziel setze und in verleumderischer Weise Übel anprangere, die gar nicht existierten, wir hätten es lediglich unserer Jugend und bisherigen Unbescholtenheit sowie seiner Nachsicht zu verdanken, daß aller Wahrscheinlichkeit nach kein Strafverfahren gegen uns eingeleitet werden würde. Dann habe der Beamte die Stimme gesenkt, Ljuba in die Wange und die Federnsortiererin ins Kinn gezwickt und gemeint, Frauen hätten es doch nicht nötig, in so aufdringlicher und unweiblicher Art, wenn überhaupt, an die Öffentlichkeit zu treten, er sei glücklich verheiratet, stehe kurz vor der silbernen Hochzeit, die am siebenten März im Hinterzimmer des *Cafés Sperl* in der Gumpendorferstraße in entsprechendem Rahmen gefeiert werden würde, und habe im Laufe vieler Ehejahre ausreichend Gelegenheit gehabt, an seiner eigenen Frau zu beobachten, um wieviel wirkungsvoller sich beim Verfolgen bestimmter Ziele eine sanfte und diplomatische Art zu handeln erweise. Dann sei der Beamte die Stufen zur Eingangstür hinaufgestiegen, habe sich auf dem Treppenabsatz noch einmal umgedreht und gesagt, sie, Ljuba und die Federnsortiererin, möchten so freundlich sein und das Lokal bis auf weiteres nicht verlassen, nach Erreichen des Amtsgebäudes werde er unverzüglich die Anweisung geben, daß eine kleine Abordnung seiner Assistenten sich der Angelegenheit annehme und die Zeitschriften abtransportiere. Als Ljuba, die vor Schreck die Sprache verloren gehabt hätte, diese wiedergefunden und gefragt habe, wie es denn in diesem Lande um das Grundrecht der Pressefreiheit, der Freiheit der Verbreitung von Meinungen, Nachrichten, Mitteilungen und sonstigem Gedankengut, bestellt sei, welche immerhin durch Artikel dreizehn des Reichsgrundgesetzes vom einundzwanzigsten Dezember achtzehnhundertsiebenundsechzig verbrieft wäre, hätte der Beamte der Zensurbehörde abermals duldsam gelächelt, ihnen spielerisch mit dem Zeigefinger gedroht und gemeint, sie, Ljuba und die Federnsortiererin, würden doch nicht seine Kenntnis der von unserem weisen Monarchen eingeführten Gesetze bezweifeln wollen, doch teile er ihnen gern mit, daß dieser Artikel unter bestimmten Umständen nur beschränkt anwendbar sei und im Einzelfalle sogar völlig außer Kraft gesetzt werden könne.

Während Ljuba ihren Bericht über die vorzeitige Einstellung des *Dienstbotenfanals* beendete, kamen wir am *Café Griensteidl* auf dem Michaelerplatz vorüber, und sie hörte auf zu reden, blieb vor einem Fenster stehen, blickte hinein, deutete auf einen ernst aussehenden, blassen jungen Mann mit altmodischem, steifem, hohem Leinenkragen, der in eine großformatige Zeitung vertieft an einem Tisch saß, und meinte, bei dem Herrn, der ihr zufälligerweise bekannt sei, handle es sich um einen Theaterschriftsteller, er habe ihr vertraulich mitgeteilt, daß eine seiner Komödien beste Chancen hätte, demnächst im benachbarten Burgtheater aufgeführt zu werden. In diesem Augenblick schaute der junge Mann von seiner Zeitung auf und bemerkte Ljuba, doch als diese ihm durch die Fensterscheibe zuwinkte, wandte er den Blick hochmütig ab und richtete ihn auf die Kellnerin, die eben an seinem Tisch stehengeblieben war.

Als ich Ljuba fragte, ob ich aufgrund meiner augenblicklichen Obdachlosigkeit während der folgenden Nächte einen der Maisstrohsäcke ihrer Bettfrau mit ihr teilen dürfe, seufzte sie und meinte, die Alte erhöhe den Nächtigungspreis ständig, und da sie vor der Beschlagnahme des *Dienstbotenfanals* all ihre Kraft und Zeit für die Gestaltung der Zeitschrift aufgewendet habe und keiner gewinnbringenden Beschäftigung nachgegangen sei, wäre es ihr seit einiger Zeit nicht möglich, die erforderliche Summe aufzubringen, weshalb sie sich nach einem anderen Nachtquartier habe umsehen müssen. Nunmehr verbringe sie ihre Nächte in den Gängen des unterirdischen Kanalsystems, wenn ich wolle, könne ich gern mit ihr kommen, sie befinde sich dort in, wenn nicht ausgesuchter, so doch angenehmer Gesellschaft, und ich machte auf sie den Eindruck, als hätte ich Gesellschaft bitter nötig.

So kam es, daß ich die Nacht, mit meinem neuen weiten, graubraunen Kapuzenmantel zugedeckt, auf einem Haufen Lumpen neben einem der langsam fließenden Sammelkanäle des Wienflusses im Beisein mehrerer jüngerer Männer verbrachte, die mir Ljuba als Strotter vorstellte, Beschäftigungslose, die Tag für Tag die Kanäle durchkämmten und darin nach Münzen, Metall und anderen verwertbaren Gegenständen suchten. Ich schüttelte ihnen die Hand, bis auf einen, der in eine Decke gehüllt neben Ljubas Liegeplatz schlief und von dem ich nur den Haarschopf sah, doch da es in der Kanalröhre ziemlich dunkel und die kleine Ausbuchtung des Ganges, in der wir uns befanden, lediglich vom schwachen Licht einer

Petroleumfunzel erhellt war, nahm ich die Gesichtszüge der Männer nur undeutlich wahr. Meine Überraschung war groß, als der neben Ljuba Liegende am nächsten Morgen die Decke von sich warf, aufstand, sich gähnend dehnte und streckte und sich dann zu meiner Freundin, die eben aufgewacht war, hinunterbeugte und sie zärtlich küßte. Bei dem jungen Mann handelte es sich um niemand anderen als um Milan Havelka, den Holzfäller aus dem Böhmerwald, der mir die Flucht aus dem Kloster der Ursulinen in Prag ermöglicht und von dem ich angenommen hatte, er sei in einer der Ziegeleien im Süden Wiens beschäftigt. Ljuba schlang verliebt die Arme um den Hals des stoppelbärtigen jungen Mannes, dann wandte sie sich zu mir und sagte, das sei Milan, der ebenso wie sie seine slawische Heimat verlassen und sich auf der Suche nach besseren Existenzbedingungen nach Wien aufgemacht hätte, sie seien einander vor etwa zwei Monaten im Gasthaus *Zum munteren Winzer* begegnet, ein glücklicher Zufall, wenn man an Zufälle glaube, sie persönlich halte dieses Zusammentreffen eher für eine Fügung des Schicksals und wisse nun, wozu sie die beschwerliche Reise aus Maribor und die Schikanen, mit denen die Einwohner Wiens ihr seit ihrer Ankunft zusetzten, auf sich genommen hätte. Milan Havelka blickte mir ins Gesicht, zog die Brauen zusammen, dann erkannte er mich und rief aus, das sei ja unglaublich, die Internatsgans, wie sei ich denn hierhergeraten, in den Wiener Untergrund, ich schiene im Hinblick auf meine hoffnungsfrohen Pläne bezüglich einer Anstellung in einem bürgerlichen Haushalt dieser Stadt nicht sehr erfolgreich gewesen zu sein, ein Schluß, den er sich aus meinem Äußeren zu ziehen erlaube, das um einiges weniger gepflegt sei als zu dem Zeitpunkt, da wir uns auf der Karlsbrücke kennengelernt hätten. Dann deutete er auf seine schmutzige, zerrissene Kleidung und meinte, ihm selbst sei es, wie sich unschwer sowohl aus seinem Aufenthaltsort als auch aus seinem Aufzug ersehen ließe, um nichts besser ergangen, zwar habe sein Bruder Karel Wort gehalten und ihm Arbeit in einer Ziegelei in Favoriten vermittelt, doch erstens hätte er, Milan, sich als Abkömmling einer Holzfällersippe nicht an das ihm wesensfremde Material Ton gewöhnen können, aus dem Ziegel durch Einstreichen in dafür geeignete Formen hergestellt würden, und zweitens habe ihm die Hitze der Brennöfen, die neunhundert Grad Celsius und mehr betragen hätte, schwer zu schaffen gemacht. Trotz dieser ungünstigen Voraussetzungen hätte er es seinem Bruder zuliebe eine Weile in der Fabrik ausgehalten und die Zeit dazu genützt, Kontakte mit anderen unzufriedenen böhmischen Arbeitern herzustellen, in der Absicht, die Bewegung der Jungtschechen über die Grenzen Böhmens hinaus ins Herz der jedem aufrechten tschechischen Patrioten verhaßten österreichisch-ungarischen Monarchie zu tragen, die Hauptstadt allmählich mit einem Netz geheimer revolutionärer Zellen zu überziehen und zum gegebenen Zeitpunkt zuzuschlagen und die Macht zu übernehmen. Bedauerlicherweise sei ein von ihm einberufenes Treffen im Keller der Weinschenke *Zum munteren Winzer* im siebenten Wiener Gemeindebezirk, eines Zufluchtsortes der von der absolutistischen Regierung erbarmungslos unterdrückten Slawen des Kaiserreiches, durch überraschendes Eindringen dreier Beamter der Geheimpolizei aufgelöst worden, und die korrupten Handlanger des Despoten, denn nichts anderes sei in Wahrheit der sich so volkstümlich gebärdende Kaiser Franz Joseph, hätten sich nicht gescheut, sämtliche Teilnehmer an dieser kleinen Versammlung in Untersuchungshaft zu nehmen. In der Folge habe er einige Monate in der Strafvollzugsanstalt in der Leopoldstadt verbracht, doch hätte man ihn schließlich laufen lassen müssen, da ihm keinerlei staatsfeindliche Betätigung nachzuweisen gewesen sei.

Der Abschiebung nach Böhmen habe er sich durch Untertauchen entzogen, denn da er an dem fraglichen Abend, an welchem die Geheimpolizei seiner auf die Befreiung des tschechischen Volkes vom Joch der Österreicher abzielenden politischen Tätigkeit so unvermittelt einen Riegel vorgeschoben hätte, Ljuba kennengelernt habe, welche sich mit einigen Gesinnungsgenossen im Hinterzimmer der Schenke zu einer kleinen Beratung über die eventuelle Gründung eines Organs für Dienstboten eingefunden hätte, das wie die Bewegung der Jungtschechen für die Unabhängigkeit und Selbstbestimmung einer entrechteten Gruppe einzutreten vorgehabt habe, und sich auf den ersten Blick in diese gleichermaßen starke und selbstbewußte wie mütterliche und mitfühlende Frau verliebt hätte, sei ihm selbstverständlich daran gelegen gewesen, in ihrer Nähe zu bleiben und den Kampf um soziale und politische Gerechtigkeit Hand in Hand mit ihr weiterzuführen. Mit diesen Worten zog er Ljuba an sich, welche sich in ungewohnt sanfter Weise an ihn drückte, und meinte, die Tatsache, daß er im Augenblick dazu gezwungen sei, sich als einer der Ärmsten der Armen, nämlich als Fettfischer, sein Brot zu verdienen, die Wiener Abwasserkanäle nach Knochen und Fettabfällen zu durchsuchen und diese an Seifensieder zu verkaufen, könne ihn nicht entmutigen, im Ringen um Freiheit müsse man Rückschläge in Kauf nehmen, wenn die Zeit reif sei, würden sie aus dem Kanalsystem auftauchen und die unterbrochene Arbeit fortsetzen. Da ich inzwischen offenbar zu einer Freundin seiner neuen Kampfgefährtin geworden sei, hoffe er, daß ich mich ihnen nach den Abwegen, auf welche ich geraten wäre, anschließen und sie bei ihren Bestrebungen, die naturgemäß auch die meinen sein müßten, unterstützen würde.

Zwar beeindruckten mich Milans Ausführungen, doch gab ich zur Antwort, ich fühlte mich nicht geeignet, mich an weitreichenden gesellschaftsverändernden Unternehmungen zu beteiligen, sondern täte wohl besser daran, mir erneut eine Beschäftigung zu suchen, die mir ermögliche, anderen unmittelbar zu Diensten zu stehen. Darauf erwiderte Milan, er sei enttäuscht, die Beweggründe, mit denen ich meine Gleichgültigkeit zu rechtfertigen suchte, erinnerten ihn an die auf dieselbe Aufforderung hin von seinem älteren Bruder angeführten, welcher es wie ich vorgezogen hätte, weiterhin Sklavenarbeit für Menschen zu leisten, die nur darauf aus seien, unsereinen bis aufs Blut auszusaugen. Auf Ljubas Frage, ob ich denn bereits eine bestimmte Tätigkeit ins Auge gefaßt hätte, meinte ich, laut Auskunft der dritten Gehilfin des Zauberkünstlers Anton Kratky-Baschik benötige dieser eine weitere Hilfskraft, ich wolle mich baldigst bei ihm vorstellen, worauf Ljuba ausrief, dafür sei es längst zu spät, wisse ich denn nicht, daß die Federnsortiererin sich um die Stelle beworben und sie auch bekommen hätte, seit nunmehr zwei Monaten ließe sie sich vom Zauberkünstler täglich in Hypnose versetzen und vollbrächte in diesem Zustand die unglaublichsten Dinge. Diese Nachricht überraschte mich ein wenig, doch faßte ich mich sogleich wieder und sagte, vielleicht böten sich andere Möglichkeiten, soviel ich wisse, habe die Damenkapelle einer bekannten Gaststätte im Prater Bedarf an einer Zitherspielerin, und da ich nicht unmusikalisch sei und immerhin über Kenntnisse auf dem Klavier verfüge, bei welchem es sich genaugenommen wie bei der Zither um ein Saiteninstrument handle, rechnete ich mir gute Chancen aus, aufgenommen zu werden. Da meinte Ljuba kopfschüttelnd, ich möge tun, was ich nicht lassen könne, auf diese Weise würde aus mir nie ein freier Mensch werden, was sie betreffe, müsse sie jetzt gehen, sie sei auf der Suche nach neuen Redaktionsräumlichkeiten, die Zensurbehörde habe nicht nur die Handpresse beschlagnahmt, sondern auch die Eingangstür zum Keller in Margareten mit Brettern vernagelt, worauf Milan sagte, auch für ihn sei es höchste Zeit, mit dem Fettfischen zu beginnen, sein Angebot bleibe aufrecht, ich könne es mir noch überlegen.

Nachdem ich über eine Leiter zum Kanaleingang gelangt war, den Kanaldeckel hochgedrückt und mich ins Freie gezwängt hatte, trat ich den Weg zum *Café Eisvogel* im Prater an. Unterwegs begann es leicht zu schneien, und ich zog mir die Kapuze tief ins Gesicht und begann mich besorgt zu fragen, wie ich den restlichen Wiener Winter bis zu meinem Geburtstag überstehen sollte. Als ich vor dem Café stand, klopfte mir das Herz bis zum Hals, und wiewohl ich mir einredete, daß dies auf den langen Gehweg zurückzuführen sei, mußte ich mir insgeheim eingestehen, daß der wahre Grund die Angst vor einer Begegnung mit dem Kellner Hans war, welche mit der Hoffnung, ihn zu sehen, in heftigem Widerstreit lag. Ich nahm meinen ganzen Mut zusammen und betrat das Café, und unverzüglich eilte ein älterer Herr im Frack mit einem Tablett in der weiß behandschuhten Hand, auf dem zwei Kaffeetassen standen, auf mich zu und fragte barsch, was ich wolle, dies sei ein Etablissement für gehobene Ansprüche, ich hätte mich wohl in der Tür geirrt. Eingeschüchtert gab ich zur Antwort, ich sei kein Gast, vielmehr wolle ich nach Möglichkeit mit einem der Mitglieder der Damenkapelle Hornischer sprechen, mir sei aus verläßlicher Quelle mitgeteilt worden, daß die Musikerinnen auf der Suche nach einer Zitherspielerin seien. Der Oberkellner, um den es sich offenbar handelte, schien zu überlegen, dann deutete er auf eine Seitentür und meinte, die Damen befänden sich bei der Probe, ich möge in Gottes Namen in dieser Angelegenheit vorsprechen, er müsse mich allerdings darauf aufmerksam machen, daß es sich bei ihnen um bestens ausgebildete Interpreten handle, insbesondere die Klarinettistin genieße in Wiener Musikerkreisen einen ausgezeichneten Ruf, er hoffe, ich sei mir über meine Absichten im Klaren und überschätzte meine Fähigkeiten nicht. Nachdem ich dem Oberkellner für den Hinweis gedankt hatte, ging ich durch die Seitentür, hinter der man leise Musik vernahm, in einen Saal, in welchem auf einer kleinen Bühne die aus fünf Personen, einer Gitarristin, einer Flötistin, einer Klarinettistin, einer Violinistin und einer Bassistin bestehende Damenkapelle saß und einen Walzer spielte. Ich blieb stehen und wartete höflich, bis das Musikstück zu Ende war, worauf die Klarinettistin, eine große, schmale junge Frau mit dünnen rotblonden Haaren, einem spitzen Kinn und Augen ohne Farbe, mit der Klarinette in der Hand von der Bühne sprang, auf mich zukam und mich nach meinen Wünschen fragte. Ich wiederholte mein Anliegen, und als die Klarinettistin sich erkundigte, mit welchen Musikgruppen ich bisher gearbeitet hätte und ob ich auch als Solistin aufgetreten sei, räusperte ich mich und sagte kleinlaut, wenn man es genau nehme, hätte ich mich mit meinem Spiel noch nie einer breiteren Öffentlichkeit vorgestellt. Dieses Eingeständnis schien Bedenken in der Klarinettistin hervorzurufen, denn sie blickte mich mißtrauisch an und sagte, in die Damenkapelle Hornischer würden nur Musikerinnen mit Konzerterfahrung aufgenommen, was, sie gebe es zu, bei einer Zitherspielerin nicht allzu häufig der Fall sei, ich möge ihr doch meine Zither, die ich zweifellos mitgebracht hätte, zeigen, damit sie sich von der Qualität meines Instruments überzeugen könne. Auf diese Aufforderung hin wurde ich noch verlegener und flüsterte, im Augenblick besäße ich noch kein solches Instrument, bisher hätte ich lediglich Gelegenheit gehabt, auf einem Pianino aus Mahagoniholz mit gußeisernem Rahmen zu üben, doch sei ich gewillt, eine Zither zu erwerben, sobald meine finanzielle Situation es zuließe und mir, von diesen Vorkenntnissen ausgehend, rasch Fertigkeiten im Zitherspiel anzueignen. Die Klarinettistin sah mich entgeistert an, wandte sich zu ihren Kolleginnen um, welche das Gespräch interessiert verfolgten, dann richtete sie den Blick ihrer farblosen Augen wieder auf mich und sagte, sie sei nicht sicher, ob sie mich richtig verstanden habe, wolle ich damit sagen, daß ich gar nicht Zither spielen könne, worauf ich zur Antwort gab, im strengen Sinne nicht, doch habe man mir in dem Kloster, in dem ich erzogen worden sei, musikalisches Talent bescheinigt, außerdem sei ich lernwillig, zwar verstünde ich ihre Vorbehalte, doch bäte ich sie, mir Gelegenheit zur Entfaltung dieser Begabung zu geben, ich würde alles tun, um sie nicht zu enttäuschen. Von der Bühne her drang Gewisper und Gekicher an mein Ohr, und die Klarinettistin fuhr mit ihren Erkundigungen fort und fragte mich, wer um alles in der Welt mir geraten habe, sich mit einem derart ungeheuerlichen Anliegen an sie, die Mitglieder der bekanntesten Wiener Damenkapelle, zu wenden, worauf ich wahrheitsgemäß erwiderte, ein Kellner namens Hans, der in diesem Café arbeite, den ich rein zufällig auf einer kleinen Insel in der Donau kennengelernt hätte und der mir später durch ebensolchen Zufall vor der Rotunde wiederbegegnet sei, habe mich davon unterrichtet, daß eine Stelle als Zitherspielerin frei wäre. Darauf rötete sich die von Natur aus eher blasse Gesichtsfarbe der Klarinettistin, auf ihrer hohen weißen Stirn trat eine blaue Ader hervor, und sie rief, das dürfe nicht wahr sein, ich sei doch nicht die böhmische Schlampe, die ihren unschuldigen Verlobten umgarnt habe und Schuld daran trage, daß er in die Irrenheilanstalt im Alsergrund eingeliefert worden wäre, und trat drohend auf mich zu. Erschrocken wich ich zurück und sagte, ich wisse nicht, wovon sie rede, zwar stimme es, daß wir uns einige Male im Prater getroffen hätten, doch sei ich mir keiner Schuld bewußt, worauf die Klarinettistin sich mit einem Schrei auf mich stürzte, mir mit den Fingernägeln ins Gesicht fuhr und kreischte, sie würde mir meine scheinheilige Visage zerkratzen, mir, die ich ihr Lebensglück zerstört hätte, wie ich mich unterstehen könne, so zu tun, als sei ich nicht darüber im Bilde gewesen, daß sie und Hans vorgehabt hätten, im kommenden März in der Kirche Maria Rotunda zu heiraten, die Abfolge des Hochzeitsmenüs habe bereits festgestanden, und nun befinde er sich seit Monaten auf der Männerabteilung der Irrenheilanstalt, schaukle langsam auf seinem Stuhl hin und her und starre vor sich hin, unansprechbar, alles wegen mir tschechischem Flittchen, in das sich der Unglückselige vergafft hätte, Rosa hieße ich, das wisse sie, denn er spreche unentwegt von mir und murmle diesen Namen ständig vor sich hin. Inzwischen hatten die Gitarristin, die Flötistin, die Violinistin und die Bassistin ihre Instrumente beiseitegelegt und sich von der Bühne herabbegeben, im Versuch, ihre aufgebrachte Kollegin festzuhalten und sie so daran zu hindern, über mich herzufallen, und völlig verwirrt machte ich mich los, stolperte rückwärts zur Seitentür und aus dem *Café Eisvogel* hinaus und lief in Richtung Stadtmitte.

Nachdem ich mich auf der Höhe des Donaukanals etwas beruhigt hatte und im eiskalten Wiener Februarwind, der mir die Kapuze vom Kopf wehte, über die Marienbrücke ging, ließ ich die unerfreuliche Szene, die sich eben abgespielt hatte, nochmals vor meinem inneren Auge ablaufen und beschloß, meine Absicht, das Zitherspiel zu erlernen, trotz des vernichtenden Urteils, das die Damenkapelle über mich gefällt hatte, nicht aufzugeben. Ich war betroffen über die traurige Nachricht, daß Hans meinetwegen ein Gutteil seines Verstandes verloren hatte, und fragte mich, ob es sinnvoll wäre, ihn zu besuchen, fürchtete jedoch, meine Gegenwart könne ihn vollends verstören und noch tiefer in geistige Umnachtung sinken lassen. Aus dem, was ich während der letzten Monate erlebt hatte, war ich gezwungen, den ebenso betrüblichen wie naheliegenden Schluß zu ziehen, daß die Heiligen Wiens, die ich auf meinen Kirchgängen mit der Witwe Galli so fleißig um Schutz und Schirm angerufen hatte, samt und sonders nicht imstande gewesen waren, ihre Aufgabe zufriedenzustellend zu erfüllen. Als besonders enttäuschend hatten sich die zahlreichen Marien in den Kirchen der Residenzstadt herausgestellt, allen voran die Dienstbotenmuttergottes, und ich hielt den Zeitpunkt für gekommen, mich von ihnen allen, wenn auch nicht von Vater, Sohn und Heiligem Geist, abzuwenden, mit einer einzigen Ausnahme, dem heiligen Johannes von Nepomuk, welcher von den zugewanderten Böhmen in der Kirche Maria am Gestade verehrt wurde und den ich aufgrund meiner Herkunft und der Tatsache, daß er mich und Milan Havelka auf den Wellen von oberer Moldau, Schwarzenbergkanal, Mühl und Donau sicher und unversehrt bis nach Klosterneuburg geführt hatte, weiterhin gelten lassen wollte.

In solch unfromme Gedanken versunken, ging ich durch die Gassen der Innenstadt und blieb vor der Musikalienhandlung *Doblinger* in der Dorotheergasse stehen, da ich im Schaufenster ein Notenblatt mit der Überschrift ›*Die Forelle*‹ gesehen und mich dabei des Schubertliedes entsonnen hatte, das ich so mochte. Kurz entschlossen trat ich in das Geschäft und wandte mich mit der Frage an den Verkäufer, ob das Notenblatt vielleicht für die Zither geeignet sei, worauf der junge Mann, der sein Haar in der Mitte gescheitelt trug, die linke Augenbraue hochzog, meinen aufgrund der Nächtigung im Abwasserkanal und der Enge des Kanaleingangs leicht verschmutzten Mantel musterte und meinte, selbstverständlich nicht, die Noten seien für Klavier und Singstimme gedacht, seines Wissens existiere keine Zitherfassung von diesem Lied, ehrlich gesagt, er fände eine solche auch etwas vulgär und könne sich nicht vorstellen, daß Schubert seine Freude daran hätte, wenn er noch lebte. Um ganz sicher zu gehen, werde er unter der Zitherliteratur nachsehen, ich möge mich gedulden, er käme gleich wieder. Mit diesen Worten verschwand der Käufer hinter einer niedrigen dunklen Tür, und ich ließ meinen Blick über das Notenmaterial und die ausgestellten Musikinstrumente schweifen, bis er auf einer glänzenden neuen Zither zu ruhen kam.

Was dann geschah, ist mir nicht mehr in allen Einzelheiten in Erinnerung, ich weiß nur, daß mich das Verlangen, das Instrument zu besitzen, unwiderstehlich überfiel, daß sich meine Hände nach dem Instrument ausstreckten, es ergriffen und unter meinem weiten Kapuzenmantel verschwinden ließen, daß ich mich umwandte, das Geschäft verließ, die Dorotheergasse ein kleines Stück in Richtung Hofburg entlangging, die evangelische Kirche betrat und mich in eine Kirchenbank setzte, und daß mir erst dort bewußt wurde, daß ich einmal mehr die Sünde des Diebstahls begangen, mich diesmal jedoch nicht an einem harmlosen Glas Johannisbeergelee aus der Küche meiner Herrschaft vergriffen, sondern am hellichten Tag ein teures Musikinstrument aus einem angesehenen Wiener Fachgeschäft entwendet hatte. Diese Erkenntnis begann mich mehr und mehr zu entsetzen, und ungeachtet der Tatsache, daß ich vor einer halben Stunde sämtlichen heiligen Jungfrauen Wiens abgeschworen hatte, sah ich mich verzweifelt nach einer Marienstatue um, der ich dieses Vergehen beichten und die ich dafür um Vergebung bitten könnte, bis mir einfiel, daß es sich ja um eine evangelische Kirche handelte, was mein Schuldbewußtsein nur noch steigerte, da ich nicht umhin konnte, an meine Mutter zu denken und mir vorzustellen, wie groß ihre Enttäuschung darüber sein würde, daß ich nicht nur gestohlen, sondern mich dazu mit dem Diebsgut in ein ketzerisches Gotteshaus geflüchtet hatte. Ich sprang von der Bank auf, wobei die unter meinem Mantel verborgene Zither einen eher unharmonischen Akkord von sich gab, was die ältere Dame mit Pelzmütze und Pelzkragen, die wenige Meter von mir entfernt ganz ins Gebet versunken auf der anderen Seite des Mittelganges saß, erschrocken aufschauen und in meine Richtung blicken ließ, worauf ich mich beeilte, aus der Kirche hinaus und zum Kanaleingang zu gelangen, den zu finden ich Mühe hatte, da der Deckel inzwischen von einer Schneeschicht bedeckt war.

Zurück in der Kanalröhre, setzte ich mich, in der Absicht, die Diebesbeute beim Licht der Petroleumlampe zu betrachten, auf einen Haufen Lumpen zu Milan Havelka, der, den Kopf in den Händen, mißmutig vor sich hinstarrte und brummte, er habe genug von seiner ekelerregenden Tätigkeit, die Kanäle stänken wie die Pest, wie könne einem Menschen eine solche Arbeit zugemutet werden, die einzige Lösung für derlei unhaltbare Zustände sei ein politischer Umsturz. Beim Anblick der Zither jedoch erwachte seine Neugierde, er betastete vorsichtig das Instrument, drehte es behutsam in seinen von der Arbeit steifen und dicken Fingern hin und her, erkundigte sich, woher es sei, meinte anerkennend, da hätte ich die herrschende Schicht ja um etwas Wertvolles erleichtert, das habe er mir gar nicht zugetraut, und fragte mich, ob mir jemand bekannt wäre, bei dem ich die Ware abschlagen könne, ohne übers Ohr gehauen zu werden, wenn nicht, sei er bereit, mich einigen ihm bekannten, hochanständigen Hehlern vorzustellen. Ich wehrte ab und meinte, darum ginge es nicht, ich wolle die Zither behalten, lernen, darauf zu spielen und mir dann den Lebensunterhalt damit verdienen, Musiker verhungerten selten, habe meine Mutter immer gesagt. Ich zupfte ein paar Saiten an, und die feinen Töne stiegen auf und hallten im Schacht nach, so daß Milan die Hand hinters Ohr legte, aufmerksam horchte und sagte, das klinge ja wie Engelsmusik, dabei sei das Kanalsystem die reine Hölle, nur die Verlorenen, nur die Verdammten hielten sich dort auf. Da kam ein kleiner älterer Mann mit einem dunkelgrünen Filzhut, einer abgetragenen Lodenjoppe und einer speckigen, unter den Knien endenden Lederhose auf kurzen krummen Beinen in dicken Kniestrümpfen um die Ecke des Kanalganges gelaufen und rief, was höre er da, was sehe er da, das sei doch eine Konzertzither, eine echte Konzertzither, worauf er mit dem Daumen der rechten Hand einen Akkord anschlug, den Kopf schüttelte und meinte, er habe in seinem Leben schon viele Zithern gehört, aber einen so himmlischen Klang habe keine davon gehabt. Dann erst sah er mich genauer an, streckte mir seine harte rechte Hand mit den schwarzen, gekrümmten Fingernägeln entgegen und sagte, sein Name sei Hubert, Hubert Egger, und als Milan mir erklärte, Hubert sei ein ehemaliger Senn und nunmehriger Strotter, setzte dieser hinzu, ja, ein Senn aus dem heiligen Land Tirol wäre er, genauer gesagt, aus dem hinteren Ötztal, wo er auf einer Alm Küher und Käser gewesen sei und in seinen freien Stunden auf dem Hackbrett gespielt habe, bis die Sennerei von einer Lawine weggerissen worden und er ohne Arbeit dagestanden wäre und sich infolgedessen entschlossen hätte, das heilige Land am Inn zu verlassen und sich in der Reichshauptstadt um eine Beschäftigung umzusehen. Bedauerlicherweise habe man ihn in der Kaiserresidenz vom ersten Tage an aufgrund seiner westösterreichischen, sich von der Wiener Umgangssprache in wesentlichen Punkten unterscheidenden Mundart augenblicklich als Tiroler ausweisen und demnach mit dem in sämtlichen Kronländern bekannten Wiener Fremdenhaß verfolgen können, aus welchem Grunde es ihm trotz all seiner Bemühungen nicht gelungen sei, eine befriedigendere und besser bezahlte Tätigkeit als das Durchsuchen der Wiener Kanäle nach Abfällen zu finden. Er habe auch schon überlegt, sich als Hackbrettspieler sein Brot zu verdienen, doch leider sei sein Instrument, eine große, aus einem flachen Kasten mit zwei Schallöchern bestehende trapezförmige Zither mit einer Intarsienarbeit in Form eines Tiroler Adlers, bei erwähntem Lawinenunglück unter den Schneemassen begraben worden, da sie sich ja zur Zeit der Katastrophe in der Sennhütte befunden hätte, und in Wien habe er immer von der Hand in den Mund gelebt und nie genug Geld sparen können, um ein neues Hackbrett zu kaufen. Nachdem Hubert Egger sich meine Konzertzither angesehen hatte, sagte er, ich möge ihm doch kurz den Schlagring aushändigen, damit er das Andreas-Hofer-Lied anstimmen könne, als Tiroler, der sein Land liebe, liebe er natürlich auch das Andreas-Hofer-Lied, das er seinerzeit oft auf seinem Hackbrett gespielt hätte. Als ich ihn fragte, von welchem Schlagring er spreche, ich besäße keinen solchen, meinte er, eine Konzertzither ohne Schlagring sei wie ein Hackbrett ohne Stäbchen oder Klöppel, ohne Schlagring könne man doch das Griffbrett nicht bedienen, wie sei es möglich, daß ich über dieses grundlegende Wissen, welches jeder Zitherspieler haben müsse, nicht verfüge. Darauf antwortete ich, ich hätte das Instrument eben erst an mich gebracht, doch sei mir dabei kein Schlagring übergeben worden, um ehrlich zu sein, wisse ich über die Art der Handhabung noch nicht Bescheid, hoffte jedoch, mir das Spielen allmählich selbst beizubringen, wie mir in der Vergangenheit öfter als einmal versichert worden sei, mangle es mir nicht an Musikalität, ich könne mir vorstellen, es nach einiger Zeit mit ein wenig Übung soweit zu bringen, mich beim Singen einfacher Lieder zu begleiten. Da rief der aus Tirol stammende ehemalige Senn aus, wie ich mir das vorstelle, eine Konzertzither sei ein hochkompliziertes Instrument, das durch unsachgemäße Behandlung binnen kürzester Zeit ruiniert werde, es dauere Jahre, um sich eine gewisse Fertigkeit darauf anzueignen, wenn ich einverstanden sei, werde er mich in dieser Kunst unterweisen, zwar sei ihm in erster Linie das für gebirgige Gegenden kennzeichnende Hackbrett geläufig, doch traue er sich durchaus zu, sich auch auf einer Konzertzither zurechtzufinden, es werde ihm eine Ehre sein, aus einem offenbar talentierten Mädchen wie mir eine gute Musikantin zu machen. Nach diesen Worten hielt der Strotter inne, zog mit geheimnisvoller Miene zwei leicht gebogene Holzklöppelchen aus der Tasche seiner abgewetzten grauen Lodenjoppe und hielt sie triumphierend in die Höhe. Dies, so erklärte er, seien die Klöppel, welche das Lawinenunglück ihm nicht habe entreißen können, da sie sich zum fraglichen Zeitpunkt dort befunden hätten, wo sie sich immer befänden, nämlich in der Tasche seiner Lodenjoppe, diese Stäbchen würden den fehlenden Schlagring nicht ganz, doch immerhin einigermaßen ersetzen.

So kam es, daß mir der gebürtige Ötztaler Hubert Egger während der nächsten Wochen in meinem Unterschlupf, der kleinen Ausbuchtung im Wiener Kanalsystem, Grundkenntnisse im Zitherspiel beibrachte. Schon nach kurzer Zeit erschallten das Andreas-Hofer-Lied und die beiden Schubertlieder ›Die Forelle‹ und ›Der Lindenbaum‹ in der Kanalröhre, was den eher musik- als arbeitsliebenden Teil der Strotter und Fettfischer dazu veranlaßte, sich um uns zu scharen und uns zuzuhören, darunter auch Milan Havelka, der meinte, es sei eigenartig, obwohl sich unter den Bewohnern des Böhmerwaldes, welche aufgrund des Holzreichtums zahlreiche Gegenstände aus Holz verfertigten, auch Instrumentenbauer befänden, habe er sich nie für Musik interessiert, auch sei er kein religiöser Mensch, wenn man vom Glauben seiner Familie an den heiligen Johannes von Nepomuk absehe, doch müsse er sagen, daß die zarten Zitherklänge, die von den Schachtmauern widerhallten, erhebend auf ihn wirkten, ihn bei seiner entwürdigenden Arbeit in den Kanälen trösteten und ihm Kraft gäben, auszuhalten und sein Ziel, nämlich die Gründung eines tschechischen Nationalstaates, nicht aus den Augen zu verlieren. Auch Ljuba setzte sich manchmal zu uns und sagte, wenn ich sie fragte, diese Zitherspielerei wäre reine Zeitverschwendung und halte mich nur von wichtigeren Aufgaben ab, doch gebe sie zu, daß das eine oder andere meiner Stücke ganz hübsch klinge, ich solle endlich die Zither nehmen, mit ihr durch den Kanaleingang steigen, mich neben das Riesentor des Stephansdoms auf das Straßenpflaster setzen und meine Liedchen dort zum Besten geben, damit mir die Passanten ein paar Kreuzer zuwürfen und ich ihnen, Milan und ihr, nicht mehr zur Last fiele, schließlich seien sie es, die seit meiner Ankunft im Kanalsystem für meine Verköstigung aufkämen, ich möge sie recht verstehen, sie betrachte mich als ihre Freundin, wenn auch nicht als Kampfgenossin, doch fehle es Milan und ihr, wie ich wohl wisse, selbst am Nötigsten. Ich wußte, daß diese Vorwürfe Ljubas berechtigt waren, scheute mich jedoch, mitten in der Wiener Innenstadt aufzuspielen, da ich befürchtete, die Angestellten der Musikalienhandlung *Doblinger* könnten im Vorübergehen die Zither als jene erkennen, die in ihrem Geschäft ausgestellt gewesen war, und mich dem Arm des Gesetzes, der von allen Straßenmusikanten und Obdachlosen gefürchteten Wiener Polizei, überantworten. Nachdem ich mich Milan Havelka anvertraut und dieser gemeint hatte, das Problem ließe sich ganz einfach lösen, er rate mir, die Zither durch Zerkratzen der lackierten Oberfläche zu verunstalten und das Modell auf diese Weise unkenntlich zu machen, borgte ich mir sein Taschenmesser aus und beschädigte die Holzoberfläche durch zahlreiche

Scharten und Schnitte, und danach beschmierte ich das Instrument noch mit dem von den Strottern herausgefischten Kanalfett, so daß es tatsächlich alt und gebraucht aussah. Hubert Egger, der sich bei der nächsten Probe über das Aussehen der Zither entsetzt zeigte, machte ich weis, mein Schlafplatz sei in meiner Abwesenheit von Obdachlosen heimgesucht worden, welche das Instrument aus reiner Zerstörungslust so zugerichtet hätten.

Wenige Tage später wagte ich es schließlich, meine unterirdische Behausung zu verlassen und der Bevölkerung der Stadt beziehungsweise ihres ersten Bezirks auf dem Stephansplatz eine Kostprobe meiner Kunst zu geben, ein Unternehmen, das von Hubert Egger gefördert wurde, indem er mir außer den Holzklöppelchen auch ein Paar der gestrickten Fingerhandschuhe ohne Finger zur Verfügung stellte, wie sie von Straßenmusikanten bei großer Kälte getragen werden, um Erfrierungen der Finger vorzubeugen und ihre Beweglichkeit zu gewährleisten. Überraschenderweise nahm die Wiener Öffentlichkeit mein Zitherspiel ausgesprochen wohlwollend zur Kenntnis, ein Wohlwollen, welches sich nicht nur in gelegentlichen lobenden Bemerkungen Vorübergehender, sondern auch in Form recht großzügiger Geldspenden ausdrückte, was mir ermöglichte, mich Milan und Ljuba erkenntlich zu zeigen und eine Zeitlang für ihre Verpflegung aufzukommen.

In der Folge erfuhr mein Dasein eine ebenso unvermutete wie erfreuliche Bereicherung und Ausweitung, denn meine musikalische Tätigkeit brachte mich mit anderen, meist wie ich aus den entfernteren Reichsteilen stammenden Menschen in Berührung, die sich auf ähnliche Weise ihr Brot verdienten, so daß ich mit einem Mal viele Bekannte und Freunde in Wien hatte und kaum glauben konnte, daß ich noch vor kurzem von einer mißgünstigen Hexe und Frömmlerin wie eine Gefangene gehalten und danach in der k. k. Irrenheilanstalt so behandelt worden war, daß ich tatsächlich kurzzeitig den Verstand verloren hatte. Der erste Musikant, mit dem ich Bekanntschaft schloß, war ein Landsmann, ein Dudelsackpfeifer aus Mühlhausen, der sich eines Nachmittags einfach neben mich hinstellte und mit mir mitzuspielen begann. Er war ein großer Verehrer des in seinem Heimatort geborenen berühmten böhmischen Komponisten Antonin Dvorák und bemühte sich, mir eine von ihm erdachte, sehr vereinfachte, auf Konzertzither und Dudelsack zugeschnittene Fassung der *Slawischen Tänze* beizubringen, die wir an verschiedenen Orten Wiens, unter anderem auch im sogenannten Böhmischen Prater, vortrugen, in dessen unmittelbarer Umgebung viele Zuwanderer aus Böhmen wohnten und wo unser Spiel demgemäß auf freundliches Echo stieß. Gelegentlich gesellten sich zwei junge Männer aus Galizien zu uns, von denen einer die Leier und der andere die Sopialka, eine Art Schalmei, spielte und die uns Lieder über die Taten der Kosaken beibrachten, und wenn wir Glück hatten, durften wir uns manchmal einer aus Temesvar stammenden Zigeunerkapelle anschließen, die viermal pro Woche im Casino Zögernitz in Döbling auftrat und sich durch musikalische Darbietungen in den Straßen Wiens etwas hinzuverdiente. Ich knüpfte auch Beziehungen zu einigen der Wiener Werkelmänner, die mit ihren fahr- oder tragbaren Drehorgeln durch die Stadt zogen und an den Kurbeln drehten, so daß sich die Melodiewalze in Bewegung setzte und die schönsten Wienerlieder erklangen, von denen ich gleichfalls einige nachzuspielen versuchte. So brachte es die Ausübung meiner neuerworbenen Kenntnis im Zitherspiel mit sich, daß ich zu Beginn des Wiener Frühlings nicht nur eine Reihe von Musikanten kennenlernte, die zum Großteil ebenso arm waren wie ich, sondern auch die Stadt Wien, ihre Straßen und Plätze, ihre Gärten und Gaststätten. Die

Angst, die ich davor gehabt hatte, meinen achtzehnten Geburtstag allein und frierend in einer der öffentlichen Parkanlagen verbringen zu müssen, war gleichfalls unbegründet gewesen, denn Ljuba, Milan, Hubert und die übrigen Strotter und Fettfischer hatten mich, da es sich nicht um ein Schaltjahr handelte, am achtundzwanzigsten Februar in meinem Quartier mit einem brennenden weißen Wachslicht, einer Burenwurst und einer Flasche Budweiser überrascht, worauf ich erfreut und dankbar meine Zither auspackte und wir, von dieser begleitet, gemeinsam das Fiakerlied sangen. Längst hätte ich mir kraft der Spendenfreudigkeit der Wiener Bevölkerung einen Maisstrohsack bei der Bettfrau in der Leopoldstadt leisten können, ja, ich hätte ihn nicht einmal mit jemandem teilen müssen, doch waren mir meine neuen Freunde, die Obdachlosen aus dem Wiener Untergrund, inzwischen so sehr ans Herz gewachsen, daß ich meine Nächte weiterhin in ihrer Gesellschaft neben dem Sammelkanal des Wienflusses verbringen wollte, obwohl der Wasserspiegel seit Frühlingsanfang aufgrund der häufigen Regenfälle manchmal bedenklich stieg, ja, ab und zu unsere Lagerstätten erreichte, und wenngleich die Wiener Ordnungskräfte uns in regelmäßigen Abständen aus den Kanalgängen zu vertreiben suchten. Nach einigen Belastungsproben hatte das Schicksal mir mutterlosem Mädchen eine große und liebevolle Familie zugeführt, der ich die Treue halten wollte.

Eines Apriltages jedoch, als ich dabei war, mit einem stummen zwölfjährigen Knaben, der gleichfalls in unserer Kanalröhre hauste und dessen einziger Besitz ein glanzloses, verbogenes altes Waldhorn war, das er nie aus den Augen ließ und auf dem er wunderschön blasen konnte, vor dem Vermählungsbrunnen auf dem Hohen Markt die Kaiserhymne zu spielen, drängte sich ein gutgekleideter dicker Mann mit einem Monokel auf der

Nase, der schon längere Zeit auffällig auf meine Zither gestarrt hatte, durch die kleine Gruppe der Zuhörer, riß mir das Instrument aus der Hand, drehte es um und hielt mir nach kurzer Überprüfung den Holzboden der Zither vors Gesicht, wobei er mit dem Zeigefinger erbost auf ein kleines ovales Schildchen einstach, welches auf das Holz geklebt und mir bei meiner wohlüberlegten Entstellung ihres Äußeren nicht aufgefallen war. Vor Monaten, sagte der vornehme Herr, vor Monaten sei aus seinem Geschäft in der Dorotheergasse von einer weiblichen Person, die eine Kapuze tief ins Gesicht gezogen gehabt hätte und deren Züge aus diesem Grunde nur undeutlich auszumachen gewesen wären, eine kostbare Zither, eines jener Chordophone, die gezupft, geschlagen oder gestrichen werden könnten und in verschiedenen Ausformungen in aller Welt in Gebrauch stünden, entwendet worden. Nachdem der Verkäufer den frechen Diebstahl bemerkt hätte, sei er trotz leichten Schneefalls aus dem Geschäft gelaufen, in der Absicht, die Täterin zu fassen, doch die Frau wäre wie vom Erdboden verschwunden gewesen. Die nach außen geschweifte Form der von mir benutzten Zither habe ihn ebenso wie ihre ursprüngliche Farbe, die trotz schwerer Beschädigung noch erkennbar sei, an die gestohlene erinnert, weshalb er als grundsätzlich höflicher und friedfertiger Mensch gegen seine Natur gehandelt und sich die Freiheit genommen hätte, sie zu begutachten. An dieser Stelle hielt der vornehme Herr kurz inne, dann erhob er die Stimme und rief, indem er erneut auf das kleine Schildchen klopfte, dieses Etikett sei der Beweis, daß es sich bei vorliegender Zither um das verschwundene Instrument handle, es würde ihm ein Leichtes sein, seine Eigentümerschaft zu beweisen, er bitte die Zuhörer, ihm dabei behilflich zu sein, dem Gesetz Geltung zu verschaffen, die Diebin festzuhalten und einen Polizisten aus der nahegelegenen Wachstube in der

Wipplingerstraße zu holen, damit die Ahndung der Straftat in die Wege geleitet werden könne. Auf seine Worte hin stürzten sich drei kräftige Männer, die sich eben noch im Walzertakt zu unserer Musik hin und her gewiegt hatten, auf mich und drehten mir die Arme auf den Rücken, was den stummen und eher schmächtigen Knaben dazu veranlaßte, mit seinem Waldhorn das Weite zu suchen, und gleich darauf erschienen, von einer hübschen jungen Frau mit geflochtenem Einkaufskorb, welche kurz zuvor mit andächtig geschlossenen Augen die Melodie des ›Lindenbaums‹ mitgesummt hatte, eilends herbeigerufen, zwei Uniformierte, die mich verhafteten und meine Einlieferung ins Straf- und Arbeitshaus für Frauen in Wiener Neudorf veranlaßten.«

12

Während wir in Tante Pias Küche frühstückten, schlug diese den von ihr abonnierten *Kurier* auf, las ein wenig darin, schüttelte den Kopf und meinte, zum zweiten Mal innerhalb von drei Tagen sei in Wien eine Ausländerin überfallen worden, eine aus der Dominikanischen Republik stammende junge Frau, die nach ihrem Deutschkurs mit mehreren anderen Teilnehmern im *Café Diglas* in der Wollzeile eingekehrt sei und sich gegen Mitternacht auf den Weg in die sich im dritten Bezirk befindliche Wohnung ihres Verlobten, eines Wiener Antiquitätenhändlers, gemacht habe, wo sie mitten im Botschaftsviertel, man stelle sich vor, mitten im Botschaftsviertel von einem Unbekannten mit einer schwarzen Strumpfmaske über dem Kopf in eine nicht sehr tiefe Baugrube gestoßen und geschlechtlich mißbraucht worden sei. Wieder habe sich ein deutschnational Gesinnter zu der Tat bekannt, diesmal durch einen an die Redaktionen von *Kronenzeitung*, *Kurier*, *Standard*, *Presse* und *Ganzer Woche* gerichteten Brief. Tante Pia legte die Zeitung auf den Tisch, tauchte ihr Butterbrot in den Kaffee, sah mich an und murmelte, schrecklich, schrecklich, andererseits häuften sich die Fälle, in denen solche Ausländerinnen sich mit den begehrtesten Junggesellen Wiens, in diesem vorliegenden Falle mit einem im vornehmen Botschaftsviertel wohnhaften, mit kostbaren japanischen Kunstgegenständen befaßten Antiquitätenhändler, verlobten und sie schließlich ehelichten und damit die Hoffnungen der heiratsfähigen Wienerinnen auf Familiengründung schmälerten, in besorgniserregender Weise. Auch der Antiquitätenhändler habe, wie er in einem Exklusivinterview gestanden hätte, vorgehabt, mit der Sechzehnjährigen am Tag der Unschuldigen Kinder in der Kirche *Zu den neun Chören der Engel* den Bund der Ehe einzugehen, da sehe man es wieder, genaugenommen sei auch ich zu dieser die Gruppe der Heiratsaussichten der Wienerinnen beeinträchtigenden Ausländerinnenfraktion zu zählen, die Anrufe des jungen Herrn Horvath sprächen Bände, er lasse sich offenbar weder durch die mich zeichnende Magersucht noch durch meinen absonderlichen Geschmack in Kleidungsfragen von seinem ihrer Ansicht nach eindeutig werbenden Verhalten abbringen. Und was den deutschnational Gesinnten betreffe, so wolle sie seine impulsive Handlungsweise selbstverständlich nicht verteidigen, doch müsse zugegeben werden, daß der Prozentsatz der sich in Wien niederlassenden Ausländer und Ausländerinnen schwindelerregende Höhen erklettere, was, zusammen mit ihrer, Tante Pias, Schwerhörigkeit, ein Grund sei, weshalb sie ihre Wohnung so gut wie nie verlasse, man müsse ständig damit rechnen, unmittelbar nach dem Hinaustreten auf die Blutgasse, auf die Domgasse von einem Montenegriner, einem Slowaken, einem Rumänen oder gar einem Schwarzen niedergeschlagen und seiner Ersparnisse beraubt zu werden, auch dem geldgierigen Mann der bosnischen Hausmeisterin sei nicht zu trauen, aber was solle sie machen, als hilflose Greisin sei sie ihm ausgeliefert.

Ich trank meinen Kaffee aus und ging aus dem Haus, und als ich an den neben dem Dom stehenden Gespannen der Fiaker vorüberkam, winkte mich einer von ihnen, ein schnurrbärtiger, rotgesichtiger Mann mittleren Alters in schwarzweiß gemusterter Hose, schwarzem Samtrock und schmalkrempigem Halbzylinder, zu sich und fragte, ob ich in der Nähe wohnte, ich sei ihm schon öfter aufgefallen, so schöne Mädchen sehe man in Wien selten, wolle ich nicht die Bekanntschaft eines seiner Kunden machen, eines reichen Bankkaufmannes, der mit ausländischen Geschäftsfreunden häufig Besichtigungsfahrten unternehme, der Bankkaufmann habe eine Vorliebe für dunkelhäutige Frauen, soviel er wisse, ließe er sich diese Vorliebe einiges kosten. Nachdem ich dieses Angebot höflich abgelehnt hatte, überquerte ich den Domvorplatz und ging durch die Goldschmiedgasse auf den Petersplatz, wo mich eine in tiefes Schwarz gekleidete Dame, die auf das Portal der Peterskirche zuging, mit ihrer in einem schwarzen Spitzenhandschuh steckenden rechten Hand zurückhielt und meinte, wenn sie sich eine Bemerkung erlauben dürfe, als Mitglied des *Wiener Vereins zum Schutze christlicher Wertmaßstäbe* bestehe für sie selbstverständlich kein Zweifel daran, daß vor Gott alle Menschen gleich seien, sie wolle mir nur zu bedenken geben, daß nicht jeder so dächte, im Gegenteil, ihrer Vermutung nach würde ich, die ich auf sie den Eindruck mache, als sei ich erst kürzlich aus wärmeren Regionen in dieses Land gekommen, sehr bald unter der Voreingenommenheit des wenig gottesfürchtigen Durchschnittswieners zu leiden haben, sie empfehle mir, mich in Österreich keinesfalls länger als unbedingt nötig aufzuhalten, zwar begreife sie, die selbst vor nicht allzu langer Zeit mit der Südbahn zu einer Papstaudienz nach Rom gefahren sei, meine Reiselust, doch erwiese es sich letztlich als vernünftiger, sich mit dem uns von Gott zugewiesenen Lebensort zu bescheiden und nicht in übertriebenem Expansionsdrang die einem durch Volks- und Rassenzugehörigkeit gesetzten Grenzen zu überschreiten. Und jetzt müsse sie weiter, Pater Petrus erwarte sie vor der Statue des heiligen Johannes von Nepomuk im Kircheninneren.

Nach diesem bereits dritten Einblick in das sogenannte goldene Wiener Herz an diesem Morgen ging ich über Graben und Kärntnerstraße zur Oper, fuhr von dort mit dem Autobus Nummer Neunundfünfzig A bis zur

Ecke Margaretenstraße Große Neugasse und befand mich gleich darauf im Sterbehaus. Aufgrund unserer mißglückten Annäherung im Laufe der letzten Gesangsstunde sah ich der folgenden mit erheblicher Nervosität entgegen und war froh, als Josef Horvath mich so, als ob nichts zwischen uns vorgefallen wäre, in einem hübschen dunkelblauen Leinenhemd an der Wohnungstür begrüßte. Zunächst bemühte ich mich etwa eine halbe Stunde lang, nach Anleitung meines Gesangslehrers im hinteren Teil meines Kopfes den sogenannten Kuppelklang zu erzeugen, der, wie Josef sagte, den Ton dunkel, rund und schwebend mache, ihn gleichsam entmaterialisiere, dann beschäftigten wir uns wieder mit der *Winterreise* und studierten das Lied »Erstarrung« ein, und als Josef mir vorsang und sein Gesicht bei den Anfangszeilen »Ich such im Schnee vergebens/Nach ihrer Tritte Spur« einen tieftraurigen Ausdruck annahm, dachte ich an das Kind, das er gewesen war, und nachdem ich den Blick von ihm abgewandt und auf das Porträt seiner Mutter, der hageren Frau mit der langen Nase, der niedrigen Stirn und den stechenden Augen, gerichtet hatte, trat ich zu ihm, setzte mich neben ihn auf die Klavierbank und verschloß seinen Mund, der eben die Worte »Mein Herz ist wie erfroren,/Kalt starrt ihr Bild darin« geformt hatte, mit einem Kuß. Diesmal war er es, der aufstand und mich über die Schwelle des Schlafzimmers zog, in welchem ein hohes Bett aus dunklem Holz mit reichgeschnitztem Kopfteil, ein mit zahllosen Medikamentenschachteln, Dosen und kleinen Fläschchen bedecktes Nachttischchen und ein riesiger Schrank standen und an dessen Wänden seine Schmetterlingskästen hingen, und nachdem er zwei aufgespannte feuchte Leintücher beiseitegeschoben hatte, führte er mich über den fadenscheinigen schwarzbraunen Teppich hin zum ungemachten Bett mit dem zerknüllten Kissen, der über den Bettrand auf den Fußboden hinunterhängenden Decke und dem nicht sehr sauberen Leintuch, auf welchem eine rote Wärmflasche lag. Doch als wir uns auf dem Lager niederließen, überkam Josef abermals eine Schwäche, und er sank kraftlos auf die Matratze, griff sich an die Stirn und sagte, er fühle sich einer Ohnmacht nahe, er frage sich, ob dieser Schwächeanfall damit zusammenhänge, daß wir uns im Bett seiner Mutter befänden, in welchem er seit deren Hinscheiden schlafe, und daß die Tatsache, daß ich auf diesem Bett säße, auf welchem außer seiner Mutter und ihm noch nie jemand gesessen, geschweige denn gelegen sei, diese, wie er hoffe, vorübergehende Blutleere im Gehirn bewirkt habe. Da entfernte ich Josefs etwas plumpe kleine Hand von seiner Stirn, bedeckte zunächst diese und sodann die restlichen Hautpartien seines Gesichts mit Küssen, worauf ich mich mit Sorgfalt seinem Hals und schließlich der Reihe nach den darunterliegenden Bereichen seines Leibes zuwandte und mit Genugtuung, ja, mit großem Vergnügen spürte, wie dieser Wiederbelebungsversuch seine Wirkung zeigte und ein Körperteil nach dem anderen sich mit Leben erfüllte. Im Zuge einer der ebenso unbedachten wie leidenschaftlichen Bewegungen, die der solcherart erweckte Tote während der nächsten halben Stunde ausführte, glitt die Wärmflasche zu Boden, wurden die Medikamentenschachteln, die Salbendosen, die Tinkturfläschchen vom Nachttisch gefegt, und als mein Blick während unserer Verrichtungen zufälligerweise auf das Gesicht der jungen, ihren kleinen Sohn auf dem Arm haltenden Frau Horvath fiel, das mir aus einem Gemälde entgegenblickte, welches an der Stelle über dem Bett hing, an der sich in rechtgläubigen österreichischen Haushalten ein Marienbildnis mit dazugehörigem Jesuskindlein befindet, zogen sich deren dichte schwarze Augenbrauen mißgestimmt zusammen.

Daß ich es innerhalb verhältnismäßig kurzer Zeit fertiggebracht hatte, einen sowohl Entleibten wie auch Entseelten zum Leben zu erwecken, erfüllte mich mit Stolz. Ich empfand meine an Josefs leblosem Körper vorgenommenen Wiederbelebungsversuche keineswegs als anstrengend, seine anfängliche Passivität steigerte meine Erforschungslust, seine Hingabe verlieh mir ungeahntes Feuer, die Verkehrung der üblichen Geschlechterrolle in ihr Gegenteil verstärkte mein Begehren, und während ich verzückte Täterin und Josef willfähriges Opfer war, bedauerte ich, daß es fast dreiunddreißig Jahre gebraucht hatte, bis mir ein so unwiderstehlich nachgiebiger, ein mein tatkräftiges Handeln so sichtlich genießender Mann begegnet war.

Etwas später tanzte ich, in den lachsrosa Morgenrock gehüllt, mit Josef auf dem Sternparkett des Wohnzimmers den Walzer *Wiener Blut*, zu dessen Klängen ich in Wien-Schwechat aus dem Flugzeug gestiegen war, und ich kann mich nicht entsinnen, je in meinem Leben glücklicher gewesen zu sein. Ich hatte die Arme um Josefs Taille gelegt, und er, der einen leichten, hellgrauen Baumwollpyjama trug, hielt mit seinen Händen meinen Nacken umfaßt, lehnte sich vertrauensvoll zurück und überließ sich der wirbelnden Bewegung. Meine Füße bewegten sich wie von selbst im Dreivierteltakt des Walzers, und während meine Füße tanzten, während meine linke Hand Josefs rechte hielt und meine rechte fest um seine Taille lag, sah ich sein lächelndes Gesicht vor mir, seine geröteten Wangen und seine Stirn, auf der kleine Schweißtröpfchen standen. Noch nie hatte ich mit solcher Sicherheit, mit solchem Vergnügen die Führung eines anderen übernommen, und es war Josef, der sich vertrauensvoll auf diese verließ, anzusehen, daß auch er die harmonische Übereinstimmung unserer Körperbewegungen genoß, während ich ihn geschickt an dem von seiner Mutter geerbten Stutzflügel vorbeisteuerte und ihn zur Seite und zurück bog, damit wir nicht an die gleichfalls von ihr hinterlassenen Möbel und Lampen stießen.

Während ich zum Haus meiner Großtante zurückging, dachte ich an den Tag vor etwa fünf Monaten, an dem John de Luca mit ausgebreiteten Armen auf mich zugekommen war und Anna! gerufen hatte und an dem er mich, nachdem ich ihm in der Hotellounge die Lieder *»Die Forelle«* und *»Swing Low, Sweet Chariot«* vorgesungen hatte, an der Hand nahm und einige Worte mit dem ihm offenbar bekannten Hotelportier wechselte, der ihm einen Zimmerschlüssel aushändigte und mit leicht hochgezogenen Augenbrauen auf meine hohen weißen Kellnerinnenschuhe blickte, während wir zum Aufzug gingen. In dem Hotelzimmer im siebzehnten Stock hatte er mich innerhalb einer Minute von den Schuhen und dem Rest meiner Kleidung befreit, und sein ausgesprochen dynamischer Einsatz, seine fast überstürzt zu nennende Handlungsweise, welche, wie ich bereits gemerkt hatte, ihn kennzeichnende Wesenszüge waren, zwangen mich zu völliger Tatenlosigkeit, einem Verhalten, das mir nicht gemäß ist. Wie anders war Josef.

Als John mich spätabends anrief, unterbrach ich ihn nach dem ersten an mich gerichteten Kosewort und sagte, er möge sich kurz fassen, meine Gesangsstunden und meine Lektüre beanspruchten mich, worauf er mir nahelegte, möglichst bald meinen Rückflug zu buchen, immerhin sei mittlerweile der November verstrichen, diese vier Wochen müßten doch ausgereicht haben, um mich der Stadt, in der Freud und seine Tochter Anna gewirkt hatten, sowie den Höhen des lyrischen Soprans näherzubringen, außerdem verzehre er sich nach mir, was hielte ich von dem Vorschlag, zur Feier unseres Wiedersehens eine Nacht in dem Hotelzimmer im siebzehnten Stock zu verbringen, in dem ich mich ihm vor nunmehr sechs Monaten mit einer Unschuld hingegeben hätte, die ihn nicht nur gerührt, sondern auch erregt hatte, mit einer geradezu mädchenhaften Scheu, wie sie unter den großteils enttäuschend abgebrühten New Yorkerinnen so gut wie nie anzutreffen sei. Ich erwiderte, während des vergangenen Monats wäre mir klar geworden, wie erstaunlich stark meine Bindung an die Stadt meiner Vorfahren aus mütterlicher Linie sei, eine Bindung, bei der es sich offenbar um eine genetisch bedingte Anhänglichkeit handle, vielleicht auch um eine unbewußte Verwurzelung, welche im Laufe meines Aufenthalts ins Bewußtsein gehoben worden sein müsse, jedenfalls hätte ich nicht vor, diesen so abrupt abzubrechen, wie er verlange, wenn er wolle, könne er die Proben mit der kleinen Haitianerin beginnen, die sich nach seiner Meinung so ausgezeichnet für die Rolle der Anna Freud eigne. Nach der längeren Pause, die daraufhin eintrat, sagte John leise, das könne ich ihm doch nicht antun, die Aufführung stehe und falle mit mir, wolle ich denn, daß die Produktion nicht zustande komme, was sei in mich gefahren, daß ich mich plötzlich weigerte, diese, wie alle Welt wisse, ausgesprochen langweilige Stadt mit ihren gleichermaßen mißmutigen wie depressiven Bewohnern, eine Stadt, in der außerdem ständig ein unangenehmer Wind wehe, zu verlassen, worauf ich zur Antwort gab, er selbst hätte mir vor wenigen Wochen versichert, der Mensch sei frei, ich wolle von diesem menschlichen Grundrecht Gebrauch machen, mehr könne ich ihm im Augenblick nicht sagen, im übrigen zöge es mich zu meiner Lektüre, er würde zum gegebenen Zeitpunkt von mir hören. Dann hängte ich auf, ging in mein Zimmer zurück und begann, das achte Kapitel zu lesen.

Achtes Kapitel

»Die Anstalt in Wiener Neudorf wurde wie alle Zwangsarbeitshäuser für Frauen von einer Ordensgemeinschaft, der Kongregation der *Frauen zum Guten Hirten*, geleitet, und so stand ich, nachdem ich den Prager Ursulinen und der Witwe Galli unter Schwierigkeiten und Gefahren entkommen war, zu meiner Bestürzung erneut unter der Obhut frommer Frauen. Bei meiner Ankunft wurde eine Personenbeschreibung von mir angefertigt, man nahm mir meine persönliche Habe ab, schor mir die Haare und steckte mich in Sträflingskleidung, da die Arbeitsanstalt eng mit der Strafanstalt gekoppelt war. Eine hinkende Schwester namens Hermelindis machte mich mit den geltenden Regeln und den Strafen, die auf ihre Verletzung folgten, bekannt. Es verstehe sich von selbst, meinte sie, daß in diesem Hause, das der Wiedereingliederung verirrter Schafe in die große Herde unseres guten Hirten, Herrn Jesus Christus, geweiht sei, nach dem sich ihre Ordensgemeinschaft nenne, ein Haus, in welches ich durch Gottes gütigen Ratschluß geführt worden sei, auf daß ich meine Verfehlungen erkennte und ein neues Leben begänne, keine gotteslästerlichen Reden geführt werden dürften. Auch sei der Besuch der täglichen Messe für alle Insassinnen verpflichtend, da nichts der Wandlung und Höherentwicklung der menschlichen Seele förderlicher wäre als Gottes Wort, in welchem die Straffälligen übrigens auch dreimal pro Woche in einem speziellen Lehrgang unterwiesen würden, woran ich gleichfalls teilzunehmen hätte. Besuche seien bei guter Führung gestattet, doch auf eine Viertelstunde beschränkt, da nachhaltiger Kontakt mit einer Außenwelt, von der wir im Interesse unserer Besserung abgeschlossen seien, vermieden werden müsse. Als Verstöße geahndet würden vor allem Widersetzlichkeit gegen Vorgesetzte, Handlungen, die einem weiblichen Christenmenschen nicht anstünden und überdies der Todsünde des Zornes zugerechnet werden müßten, Nachlässigkeit in der Arbeit und nicht vollbrachtes Arbeitspensum, ein gleichfalls eine schwere Sünde, die Faulheit, verkörperndes Vergehen. Wer diesen Verboten zuwiderhandle, würde zunächst in einer persönlichen Aussprache mit der Oberin verwarnt und bei Wiederholung dem Ausmaß der Übertretung entsprechend bestraft. Sie weise ausdrücklich darauf hin, daß Insassinnen dieser Anstalt nur in Ausnahmefällen angekettet beziehungsweise an einen Pfahl gebunden würden, ein Beweis für den hohen Grad an Menschlichkeit im Umgang mit den Straftäterinnen. Nachdem Schwester Hermelindis mir ein Eßbesteck und einen Blechnapf ausgehändigt hatte, hinkte sie mir voran in den mit Holzpritschen ausgestatteten Saal, in dem ich zusammen mit Bettlerinnen, Zigeunerinnen, Landstreicherinnen, Prostituierten, Alkoholsüchtigen und Frauen, die sich leichterer Vergehen schuldig gemacht hatten, schlafen sollte. Sie wies mir meine Pritsche zu und sagte, die Häftlinge würden um halb fünf Uhr früh geweckt, ich möge mich nach der Morgensuppe im Arbeitssaal einfinden, wo mir eine Tätigkeit in der Wollverarbeitung zugewiesen werden würde, wie ich vielleicht wisse, seien die Erzeugnisse der Züchtlinge von Wiener Neudorf allerorts für ihre Qualität bekannt, die weichen und warmen Schlafhauben, Strümpfe und Kamisols, die unverwüstlichen Kotzen fänden reißenden Absatz auf dem Wiener Tandelmarkt. Diese ungewöhnlich hohe Arbeitsmoral führe sie persönlich darauf zurück, daß während der Arbeitsstunden aus erbaulichen Büchern vorgelesen würde.

So kam es, daß ich am nächsten Tag zwischen Grete, einem ehemaligen Küchenmädchen, und einer jungen Frau namens Frieda, die, wie mir Grete zuraunte, als sogenannte Geheime im Prater und anderenorts tätig gewesen und anläßlich einer Razzia der Wiener Polizei nach Wiener Neudorf gebracht worden sei, im großen Arbeitssaal saß und Wolle zupfte, das heißt, sie reinigte, bevor sie gekämmt und gesponnen wurde. Als die Schwester, die uns gegenüber am Aufsichtstisch saß, ein Buch hervorzog und fragte, wer denn das nächste Kapitel der gleichermaßen traurigen wie Gottes unermeßliche Gnade auf das Schönste unter Beweis stellenden Geschichte des Johannes von Nepomuk vorlesen wolle, sprang ich überrascht auf und bat um dieses Vorrecht, mit dem Hinweis, der heilige Johannes von Nepomuk sei mein Lieblingsheiliger, Spuren seines segensreichen Wirkens ließen sich in meiner Biographie eindeutig belegen, worauf mir die Schwester das Buch in die Hand drückte und meinte, zwar sei meine böhmische Aussprache etwas irritierend, auch würde Neuzugängen das Privileg des Vorlesens üblicherweise nicht zugestanden, doch wolle sie aufgrund der persönlichen Beziehung, die ich offenbar zu dem Märtyrer hätte, eine Ausnahme machen, ich solle doch an der Stelle der Legende fortsetzen, welche ein vertrautes Beichtgespräch des frommen Mannes mit König Wenzels Gemahlin Johanna in der Galluskirche in der Prager Neustadt wiedergebe. Das Pathos und die Inbrunst, welche ich mich darauf in meinen Vortrag zu legen bemühte, beeindruckten sowohl Anstaltspersonal wie auch Züchtlinge derart, daß beide Gruppen während der nächsten Wochen und Monate auf meiner Person als Vorleserin bestanden, ein Wunsch, dem ich gern nachkam, da ich auf diese Art und Weise nicht in Versuchung geriet, wie in der Irrenanstalt im neunten Wiener Gemeindebezirk, alles, was ich tat, mit lauter Stimme zu beschreiben und so den Unmut der Frauen auf mich zu ziehen.

Eines Tages näherte sich mir Grete während eines Spazierganges im Anstaltshof und fragte mich im Flüsterton, ob ich Interesse an literarischen Werken hätte, die sich von den langweiligen Büchern religiösen Inhalts, welche man sich bei guter Führung aus der kleinen Bibliothek des Straf- und Arbeitshauses ausborgen könne, in wohltuender Weise unterschieden, Schriften, die auf geheimen Wegen in unsere Anstalt gelangten und mit denen man entsprechend vorsichtig umgehen müsse, da ihre Lektüre verboten sei. Als ich meinte, ich wäre mit dem Angebot der Bücherei durchaus zufrieden, das einzige, was ich bedauerte, sei das Fehlen von Kochbüchern und Werken zur Haushaltsführung in den Regalen, zischte Grete mir zu, sie begreife mich nicht, wie könne ich mich für einen so uninteressanten Lesestoff erwärmen, wo mir die Möglichkeit offenstehe, mich an fesselnden, sich aus Serien von Heften mit acht, zwölf oder sechzehn Seiten zusammensetzenden Romanen zu erfreuen, deren Urheber auf unerhört dramatische Weise menschliche Grenzsituationen darstellten, es sich zur Aufgabe machten, die Abgründe der Seele bis in ihre letzte Ecke auszuleuchten und Abenteuer, Liebesleidenschaft und Verbrechen in höchst eindringlicher Form zu schildern. Bevor ich einwenden konnte, ich zöge es vor, im *Leben der frommen Hausmagd Katharina*, im *Großen Herz-Jesu-Buch* oder im *Wiener Marienkalender* zu blättern, derlei Schriftgut wirke sich günstig auf mein seelisches Gleichgewicht aus, ganz im Gegensatz zu grellen Schilderungen der Passionen der Menschen, welche mich unweigerlich beunruhigten, ja verstörten, setzte Grete hinzu, im Augenblick wären die Folgen *Dämone des Herzens, Die weiße Frau in der Hofburg zu Wien* sowie *Die Unschuld unter dem Henkersbeil* lückenlos verfügbar, die Leihgebühr betrage wöchentlich einen Kreuzer pro Heft, eine, gemessen an dem Vergnügen, das diese Lektüre bisher noch jeder Leserin bereitet hätte, sowie an der Gefahr, der sie selbst und andere sich beim Einschleusen der Romane in die Anstalt aussetzten, geradezu lächerliche Summe. Zum Einstieg könne sie mir auch das Werk *Liebesglut und Feuerflammen* empfehlen, ein faszinierendes Familiendrama aus dem Wiener Biedermeier, doch müsse sie darauf hinweisen, daß Heft dreizehn und siebenundzwanzig sowie die letzten fünf Hefte fehlten, ein bedauerliches Versehen der verantwortlichen Schmugglerin. Nach diesen Worten steckte sie mir verstohlen ein Heftchen zu und meinte, die erste Folge mit dem Titel *Der schwarze Mönch* überließe sie mir zur unentgeltlichen Ansicht, damit ich mir einen Begriff von der hohen Qualität der von ihr angebotenen Schriften machen könne.

Wenige Stunden später, nach vollbrachtem Arbeitspensum, saß ich mit Heft Nummer eins des Fortsetzungsromans *Liebesglut und Feuerflammen* in der Hand, das ich in den dunkelroten, mit einem goldenen Kreuz bedruckten Einband meines Gebetbüchleins eingeschlagen hatte, um nicht den Verdacht des Anstaltspersonals zu erregen, auf meiner Holzpritsche und stellte überrascht fest, daß das ehemalige Küchenmädchen Grete mit ihrer vorteilhaften Beurteilung der illegal im Straf- und Arbeitshaus Wiener Neudorf kursierenden Druckwerke keineswegs übertrieben hatte. Der Roman begann mit einer derart eindringlichen Darstellung der verzweifelten Lage des aufgrund der teuflischen Machenschaften seines Gutsverwalters Bodo Kuppelwieser in Armut geratenen Grafen von Falkenau-Gundelrebe, eines Mannes von fleckenlosem Charakter, sowie der Schönheit und Unschuld seiner Tochter Aurora, die sich der Nachstellungen des finsteren Bodo kaum erwehren kann, daß ich die Glocke der Anstaltskapelle, die zur Maiandacht rief, überhörte und den Gottesdienst versäumte, was mir eine Ermahnung von Seiten Schwester Benediktas eintrug, welche meinte, zwar sei es löblich, sich intensiv mit seinem Gebetbüchlein zu beschäftigen, doch dürfe ich weder vergessen, daß ich Teil einer Gemeinschaft wäre, nämlich einer bedauernswerten Schar auf ihrem gewundenen Lebensweg gestrauchelter, um Gottes Halt und Stütze ringender weiblicher Christenmenschen, noch mir erlauben, dem heiligen Abendmahle fernzubleiben und mich dieserart um die für meine Wiedererstarkung im Glauben unentbehrliche geistige Nahrung von Jesu Leib und Blut zu bringen. Damit sich mein Vergehen nicht wiederhole, möge ich während der nächsten zwei Wochen das Tretrad für die Walkmühle bedienen, die offenbar allzu einfach zu bewältigende Aufgabe des Wollezupfens reiche wohl nicht aus, um mir Disziplin beizubringen.

Die Arbeit in der Walkmühle ermüdete mich, hatte allerdings den Vorteil, daß ich in Gretes Nähe sein konnte, die wegen einer stürmischen Auseinandersetzung mit Frieda gleichfalls zur Bedienung des Tretrades herangezogen worden war, einer Zwistigkeit, die damit begonnen hatte, daß Frieda Grete des Diebstahls einer Flasche *Blauen Portugiesers* bezichtigte, welche ihr als Belohnung für die Überschreitung ihres Arbeitspensums ausgehändigt worden war, und im Zuge derer Grete Frieda einen derart heftigen Faustschlag auf das linke Auge versetzte, daß dieses sich augenblicklich mit Blut füllte und sodann schloß und Frieda drei Tage auf der Krankenstation verbringen mußte, worum wir alle, einschließlich Grete, sie beneideten, da die Kranken mit weichgekochten Eiern, eingemachtem Fleisch und Weinsuppe, nicht mit wäßriger Graupensuppe wie die Gesunden, verköstigt wurden. So konnte mich Grete unbeobachtet mit weiteren Lieferungen ihrer Kolportageromane versorgen, welche ich, wann und wo immer es mir möglich war, verschlang. Der Leidensweg der von den Wiener Jesuiten in der Krypta ihrer Kirche gegeißelten jungen Eudoxia, die unsäglichen Grausamkeiten der blutrünstigen ungarischen Gräfin Bathori und ihres zwergwüchsigen Gehilfen Ujvari, Hauptfiguren des Zyklus' *Die eiserne Jungfrau*, das Schicksal der unglücklichen Braut des berüchtigten Räubers Jaroschinsky nahmen mich so gefangen, daß ich nach wenigen Minuten der Lektüre meiner Umgebung nicht mehr inne war und aufgrund dieser Geistesabwesenheit die mir übertragenen Aufgaben keineswegs zur Zufriedenheit der Ordensschwestern erfüllte, welche sich gezwungen sahen, mich wegen meiner Nachlässigkeit immer häufiger zu bestrafen.

Eines Tages teilte Schwester Benedikta mir mit, ein gewisser Hans Holzer habe sich schriftlich an die Leitung des Straf- und Arbeitshauses gewandt und um Erlaubnis gebeten, mich zu besuchen, ein Ansuchen, dem die Direktorin stattgegeben hätte, ich möge mich also am darauffolgenden Donnerstag um fünfzehn Uhr dreißig im Besuchszimmer des Hauses einfinden und mich mit meinem Besucher eine Viertelstunde lang in gedämpftem Ton unterhalten, wobei selbstverständlich jeglicher Austausch körperlicher Berührungen, selbst ein kurzer Händedruck, streng untersagt sei. Diese unerwartete Eröffnung versetzte mich in höchste Erregung. Der Kellner Hans war also endlich aus der Irrenanstalt im neunten Wiener Gemeindebezirk entlassen worden. Wie hatte er meinen Aufenthaltsort herausgefunden?

Während der nächsten Tage waren es nicht die Abenteuer der Helden und Heldinnen der Romanheftchen, welche mich von meinen Tätigkeiten ablenkten, sondern das bereits ein wenig verblaßte Bild des Kellners Hans, das ununterbrochen vor meinem inneren Auge stand. Voller Vorfreude und zugleich voll Angst zählte ich die Stunden bis zum Donnerstag Nachmittag und ging schließlich in meinem saubersten Kittel, mit offenem, nicht wie üblich in einem Zopf mit einfacher Rundung um den Kopf gelegtem Haar und mit zitternden Knien ins Besuchszimmer, wo Hans Holzer, flankiert von Schwester Hermelindis und Schwester Kordula, welche die Gespräche zwischen Besuchern und Züchtlingen überwachten, an einem Tisch saß und bei meinem Eintreten aufsprang, worauf Schwester Kordula ihn mit kräftiger Hand auf die Sitzgelegenheit niederdrückte. Doch kaum hatte ich ihm gegenüber Platz genommen, kaum hatte der Kellner Hans mehrmals die beiden Wörter Rosa und Endlich gerufen, zerrte Schwester Hermelindis mich auch schon wieder hoch, schrie, ich sei wohl nicht ganz bei Trost, was fiele mir ein, in einer solchen Aufmachung vor einem Besucher zu erscheinen, die Straf- und Arbeitsanstalt Wiener Neudorf sei ein anständiges, auf Zucht und Ordnung bedachtes Etablissement und könne es sich nicht leisten, ihren untadeligen Ruf dadurch aufs Spiel zu setzen, daß Insassinnen sich mit lose hängenden Haaren wie Zigeunerinnen und andere nichtswürdige Herumstreunerinnen sehen ließen, ich solle gefälligst meinen Zopf flechten, mich unverzüglich in den Arbeitssaal begeben und mit aller gebotenen Sorgfalt Farbpulver in die dafür bestimmten Papiersäcke füllen, es verstehe sich von selbst, daß die Besuchserlaubnis mithin verwirkt sei, ich müsse froh sein, wenn mein schandbares Betragen keine strengere Bestrafung nach sich zöge. Als Hans Holzer dies sah, fuhr er abermals hoch und versuchte, den Besuchertisch zu überspringen, in einem Versuch, mich der Aufsichtshabenden zu entreißen, doch Schwester Kordula bändigte ihn nach kurzem Handgemenge, indem sie ihm die Hände mit eisernem Griff auf den Rücken drehte, und als ich auf ihn zustürzte, um ihm zu helfen, ergriff Schwester Hermelindis mich kurzerhand an den Haaren und zog mich behend hinkend hinter sich her, aus dem

Besuchszimmer hinaus und den langen Gang entlang in Richtung Arbeitssaal, so daß Hans Holzers verzweifelte Rufe bald verklangen.

Nach dieser niederschmetternden Begebenheit zog ich mich noch mehr in die Welt der Romanheftchen zurück. Als ich eines Abends mit Nummer dreizehn aus der Serie *Das erpreßte Geheimnis* im Schoß auf meiner Pritsche saß, blickte Frieda mir über die Schulter, und noch bevor ich das in den dunkelroten Einband meines Gebetbuches gehüllte Heftchen schließen konnte, meinte sie verächtlich, sie habe es ja geahnt, so sähen also die Gebete aus, in die ich ständig vertieft sei, auch ich, die ich auf sie anfänglich den Eindruck einer einigermaßen gewitzten Frauensperson gemacht hätte, sei offenbar ein Opfer Gretes geworden, dieses ebenso dummen wie habgierigen Küchentrampels, die sich das Elend der Anstaltsinsassinnen zunutze mache und sie aus reiner Profitgier mit Leben aus zweiter Hand beliefere, Kapital schlage aus deren menschlicher Vereinsamung und ständigen seelischen Unterversorgung, ihnen eine Welt vorgaukle, die nicht existiere, sie schwäche, anstatt sie für ein Weiterleben in der Gesellschaft nach der Entlassung aus dem Arbeitshaus zu stärken. Dann setzte sie sich neben mich auf die Pritsche, legte mir den Arm um die Schultern und fragte, ob ich denn nicht das wirkliche, das pralle Leben kennenlernen, nicht unverfälschte Erfahrungen machen wolle, Erfahrungen mit blutvollen, auch die Erkundung ihrer eigenen Schattenseiten nicht scheuenden menschlichen Wesen, Individuen, die ihre Zwiespältigkeit bejahten, und als ich ein wenig von ihr abrückte und zögernd antwortete, durchaus, das wolle ich durchaus, rückte sie nach und meinte, wenn dies mein ehrlicher Wunsch sei, dann könne sie mir nur raten, eine Zeitlang ihr Metier auszuüben, kein anderes eigne sich besser dafür, in ungeahnt kurzer Zeit einen hohen Grad menschlicher Reife zu erlangen. Als ich mich erkundigte, welchen Beruf sie denn ausgeübt habe, Grete hätte etwas von einer Geheimen erwähnt, ein Begriff, der mir als Nichtwienerin unbekannt sei, lachte sie und sagte, es wäre tatsächlich an der Zeit, daß ich das Leben in seiner ganzen Fülle entdeckte, eine Geheime sei eine Frau, die ihren Körper ohne Genehmigung der zuständigen Behörden verkaufe, worauf ich ein weiteres Stück von ihr wegglitt und meinte, die Ausübung einer solchen Tätigkeit erscheine mir im Augenblick nicht angebracht, ja geradezu unvorstellbar, und sei mit gewissen, mir in meiner Kindheit eingeprägten Grundsätzen kaum vereinbar. Daraufhin sagte Frieda geduldig, es sei verständlich, daß ich in meinem Alter noch gewissen Vorurteilen anhinge, ihr wäre es seinerzeit nicht anders ergangen, doch ich würde sehen, sobald ich mich mit meinem neuen sozialen Umfeld einigermaßen vertraut gemacht hätte, verschwänden solche anfänglichen Bedenken ganz von selbst, und ich würde mich mit Feuereifer einer Tätigkeit hingeben, die in vieler Hinsicht lohnender sei als jede andere ihr bekannte. Dann nannte sie mir verschiedene Örtlichkeiten in Wien und meinte, nach meiner Entlassung möge ich mich doch an eine der von ihr empfohlenen Stätten begeben, vorzugsweise in den Prater, wo ich auf gleichermaßen sympathische wie lebenserfahrene Frauen stoßen würde, die mich freundlich aufnehmen und nicht zögern würden, mich in meinen neuen Wirkungskreis einzuführen, sobald ich ihnen ihren, Friedas, Namen genannt hätte.

Nachdem ich mich für Friedas gutgemeinte Hinweise bedankt hatte, wurde ich ins Sekretariat gerufen, wo mir Schwester Benedikta einen an mich gerichteten Brief aushändigte, den ersten, den ich während all der Monate in der Anstalt erhielt und den ich sogleich öffnete. Er stammte zu meiner großen Freude vom Kellner Hans, der mich in der Anrede zärtlich als seine Prager Polkaprinzessin, seine Wiener Walzerkönigin, seine tausendschöne Traumtänzerin bezeichnete, die aus der Gewalt ihrer Kerkermeisterinnen zu befreien und alsbald wieder in seinen Armen zu halten und zur Musik des Schrammelquartetts zu drehen er fest entschlossen sei. Durch einen ebenso glücklichen wie merkwürdigen Zufall habe er meinen Aufenthaltsort von einem ehemaligen Tiroler Senn namens Hubert Egger in Erfahrung gebracht, den er in den Windungen des Wiener Kanalsystems kennengelernt hätte, wo er seit seiner Entlassung aus der Irrenanstalt im neunten Gemeindebezirk hause, in welche ihn meine verzweifelte Liebe zu mir geführt habe. Ob mir denn der Hut mit den Blumen ausgehändigt worden sei, frage er sich ständig, ob ich den Behauptungen der eifersüchtigen Klarinettistin aus dem *Café Eisvogel,* an denen kein Wort wahr sei, Glauben geschenkt hätte und an seiner Zuneigung zweifle, überlege er unaufhörlich. An dieser sich noch am Anfang des langen Briefes befindlichen Stelle wurde ich von Schwester Kordula unterbrochen, die eben eingetreten war und mir das Schreiben mit den Worten aus der Hand riß, ein Züchtling, der sich auf das Hecheln der Wolle so schlecht verstehe wie ich, der die Fasern bis zur Unentwirrbarkeit verwickle, anstatt sie zu glätten, habe nicht das Recht, Briefe zu empfangen, sie frage sich, welche Arbeit sie mir nur auftragen solle, mit meinen beiden linken Händen bewirkte ich weitaus mehr Schaden als Nutzen, das Beste wäre wohl, mich unverzüglich aus der Anstalt zu entfernen, worauf Schwester Benedikta rief, jawohl, dies wäre zweifellos die vernünftigste Lösung, ich übertriebe in meiner Gebetslektüre, das viele Lesen habe mich halb um den Verstand gebracht, sie würde der Anstaltsleitung diesen Vorschlag sogleich unterbreiten.

So kam es, daß ich zwei Tage später in meinem weiten graubraunen Kapuzenmantel und mit meinem Pappkoffer in der Hand von Wiener Neudorf nach Wien wanderte, ohne zu wissen, wo der Kellner Hans sich aufhielt. Unter den Bäumen, die den Wegrand säumten, lagen, von Bienen umsummt, angefaulte Äpfel und Birnen, denn inzwischen war es Herbst geworden, und ein klarer sonniger Tag reihte sich an den anderen. Ich beschloß, zunächst mein letztes Domizil am unterirdischen Sammelkanal des Wienflusses aufzusuchen und dort sowohl nach dem Kellner Hans als auch nach Ljuba, Milan und Hubert sowie nach den anderen Strottern und Fettfischern Ausschau zu halten, doch in der Ausbuchtung des Ganges, die uns als Schlafplatz gedient hatte, logierten nun zwei unfreundliche polnische Tagelöhner mit einem Hund, die über den Verbleib meiner alten Freunde nichts wußten. Ich streifte weiter am Ufer des Kanals entlang und stieß schließlich auf einen mir vage bekannten jungen, aus Eisenstadt gebürtigen Fettfischer, der mir mitteilte, Ljuba und Milan seien schon vor einigen Monaten von der k. k. Geheimpolizei in ihrem Versteck aufgespürt und trotz heftiger Gegenwehr in die Strafvollzugsanstalt in der Leopoldstadt gebracht worden, wo sie bis zum Beginn eines Hochverratsprozesses, der ihnen gemeinsam mit vierzehn weiteren Jungtschechen im Dezember gemacht werden würde und der für Milan unter ungünstigen Umständen durchaus mit einem Todesurteil enden könnte, in sicherem Gewahrsam bleiben müßten. Was den Tiroler Senn betreffe, so habe sich dieser schon im vergangenen Juli auf den Weg zurück ins hintere Ötztal gemacht, mit der Bemerkung, er habe genug von Wien und den Wienern und beabsichtige, da der Schnee endlich getaut wäre, sein bei einem Lawinenunglück verschwundenes Hackbrett auf den Matten in der Nähe des ehemaligen Standortes der von den Schneemassen hinweggerissenen Sennhüte zu suchen. Was einen Kellner namens Hans Holzer betreffe, so sei ihm eine Person selbigen Berufs und Namens nicht bekannt.

Meine erste Nacht in Freiheit verbrachte ich im Kanalnetz, neben dem burgenländischen Fettfischer, der mir freundlicherweise je eine Hälfte seiner schmutzigen Matratze und der fadenscheinigen Decke angeboten hatte, welche ihm als Schutz gegen die Kälte diente, und fragte mich, während ich die Ratten in der Finsternis umhertrippeln hörte und Wasser vom Gewölbe über mir auf meine Stirn tropfte, wovon ich in nächster Zukunft meinen Lebensunterhalt bestreiten sollte, denn ich hatte keinen Kreuzer mehr. Mich wieder in einem Wiener Bürgerhaushalt zu verdingen, erschien mir nach allem, was mir in diesem zweifelhaften Milieu widerfahren war, nicht erstrebenswert. Mir als Straßenmusikerin etwas Geld zu verdienen, wie es mein Wunsch gewesen wäre, war in Ermangelung eines Instrumentes nicht möglich. Während ich mich auf der Matratze schlaflos hin und her warf, so daß der junge Eisenstädter kurz aufwachte und ärgerlich sagte, ich möge mich um Himmels willen ruhig verhalten, seine Tätigkeit sei anstrengend, er habe gesunden Schlaf bitter nötig, faßte ich, da ich keine andere Möglichkeit eines Wiedereinstieges in die Gesellschaft sah, weit nach Mitternacht den bitteren Entschluß, mich am nächsten Morgen an eine oder mehrere der mir von Frieda genannten Örtlichkeiten zu begeben und mich als sogenannte Geheime zu versuchen. Das traurige und vorwurfsvolle Gesicht meiner Mutter vor Augen, schlief ich schließlich gegen Morgengrauen ein.

Der erste Ort, den ich aufsuchte, war der Volksgarten, doch sobald ich mich dort unter die für meinen Geschmack etwas zu herausfordernd angezogenen und geschminkten Damen gemischt hatte, die auf den Kieswegen flanierten und gelegentlich von eleganten Herren angesprochen wurden, welche ihnen den Arm boten und mit ihnen davongingen, wandten sich eine schmale Blonde in sonnengelber und eine mollige Brünette in karmesinroter Toilette an mich und sagten entrüstet, wenn ich meinte, ich könne mir unbemerkt einen Standplatz unter ihnen erschleichen, dann irrte ich mich, dies sei kein geeigneter Boden für Anfängerinnen, und daß es sich bei mir um eine solche handle, sehe ein Blinder, wenn ich mich ihren Reihen anschließen wolle, dann hätte ich mich langsam hinaufzuarbeiten, glaubte ich denn, ich bildete eine Ausnahme, so gut wie alle, die hier stünden, hätten klein angefangen, als ganz gewöhnliche Praterhuren, und überhaupt, eine Aufmachung wie die meine, ein so häßlicher weiter Mantel sei als Standeskleidung völlig untragbar, man müsse das, was man zum Verkauf anbiete, entsprechend gefällig verpacken, das leuchte mir doch ein, in so abstoßender Gewandung wirkte ich geradezu geschäftsstörend. Als ich ein wenig erschreckt einwandte, aufgrund wiederholter betrüblicher Ereignisse in meinem Leben sei ich, so jung ich wäre, gezwungen, mir eine neue Existenz aufzubauen, sozusagen ganz von vorne anzufangen, und eine gemeinsame Freundin namens Frieda habe mir geraten, mich an sie, die Gnädigen, zu wenden, sie, die Gnädigen, würden mir sicher helfen. Auf dieses hin rief die Dame in der karmesinroten Toilette, Frieda, das sei doch die gewesen, die keine Spur von Solidarität, von Berufsethos gezeigt, die aus selbstsüchtigen Gründen den Preis gedrückt habe und der die anderen deshalb schließlich die Sittenpolizei auf den Hals gehetzt hätten, soviel sie wisse, sei sie im Arbeitshaus gelandet, ich käme doch nicht auch aus Wiener Neudorf, das fehlte noch, ehemalige Zuchthäuslerinnen könne man hier nicht dulden, ich solle mich augenblicklich in einen Seitenweg im Prater scheren, da gehörte ich hin, zu diesem Hurengesindel, nicht in eine der schönsten Parkanlagen im Zentrum Wiens. Bevor ich mich entschuldigen und einwerfen konnte, ich hätte in gutem Glauben gehandelt und ihnen, den Gnädigen, keineswegs nahetreten wollen, Frieda habe mir die Situation offenbar etwas mißverständlich geschildert, sah ich mich von einer ganzen Schar der grell gekleideten Damen umringt, die mich beschimpften und mit ihren Hutnadeln und den Spitzen ihrer Schirmchen bedrohten, so daß ich keinen anderen Ausweg sah, als eine kleine Lücke in dem immer enger werdenden Kreis zu nützen und davonzulaufen.

Etwas entmutigt und zudem hungrig legte ich den Weg in den Prater zurück, den mir die Damen aus dem Volksgarten als erste Wirkungsstätte empfohlen hatten, doch auch dort stieß ich nicht, wie Frieda mir versichert hatte, auf Entgegenkommen, sondern auf Mißtrauen und Feindseligkeit. Um mit meiner Kleidung nicht wieder Anstoß zu erregen, trug ich meinen Mantel nun über dem Arm und stellte mich in der Internatsuniform, die ich darunter anhatte und die mir inzwischen ein wenig zu eng geworden war, in die Prater Hauptallee, doch nachdem ich etwa fünf Minuten lang frierend unter einer Gaslaterne gestanden war, näherten sich mir mehrere ebenso ärmlich wie aufreizend gekleidete junge Frauen und fragten mich argwöhnisch, was ich in meinem merkwürdigen Aufzug hier zu suchen hätte, ihre Kunden seien anständige, hart arbeitende Männer, mit meiner Schulmädchenkleidung wolle ich wohl Abartige anlocken, das habe ihnen noch gefehlt, wie käme ich außerdem dazu, mich als Neueinsteigerin sofort in der Hauptallee aufzupflanzen, die Standplätze unter den Laternen seien begehrt, ich müsse doch wissen, daß Anfängerinnen zunächst im Gebüsch der Nebenwege arbeiteten. Ich entschuldigte mich höflich mit dem Hinweis, ich sei Nichtwienerin und infolgedessen mit den ortsüblichen Gepflogenheiten nicht vertraut, dann wünschte ich ihnen einen guten Abend, bog, wie sie mich geheißen hatten, in einen halbdunklen Seitenweg ein und stellte mich neben einen Holunderbusch. Gleich darauf hörte ich leise Schritte und erschrak, da ich annahm, es handle sich um einen Kunden und damit um meine erste Bewährungsprobe, doch dann erkannte ich in der mageren kleinen Gestalt, die neben mich getreten war und sich eine Zigarette anzündete, eine ältere Frauensperson. Nachdem die Frau die Zigarette zu Ende geraucht und die Kippe fortgeworfen hatte, schaute sie mich von der Seite an und sagte freundlich, ich machte auf sie nicht den Eindruck, als sei ich schon lange im Geschäft, dann beugte sie sich näher zu mir, blickte mir aufmerksam ins Gesicht und meinte kopfschüttelnd, ich möge ihr verzeihen, aber eine junge Schönheit wie ich habe doch im Prater nichts verloren, einem so bildhübschen und anmutigen Mädchen stünden ganz andere Möglichkeiten zur Verfügung, ich werde doch nicht so dumm sein und dieses unschätzbare Kapital an Unwürdige verschwenden, wo ich an jedem Finger einen vornehmen und reichen Kunden haben könnte, die Jugend sei so schnell dahin, man müsse sie nützen, ich möge doch sie, Kathi Laimgruber, anschauen, schön sei sie nie gewesen, aber jung, jung doch auch, und jetzt, nach zwanzig Jahren im Gewerbe, sehe sie aus wie eine Ruine, nein, das Schicksal einer Praterdirne sei wahrlich niemandem zu wünschen, schon gar nicht mir, die ich zu einem angenehmeren Leben ausersehen schiene. Wenn ich einen guten Rat von einer ebenso erfahrenen wie ernüchterten alten Hure annehmen wolle, dann möge ich doch eine Stehplatzkarte für eines der an Sonntagnachmittagen im wunderschönen Saal des Musikvereins stattfindenden philharmonischen Konzerte erwerben, meine Schönheit durch ein hübsches Kleid unterstreichen und dort nach einem gutsituierten Freier ausschauen, sie wette, ich würde nicht allein nach Hause gehen müssen. Als ich meinte, verschiedene unglückliche Umstände in meinem Leben hätten es mit sich gebracht, daß ich im Augenblick nicht nur vollkommen mittellos, sondern auch ohne Dach über dem

Kopf dastünde, denn die feuchten Gewölbe des Wiener Kanalnetzes könne man kaum als solches bezeichnen, begann die Frau in ihrem Stoffbeutel zu kramen, drückte mir ein paar Münzen in die Hand und sagte, es sei ihr eine Freude, einer jungen Kollegin bei der Neugründung ihrer Existenz behilflich zu sein, sie sei zwar arm, aber nicht völlig ohne Barvermögen, die Summe werde genügen, um mir Zugang zum Musikvereinssaal zu verschaffen. Bevor ich mich bedanken konnte, verschwand meine Wohltäterin nach diesen Worten so unauffällig in der Dämmerung, wie sie aufgetaucht war, und ich machte mich auf den Weg zurück ins Stadtzentrum.

Am darauffolgenden Sonntag ging ich in meinem zartlila Kleid mit dem violetten Spitzeneinsatz, den bauschigen langen Ärmeln und dem Rüschenbesatz am Saum, den Hut mit der Garnitur aus orangen und violetten Stiefmütterchen auf dem Kopf und die Stehplatzkarte in der Tasche, in die Bösendorferstraße, wo sich das Musikvereinsgebäude befand, ein Ort, der mir von meiner Tätigkeit bei den Edlen von Schreyvogl her bekannt war, welche glückliche Besitzer eines der begehrten Abonnements gewesen waren. Im Foyer des Gebäudes drängten sich bereits die festlich gekleideten Konzertbesucher, und als ich meinen Hut an der Garderobe abgab, fragte mich die Garderobiere, an den Seidenblumen zupfend, ob ich Kronprinz Rudolf schon gesehen hätte, der sich heute mit seiner Gemahlin, der aus Belgien stammenden Prinzessin Stephanie, von der ersten Reihe Balkon Mitte aus das *Deutsche Requiem* von Brahms anhören würde. Nachdem ich die Frage verneint hatte, setzte das Mädchen seufzend hinzu, es sei ein Jammer, alle Welt wisse, daß die Ehe der beiden die reine Hölle sei und daß die krankhafte Eifersucht Stephanies den von Natur aus gutartigen und treuen Thronerben in die Arme anderer Frauen triebe, ja, ihn allmählich zum Trinker werden lasse. Der Kronprinz wolle die Scheidung, doch der Papst gestatte sie nicht, und so schreite die Zerrüttung der Ehe fort, und Rudolf werde immer unglücklicher, ein Unglück, das sich bereits deutlich in seinen Zügen spiegle. Ich meinte, ich würde mich bemühen, von meinem Platz aus einen Blick auf den Kronprinzen zu erhaschen, dann ging ich die breite Treppe hinauf, betrat den prunkvollen Saal, stellte mich neben einen schwarzgekleideten jungen Herrn mit Bart und dichtem dunklem Haar, an dessen Weste eine silberne Taschenuhr hing, zu den Stehplatzbesuchern und hielt nach dem Kronprinzenpaar Ausschau, das tatsächlich in der Mitte der ersten Reihe Balkon Platz genommen hatte. Der junge Herr neben mir bemerkte meinen Blick und fragte, ob ich wisse, daß sowohl der Sitz des Kronprinzen als auch der seiner Ehefrau die Nummer dreizehn trüge, da man, eine kleine Kuriosität des Ortes, zu beiden Seiten der eine gerade Anzahl von Sesseln aufweisenden Reihen mit der Nummer eins zu zählen begänne. Dann reckte er seinen Hals im Vatermörder und meinte, das Aussehen der Prinzessin sei ein Skandal, sie würde ständig steifer und förmlicher, täglich dikker und häßlicher, kein Wunder, daß der Thronfolger unter diesen bedauerlichen Umständen Zerstreuung bei hübscheren und volkstümlicheren Frauentypen suche. Nach dieser Bemerkung fing das Konzert an, das mich ein wenig enttäuschte, da ich beschwingte Operettenmelodien oder zu Herzen gehende Schubertlieder einer Totenmesse vorgezogen hätte, so daß ich froh war, als die Pause begann und mein Nachbar mich zu meiner Überraschung auf ein Glas Wein am Büfett einlud. Während wir den Grünen Veltliner tranken, stellte er sich mir als Engelbert Kornhäusel vor und meinte, ich möge ihm doch die Frage erlauben, warum ein so bezauberndes Mädchen wie ich ohne Kavalier ins Konzert ginge, das scheine ihm ungewöhnlich, ob er sich mir nicht als Begleiter anbieten dürfe, ein so junges und unschuldiges Geschöpf könne man doch nicht schutzlos den Annäherungen Unbekannter preisgeben, und wie ich denn hieße. Als ich ihm errötend meinen Namen nannte, rief der junge Herr, Rosa, wie passend, er könne sich keinen geeigneteren Vornamen für mich vorstellen, immerhin sei er jemand, der sich mit Wörtern beschäftige, ja, der die Beschäftigung mit Wörtern zu seinem Beruf beziehungsweise zu seiner Berufung erhoben habe, er sei nämlich Schriftsteller, genauer gesagt, Dramatiker, noch genauer, Komödiendichter, er schreibe Siebenakter im Blankvers, ausschließlich Siebenakter, denn er glaube an die Kraft der mystischen Zahl sieben, ausschließlich im Blankvers, denn er sei von der Ausdrucksstärke des reimlosen Jambus überzeugt, eine Aktanzahl, die für das Drama, eine Versform, die für Komödien etwas ungewöhnlich wäre, was auch erkläre, daß keines seiner siebzehn Dramen bisher aufgeführt worden sei. Wolle ich ihn denn nicht nach dem Konzert in seine Junggesellenwohnung über dem *Café Griensteidl* in der Schauflergasse begleiten, er verspüre die größte Lust, mir die letzten drei Akte seiner letzten Komödie *Dido oder Der zerbrochene Lampenschirm* vorzulesen. Ich nickte nur, da mir schien, der Dichter, der mir merkwürdig bekannt vorkam, erwarte keinerlei mündliche Äußerungen meinerseits, was mich erleichterte, denn die Unterrichtsstunden bei Fräulein von Roth-Rothenhorst waren mittlerweile lange her, und ich wollte die so frische Bekanntschaft nicht durch möglicherweise unangebrachte Fragen gefährden. Auf dem Weg zurück zu den Stehplätzen schlenderten der Kronprinz in Offiziersuniform, mit Schärpe und Orden, und seine Gemahlin in großer Brokatabendrobe mit langer Schleppe Arm in Arm an uns vorüber, und ich erschrak und schlug die Augen nieder, als mein Blick und der des Thronerben sich zufällig begegneten.

So begann das Verhältnis mit meinem ersten Kunden. Kathi Laimgruber hatte mit ihrer Vermutung, der Musikvereinssaal würde mir Glück bringen, recht gehabt. Anfangs wunderte ich mich ein wenig darüber, daß der Theaterdichter mich ganz anders behandelte als der Edle von Schreyvogl und ausschließlich zwei Dinge von mir verlangte, erstens, nackt auf der moosgrünen Ottomane im halbdunklen Salon zu liegen und mir das zuletzt von ihm Geschriebene vorlesen zu lassen, und zweitens, ihm gelegentlich zu gestatten, seine Blankverse mit einer spitzen Feder auf meine Haut zu schreiben, was ich ihm nicht verwehrte. Sobald Engelbert Kornhäusel erfahren hatte, daß ich die Nächte im Wiener Kanalsystem zubrachte, meinte er, ein gnädiges Schicksal habe es so gewollt, daß er einer Familie entstamme, die es durch die Produktion von drei- und vierflügeligen Schiffsschrauben zu einem beträchtlichen Vermögen gebracht hätte, von welchem auch er profitiere, es werde ihn mit Genugtuung erfüllen, mir eine Unterkunft in der Inneren Stadt zu verschaffen, vorzugsweise in der Nähe seiner Wohnung über dem *Café Griensteidl*, einem Ort, den zu frequentieren für ihn unerläßlich sei, da ihn der Umgang mit Gleichgesinnten, den er dort pflege, mit schöpferischer Energie erfülle. Bei dieser Bemerkung wurde mir klar, daß Engelbert Kornhäusel der junge Mann mit der Zeitung gewesen war, auf den Ljuba mich aufmerksam gemacht hatte, als wir nach meiner Entlassung aus der Irrenanstalt im neunten Bezirk durch die Herrengasse und an den Fenstern des *Cafés Griensteidl* vorbei gegangen waren, doch als ich ihn fragte, ob ihm eine Zeitungsredakteurin namens Ljuba Zupan bekannt sei, meinte er, was hieße hier Zeitungsredakteurin, er habe Ljuba seinerzeit im Volksgarten kennengelernt, sie wäre ihm wie ich längere Zeit als Zuhörende und Beschriftungsobjekt zur Verfügung gestanden, eine Eröffnung, die mich erstaunte.

Während der nächsten Monate besuchte mein Gönner mich regelmäßig in dem geräumigen Zimmer in der Metastasiogasse, das er für mich gemietet hatte, um mir vorzulesen und mich zu beschreiben. Er kaufte mir eine hochgeschlossene cremefarbene Atlasrobe mit Turnüre und Hermelinbesatz sowie ein zartrosa Musselinkleid mit weißen Tüllapplikationen und dazugehöriger Coiffure aus Pelikan- und Schwanenfedern, spazierte Arm in Arm mit mir auf dem Nobelcorso zwischen Kärntnertor und Schwarzenbergplatz auf und ab und ging mit mir ins Theater und in die Hofoper, wobei es ihn erregte, als einziger zu wissen, daß ich unter dem Atlas, unter dem Musselin seine Verse auf meiner bloßen Haut trug. Jeden Sonntag ging ich in meinem zartlila Kleid in die Vormittagsmesse in der Kirche Maria am Gestade, dem von den böhmischen Zuwanderern bevorzugten Wiener Gotteshaus, und dankte unserem Schutzpatron Johannes von Nepomuk aus ganzem Herzen dafür, daß ich aufgrund einer ebenso überraschenden wie günstigen Schicksalswendung zum ersten Mal im Leben ein eigenes Zimmer und eine eigene Bettstatt hatte, daß ich meine Nächte nicht mehr in den harten Eisenbetten der Schlafsäle von Internaten, Spitälern, Irrenhäusern und Arbeitsanstalten zubringen und auch nicht länger in Vorräumen, begehbaren Kleiderschränken, Badewannen und Ausbuchtungen von Kanalgängen schlafen mußte und daß ich mein Bett mit niemandem, weder mit meiner Mutter noch mit Olga, weder mit der Federnsortiererin noch mit dem Fettfischer aus Eisenstadt, zu teilen brauchte. Meine einzige Sorge bestand darin, meinen Körper von den Tintenspuren aus der Feder von Engelbert Kornhäusel zu reinigen, da er manchmal darauf bestand, daß ich seine Schrift tagelang, ja, wochenlang nicht abwusch und es schwierig war, den Farbstoff nach längerer Zeit zu entfernen, ohne daß verblaßte Verse zurückblieben. Wenn mir eine gründliche

Säuberung durch einfaches Behandeln der Haut mit einer durchgeschnittenen Zitrone und Bimssteinseife nicht gelang, griff ich zu Terpentin oder Seifenspiritus, und wenn auch diese Mittel versagten, wandte ich eine dreiprozentige Wasserstoffsuperoxydlösung an, die auch die hartnäckigsten Reste tilgte.

Bis auf die vergangenen Monate hier in der tristen Zelle fünfundfünfzig des Landesgerichtes in der Alserstraße habe ich nie in meinem Leben so wenig gesprochen wie während meiner Beziehung zu dem ebenso jungen wie erfolglosen Dichter, es war ein Verhältnis, das auf sprachlicher Ebene von seiner Seite aus als Monolog geführt wurde, und ich empfand diese Tatsache als angenehm. Den Großteil seiner Zeit verbrachte Engelbert Kornhäusel in Gesellschaft anderer Literaten am runden Tisch im Großen Lesesaal des *Cafés Griensteidl*, und er gewöhnte es sich an, bei seinen Besuchen in meinem Zimmer in der Metastasiogasse auf und ab zu gehen und dabei Inhalt und Hergang der von dieser Gruppe geführten Diskussionen laut und nahezu wörtlich zu rekapitulieren. Sein Seelenfrieden hing ganz und gar von dem künstlerischen Stellenwert ab, den diese Gruppe ihm und seinen Siebenaktern zumaß, ein Stellenwert, der im Laufe unserer Verbindung bedauerlicherweise ständig sank, was zur Folge hatte, daß seine Laune immer stärker zwischen Reizbarkeit und Niedergeschlagenheit schwankte. Anfänglich ertrug ich diese wechselnden Stimmungen geduldig, da es mir nicht geraten schien, die gehobene Lebensstellung, die ich dank der Großzügigkeit des Schriftstellers genoß, auch nur durch die leiseste Beanstandung zu gefährden, doch schließlich führte seine wachsende Aggressivität doch zu Krise und nachfolgendem Bruch unserer Interessengemeinschaft. Die strenge und seiner Meinung nach ungerechtfertigte Kritik, die seine Dichterfreunde, allen voran der unlängst aus der Weltstadt Paris zurückgekehrte und aufgrund dieser Tatsache eine Schlüsselstellung einnehmende Hermann Bahr und der junge und begabte Gymnasiast Hugo von Hofmannsthal, genannt Loris, an seiner radikalen Auffassung vom Versdrama übten, begann seine Schöpferkraft zu untergraben und führte zu guter Letzt zu einer schweren Schreibhemmung, was mich zunächst entlastete, da es mich der langwierigen Säuberungen meiner Epidermis enthob. In der Folge entwickelte Engelbert Kornhäusel jedoch eine Gewohnheit, die sich sehr störend, ja, gesundheitsgefährdend auf mich auswirkte. Zwar blieb sein unbewußter innerer Widerstand gegen das Verfassen von Blankverskomödien weiterhin bestehen, doch begann er, sich seine Enttäuschung über die mangelnde Wertschätzung seitens seiner Dichterkollegen in Form leidenschaftlicher Pamphlete vom Leib zu schreiben, wobei er seine Schriftzüge mit einer Heftigkeit und Wut in meine Haut kratzte, die sich von der Zartheit und Sorgfalt, mit der er seine Jamben auf diese gesetzt hatte, in unangenehmer Weise unterschied, so daß ich bei besonders jähen und gewaltsamen Federstrichen manchmal unwillkürlich aufstöhnte, was ihn störte, da er auf stimmliche Äußerungen meinerseits keinen Wert legte. Auf diese Art und Weise verschlechterte sich unser Verhältnis zusehends, und mein Gönner, der immer weniger als ein solcher zu bezeichnen war und immer mehr zu meinem Quäler wurde, betrieb seine Schreibtätigkeit noch gereizter und ritzte seine Wörter noch tiefer in meine Haut, was zu zunehmendem Blutaustritt und schließlich zu einer Sepsis mit hohem Fieber, Schüttelfrost, sehr raschem Puls und Atembeschleunigung führte, welche mich auf Wochen hinaus ans Krankenlager fesselte und als Beschriftungsobjekt untauglich machte, was wiederum seine Frustration verstärkte. Eines Tages kam er äußerst erregt in mein Zimmer in der Metastasiogasse, wo ich das Bett hütete, und rief, es sei entsetzlich, das

Café Griensteidl, dieser ungeachtet aller Auseinandersetzungen mit seinen Kollegen für seine literarische Inspiration so eminent wichtige Ort, wäre der Sanierungstätigkeit des k.k. Hofbauamtes, welche vor nichts Halt mache, zum Opfer gefallen und geschlossen worden. Ein Leben ohne diese Stätte, ein Wechsel in das *Café Central* in der Herrengasse, wo die Gruppenzusammenkünfte von nun an stattfinden sollten, sei für ihn unvorstellbar, er wäre ruiniert und sehe keine andere Möglichkeit, als Erlösung im Freitod zu suchen, ein Vorhaben, das ihn zwinge, seine Angelegenheiten zu ordnen und unter anderem mein Zimmer mit Ende des Monats zu kündigen. Mit diesen Worten stürzte er auch schon wieder zur Tür hinaus, was ich nicht verhindern konnte, da ich durch die Blutvergiftung noch sehr geschwächt war.

So lag ich krank und von meinem Wohltäter verlassen in meiner Unterkunft in der Metastasiogasse, ohne die Möglichkeit, über die steile Treppe zum Portal der Kirche Maria am Gestade hinaufzusteigen und, unter dem gotischen Gewölbe auf dem kalten Steinboden knieend, meinen Lieblingsheiligen um Rettung aus dieser schwierigen Lage anzurufen, und fragte mich verängstigt, was ich tun sollte, denn es waren nur noch neun Tage bis zum Monatsende.

An einem der darauffolgenden Abende klopfte es gegen acht Uhr an meiner Zimmertür, und in der Meinung, es sei die Hausmeisterin, die mir gelegentlich eine Tasse Blutreinigungstee ans Bett brachte, antwortete ich mit einer Aufforderung einzutreten. Groß war meine Verwunderung, als nicht Frau Doležal ins Zimmer trat, sondern ein schnurrbärtiger, rotgesichtiger Mann mittleren Alters in schwarzweiß gemusterter Hose, schwarzem Samtrock und schmalkrempigem Halbzylinder, der eine Reitgerte in der rechten Hand hielt und in dem ich den Leibfiaker des Kronprinzen Rudolf, Josef Bratfisch, wiedererkannte, der mich seinerzeit in der Weinschenke *Zum munteren Winzer* auf dem Brillantengrund mit seinen wunderbaren Pfeiftönen zu Tränen gerührt hatte. Als ich verblüfft von meinem Lager hochfuhr, meinte der Besucher, ich möge ihm seine unangemeldete Visite verzeihen und mich beruhigen, er habe nichts Böses im Sinn, im Gegenteil, man habe ihn in geheimer Mission zu mir gesandt, und sobald ich ihm Gelegenheit gegeben hätte, seine Botschaft zu überbringen, würde ich mich über das Begehren seines Auftraggebers freuen, darauf wette er. Nachdem ich mir die Bettdecke bis an den Hals gezogen und den Eindringling mit matter Geste der linken Hand ersucht hatte, Platz zu nehmen, ließ sich der untersetzte Kutscher auf einem der beiden Biegeholzstühle nieder, so daß dieser krachte, wischte sich mit einem blauweiß gepunkteten Taschentuch über die Stirn und sagte, es gereiche ihm zur Freude, mir eröffnen zu dürfen, daß sein erlauchter Dienstherr, nämlich niemand anderer als der Kronprinz selbst, lebhaftes Interesse an meiner Person bekunde, ja, ein Wohlgefallen an ihr gefunden hätte, das seiner, Josef Bratfischs, bescheidenen Ansicht nach an leidenschaftliche Verliebtheit grenze. Wie das österreichische Volk wisse und wie auch mir sicherlich nicht verborgen geblieben wäre, sei der zukünftige Monarch seit Jahren vor Gott und den Menschen einer Frau und Nichtösterreicherin verbunden, deren Persönlichkeit zu seinem ebenso geselligen wie gütigen Wesen in so krassem Gegensatz stünde, daß sich die gemeinschaftlichen Unternehmungen des Paares längst nur noch auf offizielle Anlässe beschränkten. Als ich an dieser Stelle einwarf, mir sei tatsächlich unlängst in einem Wiener Konzertsaal zu Ohren gekommen, daß der Kronprinz seit Jahren ein Ehemartyrium zu erdulden gezwungen sei, das seinesgleichen suche, nickte Herr Bratfisch mehrmals und meinte, er sehe schon, er sehe schon, ich sei im Bilde und würde aufgrunddessen zweifellos

Verständnis für den Wunsch seines Herrn aufbringen, mich möglichst bald kennenzulernen. Als ich fragte, bei welcher Gelegenheit denn das Augenmerk des Thronerben auf mich unwürdige Person gefallen wäre, meines Wissens könne dies nur in eben erwähntem Konzertsaal geschehen sein, erwiderte der Leibfiaker, keineswegs, keineswegs, Kronprinz Rudolf beobachte mich seit langem, er habe mich nicht nur im Musikvereinssaal gesehen, sondern auch bei einer Vorstellung der *Zauberflöte* in der k. k. Hofoper in einem hinreißenden cremefarbenen und bei der Aufführung von Grillparzers Drama *Des Meeres und der Liebe Wellen* im Burgtheater in einem ebenso entzückenden hellrosa Kleid mit dazugehöriger Federcoiffure am Arm eines jungen Kavaliers erblickt, und seine angeborene Begeisterungsfähigkeit für alles Schöne hätte sich an meinem ebenmäßigen Gesicht, meiner makellosen Gestalt, meinen anmutigen Bewegungen, kurz, am ganzen Zauber, den meine Persönlichkeit ausstrahle, derart entzündet, daß er, wie er ihm, Josef Bratfisch, der nicht nur sein Leibkutscher, sondern auch sein enger Vertrauter genannt werden könne, eine Tatsache, die ihn mit Stolz erfülle, eingestanden hätte, seit Wochen keinen Schlaf finde. Ich meinte, ich fühlte mich durch die unverdiente Aufmerksamkeit Rudolf von Habsburgs sehr geehrt, ja ausgezeichnet, doch mache mir, wie er unschwer erkennen könne, eine gottlob bereits im Abklingen begriffene Sepsis ein Verlassen des Hauses derzeit noch unmöglich, worauf Josef Bratfisch sich beeilte zu sagen, man wolle meiner Gesundung keinesfalls vorgreifen, er werde sich lediglich mit meinem freundlichen Einverständnis erlauben, mir täglich einen kurzen Besuch abzustatten und sich nach meinem werten Befinden zu erkundigen.

Tatsächlich klopfte Josef Bratfisch während der folgenden Tage immer gegen acht Uhr abends an meine Zimmertür, setzte sich auf den Biegeholzstuhl, plauderte mit mir und überbrachte mir kleine Geschenke des Kronprinzen, die mich erfreuen und meiner Genesung förderlich sein sollten, Blumen, Champagner, Konfekt, Pastetchen und andere vorzügliche und leicht verdauliche Speisen. Durch diese mir von Seiten eines so hochstehenden Mannes gewidmete Aufmerksamkeit besserte sich sowohl mein körperliches als auch mein seelisches Befinden sehr rasch, und ich sah mich nach vier Tagen befähigt, in ein Treffen mit dem Prinzen in einem der berühmten Separées des Hotels Sacher einzuwilligen, wohin mich Herr Bratfisch mit seinem Gespann brachte. Ich beschloß, bei dieser Gelegenheit das zartlila Kleid und den Hut mit den Stiefmütterchen zu tragen, auch wenn beides schon ein wenig schäbig war, da der Thronerbe meine anderen beiden Roben bereits kannte und der lila Farbton die durchsichtige Blässe meiner Haut, zum Teil eine Folge der Blutvergiftung, vorteilhaft zur Geltung brachte. Im Foyer des Hotels nahm mich eine resolut wirkende, eine Zigarre rauchende Dame in Empfang, die sich als Frau Sacher vorstellte und mich unter Bemerkungen von ausgesuchter Liebenswürdigkeit in den ersten Stock geleitete, wo der Kronprinz mich bereits erwartete. Sein natürliches und ungezwungenes Verhalten ließ die Aufgeregtheit, die sich während der Fiakerfahrt meiner bemächtigt hatte, sogleich abklingen, auch trug seine unauffällige Kleidung, ein, wie er mir später verriet, bewußter Verzicht auf jede äußerliche Betonung seiner Stellung durch Orden, Schärpen, Epauletten oder Säbel zu dem Zweck, mich unerfahrenes junges Geschöpf nicht zu verunsichern, zur verhältnismäßigen Zwanglosigkeit des nachfolgenden zwischenmenschlichen Austausches bei.

Wenn ich die so betrüblichen wie unwahrscheinlichen Ereignisse meines Lebens jetzt, kurz vor meiner Hinrichtung, vor meinem inneren Auge vorüberziehen lasse, wie es rechtskräftig zum Tode Verurteilten häufig ein Bedürfnis ist, dann scheint mir, daß die auf diese erste Begegnung mit Rudolf im Separée der Frau Sacher folgenden Monate mich für alle übrige Unbill, alle sonstigen Widerwärtigkeiten meines unvollkommenen Frauendaseins entschädigten. Zwar war Rudolf kaum als fähiger Liebhaber in des Wortes eigentlicher Bedeutung zu bezeichnen, zwar gelang ihm trotz wiederholten Versuchs das, was dem Edlen von Schreyvogl so mühelos gelungen war, genaugenommen kein einziges Mal, doch brachte der designierte Thronfolger mir insbesondere zu Anfang unserer Verbindung mehr Zärtlichkeit und Verständnis entgegen, als mir je in meinem Leben von Seiten eines Mannes zuteil geworden war. Entgegen dem Theaterdichter Engelbert Kornhäusel lag ihm auch daran, daß ich als Kind aus dem Volke, welchem er durch ein festes Band gegenseitiger Wertschätzung verbunden war und mit dessen einfachen Vertretern er engen Umgang pflegte, mich zu einer breiten Palette ihn beschäftigender Themen äußerte, die vom beklagenswerten Übergewicht seiner Ehefrau Stephanie und dem dazu in einem merkwürdigen Gegensatz stehenden, ebenso bedauerlichen Untergewicht seiner Mutter Elisabeth über die seiner Meinung nach im Hinblick auf das Nationalitätenproblem völlig verfehlte Politik seines Vaters bis zu der Frage reichten, ob Selbstmord in jungen Jahren sich vom Standpunkt des Selbstmörders aus rechtfertigen ließe und mit welcher Sicherheit der Zeitpunkt des Todes eines Menschen dem Verlauf seiner Handlinien zu entnehmen sei. Schon nach unserer dritten Begegnung meinte Rudolf, es sei an der Zeit, daß ich das enge Zimmerchen in der Metastasiogasse, eine Behausung, die meinem weiten Herzen nicht entspreche und ihn zudem in unangenehmer Weise an seinen exzentrischen Vorgänger erinnere, verließe, ich billigte doch seine Absicht, mir in Oberdöbling eine kleine Villa einzurichten, unsere Beziehung, so jung sie sei, beglücke ihn in einem Ausmaß, wie er es nicht für möglich gehalten hätte, und bilde ein gesundes und täglich maßgeblicher werdendes Gegengewicht zu seiner melancholischen Veranlagung, dem Erbteil seiner einem unglücklicherweise für Geistesstörungen recht anfälligen bayerischen Geschlecht entstammenden Mutter.

So kam es, daß ich wenige Zeit später gemeinsam mit einem ebenso gebrechlichen wie diskreten alten mährischen Ehepaar, dem die Pflege von Haus und Garten oblag, eine Zehnzimmervilla in der Nähe des Döblinger Friedhofes bewohnte, eine Tatsache, die mich mit Staunen erfüllte, wenn ich mir in Erinnerung rief, daß ich mich noch vor kurzer Zeit zu den bemitleidenswerten Insassinnen der Straf- und Arbeitsanstalt für Frauen in Wiener Neudorf zu zählen gezwungen gewesen war. Rudolf bestand darauf, daß ich die Villa nur in seiner Gesellschaft verließ, ein Wunsch, dem ich anfangs bereitwillig nachkam, da ich in meiner uneingeschränkten Anbetung des Kronprinzen meine ganze Existenz ausschließlich darauf ausrichtete, ihn zu empfangen, zufriedenzustellen und mich nach seinem Weggang auf die nächste Zusammenkunft mit ihm vorzubereiten. Er besuchte mich häufig, meist in Begleitung seines Leibfiakers, mit welchem wir an schönen Tagen ausgedehnte Fahrten in die nahegelegenen Weinorte unternahmen, wo wir in Gesellschaft unterschiedlichster Menschen aus allen sozialen Schichten den jungen Wein tranken, tanzten, melancholische Lieder sangen oder sie uns von Josef Bratfisch vorpfeifen ließen.

An einem lauen Juliabend saßen wir, sauren Weißwein trinkend und mit Schweinefett bestrichene Brote essend, in Begleitung von Bratfisch und dessen sympathischer Frau in bester Stimmung auf verwitterten Holzbänken unter einem Walnußbaum im Heiligenstädter Heurigenwirtshaus *Zum letzten Tropfen*, als ein sogenannter Zeiselwagen, einer jener ungefederten Bauernleiterwagen, mit welchen man für wenig Geld vom Stadtzentrum in die nahegelegenen Dörfer fahren konnte, vor der Gaststätte hielt. Müßig beobachteten wir die aussteigenden Fahrgäste, und ich traute meinen Augen kaum, als ich in dem zuletzt aussteigenden Paar, einer großen, schmalen Frau mit dünnen rotblonden Haaren, einem spitzen Kinn und Augen ohne Farbe und einem jungen Mann mit dunkelblonden Locken die eifersüchtige Klarinettistin aus dem *Café Eisvogel* im Prater und den Kellner Hans erkannte, den ich in ganz Wien gesucht und nicht gefunden hatte. Als ich sah, wie Hans Holzer der Klarinettistin die Hand reichte, um ihr aus dem Wagen zu helfen, und wie diese die Hand ergriff, vom Wagen sprang, ihm die Arme um den Nacken schlang und ihn küßte, empfand ich nach langem wieder den jähen Stich im Herzen, so als werde eine dünne Nadel hineingestoßen. In diesem Moment blickte Hans Holzer in unsere Richtung, und langsam löste er die Arme der Klarinettistin von seinem Hals und ging mit gesenktem Blick an uns vorüber ins Gasthaus. Von der unerwarteten Begegnung mit dem Kellner erschüttert, trank ich mehrere Gläser des sauren Weins und betrat anschließend leicht schwankenden Schrittes ebenfalls das Wirtshausinnere, um einen frischen Krug zu holen. Als ich an dem Tisch vorüberging, an dem Hans und die Klarinettistin saßen, erkannte mich jene plötzlich wieder, stand auf, kam, gleichfalls nicht mehr völlig nüchtern, hinter dem Tisch hervor und rief, das sei doch nicht die Möglichkeit, da wäre ja die böhmische Schlampe wieder, die ihrem Verlobten bis zum heutigen Tag im Kopf herumspuke und der Grund dafür sei, daß er sein Heiratsversprechen immer noch nicht eingelöst habe, die Herumtreiberin, für die er den langen Fußweg zur Frauenstrafanstalt in Wiener Neudorf auf sich genommen hätte, wo sie eingesessen sei, ja, wegen Diebstahls eingesessen, das wisse sie, ihr Verlobter, ein anständiger Mensch, habe sich nicht gescheut, eine rechtskräftig verurteilte Diebin im Gefängnis zu besuchen, das ginge nicht mit rechten Dingen zu, ich hätte ihn verhext, ja, verhext hätte ich ihn, es sei allgemein bekannt, daß die Böhminnen samt und sonders Hexen seien, sich auf Zauberkünste aller Art verstünden, aber sie fürchte sich nicht vor mir, sie werde mir noch zeigen, was es hieße, sich mit einem Mitglied der besten Damenkapelle Wiens anzulegen. Mit diesen Worten ergriff sie ihre auf der Holzbank liegende Klarinette und ging damit auf mich los, worauf Hans Holzer, der bislang geschwiegen hatte, aufsprang, gleichfalls leicht betrunken hinter dem Tisch hervorkam, der Klarinettistin ihr Instrument nach zähem Ringen entwand, sich schwer atmend vor mich hinstellte und sagte, er müsse sich über die Entwicklung wundern, die ich seit unserer ersten Begegnung auf der kleinen Insel in der Donau genommen hätte, bei welcher ihn der unschuldige Zauber meiner Mädchenhaftigkeit sofort in den Bann geschlagen habe, damals und auch bei unseren späteren Zusammenkünften im Prater hätte ich auf ihn den Eindruck einer keuschen und zurückhaltenden, gleichzeitig jedoch durchaus tiefer Empfindungen fähigen Frauensperson gemacht, einer Person, die mit ehrlicher Arbeit ihren Lebensunterhalt zu verdienen entschlossen gewesen sei, ein Eindruck, der ihn zweifellos getrogen habe, nachdem er mich nun in Gesellschaft der Mächtigen, ja, offen um ihre Gunst buhlend wiederfinde, derer, die sich den Anschein gäben, Freunde und Beschützer des Volkes zu sein, in Wirklichkeit aber lediglich darauf aus wären, die Ohnmacht und Gutmütigkeit dieses ihres Volkes auszunützen und sich durch rücksichtslose Ausbeutung von dessen Arbeitskraft zu bereichern. Wenn ich glaubte, er wisse über meine Eskapaden seit meiner Entlassung aus dem Arbeitshaus nicht Bescheid, dann irrte ich mich, ich könne ihn nicht länger hinters Licht führen, er, der unglücklicherweise aufgrund seines nachhaltigen Gefühls für mich kurzzeitig den Verstand verloren habe, sage sich hiermit endgültig los von einer Frau, die mittlerweile Teil eines gleichermaßen korrupten wie morschen politischen Systems geworden sei, ja, ebenso schamlos ihren Vorteil daraus zöge wie umgekehrt die Herrschenden aus unsereinem, das sei die Wahrheit, ich sei zu einer Drohne geworden, einer k.k. Kokotte, einer Habsburgerhure, er schäme sich für mich. Während Hans Holzer mir diese Beleidigungen an den Kopf warf, versuchte die Klarinettistin so verzweifelt wie vergeblich, ihm den Mund zuzuhalten, denn die übrigen Heurigenbesucher waren auf uns aufmerksam geworden, und der Leibfiaker Bratfisch stand, interessiert zuhörend, im Türrahmen der Gaststätte. Zwar hatte Rudolf mir seine liberalen Neigungen nicht verschwiegen, doch waren die Äußerungen Hans Holzers nicht nur mir, sondern auch dem Herrscherhaus gegenüber derart ausfällig gewesen, daß ich, um den Mann nicht zu gefährden, der vermocht hatte, an mein Herz zu rühren, rasch handelte, zum Kronprinzen ins Freie ging und sagte, der junge Wein habe mir Kopfschmerzen verursacht, ich wolle zurück nach Oberdöbling, ein Wunsch, dem Rudolf auf der Stelle nachkam.

Das unvorhergesehene Wiedersehen mit dem Kellner Hans ging mir lange nicht aus dem Kopf und beeinträchtigte mein vordem ungetrübtes Glück mit dem Thronerben ein wenig, ein Glück, das auch von seiner, Rudolfs, Seite bald nicht mehr so intensiv empfunden wurde wie zu Anfang unserer Verbindung, denn das Verhältnis zu seinem Vater, das nie ein gutes gewesen war, verschlechterte sich zusehends und belastete unsere Beziehung, und oft entlud sich sein Ärger über den Monarchen in meiner Gegenwart mit einer Heftigkeit, die mich erschreckte. Die politischen Ideen des Kaisers seien hoffnungslos veraltet, sagte er, in seiner fortschreitenden Vergreisung unterliefen ihm ständig nicht wieder gutzumachende staatsmännische Irrtümer, er sei bereits so senil, daß er, Rudolf, sich nicht vorstellen könne, daß sein Vater auch nur die leiseste Vorstellung davon habe, welchen Inhalts die Hunderte von Akten seien, unter die er täglich seine Unterschrift setze, zudem sei seine Bigotterie kaum noch erträglich, daß er, sein Vater, beispielsweise jedes Jahr am Gründonnerstag an zwölf unappetitlichen Greisen die Fußwaschungszeremonie vollziehe, finde er, Rudolf, geschmacklos. Und erst die ununterbrochenen, sterbenslangweiligen Familiendiners, bei denen er, Rudolf, anwesend zu sein verpflichtet wäre, er halte die gespannte Stimmung während der Familiendiners nicht mehr aus, die verlogene Atmosphäre unter blutsverwandten Menschen, die so täten, als liebten sie einander, sich in Wirklichkeit jedoch mit jeder Faser ihres Herzens haßten und verachteten, er begreife nicht, warum sein Vater auf diesen Familiendiners bestehe. Auch werde sein Geiz immer größer, ein typischer Altersgeiz, um jeden Kreuzer müsse man mit ihm feilschen, manchmal wünsche er sich, der Alte würde endlich an seinem Bronchialkatarrh erstikken. Beunruhigten mich schon solche immer häufiger auftretende haßerfüllte Ausbrüche des Kronprinzen gegen Kaiser Franz Joseph beträchtlich, so verstörten mich seine Anfälle von Schwermut noch mehr, während derer er Unmengen von Champagner, gemischt mit Cognac, trank und immerfort von Selbstmord redete, davon, daß die Götter Recht hätten, wenn sie die, welche sie liebten, früh zu sich nähmen, daß alles Dasein eitel und nichtig sei und daß seine ihn bis aufs Blut quälende Ehefrau Stephanie bald an seinem offenen Grab stehen und keine Gelegenheit mehr haben würde, ihn zu peinigen. Als er eines Nachmittags den Salon der Villa in Oberdöbling mit einem Totenschädel in der Hand betrat und mich, die ich entsetzt zurückwich, fragte, ob ich ihn tief genug liebte, um gemeinsam mit ihm, der das Leben seit längerem satt habe, in den Tod zu gehen, erwiderte ich, wie ein Mensch auch nur mit dem Gedanken spielen könne, Hand an sich zu legen, sei mir unbegreiflich, meine Mutter, die, wie er wisse, eine einfache Köchin gewesen sei, habe mir in frühesten Jahren schon eingeschärft, daß das Leben ein Geschenk Gottes wäre, welches man unter keinen Umständen wegwerfen dürfe, ohne der ewigen Seligkeit verlustig zu gehen, wolle er denn für immer in der Hölle schmoren, dem Ort, der den Selbstmördern bestimmt sei, worauf Rudolf kurz und bitter auflachte und meinte, er frage sich, womit er es verdient habe, bis auf seine Mutter, die Kaiserin, eine hochintelligente, wenn auch grüblerisch veranlagte Frau, ständig von Weibspersonen umgeben zu sein, die ihn mit ihrem sentimentalen Gewäsch, ihrem dümmlichen Gefasel auf die Nerven fielen und denen sowohl die Courage wie auch das tiefere metaphysische Verständnis dafür abgingen, ihn, eine Natur, die in ihrer Zwiespältigkeit einerseits Faust, andererseits Hamlet gliche, in den Tod zu begleiten. Aber ich würde schon sehen, wenn schon ich nicht zu diesem ihm selbstverständlich erscheinenden kleinen Opfer bereit sei, es werde sich eine andere finden, die ihm diesen Liebesdienst nicht versagen und ihm und dem ihm freundlicherweise von dem jüdischen Anatom Emil Zuckerkandl überlassenen, auf ganz spezielle Weise präparierten Totenkopf bereitwillig in den Tod folgen würde.

Und es war nicht nur der schmerzliche Gedanke an den endgültigen Verlust Hans Holzers, es waren nicht nur die starken Gemütsschwankungen Rudolfs, welche meine Lebenslust, die noch vor kurzem überschäumend zu nennen gewesen war, beeinträchtigten, es waren auch die Feindseligkeiten meiner Rivalinnen, die meine anfänglich so harmonische Verbindung zum Kronprinzen störten.

Rudolf hatte mich nie darüber im Zweifel belassen, daß ich nicht die einzige Frau war, der er seine Gunst schenkte, sondern bereits zu Beginn unseres Verhältnisses erklärt, es sei einem Mann seines Standes und Temperaments naturgemäß nicht möglich, sein Begehren andauernd auf eine einzige Frau zu richten, ich möge Verständnis dafür aufbringen, daß er aufgrund seines Ranges ununterbrochen in Versuchung geführt werde und dieser Versuchung, er gestehe es, auch nachgebe, soweit es seine Kräfte zuließen. Trotz meiner Jugend halte er mich für verständig genug, keinerlei wie immer geartete Einwände dagegen zu erheben, daß er seine Aufmerksamkeit auch noch mehreren anderen jungen Wienerinnen, zarten und anschmiegsamen Geschöpfen wie mir, zuwende, schließlich müsse sich der künftige Regent eines riesigen Reiches beizeiten unter seine angehenden Untertanen mischen, um ihre Liebe und ihr Vertrauen zu gewinnen. Auf diese Forderung hatte ich zur Antwort gegeben, er möge sich diesbezüglich keine Gedanken machen, meine Mutter, eine sanfte und gottesfürchtige Frau, habe mich immer dazu angehalten, alles, was ich besäße, mit Freuden zu teilen, wie es unser Herr Jesus Christus getan hätte, denn, so merkwürdig es sei, habe sie gesagt, gäbe man, so würde einem gegeben. Allerdings hatte ich nicht damit gerechnet, daß nicht alle Frauen des Kronprinzen derselben Ansicht waren wie ich, ein Irrtum, der sich schon wenige Zeit später als ausgesprochen folgenschwer, ja lebensgefährlich erweisen sollte.

An einem Sonntagvormittag stand ich vor dem großen Spiegel im Empfangszimmer der Zehnzimmervilla in Oberdöbling und probierte eine mit Rosenblättern und Apfelblüten geschmückte, sommerlich leichte Kopfbedeckung aus Stroh, die der Kronprinz mir von einem kurzen Kuraufenthalt in Abbazia mitgebracht hatte, als plötzlich lautes Gezeter an mein Ohr drang. Ich wandte mich um und sah mich zu meiner Überraschung einer hochgewachsenen, vollbusigen Dame in einem dunklen Taftkleid gegenüber, die einen riesigen schwarzen, mit einem ausgestopften Sperber garnierten Hut auf dem Kopf und ein leuchtend blaues Parfümfläschchen in der schwarz behandschuhten Rechten trug und das gebrechliche mährische Ehepaar, das sie am Betreten des Zimmers zu hindern versuchte, mühelos mit der Linken abwehrte. Habe sie mich endlich gestellt, rief die Dame, das sei also die letzte Errungenschaft des feinen Herrn Kronprinzen, ein halbes Kind noch, das sehe ihm ähnlich, diesem perversen Lüstling, den nicht einmal schwerste, durch übermäßigen Alkoholgenuß bewirkte Potenzstörungen, an deren betrüblichen Folgen sie, Liesl Pernerstorfer, in ihrer Eigenschaft als älteste und damit ranghöchste Mätresse Rudolfs seit Jahren zu leiden hätte, von den traurigen Liebesabenteuern abzuhalten imstande wären, die ihn in die ekelerregendsten Ecken, in die abstoßendsten Nischen der österreichisch-ungarischen Monarchie führten. Sie denke nicht daran, sich durch mich flachbrüstiges Küken verdrängen zu lassen, wie Rudolf ihr dies mit der Bemerkung nahegelegt habe, die Älteste müsse der Jüngsten weichen, so wolle es die Natur, nein, sie denke nicht daran, sich ihre sauer verdiente Apanage kürzen oder gar streichen zu lassen, nur weil ich vorübergehend in seiner Gunst stünde, vorübergehend, wiederhole sie, denn wie die meisten seiner Eroberungen würde ich mich dieser Gunst nicht lange erfreuen, ich sei nichts als eine Eintagsfliege im Bett des Kronprinzen, das müsse mir klar sein, nichts als eine Eintagsfliege. Dann schwieg die stattliche Dame eine Weile, sah mich von oben bis unten an und meinte schließlich, wenn sie mich so ansehe, blaß und mager, wie ich sei, bekäme sie geradezu Mitleid mit mir und komme ganz von ihrem ursprünglichen Plan ab, nämlich mir das Kupfervitriol, das sich in ihrem Parfumfläschchen befinde, ins Gesicht zu schütten und auf diese Weise einen längeren Verbleib meiner Person in der Hierarchie der Kronprinzenmätressen ein für allemal zu unterbinden. Wie sie Rudolf einschätze, und sie kenne ihn seit dem Jahre achtzehnhundertachtundsiebzig, in welchem sie den schüchternen Jüngling in das Mysterium der körperlichen Liebe eingeweiht hätte, werde er meiner sehr bald ganz von selbst überdrüssig sein, jeder verschüttete Tropfen Kupfervitriols sei eine Verschwendung, und dann würde sie es statt meiner sein, die diese Villa bewohnte, es sei nur eine Frage von Wochen. Damit drehte sich die imposante Dame auf dem Absatz ihrer glänzenden schwarzen Knöpfstiefelchen um und verließ, gefolgt von dem hilflosen mährischen Ehepaar, zunächst das Empfangszimmer, dann das Haus und schließlich das Grundstück.

Nach diesem Erlebnis gewöhnte ich mir an, mich auf den kurzen Spaziergängen in der nächsten Umgebung der Zehnzimmervilla, die Rudolf mir mittlerweile gestattete, vorsichtig zu verhalten und gelegentlich hinter mich zu blicken, für den Fall, daß mir jemand folgte. Als ich eines Nachmittags unter einer Trauerweide auf einer Bank auf dem Döblinger Friedhof saß, bekümmert darüber, daß Rudolf immer häufiger von Selbstmord sprach, trat unvermittelt eine dicke, elegant gekleidete Dame mit einem kleinen runden Hut, dessen schwarzer Schleier ihr Gesicht verbarg, hinter dem Grabmal der Grafen von Lodron hervor und richtete eine Schußwaffe auf mich. Vor Schreck sprachlos und außerstande, mich zu rühren, blieb ich auf der Bank sitzen. Bei der Waffe, die sie in Händen halte, sagte die Dame einleitend mit mir unbekanntem ausländischem Akzent, handle es sich um eine Browning-Selbstladepistole, genauer gesagt, um die Pistole, mittels derer sie in den kommenden Minuten mein Leben beenden werde. Sie sei nicht bereit, die widerwärtige Mätressenwirtschaft ihres Gemahls, dieses gewalttätigen Trinkers, auch nur eine Minute länger zu dulden, nicht genug damit, daß sie seine skandalösen Verhältnisse mit der Kuranda, der Pernerstorfer, Mutter und Tochter Vetsera und vor allem mit der Caspar, dieser hinterhältigen Schlange, seit Jahren hinzunehmen gezwungen wäre, daß sie sich, davon abgesehen, mit den zahllosen kurzen und kürzesten Liebschaften, die der Kronprinz auf seinen betrunkenen Streifzügen durch die Wiener Vororte Nacht für Nacht anknüpfe, abfinden müsse, nun besäße er auch noch die Stirn, das Kontingent seiner ständigen Geliebten um eine weitere zu erhöhen, nämlich um mich, eine böhmische Dienstmagd, wie sie in Erfahrung habe bringen müssen, eine wegen Diebstahls vorbestrafte Herumstreunerin, das sei die Höhe, das sei der Gipfel. Wenn sie sich daran erinnere, mit welcher Zuversicht, welchem Vertrauen sie als Fünfzehnjährige, man stelle sich vor, als Fünfzehnjährige, ihrem Verlobten aus Brüssel in die Fremde gefolgt sei, mit welchem Eifer sie sich bemüht habe, eine gute Österreicherin zu werden, empfinde sie tiefes Mitleid mit dem Kinde, das sie damals gewesen wäre. Heute sei ihr unbegreiflich, in welch naiver Weise sie sich vom Empfang, den die Wiener, welche sie aufgrund ihrer Unerfahrenheit erst viel später in ihrer ganzen Dummheit und Bösartigkeit durchschaut habe, ihr bereitet hätten, habe beeindrucken lassen, von dem eigens von Johann Strauß für sie komponierten *Myrtenblütenwalzer*, dem feenhaften Feuerwerk in Schönbrunn, das die Initialen R und S auf dem dunklen Nachthimmel habe erstrahlen lassen, von der Praterfahrt mit den zweiundsechzig Hofequipagen, den Vorträgen der Militärmusikkapellen und des Wiener Männergesangsvereins, den Turn- und Fechtvorführungen, dem Galadiner im Redoutensaal der Hofburg mit den über hundert Gedecken in Gold und den vierundsechzig Silbergedecken und vor allem von der durch Kardinal Fürst Schwarzenberg im Beisein von vierundzwanzig Bischöfen und Erzbischöfen vollzogenen Trauung in der Augustinerkirche, kämen ihr die Tränen. Ihr Leben sei nichts als eine Reihe von Fehlschlägen gewesen, nichts als eine Abfolge von Ernüchterungen, die Österreicher, insbesondere die Wiener und vor allem der Wiener Hof, hätten all ihre Hoffnungen zunichte gemacht, sie hätte in Belgien bleiben sollen, unter der Obhut ihres geliebten Vaters, des Königs Leopold, und ihrer Mutter, der gütigen Königin Marie Henriette. Bei diesen Worten hob Kronprinzessin Stephanie, denn um niemand anderen handelte es sich, den kleinen Schleier und wischte sich mit dem Rücken der rechten Hand, in der sie die Browning-Selbstladepistole trug, über das aufgedunsene blasse Gesicht, die schütteren gelben Stirnhaare und die tief im Fleisch liegenden kleinen Augen, in denen tatsächlich Tränen standen. Wenn ich wüßte, welchen Leidensweg sie hinter sich und wohl auch noch vor sich hätte, sagte sie weinend, man mache sich keine Vorstellung von dem Ausmaß der Zerrüttung, die in ihrer unglückseligen Ehe mit dem Kronprinzen, einem seinen dubiosen Trieben völlig ausgelieferten Menschen, der sich zudem mehr und mehr als geistesgestörter Phantast entpuppe, bereits um sich gegriffen habe, einem Mann, den sie doch anfänglich angebetet hätte, eine Regung, die ich sowohl als Frau im allgemeinen wie auch als Geliebte ihres Ehemannes im besonderen sicherlich nachvollziehen könne. Offenbar vom Schmerz über die Untreue ihres Gatten überwältigt, schwankte die Kronprinzessin hin und her, fuhr sich mit der pistolenbewehrten Hand an die Schläfe und ließ sich dann neben mir auf der von der k. k. Friedhofsverwaltung aufgestellten grüngestrichenen Holzbank nieder. Von einem plötzlichen Gefühl weiblicher Verbundenheit ergriffen, legte ich der Bejammernswerten meinen Arm um die Schulter, welche daraufhin laut aufschluchzend ihren Kopf an meiner Brust barg, wobei ihr die Browning-Selbstladepistole entglitt und in meinem Schoß liegenblieb. Ich nahm sie vorsichtig an mich und steckte sie in den bunt bestickten Stoffbeutel aus Gödöllö in Ungarn, einem Präsent Rudolfs. Nachdem ich Stephanie Gelegenheit gegeben hatte, sich auszuweinen, fragte ich sie, wie sie denn auf den Döblinger Friedhof gekommen sei, und als sie erwiderte, sie hätte sich einen Einspänner genommen, der in einiger Entfernung auf sie warte, stand ich auf, half ihr behutsam auf die Beine und führte sie aus dem Friedhof hinaus und dem Gefährt entgegen.

In der Folge wurden Rudolfs Besuche in Oberdöbling seltener, was mich zwar kränkte, doch erst wirklich beunruhigte, als Frau Bratfisch an einem kalten Morgen Ende Januar des Jahres achtzehnhundertneunundachtzig in erregtem Zustand in der Zehnzimmervilla erschien und mir mitteilte, ihr Mann habe, ohne es zu wollen, auf dem Schreibtisch des Kronprinzen vier eindeutig von dessen Hand verfaßte, an seine Tochter Valerie, an seine Frau, an Baron Hirsch und an Mizzi Caspar gerichtete Abschiedsbriefe entdeckt und, wiederum durch reinen Zufall, in der Schreibtischlade sowohl dreißigtausend für die Caspar bestimmte Gulden als auch eine Browning-Selbstladepistole vorgefunden, Tatsachen, welche die von ihr und ihrem Gatten seit längerem gehegte Vermutung, ihr Herr sei seines Daseins überdrüssig, bekräftigten und zu den schlimmsten Befürchtungen Anlaß gäben. Ich möge dem Lebensmüden den wohltuenden und besänftigenden Einfluß, den ich stets auf ihn ausgeübt hätte, um Himmels willen nicht entziehen, sondern alles in meiner Macht Stehende tun, um ihn zum Verweilen im zugegebenermaßen für uns alle manchmal etwas beschwerlichen Diesseits zu bewegen. Nachdem Frau Bratfisch gegangen war, lief ich in mein Ankleidezimmer, zog die unterste

Lade der mit persischen Miniaturmalereien aus der ersten Hälfte des siebzehnten Jahrhunderts verzierten Rosenholzkommode heraus, in welche ich nach der Begegnung mit der Kronprinzessin den bunt bestickten Stoffbeutel aus Gödöllö samt Pistole gelegt hatte, und fand meinen Verdacht bestätigt: der Beutel war leer. Auf der Stelle sandte ich das alte mährische Ehepaar mit einer an Rudolf gerichteten dringenden Botschaft in das Jagdschloß Mayerling, wo er sich, wie ich wußte, zu diesem Zeitpunkt aufhielt, doch kaum waren sie aufgebrochen, fuhr Josef Bratfisch in höchster Eile mit seinem Fiaker vor und teilte mir mit, der zukünftige Monarch und seine Mätresse, die Baronesse Vetsera, seien in den frühen Morgenstunden auf dem Bett von Rudolfs Schlafzimmer in Mayerling, auf welchem außer den beiden Leichen auch ein Totenschädel und eine Browning-Selbstladepistole gelegen wären, erschossen aufgefunden worden.«

13

An diesem Morgen weckte mich ein tiefer, lang nachhallender Ton, und im Erwachen wurde mir klar, daß dieser Klang aus einem Traum zu mir gedrungen und daß es Magnolia gewesen war, die ihn durch einen Schlag mit einem Filzschlegel auf einen riesigen Gong hervorgerufen hatte.

Magnolia. Während ich mich am Vortag mit geschlossenen Augen ihren Berührungen hingegeben hatte, waren die Gesichter des Präfekten und meiner Mutter vor mir aufgetaucht und hatten im Duett gesungen: »Und das Eis zerspringt in Schollen, /Und der weiche Schnee zerrinnt«, und dann waren ihre Gesichter mit den offenen Mündern und den nach oben gedrehten Augäpfeln, ihre in blauen Matrosenkragen mit weißen Randstreifen steckenden Hälse in den Hintergrund gerückt und verblaßt, ihre Stimmen waren verklungen und von leisen, allmählich lauter werdenden Trommelschlägen überlagert worden, vom zunächst langsamen, sich nach und nach beschleunigenden Rhythmus von Stöcken, von Keulen, die auf straffe Membrane fielen, und ich sah Magnolias schmale weiße Fußsohle, die in Wirklichkeit an meiner Wade emporglitt, beharrlich auf die Fußmaschine einer großen Trommel niedergehen, sah ihre Hände, die in Wahrheit meine Hüften streichelten, mit ausgestreckten Fingern gleichmäßig auf eine zum Zerreißen gespannte Tierhaut einschlagen, und der Rhythmus der Trommeln drang in meine Ohren, breitete sich von dort wellenartig in meinem ganzen Körper aus und endete mit einem gewaltigen Schlag auf das gegerbte, mit Hilfe von sechs bis acht Schrauben spann- und entspannbare Kalbfell einer Kesselpauke aus Kupferblech, dem wichtigsten Schlaginstrument des Orchesters.

Ich hatte ausgezeichnet geschlafen und fühlte mich gesundheitlich in so guter Verfassung wie noch nie in meinem Leben, ein Umstand, der mich dazu bewog, nach dem Aufstehen die Medikamentenschachteln, die Dosen, Säckchen und Fläschchen, die verstreut auf dem Schlafzimmerteppich lagen, einzusammeln, in der Absicht, sie auf dem raschesten Wege in den im Hof des Sterbehauses aufgestellten anthrazitfarbenen Mülleimer zu werfen. Auf dem Gang dorthin begegnete ich Fräulein Haslinger, die erschreckt die Augen aufriß und fragte, was in mich gefahren sei, ich könne doch an einem kalten Tag Anfang Advent nicht barfuß und mit unzureichend geschlossenem Morgenmantel über die steinernen Treppenstufen laufen, worauf ich ihr wortlos die Plastiktüte mit den Medikamenten in die Hand drückte, mich umdrehte und, zwei Stufen auf einmal nehmend, die Treppe hinaufsprang, was die ehemalige Pastoralassistentin veranlaßte, mir nachzurufen, offenbar fieberte ich bereits, kein Wunder, derlei Nachlässigkeiten rächten sich unweigerlich, sie werde mir sogleich ein Fläschchen Hustensirup bringen.

Nachdem ich ausgiebig gefrühstückt und meinen neuen schwarzen Rollkragenpullover aus dem Herrenausstattungsgeschäft Alexander in der Rauhensteingasse angezogen hatte, der Magnolia vor kurzem bei einem kleinen Stadtbummel mit mir in dessen Schaufenster aufgefallen war und den ich gleich am nächsten Tag erstanden hatte, da es mir gelungen war, das Schubertporträt des Malers Kriehuber auf dem Flohmarkt an einen amerikanischen Touristen zu verkaufen, welcher meinen die Einzigartigkeit des Kunstgegenstandes beteuernden Worten auf der Stelle Glauben geschenkt hatte, ging ich ins Schlafzimmer und nahm einen Schmetterlingskasten nach dem anderen von der Wand, denn nachdem ich Magnolia von meinen finanziellen Schwierigkeiten erzählt hatte, hatte diese gemeint, ich könne doch versuchen, einen Abnehmer für die toten Schmetterlinge zu finden, man wisse nie, Sammler zahlten gelegentlich hohe Preise für solche Dinge. Während ich mit den Kästen das Zimmer verließ, versuchte ich den Blick meiner auf dem Gemälde über dem Bett dargestellten Mutter zu vermeiden, da diese mir eingeschärft hatte, mich von meiner Schmetterlingssammlung unter keinen Umständen zu trennen, sie, die Sammlung, werde mich auf ewig sowohl an die Spenderin, nämlich an sie, meine Mutter, als auch an meine glückliche Kindheit erinnern, doch im Hinausgehen beging ich die Unvorsichtigkeit, mich kurz umzuwenden und meine Mutter entschuldigend anzusehen. Der Gesichtsausdruck, mit dem sie meine Handlung verfolgte, verriet einen zum Ausmaß des Vergehens in keinem Verhältnis stehenden Zorn, so daß ich ärgerlich zu ihr sagte, ihre Reaktion sei unangemessen, gemäß den Bestimmungen des österreichischen Erbrechts könne ein Universalerbe, und ein solcher sei ich, mit seiner Hinterlassenschaft verfahren, wie es ihm beliebe. Dann zögerte ich kurz und setzte hinzu, von nun an duldete ich auch in andere Lebensbereiche keine weitere Einmischung ihrerseits, sie habe sich im Laufe des vergangenen Nachmittags mit eigenen Augen davon überzeugen können, daß ich erwachsen sei, auch beabsichtigte ich, die übertrieben hohe Frequenz meiner Besuche an ihrem Grab etwas zu vermindern. Dann setzte ich die Schmetterlingskästen ab, stieg auf das Bett, nahm das Gemälde von seinem Haken und stellte es mit der Vorderseite zur Wand auf den Fußboden.

Trotz des Hausverbotes, welches das Dorotheum mir gegenüber ausgesprochen hatte, entschloß ich mich, das Auktionshaus ein weiteres Mal aufzusuchen, und verließ meine Wohnung. Kaum war ich auf der Kettenbrückengasse, eilte die Trafikantin aus ihrer Trafik und fragte, wo denn mein Schafwollschal geblieben wäre, der erste Adventsonntag sei vorüber, kaum jemand könne es sich leisten, in Wien nach dem ersten Adventsonntag ohne Schal aus dem Haus zu gehen, und als ich sagte, der Schal hänge auf dem Garderobehaken im Sterbehaus, meinte sie kopfschüttelnd, sie beginne sich zu fragen, ob die afrikanische Schönheit, mit der ich seit einiger Zeit gesehen würde, mich tatsächlich so gut betreue, wie von den Bewohnern des Viertels behauptet würde. Kurz vor der U-Bahnstation kam mir die Pharmazeutin auf dem Weg in ihre Apotheke entgegen, schlug die Hände über dem Kopf zusammen und rief aus, der arme Herr Horvath ohne seinen Schal, so ein Unglück, dann nestelte sie an ihrem Hals und streckte mir mit den Worten, ich möge einstweilen damit vorlieb nehmen, sie sei ohnehin beinahe an ihrem Ziel, der Apotheke, angelangt, ein schwarzrot geblümtes Wollhalstuch mit breiter grasgrüner Borte entgegen. Ich lehnte ihr freundliches Angebot ab und ging weiter, und als ich die Treppe zur U-Bahn hinunterging, sah ich sie aus dem Augenwinkel, mir mit offenem Mund nachschauend, noch immer mit dem Tuch in der Hand auf der Gasse stehen. Auf dem Bahnsteig wartete bereits die Greisin mit ihrem Zwergspaniel, der die Augen verbunden hatte, und begann, mir von der mißglückten Staroperation an ihrem Haustier zu berichten, unterbrach sich jedoch im zweiten Satz, starrte auf meinen Hals und sagte, um Himmels willen, wo sei mein Schal, mein Schal fehle, und in dem Augenblick kam die U-Bahn, und ich stieg ein, ohne die Greisin eines Wortes gewürdigt zu haben.

Im Auktionshaus angelangt, suchte ich die Abteilung *Antiquitäten Varia* auf und legte meine vier Schmetterlingskästen einem Fachmann vor. Dieser meinte, das Dorotheum habe keinen Bedarf an Schmetterlingssammlungen, Schmetterlingssammlungen ließen sich sehr schwer verkaufen, doch als ich auf dem Hinzuziehen eines

Schmetterlingssachverständigen bestand, sagte er, er werde sehen, was sich tun lasse, und verschwand. Nach etwa fünf Minuten kam er mit einem großen mageren Mann mit graubraunen Haaren und blassen, verwischten Gesichtszügen zurück, welcher sich mit einer Lupe über meine Kästen beugte, einen Schuppenflügler nach dem anderen eingehend betrachtete, dabei die Mundwinkel nach unten zog und nicht aufhörte, langsam den Kopf hin und her zu bewegen. Schon war ich im Begriff, mir die drei bereits begutachteten Kästen entmutigt unter den Arm zu klemmen, da tat der Experte, der über den vierten geneigt dastand, einen leisen Schrei und sagte, eine Rosa Rose, das sei ja unglaublich, *Pachliopta Kotzebuea*, auf den Philippinen beheimatet, eine äußerst selten anzutreffende, weil sehr scheue und infolgedessen auch kaum jemals Schmetterlingskästen zierende Spezies, die überdies ununterbrochen mit der ähnlich aussehenden Gewöhnlichen Rose verwechselt würde, die sich kurz nach der Regenzeit in ganzen Schwärmen auf der Flora Südostasiens niederlasse. Jedenfalls müsse diese Entdekkung augenblicklich Herrn Professor Doktor Priem, dem Leiter der Abteilung *Lepidoptera* des Naturhistorischen Museums, mitgeteilt werden, selbstverständlich habe man einen solchen Fund möglichst rasch der Öffentlichkeit zugänglich zu machen, das Naturhistorische Museum werde mir, so vermute er, demnächst sein Kaufangebot unterbreiten.

Nach dieser zu großen Hoffnungen Anlaß gebenden Auskunft verließ ich das Auktionshaus und rief von einer Telefonzelle am Graben sofort Magnolia an, um ihr zu sagen, daß sie mir den richtigen Rat gegeben hätte und daß mein Falter Rosa Rose mich aller Voraussicht nach mit einem Schlag von meinen Geldsorgen befreien würde, und nachdem sie mich kurz unterbrochen und gemeint hatte, Rosa Rose, das sei ja eigenartig, fügte ich hinzu, daß sie mir überdies im Traum erschienen sei und daß ich sie, soweit ich dies beurteilen könne, denn es mangle mir an geeigneten Vergleichsmöglichkeiten, liebte. Mit ihrer lächelnden Stimme antwortete mir Magnolia, das wisse sie, das wisse sie, und es mache sie glücklich, dennoch werde sie gleich wieder auflegen, sie habe eben begonnen, das neunte Kapitel des blauen Heftes zu lesen, Rosa befinde sich in besorgniserregender Verfassung.

Neuntes Kapitel

»Die niederschmetternde Nachricht vom Tod des Kronprinzen stieß mich in einen Abgrund der Verzweiflung und verlieh meinem Leben, welches seit der Begegnung mit der Praterprostituierten Kathi Laimgruber einen so überraschend günstigen Verlauf genommen hatte, eine Wendung, die alles andere als vorteilhaft war, ja geradewegs ins Verhängnis führte. Nicht nur war ich mutterloses Wesen meines bisher mächtigsten Förderers und Schirmherrn beraubt, ich fühlte mich an seinem freiwilligen Dahinscheiden und am Tode der Baronesse Vetsera auch schuldig, da ich ihm aus unerklärlicher Nachlässigkeit Gelegenheit geboten hatte, die Tatwaffe an sich zu bringen, und fragte mich, ob auch Stephanie ähnliche Gewissensqualen litt. Voll Gram schloß ich mich im Bügelzimmer ein und war auch durch geduldigstes Zureden des mährischen Ehepaares, welches durch die Türfugen mit mir kommunizierte, nicht dazu zu bewegen, Nahrung zu mir zu nehmen. Erst als die Alte mich beschwor, augenblicklich zu verschwinden, zwei Polizeibeamte, welche offenbar der noch ungeklärten Frage der Fingerabdrücke auf der Pistole auf den Grund zu gehen beabsichtigten, stünden vor dem schmiedeeisernen Tor, sie wisse nicht, wie lange ihr Gatte sie noch würde aufhalten können, erwachte ich aus meinem schmerzerfüllten Dahindämmern, packte das Allernötigste in meinen Pappkoffer, warf mir meinen alten graubraunen Kapuzenmantel über, verließ, nachdem die Mährin unter Tränen und mit fliegenden Fingern das Kreuzzeichen über mich geschlagen hatte, das von einer Mauer umgebene Grundstück durch ein kleines Türchen an der Rückseite des Hauses und ging durch den Türkenschanzpark in Richtung Gersthoferstraße und weiter in die Innere Stadt, in der Absicht, einmal mehr Obdach im Wiener Kanalsystem zu suchen.

Als ich in der Ausbuchtung des Kanalganges ankam, las der Eisenstädter Fettfischer den beiden polnischen Tagelöhnern und ihrem Hund gerade einen Artikel aus der *Wiener Zeitung* vor, in welchem von rätselhaften Begleitumständen im Falle des tragischen Todes von Kronprinz Rudolf und der Baronesse Mary Vetsera die Rede war, welche unter anderem mit der einstweilen noch recht undurchsichtigen Rolle zusammenhingen, die eine vom Kronprinzen während der letzten Monate häufig in Oberdöbling aufgesuchte junge Frau in dieser Affäre spiele, über deren Person von der Polizei bisher keinerlei näheren Angaben gemacht worden wären. Fest stehe lediglich, daß das Projektil der Browning-Selbstladepistole, einer Waffe, die man sich mühelos verschaffen könne, da sie in Zeitungen zum Kauf angeboten werde, durch das linke Stirnwandbein des Thronfolgers eingedrungen sei, sich sodann seinen Weg quer durch das Gehirn gebahnt und schließlich zwei Zentimeter über dem äußeren rechten Gehörorgan das Haupt des Kronprinzen verlassen habe. Erst als ich meinen Mantel auszog, um mich auf ihn zu setzen, bemerkte mich der Fettfischer, trat erfreut auf mich zu, begrüßte mich und fragte sogleich erstaunt, was ich hier suchte, ich sähe nicht so aus, als zählte ich noch zu den Bewohnern des Wiener Untergrundes, und ich blickte an meinem hellgelben, mit weißen Röschen bestickten Satinkleid, das Rudolf mir aus Paris mitgebracht hatte, hinunter und meinte traurig, wie so oft trüge der Schein, dieses Kleid sei das einzige, was mir nach all den letztlich vergeblichen Versuchen, mir mein Brot auf rechtschaffene Weise zu verdienen, geblieben sei.

So kam es, daß ich in der folgenden Nacht wieder Matratze und Decke des jungen Burgenländers teilte, und als dieser mich in der Finsternis weinen hörte, beklagte er sich nicht darüber, daß ich seinen Schlaf störte, sondern nahm mich und mein hellgelbes Satinkleid erstaunlich sacht in seine muskulösen Arme.

Am nächsten Tag, dem vierten Februar achtzehnhundertneunundachtzig, machte ich mich in meinem leicht zerknitterten gelben Kleid und dem geflickten graubraunen Mantel, dessen Kapuze ich tief ins Gesicht gezogen hatte, weil es schneite und ich außerdem verhindern wollte, daß jemand in mir die ehemalige Begleiterin des Kronprinzen erkannte, auf den Weg in die Hofburgkapelle, wo der Leichnam Rudolfs einen Tag vor seiner Beisetzung als einhundertdreizehnter Habsburger in der Gruft der Kapuzinerkirche, in der ich so oft die lebensgroße Statue der Madonna von Lourdes angebetet hatte, der Wiener Bevölkerung zur Besichtigung dargeboten wurde. Frierend stand ich mehrere Stunden lang in der Warteschlange, bevor ich die schwarz drapierte Kapelle betreten, mich dem hohen, von Kerzen umgebenen Katafalk nähern und dem Manne, zu dem ich so tiefe Zuneigung empfunden hatte, zum letzten Mal ins Gesicht blicken durfte. Als ich das wachsbleiche Gesicht Rudolfs und die von der Browning-Selbstladepistole verursachte tödliche Schußwunde sah, als ich die engelsgleichen Stimmen des Knabenchores hörte, der auf der Empore sang, überkam mich solcher Kummer, daß ich mich laut schreiend auf den Sarg werfen wollte, was von den übrigen Wartenden verhindert wurde, die mich ergriffen und wieder auf den Josefsplatz hinausführten. Plötzlich kam mir das blaue Parfumfläschchen in den Sinn, das Liesl Pernerstorfer anläßlich ihres Besuchs in der Zehnzimmervilla in Oberdöbling bei sich gehabt hatte, und ich schleppte mich durch den Schnee bis in die nächste Kolonialwarenhandlung und verlangte verdünntes Kupfervitriol, das als Putzmittel in allgemeinem Gebrauch stand. Dann ging ich mit der Flasche langsam in die Richtung der Kirche Maria am Gestade, um dem letzten Heiligen, von dem ich mir Trost und Hilfe versprochen hatte, nämlich Johannes von Nepomuk, mein Vertrauen zu entziehen, da auch er nicht vermocht hatte, sich dieses Vertrauens würdig zu erweisen. Ich drückte das hohe Tor auf und betrat das menschenleere Kircheninnere, und nachdem ich mich unverzüglich zur Statue des böhmischen Landespatrons begeben und mich von ihm losgesagt hatte, ließ ich mich ihm zu Füßen auf dem Steinboden nieder, lehnte mich an den Sockel und setzte die Flasche mit dem Kupfervitriol an die Lippen.

In diesem Augenblick löste sich eine Gestalt aus dem Halbdunkel unter der Orgelempore, und ein Mann mit dichten schwarzen Haaren und einem schwarzen Schnurrbart, der eine braune Schirmmütze und ein braunes Halstuch trug, trat auf mich zu und nahm mir die Flasche aus der Hand, was ich widerspruchslos geschehen ließ. Schon wieder ein anständiger böhmischer Mensch, den die Wiener in ihrer grenzenlosen Gemeinheit und Gehässigkeit an den Rand der Verzweiflung gebracht hätten, wie er vermute, meinte er, glücklicherweise befinde er sich zufällig in dem vorzugsweise von seinen Landsleuten besuchten Gotteshaus, um ein kleines Gebet für seinen wegen Hochverrats an der österreichisch-ungarischen Monarchie angeklagten Bruder zu sprechen, der in der Strafvollzugsanstalt in der Leopoldstadt säße und seit Monaten gemeinsam mit seiner Gefährtin auf den Beginn seines Prozesses warte. Bei dieser Mitteilung horchte ich auf und sagte, bei dem Inhaftierten handle es sich doch nicht etwa um den aus dem Böhmerwald gebürtigen Jungtschechen Milan Havelka, worauf der Fremde erwiderte, doch, eben um jenen handle es sich, um seinen unglückseligen jüngeren Bruder, der die aufrührerische Veranlagung ihres Großvaters väterlicherseits geerbt und ihm als Älterem, der sich für ihn verantwortlich fühle, stets Sorgen bereitet habe. Nach diesen Worten zog ich mich am Statuensockel hoch und rief, das sei doch nicht möglich, sein Bruder und dessen Kampfgenossin Ljuba wären mir gut bekannt, Milan habe mir von ihm erzählt, seinem Bruder Karel, der ihm, Milan, nach seiner Ankunft in Wien Arbeit in einer Ziegelei am Laaerberg verschafft hätte. Darauf meinte Karel Havelka, denn aufgrund eines weiteren der im Laufe meines Lebens in erstaunlicher Häufung auftretenden, geradezu unfaßlichen Zufälle handelte es sich tatsächlich um diesen, überrascht, das stimme, das stimme, doch seien sowohl sein Bruder als auch er bald aus der Ziegelei entlassen worden, weil Milan sein aufwieglerisches Naturell nicht habe zügeln können und begonnen hätte, die Arbeiter zu revolutionären Aktionen aufzurufen. Er, Karel, habe sich in der Folge aufgrund seiner Liebe zu Pferden und in Ermangelung anderer beruflicher Möglichkeiten als Wasserer verdingt, als einer von jenen, die die Pferde der Fiaker tränkten, fütterten und striegelten und sich von den Mitgliedern dieses fälschlich für volkstümlich gehaltenen, in Wahrheit jedoch hochmütigen Berufsstandes zum Dank für ihren hingebungsvollen Umgang mit den Tieren noch schlecht behandeln lassen müßten. Als Karel Havelka mir dies erzählte, sah ich ihm scharf ins Gesicht und erkannte in ihm den Mann wieder, der sich seinerzeit unter Ljubas pferdebegeisterten Freunden auf dem Stephansplatz befunden hatte und dessen Ähnlichkeit mit seinem Bruder Milan mir aufgefallen war, und ich staunte über die geheimnisvolle Art und Weise, wie unser Schöpfer die Menschen ununterbrochen trennt und wieder zusammenführt. Auch Karel musterte mich aufmerksam und fragte mich dann, ob mir schon einmal jemand gesagt habe, daß ich trotz der Tatsache, daß ich blond und weißhäutig sei, eine gewisse Ähnlichkeit mit der Kaiserin Elisabeth hätte, zur Kaiserin Elisabeth habe er ein besonderes Verhältnis, auf welches er im Augenblick allerdings nicht näher einzugehen beabsichtige, jedenfalls freue er sich, meine Bekanntschaft gemacht zu haben, wolle ich nicht mit ihm im *Café Drechsler*, dem Café der Fuhrleute, einen heißen Tee trinken, die Februarkälte mache insbesondere den Ärmeren unter der Bevölkerung, und dazu seien er und, wie er annehme, wohl auch ich als zugewanderte Böhmen zu zählen, sehr zu schaffen. Ich zögerte kurz, dann sagte ich, ich dankte ihm für die Einladung, doch sei ich im Augenblick aus verschiedenen Gründen ganz und gar nicht in der Stimmung, eine Vergnügungsstätte, und eine solche sei ein Kaffeehaus, insbesondere eines für Fuhrleute, aufzusuchen. Damit schickte ich mich an, die Kirche zu verlassen, doch da trat Karel Havelka mir in den Weg und meinte, unsere Begegnung habe für ihn etwas Schicksalhaftes, ich dürfe ihm nicht jede Hoffnung auf ein Wiedersehen nehmen, worauf ich antwortete, er möge sich beruhigen, wenn Gott es wolle, würden wir wieder zusammentreffen. Bevor ich das Tor öffnete, sagte mein Retter noch, er wisse zwar nicht, weshalb ich mich habe vergiften wollen, doch gebe es seiner Meinung nach keinen überzeugenden Grund dafür, und er vertraue darauf, daß ich mich nach unserer Zusammenkunft, in der er ein Zeichen sehe, nie mehr zu einem so unüberlegten Schritt entschließen werde. Damit legte er mir die Hand leicht auf die linke Schulter, und ich schaute zu ihm auf, lächelte zum ersten Mal seit Tagen, entfernte seine Hand sacht mit der meinen, drückte das Tor auf und ging die Steintreppe hinunter.

In der mich auszeichnenden, genaugenommen jedoch durch nichts begründeten Hoffnungsfreudigkeit und Zuversichtlichkeit glaubte ich, die Trauer und der Zorn über das Hinscheiden Rudolfs würden sich bald legen, und meine Lebensfreude werde schließlich die Oberhand über meine Kümmernis gewinnen, doch mußte ich mir nach längerem eingestehen, daß ich diesen, vom Tode meiner Mutter abgesehen, schwersten mir widerfahrenen Schicksalsschlag nicht so schnell würde verwinden können. Ich empfand eine seltsame Unlust und Kraftlosigkeit, die es mir unmöglich machten, einer gewinnbringenden Tätigkeit nachzugehen, und so hauste ich weiterhin unter den von der Gesellschaft Geächteten im Kanalsystem der Stadt Wien und teilte mit ihnen das wenige Geld, das ich aus der Villa in Oberdöbling mitgenommen hatte, so daß es bald aufgezehrt war. Meine Trübsal und mein Überdruß wirkten sich sehr bald auf mein Äußeres aus, und ich hätte darauf verzichten können, mir aus Gründen der Tarnung die Kapuze meines graubraunen Mantels über den Kopf zu ziehen, da kaum jemand in der bleichen, abgezehrten Frau mit den verwirrten Haaren, dem ebenso verwirrten Gesichtsausdruck und der schlampigen Kleidung die vor kurzem noch so elegante und blühend aussehende Mätresse Kronprinz Rudolfs vermutet hätte. Was die Umstände bei dessen Tod anbelangte, so lautete die amtlicherseits mitgeteilte Version zunächst, daß Rudolf einem Herzschlag erlegen sei, und etwas später, daß das Paar gemeinsam Selbstmord begangen hätte, doch hinter vorgehaltener Hand munkelte man, daß Kronprinzessin Stephanie, welcher das österreichische Volk wegen der stürmischen Szenen und peinlichen Auftritte, die sich während der vergangenen Jahre in der Öffentlichkeit immer häufiger zwischen den Eheleuten abgespielt hatten, durchaus eine Gewalttat zutraute, bereits mehrmals von der Polizei aufgesucht worden war und mehr mit der Tragödie zu tun hatte, als von den Behörden zugegeben wurde, daß sie allerdings von hoher Stelle geschützt würde. Was die geheimnisvolle junge Frau betreffe, die der Verblichene während seiner letzten Lebensmonate des öfteren mit seinen Besuchen beehrt habe, schrieben die Zeitungen, so sei diese spurlos verschwunden.

Aufgrund des nicht enden wollenden Schmerzes und geradezu unmäßigen Kummers, deren ich mich nicht erwehren konnte, gewöhnte ich mir an, viel Zeit in Gesellschaft der beiden polnischen Tagelöhner und ihres Hundes wie auch des Eisenstädter Fettfischers zu verbringen und sowohl dem scharfen Kartoffelschnaps, der den Polen allmonatlich aus Lublin geschickt wurde, als auch dem milderen Marillenbranntwein, den der Burgenländer gelegentlich aus seiner Heimat bezog, immer öfter zuzusprechen, da der Alkohol mein Leid linderte und mich zumindest kurzfristig über den Verlust hinwegtröstete, der mir von einem blinden Schicksal zugefügt worden war. Auf die Gefahr hin, die Ahnungsloseren und Empfindsameren unter jenen, die dieses Zeugnis vielleicht zu Gesicht bekommen, mit meiner Eröffnung vor den Kopf zu stoßen, muß ich gestehen, daß ich mich in meinem Bedürfnis nach Zuwendung und bedingt durch die mit dem Genuß der berauschenden Getränke einhergehende Abnahme weiblichen Schamgefühls dazu hinreißen ließ, mich diesen aus der menschlichen Gemeinschaft Ausgestoßenen nicht nur freundschaftlich anzunähern, sondern auch körperlich hinzugeben. Und nachdem ich mich einmal über die von den weltlichen und religiösen Autoritäten meiner Zeit aufgerichteten moralischen Schranken hinweggesetzt und das mir anerzogene, für mein Geschlecht als verbindlich geltende sittsame Verhalten abgelegt hatte, setzte ich den fragwürdigen Weg, den ich damit eingeschlagen hatte, daß ich mich, dem Rat der Geheimprostituierten Frieda folgend, zu den grell gekleideten Damen in den Volksgarten begab, weiter fort, ein Pfad, der meinen Niedergang beschleunigte und mich geradewegs in die Regionen menschlichen Lasters führte. Ernüchtert durch die Belastungen des Schicksals und enttäuscht von der Niederträchtigkeit der meisten meiner Mitmenschen beschloß ich, mich von den sogenannten guten Kräften abzuwenden und bewußt mit den sogenannten bösen Kräfte zu verbünden, durchstreifte in Lumpen und mit verfilztem Haar, die ›*Forelle*‹ und den ›*Lindenbaum*‹ grölend und trinkend die Stadt und bot meinen Körper um den Preis einer dürftigen Mahlzeit, eines Glases Schnaps, eines armseligen Nachtlagers und immer häufiger auch, ohne eine Gegenleistung zu verlangen, den Verlorenen und Verachteten, den Vernichteten und Verdammten Wiens an, Männern ohne Arbeit und Obdach, ohne Gefühl und Gewissen, kleinen Gaunern, Soldaten, Tagelöhnern, Hilfsarbeitern, Obdachlosen, abgearbeiteten, abgestumpften und ausgenützten Kreaturen, in denen ich mich wie in einem Spiegel zu sehen begann und die mich erniedrigten und demütigten, um nicht immer nur selbst gedemütigt und erniedrigt zu werden.

Bedingt durch meine Lebensführung, wurde ich schließlich krank, und als ich mich kaum noch auf den Beinen halten konnte, begab ich mich mit letzter Kraft ans jenseitige Donauufer, um mich ein zweites Mal bei der allein in ihrem unheimlichen Häuschen lebenden Schwarzen Sophie einzufinden, die mich auf der Pritsche in dem kleinen Zimmer mit den getrockneten Pflanzen und dem Eisenofen untersuchte, wobei die schwarze Katze mit dem dreieckigen weißen Fleck auf der Stirn mein Gesicht leckte, und eine durch übermäßigen Alkoholgenuß, mangelnden Schlaf und unzureichende Ernährung verursachte allgemeine körperliche Entkräftung sowie eine Syphilis im Anfangsstadium feststellte. Verständlicherweise erschreckte mich diese Mitteilung, doch als die Schwarze Sophie meine Angst bemerkte, meinte sie, es bestehe kein Grund zur Besorgnis, da die Krankheit noch nicht weit fortgeschritten sei, stünden die Aussichten auf Heilung ausgezeichnet, eine nach einem Rezept aus dem von ihrer Mutter stammenden Buch gemischte, aus zu Asche gebranntem Schweinekot und einigen Haaren eines unberührten Mädchens bestehende Medizin werde die Symptome allmählich abklingen und auf das erste kein zweites, geschweige denn ein drittes, Stadium folgen lassen. Noch raschere Genesung ließe sich zweifellos durch den Vollzug des Beischlafes mit einem Henker erzielen, ein Akt, der zugegebenermaßen nicht leicht in die Wege zu führen sei, unter anderem, weil der im Augenblick im Wiener Landesgericht sein Amt versehende k. k. Scharfrichter Selinger altersmäßig für einen solchen Hilfsdienst nicht mehr sonderlich geeignet wäre, eher schon sein Gehilfe Josef Lang, ihr sei zu Ohren gekommen, daß der im besten Alter stehende Mann sich solcherlei Bitten, die übrigens erstaunlich häufig an Angehörige dieser Berufsgruppe gerichtet würden, durchaus zugänglich zeige. Zur allgemeinen Stärkung und Kräftigung empfehle sie mir, Späne eines vom Blitz getroffenen Baumes, die sie mir gerne um einen geradezu lächerlichen Betrag verkaufe, bei mir zu tragen. Die Schnelligkeit, mit der die Schwarze Sophie ihre Diagnose gestellt und die Sicherheit, mit der sie das jeweilige Heilmittel bestimmt hatte, beeindruckten mich derart, daß ich mich ihr in der Folge anvertraute, ihr erzählte, wie schändlich mir sowohl die Vorsehung als auch meine Nächsten mitgespielt hätten, und sie fragte, ob es Möglichkeiten gebe, sich, wenn schon nicht an der Vorsehung, so doch an den übelwollenden Mitmenschen zu rächen. Nachdem die Schwarze Sophie mich nachdenklich und schweigend gemustert hatte, meinte sie, selbstverständlich könne man anderen durch bestimmte magische Handlungen Schaden zufügen, ja ihren Tod verursachen, sie habe aus dem Buch, das sie von ihrer aus dem Karst stammenden Mutter geerbt hätte, einige der einfacheren dieser Rituale für Interessierte abgeschrieben und sei willens, mir eine Kopie zum Selbstkostenpreis zu überlassen. Sollte der Schadenzauber innerhalb von acht Tagen nicht zum gewünschten Ergebnis führen, würde mir die Summe zur Gänze rückerstattet, doch könne sie sich nicht entsinnen, daß je eine Kundin oder ein Kunde von dieser Möglichkeit Gebrauch gemacht hätte, die Zaubersprüche, denn um solche handle es sich, seien von größter Wirkungskraft.

Tatsächlich besserte sich mein Gesundheitszustand im Laufe weniger Wochen, was mein Vertrauen in die Künste der Schwarzen Sophie festigte und mich den Entschluß fassen ließ, ihren Rat zu befolgen und zum Zwekke meiner vollkommenen Genesung den Gehilfen des k.k. Scharfrichters Selinger aufzusuchen. Ich wandte mich zunächst an den Portier des Landesgerichtes in der Alserstraße, der mir nicht ohne Mißtrauen und leichten Widerwillen mitteilte, Josef Lang betreibe mit seiner Frau Franziska ein Kaffeehaus in der Simmeringer Hauptstraße, wenn ich unbedingt wolle, könne ich ihn dort aufsuchen. Um dem Scharfrichtergehilfen nicht so abstoßend zu erscheinen, daß er meinen Wunsch von vornherein ablehnte, säuberte ich mich und meine Kleider im Wasser der Donau, an deren Ufer ich, nachdem ich vorher eine Zeitlang in Gesellschaft böhmischer Ziegeleiarbeiter entlang und auf den Ringöfen genächtigt hatte, in denen die Ziegel gebrannt wurden, in einem baufälligen, aus ungehobelten alten Brettern notdürftig zusammengenagelten kleinen Bootsschuppen untergekommen war, kämmte mein verfilztes Haar vor einer Spiegelscherbe, die ich in der Hütte gefunden hatte, und wanderte anschließend in Richtung Vorstadt, wo ich Josef Lang tatsächlich hinter dem Schanktisch seines Kaffeehauses stehend antraf und ein Gespräch mit ihm anknüpfte. Unter anderem erzählte mir der leutselige und redefreudige Mann, wenngleich er keiner Scharfrichterfamilie entstamme, sondern zunächst eine Tischlerlehre abgeschlossen, später als Heizer gearbeitet und nun, wie ich sähe, ein Kaffeehaus eingerichtet hätte, stünden seine Chancen, vom zweiten Gehilfen Karl Selingers zu dessen Nachfolger aufzusteigen, nicht schlecht. Er müsse sagen, er empfinde zu dem sicherlich etwas ungewöhnlichen Beruf durchaus eine gewisse Neigung, und könne sich ohne weiteres vorstellen, das verantwortungsvolle Amt bis ins Pensionsalter auszuüben. Nachdem wir uns eine Zeitlang über verschiedenes unterhalten hatten, meinte ich in scherzhaftem Ton, soviel ich wisse, würden Scharfrichtern von jeher geheimnisvolle Fähigkeiten nachgesagt, unter anderem außergewöhnliche Geschlechtskraft, ob dies denn auch auf ihre Gehilfen zutreffe, worauf Josef Lang geschmeichelt antwortete, es stimme, daß die Vertreter dieses Berufes einen nicht unbeträchtlichen Reiz auf die Damenwelt ausübten, nicht selten träten Frauen unterschiedlichster sozialer Stellung persönlich oder auf schriftlichem Wege an ihn heran und ersuchten ihn um ein Stelldichein, das er gelegentlich gewähre. Auch erreichten ihn manchmal Briefe, deren Schreiber beziehungsweise Schreiberinnen ihn bäten, ihm ein Stück oder wenigstens ein paar Fasern des Stricks zu überlassen, mit dem ein Beklagenswerter gehenkt worden sei, da dieser Gegenstand im Volksglauben als glückbringend gelte. Als ich fragte, ob es stimme, daß Scharfrichter und ihre Gehilfen imstande seien, alle Arten von Krankheiten zu heilen, Liebesleidenschaft hervorzurufen oder Eifersucht zu bannen, unfruchtbaren Frauen zu helfen und sogar Geister zu beschwören, wie verschiedentlich behauptet würde, lächelte mein Gesprächspartner hintergründig und erwiderte, der Volksmund übertreibe, allerdings traue er sich durchaus zu, bei gewissen Leiden Abhilfe zu schaffen, zum Beispiel habe er schon einige Menschen vom sogenannten Nachtmahr oder Alp befreit, der sich den Bedauernswerten allnächtlich auf die Brust gelegt hätte, auch sei er imstande, durch gewisse Praktiken Geschlechtskrankheiten zu heilen, gegen welche Angehörige seiner Zunft gefeit seien. Auf dieses hin beeilte ich mich zu sagen, genau darum handle es sich bei mir, um einen leichten Fall der Franzosenkrankheit, könne er mich denn nicht davon kurieren, natürlich gegen entsprechende Bezahlung, und der Scharfrichtergehilfe gab zur Antwort, man könne es versuchen, er werde sich erlauben, mir demnächst einen Hausbesuch abzustatten.

So kam es, daß der zweite Scharfrichtergehilfe Josef Lang, derselbe, der mir, wie es ein weiterer der mein Leben so häufig bestimmenden unglaublichen Zufälle will, in wenigen Tagen die Schlinge um den Hals legen wird, an einem der darauffolgenden Abende den Bootsschuppen am Donauufer betrat, in dem ich Unterschlupf gefunden hatte, und mich, so wie die Schwarze Sophie es empfohlen hatte, durch den einmaligen Vollzug des Geschlechtsaktes umgehend von der Syphilis ersten Stadiums befreite. Diese Tatsache, zusammen mit der Aussicht, denen, die mir Unrecht getan, mich gequält, mich absichtlich oder aus Dummheit gekränkt, mich mit ihrer Bosheit verfolgt und mir mit ihrer Heimtücke geschadet hatten, ihr Verhalten heimzuzahlen, erweckte meine Lebensgeister von neuem. Ich zog mich also ins Halbdunkel des Bootsschuppens zurück und konzentrierte mich auf die Zaubersprüche der Schwarzen Sophie, so wie ehedem die Witwe Galli auf die ihren. Zunächst wünschte ich der Frau des Oberpostrates Lindner, die meine Arbeitskraft in ebenso gedankenloser wie unverschämter Weise ausgenützt hatte und die so eitel gewesen war, eine Flasche mit Putzbenzin, die sie während des Reinigens eines ihrer Fischbeinkorsetts auf das von der Sonne beschienene Fensterbrett gestellt hätte, möge aufgrund der Wärmeeinwirkung explodieren, die Glassplitter möchten ihr das hübsche Gesicht verunstalten, und diese Entstellung möge dazu führen, daß der Oberpostrat, den die Verschwendungssucht seiner Frau ohnehin schon lange gestört hätte, sie verließe, so daß sie gezwungen wäre, sich den Lebensunterhalt als Stubenmädchen zu verdienen, und sich von anderen ebenso ungerecht behandeln lassen müßte, wie sie mich behandelt hatte. Dann schloß ich die Augen, stellte mir die Edlen von Schreyvogl beim reichhaltigen Frühstück in ihrem Schlafzimmer vor und murmelte ein längeres Zauberwort, welches bewirken sollte, daß die Seidenmanufaktur *Schreyvogl & Söhne* im siebenten Wiener Gemeindebezirk in Konkurs ginge und daß das Ehepaar, in dessen Haushalt ich oft hatte hungern müssen, aufgrund dessen völlig verarmte und größte Mühe hätte, für sich und die Zwillinge das tägliche Brot zu beschaffen. Und nachdem ich Helene und Marie, den Töchtern des Stellvertretenden Kurdirektors Gerstner, samt ihrer Mutter die galoppierende Schwindsucht und ihrem Vater, der auch mein Vater war, was ihn allerdings nicht daran gehindert hatte, neben mich ins Bett in der Dachkammer zu gleiten, die Syphilis bis ins dritte Stadium mit all ihren unangenehmen Folgeerscheinungen einschließlich großer entzündlicher Geschwülste und damit einhergehendem schmerzhaftem Zerfall des Nervensystems an den Hals gewünscht hatte, nachdem ich meine ganze Konzentrationskraft gesammelt und eine Zauberformel komplizierten Wortlauts auswendiggelernt hatte, mit dem Ziel, die Anstalten der Ursulinen in Prag sowie der Schwestern *Zum guten Hirten* in Wiener Neudorf möchten durch Blitzschlag bis auf die Grundmauern niederbrennen, schleuderte ich den meiner Ansicht nach mächtigsten Spruch in Richtung Wieden, der Witwe Galli entgegen, die mich so unbarmherzig mißhandelt hatte, ein Zauberwort, welches bewerkstelligen sollte, daß sie auf ihrem Weg zur Frühmesse in der Josefskirche, in der sie so lange die Orgel gespielt hatte, von einem losen Stein im Mauerwerk des Gotteshauses erschlagen würde.

Da die Ratschläge der Schwarzen Sophie schon mehrmals geholfen hatten, war ich davon überzeugt, daß auch die Zaubersprüche aus dem Buch ihrer Mutter ihre Wirkung nicht verfehlen würden und daß die Rache, die ich dieserart an meinen Feinden nahm, in spätestens acht Tagen auf furchtbare Weise vollzogen sein würde. Im Geiste malte ich mir das schrecklich entstellte Antlitz der Frau Oberpostrat, die bis auf das Skelett abgemagerten Edlen von Schreyvogl und ihre durch Nahrungsmangel völlig entkräfteten Zwillinge, den zerschmetterten Schädel der Witwe Galli und die von den Prager beziehungsweise Wiener Neudorfer Feuerwehrleuten aufgefundenen verkohlten Leichen der frommen Schwestern aus, und diese Vorstellungen erfüllten mich mit einer Genugtuung, wie ich sie nie zuvor in meinem Leben empfunden hatte, fachten meinen Daseinswillen, der lange Zeit fast erloschen gewesen war, von neuem an und erfüllten mich mit frischer Energie, was dazu führte, daß ich wieder mehr Wert auf mein Äußeres legte, meinen Körper sorgfältiger pflegte und meine Kleidung reinigte und ausbesserte, mit dem Resultat, daß ich mich nicht wie bisher fast ständig im Bootsschuppen verkroch, sondern meine Streifzüge durch die Vororte und in die Innere Stadt wieder aufnahm, auf denen ich Eßbares stahl oder erbettelte.

Als ich eines Vormittags auf einer Bank im Stadtpark saß, nicht weit von meiner ehemaligen Arbeitsstätte am Ring entfernt, und mir die Frühlingssonne ins Gesicht scheinen ließ, kam Frau Navratil, die Hausbesorgerin des Gebäudes Stubenring achtzehn, einen Kinderwagen schiebend an mir vorüber, und ich benützte die Gelegenheit, um sie zu grüßen und mich nach dem werten Befinden derer von Schreyvogl zu erkundigen. Nachdem Frau Navratil mich argwöhnisch gemustert und schließlich wiedererkannt hatte, sagte sie unfreundlich, im Gegensatz zu mir, die ich nicht so aussähe, als ob ich es inzwischen weit gebracht hätte, was sie weiter nicht wundere, die slawische Rasse zeichne sich nun einmal, wie

Ritter von Schönerer völlig zu Recht behaupte, durch Faulheit und Stumpfheit aus, im Gegensatz dazu trachte das außerordentlich sympathische Ehepaar von Schreyvogl unentwegt danach, seine Lebensstellung mit Fleiß und Ausdauer zu verbessern, ein Bestreben, das seine Früchte trage, denn die Seidenmanufaktur habe einen ungeahnten Aufschwung erlebt und sich zu einem blühenden Betrieb entwickelt, außerdem sei die Verbindung der Eheleute, die im übrigen verliebt wären wie am ersten Tag, mittlerweile mit vier Kindern gesegnet, wenn ich wolle, könne ich einen Blick auf Roswitha Albine werfen, das jüngste Familienmitglied, ein ausgesprochen gutmütiges kleines Geschöpf, allerdings ein wenig zu rundlich, das mache das Wohlleben, auch der Edle und seine Gattin sowie die Zwillinge und der im Oktober vorletzten Jahres geborene Sixtus Isidor seien etwas übergewichtig, was ihnen allen, nebenbei bemerkt, gut stehe. Damit wandte sich Frau Navratil von mir ab und schob den Kinderwagen weiter. Eine ganze Weile blieb ich auf der Bank sitzen, fassungslos darüber, daß die von der Schwarzen Sophie verbürgte Wirkung der Zaubersprüche ausgeblieben, ja, daß offenbar das Gegenteil von dem, was ich gewünscht hatte, eingetroffen war. Schließlich stand ich auf und ging tief beunruhigt in Richtung Judenplatz, um die Marktfrau, welche die Frau Oberpostrat mit landwirtschaftlichen Produkten aus dem Waldviertel versorgte, zu fragen, wie es dieser ginge. Groß war meine Enttäuschung, als die blonde Bäuerin auf meine Frage die Hände zusammenschlug und ausrief, ach, die Frau Oberpostrat, wisse ich denn nicht, daß sie sich endlich von ihrem geizigen alten Ehemann, diesem Wirtshaussitzer und Kaffeehaushocker, getrennt habe und eine neue Verbindung mit einem um zehn Jahre jüngeren, ausgesprochen gutaussehenden, aus steinreicher Familie stammenden Offizier des Hausregimentes Nummer vierundachtzig eingegangen wäre, den sie durch ihren Sohn, den feschen Leutnant Georg, auf dem Kaiserball kennengelernt hätte? Gestern erst habe sie in Begleitung des schneidigen Soldaten an ihrem Stand zwei Mastgänse gekauft, man habe ihr das Glück angesehen, sie hätte über das ganze Gesicht gestrahlt und sähe selbst um zehn Jahre jünger aus. Ich verabschiedete mich rasch von der Bauersfrau, ging niedergeschmettert durch die Kurrentgasse, die Steindlgasse und die Milchgasse bis zum Petersplatz und hatte gerade beschlossen, mich auf keinen Fall nach dem Verbleib der Witwe Galli zu erkundigen, als diese, wie immer in tiefes Schwarz gekleidet, in Gesellschaft Pater Peregrins aus dem prächtigen Vorbau des Barockportals der Peterskirche trat und mit diesem vor dem Gotteshaus stehenblieb, worauf ich mich, von plötzlicher Neugierde überwältigt, seitlich des Vorbaues versteckte, um ihr Gespräch zu belauschen. Verstört mußte ich mitanhören, wie Pater Peregrin die Witwe zu ihrer einstimmig erfolgten Ernennung zur Ehrenvorsitzenden des *Wiener katholischen Vereins zum Schutze christlicher Wertmaßstäbe* beglückwünschte und meinte, ihr ausgezeichneter Gesundheitszustand ließe hoffen, daß man sich ihres frommen und weisen Vorsitzes noch lange werde erfreuen dürfen, wie er sagte, die Vereinsmitglieder seien ungemein stolz über die Einladung zur privaten Audienz, die der Heilige Vater ihr gegenüber ausgesprochen habe und zu welcher sie Kardinal Grober mit zwei seiner Ministranten begleiten werde, eine Privataudienz, man stelle sich vor, eine solche Ehre werde einer Frau äußerst selten zuteil.

Nach diesen gleichermaßen enttäuschenden wie ernüchternden Vorfällen beschloß ich, ein drittes Mal den beschwerlichen Fußweg ans jenseitige Donauufer, vorüber an der Dechantlacke und zwischen zwei toten Donauarmen hindurch bis zum Haus der Schwarzen Sophie auf mich zu nehmen und sie zur Rede zu stellen. Auf die von mir vorgebrachte Beschwerde, soweit ich dies habe nachprüfen können, hätte kein einziger ihrer Zaubersprüche auch nur die geringste Wirkung gezeitigt, ich erwartete demnach von ihr die volle Rückerstattung des von mir entrichteten Betrages, erwiderte die Schwarzkünstlerin in heftigem Ton, das könne jeder behaupten, wie solle sie wissen, ob ich die Wahrheit spräche, ich müsse stichhaltige Beweise für die Berechtigung meiner Anschuldigungen vorbringen, ohne Beweise kein Geld, das werde mir einleuchten. Als ich einwandte, wie solle mir dies möglich sein, wie solle ich nachweisen können, daß die Frau Oberpostrat nicht durch die Explosion der Benzinflasche entstellt und die Witwe Galli von keinem Stein erschlagen worden sei und daß die Edlen von Schreyvogl nicht hungerten, meinte die Schwarze Sophie ungeduldig, das sei meine Sache, und jetzt müsse ich sie entschuldigen, ich habe sie mitten in der Zusammenstellung eines ebenso komplizierten wie sensationellen Rezepts gestört, einer Mixtur aus pulverisierten Wachtelhirnen, abgefeilten Glockenspänen, vierzehn an Mariä Himmelfahrt gesammelten getrockneten Wacholderbeeren und verschiedenen anderen Ingredienzien, mit der sie Epilepsie sowohl heilen als auch hervorrufen werde können. Auf dieses hin erhob ich meine Stimme und sagte, ihre Methoden seien unredlich, um nicht zu sagen kriminell, ich würde nicht zögern, diese meine Ansicht über sie in Wien und um Wien herum zu verbreiten, worauf die schwarze Katze mit dem dreieckigen weißen Fleck auf der Stirn mich anfauchte und die hagere Frau im losen schwarzen Gewand sich zu voller Größe aufrichtete, mit dem ausgestreckten rechten Arm zur Tür deutete und rief, ich möge ihr schleunigst aus den Augen gehen, wenn ich nicht wolle, daß sie die Kräfte, die sie besäße, gegen mich einsetze, es wäre ihr, der Schwarzen Sophie, die über die Grenzen der österreichisch-ungarischen Monarchie hinaus bekannt und gefürchtet sei, die regelmäßigen Verkehr mit den mächtigsten Magiern, den hellsichtigsten Hexen, den zuverlässigsten Zauberern pflege, ein Leichtes, mir das schlimmste Unheil, die bösartigsten Krankheiten anzuhexen, wenn mir mein Leben lieb sei, solle ich mich augenblicklich zum Teufel scheren. Ich drehte mich um, verließ fluchtartig das Haus, beschloß, mich nach diesen gleichermaßen entmutigenden wie unerfreulichen Erfahrungen mit der schwarzen Kunst von dieser abzuwenden, solange es Zeit war, und überantwortete das karierte Doppelblatt mit den handgeschriebenen Zaubersprüchen der Schwarzen Sophie den vor meiner Unterkunft vorbeifließenden Donauwellen.

Kurze Zeit darauf stand ich an einem warmen und wolkenlosen Frühlingstag in der Nähe des Lusthauses in der von zahlreichen Schaulustigen gesäumten Prater Hauptallee und erfreute mich am Anblick der vielen blumengeschmückten Wagen, die an dem alljährlich stattfindenden Korso teilnahmen, als ein hinter mir in der dichten Menschenmenge stehender Herr einen Finger in meinen Rükken bohrte und ärgerlich sagte, ich möge ihm gefälligst aus dem Blickfeld gehen, wohin kämen wir, wenn jeder sich so verhalte wie ich und sich einfach vordränge, wozu habe er sich eine Stunde vor Beginn des Blumenkorsos in die Prater Hauptallee gestellt, um sich einen guten Standplatz zu sichern, wenn rücksichtslose Zeitgenossen sich ohne die geringsten Skrupel über die elementarsten Höflichkeitsregeln hinwegsetzten. Ich wandte mich um und antwortete dem Herrn mittleren Alters mit dem grauen Zylinder und der runden Brille, soviel ich sehen könne, sei ich einen Kopf kleiner als er, und da er schon von Höflichkeit spreche, erlaubte ich mir darauf hinzuweisen, daß ein Herr einer Dame üblicherweise den Vortritt lasse, worauf der Mann mich scharf ansah und meinte, was hieße hier Dame, wenn ihn nicht alles täusche, sei ich die Depressive mit starker Selbstbestrafungstendenz, die man mit Gewalt aus der Anstalt, in der er arbeite, habe entfernen müssen, weil sich die Patientinnen über ihr andauerndes Reden beschwert hätten. Da musterte ich meinerseits den unfreundlichen Herrn und erkannte in ihm Herrn Dozent Doktor Doblhoff aus der Irrenanstalt im neunten Wiener Gemeindebezirk wieder, welcher sogleich fortfuhr zu reden und sagte, natürlich, jetzt erinnere er sich, ich hätte ihn am Zipfel seines Ärztekittels festgehalten, eine peinliche Szene, wie es mir denn ginge, ich wäre seit meinem Aufenthalt hoffentlich nicht mehr versucht gewesen, mich umzubringen? Ich antwortete, wenn ich ehrlich sein wolle, müsse ich zugeben, daß ich infolge der schier unüberwindlichen Hindernisse, die ein mißgünstiges Schicksal ununterbrochen vor mir auftürme, ein weiteres Mal nicht nur mit dem Gedanken an den Freitod gespielt, sondern auch versucht hätte, diesen Gedanken in die Tat umzusetzen, allerdings ohne Erfolg, und als Dozent Doblhoff sich nach meinen augenblicklichen Wohn- und Lebensverhältnissen erkundigte, erwiderte ich wahrheitsgemäß, ich hätte Unterschlupf in einem leerstehenden Gebäude an der Donau gefunden und lebte sozusagen von der Hand in den Mund. Darauf schien der Dozent zu überlegen, dann sagte er zögernd, aus der Tatsache, daß ich während meiner Anfälle von Logorrhöe häufig Kochrezepte vor mich hingesagt hätte, schließe er, zugegebenermaßen vielleicht etwas voreilig, daß ich imstande sei, diese, wenn er sich nicht irre, in erster Linie böhmischen Speisen auch zuzubereiten, worauf ich meinte, meine Mutter, die vor ihrem frühen Hinscheiden lange Zeit Köchin der Familie des Stellvertretenden Kurdirektors in Marienbad gewesen sei, habe mir tatsächlich Kochkenntnisse vermittelt, die praktisch zu verwerten ich allerdings bisher leider nicht Gelegenheit gehabt hätte. Da ergriff Dozent Doblhoff meinen Arm und steuerte sich und mich umsichtig und geschwind zwischen den Schaulustigen hindurch und auf den Gastgarten des *Zweiten Kaffeehauses* zu, wo er mich sanft auf einen Stuhl an einem der runden Tische drückte und mich fragte, ob ich mir vorstellen könne, eine Zeitlang seinem Haushalt, der aufgrund seiner Kinderlosigkeit und des Siechtums seiner Frau, die an der sogenannten Wiener Krankheit, auch Schwindsucht oder Tuberkulose genannt, leide und sich während der letzten Jahre mehr oder weniger ständig in Lungensanatorien aufgehalten hätte, nur eine, nämlich seine, Person umfasse, als Wirtschafterin vorzustehen, ein Vorschlag, den ich auf der Stelle annahm.

So kam es, daß ich wenige Tage später in der Küche der gutbürgerlichen Wohnung des Dozenten für Nervenkrankheiten in der Bergmanngasse sechzehn im neunten Wiener Gemeindebezirk stand und zum ersten Mal in meinem Leben gedämpfte Gans nach böhmischer Art zubereitete, wobei ich immer wieder einen Blick in das aufgeschlagen neben mir liegende dickste der vier Kochbücher der Dobromila Rettigova werfen mußte, da es mir an Erfahrung in dieser Kunst mangelte. Um so mehr freute es mich, daß dem Dozenten, der nach dem vorzeitigen Tod seiner Eltern bei seiner aus Königgrätz stammenden Großmutter mütterlicherseits aufgewachsen war und die böhmische Küche liebte, die mit Lorbeerblatt und Beifuß gewürzte, in einem halben Liter Weißwein gedünstete Gans schmeckte, welche ich beim nahegelegenen jüdischen Fleischhauer Siegmund Kornmehl gekauft hatte. Nachdem ich ihm der Reihe nach seine Lieblingsspeisen, nämlich Panadelsuppe, Ochsenschlepp, gebackenes Kalbshirn und Prager Filet sowie verschiedene köstliche böhmische Mehlspeisen wie Topfenknödel, Liwanzen, Kolatschen, Palatschinken und die schmackhaften, mit Powidl gefüllten Buchteln zubereitet hatte, Speisen, die glücklicherweise ohne Ausnahme seine uneingeschränkte Zustimmung fanden, nahm mich der Dozent beiseite und sagte, er sei von meiner Kochkunst sehr angetan, der Verzehr der von mir offenbar so mühelos auf den Tisch gezauberten Mahlzeiten bereite ihm, einem schwer arbeitenden Mann, der zwar von seiner Veranlagung her den Genüssen des Lebens durchaus zugeneigt wäre, dem allerdings die Zeit fehle, sich ihnen hinzugeben, größtes Vergnügen, er hoffe, ich würde ihm als Köchin und Haushälterin noch lange erhalten bleiben. Ich müsse wissen, daß er nicht nur seinen Verpflichtungen als Irrenarzt in der Anstalt im neunten Wiener Gemeindebezirk nachzukommen habe, sondern auch eine akademische Karriere anstrebe, weshalb er seine ohnehin karg bemessene Freizeit zur Gänze der Abfassung einer Habilitationsschrift widme, die, wie er hoffe, nach ihrer Fertigstellung und Veröffentlichung in Wien und über die Grenzen Wiens hinaus großes Aufsehen erregen werde, da er darin Phänomenen auf die Spur zu kommen trachte, ja, ihnen bereits auf der Spur sei, welche die noch in ihren ersten Anfängen steckende exakte Wissenschaft vom Funktionieren der menschlichen Seele in ungeahnter Weise vorantreiben, ja revolutionieren würden. Aufgrund der Mißgunst seiner ebenso mediokren wie ehrgeizigen Wiener Kollegenschaft, die die Laufbahn eines jeden Forschers, der sie an Begabung überflügle, nach Kräften behindere, ihm den geringsten Erfolg neide und ihm zu schaden versuche, wo sie nur könne, aufgrund der zweifelsohne begründeten Befürchtung, gewisse dieser Kollegen könnten ihnen unvorsichtigerweise anvertraute Informationen für ihre Zwecke benützen und ihn um die Früchte seiner wissenschaftlichen Bemühungen bringen, halte er die bisherigen Ergebnisse seiner Untersuchungen streng geheim, der einzige, mit dem er gelegentlichen Meinungsaustausch pflege, sei der von ihm geschätzte Privatdozent für Neuropathologie Sigmund Freud, ein äußerst vertrauenswürdiger und moralisch integrer Wissenschaftler, von dem er in dieser Hinsicht nicht das Geringste zu befürchten hätte. Seit ihrem gemeinsamen Aufenthalt in der neuerrichteten Klinik für Nervenkrankheiten an der Pariser Salpêtrière, wo sie mehrere Monate lang unter dem weltbekannten Professor Jean Marie Charcot hatten arbeiten dürfen, sei ihre Bekanntschaft noch enger geworden, und die schrankenlose Bewunderung, die er für den Privatdozenten hege, wäre, zusammen mit dem wachsenden Bedürfnis, sich in der Nähe des hochbegabten Mannes aufzuhalten, der Grund gewesen, weshalb er die von seinen Eltern geerbte Wohnung in Hietzing aufgegeben habe und hierher in die Berggasse gezogen sei, in welcher auch dieser seit kurzem mit seiner Gattin Martha und seinen Kindern Mathilde, Martin und Oliver wohne. Bei diesen Worten zog Dozent Doblhoff mich an eines der hohen Wohnzimmerfenster, schob den dünnen Store beiseite, legte einen Arm leicht um meine Schulter und deutete mit dem anderen auf das bürgerliche Wohnhaus schräg gegenüber, in dessen Erdgeschoß sich das Geschäft des jüdischen Fleischhauers Kornmehl befand, in welchem ich einkaufte. Dies sei das Haus, in dem Freud wohne, sagte er dann, von diesem Fenster aus könne er das Kommen und Gehen des Kollegen und seiner Familie beobachten, ja, abends öfter einen Blick in das erhellte Wohnzimmer der Freuds werfen, was ihn mit Genugtuung erfülle. Dann lächelte er und setzte hinzu, er sei sich bewußt, daß seine Verehrung für den Neuropathologen, welcher trotz des geringen Altersunterschiedes eine Vaterfigur für ihn darstelle, die Grenzen üblicher Wertschätzung sprenge, nicht nur entwickle er Gesten und Verhaltensweisen, wie sie für diesen kennzeichnend seien, ja, er zeige sogar ähnliche Krankheitssymptome, beispielsweise empfinde er seit kürzerem Magenschmerzen, wie sie Freud seit Jahren heimsuchten, und leide an dem Nasenkatarrh, an welchem auch der Bewunderte laboriere. Auf diese Eröffnungen meines neuen Dienstherrn hin sagte ich, zwar wäre mir eine für das Kind einer einfachen Köchin recht umfassende Bildung zuteil geworden, doch habe Fräulein von Roth-Rothenhorst, meine Lehrerin in Marienbad, eine Wissenschaft von der Seele nie erwähnt, ebenso wenig wie die Schwestern im Internat der Ursulinen zu Prag, in dem ich mich längere Zeit aufgehalten hätte, er möge meine Unwissenheit entschuldigen und mir etwas ausführlicher auseinandersetzen, womit sich seine Forschungen beschäftigten, worauf der Arzt meinte, er werde versuchen, mir mit einer, allerdings sehr vereinfachenden, Erklärung zu dienen, und erläuterte, aufgrund der Beobachtung seiner eigenen Träume und der Träume seiner Patienten gelange er immer mehr zu dem Schluß, daß die Menschen bereits im Kindesalter anstößige Regungen in stärkerem oder schwächerem Maße verdrängten, daß diese anstößigen Regungen sich jedoch unbewußt weiter bemerkbar machten und sich auf Umwegen störend auf das Verhalten der Betroffenen auswirkten. Man könne nun im Zuge eines Verfahrens, das er freie Assoziation nenne und bei dem Träume eine Schlüsselrolle spielten, das verdrängte Material aufdecken und dadurch die unliebsamen Folgen, die sich daraus für die Lebensführung der Menschen ergeben hätten, einschränken oder sogar völlig ausschalten. Ich beeilte mich zu sagen, ich glaubte zu verstehen, wovon die Rede sei, habe doch auch meine allzu früh verstorbene Mutter ihren Träumen große Bedeutung beigemessen und sie mit Hilfe des *Traumbuchs der Pharaonen* auszulegen versucht, eines Werkes, das ich leider nicht mehr mein eigen nennte, doch da unterbrach mich Dozent Doblhoff ein wenig ungehalten und meinte, ich wolle seine streng wissenschaftliche Beschäftigung mit dem Traum doch nicht mit den einfältigen und willkürlichen Deutungen vergleichen, wie sie von abergläubischen Zeitaltern immer wieder versucht worden wären und bis zum heutigen Tage von Zigeunerinnen auf Jahrmärkten und von anderen berechnenden und geldgierigen Personen einer leichtgläubigen Kundschaft vorgelegt würden, letztlich sei es genau diese Unaufgeklärtheit, welche bei vielen Menschen, darunter zweifellos auch bei mir, anlagebedingte neurotische Zwänge aus der Latenz hervortreten lasse und seelischen Zusammenbrüchen Vorschub leiste. Ich erwiderte, er müsse verzeihen, von so komplizierten Verknüpfungen verstünde ich nichts, doch bildete ich mir ein, daß mir meine Träume in schwierigen Lebenssituationen gelegentlich recht brauchbare Anleitungen zum Handeln lieferten, worauf Dozent Doblhoff ausrief, es sei ein Jammer, manchmal sei er nahe daran, an der Ignoranz und Unbelehrbarkeit der unteren sozialen Schichten, vor allem an der ihrer weiblichen Angehörigen, zu verzweifeln, ich möge ihn doch mit meinen geradezu sträflich naiven Mutmaßungen verschonen und die antiken Sammelstükke abstauben, welche er seit kurzem, auch hierin dem Beispiel des Doktor Freud folgend, mit großem Interesse zusammentrage. Damit ging er ins Rauchzimmer, um sich eine Zigarre anzuzünden, eine Gewohnheit, die er gleichfalls von seinem Kollegen übernommen hatte, und ich ergriff den Staubwedel und ließ die weichen Federn vorsichtig über die kleinen Statuen, Steine, Tonscherben und Gipsköpfe gleiten, die im Arbeitszimmer des Dozenten auf dessen Schreibtisch und in einer Glasvitrine standen. Bei dieser Gelegenheit entfernte ich auch die Staubkörnchen von der Glasscheibe, welche die auf dem Schreibtisch stehende Fotografie einer Frau mit schmalem Gesicht, traurigem Blick, dunklem Haarknoten und einer Halskette mit einem ovalen Medaillon auf der Spitzenbluse schützte, bei der es sich, wie ich aus der Widmung in steiler, enger Schrift mit dem Wortlaut: In ewiger

Treue, Deine Aphrodite schloß, die in dunkelblauer Tinte rechts unten auf der Fotografie stand, um die abwesende Ehefrau des Dozenten handelte, welche sich, wie dieser mir mitgeteilt hatte, nach mehreren Aufenthalten auf dem Semmering, an der Riviera und in Davos, Aufenthalte, welche ihre angegriffene Gesundheit bedauerlicherweise nur unwesentlich zu bessern vermocht hätten, im Augenblick im Südtiroler Kurort Meran befand, einem Ort, in dessen wohltätiges Klima seine Frau all ihre Zuversicht setze, Hoffnungen, die er seiner Frau natürlich nicht nehmen wolle, die allerdings der besorgniserregende letzte Befund der Lungenärzte in keiner Weise rechtfertige, eine Diagnose, so bedenklich, daß er sich veranlaßt gefühlt hätte, kürzlich den Namen seiner Frau in sogenannten schmalfetten Lettern vorsorgend unter den seiner Großeltern und seiner Eltern sowie seiner Tante auf den Epitaph der in Form eines antiken Rundtempels gestalteten Familiengruft auf dem Hietzinger Friedhof setzen zu lassen. Ihren ungewöhnlichen Vornamen, Aphrodite, habe übrigens ihr Vater, ein ehemaliger Professor für Klassische Philologie an der Universität Wien, ausgewählt. Ich möge ihn recht verstehen, bei der Eheschließung mit seiner Frau, die einige Jahre älter sei als er, vor nunmehr zehn Jahren in der Salesianerinnenkirche habe es sich eindeutig um eine Liebesheirat gehandelt, doch müsse man den unwiderlegbaren medizinischen Tatsachen ins Auge sehen, die nicht für deren Genesung von der Schwindsucht sprächen, dieser Massenkrankheit, die die Ursache nahezu der Hälfte aller Todesfälle in Wien sei, Aphrodite aus dem heiteren Himmel befallen und sich binnen kürzester Zeit zu einer sogenannten Lungenspitzentuberkulose ausgewachsen hätte, die bereits zum Zerfall ganzer Teile der Lunge geführt habe. Wie der Herr Dozent mir auch gestanden hatte, versuche er, seinen Kummer über die fortschreitende Verschlechterung der Gesundheit seiner Frau bei seiner Arbeit als Assistenzarzt in der Irrenheilanstalt im Alsergrund und während seiner stets hochinteressanten Gespräche mit Freud zu vergessen, zudem zerstreue ihn auch die Mitwirkung als Cellist bei einem zur Gänze aus Ärzten besagter Irrenheilanstalt bestehenden Streichquartett, das sich insbesondere die kammermusikalischen Werke Schuberts angelegen sein lasse und jeden Mittwoch Abend in der Wohnung eines der Musiker zusammentreffe, und nun erhellte seit kurzem auch ich sein im großen und ganzen freudloses Dasein durch meine Kochkunst und allgemeine liebevolle Obsorge. Überhaupt freue ihn die positive Entwicklung, die mein noch vor nicht allzu langer Zeit so labiles Seelenleben seit meinem Eintritt in seinen Haushalt nehme, der ruhige und regelmäßige Tagesablauf, den die Tätigkeit als Wirtschafterin mit sich bringe, wirke sich offensichtlich günstig auf meine psychische Verfassung aus. Dann fügte er hinzu, allerdings müsse er feststellen, daß ich selten aus dem Haus ginge, ich schiene so wie er ein eher zurückgezogener Mensch zu sein, was hielte ich von dem Vorschlag, am kommenden Sonntag mit ihm einen Spaziergang im Schönbrunner Schloßgarten zu machen und insbesondere das neuerrichtete Palmenhaus, das größte Glashaus des europäischen Kontinents, zu besuchen, in welchem in drei weiträumig angelegten Pavillons Raritäten der Pflanzenwelt aus allen Erdteilen ausgestellt würden. Darauf erwiderte ich, ich sei froh, daß er die Sprache auf meine Gemütsverfassung gebracht habe, es stimme, daß ich mich in seinem Haus und in seiner Gegenwart sehr wohl fühlte, seit längerem schon hätte ich die Absicht, ihm ausdrücklich dafür zu danken, daß er mich, eine Waise, die der Umgang mit rücksichtslosen Mitmenschen fast zerstört hätte, bei sich aufgenommen habe, ich nähme seine Einladung zum Sonntagsspaziergang gern an.

Wenige Tage später saßen wir auf einer Steinbank in einer der sternförmig angelegten Alleen des Schönbrunner Schloßparks in der Sonne, und während wir einem Mann zusahen, der in großer Höhe auf einem mit Rädern versehenen Holzgerüst stand und eine der etwa zehn Meter hohen Hecken schnitt, sprach der Herr Dozent über seine die Träume betreffenden wissenschaftlichen Forschungen, davon, wie zwar die Verdrängung im Schlaf herabgesetzt sei, wie aber doch noch eine sogenannte Traumzensur eingeschaltet würde, welche die Träume, die gebaut wären wie neurotische Symptome, entstelle, und wie durch die Traumarbeit die latenten Gedanken auf dem Wege über Verdichtung, Verschiebung und Dramatisierung in den manifesten Trauminhalt übergeführt würden. Ich fühlte mich bewogen, diese Ausführungen durch die Bemerkung zu ergänzen, da fiele mir ein, ich hätte während der letzten Nacht geträumt, seine Frau habe das kleine Dienstbotenzimmer, in welchem ich untergebracht sei, in einem hübschen Reisekostüm aus dunkelgrauem Kammgarn und mit zwei Koffern in der Hand betreten, mich angelächelt und gemeint, es sei soweit, sie fahre nun mit der Postkutsche nach Triest und von dort mit der Südbahn nach Wien, eine Fahrt, der sie mit Spannung und leichter Besorgnis entgegensehe, hätten doch einhundertsiebzigtausend Arbeiter jahrzehntelang am Bau dieser Strecke gearbeitet, auf der sogenannte Adhäsionslokomotiven unglaubliche Steigungen überwänden und dabei fünfzehn Tunnels und sechzehn Viadukte passierten, ein Traum, den meine selige Mutter vermutlicherweise als Rückkehr einer Totgeglaubten gedeutet hätte. Wieder unterbrach mich der Dozent leicht verärgert und meinte, ungeachtet der Tatsache, daß seine Gattin zufälligerweise ein dunkelgraues Kammgarnkostüm besäße, möge ich ihm derart stumpfsinnige Auslegungen ersparen, Tatsache sei, daß der sie in Meran betreuende Lungenspezialist, eine europäische Kapazität ersten Ranges, ihn vor zwei Tagen angerufen und ihm mitgeteilt habe, die Absicht, an Aphrodite eine Pneumothoraxtherapie durchzuführen, das heißt, Luft in den Brustfellraum einzublasen, die Lunge dadurch zusammenzudrücken und so aus dem Atmungsprozeß auszuschalten und zu heilen, ließe sich nicht in die Tat umsetzen, da bereits das Rippenfell befallen sei, auch werde sie ständig schwächer und huste immer häufiger Blut, er, der Lungenspezialist, könne sich, wenn er ehrlich sein wolle, kaum eine teilweise und schon gar keine gänzliche Wiederherstellung der Gesundheit der Patientin vorstellen, im Gegenteil, er, der Ehemann, Dozent Doblhoff, müsse sich darauf gefaßt machen, innerhalb eines halben Jahres, unter Umständen schon vorher, in den Witwerstand zu treten. Als ich daraufhin erschrocken sagte, das wäre ja entsetzlich, legte mir der Dozent sacht den Arm um die Schultern, blickte traurig in Richtung Neptunbrunnen und meinte, natürlich wäre das entsetzlich, das Leben insgesamt sei entsetzlich, unter anderem auch der Sachverhalt, daß er, der, wie gesagt, von seiner Veranlagung her den Genüssen des Daseins durchaus zugeneigt sei, seit Jahren den Freuden des Ehelebens zu entsagen und in einem zur Hälfte leeren Ehebett zu schlafen gezwungen wäre, ich könne mir nicht vorstellen, wie kalt es in seiner Hälfte des Bettes manchmal sei, das hieße, gewesen sei, denn seitdem ich mich jeden Morgen dieser Betthälfte annähme, das hieße, das Leintuch straffte, das Kissen aufwürfe und die Bettdecke glattstriche, habe er, wenn er sich abends in diese von meiner Hand so behutsam, ja geradezu liebevoll geordnete Hälfte lege, den Eindruck, das Leintuch sei nicht mehr so klamm, das Kissen nicht mehr so kühl und die Bettdecke nicht mehr so frostig. Bei diesem Kompliment spürte ich, wie mir die Röte in die Wangen stieg, und um mir meine Verlegenheit nicht anmerken zu lassen, wandte ich mich ab und holte aus dem neben mir stehenden runden Weidenkorb die halbe kalte Schweinsstelze, die ich abends zuvor fünf Minuten in kochendes Wasser gelegt und dann herausgenommen hatte, um die Schwarte in Abständen von einem Zentimeter kreuz und quer einzuschneiden, die ich weiters mit Salz, Pfeffer und vier Knoblauchzehen eingerieben, mit reichlich Kümmel bestreut und mit der Schwarte nach unten in einen Topf mit wenig Wasser gelegt, im Rohr bei mittlerer Hitze gegart und schließlich bei abgenommenem Deckel und starker Oberhitze knusprig gebraten hatte, schnitt schweigend zwei mundgerechte Stücke ab, legte sie auf Schwarzbrotscheiben und reichte eine davon meinem Dienstherrn, der in das rosige Fleisch biß, leicht aufseufzte und sagte, seit dem Tode seiner Großmutter mütterlicherseits habe er keine solche Stelze mehr gegessen, er danke dem glücklichen Zufall, durch den er mich zunächst in der Irrenheilanstalt im neunten Bezirk kennengelernt und später beim Blumenkorso im Prater wiedergetroffen hätte. Eine halbe Stunde später schritten wir neben und unter den tropischen Pflanzen im Palmenhaus einher, und binnen kurzem hatte die feuchtwarme Temperatur mich derart betäubt und ermattet, daß ich mich widerstandslos von Herrn Dozent Doblhoff hinter eine Bananenstaude ziehen, mir von ihm Gesicht und Hals mit Küssen bedecken und seine geübte Cellistenhand ohne nennenswerte Gegenwehr unter den violetten Spitzeneinsatz meines zartlila Kleides gleiten ließ.

Die folgenden Monate im Hause Berggasse sechzehn im Alsergrund verstrichen in einer Geruhsamkeit und einem Gleichmaß, wie ich es nach dem bewegten Leben, das ich vor kurzem noch geführt hatte, nicht für möglich gehalten hätte. Jeden Morgen ging der Dozent früh aus dem Haus und in die Irrenheilanstalt, und ich brachte das Bettzeug beider Hälften des Ehebettes in Ordnung, da er seit dem Vorfall hinter der Bananenstaude im Palmenhaus darauf bestand, daß ich dieses mit ihm teilte, ein Wunsch, dem ich erst zögernd, bald jedoch nicht ohne Eifer nachkam, da das, was wir unter dem großen gerahmten Gemälde, welches den Herrn Dozenten und seine Frau im Hochzeitsstaat darstellte, und unter den Batist- beziehungsweise Damastdecken taten, wesentlich dazu beitrug, mich, deren Leben nach dem Tode des Kronprinzen völlig aus der Bahn geraten war, in einen Zustand harmonischer Ausgeglichenheit und heiterer Gelassenheit zurückzuversetzen, was mein Wohlbefinden in dem Maße steigerte, in welchem, wenn ich den düsteren Berichten des Dozenten Glauben schenken durfte, und das tat ich, die Gesundheit Aphrodite Doblhoffs verfiel. Sowohl in der Küche als auch im Schlafzimmer gab ich mir größte Mühe, durch tätigen Beistand das traurige Los des Mannes zu lindern, dessen todkranke Frau sich auf der Terrasse eines in mildem Klima und staubfreier Luft gelegenen Meraner Sanatoriums einer kaum positive Ergebnisse zeitigenden Freiluftliegekur nach der anderen unterzog, ein Bestreben meinerseits, das der Dozent, wie er mir oft und oft beteuerte, über die Maßen schätzte, ebenso wie meine Beflissenheit bezüglich der Instandhaltung seines nach dem Beispiel der geräumigen Wohnung des Doktor Freud in der Berggasse neunzehn eingerichteten Heims. Ähnlich meinem ehemaligen Gönner Engelbert Kornhäusel verabscheute mein Dienstherr weibliche Geschwätzigkeit, weshalb ich mir angewöhnte, seine sich thematisch auf das Befinden seiner Gattin sowie auf seine Arbeit in der Irrenheilanstalt und an seiner Habilitationsschrift über die Träume und auf seinen wissenschaftlich so fruchtbaren Gedankenaustausch mit Doktor Freud beschränkenden Ausführungen niemals zu unterbrechen, sondern sie höchstens durch ein, zwei bestätigende, ermutigende oder bedauernde Laute zu untermalen. Wenn sich die drei restlichen Mitglieder des Streichquartetts, ein, wie Dozent Doblhoff mitteilte, auf Hypnose und zwei auf Elektrotherapie spezialisierte Irrenärzte, einmal im Monat im Salon der Wohnung des Dozenten einfanden, wurde von mir erwartet, daß ich nach dem Verstummen der Instrumente geräuschlos den Raum betrat und der Reihe nach dem ersten und zweiten Violinisten, dem Bratschisten und schließlich dem Gastgeber wortlos ein Tablett reichte, auf welchem ich kleine Schwarzbrotdreiecke mit Eier-, Fisch-, Leberwurst- und Liptaueraufstrich gefällig angeordnet hatte. Auch ließ ich es nach zweimaliger Zurechtweisung des schwer arbeitenden und in seinem Privatleben so unglücklichen Arztes bleiben, ihn mit dem Inhalt meiner Träume und einem eventuell darauf folgenden kleinen Deutungsversuch zu belästigen und behielt für mich, daß die Frau Dozent mir fast jede Nacht in ständig wechselnder Garderobe im Schlafzimmer erschien und mir ihre baldige Rückkunft aus Südtirol ankündigte.

Nach drei Monaten einträchtigen Zusammenlebens in der Berggasse sechzehn blieb meine Monatsblutung aus, und ich begann, an Schwindelgefühl, Appetitlosigkeit und Brechreiz zu leiden, Beschwerden, die mich mit Schrecken an meinen Aufenthalt im Hause der Edlen von Schreyvogl erinnerten und auch dem Dozenten nicht verborgen blieben, der mir zärtlich über die Wange strich und meinte, ich hätte doch nichts dagegen, wenn der Bratschist, ein gewissenhafter und ehrgeiziger Mediziner, der vor seiner Ausbildung zum Hypnotiseur aus reiner Wissensbegierde das gynäkologische Fach abgeschlossen habe, mich nach der nächsten Streichquartettprobe untersuchte, was ihn, den Dozenten, beträfe, so könne er sich nichts Schöneres vorstellen, als von mir reizendem jungem Geschöpf ein Kind, dieses Symbol ewigen Werdens, geschenkt zu bekommen. Ich dachte an das nahezu allnächtliche Auftauchen Aphrodite Doblhoffs im Schlafzimmer und fragte leise, wie sich ein solches Geschenk mit der, wenn auch gefährdeten, Existenz seiner Ehefrau vereinbaren ließe, worauf der Dozent abwinkte und lächelnd sagte, die Meraner Kapazität habe ihm auf telegrafischem Wege versichert, daß seine Frau zum gegenwärtigen Zeitpunkt mehr oder weniger ununterbrochen von Fieberschauern geschüttelt werde und am letzten oder zumindest vorletzten Stadium der Auszehrung leide, mit einem Wort, praktisch im Sterben liege, ich möge mir diesbezüglich nicht die geringsten Sorgen machen, auch Liebesheiraten werde durch ein unberechenbares Schicksal gelegentlich ein vorzeitiges Ende gesetzt. Als ich ihn fragte, warum seine Ehe kinderlos geblieben sei, entnahm er einer Lade der im Salon stehenden Biedermeieranrichte einen Schlüssel, ging damit, ohne ein Wort zu sagen, doch mir mit einer Handbewegung bedeutend, ich möge ihm folgen, in das sogenannte Ankleidezimmer, öffnete eine mit rustikalen Schnitzereien versehene Hochzeitstruhe aus Walnußholz und wies auf die darin aufbewahrte Wäsche, mit den Worten, hier seien die sechs Hemdchen, sechs Jäckchen und sechs Nabelbinden, die sechs festeren Windeln und sechs Mullwindeln, die drei Einwickeltücher, sechs Lätzchen und der Seifenlappen, die zwei Wickelbänder und die Trinkflasche, die zwei mittelgroßen Frottierhandtücher sowie die drei kleinen Kopfkissen mit Überzügen, welche seinerzeit gekauft worden seien, als Aphrodite guter Hoffnung gewesen wäre, leider nicht sehr lange, da sie aufgrund der Tuberkulose, mit der sie sich bereits angesteckt gehabt hätte, was bekanntermaßen bei schlanken und hochgewachsenen Menschen, sogenannten asthenischen Körpertypen, zu denen sie zu zählen wäre, leichter und häufiger der Fall sei als bei anderen, zu schwach gewesen wäre, um das Kind auszutragen. Ich schlug die Hände vors Gesicht und meinte, das sei ja entsetzlich, worauf mein Dienstherr mir die seinen leicht auf die Schultern legte und meinte, natürlich sei das entsetzlich, das Leben insgesamt sei entsetzlich, eine Tatsache, die er in den Gesprächen mit seinem Kollegen Freud immer wieder beklage, der übrigens während der letzten Monate seinen Forschungsschwerpunkt zu seiner, Dozent Doblhoffs, leichten Verwunderung vom Studium der Hysterie gleichfalls auf das Gebiet der Träume verlagert zu haben scheine.

Der Bratschist, Hypnosespezialist und Gynäkologe stellte wenige Tage später eine Schwangerschaft fest, und während der darauffolgenden Monate verhielt der Dozent sich so zärtlich und rücksichtsvoll wie nie zuvor, half mir beim Glattstreichen der Bettdecke und beim Abstauben der Antikensammlung und nahm mich sanft in die Arme, wenn ich aus dem Schlaf aufschreckte, da die nächtliche Erscheinung der Frau Dozent, die sich seit kurzem nur noch in einem langen weißen Leinennachthemd zeigte, zusehends furchterregendere Züge annahm, ganz nahe an meine Hälfte des Bettes trat, sich über mich neigte, mich anhustete, so daß ein Sprühregen von Bluttröpfchen auf mich und die weiße Batistbettdecke niederging, und keuchte, daß ich die Betthälfte eingenommen hätte, die von Rechts wegen ihre sei, ginge noch an, sei doch die Ehe mit ihrem Mann entgegen seinen Behauptungen niemals eine Liebesehe gewesen, sie werde aber nicht dulden, daß mein Balg die seinerzeit von ihr in die Hochzeitstruhe gelegte, für ihr Kind bestimmte Wäsche trage, nein, das werde sie unterbinden, indem sie mich und damit auch die Frucht meines Leibes kurzerhand mit bösartigen Bakterien anstecken würde, ja, davor werde sie keineswegs zurückscheuen. Auch erläuterte mir der Vater meines ungeborenen Kindes als jemand, der vor seiner Beschäftigung mit der menschlichen Seele zum praktischen Arzt ausgebildet worden und infolgedessen auch mit den Vorgängen des Körpers vertraut war, die sich während einer Schwangerschaft vollziehenden Veränderungen, da mir sowohl meine Mutter als auch Fräulein von Roth-Rothenhorst und die Schwestern des Internates der Ursulinen zu Prag zwar viele nützliche Kenntnisse vermittelt, mich jedoch über diese Tatsachen völlig im Unklaren gelassen und mir lediglich mitgeteilt hatten, daß eine Schwangerschaft im Leben einer Frau einen außerordentlich eindrucksvollen Abschnitt darstelle und das darauffolgende Erlebnis der Mutterschaft ein überwältigendes sei. Bis auf die ein wenig beängstigenden Traumgesichte, in denen Aphrodite Doblhoffs bleiche und ausgemergelte Gestalt an meinem Bettrand erschien, wurde mein Seelenfriede durch nichts gestört, auch fühlte ich mich nach dem baldigen Verschwinden der Appetitlosigkeit, des Schwindelgefühls und der Übelkeit körperlich ausgezeichnet, und wenn der Dozent im Ehebett seinen Kopf auf meinen Bauch legte, mir die jeweils genaue Anzahl der Tage bis zur Geburt nannte und meinte, die Zeit verginge wie im Flug, ich würde sehen, im Handumdrehen werde sein Sohn in seine Fußstapfen treten und die von ihm, dem Dozenten, so zuversichtlich begonnene wissenschaftliche Arbeit weiterführen, er werde zweifellos Familiensinn zeigen, was bei den Söhnen des Doktor Freud zu dessen gelegentlichem Bedauern nicht unbedingt der Fall zu sein scheine, überhaupt sei die Laune des Privatdozenten im Augenblick alles andere als blendend, verzögere doch die Wiener Gesellschaft der Ärzte, vor denen dieser bereits achtzehnhundertsechsundachtzig den entscheidenden Vortrag gehalten hätte, die Erledigung seines Ansuchens um die außerordentliche Professur seit nunmehr sieben Jahren, was ihn, Dozent Doblhoff, nicht weiter erstaune, von der ebenso ignoranten wie perfiden Wiener Ärzteschaft, deren Ränken und Intrigen kaum ein talentierter Kopf gewachsen sei, wäre selbstredend nichts anderes zu erwarten gewesen, er hoffe, seinem Sohn würden von der Natur außer seiner ungewöhnlichen Forscherbegabung auch ausreichend Geistesgegenwart und Menschenkenntnis mitgegeben, so daß er sich mit der tatkräftigen Hilfe seines Vaters gegen diesen korrupten Klüngel, diese kaltblütige Kamarilla werde behaupten können, wenn der Dozent also sein Ohr auf meine Bauchdecke legte, empfand ich etwas, das im landläufigen Sinne Glück genannt wird. Strich ich ihm dann über das leicht angegraute, gewellte dunkle Haar und sagte vorsichtig, wir würden sehen, wir würden sehen, es sei nicht von vornherein auszuschließen, daß unser Kind beispielsweise ein Mädchen, beispielsweise ein Geschöpf mit ganz anderen als den von ihm erwünschten Eigenschaften würde, entfernte er meine Hand, hob den Kopf, sah mich streng durch seine runde Brille an und meinte, ich möge ihn nicht irritieren, sein Bild von der Zukunft sei stets ein akkurates gewesen, er sehe alles glasklar und fest umrissen vor sich, auch unsere Hochzeit in der Kirche *Zu den neun Chören der Engel*, die relativ rasch, in jedem Falle noch vor der Geburt des Kindes, auf die Beisetzung der armen Aphrodite in der Familiengruft auf dem Hietzinger Friedhof folgen würde, auch die erste Sommerfrische mit unserem Sohn auf dem Semmering, auch seinen ersten Schultag, und auf meinen leisen Einwurf, es sei vielleicht unrichtig, wenn nicht gar frevelhaft, dem Geschick in dieser Weise vorzugreifen, erwiderte er, was hieße hier vorgreifen, ich sei doch diejenige, die ihn ständig mit ebenso fragwürdigen wie eigenmächtigen Interpretationen meiner Träume behelligt hätte, außerdem könne ich mich glücklich schätzen, von einem Mann so aufrichtig und ausschließlich geliebt zu werden wie von seiner Person.

So vergingen die Tage, ich erfreute mich weiterhin guter Gesundheit, nahm an Umfang zu und an Beweglichkeit ab, und schließlich stand die Geburt des Kindes, die im Beisein des Bratschisten und Gynäkologen stattfinden sollte, von dessen hypnotischen Fähigkeiten sich der Dozent auch eine gewisse Linderung meiner Wehen erwartete, nur noch wenige Wochen bevor. Als wir eines Tages die sich seit Generationen im Besitz der Familie Doblhoff befindliche Kirschenholzwiege aus dem Keller geholt hatten und im Begriff waren, sie über die Treppe hinaufzutragen, händigte ein Telegrammbote meinem Dienstgeber auf dem Treppenabsatz zwischen Hochparterre und Mezzanin eine Depesche aus, und sobald dieser sie überflogen hatte, wurde er bleich und setzte den hinteren Teil der Kirschenholzwiege unvermittelt auf dem graurot karierten Terrazzoboden des Treppenhauses ab. In der Vermutung, das Telegramm beinhalte die traurige, wenn auch nicht unerwartete Nachricht vom Ableben Aphrodites, meinte ich tröstend, die Gesetzmäßigkeiten des Daseins seien ebenso unergründlich wie unerbittlich, ein Mensch werde geboren, der andere ginge dahin, meine selige Mutter wäre stets der Meinung gewesen, man müsse solche natürlichen Schicksalsabläufe mit Gleichmut akzeptieren, worauf Herr Dozent Doblhoff flüsterte, das sei doch nicht möglich, die Meraner Kapazität teile in dem Fernschreiben mit, wie durch ein Wunder habe sich der Zustand der Frau Dozent durch kaum mehr als zweimonatige Verabreichung eines neuentwickelten Medikamentes entscheidend gebessert, sie, die Kapazität, glaube nicht zuviel zu versprechen, wenn sie mutmaße, daß sie, die Frau Dozent, zu Beginn der kommenden Woche fähig sein werde, unter Hinzuziehung einer verläßlichen Begleitperson die Fahrt mit der Südbahn nach Wien anzutreten, jedenfalls danke sie, die Kapazität, Gott für diese Heilung und sei gewiß, auch er, der Herr Dozent, den sie, die Kapazität, umgehend über die genaue Ankunftszeit seiner Frau in Kenntnis setzen würde, werde dies in angemessener Form tun. Da mir die Kranke ihre Rückkehr bereits mehrmals angekündigt hatte, erschütterte mich diese Nachricht weniger, als zu vermuten gewesen wäre, und so hob ich die Kirschenholzwiege erneut an ihrem oberen Ende an und bat meinen Dienstherrn, das untere Ende zu ergreifen, trotz des unvorhergesehenen Ereignisses mit mir den Weg in die Wohnung fortzusetzen und das Möbelstück wie beabsichtigt in die dafür vorgesehene Ecke des ehemaligen Ankleide- und nunmehrigen Kinderzimmers zu stellen, eine Bitte, welcher der Dozent völlig teilnahmslos nachkam. Dann zog er sich einige Stunden lang ins Rauchzimmer zurück, und schließlich öffnete er gegen fünf Uhr nachmittags die Tür und rief mich zu sich.

In Anbetracht der gänzlich veränderten Gegebenheiten, sagte er und strich dabei ganz unwillkürlich mit der rechten Hand über das auf einem kleinen Tischchen stehende schnäbelnde Taubenpaar aus blütenweißem Augartenporzellan, einem Hochzeitsgeschenk der Schwiegereltern, wie er mir vor längerer Zeit auf meine diesbezügliche Frage verraten hatte, im Hinblick auf diese so unvermutet eingetretene neue Situation also müsse man Maßnahmen ins Auge fassen, die zu den ursprünglich in dieser Angelegenheit gehegten Absichten notwendigerweise in einem gewissen Widerspruch stünden. Da er Aphrodite kenne, so wie ein Mann eben eine Frau kenne, mit der er vor Jahren eine ausgesprochene Liebesehe eingegangen sei, und aufgrund dieser Kenntnis den Schluß ziehe, sie werde unmittelbar nach ihrer Ankunft in der Berggasse sechzehn ihre Hälfte des Ehebettes beanspruchen, müsse er mir nahelegen, diese im Augenblick unrechtmäßigerweise von mir besetzte Betthälfte zu verlassen und mich wieder ins Dienstbotenzimmer zurückzuziehen, welches letztlich der geeignete Ort für mich sei. Was die unmittelbar bevorstehende Geburt seines Sohnes betreffe, so stelle diese durch die ebenso unmittelbar bevorstehende Heimkehr Aphrodites nunmehr ein größeres Problem als angenommen dar, ein Problem, für welches er allerdings bereits eine, wie er hoffe, allen betroffenen Parteien, einschließlich seines Sohnes, zusagende Lösung gefunden hätte. Ich müsse einsehen, daß die Entbindung nun nicht mehr, wie ursprünglich geplant, von dem in Frauenheilkunde und Geburtshilfe ausgebildeten Bratschisten und Hypnosespezialisten in der von mir benützten Hälfte des Bettes durchgeführt werden könne, ein Vorgang, der angesichts der neuen Lage einer gewissen Peinlichkeit nicht entbehren würde, und sei gewiß damit einverstanden, auf einen weniger heiklen Raum als das eheliche Schlafzimmer auszuweichen und den Jungen in der geräumigen, ruhigen und keimfreien Gummizelle in der Irrenanstalt im neunten Wiener Gemeindebezirk, einer äußerst diskreten Örtlichkeit, unter Beistand des besagten Kollegen zur Welt zu bringen. Bei dem Gedanken, daß mein Kind in dem engen, fensterlosen und kalten Kämmerchen, in welches man mich ehedem gesperrt hatte, das Licht der Welt erblicken sollte, erschrak ich sehr, und der plötzliche Schreck bewirkte, daß umgehend die Wehen einsetzten. Von dem mir bislang unbekannten Schmerz überwältigt, setzte ich mich auf die vor dem Fenster stehende Polsterbank aus Rattanrohr, umfaßte meinen Leib mit den Händen und sagte, mir sei nicht gut, wäre es denn möglich, daß das Kind etwas früher als erwartet käme, worauf der Dozent, der die Tage und Wochen bis zu meiner Niederkunft stets im Kopf hatte, ausrief, von den vierzig Wochen, den zweihundertachtzig Tagen, seien siebenunddreißig Wochen, das hieße, zweihundertneunundfünfzig Tage, verstrichen, natürlich käme es vor, daß Kinder vor dem genauen Geburtstermin geboren würden, allerdings nehme er an, daß eine für die exakten Wissenschaften begabte Persönlichkeit wie sein Sohn sich kaum eine Abweichung von mehr als zwei Tagen plus minus im Hinblick auf das errechnete Datum, nämlich den neunundzwanzigsten Mai, gestatten werde, ich möge mir also keine Sorgen machen, vielleicht wären mir die in Biersud gekochten Krebse auf böhmische Art, die wir zu Mittag gegessen hätten, nicht bekommen, so köstlich sie gewesen seien, bei Krebsen wisse man nie. Als die Wehen, die ich damals in meiner Unerfahrenheit nicht als solche zu erkennen imstande war, stärker wurden und ich vor Schmerz aufstöhnte, meinte der Dozent, eine Flußkrebsvergiftung dürfe keinesfalls auf die leichte Schulter genommen werden, es werde wohl am besten sein, unverzüglich den Hausarzt Doktor Leodolter aus der Strudlhofgasse beizuziehen. Als dieser eintraf, blickte er auf die farblose Flüssigkeit, die unterdessen zu meiner Bestürzung an meinen Beinen herabgeronnen und unter dem Saum meines Kleides hervorgedrungen war und nun auf dem Sternparkett eine kleine Pfütze bildete, sagte, da hätten wir es, die Fruchtblase sei bereits geplatzt, ging augenblicklich zum Schottenring und kam von dort mit einer Lohnkutsche zurück. Während ich, gestützt vom Dozenten und vom Hausarzt, die Treppe hinunterging, nahm die Wehentätigkeit zu, und im Fiaker setzten die schlimmsten Schmerzen ein, die, wie mir heute bekannt ist, wie mir zum damaligen Zeitpunkt allerdings nicht bekannt war, Preßwehen genannt werden und den sogenannten Austreibungsvorgang beschleunigen. Aufgrund einer Unvorsichtigkeit des Kutschers, der die Pferde zu höchster Eile antrieb, stießen wir in einer Kurve an eine Hausecke, was einen Speichenbruch am linken Vorderrad zur Folge hatte und das Gefährt zu längerem Anhalten zwang, weshalb meine Tochter Aphrodite zu meiner Erleichterung nicht in der Gummizelle in der Irrenheilanstalt im Alsergrund geboren wurde, sondern in einem stehenden Fiaker Ecke Sensengasse Lazarettgasse.«

14

Ich legte das blaue Heft aus der Hand. Aphrodite war alles andere als ein in Wien gebräuchlicher Mädchenname, und Aphrodite hieß außer Dozent Doblhoffs Frau und Rosas neugeborener Tochter auch meine Großmutter. Ich stand auf, ging in die Küche, wo Tante Pia am Tisch saß und dabei war, ein Kalbshirn zu enthäuten, und sagte mit lauter Stimme, auf der Suche nach Bettwäsche hätte ich irrtümlicherweise die Truhe in Wilmas Zimmer geöffnet und wäre solcherart auf ein altes blaues Heft gestoßen, das ich, ich gäbe es zu und bäte sie gleichzeitig dafür um Vergebung, aus reiner Neugierde aufgeschlagen hätte, ja, um ehrlich zu sein, nicht nur aufgeschlagen, sondern auch fast bis zu Ende gelesen. Als Tante Pia daraufhin vom Kalbshirn abließ und mich entrüstet ansah, sprach ich tapfer weiter und meinte, sie wisse sicher, wer die darin ihre bewegende Lebensgeschichte erzählende Frau namens Rosa Havelka, geborene Tichy, sei, ich hätte mich gefragt, ob es sich womöglich um ein entfernt verwandtes Familienmitglied aus dem böhmischen Zweig handle, worauf sie sagte, zunächst müsse sie sich darüber wundern, daß ich in ihrem Haus ohne ihre ausdrückliche Erlaubnis das Unterste zuoberst kehrte, und was das blaue Heft betreffe, so liege dieses seit Jahrzehnten in der Truhe, ich könne von einer achtzigjährigen Greisin nicht verlangen, daß sie über die Herkunft einer jeden Mobilie in ihrer Wohnung akkurat Bescheid wisse, sie erinnere sich lediglich dunkel, daß das Heft auf dem Wege über eine Klosterschwester in den Besitz der Familie gelangt sei. Ich fragte sofort weiter, ob diese Ordensfrau unter Umständen eine Angehörige der Kongregation *Zum Guten*

Hirten gewesen sei, worauf Tante Pia ungeduldig antwortete, das wisse sie nicht mehr, ich möge eine uralte Frau, die nur noch darauf warte, daß der Tod sie erlöse, nicht mit unnötigen Fragen quälen, sondern meine Mutter anrufen, meine Mutter sei über Familienfragen immer bestens informiert gewesen, im übrigen möge ich ihr gestatten, sich weiter mit dem Kalbshirn zu befassen, das sie zu geröstetem Hirn mit Ei zu verarbeiten gedenke, eine Speise, die ich ungeachtet ihrer Köstlichkeit wie nahezu alles, was sie zubereite, höchstwahrscheinlich nicht anrühren würde.

Ich tat, wie Tante Pia mich geheißen hatte, rief meine Mutter an und sagte, Rosa Havelka, deren Lebensgeschichte ich in der Truhe in Wilmas Zimmer gefunden hätte, habe eine Tochter namens Aphrodite gehabt, und da dieser Name selten vorkomme, frage ich mich, ob irgendein Zusammenhang zwischen meiner Großmutter, die denselben Namen getragen hätte, und dieser Person bestehe, worauf meine Mutter ein wenig gereizt erwiderte, von welcher Truhe die Rede sei, sie kenne keine solche Truhe, außerdem sei Aphrodite ein sehr geläufiger Mädchenname, nicht nur in den Vereinigten Staaten, sondern auch in Österreich und um Österreich herum würden Neugeborene mit Vorliebe auf diesen Namen getauft, das griechische Erbe sei den beiden so weit voneinander entfernten Kontinenten gemein, Aphrodite bedeute Schönheit, Liebreiz, Jugend, alles, was Eltern ihren Kindern wünschen könnten, und nun möge ich sie entschuldigen, sie müsse sich wieder der Meinungsumfrage über die sinnliche Ausstrahlung der Frau Staatssekretär auf den amerikanischen Wähler zuwenden, mit deren Vorbereitung sie seit Tagen beschäftigt sei.

Am darauffolgenden Sonntag lud mich Josef, der inzwischen Professor Priems großzügiges Angebot für den Ankauf des Schmetterlings Rosa Rose erhalten und auf der Stelle angenommen hatte, zu einer Aufführung von Schuberts *Messe in Es-Dur* im Goldenen Saal des Musikvereins ein, und als ich vor Beginn des Konzerts die Toilette aufsuchte, fragte mich die Toilettenfrau, während sie die mir bestimmte Toilettenbrille sorgfältig abwischte, ob ich denn den Bundespräsidenten schon gesehen hätte, wie ihr eine Platzanweiserin mitgeteilt habe, befinde sich der Bundespräsident in Begleitung seiner zweiten Frau im Saal, die Österreicher, sie eingeschlossen, gönnten ihm dieses späte Glück von Herzen, wie jeder wisse, sei seine erste Ehe von Anfang bis Ende einer schweren Schicksalsprüfung gleichgekommen und habe während der letzten Jahre nur noch auf dem Papier bestanden, jedenfalls hoffe sie sehr, daß sich die Frau Bundespräsident in die Toilette begeben werde, da ein solcher Besuch für sie, die Toilettenfrau, die einzige Möglichkeit darstelle, prominente Konzertbesucherinnen zu Gesicht zu bekommen, in dieser Beziehung hätte ich es besser. Dann nahmen Josef und ich unsere Plätze im vorderen Parkett ein und überließen uns den vom Orchester der Wiener Philharmoniker gespielten und vom Chor des Wiener Musikvereins gesungenen Tönen Schuberts, und als ich meinen Gesangslehrer von der Seite anschaute, fiel mir auf, daß er dem Komponisten sehr ähnlich sah, und ich fragte mich, weshalb ich dies nicht schon früher bemerkt hatte. In der Pause trat ein ihm bekannter ehemaliger Sängerknabe und nunmehriger Fagottist des Kurorchesters Baden bei Wien am Büfett mit einem falschen Lachsbrötchen auf uns zu, unterzog mich, während er in dieses biß, einer eingehenden Musterung und unterhielt sich anschließend mit Josef über die Durchschnittsgehälter österreichischer Kurorchestermitglieder, dann deutete er mit dem Rest des Brötchens auf ein nicht weit von uns stehendes elegantes Paar und flüsterte, der Bundespräsident, der Bundespräsident und seine zweite Frau, und als ich hinsah, traf sich der Blick des Bundespräsidenten kurz mit meinem, und ich senkte diskret die Lider.

Seit etwa einer Woche, genauer gesagt, seit dem Morgen, der auf den Nachmittag gefolgt war, an dem ich mit Josef zum ersten, doch nicht zum letzten Mal das Bett seiner Mutter geteilt hatte, fühlte ich mich anders als sonst, zur großen Besorgnis Tante Pias aß ich noch weniger als vorher, auf meinen Spaziergängen durch die Stadt wurde mir manchmal schwindlig, und vor dem Aufstehen war mir meist übel, Beschwerden, die sich jeden Tag eine Spur verstärkten und mich, nachdem meine Menstruation ausgeblieben war, bewogen, mir in der Apotheke *Zur heiligen Magdalena* einen Schwangerschaftstest zu kaufen, was die Pharmazeutin zu einem verschwörerischen Lächeln sowie zu der Bemerkung veranlaßte, seit neuestem sehe der arme Herr Horvath so heiter aus, er gehe nicht mehr gebückt und schleppend und käme kaum noch in die Apotheke, was sie als Geschäftsinhaberin zwar bedaure, doch als seine langjährige Beraterin in Gesundheits- und Lebensfragen begrüße, im Vertrauen gesagt, das, was dem armen Herrn Horvath fehle, sei eine kleine Familie, eine kleine Familie ließe den armen Herrn Horvath schlagartig zu einem anderen Menschen werden.

Der Test fiel positiv aus, und ich fragte mich besorgt, wie Josef auf meine Eröffnung, daß mich aller Wahrscheinlichkeit nach bereits mein erster Wiederbelebungsversuch an ihm in den Zustand guter Hoffnung versetzt hatte, reagieren würde, besorgt deshalb, weil anzunehmen war, daß er wie alle Männer, die ich vor ihm gekannt hatte, sagen würde, was, ein Kind, sei ich denn von allen guten Geistern verlassen, nein, ein Kind käme nicht in Frage, sie hofften, ich verstünde, daß sie eine so entschiedene Feststellung keineswegs zu ihrem eigenen Vorteil träfen, sondern in erster Linie zu meinem Nutzen, ich sei Künstlerin und hätte meine frauliche Erfüllung, besser gesagt, das, was im landläufigen Sinne als frauliche Erfüllung gelte, es jedoch bei näherem Hinsehen nur in den seltensten Fällen sei, nämlich die Mutterschaft, hintanzustellen, als Künstlerin hätte ich meinem Publikum zu dienen, mein Publikum habe ein Anrecht auf mich, wo käme man hin, wenn Künstlerinnen solche im Grunde nichts als selbstsüchtigen Ziele verfolgten, und vor allem, wo käme die Kunst hin. Sähe ich mich jedoch außerstande, von meinem zutiefst eigennützigen Wunsch nach einem Kind Abstand zu nehmen, so müsse ich mich zu ihrem Bedauern nach anderen Vätern umsehen, sie seien davon überzeugt, daß ich keinerlei Mühe haben würde, verantwortungslose Individuen, denen ihr sogenanntes persönliches Glück über alles ginge, zu finden, Egoisten, nicht bereit, der Kunst das kleinste Opfer zu bringen. So hatten alle gesprochen, einschließlich John, welcher dabei auf dem taubengrauen Spannteppich des Hotelzimmers im siebzehnten Stock in Midtown Manhatten, wo wir uns anschließend an unsere erste Begegnung jeden Mittwoch Nachmittag trafen, mit großen Schritten und seinen Worten Nachdruck verleihenden Gesten der Hände hin und her gegangen und dann vor dem Fenster mit Ausblick auf das Chrysler Building stehengeblieben war, kurz die Skyline betrachtet, sich dann umgedreht und hinzugefügt hatte, die drei Kinder, die Gott ihm geschenkt hätte, denn selbstverständlich seien Kinder Gottesgeschenke, habe er ganz bewußt mit einer vollkommen unkünstlerischen Frau gezeugt, nur mit einer vollkommen unkünstlerischen Frau könnten Kinder gezeugt werden, wenn man nicht wolle, daß das Unglück seinen Lauf nehme, schon der kleinste Funke künstlerischer Begabung mache eine Frau zur Mutter absolut ungeeignet, lediglich Dummköpfe seien der Ansicht, daß weibliche künstlerische Begabung und Mutterschaft miteinander vereinbar wären.

Dies alles ging mir durch den Kopf, während ich zwischen den Verkaufsständen des Naschmarktes hindurch in Richtung Kettenbrückengasse ging, und je näher ich dem Sterbehaus kam, desto verzagter wurde ich. Wie konnte ich diesen Menschen, der zwar nicht mehr ganz so hinfällig wie zu Anfang unserer Bekanntschaft, doch immer noch schwach, ja, selbst ein Kind war, mit der Mitteilung belasten, ich erwartete ein solches? Als ich über die Treppe in den zweiten Stock hinaufging, traf ich die Pastoralassistentin auf dem Treppenabsatz zwischen erstem und zweitem Stock mit der aufgeschlagenen *Presse* in der Hand an, und als sie mich bemerkte, begann sie mir einen Artikel daraus vorzulesen, in welchem berichtet wurde, der Neonazi mit der Strumpfmaske habe ein drittes Mal zugeschlagen und im Augarten in der Nähe des Flakturms gegen zwei Uhr morgens eine aus Isfahan stammende Informatikstudentin im dritten Semester zunächst ihrer Kleidung und dann, wie der Notarzt später eindeutig festgestellt hätte, auch ihrer Unschuld beraubt und am nächsten Morgen einen detaillierten Bericht des Hergangs der Tat auf dem Anrufbeantworter der iranischen Botschaft hinterlassen, in welchem er unter anderem die Entfernung aller iranischen Taxifahrer in Wien aus ihren Diensten forderte. Die Fälle schienen eine unvorhergesehene Wendung zu nehmen, da die Aussagen des zunächst rein routinemäßig zur Vergewaltigung seiner Freundin einvernommenen Antiquitätenhändlers zusehends widersprüchlicher wurden und die Wiener Polizei sich zu fragen beginne, ob der siebenundfünfzigjährige, dreimal geschiedene, international bekannte Spezialist für Netsuke, kleine japanische Kunstgegenstände, die zum Befestigen von Kimonos verwendet würden, nicht mehr mit den drei Fällen zu tun habe, als anfänglich vermutet worden wäre, zumal man anläßlich einer kurzen Durchsuchung seiner Sechszimmerwohnung mit Wintergarten im Botschaftsviertel auf eine Sammlung von Miniaturkriegsschiffen aus der Zeit des Dritten Reiches gestoßen sei, womit der Bezug zur nationalsozialistischen Ideologie hergestellt wäre. Der Antiquitätenhändler bestehe hartnäckig auf der Behauptung, die Schiffe wären ihm im Laufe seines dritten und vierten Lebensjahres anläßlich der hierzulande begangenen Familienfeste von seinen Eltern geschenkt worden, eine Beteuerung, welche die mit allen Wassern gewaschenen Mitglieder der Abteilung für antiösterreichische Umtriebe der Wiener Polizei nicht sonderlich beeindrucke. Fräulein Haslinger blickte von der *Presse* auf und sagte, furchtbar, furchtbar, wenn ich sie fragte, derlei Geschehnisse hätten ihren Grund letztlich in nichts anderem als in dem fundamentalen Glaubensmangel, der allerorten herrsche, außerdem dürfe eine Vietnamesin, dürfe eine Iranerin natürlich nicht so sicher auf den Schutz Gottes bauen wie katholische Christen, und als ich einwandte, die junge Frau aus der Dominikanischen Republik sei möglicherweise Katholikin, meinte Fräulein Haslinger, möglicherweise, ihrer Meinung nach nehme die wahre Rechtgläubigkeit allerdings mit zunehmender geographischer Entfernung vom Vatikan ab. Als ich weiterging, rief sie mir noch nach, ich wirke etwas nervös, wolle ich nicht eine Kopie der Umrisse der berühmten Südrosette der Kathedrale Notre Dame in Paris, eines Glasfensters von dreizehn Metern Durchmesser, mit Farbstiften ausmalen, sie werde mir eine Kopie und bei Bedarf auch die Farbstifte überlassen, ich würde sehen, im Handumdrehen hätte ich meinen Seelenfrieden wiedergefunden.

Josef, der, wie mir auffiel, als er die Tür öffnete, einiges an Gewicht verloren hatte, was ihm gut stand, begrüßte mich wohlgelaunt und meinte, ich möge mir vorstellen, im Laufe der letzten zwei Tage hätten drei junge Menschen angerufen, die bei ihm Stunden zu nehmen gedächten, die Ereignisse der vergangenen Wochen hätten ihm eindeutig bewiesen, daß ich ihm Glück brächte, eine Bemerkung, die ich zu der Erwiderung zum Anlaß nahm, dessen sei ich mir nicht so sicher, da ich ebenso eindeutig schwanger sei, worauf er mich strahlend ansah, mich in seine Arme nahm und sagte, ich könne mir nicht vorstellen, wie er sich über meine Mitteilung freue, der Zufall wolle es, daß er mich, da er sich, wie gesagt, klar darüber sei, daß die seit über einem Monat nicht abreißende ihn betreffende Glückssträhne mit meinem Eintritt in sein Leben in Verbindung zu bringen wäre, demnächst habe darum bitten wollen, ihm zu Weihnachten in der Kirche *Zu den neun Chören der Engel* das Jawort zu geben, die Wohnung sei geräumig genug, um zuzulassen, daß wir ohne gröbere gegenseitige Störung unseren jeweiligen Tätigkeiten nachgingen, er würde im Wohnzimmer seine Gesangsstunden abhalten und ich im Bügelzimmer meine Rollen einstudieren, und was seine im Hochsommer kommenden Jahres zu erwartende Tochter betreffe, so sei das nach Norden ausgerichtete Kabinett ein nahezu idealer Aufenthaltsort für eine zukünftige Konzertpianistin. Während der folgenden Wochen würden wir gemeinsam die Birnenholzwiege, in der er seinerzeit gelegen sei, aus dem Keller holen und abstauben, außerdem werde er die Neuigkeit umgehend der Rezeptionistin mitteilen, damit sie daran gehen könne, die nach der Geburt Elisabeths benötigte Kleidung zu stricken beziehungsweise zu häkeln, eine Tätigkeit, zu der er das Seinige beitragen wolle, ich hätte doch nichts dagegen, daß das Kind zum Gedenken an seine Sisi so ähnlich sehende Mutter und in Erinnerung an die schöne Kaiserin selbst auf diesen Namen getauft würde. Als ich meinte, er ahne gar nicht, wie seine Reaktion mich erleichtere, bisher hätte ich mit Männern eher ungünstige Erfahrungen gemacht, keiner von ihnen wäre im Ernstfall bereit gewesen, die Vaterrolle im landläufigen

Sinn zu übernehmen, sagte Josef, er, der seinen Vater, das einzige Kind der unehelichen Tochter eines berühmten Komponisten, nie gekannt hätte, sei entschlossen, Elisabeth dieses Schicksal zu ersparen.

An diesem Nachmittag arbeiteten wir gemeinsam am adäquaten vokalen Ausdruck des Schubertliedes *»Muth!«*, und noch nie war uns der Vortrag eines Gesangsstückes so gut gelungen, noch nie hatten sich unsere Stimmen so harmonisch miteinander vereinigt wie am Ende der Stunde, als wir miteinander sangen: »Lustig in die Welt hinein, /Gegen Wind und Wetter!/Will kein Gott auf Erden sein, /Sind wir selber Götter.« Abends bestand Josef darauf, mich in die Innenstadt zurückzubegleiten, mit der Begründung, in meinem Zustand sei ich auf seine Stütze angewiesen, auf den im Augenblick regennassen Wiener Straßen gleite man nur allzuleicht aus, auch habe die Floristin gemeint, um diese Jahreszeit werde es sehr früh dunkel, sie rate ihm, seine afrikanische Schönheit abends nicht allein aus dem Haus gehen zu lassen, ein extremer Rechter mit schwarzer Strumpfmaske versetze die in der Stadt ansässigen Ausländerinnen, deren Anzahl unleugbar ständig im Zunehmen begriffen sei, in Angst und Schrecken.

Als wir eingehängt den Stephansplatz überquerten, sahen wir eine junge blonde Straßenmusikerin, die mit überkreuzten Beinen auf einem Stück Karton vor dem Dom saß und auf einem Hackbrett spielte, und Josef warf ihr ein Fünfschillingstück zu, das sie, die Begleitung des von ihr vorgetragenen Stückes kurz unterbrechend, geschickt mit der linken ihrer in bunten gestrickten Fingerhandschuhen ohne Finger steckenden Hände auffing, und meinte, die Titelmelodie aus dem *Dritten Mann* habe er schon lange nicht mehr gehört.

Gegen zehn Uhr abends rief ich John in seinem Produktionsbüro Ecke Fifth Avenue Einundfünfzigste Straße an und teilte ihm mit, er müsse auf meine Mitarbeit verzichten, aufgrund unvorhergesehener Umstände sei ich im Augenblick weder in der Lage noch willens, Wien zu verlassen. Ich hörte noch, wie er einatmete, um zu einer Antwort anzusetzen, dann legte ich auf, ging in Wilmas Zimmer und setzte mich mit dem blauen Heft aufs Bett, und als Tante Pia an die Tür klopfte und aufgeregt rief, der Herr mit der schönen tiefen Stimme wolle mich augenblicklich sprechen, es müsse sich um etwas Wichtiges handeln, seinem Tonfall sei zu entnehmen, daß er außer sich sei, legte ich das Heft weg, öffnete kurz die Tür, ging an den erstaunten Augen Tante Pias vorüber zum Telefon, legte den Hörer auf, nahm ihn wieder ab und plazierte ihn behutsam auf das Spitzendeckchen, das die empfindliche Oberfläche des runden Art-déco-Tischchens, auf dem der Apparat stand, schützte. Dann ging ich ins Zimmer zurück und las weiter.

Zehntes Kapitel

»Die zwei Wochen nach meiner Niederkunft verbrachte ich auf Anraten Doktor Leodolters und auf Kosten meines Dienstherrn in einer an der Grenze zwischen Oberdöbling und Gersthof in der Nähe des Türkenschanzparks gelegenen kleinen Privatklinik, in der ich mich rasch von den Anstrengungen der Niederkunft erholte. Der Dozent, enttäuscht und verärgert über die Tatsache, daß ich ihm keinen Sohn, sondern eine Tochter geboren hatte, die als weibliches Wesen kaum Anlaß zu der Hoffnung auf Weiterführung seiner Forschungen bot, besuchte mich zweimal. Das erste Mal brachte er mir eine gelbe Rose als Geschenk, und nachdem er diese in eine Vase gestellt hatte, rückte er den Eisenstuhl, der im Krankenzimmer stand, an mein Bett heran, setzte sich hin und teilte mir mit, seine liebe Gattin sei vor wenigen Tagen mit der Südbahn eingetroffen, sie habe sich in der frischen Südtiroler Bergluft ausgezeichnet erholt, sehe sehr gut aus und sei von der Lungenspitzentuberkulose geheilt, es wäre tatsächlich ein Wunder, auch müsse er, nachdem sie bereits am ersten Abend ihre Betthälfte wieder eingenommen hätte, was nur natürlich sei, sagen, eine einmal geschlossene Liebesehe bleibe auf ewig eine Liebesehe, auch wenn seine Frau wesentlich weniger gut koche als ich, sei er glücklich, sie wieder im Haus zu haben. Im Hinblick darauf, daß sie beide sich von neuem gefunden hätten, worüber ich mich sicherlich auch freute, hätte ich doch nichts gegen seinen Vorschlag einzuwenden, das Kind Aphrodite zu nennen, eine kleine, zugegebenermaßen etwas sentimentale Reverenz seinerseits an die Person, mit der er sein Leben seit vielen Jahren teile, auch wenn diese Person von der Existenz ihrer kleinen Namensvetterin begreiflicherweise nie etwas erfahren würde. Ich sähe also, es stünde alles zum Besten, ich bräuchte mir seinetwegen keine Sorgen zu machen, sagte der Dozent im Aufstehen, das einzige, was ihm in den letzten Tagen ein wenig zu denken gegeben habe, wäre die Tatsache, daß ihm von Medizinstudenten zugetragen worden sei, sein verehrter Kollege Doktor Freud spreche bei seinen Vorlesungen im Allgemeinen Krankenhaus immer häufiger über Traumarbeit, und zwar in Begriffen, die offenbar nicht von ihm, Freud, sondern von ihm, dem Dozenten, entwickelt worden und in die hochinteressanten privaten Diskussionen eingestreut worden seien, die sie beide seit langem so freundschaftlich führten. Er könne sich nicht vorstellen, daß der absolut seriöse Nervenarzt dies in unlauterer Absicht tue, Freud wäre über jeden niedrigen Verdacht erhaben, dennoch sei er ein wenig erstaunt über diese wahrscheinlich rein zufällig erfolgten Übernahmen. Und nun müsse er gehen, Aphrodite und er hätten die Absicht, abends einer Galavorstellung in der Hofoper beizuwohnen.

Wenige Tage später stattete Herr Dozent Doblhoff mir seinen zweiten und letzten Besuch ab. Nachdem er der gelben Rose in der Vase eine weiße Nelke hinzugefügt hatte, ließ er sich wieder auf dem Eisenstuhl nieder und meinte, es wäre an der Zeit, über meine und Aphrodites Zukunft zu sprechen, er schlage vor, daß ich mich demnächst wieder in den Arbeitsprozeß eingliedere, ich hätte genug Zeit in dieser sündteuren Privatklinik zugebracht, seine finanziellen Mittel seien nicht unerschöpflich. Glücklicherweise habe er Verbindungen, die er hätte geltend machen können, Beziehungen zu Hofkreisen, die es mir ermöglichen würden, in der Hofburg als Silberzeugputzerin und Tafeldeckerin zu arbeiten, eine ehrenvolle Aufgabe, ja ein echter gesellschaftlicher Aufstieg für eine

Frauensperson aus einfachen Verhältnissen, die immerhin bereits die Irrenanstalt im neunten Gemeindebezirk zu den Stationen ihres bewegten Lebens zu zählen gezwungen sei, eine Tatsache, die keine besonders gute Empfehlung bei der Suche nach Arbeit darstelle. Was die kleine Aphrodite betreffe, so habe er Vorsorge für ihre Unterbringung in einem sauberen und ordentlich geführten Säuglingspflegeheim in der Taborstraße im zweiten Wiener Gemeindebezirk getroffen, er hoffe, ich sei mit dieser Regelung einverstanden. Dann drückte er mir die Hand, bedankte sich für die wohlschmeckenden Mahlzeiten, die ich als seine Haushälterin für ihn zubereitet hätte, und wünschte mir für die Zukunft alles Gute.

So kam es, daß ich, nachdem Aphrodite der Obhut der das Säuglingspflegeheim leitenden Unbeschuhten Karmeliterinnen anvertraut worden war, nur eine Woche später meinen Dienst als Silberzeugputzerin und Tafeldeckerin in der sogenannten Tafelkammer der Wiener Hofburg antrat. Als ich durch das Tor am Michaelerplatz in den Burghof hineinging, fand gerade die Wachablöse der kaiserlichen Garden in ihren goldstrotzenden Uniformen und wallenden Federbüschen statt, und ich dachte voller Zuversicht, daß das Schicksal es trotz all der Widrigkeiten, mit denen es mich unentwegt konfrontierte, letztlich doch gut mit mir meinen müsse, da es mich geradewegs ins prunkvolle Zentrum eines riesigen Reiches geführt hatte und mir erlaubte, in einer der schönsten Herrscherresidenzen der Welt mein Brot zu verdienen. Ich begab mich in die Hofküche, deren Eingang im sogenannten Schweizerhof der Burg lag und zu welcher man über eine Treppe gelangte, die zu zwölf saalähnlichen, niedrigen, gewölbten Räumen mit breiten Säulen hinunterführte, wo ich mich vorstellte und von der Obersilberzeugputzerin in meinen neuen Aufgabenbereich eingeführt wurde, einer dicken blonden Dame, die meinte, ich sei mir hoffentlich der Verantwortung bewußt, mit der die Stellung der vierten Silberzeugputzerin, die anzutreten ich im Begriffe sei, einhergehe, mir obliege das Reinigen der bei der Hoftafel verwendeten Gedecke aus Silber und Gold nebst den Prunkgefäßen, das hieße, den Konfekt- und Obstaufsätzen aus vergoldeter Bronze mit geschliffenen Glasteilen, sowie das Decken dieser Tafel. Es erübrige sich zu betonen, daß der Säuberung und Instandhaltung des sogenannten großen Mailänder Tafelsatzes aus vergoldetem Silber, welcher ausschließlich bei Diners zu Ehren von Staatsoberhäuptern oder aus anderen besonderen Anlässen aufgelegt würde, ganz spezielle Sorgfalt zu widmen sei. Nun müsse sie sich jedoch unverzüglich um das Familiendiner kümmern, das wie immer um neunzehn Uhr stattfinde, die dafür vorgesehenen Blumengestecke aus der Hofgärtnerei von Schönbrunn seien immer noch nicht eingetroffen, die erste Silberzeugputzerin würde mir alles Weitere erklären. Damit betrat die Obersilberzeugputzerin mit mir eine der mit kupfernem Kochgeschirr, Wasserbassins für Fische und großen Eiskästen ausgestatteten Küchen, in welcher an einem Tisch drei Silberzeugputzerinnen saßen und Silberleuchter mit kochendem Wasser begossen, um Wachsreste davon zu entfernen, sie sodann mit einem Tuch gut abrieben und schließlich mit feinstem Putzpulver auf Glanz brachten. Die erste Silberzeugputzerin reichte mir einen kleinen Leuchter und meinte, ich möge mich zu ihnen setzen und meine Arbeit aufnehmen, und während ich am Tisch saß und den Leuchter polierte, setzte sie mir auseinander, daß die Silber- und Goldgedecke in eine Seifenlauge von guter weißer Seife ohne jeden anderen Zusatz gelegt, sodann einige Minuten lang aufgekocht und anschließend mit feinem Sägemehl trockengerieben würden, wonach die Gegenstände vollkommen sauber und glänzend wären. Das Anlaufen der Bestecke und Teller ließe sich verhindern, indem man sie mit durch Weingeist verdünntem Kollodium bestreiche, und um Eierflecke auf den Löffeln zu entfernen, erwärme man diese in einer Boraxlösung oder reibe sie mit Ruß ab. Da stieß mich die dritte Silberzeugputzerin, ein junges Mädchen mit einem kleinen dreieckigen Gesicht, kastanienbraunen Locken und lebhaften haselnußbraunen Augen, das gerade dabei war, einen goldenen Teller mit gebranntem, pulverisiertem Hirschhornsalz zu reinigen, mit dem Ellbogen leicht in die Seite und meinte kichernd, wenn die Kaiserin Sisi in der Hofburg weile, was immer seltener vorkomme, da sie sehr viel auf Reisen sei, hätten sie manchmal Gelegenheit, den Tisch in ihren Appartements im Amalientrakt zu decken, die Kaiserin Sisi, die immer schon sonderbar gewesen sei, werde seit ihrem fünfzigsten Geburtstag täglich sonderbarer, um ihre schlanke Gestalt zu erhalten, turne sie ununterbrochen und ernähre sich fast ausschließlich von einer aus Rindfleisch, Huhn, Reh und Rebhuhn bestehenden Suppe, außerdem tränke sie häufig Ochsenblut, genauer gesagt, den Saft von sechs Kilogramm Ochsenfleisch, und leere regelmäßig fünf bis sechs rohe Weißeier, was sie, die dritte Silberzeugputzerin, widerwärtig finde, worauf die erste Silberzeugputzerin die dritte anfuhr und sagte, über die Majestäten dürfe nicht gespottet werden, das habe Wirtschaftsdirektor Wetschl ausdrücklich verboten, immerhin zähle die Kaiserin Elisabeth zu den schönsten Frauen Europas, sie habe seit ihrer Ankunft als blutjunge Braut kein Dekagramm zugenommen und wiege auch heute noch nicht mehr als fünfzig Kilogramm, ihre Taille könne von einer großen Männerhand umspannt werden, und ihr Hüftmaß betrage erstaunliche fünfundsechzig Zentimeter, sie, die dritte Silberzeugputzerin, möge ihr loses Mundwerk gefälligst im Zaum halten. Daraufhin legte die dritte Silberzeugputzerin den goldenen Teller weg, schüttelte ihre Locken und rief, daß sie nicht lache, die Zeit, da die Kaiserin Sisi eine Schönheit gewesen sei, wäre längst vorüber, schließlich ginge sie langsam auf die sechzig zu, nicht von ungefähr ließe sie sich nicht mehr porträtieren und verhülle ihr Gesicht mit einem schwarzen Fächer, alle Welt wisse, daß sie von einem häßlichen Ausschlag befallen sei, eine Bemerkung, welche die zweite Silberzeugputzerin, die im Begriff war, einige Silbermesser mit Rostflecken in eine Essiglösung zu tauchen, zu dem Einwurf veranlaßte, das wäre eine Lüge, der Teint der Kaiserin Elisabeth sei makellos wie eh und je, wer wisse das besser als sie, die vor ihrer Tätigkeit als zweite Silberzeugputzerin längere Zeit als Hilfskraft Fanny Angerers, der Lieblingsfriseurin der Monarchin, eingesetzt gewesen wäre, welche ebenso wie sie selbst vom Spittelberg stamme, wo ihr Vater Friseur sei, sie, die die Kaiserin infolgedessen aus nächster Nähe gesehen, ja, das Privileg genossen habe, ihr gemeinsam mit mehreren anderen Hilfskräften die wunderbaren dunklen Haare zu waschen, wozu Unmengen roher Eidotter und an die zwanzig Flaschen Franzbranntweins verwendet würden, und gelegentlich ihre langen, dichten und seidigen Haarflechten in Händen zu halten, wenn sie aufgrund des Gewichts ihrer außergewöhnlichen Haarpracht Kopfschmerzen hatte. Es stimme, die Kaiserin wäre ein wenig exzentrisch geworden, doch müsse man sich vergegenwärtigen, daß ihre Ehe mit dem Kaiser nie glücklich zu nennen gewesen und daß ihr einziger Sohn durch Selbstmord aus dem Leben geschieden sei, sie, die zweite Silberzeugputzerin, fühle sich bemüßigt, diese einsame, alternde und am Hofe einflußlose Frau, die an Ischias und schweren nervösen Störungen leide, vor den unbedachten Äußerungen von Grünschnäbeln wie ihr, der dritten Silberzeugputzerin, in Schutz zu nehmen, sie hoffe, daß ich, die Neue, die mit ihnen, Maria, Wilhelmine und ihr, Johanna, ein Zimmer im Dienstbotentrakt der Hofburg teilen würde, ein wenig mehr Respekt vor der Familie Habsburg bekunden werde. Ich verzichtete darauf, die drei Mädchen darüber ins Bild zu setzen, daß ich den Sohn der Kaiserin zu dessen Lebzeiten nur allzu gut gekannt hatte, und willigte in ihren Vorschlag ein, am kommenden Sonntag mit ihnen in den Prater zu gehen, wo eine große Fiakerwettfahrt stattfinden sollte.

An jenem ersten Abend in der Hofburg lag ich neben meinen neuen Arbeitskolleginnen, die sich flüsternd und kichernd im Dunkeln unterhielten, in meinem schmalen Bett im Dienstbotentrakt und dankte Gott dafür, daß ich es mit meiner neuen Stelle so gut getroffen hatte. Die Arbeit war nicht anstrengend, ich befand mich in netter Gesellschaft, das Essen war reichlich und schmeckte, gemessen an dem, was mir während meiner bisherigen Dienstbotenlaufbahn gelegentlich vorgesetzt worden war, ausgezeichnet, auch würde meine Tätigkeit mir genug Zeit lassen, am Wochenende meine Tochter im Säuglingspflegeheim zu besuchen, wo sie zweifellos bestens aufgehoben war und von einer erfahrenen Amme gestillt wurde. Der Kummer darüber, daß das Familienglück mit Herrn Dozent Doblhoff, welches in so greifbare Nähe gerückt war, aufgrund der Rückkehr einer praktisch Totgeglaubten so unvermittelt unterbunden worden war, wurde durch die Freude, die ich über die Existenz der kleinen Aphrodite empfand, mehr als wettgemacht, und immerhin hatte mich der Dozent nicht auf die Straße gesetzt, so wie die Edlen von Schreyvogl, sondern mir eine Beschäftigung vermittelt und für den Unterhalt unseres Kindes gesorgt, eine Verhaltensweise, die gegenüber einem weiblichen Dienstboten als äußerst großzügig zu gelten hatte.

Am nächsten Sonntag gingen Maria, Johanna, Wilhelmine und ich, nachdem wir zuvor noch die lange Tafel im Redoutensaal gedeckt hatten, in unseren schönsten Kleidern Arm in Arm in den Prater, wo ganz Wien sich auf dem Trabrennplatz in der Krieau zum sogenannten Fiaker-Fahren eingefunden hatte. Da wir uns von unserem Lohn keine Eintrittskarten leisten konnten, stellten wir uns an den die Rennbahn umgebenden Zaun und beobachteten von dort aus die Wettfahrten, und ich traute meinen Augen kaum, als ich auf dem Kutschbock eines prächtigen schwarzen, sich im Vorderfeld befindlichen Wagens niemand anderen als Karel Havelka entdeckte, der den für den Berufsstand der Fiaker kennzeichnenden schwarzen Samtrock mit Weste, die Pepitahose, das Halstuch mit den weißen Punkten und den Stößer trug und seine beiden Rappen mit einer langen Peitsche antrieb. Bedauerlicherweise fiel er sehr bald zurück und ging als Vorletzter durchs Ziel, worauf er mit hängendem Kopf von seinem Gefährt stieg, sich von den anderen Teilnehmern entfernte, auf den Lochzaun zuging und sich nicht weit von uns an diesen lehnte. Er sah so enttäuscht aus, daß ich nicht anders konnte, als mich ihm zu nähern und ihm von hinten durch den Zaun hindurch meine Hand tröstend auf die rechte Schulter zu legen, worauf er sich umdrehte und lächelnd sagte, ach, die Lebensmüde aus der Kirche Maria am Gestade, es wundere ihn keineswegs, mich hier zu sehen, er habe genau gewußt, daß er mir wieder begegnen würde, gut sähe ich aus in meinem hübschen rosa Kleid, viel besser als damals im Winter, es sei mir in der Zwischenzeit wohl nicht schlecht ergangen. Ich erwiderte, im Augenblick könne ich nicht klagen, doch scheine es auch mit ihm bergauf gegangen zu sein, aus der Tatsache, daß er an dem berühmten Praterwettfahren teilgenommen habe, schlösse ich, daß er wohl nicht mehr gezwungen sei, sich als Wasserer von den Fiakern herumstoßen zu lassen, sondern sich selbständig gemacht hätte, worauf er ausrief, ach, selbständiger Fiaker, das wäre sein Traum, ein Traum, der sich wohl nie erfüllen werde, er sei schon froh, es zum nichtselbständigen Fiaker, das hieße, zum Fiakerknecht gebracht zu haben, auch wenn es den Fiakerknechten nur um weniges besser erginge als den Wasserern, da die Behörden sie wegen der geringsten Verstöße gegen die *Fiaker- und Einspännerordnung* hart bestraften, er habe einmal eine Bestellung nicht eingehalten, worauf man ihn drei Tage in den Arrest gesteckt hätte, und nachdem er bei anderer Gelegenheit eine Fahrt aus seiner Ansicht nach gutem Grund verweigert habe, hätte man ihm zehn Stockschläge verabreicht, mit derart himmelschreienden Ungerechtigkeiten müsse sich das arbeitende Volk Österreich-Ungarns abfinden, langsam beginne er seinen jüngeren Bruder zu verstehen. Ich fragte Karel Havelka, ob Milan und Ljuba denn noch immer wegen Hochverrats in der Strafanstalt in der Leopoldstadt säßen, und dieser gab zur Antwort, so sei es, der Prozeß verzögere sich, allerdings bestehe Aussicht darauf, daß der Kaiser einige der Angeklagten anläßlich seines Geburtstages im kommenden August begnadigen oder zumindest ihr Strafausmaß herabsetzen werde. Da er seinen jüngeren Bruder trotz dessen aufrührerischer Sinnesart liebe, hoffe er das Beste. Als ich mich nach längerem Gespräch von meinem Landsmann verabschieden wollte, hielt dieser mich an meinem bauschigen linken Musselinärmel zurück und sagte, diesmal entkäme ich ihm nicht so leicht wie bei unserer ersten Begegnung, was hielte ich davon, am nächsten Samstag mit ihm ins Holzersche Strombad am linken Donauufer unterhalb der Kronprinz-Rudolf-Brücke zum Schwimmen zu gehen, ich fände sicher auch, daß es ungewöhnlich heiß für die Jahreszeit sei, er bestehe auf meinem Kommen, wir träfen uns um zwei Uhr nachmittags am stadtseitig gelegenen linken Pfeiler der Brücke. Ich schaute zu Karel auf, lächelte ihn an, entfernte seine Hand sacht mit der meinen und ging zu Maria, Johanna und Wilhelmine zurück, die unsere Unterhaltung mit größtem Interesse verfolgt hatten, mich auf dem Rückweg in die Hofburg mit Fragen zur Person des dunkelhaarigen Kutschers bestürmten und meinten, ich dürfe keinen Augenblick zögern, seine Einladung anzunehmen, für mich als ledige Mutter stelle eine solche Aufforderung einen geradezu unwahrscheinlichen Glücksfall dar, ein so gutaussehender Mann, und Fiaker noch dazu.

Nachdem ich am darauffolgenden Samstag Aphrodite im Säuglingspflegeheim in der Taborstraße besucht und mich vergewissert hatte, daß es ihr bei den Unbeschuhten Karmeliterinnen an nichts fehlte, ging ich, da die erste, zweite und dritte Silberzeugputzerin während der ganzen Woche nicht aufgehört hatten, mich dazu zu drängen, in Richtung Donau, um mich mit Karel Havelka am linken Pfeiler der Kronprinz-Rudolf-Brücke zu treffen. Nachdem dieser an der Kasse des Holzerschen Strombades den Eintrittspreis entrichtet hatte, wofür man ihm auch Badehose, Badekleid und Handtücher aushändigte, und nachdem wir uns in den Umkleidekabinen umgezogen hatten, legten wir uns nahe dem Wasser ins Frühsommergras, und ich muß gestehen, daß ich meinen Landsmann mit dem dichten schwarzen Schnurrbart in seinem gelbschwarz geringelten Badetrikot durchaus anziehend fand und daß es mich auch außerordentlich beeindruckte, als er in den Strom sprang und mit kräftigen Zügen die Wellen teilte, denn ich selbst habe das Schwimmen nie erlernt, ja, meine Mutter, die gleichfalls nicht schwimmen konnte, hatte mir verboten, mich in dieser Kunst zu üben, mit dem Hinweis, an einem neunundzwanzigsten Februar und überdies an einem Samstag Geborene liefen größte Gefahr zu ertrinken. Während Karel in der Donau schwamm, sah ich mich ein wenig unter den anderen Badegästen auf der Liegewiese um und entdeckte dabei zu meiner Überraschung Engelbert Kornhäusel, von dem ich angenommen hatte, er habe sich aus Kummer wegen der von seinen Dichterfreunden an ihm geübten Kritik und wegen der Schließung des *Cafés Griensteidl* entleibt. Der Dramatiker saß in einem eleganten dunkelblauen Badekostüm hinter einer Frauensperson auf einem Handtuch und beschrieb mit einer Feder deren Rücken, und bei näherem Hinsehen wurde mir klar, daß dieser, soweit sich das aus der Entfernung feststellen ließ, recht feiste Rücken niemand anderem gehörte als dem ehemaligen Stubenmädchen derer von Schreyvogl, das so unvermittelt von ihrer Dienstherrin entlassen worden war und dessen Schienbein dennoch kurze Zeit später in den Genuß kam, vom Edlen zärtlich gestreichelt zu werden. Plötzlich hielt Engelbert Kornhäusel in seiner schriftstellerischen Tätigkeit inne und schaute auf, und eine Sekunde lang begegneten sich unsere Blicke, bevor er den seinen wieder auf den schönen, wenn auch feisten Rükken senkte und weiterschrieb. Im selben Augenblick erschreckte mich Karel, den ich aus Verblüffung über den gottlob unvollzogenen Freitod meines ehemaligen Gönners nicht aus dem Wasser hatte kommen sehen, indem er mir seine nassen Hände auf die Schulterblätter legte.

An dem lauen und mondhellen Frühsommerabend, der auf den heißen Frühsommernachmittag im Holzerschen Strombad folgte, schlenderte ich mit Karel Havelka am Donauufer entlang, an das sanft die glänzenden Wellen schlugen, und als Karel stehenblieb, mein Kinn mit dem Zeigefinger hob, mein Gesicht dem Vollmond zudrehte und sagte, er habe sich nicht getäuscht, eine Ähnlichkeit zwischen mir und unserer Kaiserin bestehe tatsächlich, als er daraufhin sein Gesicht meinen mondbeschienenen Zügen näherte und als zunächst seine Schnurrbartspitzen, danach der restliche Schnurrbart und zuletzt sein Mund meinen Mund berührten, wehrte ich mich nicht und war froh darüber, daß Maria, Johanna und Wilhelmine mir so lange mit ihren Bitten in den Ohren gelegen waren, doch nicht die einzigartige Gelegenheit, die sich mir als lediger Mutter biete, ungenützt verstreichen zu lassen.

Am nächsten Morgen weckte mich die Sonne, die durch eines der beiden Dachfenster in Karels Zimmer und auf das Bett schien, in dem wir lagen, und ich wandte den Kopf zur Seite und betrachtete Karels Profil, die gerade Stirn, die kräftige Nase, das feste Kinn, und anstelle des Stichs der dünnen Nadel, die mir beim Anblick Hans Holzers stets mitten ins Herz gedrungen war, verspürte ich eine Enge im Hals und ein Ziehen in den Eingeweiden. Da schlug der Mann, der nicht wußte, daß er die Nacht mit einer ledigen Mutter verbracht hatte, geschweige denn mit einer Diebin, Dirne und ehemaligen Insassin der Irrenheilanstalt auf dem Alsergrund, die Augen mit den dichten schwarzen Wimpern auf, lächelte mich an, strich sich über den Schnurrbart und mir übers Haar und sagte, er habe wunderbar geschlafen, das liege an mir, die ich mich ihm mit einer Unschuld hingegeben hätte, welche ihn nicht nur rühre, sondern auch errege, mit einer mädchenhaften Scheu, wie sie in Wien so gut wie nie anzutreffen sei, die Wiener Frauen, mit denen er bisher Bekanntschaft geschlossen habe, seien zum Großteil Dirnen gewesen, abgebrühte Diebinnen, die ihm das Geld aus der Tasche gezogen hätten, hysterische Weiber, reif für die Irrenanstalt, oder verhärmte ledige Mütter, deren im Nebenzimmer plärrende Bälger einem Mann binnen kürzester Zeit jede Lust nähmen, ja, wenn er es recht bedenke, die ledigen Mütter seien die schlimmsten von allen gewesen mit ihrem ständigen Gerede von ihren Kindern, dem unangenehmen Bedürfnis, sie versorgt zu wissen, was ihn betreffe, er habe für Kinder nichts übrig, Kinder langweilten ihn. Ich meinte schnell, ich könne ihn gut verstehen, auch mir liege nichts an Kindern, nicht das Mindeste, worauf Karel antwortete, er freue sich, daß wir diesbezüglich einer Meinung seien, so bestünde die Möglichkeit, unsere unter eher unglücklichen Umständen zustande gekommene, jedoch zweifelsohne von der Vorsehung gewollte und sich seit gestern Abend, genauer gesagt, seit gestern Nacht so ausgesprochen günstig entwikkelnde Bekanntschaft weiterzuführen und zu vertiefen, er sei in einem Alter, in dem man ernsthaft daran denke, sich zu binden, und gestehe, meine zarte Zurückhaltung und meine Ähnlichkeit mit der Kaiserin Elisabeth fesselten ihn, hätte ich denn nie versucht, mein Haar ähnlich wie sie zu tragen, das müsse mir doch ausgezeichnet stehen. Als ich einwandte, ich wäre hellblond und nicht dunkelhaarig wie die Kaiserin, außerdem seien meine Haare viel kürzer und dünner als die ihren, es würde mir nie gelingen, auch nur eine annähernd prächtige Haarkrone zustande zu bringen, erwiderte Karel, das mache doch nichts, es ginge lediglich darum, die Ähnlichkeit der Gesichtszüge ein wenig zu unterstreichen, ich könne es doch ihm zuliebe versuchen, jetzt gleich, hier, in seinem Zimmer, vor dem zugegebenermaßen ziemlich kleinen und außerdem halb blinden Spiegel über seiner Kommode. Da stand ich auf, stellte mich vor den Spiegel und flocht mein Haar zu mehreren Zöpfen, die ich anschließend um meinen Kopf wand, dann drehte ich mich zu Karel um, der mir vom Bett aus zugesehen hatte, langsam den Kopf hin und her bewegte und meinte, unglaublich, unglaublich, mit dieser Haartracht sei ich der Kaiserin wie aus dem Gesicht geschnitten, ich müsse wissen, er verehre die Kaiserin Sisi seit Jahren, genauer gesagt, seit seinem vierten Lebensjahr. Auf meine Frage, wie denn das gekommen sei, erwiderte er, als junge Frau habe Sisi mit ihrem kaiserlichen Gemahl Böhmen besucht, und sein, Karels, Vater, ein Holzfäller aus dem waldreichen Südböhmen und gleichfalls ein glühender Bewunderer der Schönheit und Anmut der Monarchin, habe mit seinem Pferdefuhrwerk den beschwerlichen Weg aus dem Böhmerwald nach Prag auf sich genommen, um sie zu sehen. Er, Karel, sei als Vierjähriger weinend dem sich vom Elternhaus entfernenden Wagen nachgelaufen, und sein Vater habe schließlich Mitleid mit ihm gehabt, ihn zu sich auf den Kutschbock gehoben und nach Prag mitgenommen, wo sie sich unter die die Ankunft des Kaiserpaares erwartende Volksmenge gemischt und in der Nähe des Altstädter Rathauses an den Straßenrand gestellt hätten. Obgleich er, wie gesagt, zu diesem Zeitpunkt nicht älter als vier Jahre gewesen sein könne, habe er niemals den Augenblick vergessen, als Sisi und Franz Joseph in einer goldenen Karosse, der acht schneeweiße Schimmel vorgespannt gewesen seien, an ihnen vorbeifuhren. Die überirdische Schönheit der ihren böhmischen Untertanen zulächelnden und zuwinkenden Kaiserin habe ihn tief beeindruckt, er, das arme, barfüßige Holzfällerkind, das selbstredend noch niemals aus dem Böhmerwald hinausgekommen war, sei mit offenem Mund dagestanden und habe auf das liebliche Gesicht, das prachtvolle kastanienbraune Haar mit den funkelnden Diamantensternen darin, das malvenfarbene Kleid und das mit sibirischem Silberfuchs verbrämte Jäckchen gestarrt und nicht gewußt, wie ihm würde. Seitdem habe er niemals aufgehört, an die Kaiserin, seine erste Liebe, zu denken und alles mit ihr in Zusammenhang Stehende aufmerksam zu verfolgen, die Tatsache, daß sie gealtert sei, habe nicht das Geringste an dieser Passion, denn um eine solche handle es sich, geändert. Ich schlüpfte wieder zu Karel ins Bett, legte meinen Kopf mit der Haarkrone an seine Schulter und meinte, da mich eine günstige Fügung in die Hofburg geführt hätte, wo ich seit kurzem als vierte Silberzeugputzerin und Tafelsetzerin tätig sei, wisse ich aus verläßlicher Quelle, nämlich aus dem Mund der zweiten Silberzeugputzerin, daß die Kaiserin trotz ihres Ranges, ihrer Schönheit und ihres Reichtums nicht glücklich sei, worauf Karel hochfuhr und rief, wie, ich arbeitete in der Hofburg, das sei ja nicht zu glauben, ein solches Privileg, ich müsse wissen, er träume seit Jahrzehnten davon, in den Diensten des Kaiserpaares zu stehen, vorzugsweise als Kutscher in den k. k. Stallungen, er habe mir ja von seiner närrischen Liebe zu Pferden erzählt, die er übrigens mit Sisi teile, welche, wie er den Journalen entnehme, eine ausgezeichnete Reiterin sei und im schwarzsamtenen Kostüm, mit Zylinder und hohen sporenbestückten Schnürstiefeln sowie drei Paar übereinander getragenen Handschuhen, den Fächer in den Sattel gesteckt, ihre verwegenen Ausritte unternehme. Wie er gestehen müsse, habe er schon mehrmals versucht, die den ausgedehnten Park um die Hermesvilla umgebende Mauer zu überklettern und so einen Blick auf die in unberührter Waldlandschaft inmitten von Rotwild und Wildschweinen auf einem ihrer ungarischen Vollblutpferde dahinjagende Kaiserin Sisi zu erhaschen, doch sei ihm dies aufgrund der unüberwindlichen Höhe dieser Mauer bisher nicht gelungen. Zu seinen schönsten Vorstellungen gehöre es, auf einem englischen Parcours neben ihr im gestreckten Galopp ein Hindernis nach dem anderen zu nehmen, wobei ihm natürlich klar sei, daß es sich bei solchen Vorstellungen um unerfüllbare handle, wisse er doch, daß es der stämmige, rothaarige und schwerhörige Schotte Bay Middleton sei, der das Vorrecht genieße, an der Seite der Kaiserin zu reiten, ein Mann, gegenüber welchem er nagende Eifersucht verspüre, ebenso wie er Gyula Andrassy, dem es, wie die Gazetten behaupteten, bereits bei der ersten Begegnung mit Sisi, anläßlich derer der ungarische Graf einen edelsteinbestickten Mantel und ein Tigerfell über der Schulter getragen hätte, gelungen sei, sich einen bleibenden Platz in ihrem Herzen zu sichern, seit Jahren auf das Glühendste beneide. Dann schaute Karel mich fragend an und meinte, ob ich imstande sei, eine solche jeder realistischen Grundlage entbehrende Leidenschaft zu verstehen, eine Zuneigung, die bereits jahrzehntelang andauere und bislang jede bedeutsame Bindung an eine andere Frau verhindert hätte, worauf ich antwortete, ich könne mich diesbezüglich zwar nicht vollkommen, aber immerhin teilweise in ihn hineinversetzen, sei ich doch sehr an meiner bedauerlicherweise viel zu früh verstorbenen Mutter gehangen, ein Gefühl, das sich wohl mit dem seinen vergleichen lasse. Auf dieses hin umarmte mich Karel und rief erfreut, ich sei die erste Frau, die seine vielschichtige Persönlichkeit erfasse, schon in der Kirche Maria am Gestade habe er gewußt, daß es sich bei unserer Begegnung um eine ungeheuer schwerwiegende gehandelt hätte, wenn es darauf ankomme, sei er ein Mann von großer Entschlußkraft, er frage mich hier und jetzt, in diesem seinem Junggesellenbett im achten Wiener Gemeindebezirk, ob ich gewillt sei, ihm im Laufe der nächsten Wochen, vorzugsweise zu Mariä Himmelfahrt, in eben jener Kirche das Jawort zu geben.

Geneigte junge Leserin, die du dies vor Augen hast, versuche, die Beweggründe nachzuvollziehen, die mich, eine ledige Mutter und ganz auf sich allein gestellte Frau, den ehrenhaften Antrag eines Landsmannes, den ich in seinem schwarzgelb geringelten Badekostüm recht ansprechend und während der ersten Übernachtung in seinem Dachzimmer in dem kleinen und baufälligen Haus in der Josefstadt gleichfalls keineswegs abstoßend gefunden hatte, wenn auch im landläufigen Sinne wohl nicht liebte, zunächst in Erwägung ziehen und schließlich annehmen ließen. Ich war es müde, ständig allein durchs Leben zu gehen, ich wollte den Rest meiner Tage mit einem mir vor Gott und den Menschen angetrauten Ehemann verbringen, ihn umsorgen und von ihm beschützt werden und nicht zuletzt auf immer das Bett mit ihm teilen, ein

Bett, aus dem sich die Männer, die ich bislang gekannt hatte, stets sehr bald gestohlen hatten. Und, liebe Leserin, versuche auch das Unbegreifliche zu begreifen, nämlich daß ich nicht den Mut hatte, Karel Havelka von meiner sich in der Obhut der Unbeschuhter Karmeliterinnen befindlichen Tochter Aphrodite zu erzählen, daß ich mein eigen Fleisch und Blut verleugnete, da ich wußte, daß er sein großzügiges Angebot auf eine solche Enthüllung hin augenblicklich zurückziehen würde.

So kam es, daß ich zu Mariä Himmelfahrt neben Karel und vor den Brautjungfern Maria, Johanna und Wilhelmine, die die Schleppe meines Hochzeitskleides trugen, einer täuschenden Nachahmung des Brautkleides, das die noch keine siebzehn Jahre alte Sisi anläßlich ihrer Trauung mit dem jungen Kaiser am vierundzwanzigsten August des Jahres achtzehnhundertvierundfünfzig in der von fünfzehntausend Kerzen erleuchteten und mit rotem Samt drapierten Augustinerkirche getragen hatte, eine Kopie, für deren Anfertigung mein zukünftiger Ehemann ohne Zögern den Großteil seines Ersparten ausgegeben hatte, an der Statue des Johannes von Nepomuk vorüber zum Altar der Kirche Maria am Gestade schritt. Meine drei Kolleginnen waren vor Aufregung ganz außer sich gewesen, als ich sie von meinen Heiratsabsichten in Kenntnis setzte, und hatten gerufen, eine so gute Partie, ihnen sei keine einzige ledige Mutter in Wien und um Wien herum bekannt, der es gelungen wäre, auch nur eine annähernd gute Partie zu machen, und als ich ihnen erzählte, Karel wolle den restlichen Teil seiner Ersparnisse für eine kleine Hochzeitsreise nach Ischl aufwenden, klatschten sie in die Hände und meinten, nach Ischl, ins wunderschöne Salzkammergut, wie beneidenswert, was sie betreffe, sie seien über Pötzleinsdorf noch nicht hinausgekommen. Tatsächlich bestiegen wir unmittelbar nach dem Hochzeitsessen beim *Munteren Winzer* auf dem Brillantengrund, zu dem außer einigen Wasserern und Fiakerknechten mehrere meiner alten Bekannten aus dem Wiener Kanalsystem, darunter der burgenländische Fettfischer, gekommen waren, an welchem jedoch zu unserem Leidwesen weder Milan noch Ljuba teilnehmen konnten, da sie immer noch im Gefängnis saßen, die Postkutsche und fuhren nach Ischl, wo wir ein paar Tage in einem kleinen Gasthaus übernachteten und Spaziergänge in der näheren Umgebung unternahmen, unter anderem zur Kaiservilla, die Karel unter allen Umständen sehen wollte, da Sisi und Kaiser Franz Joseph sich dort kennengelernt hatten, eine Tatsache, die mir von den Unterrichtsstunden bei Fräulein von Roth-Rothenhorst her nicht unbekannt war. Man stelle sich vor, sagte Karel, als wir vor dem prächtigen Bau standen, und legte mir den Arm um die Schultern, man stelle sich vor, Sisi sei in Trauerkleidung vom Starnberger See angereist, in einem hochgeschlossenen schwarzen Kleid, da eine ihrer Tanten gestorben war, sie habe Zöpfe getragen und sei ganz im Schatten ihrer schöneren und gebildeteren älteren Schwester gestanden, welche zur Braut des Kaisers ausersehen gewesen wäre, doch der ranke und schlanke dreiundzwanzigjährige Kaiser in der schmucken Generalsuniform habe keinen Augenblick gezögert und sich auf der Stelle in das kindliche Geschöpf, das Sisi damals gewesen sei, verliebt, was er, Karel, nur allzugut nachvollziehen könne. Und als ich abends in unserem kleinen Zimmer im Gasthaus vor dem Spiegel die Haarkrone, die ich nun auf Verlangen meines Ehemannes täglich trug, löste und meine Zöpfe entflocht, trat Karel hinter mich, umfing mich mit seinen Armen, die er einmal pro Woche durch den Besuch eines Athletikvereins in Meidling in Gesellschaft von weiteren Fiakern und von Fabriksarbeitern, Fleischer- und Selchergesellen kräftigte, und bat mich, nach unserer Rückkunft doch zum Perückenmacher Schnabl in der Papagenogasse zu gehen und auf seine, Karels, Kosten eine Perücke aus langem, dichtem kastanienbraunem Haar zu erstehen, mit einem Wort, Haar, wie die Kaiserin es in ihrer Jugend gehabt hätte. Auf dieses Verlangen wandte ich ein, ich wäre mit den blonden Haaren, die ich von meiner Mutter, Gott habe sie selig, geerbt hätte, im Grunde ganz zufrieden, auch wenn sie glatt und eher dünn seien, außerdem sei Hochsommer, unter einer Perücke wäre es sicher unerträglich heiß, und was würden Maria, Johanna und Wilhelmine sagen, wenn ich mit einer Haartracht, die unserer Kaiserin vorbehalten sei, in der Hofburg auftauchte, worauf Karel mein Haar im Nacken teilte, dessen Ansatz zart küßte und sagte, er verstehe mich nicht ganz, eine junge Ehefrau müsse ihrem Mann doch jeden Wunsch von den Augen ablesen und könne ihm eine so geringfügige Bitte nicht abschlagen, ein Ersuchen, dem nachzukommen mich sicherlich nicht gereuen werde, falls ich mich dazu entschließen könnte, den Haarersatz auch nachts im Ehebett nicht abzunehmen. Darauf meinte ich, wir würden sehen, ich könne mir das Angebot des Perückenmachers Schnabl ja ansehen.

Zwei Tage nach unserer Rückkehr aus Ischl begann das große, mehrere Tage dauernde Volksfest im Prater, welches alljährlich zu Ehren des Geburtstages unseres Kaisers gegen Ende August stattfand, und Karel und ich mischten uns unters Volk und schlenderten wohlgelaunt die Prater Hauptallee entlang. Auf der Höhe des dritten Kaffeehauses kam ein schäbig gekleidetes, abgemagertes Paar auf uns zu und begrüßte uns stürmisch, und schon wollten wir uns peinlich berührt von den Fremden abwenden, als der bärtige, hohlwangige Mann ausrief, habe er sich denn so verändert, daß ihn sein eigener Bruder nicht mehr erkenne, worauf Karel dem Mann zunächst scharf ins Gesicht blickte, ihm dann um den Hals fiel und rief, sei es die Möglichkeit, warum habe ihn niemand davon unterrichtet, daß der Kaiser tatsächlich die Begnadigung ausgesprochen hätte. Daraufhin sagte Milan Havelka, indem er einen Arm um Ljuba legte, denn um diese beiden handelte es sich, wir könnten uns nicht vorstellen, was sie in der Untersuchungshaft ausgestanden hätten, des Hochverrats Angeklagte würden in den Gefängnissen der österreichisch-ungarischen Monarchie schlechter behandelt als Raubmörder, sie seien seit gestern wieder in Freiheit und hätten fürs Erste in den Gängen des Kanalsystems Quartier bezogen, würden sich aber demnächst mit Hilfe eines flandrischen Anarchisten, den sie im Gefängnis kennengelernt hätten, nach Rotterdam absetzen, sich von dort aus in die Vereinigten Staaten von Amerika einschiffen und es im sogenannten Mittleren Westen mit der Bierbrauerei versuchen, tschechisches Bier sei dort sehr begehrt, vielleicht bestehe auch die Möglichkeit, die Bewegung der Jungtschechen in die Vereinigten Staaten zu tragen und das begonnene Werk, nämlich die konsequente Zerstörung der österreichisch-ungarischen Monarchie, von dort aus fortzusetzen. Jedenfalls blieben sie keine Woche länger in einem Staat, der die leiseste liberale Bestrebung mit unangemessener Brutalität unterdrücke, sie hätten unlängst in Erfahrung gebracht, daß vor einigen Jahren die sechsundvierzig Meter hohe Statue einer Frau, die sogenannte Freiheitsstatue, welche in Paris errichtet worden und den Amerikanern von den Franzosen zum Geschenk gemacht worden sei, auf einem Sockel von siebenundvierzig Metern Höhe am Hafeneingang von New York aufgestellt worden wäre, eine Geste von tiefer Symbolik, die sie, Ljuba und Milan, mit grenzenloser Zuversicht erfülle. Nun aber müsse das unvorhergesehene Wiedersehen augenblicklich begossen werden, im nahegelegenen Gasthaus *Zum Walfisch*, einem aufsehenerregenden Lokal, dessen Haupteingang aus dem Unterkiefer eines im Beringmeer erlegten Pottwals bestehe, sei das Bier ausgezeichnet, und dort würden wir ihnen, Milan und Ljuba, erklären müssen, welches seltsame beziehungsweise gnädige Geschick uns, Karel und Rosa, zusammengeführt habe.

Nachdem wir einander bei ungarischem Gulyas und Brünner Bier ausführlich erzählt hatten, wie es uns in der Zwischenzeit ergangen war, nahmen Ljuba und ich unsere Täschchen und gingen gemeinsam auf die Toilette, und während wir darauf warteten, daß wir an die Reihe kämen, vertraute ich der besten Freundin, die ich je gehabt hatte, wenn man von Olga absah, an, daß ich eine Tochter namens Aphrodite hätte, die in einem Pflegeheim in der Taborstraße untergebracht sei und von der Karel, der Kinder hasse, nichts erfahren dürfe, wenn ich nicht meine Ehe mit ihm auf das Gröbste gefährden wolle, eine Situation, die mich bekümmere, um so mehr, als der Vater des Kindes mir vor kurzem angedroht hätte, die monatlichen Zahlungen an die Unbeschuhten Karmeliterinnen einzustellen, da seiner leidenden Frau, die von einer neuerlichen Tuberkuloseattacke aufs Krankenlager geworfen worden sei, nur ein teurer Sanatoriumsaufenthalt in Davos helfen könne. Da meinte Ljuba nach kurzem Nachdenken, sie hätte die Lösung des Problems gefunden, was hielte ich davon, wenn Milan und sie die kleine Aphrodite zunächst nach Rotterdam und dann in den Mittleren Westen mitnähmen, ich wisse ja, wie wenige Chancen sie einem Dienstbotenkind, noch dazu einem weiblichen, in diesem unserem Land einräume, in welchem die Güter so ungerecht verteilt seien, in der neuen Welt, die sie bald betreten würden, werde Aphrodite, wenn ich sie fragte, übrigens ein höchst sonderbarer Vorname, völlig andere Verhältnisse vorfinden und glücklich und sorgenfrei leben können, wenn sie es recht bedenke, sei ich es ihr als Mutter geradezu schuldig, ihr diese Möglichkeit zu bieten.

Fromme Leserin, die du beim Entziffern obiger Zeilen entsetzt die Augen aufgerissen und dich gefragt haben wirst, wie jemand einer Mutter einen solchen Vorschlag unterbreiten kann, beruhige dich, versuche, nicht vorschnell zu urteilen, und bedenke, daß einer jeden Mutter die Zukunft ihres geliebten Kindes am Herzen liegt, eine Zukunft, die sich in Österreich-Ungarn mit größter Wahrscheinlichkeit auf das Tristeste gestaltet, eine, die meine Tochter gezwungen hätte, dieselben dornenreichen Wege zu beschreiten, die ihre Mutter bereits beschritten hatte. Glaube mir, daß mich die Entscheidung, mein Kind gehen zu lassen, größte Überwindung kostete, glaube mir, daß der Schmerz, den ich verspürte, als ich Aphrodite zwei Tage später ein letztes Mal herzte und küßte, bevor ich sie Ljuba anvertraute, sich in seiner Heftigkeit nur mit jenem vergleichen ließ, den ich empfand, als ich am Totenbett meiner Mutter saß und diese die Augen für immer schloß, und glaube mir auch, daß ich mit diesem Abschied nichts anderes bezweckte als das Wohl meines Kindes. Und wenn ich demnächst meinen geschorenen Kopf in die Schlinge des ehemaligen Scharfrichtergehilfen und nunmehrigen k. k. Scharfrichters Josef Lang legen muß, wird mein letzter Gedanke meinem Kinde gelten, das, wie ich von Ljuba erfahren habe, in einer Stadt namens Minneapolis in einem Staat namens Minnesota zur Schule geht und in ihrer Freizeit meinen Freunden, die inzwischen geheiratet haben, dabei behilflich ist, untergäriges, stark gehopftes, sehr helles Bier mit einem Stammwürzegehalt von elf Prozent zu brauen.«

15

Das Galopprennen in der Krieau, das ich von der zweiten Reihe der Tribüne aus mit dem von meiner Mutter geerbten zierlichen, mit Perlmutt eingelegten Operngucker verfolgte, war in vollem Gange. Magnolia befand sich mit zwei weiteren Reiterinnen in einem blutroten Rock an der Spitze des Feldes, die Zöpfchen unter ihrer schwarzen Jagdkappe flogen, und als sie auf das nächste Hindernis zujagte, stand ich auf und feuerte sie an, so laut ich konnte. Magnolia, rief ich, nimm die Palisade, und sie gab ihrem kastanienbraunen Vollblut die Sporen, flog über das Gatter, wobei ihr die Kappe vom Kopf fiel, und galoppierte weiter. Da preschte rechter Hand die Kaiserin Elisabeth auf ihrem hohen englischen Reitpferd vor, und obwohl sie in einem langen schwarzsamtenen Kleid im Damensattel saß, holte sie Meter um Meter auf, während sie mit der Reitgerte unentwegt auf ihren Rappen einschlug, bis sie Kopf an Kopf mit Magnolia ritt und ihr rothaariger schottischer Reitlehrer, der neben mir auf der Tribüne saß, gleichfalls aufsprang und schrie, *Lizzy, you can do it!* Wie in der Nahaufnahme eines Films sah ich das Gesicht der Kaiserin groß vor mir, und da war es das Gesicht meiner Mutter, verzerrt und häßlich, und ich rief, Magnolia, los, Magnolia, und das Geräusch der Reitgerte wurde immer lauter, und ich wachte auf und hörte noch immer ein Geräusch und begriff, daß Steinchen an eines der Schlafzimmerfenster geworfen wurden. Ich taumelte aus dem Bett meiner Mutter und öffnete das Fenster, unter dem Magnolia mit einem blauen Heft in der Hand stand und zu mir heraufschaute und sagte, Josef, laß mich ein.

Etwas später saß ich mit Magnolia bei einer Tasse Pfefferminztee am Küchentisch und machte ihr Vorwürfe, daß sie um Mitternacht zu Fuß vom Haus Ecke Blutgasse Domgasse bis zur Kettenbrückengasse gegangen war, sie wisse doch, daß der extreme Rechte mit der Strumpfmaske noch nicht gefaßt sei, aber sie unterbrach mich einfach und sagte, es sei wichtig, sie habe herausgefunden, daß Rosa ihre Urgroßmutter sei. Als ich fragte, wie sie auf diese merkwürdige Idee komme, antwortete sie, es sei alles völlig klar, das in dem an der Ecke Sensengasse Lazarettgasse zum Stillstand gekommenen Fiaker geborene Kind Rosas und Dozent Doblhoffs hieße Aphrodite, und Aphrodite habe auch ihre Großmutter geheißen, die beiden seien ein und dieselbe Person, worauf ich einwandte, der Mädchenname Aphrodite sei zweifellos ungewöhnlich, doch reiche die Namensgleichheit allein als Beweis für diese Annahme wohl nicht aus, im Übrigen hätte ich keine Ahnung, wovon sie rede, sie dürfe nicht vergessen, daß ich mit Rosas Autobiographie so gut wie nicht vertraut sei. Da beugte sich Magnolia über den Küchentisch und sagte beschwörend, verstünde ich denn nicht, die kleine Aphrodite sei von Ljuba und Milan in den Mittleren Westen mitgenommen worden, genauer gesagt, in den Staat Minnesota, noch genauer gesagt, in die Stadt Minneapolis, und als ich fragte, wer um Himmels willen Milan und Ljuba seien, meinte sie, das werde sie mir später genauer erklären, Tatsache sei, daß ihre Großmutter in Minneapolis zur Schule gegangen wäre. Als ich etwas verwirrt zugab, sie habe Recht, ich begriffe gar nichts, erklärte sie ungeduldig, die Pflegeeltern der Aphrodite aus Rosas Lebensgeschichte seien Bierbrauer in Minneapolis gewesen, und ihre, Magnolias, Großmutter Aphrodite habe ebenso wie Rosa mit Familienanmen Havelka geheißen, aus dem einfachen Grund, daß Milan, der Ziehvater von Rosas Tochter, ihrer Großmutter, der jüngere Bruder von Rosas Ehemann gewesen sei. Darauf griff ich mir an die Stirn und sagte, es tue mir leid, die Geschichte übersteige mein Fassungsvermögen, von einem abrupt aus der ersten Phase des Tiefschlafs geweckten Menschen könne man nicht erwarten, daß er derart komplizierte Zusammenhänge auf der Stelle durchschaue, worauf Magnolia sich auf dem Küchenstuhl zurücklehnte, zu lachen begann und meinte, ich hätte recht, jedenfalls würde sie unverzüglich, gleich von hier aus, wenn ich es ihr gestattete, mit ihrer Mutter telefonieren, jetzt erst verstehe sie, weshalb diese nicht mit der Sprache habe herausrücken wollen, es sei mehr als peinlich einzugestehen, daß die eigene Großmutter wegen Gattenmordes hingerichtet worden war. Da stand ich auf, ging in meinem lachsrosa Morgenmantel zu Magnolia hin, zog sie vom Küchenstuhl hoch und meinte, Urgroßmütter, Großmütter, Mütter, mir drehe sich der Kopf, was halte sie davon, das Telefongespräch ein wenig hinauszuschieben und sich für den Rest der Nacht mit mir ins Bett meiner Mutter zu begeben, sie dürfe nicht vergessen, ich hätte neue Schüler, denen ich mich ausgeschlafen widmen wolle, die Gesangspädagogik sei eine anstrengende Angelegenheit und werde überdies nach Aufbrauchen der, wenn auch beträchtlichen, so doch nicht unerschöpflichen Summe, die der Verkauf des Falters Rosa Rose mir eingebracht hätte, die Grundlage des Familieneinkommens bilden. Da lächelte Magnolia und sagte, sie nehme den Vorschlag unter der Bedingung, daß sie das zehnte und letzte Kapitel der Lebensgeschichte Rosas, dessen Lektüre sie so unvermittelt abgebrochen hätte, vor dem Einschlafen zu Ende lesen dürfe, an.

»Einige Zeit nach Ljubas und Milans Abreise zog ich aus dem Dienstbotentrakt der Hofburg aus und in Karels Dachzimmer in der Josefstadt, eine Behausung, die für Eheleute zu eng war, und bald darauf meinte mein Mann, in dieser elenden Bodenkammer könne sich einer kaum umdrehen, ohne an den anderen zu stoßen, ein junges Ehepaar hätte Anrecht auf eine anständige Unterkunft, unsere Wohnsituation müsse unverzüglich geändert werden. Dann setzte er hinzu, er habe mir doch von seinem Traum erzählt, eines Tages in den k. k. Stallungen als Kutscher tätig zu sein, könne ich mich denn nicht unter dem Personal in der Hofburg umhören, vielleicht bestehe Aussicht darauf, diesen Traum Wirklichkeit werden zu lassen, worauf ich eine Weile nachdachte und dann sagte, ich könne mir nicht vorstellen, daß die Silberzeugputzerinnen und Tafelsetzerinnen, die Köche, Beiköche und Küchenmädchen, die Wein- und Servierlakaien und Saucenmänner mir diesbezüglich behilflich sein würden, es stehe mir allerdings eine andere Möglichkeit offen, nämlich, mich an die Person zu wenden, der ich meine derzeitige Stellung zu verdanken hätte, vielleicht wäre diese bereit, sich auch für meinen Ehemann einzusetzen. Darauf erwiderte Karel, er schätze meine Bereitschaft, ihn zu unterstützen, obwohl es im Grunde selbstverständlich sei, daß eine frischgebackene Ehefrau ihrem Mann Beistand leiste, außerdem liege es in meinem eigenen Interesse, ihm zur Erfüllung des von ihm so lange gehegten Wunsches zu verhelfen, sich in der Nähe seiner Kaiserin aufhalten zu dürfen, ich würde sehen, seine Stimmung, die aufgrund seiner unbefriedigenden Lebenssituation eine eher niedergeschlagene sei, werde sich augenblicklich heben. Als mein Mann das Bedürfnis, seiner ersten großen Liebe nahe zu sein, so unumwunden zugab, verspürte ich zum ersten Mal in meinem Leben ein Gefühl der Eifersucht, doch unterdrückte ich diese Empfindung umgehend, und meinte, ich würde auf dem schnellsten Wege Kontakt zu besagter Person aufnehmen. Bevor Karel sich zum Standplatz der Fiaker am Graben aufmachte, fragte er mich noch beiläufig, ob ich denn schon beim Perückenmacher Schnabl in der Papagenogasse gewesen sei.

Als ich wenige Tage später die Hofküche mit einer wallenden rotbraunen Echthaarperücke betrat, griff sich die Obersilberzeugputzerin fassungslos an ihr weißes Häubchen und rief, was müsse sie sehen, ich könne doch nicht mit einer die einzigartige Haartracht der Kaiserin ins Lächerliche ziehenden Perücke in der Hofburg erscheinen, noch dazu, wo es sich um eine der ebenso raren wie kurzen Perioden handle, während welcher sich diese nach überraschender Rückkehr aus Korfu in ihren Appartements im Amalientrakt aufhalte und erwarte, daß ihr Tisch von den Tafelsetzerinnen, also auch von mir, gedeckt würde, es sei ihr gleichgültig, wie ich in Wien herumliefe, wenngleich sie sich frage, was mein laut Beurteilung der ersten, zweiten und dritten Silberzeugputzerin ebenso liebenswürdiger wie lebenserfahrener Ehemann von einer solchen Kopfbedeckung halte, an meinem Arbeitsplatz allerdings hätte ich ordentlich gekämmt zu erscheinen, ich möge das Ungetüm augenblicklich abnehmen. So legte ich mein Ersatzhaar kleinlaut neben den Spießbrater mit Handbetrieb, an welchem vierhundert Stück Geflügel in einer Stunde gebraten werden konnten, und begab mich in begreiflicher Hochspannung, denn ich hatte die Kaiserin erst ein einziges Mal, und zwar tief verschleiert in einer schwarzen Kutsche im Prater, gesehen, mit Maria, Johanna und Wilhelmine in den Amalientrakt, um das Tafelsilber für ihr Frühstück aufzulegen. Als wir die Tür zu ihren Gemächern öffneten, verlangte eine weibliche Stimme, es solle möglichst rasch im Salon gedeckt werden, worauf wir diesen zögernd und auf Zehenspitzen betraten. Der Anblick der nicht mehr jungen, doch gertenschlanken und mir wunderschön erscheinenden Kaiserin, die in einem rabenschwarzen, mit pechschwarzen Straußenfedern geschmückten Seidenkleid mit langer Schleppe und mit offenem, langem Haar an den im Türstock zwischen Salon und Boudoir angebrachten Handringen hing und vor der wir in einem tiefen Hofknicks niedersanken, hat sich mir unauslöschlich im Gedächtnis eingeprägt. Wir beeilten uns, das Gedeck aufzulegen und verließen, abermals knicksend, ihre Gemächer. Abends erzählte ich Karel von dieser eindrucksvollen Begegnung, worauf er mich drängte, ihm jedes einzelne die Erscheinung der Kaiserin und das Aussehen der Räume betreffende Detail zu beschreiben, und anschließend seufzte, ich könne mir nicht vorstellen, wie er mich um dieses Erlebnis beneide, nur eine Anstellung als k. k. Hofkutscher und die mit einer solchen Anstellung verbundene Aussicht auf gelegentliches Ansichtigwerden der von ihm Verehrten werde ihn von der quälenden Sehnsucht nach ihrer Gegenwart befreien und damit auch unser Eheleben befriedigend gestalten, ein Eheleben, das sich durch meine Einwilligung, in verschiedenen Situationen die kastanienbraune Perücke zu tragen, bereits auf das Schönste entfalte. Wieder bezähmte ich meine aufkeimende Eifersucht und suchte an einem der darauffolgenden Tage Herrn Dozent Doblhoff in seinem Dienstzimmer in der Irrenanstalt im neunten Bezirk auf, um ihn zu ersuchen, seinen Einfluß in Hofkreisen für meinen Ehemann geltend zu machen, und ihm außerdem mitzuteilen, daß er seine Zahlungen für unsere Tochter getrost einstellen könne, da diese sich seit kurzem nicht mehr bei den Unbeschuhten Karmeliterinnen befinde, sondern auf einem anderen Kontinent. Auf die Mitteilung von meiner Heirat meinte der Dozent, er hoffe, ich hätte mich nicht übereilt zu diesem Schritt entschlossen, den er im Übrigen als bedauerlich empfinde, da er mir aufgrund des neuerlichen Sanatoriumsaufenthaltes seiner Frau habe vorschlagen wollen, bis auf weiteres als Haushälterin zu ihm zurückzukehren, wogegen er sagen müsse, daß meine Entscheidung im Hinblick auf die kleine Aphrodite ihn gefühlsmäßig wie finanziell erheblich entlaste. Dann meinte er, er werde sich mit dem Grafen Paar, dem Generaladjutanten des Kaisers und einem Duzfreund seiner Schwiegereltern, in Verbindung setzen, vielleicht könne dieser etwas für meinen Ehemann tun. Ich sagte, ich schätzte sein Entgegenkommen sehr, wisse ich doch, wie beschäftigt er sei, überhaupt müsse ich feststellen, er wirke etwas abgespannt, worauf er in bitterem Ton erwiderte, das liege an seinem sich zusehends verschlechternden Verhältnis zu Privatdozent Freud, dessen Charakter unglücklicherweise nicht so lauter sei, wie er immer angenommen hätte, zu seiner großen Enttäuschung, ja Empörung habe der Neuropathologe ihm eröffnet, er beabsichtige die Publikation eines fundamentalen Werks zur Traumdeutung, welches die von ihnen beiden geführten Diskussionen zur Grundlage hätte, und ihm einen Teil des Manuskripts vorgelegt, nach dessen Lektüre ihm mit einem Schlage klar geworden sei, daß Freud ihm seine Erkenntnisse, die Früchte jahrelanger intensiver Gedankentätigkeit, gestohlen hätte, eine Handlungsweise, nicht untypisch für Personen semitischer Herkunft, ja daß der verehrte Lehrer und Kollege, die vergötterte Vaterfigur nichts anderes sei als ein ganz gewöhnlicher, nichtswürdiger Dieb. Aber, sagte Dozent Doblhoff dann, so sei das Leben, es erspare uns nichts, mit Rückschlägen müsse man stets rechnen, er werde seinen Weg ins dunkle Innere der menschlichen Seele fortsetzen und sich aller Wahrscheinlichkeit nach einem neuen und ungeheuer interessanten Gebiet zuwenden, dem der Zwangsneurosen. Darauf meinte ich, da er schon von der menschlichen

Seele spreche, ich müsse mich gelegentlich über gewisse Verhaltensweisen meines Ehemannes wundern, er hänge in fast krankhaft zu nennender Weise einer vergangenen Liebe nach, was mich verständlicherweise eifersüchtig mache, beispielsweise verlange er von mir, daß ich dieselbe Haartracht und ähnliche Kleider trüge wie diese Person, auch ziehe es ihn an Orte, die mit ihr in Verbindung stünden, mit einem Wort, ich sei ein wenig beunruhigt. Da meinte der Dozent, es bestehe kein Anlaß zur Sorge, was ich ihm hier schilderte, scheine ein harmloser Fall einer Obsession zu sein, die auf eine frühzeitige sexuelle Hemmung und damit einhergehende Fixierung zurückgehe, eine geringfügige Störung, die unser Eheleben seiner Vermutung nach nicht wesentlich beeinträchtigen werde, er nehme an, bei entsprechendem Verständnis meinerseits würden die Symptome sich bald von selbst legen, jedenfalls rate er mir, nach Möglichkeit auf die Wünsche meines Mannes einzugehen. Und jetzt müsse er mich bitten, mich von seiner Couch zu erheben, da diese während der folgenden Stunde von der Grübelzwangpatientin Emma O. beansprucht würde.

Tatsächlich verwendete der Dozent sich für meinen Ehemann, und nur wenige Wochen später trat Karel seinen Dienst als k. k. Hofkutscher in den k. k. Hofmarställen an, womit sich für ihn ein Lebenstraum erfüllte. Gleichzeitig bezogen wir eine über den Stallungen gelegene geräumige Wohnung, deren Nutzung mit Karels neuer Stellung verbunden war, und diese beiden Veränderungen führten dazu, daß seine Gemütsverfassung sich beträchtlich verbesserte, was wiederum meine Stimmungslage günstig beeinflußte und zur Folge hatte, daß mich mein Status als Ehefrau mit jedem Tag mehr befriedigte. Auf die Ratschläge des *Goldenen Hausfrauenbuches* zurückgreifend, das ich zum ersten Mal seit langem aus meinem alten Pappkoffer hervorholte, schmückte ich unser neues Heim und bemühte mich, die von der Verfasserin des Buches für Ehe- und Hausfrauen aufgestellten Richtlinien einzuhalten, nach denen die Frau im Hause mit Lust, Liebe und Feuereifer schalte und walte und nach getaner Arbeit den Mann liebevoll empfange und zärtlich verwöhne, eine Handlungsweise, die ihr größtmögliche Seligkeit garantiere und an sich schon ihr schönster Lohn sei. Nach meiner Arbeit in der Tafelkammer eilte ich nach Hause und gab mir größte Mühe, alles so vorzubereiten, daß Karel, dessen Dienst etwas später als meiner endete, bei seiner Ankunft keinerlei Grund zu etwaigen Beanstandungen haben würde. Und falls er doch an etwas Anstoß nahm, dachte ich an meine Mutter, die immer gesagt hatte, nichts erfülle einen mehr, als seinem Nächsten nützlich zu sein. Auch tat ich alles, um mich Karels Ideal und damit auch dem von meiner Mutter und vom *Goldenen Hausfrauenbuch* angestrebten anzunähern und zu einem weiblichen Wesen zu werden, das sein eigenes Glück und das anderer sicherstellt, indem es weibliche Güte, Milde und Hilfsbereitschaft, sanftes Verstehen und mitfühlendes Wissen ausstrahlt, ununterbrochen aus übervollem Herzen und mit offenen Händen schenkt und nicht halsstarrig auf seinem Standpunkt beharrt, sondern sich in Streitfragen nachgiebig und versöhnlich zeigt. Wenn meine Kräfte beim Verfolg dieses Leitbildes kurzfristig erlahmten, rief ich mir eine Geschichte ins Gedächtnis, die mir meine Mutter in der Dachkammer in Marienbad erzählt hatte und in der es um eine von ihr bewunderte Frau namens Griseldis, eine in ungewöhnlichem Maße gehorsame und geduldige Person, gegangen war. Als mein Ehemann eines Tages mit dem Anliegen an mich herantrat, könne ich ihm denn nicht den kleinen Gefallen tun und meine Zähne ein wenig schwärzen, er erinnere sich, daß die Kauwerkzeuge der Kaiserin Sisi bei ihrem Besuch in Prag, anläßlich dessen er sie als Vierjähriger erblickt hätte, schwärzlich gewesen seien, eine Eigenheit, die sie für ihn nur noch anziehender gemacht habe, wenn ich verstünde, was er meine, fiel es mir kraft meiner Lektüre des *Goldenen Hausfrauenbuches* sowie der Erinnerung an die Leitsätze meiner geliebten Mutter nicht allzu schwer, diesem Wunsch nachzukommen, auch wenn er mich zunächst ein wenig befremdete. Und es bereitete mir auch keine Mühe, aufmerksam zuzuhören, wenn Karel mir in allen Einzelheiten die Kutschen und Prunkwagen, Schabracken, Reitzeuge und Zuggeschirre beschrieb, die sich in den k. k. Hofmarställen befanden und mit denen er sich zu beschäftigen hatte, insbesondere den sogenannten Imperialwagen, die Karosse, mit welcher Prinzessin Elisabeth von Bayern, die künftige Kaiserin, zu ihrer Hochzeit in die Augustinerkirche gefahren worden war, aber auch den neubarocken schwarzen Hofleichenwagen. Gegen Ende solcher Ausführungen meinte er stets leise, sein Herzensanliegen wäre es, ein einziges Mal in seinem Leben die Kaiserin Sisi in ihrer offiziellen Staatskarosse, einem die letzte Hochblüte der Wiener Kutschenfabrikation verkörpernden Gefährt, auszuführen, ein Wunsch, der sich, wie er wohl wisse, kaum werde verwirklichen lassen, denn erstens halte sich die Kaiserin fast nie in Wien auf, und zweitens ließe sie sich von niemand anderem als von ihrem Leibkutscher befördern, weshalb sich sein, Karels, heimlicher Ehrgeiz auch darauf richte, der Nachfolger dieses Kutschers zu werden, ein Bestreben, welches, wie er nicht bezweifle, zu gegebener Zeit durch meine Beziehungen zum Dozenten und durch dessen Verbindungen zum Grafen Paar unterstützt werden würde. Er bedaure außerdem, daß sein Arbeitsplatz sich weder in unmittelbarer Nähe der Hofburg noch des Schlosses Schönbrunn oder der Hermesvilla, das heißt, der Orte befinde, an denen die Monarchin sich aufhalte, wenn sie in Wien sei, und daß sich seine Hoffnung, diese zu sehen, aufgrund dessen noch nicht erfüllt habe.

So vergingen die Wochen und Monate, ja, mehrere Jahre, und ich gewöhnte mich an das ruhige Eheleben, dessen regelmäßiger Verlauf lediglich durch die Zustände leichter Besessenheit, in welche Karel seine weiterhin andauernde Leidenschaft für die Kaiserin Elisabeth gelegentlich stürzte, eine gewisse, wenn für mich auch eher unangenehme Abwechslung erfuhr, und dachte manchmal mit Erstaunen an meine bewegte Vergangenheit zurück, die mir erschien wie das Dasein einer anderen. Dem Rat Dozent Doblhoffs folgend, versuchte ich, für die gelegentlich etwas absonderlichen Wünsche meines Ehemannes Verständnis aufzubringen, und erklärte mich beispielsweise dazu bereit, mir von der slowakischen Schneiderin aus der Änderungsschneiderei Ecke Wollzeile Postgasse sowohl eine Kopie der Robe, welche die Kaiserin bei ihrem Besuch in Böhmen getragen und die Karel aus dem Gedächtnis auf ein Blatt Papier gezeichnet hatte, als auch täuschende Imitationen weiterer Kleider Sisis anfertigen zu lassen, wobei er der Schneiderin durch die Vorlage ausgeschnittener Zeitungsfotos, auf denen die Monarchin selbige Kleidungsstücke trug, behilflich zu sein versuchte, auch wenn uns diese Anwandlung seinerseits in vorübergehende Geldverlegenheit brachte und mir den Neid Marias, Johannas, Wilhelmines und der Obersilberzeugputzerin eintrug, die mich als eitel bezeichneten und mir vorwarfen, mich über meinen Stand erheben zu wollen. Erst als Karel von mir verlangte, ich möge mich doch bemühen, mein Gewicht auf die fünfzig Kilogramm zu reduzieren, die Elisabeth zeit ihres Lebens gewogen hätte, wurde ich etwas unwillig, und sein Ersuchen, mich nach Möglichkeit ab und zu der Zugluft auszusetzen und auf diese Weise die Hustenanfälle zu entwickeln, die ein so charakteristisches Merkmal der

Kaiserin gewesen seien, führte zu unserem ersten Ehestreit. Auf meinen Vorwurf der Gedankenlosigkeit und Herzlosigkeit erwiderte Karel, ich sei es, die herzlos wäre, wenn ich ihn tatsächlich so liebte, wie ich vorgäbe, würde ich nicht zögern, mir nach dem Muster der Kaiserin ein leichteres Lungenleiden zuzuziehen und durch entsprechende Maßnahmen auf die Blutarmut hinzuarbeiten, die Elisabeths Äußerem seine so unnachahmliche elegante Blässe verliehen hätte, ich würde sehen, solche Anzeichen von Kränklichkeit steigerten sein Begehren ins Unermeßliche und kämen insofern auch mir zugute. Ich trocknete also meine Tränen und versuchte, so gut ich konnte, auf seine Wünsche Rücksicht zu nehmen, ein Bemühen, das zunächst aufgrund mangelnder Nahrungszufuhr und zu engem Schnüren des Korsetts zu mehreren Ohnmachten führte und später eine durch häufigen Aufenthalt an einem offenen, der Winterkälte Einlaß gestattenden Fenster hervorgerufene schwere Lungenentzündung mit hohem Fieber zur Folge hatte, eine Krankheit, die mich drei Wochen lang daran hinderte, meiner Tätigkeit als Silberzeugputzerin und Tafelsetzerin nachzugehen, was von der Obersilberzeugputzerin äußerst ungnädig zur Kenntnis genommen wurde. Kurz nachdem ich genesen war, entschloß ich mich, den Dozenten nochmals aufzusuchen und ihm meine Bedenken bezüglich des immer eigenartiger werdenden Benehmens meines Ehemannes mitzuteilen, doch dieser beruhigte mich von neuem und sagte, ein solches Verhalten sei bei zwangsneurotisch inklinierten Personen nichts Ungewöhnliches, es handle sich hierbei um die Reaktionsbildung gegen eine verdrängte frühkindliche Strebung geschlechtlicher Art beziehungsweise um deren Kompensation, nichts weiter. Bevor ich ging, vertraute ich dem Dozenten noch einen vor kurzem von mir geträumten Traum an, in welchem ich verzweifelt versucht hatte, meinen Ehemann daran zu hindern, der Kaiserin Elisabeth eine Feile ins Herz zu stoßen, worauf dieser augenblicklich ungehalten wurde und meinte, das kleine Stück gemeinsam gelebter Vergangenheit, auf welches wir zurückblicken könnten, berechtige mich nicht dazu, ihm mit ungereimten Berichten kostbare Zeit zu stehlen, seine Irren benötigten ihn dringend, außerdem sei er im Begriff, gegen Freud, diesen jüdischen Verräter und Betrüger, einen Prozeß wegen geistigen Diebstahls anzustrengen, der Forscher, den er, der Dozent, in unentschuldbarer Naivität für redlich gehalten hatte, wäre auf dem besten Wege, sich auch noch der von ihm, dem Dozenten, mühevoll angeeigneten Kenntnisse auf dem Gebiet der Zwangsneurose zu bemächtigen, ein Bestreben, das unter allen Umständen verhindert werden müsse, und zu allem Überfluß liege auch Aphrodite in Davos in den letzten Zügen, was ihn erneut die Frage stellen lasse, ob ich nicht gewillt sei, ein zweites Mal die Haushaltsführung in der Berggasse sechzehn zu übernehmen.

Nachdem ich Dozent Doblhoff diese Bitte abgeschlagen hatte, verließ ich die Irrenheilanstalt und ging in die eheliche Wohnung zurück, wo ich meinen Ehemann in einem der Sisis Garderobe nachgeschneiderten Kleider, nämlich dem duftigen rosafarbenen Seidenkleid mit weitausladender Krinoline, welches sie als Verlobte des Kaisers bei ihrer Ankunft in Wien getragen hatte, vor dem Standspiegel in unserem Wohnzimmer antraf. Als ich ihn zur Rede stellte, meinte er seelenruhig, ich möge doch so freundlich sein und die kastanienbraune, vom Perückenmacher Schnabl aus der Papagenogasse gefertigte Echthaarperücke aus dem Schlafzimmer holen, sie ihm aufsetzen und ihm verraten, wie sie ihm stehe, worauf ich weinend ins Kabinett lief und mich darin einschloß. Etwa eine Viertelstunde später bewog mich das beharrliche Klopfen meines Mannes, die Tür zu öffnen, und als er in besagtem Kleid mit dem rotbraunen Haarersatz auf dem Kopf vor mir stand, brach ich erneut in Tränen aus und rief, ich schliefe keine Nacht länger mit ihm in einem Bett, sondern würde ab sofort auf dem Diwan im Kabinett nächtigen, worauf Karel mich so zärtlich in die von rosa Seide bedeckten, im Athletikverein gestärkten Arme nahm, daß ich meine Drohung nicht wahrzumachen vermochte, sondern mich leise schluchzend von ihm über die Schlafzimmerschwelle ins Ehebett tragen ließ.

Am nächsten Tag sagte ich zu Karel, ich sei nicht imstande, weiterhin mit einem Mann zu leben, der von einer Leidenschaft zu einer anderen Frau ergriffen sei, welche so stark wäre, daß er sich in das geliebte Wesen zu verwandeln versuche, worauf Karel mich anflehte, ihn nicht zu verlassen, und meinte, er sei davon überzeugt, seine zugegebenermaßen bislang unbezwingliche Passion werde ihr Ende finden, wenn ihm endlich Gelegenheit gegeben würde, die Kaiserin Sisi ein zweites Mal zu sehen, so, wie sie jetzt sei, nämlich als fast sechzigjährige, ihres jugendlichen Schmelzes längst beraubte Frau, dieser Anblick würde ihn ernüchtern, von seinem ungesunden Begehren erlösen und in die Lage versetzen, sich endgültig mir zuzuwenden. Als Tafelsetzerin seien mir die Gemächer der Kaiserin zugänglich, wenn mir am Weiterbestand unserer Ehe gelegen wäre, was er annehme, möge ich ihm Zutritt zu ihnen verschaffen. Ich überlegte eine Weile, dann sagte ich, ich würde sehen, was ich tun könne, auf alle Fälle solle er sich baldigst eine schwarze Augenmaske anschaffen, und als mein Mann mich daraufhin fragend ansah, meinte ich, ich würde ihn über deren Zweck zu gegebener Zeit ins Bild setzen.

Wenige Wochen später kehrte Kaiserin Elisabeth mit ihrer Gesellschafterin von einer kurzen Reise in die französische Schweiz zurück, und ich ging daran, den von mir gefaßten Plan in die Tat umzusetzen. Als die Obersilberzeugputzerin uns Tafelsetzerinnen auftrug, am folgenden Tag das Gedeck für die Kraftbrühe aufzulegen, welche die Kaiserin zu Mittag zu sich zu nehmen gedächte, meinte ich beiläufig, es lohne sich nicht, daß wir uns eines Suppentellers und eines vergoldeten Löffels wegen zu viert in den Amalientrakt begäben, meine Kolleginnen seien von der Vorbereitung des Hofballes sehr in Anspruch genommen, wenn sie, die Obersilberzeugputzerin, nichts dagegen einzuwenden habe, würde ich die Aufgabe, den Tisch der Kaiserin zu decken, allein übernehmen, soweit mir bekannt sei, wären Gedecke in der Privatküche der Kaiserin unter ihren Appartements vorrätig. Die Obersilberzeugputzerin war mit meinem Vorschlag einverstanden, und so konnte ich meinem Ehemann noch am selben Abend mitteilen, der Augenblick, in welchem er die Kaiserin zu Gesicht bekommen würde, sei zum Greifen nahe, er möge sich mit der schwarzen Maske, die verhindern werde, daß er bei seinem heimlichen Besuch erkannt würde, bereit halten, eine Eröffnung, über welche dieser in helle Aufregung geriet. Am nächsten Tag betraten wir gemeinsam zunächst den Burghof und dann den Amalientrakt, was keinerlei Argwohn erregte, und als wir vor Elisabeths Privatküche angelangt waren, bat ich Karel, sich ruhig zu verhalten und auf mich zu warten. Ich ging in die Küche, in welcher Theresia Teufel, Sisis Köchin, mit der Zubereitung der kaiserlichen Kraftbrühe aus Rind-, Hühner-, Reh- und Rebhuhnfleisch beschäftigt war, entnahm dem Geschirrschrank einen vergoldeten Suppenlöffel und einen tiefen Teller, verließ den Raum und stieg mit meinem Mann über die Treppe zu den Gemächern der Monarchin empor. Auf mein Klopfen wurde mir von der Stimme der Kaiserin die Anordnung erteilt, das Gedeck ins Badezimmer zu bringen, sie, die Kaiserin, sei eben dabei, ein Bad in warmem Olivenöl zu nehmen, wie ich sicher wisse, halte Olivenöl die Haut geschmeidig, worauf ich die Klinke vorsichtig niederdrückte und die Tür öffnete, Karel bedeutete, die schwarze Augenmaske umzulegen und mir zu folgen, und zum Badezimmer der Herrscherin vordrang, dessen Tür halb offen stand. Ich knickste und trat mit dem vergoldeten Löffel und dem Suppenteller in der Hand auf die in der großen kupfernen Wanne liegende Kaiserin Sisi zu, während Karel Gelegenheit hatte, seine erste Liebe durch die halb offene Tür zu beobachten, doch als ich mich umwandte und das Badezimmer verlassen wollte, stürzte mein Ehemann plötzlich durch den Türeingang und auf diese zu und schickte sich an, zu ihr in die Wanne zu springen und sie zu umarmen, worauf die Kaiserin zu schreien begann, eine Reaktion, die Karel dazu veranlaßte, von seinem Vorhaben abzulassen und die Flucht zu ergreifen, eine Flucht, die ihm aufgrund der Langsamkeit der zahlreichen an strategischen Punkten der Hofburg aufgestellten k. k. Wachposten, welche auf die Hilfeschreie Elisabeths herbeieilten, gelang.

Dieser ebenso überraschende wie unangenehme Vorfall hatte zur Folge, daß ich mich vor dem Oberküchenmeister zu verantworten hatte, der in strengem Ton sagte, es zeuge von unverantwortlicher Fahrlässigkeit, die Tür zu den Gemächern der Kaiserin nach meinem Eintreten nicht geschlossen und damit der maskierten, von übelsten Beweggründen getriebenen und bedauerlicherweise im Augenblick noch flüchtigen unbekannten Mannsperson, die wohl schon länger vor dieser Tür herumgelungert war und nur auf eine solche Gelegenheit gewartet hatte, die Möglichkeit zum Eindringen geboten zu haben, ich sei fristlos entlassen.

Als ich nach diesem abrupten Ausscheiden aus den Diensten der k. k. Hofküche die eheliche Wohnung über den k. k. Marställen betrat, fand ich Karel in äußerst erregtem Zustand auf dem Sternparkett im Wohnzimmer auf und ab gehend und die Hände ringend vor. Er begann sogleich, mich mit Vorwürfen zu überschütten, rief, wie habe ich ihn nur in ein Unternehmen hineinziehen können, welches das Gegenteil dessen, was beabsichtigt gewesen wäre, nämlich die Heilung von seiner Passion, bewirkt und dazu geführt hätte, daß seine Leidenschaft für die Kaiserin von neuem in ungeahnter Stärke aufgeflammt sei, die Tatsache, daß er sie wie eine wunderschöne Meerjungfrau mit offenem nassem Haar in der Kupferwanne habe liegen sehen, hätte ihn den Kopf verlieren lassen, Sisi sei keineswegs alt und glanzlos, wie er gedacht habe, sondern sogar noch begehrenswerter, weil reifer, geworden, was solle er nur tun, seine unselige Neigung werde ihn noch um den Verstand bringen, als seine Ehefrau sei ich verpflichtet, ihm beizustehen. Bei diesen Worten dachte ich beklommen an den Traum, den ich in der vorigen Nacht gehabt und in welchem Karel eine Frau mit langem kastanienbraunem Haar, die über eine schmale Wendeltreppe lief, mit einem Messer verfolgt hatte, versuchte mir meine Besorgnis aber nicht anmerken zu lassen und meinen Mann zu beruhigen, so gut ich konnte. Wir gingen bald zu Bett, und als ich in jener Nacht kurz aufwachte, war die zweite Hälfte unseres Ehebettes leer, doch da Karel die Gewohnheit hatte, nachts mehrmals aufzustehen, in die Küche zu gehen und ein Glas Wasser zu trinken, beunruhigte mich dies nicht weiter, und ich drehte mich auf die andere Seite und schlief wieder ein.

Zwei Tage später las ich in der *Reichspost,* daß ein Unbekannter gegen Mitternacht in der Prater Hauptallee versucht hätte, der Reihe nach drei der dort auf Kunden wartenden Prostituierten zu vergewaltigen, was ihm glücklicherweise in keinem Falle gelungen sei, da die Frauen sich nach Kräften gewehrt und den Angreifer, einen untersetzten, breitschultrigen Mann mittleren Alters, dessen Züge in der Dunkelheit nicht auszumachen gewesen wären, in die Flucht geschlagen hätten. Auffällig an diesem Fall sei, daß alle drei Frauen groß und schlank gewesen wären und langes, dichtes rotbraunes Haar gehabt hätten, was auf eine besondere Vorliebe des Triebtäters schließen lasse, Frauen dieses Typs werde geraten, sich bei abendlichen Ausgängen vorsichtig zu verhalten, da erfahrungsgemäß anzunehmen sei, daß der Mann mit seinen Überfällen fortfahren werde. Als ich diese Zeilen las, fiel mir ein, daß Karel sich in der fraglichen Nacht nicht im Ehebett befunden hatte, als ich kurz aufgewacht war, auch war mir bei dem Hinweis auf das rotbraune Haar der Frauen unbehaglich geworden, doch dann wies ich den Hauch des Verdachts, der in mir aufgekeimt war, von mir, ja, klagte mich dafür an, daß ich auf einen derartig abwegigen Gedanken hatte kommen können. Mein Ehemann mochte sonderbare Angewohnheiten haben, gewalttätig war er nicht. An diesem Abend überflog Karel die Zeitung, schüttelte den Kopf und meinte, in dieser Stadt sei eine Frau ihres Lebens nicht mehr sicher, ich möge mich doch in acht nehmen und abends nur in seiner Begleitung das Haus verlassen, offenbar treibe sich ein Unhold in Praternähe herum.

Als ich am nächsten Morgen das Haus verließ, um auf dem Fischmarkt am Donaukanal Karpfen zu kaufen, sprach mich die Frau des gleichfalls über den k. k. Marställen wohnenden Leibkutschers der Erzherzogin Valerie an und fragte, ob ich es schon gehört hätte, in der vergangenen Nacht sei ein siebzehnjähriges Wäschermädchen auf seinem langen Heimweg von der Chorprobe beim Dornbacher Volksliedchor vor der Ulrichskirche, man stelle sich vor, vor einem Gotteshaus, von einem Mann überwältigt und mißbraucht und einige Stunden später übel zugerichtet aufgefunden worden, die Beschreibung, die das arme Kind vom Täter gegeben hätte, decke sich in so gut wie allen Punkten mit der, welche die

Praterprostituierten von dem sie Attackierenden geliefert hätten, es scheine, die Bestie von Ottakring, die vor nunmehr sechs Jahren in Wien ihr Unwesen getrieben hätte, habe einen Nachfolger. Merkwürdig sei, daß das Mädchen mit geschwärzten Zähnen aus seiner Bewußtlosigkeit aufgewacht wäre, ein Umstand, den sich bislang niemand zu erklären vermöge, jedenfalls könne man sich nach sieben Uhr abends nicht mehr aus dem Haus wagen, Wien sei nicht mehr das, was es noch vor zehn Jahren gewesen wäre, das mache der Zuzug minderwertiger Völkergruppen aus den Randgebieten des Reiches, vor allem der Juden aus dem Osten, der Ritter von Schönerer habe völlig Recht, aber nun müsse sie weiter, die frischen Kaisersemmeln in der Bäckerei Baumgartner seien morgens immer schnell ausverkauft. Damit eilte Frau Bartok davon, und ich blieb einige Minuten im Hausflur stehen, um mich von dem Schrecken zu erholen, den die Erwähnung der geschwärzten Zähne des Opfers mir versetzt hatte. Auf dem Weg zum Fischmarkt stieg der Verdacht, den ich vor zwei Tagen noch so mühelos hatte unterdrücken können, erneut in mir auf, und diesmal ließ er sich nicht mehr so einfach abtun. Sobald ich bei meinem Fischhändler zwei nicht allzu fette Donaukarpfen erstanden hatte, beschloß ich, Dozent Doblhoff sofort und ohne vorherige Anmeldung aufzusuchen, und hatte das Glück, ihn gleich nach Betreten der Irrenheilanstalt in einem der lindgrün gestrichenen Gänge des Gebäudes anzutreffen. Nachdem er mich leicht mißgestimmt gefragt hatte, welches Problem mich denn heute zu ihm führe, er hoffe, es sei kein allzu dringliches, er sei auf dem Weg zu seinem Anwalt in der Blumenstockgasse, das Ende des Prozesses gegen diesen elenden Kaftanjuden Freud, ein Verfahren, das ihn Unsummen koste, ziehe sich hinaus, fragte ich ihn ohne Umschweife, ob er es für möglich halte, daß jemand aufgrund einer Obsession, wie er sie genannt hatte, zum Verbrecher werden könne, worauf mein ehemaliger Dienstherr und Irrenarzt erwiderte, das sei völlig ausgeschlossen, eine Neurose sei keine Psychose, er habe mir bereits mehrmals versichert, daß das Verhalten meines Mannes lediglich als Ersatzbefriedigung eines verdrängten Konflikts zwischen den beiden gegeneinander arbeitenden Strömungen Trieb und Widerstand zu gelten hätte, ich möge endlich aufhören, ihn in dieser leidigen Sache zu belästigen, und als ich hinzusetzte, ich hegte die Befürchtung, mein Mann verlasse nachts das Ehebett, um Frauen zu vergewaltigen, blickte der Dozent mich starr an und meinte, er hoffe sehr, daß meine eben vorgebrachte, ebenso ungeheuerliche wie absurde Anschuldigung kein Anzeichen für ein neuerliches Auftreten der wahnhaften Zustände sei, welche seinerzeit meinen Aufenthalt in der Irrenheilanstalt notwendig gemacht hätten, ich möge nach Hause gehen und mich ein paar Stunden hinlegen.

Auf dem Heimweg in die k.k. Hofmarställe beschloß ich, während der folgenden Nacht nach Möglichkeit wachzubleiben, um sicherzugehen, daß Karel diese zur Gänze im ehelichen Bett verbrachte, was mir mit Hilfe mehrerer Tassen Bohnenkaffees, die ich gegen sechs Uhr abends trank, auch gelang. Ich hielt den Atem an, als mein Ehemann um Mitternacht geräuschlos aufstand, in seine Kleider schlüpfte, sich das vor dem Bett liegende Tigerfell über die Schulter warf und das Schlafzimmer verließ. Nachdem die Wohnungstür leise zugedrückt worden war, erhob ich mich gleichfalls, zog meinen alten graubraunen Kapuzenmantel an, legte die schwarze Augenmaske um und folgte Karel in einiger Entfernung durch die dunklen, menschenleeren Straßen der Stadt Wien, die Siebensterngasse entlang und durch die Stiftgasse und die Lindengasse bis in die Mondscheingasse, wo er sich zu meiner Überraschung einige Meter von der Weinschenke *Zum munteren Winzer* entfernt hinter dem Stamm einer

Platane verbarg und das Haustor der Gaststätte in Augenschein nahm, worauf ich mich meinerseits im Eingang eines Gebäudes versteckte und meinen Mann beobachtete. Es dauerte nicht lange, und eine weibliche Gestalt trat aus dem Tor des Wirtshauses und ging mit schnellen Schritten zunächst an Karel und dann an mir vorüber, ohne einen von uns beiden zu bemerken, wogegen ich in ihr aus der Nähe die Kellnerin Slavka, eine hübsche, aus Ljubljana gebürtige junge Frau mit einer Fülle kastanienbraunen Haares, erkannte. Sobald Slavka um die nächste Ecke verschwunden war, heftete Karel sich ihr auf die Fersen, und nachdem auch er in die Seitengasse eingebogen war, folgte ich ihm in einem Abstand von etwa fünfzig Metern. Das hallende Geräusch von Slavkas Absätzen war das einzige, das die nächtliche Stille unterbrach, die Kellnerin ging rasch in Richtung Vorstadt, und als sie einen kleinen Park durchquerte, beschleunigte mein Ehemann seine Schritte, holte sie ein, stürzte sich auf sie, hielt ihr den Mund zu und rang sie zu Boden, worauf ich auf die beiden zulief, mich auf Karels Rücken mit dem Tigerfell warf und ihn mit aller Kraft in den Nacken biß, so daß er vor Schmerz aufschrie, von der Kellnerin abließ, mich abschüttelte, aufsprang und zwischen den Lindenbäumen verschwand. Daraufhin half ich der jungen Frau, die leise vor sich hinschluchzte, wortlos auf die Beine, drehte mich um, kehrte, ohne ihre Fragen zu meiner Person zu beantworten und mich von ihr aufhalten zu lassen, in die Innere Stadt und in die eheliche Wohnung zurück und legte mich wieder ins Bett. Kurz darauf öffnete Karel vorsichtig die Schlafzimmertür, streifte das Tigerfell ab und breitete es wieder vor dem Bett aus, entkleidete sich und begab sich gleichfalls zur Ruhe.

Der nächste Tag war ein wunderschöner klarer Herbsttag, genauer gesagt, der zehnte September achtzehnhundertachtundneunzig, und ich beschloß, das sonnige Wetter zu nützen und die Fenster der Wohnung zu reinigen. Ich stand gerade auf dem Fensterbrett im ersten Stock und war im Begriff, die Scheiben mittels eines Läppchens mit aufgelöster Schlämmkreide zu bestreichen, ein unfehlbares Mittel, um blitzblanke Glasflächen zu erzielen, als Frau Bartok laut weinend ans offene Fenster der Nebenwohnung trat und unter Tränen ausrief, eine solche Tragödie, hätte ich es schon gehört, die Kaiserin Elisabeth sei tot, meuchlings ermordet, ein italienischer Anarchist habe ihr am Ufer des Genfer Sees eine Feile ins Herz gestoßen, der arme Kaiser, gottlob hätte er die Frau Schratt, sonst würde er diese Nachricht wohl nicht überleben, der schwer geprüfte Mann, das Haus Habsburg stehe unter einem Unglücksstern, ein solches Malheur, wenn man sie frage, sie habe den Welschen nie getraut, tückische Kreaturen, allesamt. Während ich mich noch darüber wunderte, daß mein Traum von der Feile als Tatwaffe sich in etwas veränderter Form bewahrheitet hatte, kam mein Ehemann aus den Stallungen, ließ sich schwer auf das Wohnzimmersofa fallen und vergrub seinen Kopf in den Händen. Es sei nicht zu glauben, seufzte er dann, vor zwei Stunden hätte er die Berufung zum Kutscher der Kaiserin erhalten, da ihr bisheriger Leibkutscher überraschend einem Schlaganfall erlegen wäre, einer seiner Lebensträume sei in Erfüllung gegangen, allerdings zu spät, denn vor einer Stunde habe er erfahren müssen, daß Kaiserin Elisabeth nicht mehr unter den Sterblichen weile, er würde sie niemals in ihrem Staatswagen kutschieren, sondern nur eine einzige Ausfahrt mit ihr unternehmen, nämlich die Fahrt mit dem Imperial-Trauerwagen in die Kapuzinergruft, wo sie an der Seite ihres Sohnes bestattet würde.

Ich trat auf den Mann zu, der gebrochen auf dem Wohnzimmersofa saß, strich ihm tröstend über den Kopf und konnte nicht glauben, daß es sich um denselben handelte, der in der gestrigen Nacht mit einem Tigerfell über der Schulter eine junge Frau quer durch Wien verfolgt und zu vergewaltigen versucht hatte. Auf solche widersprüchliche Persönlichkeiten mußte Frieda, die Geheime, Bezug genommen haben, als sie in der Straf- und Arbeitsanstalt Wiener Neudorf von menschlichen Schattenseiten und von der Zwiespältigkeit gewisser Individuen gesprochen hatte, dies waren die unverfälschten Erfahrungen, die zu machen, dies war das pralle Leben, das zu führen sie mir empfohlen hatte. Ich blickte auf Karels schütter werdenden Scheitel, dachte an meine gute Mutter und daran, was sie wohl zu meiner gegenwärtigen Existenz sagen würde, dann sank ich neben meinen Ehemann auf das Sofa, legte meinen Kopf an seine Schulter und begann zu weinen.

An diesem Abend las ich in der Spätausgabe der *Reichspost*, daß der Triebtäter, der Wien unsicher mache und sich seit neuestem offenbar in ein Tigerfell hülle, eine Geste, welche die reißende Bestie auf das treffendste kennzeichne, wieder zugeschlagen und in der vergangenen Nacht die dreiundzwanzigjährige Kellnerin Slavka C. in einem verlassenen Park am Stadtrand überfallen habe, daß die versuchte Vergewaltigung jedoch nicht geglückt sei, da der jungen Frau eine geheimnisvolle Gestalt zu Hilfe geeilt wäre, worauf der Mann das Weite gesucht hätte. Im folgenden wurde die Aussage Slavkas zitiert, in der sie zunächst den Angreifer und anschließend ihren Retter beschrieb, der einen weiten Mantel mit Kapuze und eine schwarze Maske getragen und sich todesmutig auf ersteren gestürzt habe und ohne dessen Dazwischentreten sie unter Umständen nicht mehr leben würde, sie bitte ihren Schutzengel, sich doch zu melden und die Belohnung von einem Kellnerinnenmonatsverdienst, die sie ausgesetzt hätte, zum Dank für seinen Beistand entgegenzunehmen.

Auch in der folgenden Nacht gab ich mir Mühe, nicht einzuschlafen, was mir bedauerlicherweise nicht gelang, und als ich am Morgen aufwachte, dehnte und streckte sich mein Ehemann neben mir und meinte, seine Nachtruhe sei sehr erholsam gewesen, er fühle sich wesentlich besser und sehe sich imstande, die tote Kaiserin auf ihrem letzten Weg in die Kapuzinergruft zu begleiten, ohne aus Schmerz über den Verlust auf dem Kutschbock zusammenzubrechen. Ich sah Karel von der Seite an, und plötzlich fiel mir der Golem ein, von dem Olga seinerzeit im Konvent der Ursulinen in Prag so oft gesprochen hatte, und es überkam mich Angst vor diesem Menschen, der Tisch und Bett mit mir teilte und dessen Seele mir dennoch ein Rätsel geblieben war. Nachdem Karel sich in die Stallungen begeben hatte, schlug ich mit zitternden Fingern die *Reichspost* auf und mußte zu meinem Entsetzen lesen, daß das Ungeheuer mit dem Tigerfell sich das nächste Opfer geholt hatte, nämlich die in der Hofburg als Silberzeugputzerin tätige zwanzigjährige Wilhelmine H., welche auf dem Heimweg von einer bis in die frühen Morgenstunden dauernden Veranstaltung in einem Gasthaussaal in Floridsdorf, bei welcher die beliebte Wiener Salonjodlerin Luise Montag aufgetreten sei, von dem abwegig Veranlagten in ein Gebüsch gezogen, mißhandelt und zum Beischlaf genötigt worden wäre. Laut Aussage der Angefallenen habe der Täter während des Vorganges der Vergewaltigung mehrmals den Namen Elisabeth gestöhnt, ein Indiz, dem die Behörden gewissenhaft nachzugehen trachteten.

Die sichere Überzeugung, daß meine sympathische und fröhliche ehemalige Arbeitskollegin von meinem Ehemann überfallen und mißbraucht worden war, empörte mich zutiefst, und ich beschloß, meine Loyalität als Ehefrau, an der ich so lange festgehalten hatte, aufzugeben, mich auf die Polizeiwachstube in der Wipplingerstraße zu verfügen und den Behörden Mitteilung von dem zu machen, was ich wußte. Doch kaum hatte ich begonnen, dem diensthabenden Beamten, einem mißmutigen jungen Mann mit strähnigen Haaren, einer Stirnglatze und einer langen Narbe auf der linken Wange, meine Aussage zu Protokoll zu geben, unterbrach er mich auch schon und meinte gelangweilt, was diesen Fall betreffe, nehme die Polizei keine Hinweise mehr entgegen, er stehe kurz vor der Aufklärung, und als ich rief, mir sei der Täter bekannt, es handle sich um meinen Ehemann, der durch unverzügliche Festnahme daran gehindert werden müsse, weiterhin sein Unwesen unter der weiblichen Wiener Bevölkerung zu treiben, maß der junge Mann mich mit stumpfem Blick und meinte, ich solle keinen Unsinn reden, zwar sei er nicht berechtigt, mir über den Stand der Dinge Auskunft zu geben, doch teile er mir liebenswürdigerweise mit, daß ein ehemaliger Insasse der Irrenanstalt im neunten Wiener Gemeindebezirk, ein gemeingefährlicher und tobsüchtiger Charakter, der auf seine Lebensgefährtin, eine bekannte Musikerin, bereits mehrmals mit deren Klarinette einzuschlagen versucht hatte, dringend der Tat verdächtig sei, ich möge also meine irrwitzigen Annahmen für mich behalten, es sei immer dasselbe, diese chronisch unterbeschäftigten Wiener Hausfrauen hätten nichts Besseres zu tun, als die permanent stärkster Arbeitsbelastung ausgesetzte Wiener Polizei mit ihren Hirngespinsten zu belästigen. Bei der Erwähnung des mutmaßlichen Täters setzte mein Herz zwei Schläge lang aus, denn es konnten kaum Zweifel daran bestehen, daß es sich dabei um Hans Holzer handelte, dem ich zuletzt im Heiligenstädter Heurigenwirtshaus *Zum letzten Tropfen* begegnet war und der gegenwärtig Gefahr lief, zu Unrecht in furchtbarsten Verdacht zu geraten, und ich packte den Beamten am Ärmel seiner Uniform und flehte ihn verzweifelt an, mir doch Gehör zu schenken, ich spräche die Wahrheit, Hans Holzer sei unschuldig, das Ungeheuer mit dem Tigerfell sei niemand anderer als mein Mann, Karel Havelka, worauf der Beamte mit erhobener Stimme sagte, da höre sich doch alles auf, ich möge ihn, einen zur Aufrechterhaltung der staatlichen Ordnung bestellten Polizeibeamten, augenblicklich loslassen, sonst müsse er zum Äußersten greifen, mich im Namen des Gesetzes verhaften und in die Ausnüchterungszelle der Wachstube Wipplingerstraße sperren, bis ich mich wieder beruhigt hätte.

Geschätzte Leserin, versetze dich in meine Lage, die Lage einer Frau, deren Leben unaufhaltsam und wie von verhängnisvollen Kräften gelenkt der ausweglosen Situation zugestrebt war, in der sie sich schließlich befand, nämlich in einer von Staat und Kirche besiegelten Lebensgemeinschaft mit einem Mann, den sie im landläufigen Sinne nicht liebte und der sich bald schon als von fragwürdigen Impulsen Getriebener und etwas später als gewalttätiger Verbrecher herausstellte, und fern von dem einzigen Menschen, dem gegenüber sie, abgesehen von Kronprinz Rudolf, welchen der Tod viel zu früh ereilte, jemals tiefere Zuneigung verspürt hatte und den vor ebenso unerhörten wie unbegründeten Anschuldigungen zu schützen ihr nicht möglich war, und habe Mitleid mit ihr.

In der Nacht, die auf meinen Besuch auf der Wachstube in der Wipplingerstraße folgte, brauchte ich mich nicht anzustrengen, um wachzubleiben, sondern wälzte mich voll Angst und Unruhe neben meinem anscheinend friedlich schlafenden Ehemann hin und her und wartete auf den Anbeginn des Tages, an dem Elisabeth, Kaiserin von Österreich und Königin von Ungarn, bestattet werden sollte. Gegen Mitternacht fielen mir die Augen zu, und im Halbschlaf sah ich Karel vor mir, der vor dem vergitterten Fenster in einer Gefängniszelle saß und schrieb, Karel, dem der Scharfrichtergehilfe Josef Lang grinsend den Strick um den Hals legte, und ich schreckte aus meinem Dahindämmern auf und sah, daß der Platz an meiner Seite leer und das Tigerfell verschwunden war. Gleichzeitig hörte ich auf der Straße unter den offenen Fenstern der Wohnung Schritte, und ich sprang auf, warf mir meinen Kapuzenmantel über, entnahm der Lade der Küchenkredenz ein Tranchiermesser mit Eichenholzgriff, verbarg es in den Falten meines Umhangs und lief aus der Wohnung und aus dem Haus, wo ich Karel gerade noch um die Ecke Hofstallstraße Babenbergerstraße biegen sah. Wieder folgte ich ihm durch die verlassene Wiener Innenstadt und ging in sicherem Abstand hinter ihm über den Opernring, durch die Albrechtgasse und die Tegethoffstraße und an der Kapuzinerkirche vorüber bis in die Kärntnerstraße und zum Stephansplatz, wo mein Mann sich gegenüber dem Riesentor des Domes in einem Hauseingang am Anfang der Jasomirgottgasse verbarg und auf etwas zu warten schien. Ich blieb an der Ecke Stock im Eisen stehen und trat hinter einen eine Baustelle abschirmenden Bretterzaun am Ausgang des Grabens, durch dessen Lücken Karel für mich im Licht der Gaslaternen sichtbar war, von wo aus er mich jedoch nicht wahrnehmen konnte. Kurz darauf läuteten zum Zeichen, daß die Mitternachtsmesse beendet war, die Domglocken, und die Gläubigen kamen zunächst zahlreich und später vereinzelt aus dem Kircheninneren und zerstreuten sich auf dem Vorplatz. Als eine der letzten verließ ein großes, gertenschlankes Mädchen mit einer schönen dunklen Haarkrone und einem großen schwarzen Tuch um die Schultern das Gotteshaus, wandte sich vor dem Portal nochmals dem Kirchenschiff zu, neigte den Kopf, bekreuzigte sich und ging an der rechten Seite des Domes entlang zu dessen Rückseite. Da trat Karel aus dem Dunkel des Hauseinganges in der Jasomirgottgasse und schlug denselben Weg ein, den das Mädchen genommen hatte, worauf ich mich gleichfalls hinter dem Bretterzaun hervorwagte und meinem Ehemann hinterherging. Gleich darauf bog die späte Kirchgängerin in ein Durchhaus ein, welches vom Stephansplatz direkt in die Domgasse führte, und Karel beschleunigte den Schritt und holte das Mädchen schließlich ein, als es vor einem Haus Ecke Blutgasse Domgasse stehenblieb und sich anschickte, das hohe Haustor aufzusperren. Aus einigen Metern Entfernung sah ich, wie sie den großen schmiedeeisernen Schlüssel im Schloß drehte, ohne ihren Verfolger zu bemerken, dann trat sie ins Haus, gefolgt von Karel. Langsam ging das Tor zu, und bevor es sich endgültig schloß, schlüpfte auch ich durch die Öffnung und sah noch, wie Karel das Mädchen mit einer Hand festhielt, ihr die andere auf den Mund preßte und sie den Hausflur entlang und durch eine von diesem ausgehende niedrige eiserne Tür stieß. Ich glitt hinter ihnen durch die Tür, tastete mich in der nach Moder riechenden Finsternis über eine Wendeltreppe hinab, die offensichtlich in den Keller des Hauses führte, und vernahm unterdrückte Hilferufe, denen ich nachging. Neben den Holzgittern der Kellerabteile sah ich im Licht des Vollmonds, das durch ein kleines Fenster fiel, den vom Tigerfell bedeckten Rücken meines Ehemannes, welcher das Mädchen gegen die Kellerwand drückte, ein Anblick, bei dem mich blinde Wut auf den Mann, in dem ich mich derartig getäuscht hatte, sowie der unwiderstehliche Impuls überkamen, meine junge Geschlechtsgenossin zu schützen, und ich zog das Tranchiermesser aus den Falten meines Mantels und stieß es bis ans Heft ins Tigerfell und in das darunterliegende Menschenfleisch, worauf Karel einen Schrei ausstieß, langsam an dem Mädchen, das schreckensstarr und mit weit aufgerissenen Augen im Mondlicht neben dem Kellerfenster stand, niedersank, ohne es ganz loszulassen, und schließlich regungslos und zusammengekrümmt auf dem kühlen Lehmboden des alten Kellergewölbes liegenblieb.

So kam es, daß es nicht Karel Havelka war, der Mann, mit dem mich das heilige Sakrament der Ehe verband, welcher die tote Kaiserin Sisi noch am selben Tage im schwarzen Leichenwagen der Habsburger, in dem schon ihr unter so unglücklichen Umständen aus dem Leben geschiedener Sohn Rudolf seine letzte Fahrt angetreten hatte, durch die trauernde Wiener Volksmenge hindurch in die Kapuzinergruft fuhr, wie es sein Wunsch gewesen wäre, sondern Tibor Bartok, der aus Ungarn gebürtige Leibkutscher der Erzherzogin Valerie, unser Nachbar in den k. k. Marställen.

Die nächsten Tage sind mir nur noch dunkel in Erinnerung, als eine Aufeinanderfolge von Vernehmungen, Befragungen, Verhören, die ich teilnahmslos über mich ergehen ließ und nach deren Ende ich mich in der Straf- und Arbeitsanstalt für Frauen in Wiener Neudorf wiederfand, diesmal allerdings nicht als jemand, der sich das verhältnismäßig harmlose Vergehen des Diebstahls einer Konzertzither hatte zuschulden kommen lassen, sondern als Gattenmörderin. Es dauerte einige Zeit, bis ich begriff, was der Armenanwalt, der mir zu meiner Verteidigung zugewiesen worden war und mich in meiner Zelle besuchte, mir mitzuteilen gezwungen war: Der Tatbestand der Notwehr sei in meinem Falle keineswegs gegeben, da ja nicht ich das von meinem Ehemann ausersehene Objekt der Vergewaltigung gewesen sei, sondern die achtzehnjährige Schirmnäherin Juliane Kalb, außerdem gälten sowohl die Tatsache, daß ich mich dem Mordopfer heimtückisch von hinten genähert hätte, als auch das Gattenverhältnis als erschwerende Umstände, in Anbetracht der gegenwärtigen Gesetzeslage müsse ich demnach mit einer Verurteilung zum Tod durch den Strang rechnen.

Die von Karel Havelka in der fraglichen Nacht verfolgte, Ecke Blutgasse Domgasse wohnhafte Schirmnäherin, die wohlauf sei, habe im Übrigen ausgesagt, ihrer Meinung nach hätte keine Notwendigkeit bestanden, den Mann zu töten, eine Ansicht, die er, der Anwalt, teile, schließlich sei Havelka nicht vorbestraft gewesen und habe bis auf kleinere Verstöße gegen die *Fiaker- und Einspännerordnung* von achtzehnhundertvierundfünfzig niemals eine Ungesetzlichkeit begangen. Als ich mit versagender Stimme einwandte, ich selbst sei Zeugin des Unzuchtsversuches meines hingeschiedenen Ehemannes an der Kellnerin Slavka Cencic gewesen, schüttelte der Armenanwalt sanft den Kopf und meinte, das werde mir niemand glauben, zumal, wie mir wahrscheinlich aufgrund der sich überstürzenden Ereignisse noch nicht bekannt sei, der Beschäftigungslose Hans Holzer sich nach längerem Aufenthalt in Polizeigewahrsam und einigem Widerstreben dazu entschlossen hätte, sich zu sämtlichen bislang unaufgeklärten, während der letzten Wochen an Wiener Frauen versuchten oder vollzogenen Vergewaltigungen zu bekennen, ein Geständnis, das seiner Vermutung nach dem Bedauernswerten nicht viel nützen werde, da den ehemaligen Insassen der k.k. Irrenheilanstalt im neunten Bezirk das psychologische Gutachten eines dort tätigen Dozenten für Nervenkrankheiten schwer belaste.

Auf diese niederschmetternden Eröffnungen hin verweigerte ich zunächst jede Nahrungsaufnahme und sank in tiefe Verzweiflung, da ich nicht glauben konnte, daß in einem abendländischen Rechtsstaat, wie es die österreichisch-ungarische Monarchie laut Fräulein von Roth-Rothenhorst war, ein vollkommen Unschuldiger eines schweren Verbrechens bezichtigt und eine Frau, die zwar den Mord an ihrem Gatten begangen hatte, doch nur, um eine andere Frau vor schwerstem körperlichem Übergriff zu schützen, zum Tode verurteilt werden könne. Auf diese erste Zeitspanne der Niedergeschlagenheit folgte eine Periode der Hoffnung, die wiederum großer Trostlosigkeit wich, und so wechselten einander Zuversicht und Pessimismus ab, bis ich im Lauf der Monate meine Fassung wiedergewann und mich ins Unvermeidliche schickte. Nun warte ich ruhig auf meine Hinrichtung und weise den Rat der Schwestern *Zum guten Hirten*, meine Tat zu bereuen und vor meinem Tod innere Einkehr zu halten und mich mit meinem mir von Gott zugedachten Schicksal zu versöhnen, ebenso entschieden wie gleichmütig zurück. Meine irdische Existenz ist abgeschlossen, all meine Hoffnung richtet sich darauf, bald mit meiner guten Mutter und mit Olga vereint zu sein. Vor meiner dritten und letzten Begegnung mit dem ehemaligen Scharfrichtergehilfen und nunmehrigen k. k. Scharfrichter Josef Lang, der immerhin die Güte gehabt hatte, mich von der Syphilis ersten Stadiums zu befreien, fürchte ich mich nicht, mein Tod durch Gehirnlähmung oder Herzschlag wird, wie dieser mir seinerzeit in seinem Kaffeehaus in Simmering glaubhaft versicherte, in nur zweiundvierzig bis fünfundsechzig Sekunden eintreten, bei geringfügigen, unter Umständen auf diesen Zeitraum folgenden Zuckungen wird es sich lediglich um Reflexe handeln, man wird meinen Leichnam, wie es der Brauch ist, nach einer Stunde vom Pflock nehmen und den Galgen innerhalb von drei Stunden abtragen. An welchem Platz des Zentralfriedhofs das Bestattungsunternehmen *Entreprise des pompes funèbres* in der Nacht nach der Exekution den gelbgestrichenen, mit Spagatschnüren umwundenen Sarg mit meinen sterblichen Überresten versenken wird, ist mir gleichgültig.«

16

Als ich am Vormittag vom Sterbehaus zur Wohnung Ecke Blutgasse Domgasse zurückging, um meine Mutter anzurufen, schien die Sonne, und die aus zahllosen vergoldeten Blättern bestehende Kuppel des Tempels, an dem ich vorüberkam, glänzte. Ich dachte an meine Urgroßmutter, die in dieser Stadt vor hundert Jahren die gleichen Wege gegangen war, die ich heute ging, und fühlte mich der Frau, die so anders gewesen war, deren grenzenlose Duldsamkeit und Opferbereitschaft, so unverständlich sie mir waren, allerdings auch ihr größtes Kapital dargestellt hatten, so wie Josefs Schwäche gleichzeitig auch seine Stärke war, plötzlich eng verbunden.

Tante Pia, die am Herd stand und einen Schweinskopf säuberte, wandte sich bei meinem Eintreten zu mir um und sagte, sie habe sich die größten Sorgen gemacht, was fiele mir ein, die Nacht außer Hauses zu verbringen, gottlob stehe mit nahezu hundertprozentiger Sicherheit fest, um wen es sich bei dem Deutschnationalen handle, der die drei jungen Ausländerinnen vergewaltigt hätte, der Antiquitätenhändler aus dem Botschaftsviertel stehe unter dringendem Tatverdacht, sie habe es gerade gelesen, wer hätte das vermutet, ein Mann, der seine eigene Freundin mit einer schwarzen Strumpfmaske überfalle, die menschliche Natur sei eine gespaltene. Und was den jungen Herrn Horvath betreffe, mit dem ich, wie seine ständigen Anrufe ihr bewiesen, offenbar häufigen Umgang pflegte und in dessen Gesellschaft ich, wie sie annehme, die vergangene Nacht verbracht hätte, so sei sie der Ansicht, daß ein Mädchen aus gutem Hause etwas mehr auf seinen Ruf bedacht sein solle. Wenn ich einen der begehrtesten Junggesellen Wiens für mich gewinnen wolle, was für eine Farbige, die ich nun einmal sei, im Übrigen als geradezu unglaublicher Glücksfall zu werten wäre, dann müsse ich mich wohl etwas zurückhaltender benehmen. Ich beschloß, gegen diese Vorwürfe Tante Pias im Augenblick nicht Stellung zu beziehen, ging zum Art-déco-Tischchen im Flur, auf dem das Telefon stand, und rief meine Mutter an, die sich mit schlaftrunkener Stimme meldete, worauf mir einfiel, daß es in New York City vier Uhr morgens war, und ich mich entschuldigte, gleichzeitig jedoch das Überraschungsmoment geschickt nützte und ihr auf den Kopf zusagte, sie sei die Enkelin einer vom k.k. Scharfrichter Josef Lang im April des Jahres neunzehnhundert hingerichteten Schwerverbrecherin, worauf sie, solcherart überrumpelt, keinen Versuch zu leugnen machte und gestand. Auf meine Frage, weshalb sie mir nie etwas von dieser Verwandten erzählt habe, meinte sie, sie hätte nicht den Mut zu dem Eingeständnis aufgebracht, daß sich unter ihren unmittelbaren Vorfahren eine Frau von so fragwürdigem Charakter befinde. Als ich sie bat, mir die Verwandtschaftsverhältnisse innerhalb der böhmischen Linie ausführlicher zu erklären, wurde meine Mutter ungehalten und sagte, zwar liebe sie mich, wie eine Mutter ihr Kind eben liebe, doch habe auch Mutterliebe ihre Grenzen, es käme einer Unverschämtheit sehr nahe, eine intensiv mit der Vorbereitung einer umfassenden Meinungsumfrage beschäftigte Politologin in den frühen Morgenstunden zum Zwecke der Erhellung ihres Familienstammbaumes aufzuwecken, eines Stammbaumes, der sich vom Durchschnittsfamilienstammbaum im Hinblick auf die moralische Integrität der Familienmitglieder bis auf besagten Punkt in nichts unterscheide. Ich möge mich, was die Aufklärung dieser Nebensächlichkeiten betreffe, auf der ich so hartnäckig bestünde, an Tante Pia wenden, Tante Pia sei über Familienfragen immer bestens informiert gewesen. Damit legte meine Mutter den Hörer auf, und ich ging zurück in die Küche, wo Tante Pia den Schweinskopf gerade in einen Topf mit kochendem Wasser versenkte, und stellte diese zur Rede, worauf sie meinte, die Anforderungen, die ich an eine schwerhörige, kraftlose Greisin stellte, seien hoch, doch da ich von meinen bohrenden Fragen offenbar nicht abzubringen sei, werde sie versuchen, mir die Sachlage zu erklären. Darauf setzte sie sich an den Küchentisch, und nachdem ich ihr gegenüber Platz genommen hatte, sagte sie, wie sie mir bereits angedeutet habe, sei Anfang der Fünfzigerjahre eine etwa siebzigjährige Ordensschwester im Hause aufgetaucht und habe sich bei der damaligen Hausmeisterin, einer ihre Arbeit in der für Südslawen kennzeichnenden Weise wenig sorgfältig verrichtenden Kroatin aus Agram, nach ihr, Tante Pia, erkundigt. Diese Frau, bei der es sich um eine gewisse Beata Maria Postl, eine Angehörige der Kongregation der *Frauen zum guten Hirten*, gehandelt hätte, habe ihr besagtes blaues Heft überbracht, mit den Worten, es enthalte die traurige und tragische Autobiographie der Gattenmörderin Rosa Havelka, die diese ihr in etwas anderer Form, nämlich auf linierten hellgrünen Blättern, in der Nacht vom achtundzwanzigsten auf den neunundzwanzigsten April neunzehnhundert in der Mörderzelle des Landesgerichtes in der Alserstraße, in der sie, Schwester Beata Maria, der Bedauernswerten während der letzten Stunden vor ihrer Hinrichtung durch den Strang geistlichen Beistand hätte leisten sollen, einen Beistand, den die bis zu ihrem letzten Atemzug reulose Sünderin im Übrigen nicht angenommen habe, mit den Worten, sie möge damit anfangen, was sie wolle, in die Hand gedrückt hätte. Kurz darauf sei Rosa Havelka in Begleitung des Priesters und des Kerkermeisters und flankiert von je vier Justizwachebeamten von den beiden Henkersknechten in den Galgenhof geführt worden, wo der damalige k. k. Scharfrichter Josef Lang sie bereits erwartet habe. Als sie, Tante Pia, an dieser Stelle gefragt hätte, was dieser Lebensbericht einer zwar bemitleidenswerten, doch ihr völlig unbekannten Frau mit ihr zu tun hätte, meinte die Schwester, sie möge sich etwas gedulden, gleich werde sie den Zusammenhang herstellen. Nach der Hinrichtung der Mörderin sei der Stapel loser Blätter jahrzehntelang in einem Schrank in ihrer Zelle gelegen, und sie habe gänzlich darauf vergessen, bis er ihr eines Tages, als sie die Zelle geräumt hätte, wieder in die Hände gefallen sei und sie beschlossen habe, die nachlässig zu Papier gebrachte Autobiographie unter Vornahme geringfügiger Veränderungen abzuschreiben, zu dem Zweck, sie den auf ihrem Lebensweg gestrauchelten jungen Mädchen, mit deren Wiedereingliederung in die Gesellschaft sie sich ihr Leben lang befaßt hätte, zur Mahnung vorzulegen. Damit streckte sie, die Schwester, ihr, Tante Pia, das dicke blaue Heft entgegen und meinte, dies sei das Werk, sie, Tante Pia, möge es an sich nehmen und damit verfahren, wie ihr beliebe, die Mädchen, die zum Großteil ebenso unbelehrbar seien, wie Rosa Havelka es gewesen wäre, seien bis auf wenige Ausnahmen nicht daran interessiert gewesen. Als sie, Tante Pia, daraufhin erneut die Frage stellte, wie sie darauf verfallen sei, gerade ihr dieses Geschenk zu machen, antwortete die Schwester, die von ihr auf verschiedenen Pfarr- und Standesämtern Wiens, Niederösterreichs, Böhmens und Mährens angestellten Nachforschungen hätten ergeben, daß Rosa Havelka, die wie sie, Pia von Hötzendorf, eine geborene Tichy sei, mit ihr, wenn auch entfernt, so doch blutsverwandt sei, und da sie, Frau von Hötzendorf, außerdem die einzige in Wien wohnhafte, noch lebende Verwandte Rosas sei, die sie, die Schwester, habe ausfindig machen können, wäre außer ihr, Frau von Hötzendorf, niemand als Empfängerin dieses Dokuments in Frage gekommen. Etwas ungeduldig habe Tante Pia gesagt, zwar stimme es, daß ihr Mädchenname Tichy sei, Tichy wäre ein sehr geläufiger tschechischer Familienname, in Wien und um Wien herum fänden sich Tichys sonder Zahl, doch verstünde sie noch immer nicht, wie ihr Schicksal, das bisher in vollkommen geordneten Bahnen verlaufen sei, sich mit dem einer Gattenmörderin verknüpfen lasse, worauf die geistliche Schwester meinte, sie ginge doch recht in der Annahme, daß ihr Großvater Wenzel Tichy um die Mitte des neunzehnten Jahrhunderts aus der Nähe von Pilsen, einer aufgrund ihrer Brauereien bekannten westböhmischen Stadt, nach Wien gekommen sei, wo er zunächst als Pflasterer und später als Stukkateur gearbeitet hätte, eine Frage, die sie, Tante Pia, bejaht hätte. Und als die Ordensfrau weitersagte, es entspreche doch auch den Tatsachen, daß dieser Wenzel Tichy, der ihr Großvater gewesen sei, als zweites von neun Kindern eines böhmischen Kleinbauern in einem Dorf in der Nähe von Pilsen geboren worden wäre, habe sie, Tante Pia, erwidert, das sei durchaus möglich, so genau wisse sie das nicht, sie hätte sich nie sonderlich für die Verwandtschaftsverhältnisse des böhmischen Zweiges der Familie interessiert und ihren Großvater kaum gekannt, worauf Schwester Beata Maria meinte, ihre Ermittlungen hätten eindeutig ergeben, daß ihr, Frau von Hötzendorfs, Großvater Wenzel Tichy und Libussa Tichy, die Mutter Rosas, Geschwister und ihr, Frau von Hötzendorfs, Vater Zdenek und Rosa somit Vetter und Base gewesen seien, auch wenn sie einander nie kennengelernt hätten, womit ihre, Frau von Hötzendorfs, eingangs gestellte Frage wohl beantwortet wäre. Dann habe sie ihr nochmals das Heft gereicht, dessen Annahme sie, Tante Pia, bisher verweigert und das sie nun ohne weiteren Widerspruch entgegengenommen hätte, sich zur Tür gewandt und gesagt, Gottes Segen möge sie auf allen ihren Wegen begleiten und bewirken, daß ihr Schicksal auch weiterhin erfreulicher verlaufe als das ihrer unglückseligen Blutsverwandten.

Nach diesen Worten sank Tante Pia auf dem Küchenstuhl zusammen und sagte mit schwacher Stimme, ich sähe, was ich mit meinen verhörartigen Erkundigungen angerichtet hätte, sie sei vollkommen erschöpft, nur der Schweinskopf werde sie aufrichten können, und nicht einmal das sei gewiß, jedenfalls sei zu hoffen, daß meine krankhafte Neugierde mit der Entdeckung, eine Mörderin in meiner Verwandtschaft zu haben, gestillt wäre, eine Enthüllung, die sie, Tante Pia, seinerzeit nicht gerade mit Genugtuung erfüllt und von welcher sie dem Major, einem Mann aus bester Familie, der in väterlicher Linie entfernt mit Feldmarschall Radetzky verwandt gewesen sei, aus gutem Grund nie berichtet hätte. Als ihr Kopf mit den dünnen weißen Härchen daraufhin vornüberfiel, lief ich erschrocken um den Tisch, hob ihn und gab der alten Frau ein Glas Wasser zu trinken, wonach sie ein wenig auflebte.

Es stimmte also. Rosa Havelka, geborene Tichy, war meine Urgroßmutter, eine Verwandte, derer ich mich im Gegensatz zu meiner Mutter und zu Tante Pia nicht schämte, sondern mit der ich Mitleid empfand.

Es läutete. Ich öffnete die Wohnungstür, und vor mir stand in einem weißen Anzug, bleich und übernächtigt aussehend, ungekämmt und sich mit einer Hand am Türrahmen aufstützend, John. Nachdem er mich, wie mir schien, ein wenig flüchtig umarmt hatte, sagte er, nach meiner Weigerung, mit ihm am Telefon zu sprechen, habe er sofort einen Nachtflug nach Wien genommen, in der Absicht, mich nach New York City zurückzuholen, ich möge meinen Koffer packen, wir führen gleich zum Flughafen, worauf ich ihn höflich zum Eintreten aufforderte und mit ihm an der Küche vorüber in Richtung Wohnzimmer ging, und als er durch die halboffene Küchentür die sich langsam erholende Tante Pia sah, erschrak er und fragte, ob dieses Gespenst meine Verwandte sei, wie könne ich in einer so sinistren Umgebung leben, wäre ihm bekannt gewesen, unter welchen Bedingungen ich hier zu existieren gezwungen sei, er hätte mir augenblicklich ein Zimmer im Hotel *Zum König von Ungarn* reserviert, weshalb um Himmels willen hätte ich kein Wort verlauten lassen, es scheine, er käme im richtigen Augenblick, Wien sei nicht die geeignete Stadt für mich, er habe es von Anfang an geahnt, ich sei doch damit einverstanden, daß er einen hervorragenden, wenn auch sündteuren Gesangslehrer und guten Bekannten seines Vaters, an den sich seinerzeit die Callas gewandt habe, wenn sie nicht mehr ein und aus gewußt hätte, bis zur Premiere, die in wenigen Wochen stattfinde, mit meiner weiteren Ausbildung betraue. Inzwischen standen wir im von Tante Pias Puppen bevölkerten Wohnzimmer, und John fuhr abermals zusammen und meinte, das sei ja grauenvoll, hier würde man ununterbrochen von unzähligen Glasaugen angestarrt, wie hätte ich das nur aushalten können, ich nußbraunes Negerpüppchen, wo sei der Koffer, die nächste Maschine hebe in eineinhalb Stunden vom Boden ab. An diesem Punkt entschloß ich mich, Johns Wortschwall mit der Bemerkung zu unterbrechen, ich hätte nicht die Absicht, nach New York City zurückzukehren, da ich ein Kind von meinem Gesangslehrer erwartete und ihn zu Weihnachten in der sich in Wiens Zentrum befindlichen Kirche *Zu den neun Chören der Engel* zu ehelichen vorhätte. Auf dieses hin entfernte John eine Stoffpuppe von Norah Wellings sowie eine sehr schöne japanische Porzellanpuppe in einem meergrünen Seidenkimono von der mit weinrotem Samt gepolsterten Sitzfläche eines Sessels aus dem Hause Thonet und ließ sich auf diesem nieder. Was ich damit sagen wolle, fragte er nach einer Pause, was das heißen solle, ein Kind, ich sei doch Künstlerin, Schauspielerin, Sängerin, Tänzerin, er habe mir die Chance meines Lebens geboten, eine solche Chance müsse doch ergriffen werden, was mir da einfiele, ich dürfe mir eine solche Chance doch nicht damit verderben, daß ich mich von heute auf morgen in andere Umstände versetzen ließe, eine Sachlage, die, nebenbei gesagt, nach unserer Rückkunft ebenso rasch wie mühelos bereinigt werden könne, außerdem wisse ich, daß er verrückt nach mir sei und daß er in der kleinen Haitianerin, deren Haut eine Spur heller sei als meine und mit der er gelegentlich aus purer Tristesse, jawohl, aus purer Tristesse über meine Abwesenheit mit dem Aufzug in den siebzehnten Stock des Hotels in Midtown Manhattan gefahren sei, nur mich und immer wieder mich gesucht hätte. Dann klopfte er mit der flachen Hand auf den runden Wohnzimmertisch und sagte, es sei Zeit, wir gingen jetzt, worauf ich meinte, wenn er wolle, begleitete ich ihn gern bis zum nahegelegenen Flughafenterminal vor dem Hotel *Hilton*, wir könnten die Abkürzung durch den Stadtpark nehmen, worauf er mich lange ansah und dann den Kopf auf die mit einem Rankenmuster im Zweigstich bestickte Tischdecke aus weißem Halbleinen legte und zu weinen begann, mir so auf, wenn auch nonverbale, so doch unmißverständliche Weise zu verstehen gebend, daß er endlich begriffen hatte. Langsam ging ich um den runden Tisch herum zu ihm hin, richtete ihn auf und schritt mit ihm aus der Wohnung, vorüber an der Küche, in der Tante Pia im Begriff war, dem Schweinskopf mit einem altsilbernen Tafelmesser ein Stück des mürbe gekochten linken Ohres abzuschneiden, dann führte ich ihn, dem die Tränen unentwegt über die Wangen liefen, aus dem Haus, durch die Domgasse und die Schulerstraße und sodann über den Parkring und durch den Stadtpark hindurch bis zum Terminal Wien Mitte. Dort setzte ich ihn neben eine dünne

Dame in den zur Abfahrt bereiten Bus, was er teilnahmslos, wenn auch nicht mehr weinend, mit sich geschehen ließ, und drückte ihm einen Kuß auf die Stirn, und als ich mich zum Gehen wandte, richtete die dünne Dame zu meiner Überraschung freundlich das Wort an mich und sagte, so ein Zufall, wir seien doch auf dem Flug von New York nach Wien vor etwas über einem Monat nebeneinander gesessen, der Herr im weißen Anzug fühle sich offenbar nicht recht wohl, wenn es mir Recht sei, werde sie ein Auge auf ihn haben. Ich schaute der Dame ins Gesicht und erkannte die dünne Brünette wieder, die mir von sechs sich in einem Pariser Museum befindlichen berühmten Wandteppichen erzählt hatte, und als ich sie höflichkeitshalber fragte, wohin die Reise diesmal gehe, antwortete sie, nach Paris natürlich, ihre Mutter habe mit dem Nachsticken des zweiten die Dame mit dem Einhorn darstellenden Gobelins begonnen, eine übermenschliche Aufgabe für eine Vierundsiebzigjährige, und sie gebeten, sich die Farben des Hintergrundes genau anzusehen und sie ihr nach ihrer Rückkunft zu beschreiben. Dann fragte sie mich, wohin denn der Herr mit dem weißen Anzug fliege, und als ich erwiderte, nach New York, wiederholte sie lächelnd, nach New York, zweifellos sei New York beeindruckend, aber was sie betreffe, sie ziehe Paris vor.

Marlen Haushofer im dtv

»Was das Werk der Österreicherin prägt und es so faszinierend macht, ist bei all seiner Klarheit sanfte Güte und menschliche Nachsicht für die ganz alltäglichen Dämonen in uns allen.«
Juliane Sattler in der ›Hessischen Allgemeinen‹

Eine Handvoll Leben
Roman · dtv 8461
Eine Frau stellt sich ihrer Vergangenheit.

Die Frau mit den interessanten Träumen
Erzählungen
dtv 11206

Schreckliche Treue
Erzählungen
dtv 11294
»... Sie beschreibt nicht nur Frauenschicksale im Sinne des heutigen Feminismus, sie nimmt sich auch der oft übersehenen Emanzipation der Männer an ...« (Geno Hartlaub)

Die Tapetentür
Roman · dtv 11361
Eine berufstätige junge Frau lebt allein in der Großstadt. Die Distanz zur Umwelt wächst, begleitet von einem Gefühl der Leere und Verlorenheit. Als sie sich verliebt, scheint die Flucht in ein »normales« Leben gelungen ...

Die Wand
Roman
dtv 12597
Eine Frau findet sich eines Morgens in einem Jagdhaus in den Bergen abgeschnitten von der Welt. – Marlen Haushofers Hauptwerk und eines der Bücher, »für deren Existenz man ein Leben lang dankbar ist«. (Eva Demski)

Die Mansarde
Roman
dtv 12598
»Ich habe einen bürgerlichen Mann geheiratet, führe einen bürgerlichen Haushalt und muß mich entsprechend benehmen. Der Abend in der Mansarde genügt für meine unbürgerlichen Ausschweifungen.«

Himmel, der nirgendwo endet
Roman
dtv 12599
Ein autobiographischer Kindheitsroman.

Margriet de Moor im dtv

»Ich möchte meinen Leser genau in diesen zweideutigen Zustand versetzen, in dem die Gesetze der Wirklichkeit aufgehoben sind.«
Margriet de Moor

Erst grau dann weiß dann blau
Roman · dtv 12073
Eines Tages ist sie verschwunden, einfach fort. Ohne Ankündigung verlässt Magda ihr angenehmes Leben, die Villa am Meer, den kultivierten Ehemann. Und ebenso plötzlich ist sie wieder da. Über die Zeit ihrer Abwesenheit verliert sie kein Wort. Die stummen Fragen ihres Mannes beantwortet sie nicht.

Der Virtuose
Roman · dtv 12330
Neapel zu Beginn des 18. Jahrhunderts – die Stadt des Belcanto zieht die junge Contessa Carlotta magisch an. In der Opernloge gibt sie sich, aller Erdenschwere entrückt, einer zauberischen Stimme hin: Es ist die Stimme Gasparo Contis, eines faszinierend schönen Kastraten. Carlotta verführt den in der Liebe Unerfahrenen nach allen Regeln der Kunst.

Herzog von Ägypten
Roman · dtv 12716
Die Liebesgeschichte zwischen Lucie, der Bäuerin, und Joseph, dem Zigeuner. Und gleichzeitig ein ganzes Panorama menschlicher Schicksale …

Rückenansicht
Erzählungen · dtv 11743

Doppelporträt
Drei Novellen · dtv 11922

Ich träume also
Erzählungen · dtv 12576

»De Moor erzählt auf unerhört gekonnte Weise. Ihr gelingen die zwei, drei leicht hingesetzten Striche, die eine Figur unverkennbar machen. Und sie hat das Gespür für das Offene, das Rätsel, das jede Erzählung behalten muss, von dem man aber nie sagen kann, wie groß es eigentlich sein soll und darf.«
(Christof Siemes in der ›Zeit‹)